ISBN: 978-1-961748-30-9
Sun City Center, Florida, United States of America

Inhaltsverzeichnis

Kapitel Eins Springteufel — 4
Kapitel Zwei Task Force Dupré — 16
Kapitel Drei Das Zeitalter der Künstlichen Intelligenz — 31
Kapitel Vier Down Under — 44
Kapitel Fünf Die Neue Seidenstraßen-Initiative: Phase eins — 53
Kapitel Sechs Weltraumtrümmer — 57
Kapitel Sieben Big Data — 61
Kapitel Acht Sun Tzu – Die Kunst des Krieges — 64
Kapitel Neun Auslandshilfe — 70
Kapitel Zehn Für das Volk — 78
Kapitel Elf Projekt Zehn — 95
Kapitel Zwölf Projekt Chengdu — 108
Kapitel Dreizehn Der Plan — 114
Kapitel Vierzehn Cuba Libre — 122
Kapitel Fünfzehn Geheimdienstspiele — 137
Kapitel Sechzehn Gefangenenaustausch — 148
Kapitel Siebzehn Die Enthüllung — 166
Kapitel Achtzehn Der Chengdu Virus — 203
Kapitel Neunzehn Kompromittierendes Material — 206
Kapitel Zwanzig Miami Heat — 222
Kapitel Einundzwanzig Bauernopfer — 235
Kapitel Zweiundzwanzig Die Eskalation — 244
Kapitel Dreiundzwanzig Schach, nicht Dame — 250
Kapitel Vierundzwanzig Die Blockade — 260
Kapitel Fünfundzwanzig Die Schlangenfresser — 272
Kapitel Sechsundzwanzig Legt euch nicht mit Texas an! — 278
Kapitel Siebenundzwanzig Murphys Gesetz — 300
Kapitel Achtundzwanzig Drachenfeuer — 315
Kapitel Neunundzwanzig Engel am Himmel — 322
Kapitel Dreißig Die Todbringer — 329
Kapitel Einunddreißig Schwarze Einhörner — 341
Kapitel Zweiunddreißig Kollateralschaden — 352
Kapitel Dreiunddreißig Vorbereitungen — 374
Kapitel Vierunddreißig Vipers, Vipers, Vipers — 379
Kapitel Fünfunddreißig Der lange Marsch — 384
Abkürzungsverzeichnis — 414

Kapitel Eins
Springteufel

Montag, 25. Oktober 2024
Handelsstörer Typ 909D
Mittlerer Atlantik
Ungefähr 300 Meilen vor der Ostküste der USA

Die ruhige See verriet nichts von der tödlichen Fracht, die versteckt in
dem Panamax-Frachter langsam auf Norfolk, Virginia, zusteuerte.

»Ich hoffe, es funktioniert. Wenn nicht, sind wir tot«, erklärte der
Stabsoffizier so leise, dass nur der Kapitän ihn hören konnte.

»Es wird klappen«, flüsterte Kapitän Tsai zurück. »Wir sehen in
jeder Hinsicht wie ein einfaches Frachtschiff auf dem Weg zum Hafen
aus.« Er wartete ab, bis seine Worte angekommen waren. »Stellen Sie
in jedem Fall einen Mann ab, der unmittelbar nach dem Abschuss
unserer Raketen den neuen Namen des Schiffs anbringt«, befahl er.
»Wir müssen unsere Identität nach diesem Angriff so lange wie
möglich geheim halten.«

»Jawohl, Kapitän. Ich kümmere mich persönlich darum«,
versprach der junge Offizier. Er schien sich nach ihrer kurzen
Unterhaltung etwas gefasst zu haben.

Tsai war stolz, aber auch nervös, als sich sein Handelsstörer ihrer
Abschussposition näherte. Nach beinahe zwei Wochen hatten sie nun
endlich den Operationsradius erreicht. Vom Hafen Thessaloniki in
Griechenland aus waren sie – wie alle regulären Frachtschiffe – den
internationalen Schiffsrouten zu den Terminals von Norfolk, Virginia,
gefolgt.

Äußerlich unterschied das Schiff nichts von einem Panamax-
Frachter, doch in Wahrheit war es das Schlüsselelement der
Geisterflotte der chinesischen Marine, die im Begriff war, im Westen
verheerenden Schaden anzurichten. Es schien ein unter griechischer
Flagge registriertes Frachtschiff zu sein, das Güter von China nach
Europa und dann weiter in die USA transportierte. Von den USA aus
würde es dann nach China zurückkehren, um den gleichen Vorgang zu
wiederholen.

Tsai hoffte, dass seine Mission einen starken Einfluss auf den bevorstehenden Krieg haben würde. *Wenn wir Glück haben, halten die Amerikaner einen Krieg mit China sogar für zu kostenaufwendig,* dachte er. *Für wen halten sich diese Amerikaner eigentlich?* Die USA gab vor, welche Länder in der Karibik und in Südamerika Handel treiben durften, und hatte dazu die Unverfrorenheit, Spionageschiffe und Aufklärer entlang der chinesischen Küste einzusetzen. Aber sobald jemand das Gleiche mit ihnen machen würde, würden sie ausflippen.

»Kapitän, wir haben den Abschusspunkt beinahe erreicht. Wann sollen wir die Raketenwerfer aufdecken?«, erkundigte sich der Waffenoffizier.

Tsai drehte sich zu dem jüngeren Offizier, dessen Gesicht vom Schein seines Computermonitors erhellt wurde. »Zehn Minuten vor dem Abschusszeitpunkt«, antwortete er. »Stellen Sie sicher, dass Ihre Raketen die korrekten Zielkoordinaten haben.«

»Jawohl, Kapitän.« Der junge Offizier nickte und tippte etwas in seine Tastatur ein.

Tsai sah zu dem Offizier hinüber, der ihr Kommunikationsterminal bemannte. Er hatte sein Toughbook offen vor sich, das an ein Satellitenkabel angeschlossen war. Sie waren mit DragonLink verbunden, einem internen Satellitennetzwerk, das China entwickelt hatte, um kostengünstiges oder kostenfreies Internet an die Welt zu liefern. Diese Satelliteninfrastruktur war der neueste Weg des chinesischen Militärs, rund um die Welt verdeckt in Echtzeit zu kommunizieren.

Tsai sann über den Lauf der Zeit nach. Irgendwie schien sie stillzustehen, zu kriechen, während er und seine Männer gleichzeitig mit Überschallgeschwindigkeit auf ihren Platz in der Geschichte zuzurasen schienen. Tsai wusste nicht so recht, wie er sich die Gefühle erklären sollte, die in ihm aufstiegen.

Endlich verkündete er der Brückenmannschaft: »In zehn Minuten sollten wir unsere letzten Instruktionen erhalten – zwei Nachrichten, die den Lauf der Geschichte ändern werden.«

Die jungen Offiziere am Kommunikations- und Waffenterminal lächelten bei dieser Ankündigung. Sie konnten es nicht erwarten, die ersten Salven im Krieg gegen den Westen mitzuerleben.
****

Einsatzführungskommando
20 Kilometer nordwestlich von Peking, China

Präsident Yao Jintao studierte die Seekarte – den Pazifik, das Gebiet um den Panamakanal, die Karibik und das Mittelmeer. Eine Reihe roter Markierungen repräsentierte die allgemein bekannten Positionen amerikanischer Kriegsschiffe. Auf zwei Gruppen konzentrierte er sich besonders. Zum einen war es die *Liaoning*-Kampfgruppe, die sich Mittelamerika näherte. Die andere Gruppe bestand aus drei grünen Symbolen– drei Handelsstörer, die sich unaufhaltsam auf ihre Abschusspositionen zubewegten.

»Noch ist es nicht zu spät, den Angriff zu stoppen, Herr Präsident«, flüsterte Han Jinping.

Han, der Außenminister, hatte sich von Anfang an gegen Projekt Zehn ausgesprochen. Er hatte dafür argumentiert, still und leise ihre Marine weiter auszubauen und ihren wirtschaftlichen Einfluss im Rest der Welt zu stärken, anstatt die Amerikaner zu provozieren.

Yao sah seinem langjährigen Freund und Vertrauten ins Gesicht. »Han, das Thema hatten wir doch schon. Jade Dragon hat es in einem Planspiel simuliert. Mit unserem Erstangriff auf die Amerikaner legen wir ihr Militär lahm. Es wird Jahre des Wiederaufbaus in Anspruch nehmen, sich von diesem Angriff zu erholen.«

»Herr Präsident, unsere Handelsstörer sind beinahe in Position«, meldete Flottenadmiral Wei Huang, der Oberbefehlshaber der chinesischen Marine.

»Wir sind bereit, die erste Phase des Angriffs zu initiieren, Herr Präsident«, erklärte Dr. Xi Zemin, der Leiter von *Projekt Zehn* und Entwickler von Jade Dragon.

Präsident Yao Jintao drehte sich zu seinem wissenschaftlichen Leiter und Militärberater um. »Der Oktober des Jahres 2024 wird als historisches Datum für die Menschheit und für China in die Geschichte eingehen. Heute setzen wir zum ersten Mal eine Künstliche Intelligenz als Erstschlagwaffe gegen einen Feind ein.« Der Präsident hielt einen Augenblick inne, um die Bedeutung dieser Aussage wirken zu lassen, bevor er den offiziellen Befehl erteilte, der die Welt verändern würde. »Leiten Sie die Operation *Dragon Fire* ein.«

Xi lächelte selbstgefällig, während er den Operator des nächst gelegenen Computerterminals mit einer Handbewegung verscheuchte.

Seit beinahe 30 Jahren hatte er von diesem Tag geträumt. Wenn jemand eine Künstliche Intelligenz auf die Welt loslassen würde, um einen Krieg zu beginnen, würde das allein ihr Schöpfer sein.

Xis Finger tanzten nur kurz auf der Tastatur, bevor die letzte Abfrage erschien: die Frage nach der Bestätigung, ob der Plan tatsächlich ausgeführt werden sollte.

Xi drehte sich um und sah, dass der Präsident bereits hinter ihm stand.

Der Führer Chinas beugte sich zu ihm hinunter und nickte. »Hoffen wir, dass es funktioniert, Doktor. Starten Sie den Angriff.«

Oh, es wird funktionieren ... Und wenn alles vorbei ist, werde ich derjenige sein, der China und die Welt regiert ... Xi nickte und drückte auf die Ausführen-Taste.

Innerhalb weniger Sekunden lud ein bodengestütztes, auf Lasern basierendes Kommunikationssystem das Kommando hoch und gab den Code aus den Tiefen des JBCC an den DragonLink-Satelliten hoch über ihnen weiter. Sobald die Mikrosatelliten die Nachricht empfangen hatten, schickten sie den Zerstörungs-Code an einen einzigen zellularen Mobilfunkmast weiter, der das Eigentum einer Firma namens *American Tower* war, die ihn auch betrieb.

Dieser Mobilfunkmast war erst vor Kurzem mithilfe eines Huawei-Routers modifiziert worden. Ein eingebetteter Malware-Code würde nun systematisch in jedem *American Tower*-Funkmast eine einzelne industrielle Steuereinheit infizieren. Nach wenigen Minuten würde sich der Code über den Rest des Mobilfunknetzwerks der Vereinigten Staaten ausgebreitet haben. Nach dem erfolgreichen Abschluss der ursprünglichen Infizierung würde ein zweiter und endgültiger Zerstörungs-Code eingegeben werden. Das würde die Leistungsrelais weit über ihre Kapazitäten hinaus überladen, worauf einige der unabdingbaren Komponenten durchbrennen würden.

Mit dem Erhalt dieses letzten Befehls würde jeder Mobilfunkmast in Amerika den Betrieb einstellen, bis die ausgebrannten Komponenten ersetzt wurden. Einfache Ersatzteile im Wert von 80 Cent würden den amerikanischen Mobilfunk so lange lahmlegen, bis sie ausgetauscht werden konnten.

Das erste von vielen Easter Eggs lag nun im Korb. Nun war es an der Zeit, eine Reihe von Angriffen zu starten, die das Militär des

Westens zerstören und Chinas Rolle als dominante Weltmacht des 21.
Jahrhunderts zementieren würden.
****

Fliegerhorst Peterson
Colorado Springs, Colorado
03:00 Uhr Östliche Standardzeitzone (EST)

»General, sind Sie bereit, zur Militärbasis zurückzukehren?«,
erkundigte sich Colonel Conrad, oder Connie, wie ihn seine Freunde
und Flugkollegen nannten.

General Anita Barrett hatte die erste Nachtschicht übernommen,
um ihrem stellvertretenden Kommandanten noch einen Abend mit
seiner jungen Familie zu ermöglichen. Ihre eigenen Kinder waren
bereits erwachsen.

Gähnend erwiderte sie: »Ja, ich bin soweit. Ich habe meinen
Notfallrucksack gefunden. Der Verteidigungsministerbefürchtet, dass
die Chinesen nicht nachgeben werden. Heute Nachmittag machen wir
die Basis dicht. Ich persönlich denke, dass sie den Wink mit dem
Zaunpfahl verstehen werden, sobald wir Kuba mit unseren Kampfjets
und Bombern umkreisen. Sie werden sich zurückziehen.«

Connie nickte. »Wollen wir's hoffen. Wann wird die Flotte
auslaufen? Ich denke, wenn die Chinesen sehen, dass unsere Navy die
Insel umzingelt hat, werden sie zur Vernunft kommen. So wie es den
Sowjets beim letzten Mal erging, als sie versuchten, Raketen auf Kuba
zu stationieren.«

Barrett griff nach ihrer Kaffeetasse und trank einen großen
Schluck. »Sie legen in zwei Tagen ab. Momentan laden sie die
Verpflegung und machen die letzten Wartungschecks. Die
Marineinfanterie hat Guantanamo bereits vor einigen Tagen verstärkt.
Der Rest wird in etwa einer Woche an Bord seiner Schiffe gehen und
sich auf den Weg nach Florida machen.«

Connie seufzte. »Ich hoffe nur, dass den Kubanern und Chinesen
klar wird, dass wir ihnen nicht tatenlos zusehen. Ich habe wirklich kein
Interesse an einer bewaffneten Auseinandersetzung, aber wenn sie
denken, dass sie ungestraft 90 Meilen von unserer Haustür einen
Militärstützpunkt errichten können, haben sie sich getäuscht.«

»Im Moment ist das alles nur politisches Gehabe«, meinte Barrett. »In ein bis zwei Tagen werden die Politiker ein Abkommen verkünden, das allen erlaubt, das Gesicht zu wahren und zum alten Stand zurückzukehren. Die chinesische Wirtschaft liegt am Boden, ebenso wie die der restlichen Welt. Sie sind gar nicht in der Lage, einen Krieg zu führen, am wenigsten einen gegen uns.« Mit ihrem Rucksack in der Hand rief sie: »Nun kommen Sie schon, Connie. Es wird Zeit, zum Landeplatz zu kommen, um unseren Rückflug zur Basis zu erwischen. Die Mannschaft hat hier alles unter Kontrolle.«

Die beiden verließen das Hauptquartier und gingen auf ein wartendes Fahrzeug zu, das sie zu einem für ihren Rückflug zur Cheyenne Mountain-Militärbasis bereitstehenden Hubschrauber bringen würde. Barrett ließ die Wachhabenden nur ungern länger als eine Stunde allein. Sie war nur kurz in ihr Büro in Peterson zurückgekehrt, um einige Sachen abzuholen, bevor sie sich auf der Basis einschließen mussten. Sie hatte keine Ahnung, wie lange sich diese Situation hinziehen würde.

Ihr Hubschrauber befand sich nur wenige Minuten in der Luft, bevor der Pilot sie wissen ließ, dass sie jemand von Cheyenne Mountain aus erreichen wollte.

Sie griff nach einem der Helme und setzte ihn auf.

»General Barrett hier«, meldete sie sich laut über den Lärm des Helikopters hinweg.

»General Barrett, General Landers hier. Wir erhielten eine dringende Meldung vom US-Geheimdienst. Sie informierten uns, dass gegenwärtig ein Cyberangriff gegen unser nationales Mobilfunksystem stattfindet. Nicht ganz 60 Sekunden später erteilte die Nationale Militärkommandobehörde den Befehl, dass alle militärischen Einrichtungen das Protokoll der Gefahrenstufe Delta initiieren. Ich muss die Basis verriegeln. Wie lange dauert es, bis Sie hier eintreffen?«

Verdammt, das darf doch wohl nicht wahr sein ...

Barrett legte einem der Piloten eine Hand auf die Schulter. »Wie lange noch?«

»Zwei Minuten.«

»Wir müssen in weniger als einer Minute da sein. *Los!*«, rief sie.

Der Pilot holte alles aus dem Hubschrauber heraus. Sie rasten auf Cheyenne Mountain zu, um sie vor der angeordneten Abschottung zu erreichen.

»Landers, der Pilot sagt, noch eine Minute. Geben Sie uns einige Minuten, bevor sie alles dichtmachen. Wir wissen nicht, wie lange es dauern wird, bevor wir die Basis wieder öffnen dürfen.«

Landers erwiderte knapp: »Sie haben genau drei Minuten, General. Dann muss ich Cheyenne Mountain verschließen.«

Das Gespräch endete. Barrett fühlte eine ungeheure Wut in sich aufsteigen.

Das ist besser nicht der erste Schritt in Richtung eines neuen Kriegs ...

Augenblicke später riss der Pilot hart den Steuerknüppel herum. Dank der hochgezogenen Nase des Helikopters verloren sie schnell sowohl an Höhe als auch an Geschwindigkeit. Anstatt den vorgesehenen Landeplatz anzufliegen, landete der Pilot direkt vor dem Eingang zur Basis, wo bereits ein Fahrzeug auf sie wartete.

Sekunden später saßen Barrett und Connie bereits darin, dessen Fahrer losfuhr, bevor sie ihre Türen schließen konnten. Sie rasten mit einer beängstigenden Geschwindigkeit durch den Tunnel, die für einen solch engen Raum nicht angebracht schien.

Als sie sich dem Strahlenschutztor am Ende des Tunnels näherten, sahen sie, dass die Torflügel bereits halb geschlossen waren und stetig weiter zugingen. Menschen eilten hindurch, hereingewunken durch einen Airman, der neben dem Tor stand.

Unmittelbar vor dem Eingang trat der Fahrer hart in die Bremsen und erschreckte damit alle beinahe zu Tode. Barrett und Connie sprangen aus dem Fahrzeug. Sie rannten und stolperten auf das Tor zu, das nun beinahe ganz geschlossen war. In letzter Sekunde drückten sich die beiden durch die Öffnung hindurch, bevor es ihnen sämtliche Knochen brechen konnte.

»Gott sei Dank haben Sie es geschafft, General Barrett. Kommen Sie bitte mit mir«, forderte sie ein Captain der Sicherheitskräfte auf.

Das Trio rannte durch die Gänge, bis es endlich das Kommandozentrum erreicht hatte. Dort sprach Major General Landers am gelben Telefon über eine Direktverbindung mit der Nationalen Militärischen Kommandozentrale (NMCC), der militärischen Leitstelle im Herzen des Pentagons –, der gleiche Raum, von dem aus auf Anordnung des Präsidenten ein nuklearer Angriff befohlen werden konnte.

Landers legte den Hörer auf seine Schulter. »Setzen Sie sich. Sie sind gerade dabei, eine gesicherte Videotelekonferenz zu schalten.«

Er deutete auf einen Tisch mit einem besonders großen Computermonitor und auf drei Stühle, die vor ihm standen. Einer war für den Kommandanten des Nordamerikanischen Luftverteidigungskommandos (NORAD) bestimmt, ein zweiter für den Operations Officer, und der letzte für den Wachkommandanten.

Barrett hatte gerade Platz genommen, als der Bildschirm zum Leben erwachte. Sofort sah sie Feeds von NSA, CIA, DHS, SOUTHCOM, SOCOM, NMCC und PEOC. Plötzlich tauchte sogar ein Feed von Air Force One auf. Das bedeutete, dass der Secret Service Präsident Frank Alton ausflog, während entweder der Vizepräsident oder die Kabinettsmitglieder im PEOC blieben.

In kurzer Folge erschienen die jeweiligen Leiter oder Stellvertreter auf dem Schirm. Gespräche drangen aus den zahlreichen Screens –, so lange, bis jemand vom NMCC alle auf stumm schaltete.

»Ich bin Brigadier General Pike, diensthabender Offizier beim NMCC. Ich gebe Ihnen einen kurzen Überblick über das, was uns bisher bekannt ist. Danach übernehmen der Präsident und der Vorsitzende der Vereinigten Stabschefs das Gespräch zur weiteren Diskussion.

Alle vor den Bildschirmen nickten in aufmerksamer Erwartung der kritischen Informationen, die ihnen vorgetragen werden würden. Die Tatsache, dass dies mitten in der Nacht geschah, unterstrich nur noch die Ernsthaftigkeit der Lage.

»Vor 28 Minuten erreichte uns eine Nachricht der NSA, dass das Mobilfunknetz unserer Nation einem konzertierten Cyberangriff ausgesetzt ist. Wir können nicht mit Sicherheit sagen, dass dieser Angriff von China ausgeht, allerdings gibt es deutliche Hinweise auf die Vorgehensweisen und Arbeitsmethoden chinesischer Hacker. Aus diesem Grund initiierten wir THREATCON Delta, die höchste Gefahrenstufe. Vor sieben Minuten richtete sich ein zweiter Cyberangriff gegen unser Stromnetz.« Einige Personen in der Air Force One murmelten etwas, bevor jemand von ihrer Seite aus das Mikrofon stumm schaltete.

General Pike fuhr fort: »Ich kann Sie insofern beruhigen, dass es kein Angriff auf unser gesamtes Netz war. Er konzentrierte sich auf die Kraftwerke und Verteilerstationen unserer militärischen Einrichtungen auf Hawaii, Alaska, Grönland, Virginia, Iowa, Florida und Texas. Beachten Sie bitte, dass es kein nationaler Blackout war, vielmehr ein präzise geplanter Angriff auf die Energieversorgung dieser spezifischen Militäreinrichtungen.«

Bevor der General weiter ins Detail gehen konnte, heulte der Warnalarm für einen Raketenabschuss auf, begleitet von hellen Warnlichtern, die rund um Barrett und in der Kommandozentrale aufblinkten.

»Ich muss Sie unterbrechen, General Pike. Wir erhielten gerade eine Raketenabschusswarnung von Pine Gap und über unsere CONUS-Frühwarnsysteme«, verkündete Barrett laut. Sie drehte sich um und begann umgehend, Befehle zu erteilen, ohne zu bemerken, dass ihr Mikrofon immer noch auf laut gestellt war.

»Wo finden die Raketenstarts statt und wissen wir, welche Arten von Raketen es sind?«, fragte sie.

Der Aktionsoffizier erwiderte: »Das 20. Weltraumkontrollgeschwader in Eglin C-6 meldet, dass chinesische Kriegsschiffe im Golf von Mexiko mehrere Marschflugkörper abgeschossen haben.« Eine kurze Pause folgte, während der Offizier mit einer Handbewegung andeutete, dass gerade neue Informationen eintrafen. »Ma'am, die PAVE PAWS-Frühwarnsysteme melden nun auch den Abschuss ballistischer Raketen von bislang nur vermuteten DF-15-Standorten auf Kuba.«

»General, diese Raketen scheinen Texas, Louisiana und Florida anzufliegen!«, rief ihr ein Major der Air Force zu.

Barrett fiel auf ihrem Stuhl zurück und flüsterte zu sich selbst: »Sie greifen unsere Luftwaffenstützpunkte an.«

»*Wie bitte?*«, entfuhr es dem Präsidenten der Vereinigten Staaten in der Air Force One.

In diesem Moment bemerkte Barrett, dass jeder Teilnehmer der Videokonferenz ihren Dialog in der Kommandozentrale verfolgt hatte. Sie sprach Präsident Alton an. »Sir, ich denke, dass es sich hier um einen Präventivangriff auf unsere Kampfflieger- und Bombereinrichtungen im Südosten der USA handelt. Das einzige wertvolle Ziel in Louisiana ist der Luftwaffenstützpunkt Barksdale. Die Leitung des Globalen Angriffskommandos der Air Force ist dort angesiedelt. Außerdem befinden sich auf der Basis unsere B-52s. Ich wette, dass die Raketen auf Texas letztendlich die Dyess Air Force

Base ansteuern. Dort befinden sich unsere B-1Bs. In Florida und Georgia haben wir sowohl mehrere Luftwaffenstützpunkte als auch Kommando- und Kontrolleinrichtungen.«

Der Präsident fluchte laut, bevor er wissen wollte, was jetzt zu tun sei.

Der Nationale Sicherheitsberater, der Vorsitzende der Vereinigten Stabschefs und der Wachoffizier des Pentagons rieten Alton, die betroffenen Stützpunkte zu alarmieren. Sie sollten versuchen, rechtzeitig einige ihrer Bombenflugzeuge entweder in die Luft oder in Deckung zu bringen, bevor die Raketen einschlugen.

»General Barrett, gehen Sie von DEFCON 4 auf DEFCON 2«, wies sie der Präsident endlich über den Lärm der auf ihn hereinprasselnden Ratschläge und Informationen an. »Befehlen Sie unseren verbliebenen Bombern mit Nuklearwaffen an Bord, abzuheben und teilen Sie unseren Raketensilos mit, sich auf mögliche Abschussbefehle vorzubereiten. Falls nur eine ihrer Raketen nukleares Material enthält, müssen wir darauf vorbereitet sein, in gleicher Weise zurückzuschlagen. Haben wir mittlerweile die genauen Standorte, von denen die chinesischen Raketen abgeschossen wurden?«

Als General Barrett sich umdrehte und auf den großen Monitor an der Wand schaute, sah sie zwei Dutzend Markierungen, die von einer kleinen Gruppe chinesischer Kriegsschiffe nordwestlich von Kuba im Golf von Mexiko und von einigen Orten auf Kuba selbst ausgingen. Sie gab die Koordinaten an den Präsidenten und an das Pentagon weiter.

Der Vorsitzende der Vereinigten Stabschefs riet: »Mr. President, ich schlage vor, dass wir unsere Kriegsflotte im Golf aktivieren und die chinesischen Kriegsschiffe versenken, bevor sie noch mehr Raketen abfeuern können. Des Weiteren schlage ich vor, dass unsere Tomahawks die bodenstationierten Systeme auf Kuba vernichten, von denen auf uns geschossen wurde. Gut möglich, dass sie ihre Boden-Boden-Raketen gerade nachladen, um uns mit einer zweiten Welle zu treffen.«

Präsident Alton lehnte sich mit einem gepeinigten Gesichtsausdruck kurz in seinem Stuhl zurück.

»Verdammt! Sie haben *uns* angegriffen! Wir müssen zurückschlagen! Was gibt es da zu überlegen?«, rief der Stabschef des Präsidenten verärgert aus.

General Barrett räusperte sich, während sie einen Telefonhörer an ihre Schulter hielt. »Entschuldigen Sie, Mr. President. Ich habe den befehlshabenden Offizier der USS *Hue City*, dem Kommandoschiff der Task Force im Golf, am Apparat. Der kommandierende Offizier sagt mir, dass ihre AEGIS-Systeme keine Raketen auf dem Weg in die USA nachverfolgen, weder von chinesischen Schiffen noch vom kubanischen Festland aus.«

»Das ist unmöglich«, mischte sich General Pike aus dem Pentagon ein. »Ich verfolge die Raketen über mehrere Frühwarnsysteme und unsere Satelliten. Ihr AEGIS muss eine Fehlfunktion haben.«

Niemand sprach, während alle herauszufinden versuchten, welche Schlüsse sich hieraus für sie ergaben. General Barrett hob den Hörer an ihr Ohr und wies den CO an, die Funktionsfähigkeit seiner Geräte diagnostisch abzuklären.

Der Stabschef der Präsidenten meldet sich erneut laut zu Wort, um über die Hintergrundgeräusche gehört zu werden. »General Barrett, wie lange wird die Überprüfung der Systeme der *Hue City* in Anspruch nehmen? Und wie nahe werden diese Raketen dann ihren Zielen sein?«

Sie gab diese Frage an den Schiffskapitän weiter. »Sir, eine volle Diagnostik dauert etwa fünf Minuten. Und wann die Raketen einschlagen werden? In zwei Minuten befinden sie sich außerhalb der Reichweite der *Hue City*. Aber, Sir, es ist nicht nur ihr Schiff –, die beiden *Arleigh Burkes* in ihrem Verbund entdecken ebenfalls keine Raketen. Es scheint, dass sie allein von unserem Bodenradar und den Satelliten erfasst werden.«

»Das macht alles keinen Sinn. Wieso sollten die Chinesen einen Erstschlag gegen uns einleiten? Wo liegt der Vorteil für sie?«, fragte sich der Präsident laut, ohne jemanden direkt anzusprechen.

»Mr. President, uns fehlt die Zeit, uns nach ihren Motiven zu fragen. In weniger als zwei Minuten sind die Raketen außer Reichweite unserer Schiffe. Wir müssen sie jetzt abschießen«, drängte der Stabschef nachdrücklich.

Weiteres lautes Gerede brach aus, sowohl auf der Air Force One zwischen den Beratern des Präsidenten als auch unter den Beteiligten im Pentagon und im NORAD. Alle wollten ihre Meinung kundtun, was der Präsident als Nächstes machen sollte.

»Genug! Ich muss nachdenken!«, brauste Alton auf.

»Es sind weniger als 60 Sekunden, bevor die Raketen unerreichbar sind!«, betonte einer der Offiziere im Feed des Pentagon.

Verärgert und frustriert furchte der Präsident die Stirn. Er wollte eindeutig mehr Zeit, um dieses Problem zu durchdenken – aber sie war abgelaufen.

Schließlich blickte Präsident Alton auf den NORAD-Bildschirm. »General Barrett ... befehlen Sie der *Hue City*, die Raketen abzuschießen.«

General Barrett hob den Hörer erneut an ihr Ohr und erteilte den Befehl. Das luftgestützte Frühwarn- und Kontrollsystem, kurz AWACS genannt, das über dem Golf stationiert war, begann den Feed der Satelliten und des Frühwarnradars von NORAD an die Kriegsschiffe weiterzugeben. Jetzt konnten auch sie sehen, was der Präsident und seine Berater sahen.

»Mr. President, ich schlage einen sofortigen Gegenangriff vor. Zerstörung der feindlichen Schiffe und der Abschussvorrichtungen, bevor sie neu geladen oder verlegt werden, um uns an anderer Stelle einem zweiten Raketenbeschuss auszusetzen«, sagte Admiral Thiel vielleicht ein wenig forscher, als es ihm zustand.

Präsident Alton sackte in seinem Sitz in sich zusammen. Es hatte den Anschein, als wäre ihm die Situation über den Kopf gewachsen. Schließend nickte er zustimmend. »In Ordnung. Vernichten Sie sie. Wir müssen sichergehen, dass sie uns nicht noch einmal treffen können.«

Admiral Thiel wandte sich an Barrett. »Befehlen Sie der *Hue City* und der *Burkes*, die chinesischen Kriegsschiffe anzugreifen und zu versenken. Außerdem sollen ihre Tomahawks umgehend die Standorte der Raketenabschussrampen ausschalten.«

General Barrett holte tief Luft und hielt einen Moment den Atem an. Sie konnte kaum fassen, was der Präsident ihr da befahl: Sie würden offiziell die Streitkräfte der Volksrepublik China angreifen.

**Kapitel Zwei
Task Force Dupré**

**Im Golf von Mexiko
USS *Hue City***

»Sir, ich wiederhole, der Captain der USS *Barry* bittet ...«

»Verdammt, das habe ich schon beim ersten Mal verstanden«, fuhr Commander Michael Dupré den Unteroffizier härter als beabsichtigt an. Schließlich machte dieser nur seinen Job. Dupré erhob sich von seinem Stuhl und griff nach dem Telefon, das ihm entgegengehalten wurde.

»*Barry, Hue City*-Captain, sprechen Sie.«

In den zwei Wochen, seit die treffend benannte Task Force Dupré in aller Eile ins Leben gerufen worden war, hatte er versucht, den Kapitänen der moderneren *Arleigh Burke*-Zerstörer nahezubringen, dass er die typischen Navy-Formalitäten bei ihrer Schiff-zu-Schiff-Kommunikation vermeiden wollte. Die Tatsache, dass sie ihn ignorierten, bestätigte seinen Verdacht, dass sie der *Hue City* wenig Respekt entgegenbrachten.

Er konnte es ihnen nicht übelnehmen. Die *Hue City* war alt. Und mehr als ein junger Seemann hatte schon mit leiser Stimme geflüstert, dass sie von Geistern heimgesucht wurde. Er glaubte das natürlich nicht –, obwohl er in Louisiana aufgewachsen war, einem Staat, der mit dem Aberglauben verwurzelt war. Die Navy sollte die *Hue City* und alle ihre *Ticonderoga*-Klasse Schwesternkreuzer schon seit Langem ausgemustert haben, aber in bester Militär-Manier hatten die Zuständigen zwei Jahrzehnte an Charlie Foxtrot-Hirngespinste wie die *Zumwalt*-Klasse verschwendet.

Dupré schüttelte seine Frustration ab und konzentrierte sich darauf, was Commander Ziegler von der *Barry* zu sagen hatte.

»*Hue City, Barry* hier. Wir haben die Bestätigung über vier Typ 52D Luyang III–Klasse Zerstörer Nord-Nordwest von Cayo de Buenavista, Kuba.«

»*Barry, Hue City*. Ausgezeichnet«, bestätigte Dupré.

»Steuermann, Abfangkurs einleiten, volle Kraft voraus.«

»Abfangkurs einleiten. Volle Kraft voraus, Aye, Sir.«

Duprés Befehle lauteten, seine Task Force von der Flugzeugträgerkampfgruppe 12 zu trennen und mit Höchstgeschwindigkeit in den Golf von Mexiko zu segeln, wo sie die chinesischen Kriegsschiffe angreifen sollten, die sich dort befanden. Sie waren nun weniger als 200 nautische Meilen vom führenden chinesischen Zerstörer entfernt.

In der Einsatzbesprechung mit dem Admiral vor ihrem Aufbruch hatte sich eine von ihm geleitete Task Force wie eine einmalige Gelegenheit angehört. Leider war die *Hue City* das schwächste Glied dieser Task Force, und Dupré wusste das. Sie konnte kaum mit den neueren und schnelleren *Arleigh Burkes* Schritt halten. Die Kapitäne der USS *Barry* und der USS *Laboon* waren aufsteigende Sterne in der Zerstörergemeinde –, so wie er es einmal in der *Arleigh Burke*-Welt gewesen war. Dann hatten ihn seine mangelnde Selbstkontrolle und die Unfähigkeit, die Dummheit anderer wortlos zu ertragen, in die Welt der alternden und ignorierten Kapitäne transferiert. Dieses Kommando war wie das Weihnachtsgeschenk des letzten Jahres gewesen. Die Navy in ihrer unendlichen Weisheit hatte sich jetzt jedoch wieder einmal für Jüngere und Schnellere entschieden.

Ich hätte zur Küstenwache gehen sollen, dachte Dupré.

Trotz allen Klagens liebte Dupré seine *Tico*. Sie war alt und sah mitgenommen aus, aber sie war wie ein Paar bequemer Tennisschuhe. Tief in seinem Innern wusste er, dass das alte Mädchen, sobald es darauf ankam, seinen Mann stehen konnte. Unterstützt würde es dabei von Lieutenant Clarissa Price, die seiner Meinung nach der beste taktische Offizier in der Navy oder jeder anderen Marine war.

Price war intelligent, motiviert und fähig, mehrere Bälle gleichzeitig zu jonglieren, und das auf einem Level, das ihn schwindlig machte. Während der Kriegsspielübungen konnten sie und ihre Abteilung beinahe so schnell wie der Computer Ziele bewerten und ihnen Prioritäten zuordnen. Sie war sein Ass im Ärmel und der Grund, wieso die *Hue City* diesen Auftrag erhalten hatte. Der Golf von Mexiko gehörte schlicht und ergreifend der Task Force Dupré.
****

Lieutenant Clarissa Price wusste, dass sie viel von ihren Leuten verlangte. Sie hatte das CIC, die Operationszentrale, fest im Griff. Ihr Personal befand sich ständig im Training. Während jeder Wache spielten sie Situationen durch, absolvierten Drills und Systemüberprüfungen. Falls eine Wache Prices zeitliche Erwartungen nicht erfüllte, war die Hölle los.

Im dem Moment, als sie einen Fuß auf die *Hue City* gesetzt hatte, hatte sie sich in sie verliebt. Ein Chief Petty Officer (CPO), der einmal für sie im CIC gearbeitet hatte, hatte ihr gesagt: »Wo ein Wille ist, gibt es eine *Hue*.« Das hatte sie sich zu Herzen genommen, und egal was auch passierte, sie würde weder ihre Division noch ihr Schiff enttäuschen. Commander Dupré hingegen war ein anderer Fall. Sie fand den Mann unerträglich. Bevor sie sich zum Dienst an Bord der *Hue City* gemeldet hatte, war er ihr als ‚der verrückte Cajun‘ beschrieben worden.

An diesem ersten Tag hatte sie sich in korrekter militärischer Form in einer frisch gestärkten Uniform mit ihren Befehlen in der Hand in strammer Habachtstellung präsentiert –, während er mit den Füßen auf seinem Schreibtisch Country Music hörte. Als er dann auch noch in eine Gatorade-Flasche spuckte, war ihre Abscheu so deutlich erkennbar gewesen, dass Dupré tatsächlich schallend laut gelacht hatte.

Mit einem Blick auf ihren Annapolis-Ring hatte er sie gefragt, wann sie ihren Abschluss gemacht hatte. Der plötzliche Themenwechsel hatte sie verwirrt. So war Commander Dupré – unberechenbar. Sobald sie dachte, sie hätte den Mann endlich verstanden, schoss er quer oder änderte schlagartig die Richtung.

In den zwei Jahren, die sie bereits für ihn arbeitete, hatte sie es nicht geschafft, den Mann richtig einzuschätzen. Das ärgerte sie maßlos. Das einzige Mal, an dem es ihr beinahe gelungen wäre, den Mann besser kennenzulernen, war während eines Hafenaufenthalts in Singapur gewesen. Er hatte einige seiner Unteroffiziere in das Goodluck Beer House in der Haji Lane eingeladen. Die meisten hatten abgelehnt, da sie sich nicht vor ihrem Chef betrinken wollten. Sie hatte es als Herausforderung gesehen und die Einladung akzeptiert. Bereits nach zwei Stunden hatten sich all ihre Kollegen verabschiedet. Danach hatte er sich als ganz anderer Mann als der auf dem Schiff entpuppt. Seinen Charme fand sie entnervend.

Sie wollte seiner Aussage nicht glauben, als er ihr erklärte, dass sie eine der beste Offiziere war, mit der er je gedient hatte. Zuerst hatte sie ihm unterstellt, dass dies ein versteckter Annäherungsversuch war. Das war für eine attraktive Frau in der Navy nichts Neues. Egal wie viele

PowerPoint-Seminare über sexuelle Belästigung und die Verhinderung von Vergewaltigungen sie besuchten, Männer waren Männer. Inzwischen war sie abgehärtet, bis hin zur Empfindungslosigkeit.

Als ihr dann aufging, dass er es tatsächlich ernst meinte, lief sie rot an und tadelte sich dafür, diesem Mann erneut erlaubt zu haben, sie zu überrumpeln. Seit diesem Abend vor knapp einem Jahr betrachtete sie ihn als eine Art Freund und Mentor … dem es trotzdem gelang, sie weiterhin aufzubringen.

Price verließ ihren Posten und drehte eine Runde durch das CIC, um sicherzustellen, dass die Besatzung während ihrer Schicht konzentriert arbeiteten. Demjenigen, der seine Arbeit nicht hundertprozentig ausführte, drohte Übles.

Als sie auf die verschiedenen Bildschirme und die große Wand der Monitore im CIC schaute, bemerkte sie eine Anomalie. Die elektronische Kriegsführungskontrolle und der taktische Informationskoordinator flackerten einige Sekunden lang auf. Schnell überflog sie jeden Bildschirm, auf den sie Einblick hatte. Alle schienen das gleiche Problem aufzuweisen.

»Aufgepasst im CIC. Sofortige Diagnostik aller Stationen!«, rief Lieutenant Price.

Während ihre Leute diesen Befehl umsetzten, nahm Price ein Telefon aus der Wandhalterung.

»Captain, TAO hier«, meldete sie sich.

»TAO, Captain. Sprechen Sie.«

»Captain, CIC meldet eine Fehlfunktion. Unsere Bildschirme waren ungefähr sieben Sekunden lang unlesbar. Ich befahl eine sofortige Überprüfung aller Stationen.«

»TAO, Captain, verstanden.«

****

Commander Dupré legte das Telefon zurück auf die Halterung und verarbeitete geistig, was sein taktischer Aktionsoffizier ihm gerade mitgeteilt hatte. Dann griff er nach dem Telefon für die Schiff-zu-Schiff-Kommunikation.

»*Barry*, *Laboon*, Kommandant der *Hue City* hier.«

Beide Schiffe antworteten. Aus einer Ahnung heraus erkundigte er sich, ob sie Systemprobleme hatten. Beide Schiffe bejahten und teilten ihm mit, dass sich die Vorfälle zur gleichen Zeit wie der auf der *Hue City* ereignet hatte.

»*Barry*, *Laboon*, okay. Überprüfen Sie Ihre Systeme und teilen Sie mir die Ergebnisse mit.«

Er beendete das Gespräch und lehnte sich in seinem Stuhl zurück. Sein erster Gedanke war gewesen, das Problem zu ignorieren. Schließlich war sein Schiff über 20 Jahre alt. Aber auf die Flight III *Arleigh Burkes* traf das nicht zu. Und dass alle drei Schiffe zur selben Zeit von gleichen Störung beeinträchtigt wurden, war schon sehr seltsam. Das durfte er nicht als Zufall abtun.

Dupré hob den Hörer ein weiteres Mal an und instruierte seinen Kommunikationsoffizier, kurz COMMO genannt, die bisher bekannten Informationen an das Flottenhauptquartier weiterzugeben.

****

Luftwaffenstützpunkt Cape Cod
6. Weltraumwarngeschwader
Gemeinsamer Standort Cape Cod

Major Mario Espinosa schob seit zwei Stunden Dienst. Er wanderte durch das Operationszentrum, um sich wach zu halten. Die ersten Stunden der Schicht waren die schwersten. Er sah zu den beiden Männern hinüber, die mit ihm Dienst taten. Typische Geeks. Beide mit schwarzen Brillen und einem Gesicht, das förmlich schrie: »Meine Freundin lebt in Kanada; du kennst sie nicht.« Demgegenüber waren sie in ihrem Job unglaublich talentiert, wenn nicht sogar brillant. Und trotzdem – sich mit ihnen zu unterhalten, während sie in ihrer 12-stündigen Schicht Objekte in der synchronischen und geosynchronischen Umlaufbahn studierten, war einfach todlangweilig.

Er verfluchte sein Pech, dass es ihm nicht gelang, der gleichen Schicht wie First Lieutenant Childs zugeteilt zu werden. Er verfluchte die Tatsache, dass er nicht einmal den Mut aufbringen konnte, sie anzusprechen. Diese Gedanken hielten ihn jedoch nicht davon ab, einen kurzen Blick auf die beiden 100-Zoll-Displays an der vorderen Wand des Raums zu werfen und dann auf die Uhr zu sehen.

»He, Leute. Die Internationale Weltraumstation ist gleich wieder fällig.«

Es war mittlerweile ein Running Gag, jedes Mal, sobald die ISS sie überflog, den Eingangsmonolog zu *Star Trek* zu rezitierten. Mario wusste direkt beim ersten Mal, dass Staff Sergeant Tate der größere Nerd der beiden war, als er den Soundtrack der Originalserie auf seinem Non-Classified Internet Protocol Router Network (NIPRNet) abspielte. Das Symbol, das die ISS auf ihren Bildschirmen anzeigte, blinkte auf. Feierlich erhoben sich die Nerds, und Tate drückte auf den Abspielknopf. Gemeinsam begannen sie: »Der Weltraum – unendliche Weiten. Wir schreiben das Jahr 2200. Dies sind die Abenteu…«

In diesem Augenblick flackerte jeder Bildschirm im Raum einige Sekunden lang unkontrolliert auf. Sofort war *Star Trek* vergessen.

»Was zum Teufel war das?«, fragte Tate überrascht.

»Keine Ahnung, startet Ihr System neu?«, erkundigte sich Technical Sergeant Bishop, während er sein Systemhandbuch öffnete, um den Funktionsprüfungsprozess zu beginnen.

Major Espinosa war am Telefon, um mit seinem Kollegen in der Beale Air Force-Basis in Kalifornien Rücksprache zu halten, bevor er Standort 6 in Eglin kontaktierte.

Auf Nachfrage von Beale bestätigte Espinosa über die gesicherte Leitung: »Ja, unsere Systeme waren betroffen. Alle. Ich will sicher niemanden nervös machen, aber ja, jedes System in diesem Raum hat versagt.«

Espinosa hielt die Hand hoch, um Tate und Bishop, die laut diskutierten, um Ruhe zu bitten. Die beiden verfielen in Schweigen und sahen zu ihm hinüber, bis er seinen Anruf beendet hatte.

»Okay, starten Sie eine komplette Systemüberprüfung. Beale hatte das gleiche Problem. Ich rufe jetzt Eglin an und danach NORTHCOM, um den Boss zu informieren.«

Espinosa erfuhr, dass Eglin ebenfalls diesen Ausfall erlebt hatte, was bedeutete, dass dies kein zufälliges Versagen war. Drei Standorte, die die gleichen Mängel ihrer Systeme zur gleichen Zeit registrierten … Er griff nach dem Telefon, das ihn mit NORTHCOM verbinden würde, und drückte die Kurzwahltaste, um seine Vorgesetzte Lieutenant Colonel Patricia Benson, zu erreichen, als der Alarm ertönte.

Die großen Wandbildschirme, die die Welt um die Vereinigten Staaten anzeigten, leuchteten in mehreren Bereichen der Karibik hell auf – die Warnsignale für einen Raketenabschuss.

Espinosa ließ den Hörer fallen, ohne zu bemerken, dass Lieutenant Colonel Benson am anderen Ende gerade abgehoben hatte.

»Was zum Teufel …?« Er starrte Bishop durchdringend an.

»Sir, mehrere Abschüsse werden angezeigt!«

»Wie viele? Woher?« Espinosa spürte, wie sein Blutdruck in Reaktion auf den gesteigerten Adrenalinausstoß seines Körpers in die Höhe schoss. Er hielt lange genug inne, um tief durchzuatmen und den Versuch zu unternehmen, sich wieder in den Griff zu bekommen.

»Sir, die Raketen wurden etwa 15 Meilen Nord-Nordwest von Kuba vom Meer aus abgeschossen.«

Tate unterbrach Espinosa, bevor er etwas erwidern konnte. »Sir, ich sehe eine Reihe neuer Raketenabschüsse direkt von Kuba aus.«

»Markieren Sie ihren Verlauf und alarmieren Sie NORAD!«

Espinosa hob den Hörer auf, der an seiner Schnur pendelte, und brachte seine Vorgesetzte auf den neuesten Stand. Sie versprach, die Mannschaft im Bereitschaftsdienst zu alarmieren und selbst in wenigen Minuten da zu sein, um ebenfalls zu helfen.

Als er gerade den Hörer auflegte, begann jedes Telefon im Überwachungszentrum zu klingeln. Jedes Mal, wenn er einen Anruf annahm, verlangte sein Gesprächspartner sofortige Informationen und gab dann die Bestätigung, dass die Vorfälle echt waren. Jedes Frühwarn- und Erkennungssystem der USA, einschließlich der Satelliten, hatte die Flugbahnen der Raketen registriert. Die Zahl der Geschosse, die auf dem Weg in die USA waren, nahm stetig zu, bis sich ihre Zahl auf 200 einpendelte.

****

Im Golf von Mexiko
USS *Hue City*
Task Force Dupré

Commander Dupré wollte sich einige Stunden Schlaf gönnen, solange er die Gelegenheit dazu hatte. Gerade fielen ihm die Augen zu, als der Alarm für die Generalalarm ertönte.

»Alle Mann auf Gefechtsstation, alle Mann auf Gefechtsstation! Condition Zebra. Das ist keine Übung!«

Dupré schnappte sich das Telefon neben seinem Bett und rief das CIC an. »TAO, was ist passiert?«, fragte er benommen, während er sich aufsetzte und nach seiner Uniformhose griff.

»Captain, wir erhielten eine FLASH-Nachricht von NORAD. Sie registrierten mehrere Raketenabschüsse von Kuba aus und drei chinesische Typ 52 vor der Nordküste Kubas«, berichtete Lieutenant Price umgehend.

»Verdammt …?! Ich bin gleich da. Ende.«

Dupré trat in den Gang hinaus, auf dem bereits Dutzende von Seeleuten an ihre Posten stürzten.

Der Master Chief Petty Officer der *Hue City* schloss zu Dupré auf, um zusammen mit ihm im Laufschritt durch die engen Korridore hindurch ins CIC zu eilen. »Aus dem Weg! Aus dem Weg!«, rief der MCPO. Sobald sie bemerkten, dass sie ihrem Captain den Weg versperrten, teilten sich die Seeleute wie das Rote Meer, damit er und der MCPO ins CIC rennen konnten.

»TAO, Update!«, fauchte Dupré, als er das CIC betreten hatte.

Lieutenant Price antwortete ihm umgehend. »Sir, NORADs Frühwarnsysteme zeigen immer noch eine Reihe von Raketenbahnen an, die von diesen PLA-Zerstörern und einigen landbasierten Abschussrampen aus auf die USA zusteuern. Dagegen zeigen unsere Systeme absolut nichts an, was diese Annahme bestätigen könnte.«

Dupré sah Lieutenant Price verblüfft und zweifelnd an. »Was soll das heißen? Wie ist das möglich?«, fragte er schließlich.

Lieutenant Price bemühte sich, ihm eine einigermaßen vernünftige Antwort zu geben. »Sir, im Moment wissen wir nur, dass NORADs Frühwarnsysteme, einschließlich PAVE PAWS auf Cape Cod und Eglins C-6 – die beide Abschüsse von Marschflugkörpern und ballistischen Raketen aus dem Golf tracken können – vor 90 Sekunden 200 Raketenabschüsse angezeigt haben.«

»So viele, und AEGIS trackt absolut nichts? Das ist vollkommen unmöglich«, sagte Dupré mit gefurchter Stirn.

Lieutenant Price schien ebenso verwirrt von der Situation zu sein wie er. »Negativ, Sir, AEGIS zeigt nichts an. Wir sehen keinen Angriff.«

»Das macht absolut keinen Sinn. Wir müssen die Abschüsse verifizieren, Lieutenant!«, befahl Dupré.

»Aye, Sir«, erwiderte Price und nickte.

****

COMDESRON 40
Flottenstützpunkt Mayport
Jacksonville, Florida

Commodore Charles Mathison, der Kommandant des
Zerstörergeschwaders 40, saß nach seiner dritten Tasse Kaffee wieder
hinter seinem Schreibtisch. Er hasste die Nachtschicht, aber als
Kommandant musste auch er gelegentlich Opfer bringen. Er hatte nicht
vor, Admiral Levisons Kommandostil zu übernehmen. Sein direkter
Vorgesetzter, der stellvertretende Kommandant der 4. Flotte, liebte es,
seine eigene Stimme zu hören, und machte denjenigen, die für ihn
arbeiteten, gerne das Leben schwer. Statt selbst mit anzugreifen,
bevorzugte Levison, seine Untergebenen die Drecksarbeit machen zu
lassen.

Mathison öffnete die Präsentation, die ihm einer seiner Mitarbeiter
geschickt hatte. Er wollte sie kurz prüfen, bevor er sie für die
Morgenbesprechung an den Schreibtisch des Admirals weiterleitete. *Oh
nein, Folie sechs ist in Arial, nicht in Times New Roman ... Hoffentlich
sind nicht alle im falschen Font!*

Überraschend stürzte plötzlich einer seiner Männer der
Nachtschicht in sein Büro. »Sir, Sie werden im Operationszentrum
gebraucht. FLASH-Nachricht von NORAD. Sie berichten den
Abschuss von 200 Flugkörpern aus den Gewässern vor Kuba und von
der Insel direkt!«

Zu früh am Morgen, um ein Scherz zu sein, dachte Mathison,
ergriff seine Kappe und folgte dem Mann zum Einsatzzentrum.

Beim Betreten des Einsatzzentrums des Geschwaders zeigte jeder
OLED-Bildschirm an der Wand die Spuren der Raketen, die aus der
Umgebung von Kuba direkt auf Amerikas Festland zuhielten.

Madison zögerte keinen Moment, als er sah, was passiert war.
»Verbinden Sie mich mit der Task Force Dupré, *sofort*!«
****

Im Golf von Mexiko
USS *Hue City*
Task Force Dupré

»Ich verstehe Ihre Befehle, Ma'am«, sagte Dupré zu General Barrett. »Wir sind 190 nautische Meilen von den Abschusspunkten entfernt. Weder unser AEGIS noch das der *Laboon* oder der *Barry* zeigen die Bewegung von Flugkörpern an.«

Dupré war Teil einer Videokonferenz mit den Flottenadmiralen der 2. und 4. Flotte – denen es möglich war, an dem Anruf teilzunehmen – sowie dem Commodore von DESRON 40 und der Kommandeurin von NORAD.

General Barrett erwiderte mit harter Stimme: »Commander, soweit ich weiß, meldeten die drei Schiffe Ihrer Task Force vor weniger als 30 Minuten eine Fehlfunktion. Es ist gut möglich, dass Ihre System beeinträchtigt sind. Sämtliche nordamerikanischen Frühwarnsysteme registrieren 200 Marschflugkörper und ballistische Raketen auf dem Weg in den Süden der USA –, ausgehend von den Positionen dieser chinesischen Kriegsschiffe und von mehreren Standorten auf der Insel.«

Der Admiral der 4. Flotte schaltete sich ein. »Commander Dupré, in weniger als 60 Sekunden sind diese feindlichen Raketen außerhalb Ihres Gefechtsbereichs. POTUS hat Sie angewiesen, sie umgehend zu vernichten. Die Diskussion darüber, was mit den feindlichen Kriegsschiffen und den landbasierten Zielen geschehen soll, geht weiter, aber der CNO versucht, den Präsidenten zu einem Gegenangriff zu bewegen. Sie haben Ihre Befehle, Dupré. Wir verlassen uns auf Sie!«

Dupré nickte und griff nach dem Telefonhörer. Alle am Videogespräch Beteiligten verfolgten, wie er seinem TAO befahl, die feindlichen Raketen anhand der Zielkoordinaten, die CONUS ihnen übermittelt hatte, unter Beschuss zu nehmen.

Das Schiff vibrierte ein wenig, als seine SM-2 den Marschflugkörpern nachsetzten, während eine Reihe SM-3 den ballistischen Raketen folgten.

Die Kommandantin von NORAD nahm ihren Telefonhörer vom Ohr, bevor sie ihn vom Bildschirm aus ansah. »Commander Dupré, POTUS befahl soeben einen Vergeltungsangriff gegen die chinesischen Schiffe und die Standorte auf Kuba. Bitte bestätigen Sie den Erhalt Ihrer neuen Befehle und deren unmittelbare Ausführung.«

»Ich bestätige den Erhalt dieser Angriffsbefehle und deren unmittelbare Ausführung.« Commander Dupré griff erneut nach dem Telefon. »TAO, POTUS hat uns angewiesen, die ChiKom-Kriegsschiffe und die Raketenrampen auf Kuba anzugreifen. Entwickeln Sie eine Targeting-Lösung und ein Targeting-Programm für die Task Force. Ich bin auf dem Weg ins CIC.« Dann wandte er sich an seine Gesprächspartner. »Entschuldigen Sie mich, ich muss zurück zum CIC, um unseren Gegenangriff zu befehligen. Admiral, ich nehme im CIC erneut Kontakt mit Ihnen auf.«

Beim Verlassen der Offiziersmesse schüttelte Dupré den Kopf. *Eines unserer Radarsysteme funktioniert ... Ich hoffe nur, es ist ihres, andernfalls geben wir gleich den Startschuss zu einem Krieg mit China ...*

Lieutenant Price erwartete Dupré beim Betreten des CIC bereits.

»Sir, wir konnten die chinesischen Kriegsschiffe orten und erhielten die Koordinaten der Standorte auf Kuba. Alle Zielobjekte sind einprogrammiert. Die Bulldog-Raketen sind auf Ihren Befehl hin abschussbereit. Die *Laboon* und die *Barry* melden, dass ihre Ziele programmiert und ihre Waffen einsatzbereit sind, Sir.«

Dupré zögerte einen Moment und dachte an die Konsequenzen, die sein nächster Befehl nach sich ziehen würde. Dann befahl er: »Feuer!«

Dieses Kommando wiederholte er für die *Laboon* und die *Barry*. Die Deckpanzerung vibrierte, als ihre Geschosse die vertikalen Abschussrampen verließen und durch den Himmel auf ihre jeweiligen Ziele zujagten. Auf den Monitoren des CICs verfolgte Dupré den Flug der Raketen, die nun in Richtung der chinesischen Zerstörer und ihrer Ziele auf Kuba einschwenkten.

Dupré wandte sich ab. »Ich bin auf der Brücke, Clarissa. Bereiten Sie sich auf mögliche Gegenangriffe der feindlichen Kriegsschiffe vor.«

Die Mannschaft trat zur Seite, als er das CIC verließ.

Lieutenant Clarissa Price folgte ihm in den Gang, damit sie sich einen Augenblick lang privat unterhalten konnten. Die Tatsache, dass er sie mit ihrem Vornamen angesprochen hatte, schien sie entweder aufgebracht oder überrascht zu haben.

»Sir, wenn wir uns im Krieg befinden, was kommt als Nächstes?« Prices Frage verlangte nach einer tröstenden Antwort, die Dupré ihr nicht geben konnte.

Ruhig sah er sie an und erwiderte: »Nun, Lieutenant … dann kämpfen wir.«

Sie nickte und kehrte ins CIC zurück, während er auf die Brücke ging. Dupré überdachte die Situation. Die Task Force hatte 65 Geschosse auf die chinesischen Kriegsschiffe und auf die landbasierten Ziele abgefeuert. Darauf hatte ihn das Training seiner gesamten Militärlaufbahn vorbereitet.

Trotz all dieser Jahre und den Feuerbefehlen, die er in Syrien und im Irak erteilt hatte, überkam ihn eine Welle der Traurigkeit. Etwas machte hier einfach keinen Sinn. Er würde für den Tod von Hunderten chinesischer Seeleute und Soldaten verantwortlich sein. Und er hatte den ersten Schuss in einer Situation abgefeuert, die sich zum Dritten Weltkrieg entwickeln könnte … Egal was nun geschah, die Geschichte würde sich an seinen Namen erinnern und an das, was er heute getan hatte. Dieser Gedanke verursachte ihm Bauchschmerzen.
****

Handelsstörer Typ 909D
Mittlerer Atlantik

»Da ist sie! Die Nachricht ist eingetroffen. Echtheitsprüfung erforderlich«, verkündete der Kommunikationsoffizier aufgeregt.

»Erster Offizier, öffnen wir den Safe und überprüfen ihre Echtheit.« Kapitän Tsai trat vor den kleinen Safe auf der Brücke.

Er gab den Code ein, und der Safe öffnete sich. Tsai griff hinein und brachte zwei Umschläge zum Vorschein, die er auf den Tisch des Kommunikationsoffiziers legte. Der Erste Offizier schaute auf den Identifizierungscode, den das Kommando ihnen soeben zugesandt hatte, und verglich ihn mit den Zahlen auf den beiden Umschlägen. Sobald er das passende Kuvert gefunden hatte, öffnete er es, und zog einen zweiten Code und einen kleinen metallenen Schlüssel hervor, der den Abschuss der Raketen ermöglichen würde.

Der Erste Offizier nahm sich einige Sekunden Zeit, auch diesen Code zu verifizieren, bevor er zufrieden nickte. »Wir haben einen gültigen Abschussbefehl«, stellte er fest und reichte dem Kapitän die Papiere, damit auch er sich davon überzeugen konnte.

Tsai studierte die beiden Papiere genau. Mit grimmigem Gesichtsausdruck wandte er sich an den Waffenoffizier. »Leutnant, bereiten Sie die Raketen zum Abschuss vor.«

Dieser einfache Befehl setzte eine Unzahl von Aktivitäten auf dem gesamten Schiff in Gang. Am Bug gaben die geöffneten, übereinandergestapelten Frachtcontainer den Blick auf 350 vertikale Abschussrohre frei. Während der vordere Teil des Schiffs dabei war, sich in ein voll ausgestattetes Kriegsschiff zu verwandeln, war der zuständige Offizier eifrig damit beschäftigt, die endgültigen Zieldaten, die Jade Dragon bestimmt hatte, in die Ziel- und Flugcomputer der Raketen einzugeben.

Die Augen des Ersten Offiziers wurden groß, als er über die Schulter des Offiziers hinweg die Anzahl der Raketengruppen und Ziele sah, die heruntergeladen wurden. Da diese Geschosse in den frühen Morgenstunden einschlagen würden, stand den USA eine äußerst unangenehme Überraschung bevor.

Gruppe Eins: Acht Raketen, U-Boot-Basis New London, Connecticut

Gruppe Zwei: Zwei Raketen, DIA-Einrichtung in den vereinigten Basen Anacostia-Bolling, Washington, D.C.

Gruppe Drei: Zwei Raketen, Luftwaffenstützpunkt Andrews, Maryland

Gruppe Vier: Vier Raketen, NSA-Hauptquartier, Fort Meade, Maryland

Gruppe Fünf: Acht Raketen, Pentagon, Arlington, Virginia

Gruppe Sechs: Sechs Raketen, CIA, McClean, Virginia

Gruppe Sieben: Vier Raketen, CIA-Einrichtung, Herndon, Virginia

Gruppe Acht: Acht Raketen, Nationaler Aufklärungsdienst, Chantilly, Virginia

Gruppe Neun: 32 Raketen, Luftwaffenstützpunkt Langley, Hampton, Virginia

Gruppe Zehn: 68 Raketen, Flottenstützpunkt Norfolk, Norfolk, Virginia

Gruppe Elf: 32 Raketen, Landbasis der US-Marine, Virginia Beach, Virginia

Gruppe Zwölf: 40 Raketen, Vereinigte Basis Charleston, Charleston, South Carolina

Gruppe Dreizehn: 12 Raketen, Heeresflugplatz Hunter, Savannah, Georgia

Gruppe Vierzehn: 50 Raketen, Fort Stewart, Hinesville, Georgia

Gruppe Fünfzehn: 12 Raketen, U-Boot-Basis Kings Bay, St. Marys, Georgia

Gruppe Sechzehn: 50 Raketen, Fort Benning, Columbus, Georgia

Gruppe Siebzehn: 20 Raketen, Marinestützpunkt Mayport, Jacksonville, Florida

Gruppe Achtzehn: 20 Raketen, Blount Island, Jacksonville, Florida

»Eine lange Liste attraktiver Ziele, Kapitän. Mit diesem Angriff stechen wir direkt ins Wespennetz«, kommentierte der Zielauswahloffizier.

Mit dem Hochladen von Jade Dragons Daten wurde jeder Rakete innerhalb einer Gruppe ein spezifisches Ziel zugewiesen. Einige Raketen waren überflüssig, nur für den Fall, dass eine oder mehrere von ihnen abgeschossen werden würden, aber jeder Rakete kam ihr eigener Zweck zu.

»Wie viele Raketen schießen wir ab?«, fragte Tsai, während er den Funktionsstatus der Raketen beobachtete, der die 100 Prozent beinahe erreicht hatte.

Der Erste Offizier sah auf den Kontrollmonitor. »Insgesamt 292 Raketen sind auf individuelle Ziele gerichtet. Damit bleiben uns 58 Raketen für Folgeangriffe, falls wir nicht innerhalb der nächsten Tage versenkt oder gefangen genommen werden.« Der Erste Offizier schluckte, als ihm aufging, dass er den letzten Teil dieses Satzes nicht laut hätte aussprechen sollen.

Aufgebracht drehte sich Tsai zu ihm um und fuhr ihn brüsk an. »Diese pessimistische Einstellung will ich auf meinem Schiff nicht hören, Kommandant. Haben wir uns verstanden?«

Die Spannung auf der Brücke war greifbar. Nervös erwarteten die Männer den Angriffsbefehl, wohl wissend, dass sie nach dessen Durchführung vielleicht nicht mehr lange zu leben hatten.

Der Erste Offizier ließ den Kopf hängen. Er bereute seinen Fehler.

In sanfterem Ton sprach Tsai die Brückencrew an. »Wir werden unsere Pflicht gegenüber China erfüllen. Unsere Anführer statteten uns mit allen ihnen zur Verfügung stehenden Mitteln aus, um die kommenden Tage und Wochen zu überleben. Aber egal ob wir leben

oder sterben, wir werden den amerikanischen Geheimdienst und das
Militär mit einem solch vernichtenden Schlag treffen, dass er Pearl
Harbor und den 11. September wie eine Kleinigkeit aussehen lässt.
Dieser einzelne Anschlag könnte die Amerikaner zur Aufgabe in einem
Krieg zwingen, der noch gar nicht begonnen hat. Sie alle sollten stolz
darauf sein, für diesen Teil der Mission erwählt worden zu sein, über
die Geschichtsbücher noch in Hunderten von Jahren sprechen werden.«
Captain Tsai sprach mit echter Überzeugung in der Stimme.

»Die Raketen sind bereit, Captain«, teilte der Zielauswahloffizier
mit.

Captain Tsai hob das Kinn ein wenig, sah dem jungen Mann
bedeutungsvoll ins Gesicht und befahl: »Feuer!«

Im Abstand von jeweils drei Sekunden verließen 292 Raketen ihr
Abschussrohr, bis eine graue Wolke von Dunst das Schiff umgab.
Sofort begann die Crew fieberhaft, die offen stehenden Container
wieder zu verschließen und den Bordwänden des Schiffs einen
Neuanstrich zu verpassen. Ihr Lotse und Navigator lenkte sie auf eine
neue, 110 Kilometer nordöstlich gelegene Frachtroute um, auf die das
Schiff mit Höchstgeschwindigkeit zusteuerte. Wenn sie Glück hatten,
schafften sie es in die neue Frachtroute, ohne Aufmerksamkeit zu
erregen.

Von dort aus würden sie – hoffentlich unentdeckt – zurück nach
Europa segeln, bis sie ihre Befehle für die verbliebenen Raketen
erhielten.

Kapitel Drei
Das Zeitalter der Künstlichen Intelligenz

Februar 2017 – vor sieben Jahren
Alibabas AI-Division
Shanghai, China

Dan genoss sein Tunnock's-Teegebäck und las eine persönliche E-Mail auf seinem Telefon, bevor er sich wieder an die Arbeit machte. Es war eine Nachricht von dem Hotel, dass er gestern Abend für seinen bevorstehenden Trip nach Macau gebucht hatte. Dort wollte er mit einigen Freunden ein Wochenende mit viel Alkohol und Ausschweifungen verbringen. Die E-Mail informierte ihn, dass das Hotel seine Buchung leider nicht annehmen konnte. Seine soziale Kreditwürdigkeit war zu tief gesunken.

Diese Ablehnung brachte ihn wirklich auf. Es war das dritte Hotel, das ihm in den letzten Tagen eine Buchung verwehrt hatte. Er hatte das Glück gehabt, einen Flug zu bekommen, aber ein Zimmer in einem der Spitzenkasinos zu ergattern, war offenbar aussichtslos. Seine Freunde in Singapur und Hongkong wollten wissen, in welchem Hotel sie ihn treffen sollten. Und er konnte ihnen immer noch keine Antwort geben.

Frustriert von dieser weiteren Absage setzte sich Dan seine geräuschunterdrückenden Kopfhörer auf. Er wollte die Welt um sich herum ausschließen und sich lieber auf ein Problem in einer Zeile des Codes konzentrieren, mit dem einige der leitenden Analytiker seit Wochen kämpften. Manchmal fühlte er sich, als wäre er von Idioten umgeben. Nicht, dass sie keine guten Programmierer waren. Es schien ihnen einfach an der Fähigkeit zu mangeln, sich etwas Neues und Einzigartiges einfallen zu lassen. Man konnte einem Programm nicht beibringen, Daten zu interpretieren, mit denen es bestimmte Zielvorgaben erreichen sollte, ohne seiner Vorstellungskraft zu erlauben, außerhalb der normalen Bahnen zu denken.

Eine Stunde später riss ihm plötzlich jemand seine Kopfhörer herunter, aus denen weiter die laute Musk dröhnte, die er gerade gehört hatte.

Er schnellte herum, um zu sehen, wer ihn ohne seine Erlaubnis angefasst hatte. Das Gesicht von Joseph Chung-Hsin, seines direkten Vorgesetzten und Projektleiters, starrte auf ihn herab.

»Ma Yong, ich muss Sie in meinem Büro sprechen. Und stellen Sie diese Musik ab!« Er drehte sich auf dem Absatz um und kehrte in sein Büro zurück, ohne sich davon zu überzeugen, dass Dan ihm tatsächlich folgte.

Seufzend machte Dan die Musik aus und erhob sich. *Was habe ich denn jetzt schon wieder verbrochen,* fragte er sich. *Und warum weigert er sich, meinen westlichen Namen zu benutzen, Dan oder vielleicht Dr. Ma? Ist es zu viel verlangt, mit dem Namen angesprochen zu werden, mit dem ich angesprochen werden will?*

Im Büro seines Vorgesetzten sah Dan, dass dort noch eine zweite Person auf ihn wartete. Der Chef seines Chefs, Zhang Lou.

»Bitte setzen Sie sich, Ma«, forderte sein Boss ihn auf, und die drei nahmen an einem Tisch Platz.

»Habe ich etwas falsch gemacht? Ist meine Arbeit nicht zufriedenstellend?«, erkundigte sich Dan zögerlich. Er arbeitete erst seit einem Jahr in Alibabas Sektor ‚Künstliche Intelligenz‘. Er war praktisch noch in der Probezeit.

»Hallo, Dr. Ma. Es ist eine Weile her, seit wir uns das letzte Mal unterhielten. Mein Name ist Zhang Lou, aber Sie dürfen mich gerne Lou nennen. Ich bevorzuge den formlosen Umgang mit meinen Mitarbeitern«, bot ihm der ältere Mann mit einem freundlichen Lächeln an.

Dan war sich nicht sicher, weshalb dieses hohe Tier mit ihm reden wollte, aber es war offensichtlich, dass er etwas falsch gemacht hatte, sonst wäre er nicht hier.

Lou fuhr fort: »Wie Sie wissen, Dan, bin ich der geschäftsführende Direktor dieser Einheit. Mir unterstehen *alle* 2.000 Mitarbeiter, die in diesem Sektor arbeiten. Leider ist es mir unmöglich, so viel Zeit mit jedem von Ihnen zu verbringen, wie ich es gern tun würde. Über Sie kam mir allerdings etwas zu Ohren, das mir wichtig genug erschien, mir die Zeit zu einem privaten Gespräch mit Ihnen zu nehmen.«

Jetzt kommt's, dachte Dan.

Lou öffnete eine Aktenmappe, bevor er weitersprach. »Vor unserem Treffen informierte ich mich zunächst über Ihren Hintergrund und begutachtete Ihre letzten Arbeiten. Ich muss sagen, Ihre Arbeit ist tadellos und Ihre akademischen Qualifikationen sind beeindruckend.«

Ein wenig stolz über das Kompliment hob Dan sein Kinn.

Lou fasste Dans Lebenslauf zusammen. »Als Ihre Familie Sie zur Ausbildung ins Ausland schickte, verließen Sie Shanghai, um Computerwissenschaften an der Universität Oxford zu studieren. Sie schlossen als einer der Besten ab. Anschließend haben Sie Ihren Masterstudiengang im selben Fachbereich mit Auszeichnung abgeschlossen.«

Lou sah Dan einen Augenblick lang an, bevor er hinzufügte: »Ihre Akte besagt, dass Sie die Angebote einer Doktorandenstelle sowohl von Oxford als auch vom MIT ablehnten, um an der Carnegie Mellon Universität im Bereich des maschinellen Lernens zu promovieren. Wieso trafen Sie diese Entscheidung?«

Diese Frage überraschte Dan. Danach hatte sich bislang niemand erkundigt. Die Regel war, dass man seinen Doktor an einer anderen Universität machte als an der, die man bislang besucht hatte. Allerdings hatte er niemandem erzählt, dass er die Angebote von Oxford und vom MIT abgelehnt hatte.

Dan erwiderte: »Das war damals eine schwere Entscheidung. Aber ich hielt das Künstliche-Intelligenz-Programm von Carnegie für das bessere. Mein späterer Studienberater arbeitete an einem speziellen Programm für das amerikanische Verteidigungsministerium. Was er mir über maschinelles Lernen erzählte und wie die Zukunft von KI in zehn Jahren aussehen würde, hat mich fasziniert. Ich wollte vom Besten lernen und er war in jeder Hinsicht der Beste in seinem Bereich. Deshalb entschied ich mich, dort an meiner Promotion zu arbeiten, anstatt bei MIT oder Oxford.«

Diese Antwort schien Lou zufriedenzustellen. »Ihre Berater und Professoren sagten, dass Sie mit Abstand das fähigste Talent im Feld der Künstlichen Intelligenz waren, das sie je gesehen hatten. Ich hoffe, Sie sind sich bewusst, dass dies ein entscheidender Punkt war, weshalb wir Sie speziell für diese Firma und für meine Abteilung rekrutiert haben. Jetzt stehen wir allerdings einem Problem gegenüber, das wir mit Ihnen diskutieren müssen.«

Dan runzelte die Stirn. »Ein Problem? Welche Art von Problem? Sagten Sie nicht gerade, dass ich ausgezeichnete Arbeit leiste?«

Lou verscheuchte seine Bedenken mit einer Handbewegung. »Es geht nicht um Ihre Arbeitsleistung, Dan. Sie sind ein begnadeter und herausragender Angestellter. Es geht um Ihre soziale Kreditwürdigkeit. Würden Sie sagen, dass Sie mit Ihrer Rückkehr nach China soziale

Eingliederungsprobleme hatten? Schließlich lebten Sie beinahe zehn Jahre im Ausland. Seit dieser Zeit hat sich viel verändert.«

Dan versuchte bei der Erwähnung seiner sozialen Kreditwürdigkeit nicht das Gesicht zu verziehen. Sein Score war über die letzten vier oder fünf Monate stark gefallen. Das war vielleicht die unangenehmste Erfahrung, mit der er nach seiner Rückkehr nach China zu kämpfen hatte. Die Ablehnung seiner Hotelbuchung war ein gutes Beispiel dafür.

Dan seufzte. »Ich muss mich für meine soziale Kreditwürdigkeit entschuldigen, Lou. Ich weiß, dass sie in den letzten Monaten abfiel. Ich gebe zu, dass mir die Wiedereingliederung in China etwas schwerfiel. Wie Sie wissen, verbrachte ich die vergangenen neun Jahre zuerst in Großbritannien und dann in den Vereinigten Staaten. Dort ist selbstverständlich vieles anders als hier. Ich werde mich bemühen, mich angepasster zu verhalten.«

Lou schien ihm Wohlwollen entgegenzubringen, selbst wenn Joseph, sein unmittelbarer Vorgesetzter, dies nicht tat.

»Dan, das Sozialkreditsystem gewinnt in China zunehmend an Bedeutung. Im Moment bietet das System noch ein wenig Spielraum. Die Zeit wird kommen, in der es keinen mehr zulässt. Gegenwärtig ist Ihr Punktestand so niedrig, dass wir Sie nicht einmal auf eine Businesstrip schicken können. Den neuen Richtlinien nach, die in Kürze veröffentlicht werden, verlangen von uns, dass wir Sie tatsächlich entlassen. Sie stehen auf der schwarzen Liste«, erklärte Lou ruhig.

Dan konterte diese Ansage mit hochgezogenen Augenbrauen. »Wie bitte? Entschuldigen Sie, Lou, aber was genau habe ich getan, das diese Einschätzung rechtfertigt? Ich bin der erfahrenste Mitarbeiter der Firma in Bezug auf das maschinelle Lernen.«

Nun war Joseph an der Reihe, Einsicht in eine Akte zu nehmen, die Dan bislang nicht bemerkt hatte. In sanfterem Ton als erwartet, erläuterte er: »Dan, allein in den letzten zehn Monaten hatten Sie 19 soziale Übertretungen. Hier stehen einige der Dinge, die dazu führten, dass Sie als Problem eingestuft wurden. Vor drei Monaten reservierten Sie einen Tisch in einem Restaurant und nahmen dann die Reservierung nicht wahr.«

»Moment, Sie wollen sagen, ich kann auf der schwarzen Liste landen, nur weil ich eine Reservierung nicht abgesagt habe? Ich wollte dort anrufen, aber ich hatte Probleme mit meinem Handy«, protestierte Dan schockiert.

Joseph nickte bestätigend. »Ja, weil Sie Ihre Mobiltelefonrechnung drei Tage zu spät bezahlt haben. Ihr Handy wurde gesperrt, bis der Betrag beglichen war.« Er hob eine Hand, um Dan vom Sprechen abzuhalten und zählte weitere Sünden auf. »Vor zwei Monaten hinterließen Sie in einem Computerwissenschafts-Chat einen negativen Kommentar über etwas vollkommen Unwichtiges. Mehrere Personen meldeten diesen Kommentar, und er wurde zur Überprüfung weitergegeben.

»Im gleichen Monat wurden Sie geblitzt, als Sie in Ihrem Tesla eine Ampel bei Rot überfuhren. Und vor drei Tagen erhielten Sie einen Verweis in der U-Bahn. Sie wissen, dass das Essen dort nicht erlaubt ist.«

Joseph legte die Akte auf den Tisch und schüttelte enttäuscht den Kopf. »Das sind nur einige der Übertretungen, die Sie seit Ihrem Arbeitsantritt bei uns begangen haben.« Er hielt einen Augenblick inne, um dem Gesagten Wirkung zu verleihen.

»Dan, keines dieser Vergehen stellt für sich allein gesehen ein ernsthaftes Problem dar. Aber in ihrer Gesamtheit bereiten sie uns Sorge. Hier entwickelt sich ein Verhaltensmuster, das angesprochen werden muss. Eben aus diesem Grund wurde das Sozialkreditsystem erschaffen. Jeder Verstoß beeinflusst Ihre Position negativ, bis Sie früher oder später die Aufmerksamkeit des Systems erregen. Sobald dies geschieht, wird Ihr soziales Profil unter die Lupe genommen und ein Gutachter entscheidet, ob Sie so lange auf die schwarze Liste müssen, bis sich Ihr Verhalten geändert hat.«

Dan saß wie vor den Kopf geschlagen da. Er wusste, dass der Gedanke der sozialen Credits an Bedeutung zunahm, insgesamt hatte er ihm allerdings wenig Aufmerksamkeit geschenkt. Sein Motto war immer: Arbeite hart und feiere ungehemmt – etwas, was er in den USA gelernt hatte. Ein solches Verhalten war in China offenbar nicht akzeptabel.

Nun mischte Lou sich wieder ein. »Dan, wir diskutieren dieses Thema mit Ihnen, da wir Ihnen helfen möchten, Ihren sozialen Score zu verbessern. Wir wollen Sie wieder auf den richtigen Weg bringen.« Lou machte eine gehaltvolle Pause. »Sie sind ein brillanter Mann, dem ich ein ganz besonderes und geheimes Projekt im Bereich des

maschinellen Lernens anvertrauen möchte. Bevor ich das tun kann,
werden wir Ihnen helfen, einige schlechte Angewohnheiten abzulegen,
die Sie sich in Amerika angeeignet haben. Damit verbessern wir Ihren
sozialen Kredit. Voraussetzung dafür ist allerdings zum einen Ihre
Akzeptanz, dass dieses Sozialkreditsystem eine ernst zu nehmende und
realistische Komponente der chinesischen Gesellschaft ist. Wenn Sie
außerdem verstehen, dass es wie ein Spiel funktioniert, wird es Ihnen
viel leichter fallen, es zu akzeptieren und Wege zu finden, es zu Ihrem
Vorteil zu manipulieren.«

»Manipulieren, wie denn?«, fragte Dan.

»Okay, gegenwärtig ist Ihre Punktzahl katastrophal. Aber für
jemanden wie Sie ist es einfach, sich hochzuarbeiten. Im Gegensatz zu
einem Großteil der Bevölkerung verfügen Sie über ein sehr stattliches
Einkommen. Die monatliche Stiftung größerer Summen Geldes an
Wohltätigkeitsorganisationen in Shanghai und im restlichen Land wird
als positive soziale Zuwendung registriert. Damit schießt Ihr Score
sofort nach oben. Spenden Sie einmal im Monat Blut, auch das ist ein
positiver Beitrag an die Gesellschaft. Wenn Sie sich ehrenamtlich bei
bestimmten Organisationen engagieren, wird dies ebenfalls positiv
gewertet. «

»Sie sagen also, ich soll einige dieser Dinge tun und darauf achten,
dass ich nicht ins Fettnäpfchen trete?«, vergewisserte sich Dan.

Sowohl Lou als auch Joseph nickten bekräftigend.

Lou führte aus: »Wir haben große Pläne für Sie, Dan. Ich will, dass
Sie wieder auf den richtigen Weg kommen. Dabei werden wir Ihnen
helfen. Als Erstes setzen Sie sich mit dem Finanzberater zusammen,
den auch Joseph und ich engagiert haben. Er wird Ihr finanzielles Haus
in Ordnung bringen und die automatische Zahlung Ihrer Rechnungen
veranlassen. Damit Ihnen nie wieder wegen etwas so Albernem wie
eine verspätete oder vergessene Zahlung ein Punkt abgezogen wird.

»Dann arrangieren wir für Sie, dass Sie eine Stunde pro Woche an
einer unterprivilegierten Schule Computerwissenschaft und Künstliche
Intelligenz unterrichten. Dieser positive Bericht jede Woche wird Ihre
Credits steigern. Als Nächstes haben wir acht
Wohltätigkeitsorganisationen herausgesucht, denen Sie von jetzt an
regelmäßig Geld senden werden. Das gibt Ihnen zusätzlich zu Ihrem
Engagement an der Schule monatlich acht weitere positive
Bewertungen.

»Wenn Sie diesem Muster folgen, können wir Sie nach zwei Monaten von der Liste der Problemkinder streichen. Nach drei oder vier Monaten wird Ihr Wert ein akzeptables Niveau erreichen. Nach sechs Monaten werden Sie wie wir zur Spitzengruppe gehören. Dann kann ich Sie an dem neuen Gemeinschaftsprojekt beteiligen. Was sagen Sie dazu? Sind Sie dazu bereit?«, fragte Lou.

Dan holte tief Luft. Er hätte nie gedacht, dass seine Sozialkreditzahlen derart gravierende Maßnahmen erforderten. Die Tatsache, dass diese Männer bereit waren, ihm zu helfen, gab ihm jedoch das Gefühl, dass er sich glücklich schätzen konnte, für Alibaba zu arbeiten.

Dan sah seinen Sponsoren in die Augen. »Das bin ich. Sie haben mein Wort. Ich werde mein Bestes tun, mich an die Regeln zu halten und Ihrem Plan zu folgen.«

Joe und Lou lächelten zufrieden, da ihr Eingreifen Erfolg versprechend erschien.

****

Das BAT-Labor
Shanghai, China

Dr. Xi Zemin, der leitende Wissenschaftler des BAT-Labors und wohl mit Abstand einer der führenden Experten der Welt im maschinellen Lernen, stand vor den mächtigsten Männern Chinas und erklärte: »Herr Präsident, als begeisterter Schachspieler verstehen Sie, wie wichtig es ist, den nächsten Zug Ihres Gegners vorauszusehen, und die fünf oder sechs Züge, die diesem folgen werden. Wie Sun Tzu einst sagte: ‚Streite nicht mit einem Gegner, der dir überlegen ist. Falls es sich jedoch nicht vermeiden lässt, stelle sicher, dass du unter deinen Bedingungen auf ihn triffst, nicht unter denen deines Feindes.‘ Ich denke, wir haben ein Werkzeug kreiert, dass genau dies tun kann.«

Präsident Yao Jintao hob die Augenbrauen leicht an und erwiderte: »Das ist eine mutige Behauptung, Doktor. Bitte sagen Sie uns mehr darüber.«

Xi nickte. »Herr Präsident, Alibaba, Amazon, Baidu, Netflix und Google – sie alle haben im privaten Sektor einen Software-Algorithmus entwickelt, der das Konsumentenverhalten kalkulieren, sogar fast voraussagen kann. Das hat zum umfangreichen wirtschaftlichen

Wachstum und zur Profitabilität dieser Organisationen und ihrem breiteren ökonomischen Umfeld beigetragen. Das ist die Macht des maschinellen Lernens.«

»Die Anwendung dieser Technologie im Rahmen einer sozialen Medienplattform lässt das wirtschaftliche Wachstum und die Profitabilität noch um ein Vielfaches ansteigen«, fuhr Xi fort. »*Aber*, wenn wir maschinelles Lernen mit einem tiefgreifenden Verständnis der Verhaltensanalyse verbinden, können wir eine Waffe entwickeln, die leistungsfähiger ist als jedes Marineschiff oder jedes Tarnkappenflugzeug, das unser Land oder unser Gegner einsetzen kann..«

Präsident Yao hob die Hand. »Dr. Xi, stellen Sie uns doch bitte Ihr Konzept des maschinellen Lernens etwas konkreter vor, insbesondere, wie es der chinesischen Regierung dabei helfen kann, unsere globalen Ambitionen zu befriedigen.«

Erfreut, die Gelegenheit zu einer weiteren Erklärung zu erhalten, fuhr Dr. Xi aufgeregt fort: »Sehr gern, Herr Präsident. Unser Sozialkreditsystem gibt dem Algorithmus des maschinellen Lernens Zugriff auf die elektronischen Daten, die wir von den Nutzern des Systems erheben. Indem wir eine Reihe sogenannter tiefer neuronaler Netzwerke kreierten – das sind Computerprogramme, die ähnlich dem menschlichen Gehirn funktionieren und arbeiten –, entwickelten wir einen Algorithmus, der eigenständig mehr und mehr lernt. Er ist in der Lage, automatisch seine eigene Einschätzung und sein Verständnis des menschlichen Verhaltens durch neue Erfahrungen zu verbessern.«

Bevor Dr. Xi weitersprechen konnte, unterbrach ihn jemand vom Ministerium für Staatssicherheit. »Sie behaupten also, Doktor, dass diese Künstliche Intelligenz, die Sie ausbauen wollen, über die Ebene der Aufnahme von Informationen und deren Interpretation hinausgeht; dass sie die eingegangenen Informationen dazu nutzt, vorausschauende Analysen künftigen Verhaltens zu erstellen – basierend auf dem bisherigem Nutzerverhalten?«

Xi nickte erfreut. »Im Prinzip genau das. Es ist beinahe wie das Fahrradfahren. Theoretisch versteht ein Kind oder ein Erwachsener das Konzept, in die Pedale zu treten. Sie wissen, sobald sie das tun, dreht sich das Rad und bewegt sie vorwärts. Sobald sie dann aber auf dem Fahrrad sitzen und die Theorie in die Praxis umsetzen sollen, wird ihnen die Bedeutung des Gleichgewichts offensichtlich –, ein neues

Konzept, das sie bei der Beobachtung anderer Fahrradfahrer weder in Aktion sahen noch erkennen konnten.

Das Konzept der Balance kann nur durch Erfahrung erlernt werden. Im Fall des maschinellen Lernens ist es unmöglich, bestimmte Funktionen vorzuprogrammieren. Der Algorithmus muss sie erfahren, um von ihnen zu lernen, so wie die Person, die das Fahrradfahren erlernt. Anfangs fällt die Person einige Male hin. Jeder Sturz verursacht körperliche Schmerzen, falls sich der Fahrer verletzt, oder seelische Schmerzen und Beschämung, falls ihn jemand auslacht. Diese Erfahrungen werden vom Gehirn registriert, das als Folge davon lernt, beim nächsten Versuch nicht den gleichen Fehler zu begehen.

Das nennen wir einen Neuro-Loop. Das Gehirn kennt die Ausgangsfunktionen. Zu diesen fügt es so lange neue Erfahrungen hinzu, bis die Person gelernt hat, das Fahrrad problemlos zu steuern. Eben das haben wir unserem Algorithmus in Bezug auf das Sozialkreditsystem beigebracht. Er nimmt alle Informationen in sich auf und lernt von ihnen. Er identifiziert unangebrachtes oder korruptes Verhalten in der Gesellschaft und entwickelt daraufhin einen Prozess, der speziell auf diese Person anwendbar ist, um verwerfliches Verhalten in ein öffentlich akzeptables zu verwandeln. Das ist ein Beispiel angewandter Intelligenz.«

Dieses Mal unterbrach ihn einer der Berater des Präsidenten. »Verstehe ich Sie richtig? Die künstliche Intelligenz, die Sie erschaffen wollen, nutzt maschinelles Lernen, um intelligenter zu werden, was sie auf eine höhere Ebene stellt als die unbewegliche und beschränkte KI, die heute rund um die Welt eingesetzt wird? Dies erlaubt Ihrer KI, die Menschen und ihr Verhalten besser zu verstehen?«

XI nickte. »Das ist richtig. Wir entwickelten den ursprünglichen algorithmischen Code auf dem Niveau eines fünf- bis sechsjährigen Kindes. Jetzt müssen wir unserer Künstlichen Intelligenz die Möglichkeit zum Lernen bieten, um die nächste Stufe zu erreichen.«

Der Berater hakte nach. »Sie behaupten also, dass Ihr Algorithmus mit jedem zusätzlichen Füttern von Daten ‚intelligenter‘ wird? Dass ihm seine Fähigkeit, menschliches Verhalten zu beobachten, mit der Zeit erlauben wird, präzise Wege oder Methoden zu finden, die dieses Verhalten verändern oder manipulieren können? Im Fall, dass *wir* dem Algorithmus ein gewünschtes Ergebnis präsentieren –, wäre er umgekehrt auch in der Lage, eine Reihe von Aktionen vorzuschlagen, um eben dieses Ergebnis herbeizuführen?«

XI lächelte dem Berater anerkennend zu. Er hatte es verstanden. »Das ist genau das, was ich sagen will. Das Sozialkreditsystem ist dabei nur der erste Schritt. Der nächste, der mir vorschwebt, ist viel bedeutender als das. Er wird die Welt und die Menschheit auf den Kopf stellen. Wenn ich mich noch einmal auf Sun Tzu beziehen darf … Er spricht von neun Varianten oder Eventualitäten, für die wir planen müssen. Ich denke, es gibt eine zehnte Alternative, von der er zu seiner Zeit noch nichts wissen konnte. Ich spreche vom maschinellen Lernen und der angewandten Künstlichen Intelligenz.«

General Li Zuocheng, der oberste Befehlshaber der Volksbefreiungsarmee, neigte sich in seinem Stuhl nach vorn. »Erläutern Sie mir doch bitte mögliche militärische Verwendungszwecke. Wie gut könnte Ihre KI Kriegsspiele gegen potenzielle Gegner entwickeln? Und wieso denken Sie, dass Ihre KI besser als unsere menschlichen Kriegsplaner sein wird? Damit möchte ich nicht unterstellen, dass sie keinen Wert hat, aber eine Maschine ist nun mal kein Mensch. Sie ist nicht in der Lage, menschliche Emotionen oder irrationale Handlungen der Menschen nachzuvollziehen.«

Xi ließ sich von diesen Worten nicht beirren. »Das ist ein guter Punkt, General. Mit dem Sozialkreditprogramm lieferten wir unserer Maschine das Fundament dafür, die Menschen und das menschliche Verhalten zu verstehen. Sehen wir es so. Die KI, die wir letztendlich sehen wollen, braucht mehr als nur ein Gehirn. Sie braucht eine Wissensgrundlage. Sie braucht Erinnerungen. Ohne das Hintergrundwissen, wie Menschen auf bestimmte Situationen oder Fakten reagiert haben, ist es selbst der klügsten Maschine der Welt unmöglich, menschliches Verhalten zu erklären –, woraus sich logischerweise ergibt, dass ihr auch der Einblick in künftiges menschliches Verhalten versagt bleibt. Sie kann nicht wissen, wie eine Person oder ein Gegner letztendlich reagieren wird.«

»Aus diesem Grund war das Sozialkreditprogramm so wesentlich für Ihr KI-Projekt, richtig?«, fragte Präsident Yao Jintao.

Xi nickte bestätigend, schwieg aber.

»Das Sozialkreditsystem bringt uns nur eingeschränkt weiter. Ihre KI wird nur das verstehen, was die Menschen denken, die in unserer Kultur leben, oder wie eben diese Menschen auf Dinge reagieren, die um sie herum vorgehen. Wie wollen Sie Ihrer Maschine beibringen, den *Westen* zu verstehen, wenn die Wissengrundlage, auf die sie sich stützt, allein auf den Erfahrungen unserer eigenen Gesellschaft beruht?«, überlegte der Präsident laut.

Ein Lächeln überflog Xis Gesicht. »Dem Gründer von *Facebook*, Mark Zuckerberg, war bewusst, dass der wahre Wert seines Unternehmens in den Nutzerdaten liegt. Die Kenntnis, was sich seine Benutzer ansehen, was sie mit anderen teilen und worauf sie kommentieren, machte es Facebook möglich, unglaublich effektive Marketingstrategien und -dienste zu entwickeln. Die verkauft Zuckerberg auf Facebook oder erlaubt seinen Nutzern, ihre eigenen Produkte über ihre Plattform unter die Leute zu bringen. Ihm war außerdem klar, dass der Wert dieser Daten exponentiell steigen wird, je mehr Personen sich auf seiner Plattform registrieren. Mit diesem Wissen machte er es sich zur Aufgabe, der Welt das kostenlose WLAN zu bringen.

»In ähnlicher Weise will Elon Musk mit SpaceX den Mars kolonisieren. Die Erkundung des Weltraums ist ungemein teuer. Um zumindest einen Teil dieser Kosten zu decken, entwickelt er gerade Starlink, eine Gruppe von Satelliten, die der Welt kostengünstig Highspeed-Internet bringen wird. Und obschon dieser Service nicht kostenfrei ist, macht er dort weiter, wo Zuckerberg aufgehört hat. Sobald *wir* der ganzen Welt großzügig *unseren* DragonLink anbieten, steht uns der Weg offen, den gesamten Verkehr, der über diese Plattform abläuft, einzusehen. Danach fließen diese Nutzerdaten direkt in unsere Server, was der KI ungeheure Mengen zusätzlicher Daten zur Verfügung stellen wird, von denen sie lernen kann.«

»Sie sprechen von einem enorm teuren Vorhaben, Doktor. Verfügen wir bereits über die Technologie, die uns das erlaubt?«, merkte einer der Berater des Präsidenten an.

»Auf unserer Seite, ja. Zum größten Teil. Was ich von der Regierung brauche, ist ein großer, gesicherter Ort, an dem wir diese Super-KI ausbauen können, außerdem die Ressourcen, das Gehirn der Maschine weiter zu entwickeln«, zählte Xi auf.

Alle Augen waren auf den Präsidenten gerichtet. Eine Weile herrschte Schweigen. Ihm oblag die Entscheidung, ob die Regierung dieses Projekt unterstützen wollte.

Präsident Yao faltete die Hände. »Sun Tzu hat auch gesagt: ‚Der kluge Dienstherr beschäftigt den weisen, den tapferen, den ehrgeizigen und den dummen Mann'. In welche Kategorie Sie letztendlich fallen, wird die Zeit zeigen. Für den Augenblick haben Sie mich davon überzeugt, dass dieses Projekt China zum Vorteil gereichen kann. Ja, ich überlasse Ihnen die nötigen Ressourcen, um diese Maschine zu bauen – unter einer Bedingung! Die KI, die Sie erschaffen, wird ausschließlich einem einzigen Zweck dienen.«

Der Präsident hielt inne. Mit angehaltenem Atem warteten alle darauf, welche Bedingung der Präsident stellen würde. »Der alleinige Zweck dieser Maschine wird es sein, der Volksrepublik China in jeder Hinsicht die Dominanz und die Kontrolle über die Welt zu verschaffen. Wir erschaffen kein altruistisches System, das zugunsten der Menschheit das Problem des Welthungers lösen oder den Krebs dieser Welt heilen wird.

Gegenwärtig stehen Chinas Aufstieg zu wahrer Größe zwei Faktoren im Weg. Das erste Hindernis sind wir selbst. Dieses Problem gehen wir mit unserem Sozialkreditsystem an, um die Art von Gesellschaft aufzubauen, die wir für die Weltherrschaft benötigen . Das zweite Hindernis ist der Westen, angeführt von den Vereinigten Staaten. Insbesondere die Amerikaner torkeln wie ein volltrunkener Tyrann über die Weltbühne und verlangen, dass sich die Welt vor ihnen verbeugt. Wir werden Ihre KI dazu nutzen, Amerika in die Knie zu zwingen. Seine Position als mächtigste Supermacht der Welt wird an China übergehen. Doktor Xi, Sie haben ein Jahr, dieses Projekt aus der Taufe zu heben. Danach befinden sich Sie und Ihr Team in einem Rennen gegen die Zeit, um die erwarteten Resultate zu liefern.«

»Dr. Xi, hat Ihr Projekt einen Namen?«, erkundigte sich der Präsident, bevor er die Konferenz beendete.

Xi überlegte kurz. »Projekt Zehn, zu Ehren der 10. Variante, die Sun Tzu sicher eingeschlossen hätte, wenn er diese Technologie gekannt hätte.«

»Gut, Dr. Xi. Projekt Zehn hat ein Jahr. Enttäuschen Sie China nicht … Enttäuschen Sie mich nicht!«, erwiderte Präsident Yao.

Da es nichts mehr zu sagen gab, verließ er mit zwei seiner engsten Berater den Raum. Xi und sein Forscherteam von Baidu, Alibaba und Tencent, den KI-Supermächten der Welt, hatten grünes Licht bekommen. Jetzt mussten sie liefern.

Kapitel Vier
Down Under

August 2018
Sydney, Australien

Professor Hank Iverson, Direktor für Aufbaustudiengänge in der computerwissenschaftlichen Abteilung der Universität Oxford, bereitete sich seelisch auf eine Woche ‚Tod durch PowerPoint‘ während der aktuellen Konferenz über die Fortschritte im Bereich der Künstlichen Intelligenz vor. Nachdem er seine Koffer in seinem Zimmer untergebracht hatte, kehrte er in die Hotelbar zurück. Dort entdeckte er ein Gesicht, das er seit Jahren nicht mehr gesehen hatte.

Er ging auf den Mann zu und rief: »Dan Ma, sind Sie das?«

Der Asiate wandte sich mit einem Drink in der Hand um und lächelte erfreut. »Ist das möglich? Es freut mich sehr, Sie zu sehen, Professor Iverson. Ich hatte nicht damit gerechnet, Sie hier zu treffen«, begrüßte ihn Ma ‚Dan‘ Yong.

»Nennen Sie mich doch bitte Hank. Gelegentlich erlauben Sie mir tatsächlich, die Universität zu verlassen«, scherzte der Professor. »Wie geht es Ihnen, Dan? Was haben Sie so gemacht?« Hank nahm an der Bar neben seinem ehemaligen Studenten Platz.

»Mir geht es gut, Hank. Nach meinem Abschluss an der Carnegie kehrte ich im Jahr 2014 nach Shanghai zurück. Dort läuft alles prima.«

»Wunderbar, Dan. Ich habe mich immer gefragt, wo sie letztendlich gelandet sind – in den USA, zurück in Großbritannien oder daheim in China? Wenn ich fragen darf, was hat Sie motiviert, nach China zurückzukehren?«, fragte Hank, bevor er die Aufmerksamkeit des Barkeepers auf sich lenkte und sich ein einheimisches Bier bestellte.

»Es war eine schwierige Entscheidung. Microsoft bot mir eine Stelle an, an der ich großes Interesse hatte. Aber meine Eltern werden langsam alt. Sie leben nach wie vor in Shanghai, und ich bin ihr einziges Kind. Ich hielt es für meine Pflicht, mich um sie zu kümmern. Schließlich ermöglichten sie mir den Universitätsbesuch.«

»Ja, das kann ich verstehen«, sagte Hank.

Dan trank den letzten Schluck seines Bourbons and bestellte noch einen doppelten Drink. Hank trank von seinem Bier und setzte das Glas erst ab, als es halb leer war.

»He, langsam, alter Mann«, scherzte Dan, während er an seinem doppelten Bourbon nippte.

Hank lachte über diese Bemerkung. Er bestellte ein Club-Sandwich, bevor er fortfuhr. »Wo arbeiten Sie dieser Tage? Sind Sie immer noch am maschinellen Lernen interessiert oder haben Sie ein anderes Fachgebiet gefunden?«

Der Barkeeper brachte Dans Mittagessen – Ratatouille, eine Spezialität des Hotels Sofitel.

»Ich arbeite für Alibaba. Sie haben eine große KI-Abteilung. Sie wissen schon, das Verbraucherverhalten beobachten und dann herausfinden, wie man das richtige Produkt an die richtige Person bringen kann. Diese Art von Arbeit.« Dan nahm einen Bissen des traditionellen französischen Gerichts und lächelte dabei wie jemand, der sich an die Kochkünste seiner Großmutter erinnerte.

Die Männer genossen einige Minuten lang schweigend ihr Mittagessen, bevor Dan bemerkte: »Ich hätte es fast nicht auf diese Konferenz geschafft. Aber ich bin froh, dass ich hier bin. Sonst hätte ich Sie nicht getroffen.«

»Ach ja? Hält Alibaba Sie zu sehr in Atem, um an diesen Konferenzen teilzunehmen und über die Veränderungen in diesem Bereich auf dem Laufenden zu bleiben?«, erkundigte sich Hank zwischen zwei Bissen.

Dan kicherte über diese Bemerkung. »Schön wär's, aber das ist es nicht«, antwortete er. »Nein, ich fahre seit einigen Monaten einen neuen Tesla und neige dazu, die Geschwindigkeit zu überschreiten. Ohne dass es mir bewusst war, erhielt ich innerhalb einer Woche sechs Strafzettel. Das ließ meinen Sozialkredit auf einen so niedrigen Stand fallen, dass ich diese Konferenz beinahe verpasst hätte.«

Überrascht sah Hank seinen ehemaligen Studenten an. »Ist das Ihr Ernst?«, fragte er skeptisch. »Sie durften beinahe nicht an dieser Fortbildung teilnehmen – wegen diverser Geschwindigkeitsübertretungen? Das scheint mir ein wenig hart zu sein, denken Sie nicht auch?«

Dan bedeutete dem Barkeeper, ihm einen weiteren Doppelten einzuschenken, bevor er sein Glas leerte. »Die letzten Jahre verlangten mir einige Anpassungen ab. Es ist schon merkwürdig, Hank. Das verdammte *Skynet* sieht und überwacht buchstäblich alles, was Sie in Shanghai tun: Ihre Online-Aktivitäten, ob Sie Ihre Rechnungen pünktlich bezahlen, ob Sie zu schnell fahren oder von der Polizei einen Strafzettel bekommen, weil Sie bei Rot über die Straße gehen. Wenn Alibaba mich nicht so gut bezahlen würde, würde ich sicher nicht dortbleiben und stattdessen wahrscheinlich für Amazon oder so arbeiten ...«

»Wow, das ist ... interessant«, erwiderte Hank. »Ich habe vom Überwachungsstaat China gehört. Ich dachte mir, dass das System in etwa dem entspricht, was wir in London haben. Aber es klingt, als sei Ihres weit in die persönliche Freiheit eingreifender.«

Dan zuckte mit den Achseln. »Es ist ein riesiges Spiel. Sobald Sie es als eine normale Alltagserscheinung betrachten, lernen Sie, sich innerhalb der Regeln auszuleben.«

»Ja, da haben Sie wohl recht. Nennen sie es wirklich *Skynet*?« Hank nahm Bezug auf die *Terminator*-Filme, die die Amerikaner so liebten.

Dan lachte. »Nein, das tun sie nicht. Das ist meine Erfindung. Es erinnert mich an das Buch, von dem Sie mir erzählten, George Orwells *1984*. Wissen Sie, dass dieses Buch in China verboten ist? Ich habe eine geheime Kopie, die ich damals mitnahm, aber der An- oder Verkauf des Buchs ist in China nicht gestattet.«

Hank nickte. »Natürlich, wer will dem Normalbürger schon erlauben, ein solches Buch zu lesen? Er könnte zornig werden und sich gegen die Regierung auflehnen.«

Dan kicherte. Es war deutlich, dass er die Auswirkungen von drei doppelten Bourbons spürte. »Hank, niemand hinterfragt die Regierung. Das neue Programm, an dem ich arbeite, ist unglaublich. Wenn wir damit fertig sind, wird Sie das, wozu es fähig ist, vom Hocker hauen. Es wird die Welt verändern.«

Es dauerte ein paar Minuten, bis sich Hank daran erinnerte, dass Dan in Oxford etwas von einem Partylöwen gehabt hatte. Dieses Verhalten hatte er bei fast allen seinen Studenten aus China bemerkt. Sie waren ausgezeichnete Studenten, liebten es aber zu feiern und zu trinken, sobald sie den aufmerksamen Augen des Staates entkommen waren. Hank hielt es für ihre Art, ihre Freiheit zu genießen.

Bevor Hank weitere Fragen stellen konnte, hatte Dan sein Mittagessen beendet und genug Geld auf der Bar deponiert, um für beide Mahlzeiten zu zahlen. »Bis morgen auf der Konferenz, Hank. Es war schön, mich mit Ihnen zu unterhalten. Aber wenn ich heute Abend feiern und morgen einigermaßen ansprechbar sein will, dann muss ich mich jetzt etwas ausruhen.«

Hank nickte und biss in sein Sandwich, während Dan die Bar verließ.

****

Am nächsten Morgen
Sofitel Konferenzraum B

Hank saß im hinteren Drittel des Raums und hörte einem Vortrag über das maschinelle Lernen und der Wechselbeziehung zwischen Menschen und Computern zu, als sich Dan neben ihn setzte. Seine Haare waren noch nass von der Dusche oder vom Pool.

»Guten Morgen, Dan. Hatten Sie einen netten Abend?«, erkundigte sich Hank leise, um die anderen Zuhörer nicht zu stören.

Dan sah ein wenig müde aus, aber geistig war er hellwach. Er schnaubte und erwiderte: »Sie werden es nicht glauben. Ich war so verdammt müde, dass ich die Nacht einfach durchgeschlafen habe. Ich bin erst vor einer halben Stunde aufgewacht.«

»Offensichtlich wird viel von Ihnen verlangt«, erwiderte Hank leise.

Dan zuckte mit den Achseln. Er fischte einen Tunnock's Tea Cake aus seiner Tasche und knabberte daran herum.

»Immer noch von diesen Dingern abhängig?«, fragte Hank schmunzelnd.

»Jeder sollte etwas haben, das ihn in den richtigen Arbeitsmodus bringt. Ich fand meine Motivation in Oxford«, erklärte Dan.

Der Vortrag zog sich noch dreißig Minuten hin. Der Referent ließ sich über die Fortschritte des vom Menschen abhängigen maschinellen Lernens aus, und wie die beiden im Umfeld eines Labors interagierten.

Dan beugte sich vor. »Seine Informationen sind vollkommen überholt. Wir sind dem, was er hier präsentiert, um Lichtjahre voraus.«

Mit einer hochgezogenen Augenbraue erwiderte Hank: »Dan, wollen wir uns die Vorträge heute Nachmittag schenken und uns stattdessen etwas Vergnügen gönnen? Ich brauche eine Pause von meinem Forschungsprojekt in Oxford und würde, um ehrlich zu sein, auch gern Ihre Meinung zu einigen meiner Fragen hören.«

Dan überlegte kurz und nickte dann zustimmend. Die Männer standen auf und hielten auf den Ausgang zum Hotel zu. Dort hielten sie ein Taxi an und stiegen ein.

»Wohin?«, wollte der Fahrer wissen.

»Royal Botanic Gardens«, erwiderte Hank.

»Ein Park? Klingt, als hätten Sie das alles schon geplant, Hank«, sagte Dan zögerlich.

»Erinnern Sie sich, als Sie mich an der Christ Church über die Zukunft der Künstlichen Intelligenz ausfragten? Woher wissen wir, dass sie für Gutes und nicht für ruchlose Zwecke eingesetzt wird? Damals spazierten wir auf dem Meadow Walk in Richtung der Bootsclubs entlang der Themse.«

Dan lächelte bei dieser Erinnerung, die so lange zurücklag.

»Wenn ich mit einem schwierigen Problem zu kämpfen habe, gehe ich gern in die Natur hinaus. Manchmal hilft mir die Ruhe, Klarheit in das Chaos meiner Gedanken zu bringen«, erklärte Hank.

Sie mussten sich eine Weile durch starken Verkehr kämpfen, bevor sie endlich die Gärten erreichten und ihren Spaziergang entlang der Pfade aufnehmen konnten.

Dan unterbrach ihr Schweigen. »Was ist also Ihr schwieriges Problem, wozu Sie meine Meinung hören wollen, Hank?«

»Ich arbeite mit der Metropolitan Police an einem neuen KI-Projekt, bin mir aber nicht sicher, ob ich das tatsächlich tun sollte«, verriet ihm der Professor.

»Okay, und was ist die Ursache Ihres Konflikts?«, forschte Dan nach.

»Wie Sie wissen, überwacht die Met ganz London mit Abertausenden von Kameras«, sagte Hank, woraufhin Dan zustimmend nickte. »Im Laufe der Jahre verbesserten sie ihre Technik, ein Bild von einem Einbrecher oder einem anderen Straftäter zu machen, dessen Gesicht sie später in das System eingeben. Mit einem Algorithmus, zu dessen Entwicklung wir beitrugen, hat die Gesichtserkennungssoftware mittlerweile Zugriff auf alle Kameras der Stadt. Sobald ein Verdächtiger auf diese Weise entdeckt wird, erhält ein in der Nähe befindlicher Polizist eine SMS mit dem Gesicht und dem

Aufenthaltsort der Person. Ein wirksames Mittel zur Bekämpfung der Kriminalität.«

»Klingt, als ob die Behörden gute Arbeit leisten. Wo liegt Ihr Dilemma?«, wunderte sich Dan, der sich nicht sicher war, worauf dieses Gespräch hinauslief.

»In Ihrer Arbeit mit Alibaba nutzen Sie Ihre KI zum besseren Verständnis des Konsumentenverhaltens – wonach ein Konsument sucht, was er kauft, usw. Wenn er X kauft, dann stehen die Chancen gut, dass er auch Y und Z kauft. Diese Information erlaubt Ihnen, diesem Verbraucher eine speziell auf ihn zugeschnittene Produktwerbung vorzusetzen. Richtig?«, erkundigte sich Hank.

Dan nickte. »Ja, wir lernten viel von Amazon und seinem System. Als Google AdSense auf den Markt kam, war Amazon sein größter Abnehmer im Bereich Keyword-Marketing. Nachdem Amazon dann ein ausreichend großes Betriebssystem entwickelt hatte, machten sie das in Eigenregie. Alibaba hat dieses System kopiert. Ich nehme an, der einzige wirkliche Unterschied zwischen unseren beiden Unternehmen ist, dass wir angesichts der Bevölkerungszahl Chinas Zugang zu einer viel größeren Anzahl an Nutzern und Verbrauchern haben.«

»Die Met will, dass ich ein Programm vorausschauender Verhaltensanalyse entwickele«, erklärte Hank. »Ich soll ihnen ein Programm schreiben, das ihnen die Identifikation von Menschen ermöglicht, die *womöglich* ein Verbrechen planen. Damit wollen sie frühzeitig Beamte zur Intervention aussenden oder am beabsichtigten Tatort bereits auf den potenziellen Täter warten. Zum einen weiß ich nicht, ob es überhaupt möglich ist, ein solches Programm zu schreiben; zum anderen bin ich mir nicht sicher, ob wir eine Gesellschaft kreieren wollen, in der eine KI unser Verhalten prognostiziert, bevor wir die Handlung tatsächlich vornehmen.«

Auf dem Weg zum Botanic House, wo sie sich etwas Warmes zu trinken kaufen wollten, grübelte Dan über Hanks Dilemma nach. Australien war mitten in der Wintersaison, obwohl es ein sonniger Tag war.

Mit ihren Kaffeebechern in der Hand setzten die Männer ihren Spaziergang fort, weit entfernt von den anderen Besuchern. Nach einer Weile äußerte Dan sich endlich. »Ich fürchte, das ist die Richtung, die alle KIs nehmen werden, Hank. Unser Sozialkreditprogramm in China läuft auf das Gleiche hinaus. Die Regierung verfolgt alles, was wir tun, und wir werden danach beurteilt, wie wir mit Situationen umgehen – auf positive oder auf negative Weise. Wenn wir die falsche Entscheidung treffen, gibt es Minuspunkte, wie in jedem anderen Bewertungsschema auch.«

»Wir reden hier von etwas Tiefergehendem, etwas weit Gefährlicherem als einem sozialen Punktesystem, Dan«, konterte Hank. »Wir sprechen von einer prognostischen Analyse des menschlichen Verhaltens; von einer KI, die mit ziemlicher Genauigkeit vorhersagt, was jemand tun wird – damit die Regierung sich einschalten und es verhindern kann.«

Seufzend nickte Dan. »Ich verstehe vollkommen, wovon Sie reden, Hank. Aber Ihr Denken darüber, was diese Technologie kann und wozu sie genutzt wird, ist zu restriktiv. Sie fürchten sich vor einer vorausschauenden Verhaltensanalyse auf individueller Ebene. Stellen Sie sich diese Errungenschaft auf nationaler Ebene vor. Eine Regierung mit einem Werkzeug, das die Folgen ihrer Entscheidungen schon vorhersagen kann, bevor sie getroffen wurden. Sehen Sie es aus dieser Sicht: Die meisten Länder lehnen sich nur bis zu einem gewissen Punkt aus dem Fenster. Nehmen Sie zum Beispiel das Südchinesische Meer. Mein Land treibt eine Sache nicht auf die äußerste Spitze, da es sich nicht sicher sein kann, wie die Amerikaner reagieren werden. Was, wenn wir eine KI entwickeln würden, die uns mit einem bestimmten Grad an Sicherheit sagen kann, wie die Amerikaner auf unsere Aktivitäten reagieren werden? Wie sehr würde das die Selbstsicherheit eines Landes stärken, wenn es diese Art von Kristallkugel hätte?«

Hank pfiff leise durch die Zähne. »Das würde die Welt verändern, ohne Zweifel. Bevor uns das möglich ist, steht uns aber noch ein langer Weg bevor, denke ich. Die Bearbeitung eines solchen Datenkatalogs ist nur über einen Quantencomputer möglich. Der Umfang der Daten, die zur Entwicklung und dann zum Durchspielen der verschiedenen Modellsimulationen nötig ist, liegt im Zettabytebereich.«

Dan grinste. »Sobald Projekt Zehn – ähm … wenn so etwas online kommt … Ich meine, falls ein Quantencomputer zur Verfügung stehen sollte und so etwas entwickelt werden könnte, dann würde es die Welt verändern.«

Hank sah Dan fragend an. »Was ist Projekt Zehn? Arbeitet Alibaba an etwas Neuem und Aufregendem, das dem nahekommt?«

Dan lief rot an. Er hatte seinen Ausrutscher bemerkt. »Ich …
nichts … Über bestimmte Projekte darf ich nicht reden. Firmenspionage
und so. Sie kennen das. In der Welt der Technologie kommt es allein
darauf an, wer als Erster auf den Markt kommt.«

Hank wechselte das Thema, um Dan die Befangenheit zu nehmen.
»Sicher, ich verstehe. Genug über die Arbeit. Ich denke, Sie haben mir
geholfen, eine Entscheidung hinsichtlich dieses Projekts zu treffen. Sie
haben recht – es ist unausweichlich. Wir müssen uns darauf
konzentrieren, Regeln und Richtlinien hinsichtlich der Verwendung
einer KI zu erstellen. Wir müssen die Angst vor dem Unbekannten
abwerfen und einen Weg finden, wie wir KIs zum Wohl der
Menschheit einsetzen können ... Und nun erzählen Sie mir von Ihren
Eltern. Wie geht es ihnen und wann bekomme ich die Gelegenheit,
solch wunderbare Menschen kennenzulernen?«

Dans Haltung entspannte sich. »Es geht ihnen ausgezeichnet.
Sobald Sie das nächste Mal in Shanghai sind, organisiere ich ein
Familienessen in meiner Wohnung. Ich beschloss, meinen Eltern das
Leben zu erleichtern und nahm mir eine Wohnung in der Stadt. Sie
leben in ihrem eigenen Raum mit einem separaten Wohnzimmer, und
mir gehört die andere Hälfte. Es ist wirklich schön. Die Aussicht wird
Ihnen gefallen.«

Hank lächelte erfreut. »Das klingt großartig, Dan. Mir stehen noch
einige Tage Urlaub zu, die ich über die Feiertage nehmen möchte.
Vielleicht besuche ich Shanghai. Diese Stadt wollte ich schon immer
sehen. Das Gleiche gilt für Hongkong und Macau, wenn ich schon
dabei bin.«

Dan horchte auf. »Mann, wenn Sie Macau besuchen, bin ich dabei.
Ich sehe mir meinen Terminkalender an. Vielleicht kann ich die Firma
überreden, mir eine Woche Urlaub zu geben, um Sie herumzuführen.
Es ist einfacher, sich in China zurechtzufinden, wenn man einen
Reiseleiter und Übersetzer hat.«

Die beiden Männer beendeten ihren Spaziergang durch den Park
und wanderten anschließend gemächlich auf das weltberühmte
Opernhaus von Sydney zu.
****

Am gleichen Abend loggte sich Hank mit seiner speziellen E-Mail-
Adresse ein und tippte die folgende Nachricht:

Quelle bestätigte die Existenz von Projekt Zehn.

Projekt Zehn steht kurz vor der Fertigstellung oder ist bereits aktiv.

Verbindung erneut aufgebaut. Quelle hat mich zu sich nach Shanghai eingeladen. Werden im Dezember zusammen eine Woche lang Shanghai, Hongkong und Macau bereisen.

Der Rest der Konferenz war von großem beruflichem Interesse – das war allerdings nur ein zusätzlicher Bonus, nicht der Hauptgrund von Hanks Teilnahme an dieser Tagung. Das MI6 hatte diese Zufallsbegegnung mit Ma Yong sorgfältig inszeniert, um an Geheimdienstinformationen zu gelangen.

Kapitel Fünf
Die Neue Seidenstraßen-Initiative: Phase eins

Oktober 2018
Caracas, Venezuela

»Herr Präsident, mit dem Abschluss dieses Abkommens können wir den Bau des Hafens beschleunigen und mit dem Programm zur Modernisierung der Infrastruktur beginnen«, erklärte Außenminister Han Jinping, als sich die beiden Männer die Hand gaben.

Es war ein wunderschöner Septembermorgen, als Präsident Javier Moros lächelte, während die Fotografen Bilder von den beiden Männern beim Händeschütteln schossen. Die Vereinbarung, die sie gerade unterzeichnet hatten, war für beide Nationen ein äußerst lukratives Geschäft und ein historisches Ereignis.

Nach dem Abzug der Presse lud Javier Han Jinping in sein Büro ein, wo sie sich ungestört weiter unterhalten konnten. Außenministerin Andrea Rodríguez und Verteidigungsminister General Adán Chávez erwarteten sie vor der Tür zu Präsident Moros' Büro. Beide strahlten über das ganze Gesicht. Sie hatten mehrere Jahre hart an diesem enormen Handels- und Militärhilfeabkommen gearbeitet.

Alle vier begaben sich in das private Arbeitszimmer des Präsidenten, das sich an sein offizielles Büro anschloss. Dort schenkte General Chávez zu dem feierlichen Anlass den Anwesenden ein Glas Champagner ein.

»Solange sich die Amerikaner nicht in die Umsetzung unserer Vereinbarung einmischen, wird es uns mit Ihrer Hilfe endlich gelingen, Venezuela in das wirtschaftliche Machtzentrum zu verwandeln, das wir von Rechts wegen sein sollten«, drückte Außenministerin Rodríguez ihre Hoffnung aus. Sie war kein Fan der Vereinigten Staaten und deren wiederholten Versuchen, ihr Land an die Leine zu legen.

Ihr Kommentar brachte Minister Han zum Lächeln. »Wir haben die Amerikaner in einen Handelskrieg verwickelt, während sie ein neues Handelsabkommen aushandeln. Ich bin zuversichtlich, dass unsere Aktivitäten, zusammen mit dem Ärger, den ihnen Nordkorea und dieser aggressive iranische Ayatollah auf unsere Veranlassung hin bereiten werden, sie hinreichend davon ablenken sollten, unserem Handelsabkommen zu viel Beachtung zu schenken.«

Darauf hob Präsident Moros sein Glas.

»Im Laufe der kommenden Wochen werden 10.000 Gastarbeiter die Arbeit an den Infrastrukturprojekten beginnen, um Ihre Öl- und Bergbauoperationen wieder auf den optimalen Förderstand zu bringen«, verkündete Minister Han stolz. »Die neue Autobahn- und Schienenverbindung zwischen Ciudad Bolívar und der im Bau befindlichen Hafeneinrichtung in Maiquetía wird Handel und Wirtschaft Hunderte von Millionen Dollar einbringen. Und die Autobahn- und Schienenverbindung von Maiquetía zu den Öl-Raffinerien von Puerto La Cruz ist ausschlaggebend für die Neubelebung Ihres Energiesektors.«

Ministerin Rodríguez war nun doch etwas überrascht, wie schnell die Chinesen die Arbeiten vorantrieben. »Sie haben, wie verabredet, weiter vor, Zehntausende Venezolaner an diesen Projekten zu beteiligen?«, versicherte sie sich.

Han nickte. »Selbstverständlich. Wir bringen Spezialisten, Ingenieure und Facharbeiter ein, die dort tätig werden, wo es Ihnen an eigenen Arbeitskräften fehlt. Peking ist insbesondere daran interessiert, Ihre Raffinerien so schnell wie möglich auf einhundert Prozent zu bringen. Wenn möglich, möchten wir die tägliche Ölproduktion von 2,3 Millionen Barrel auf sechs Millionen erhöhen.«

»Solange uns China einen Preis von 50 USD pro Barrel garantiert, werden wir die tägliche Ölproduktion auf jeden von Peking gewünschten Stand hochfahren«, entgegnete Präsident Moros.

Die Produktionskosten für ein Barrel Öl beliefen sich auf 27 USD. Das Handelsabkommen mit China würde Venezuela 130 Millionen Dollar am Tag einbringen – insgesamt ein 109 Milliarden Dollar-Deal; beinahe eine hundertprozentige Steigerung ihres Bruttoinlandprodukts. Sobald dann auch die Coltan-Minen ihre Produktion aufnahmen, würde das BIP um weitere sieben bis zehn Prozent ansteigen.

»Peking wird Ihnen so viel Öl abnehmen, wie Ihr Land produzieren kann. Alles, was uns erlaubt, einen Handel mit dem Nahen Osten zu vermeiden, ist eine willkommene Hilfe«, versicherte der chinesische Außenminister.

»Wann beginnen Ihre Leute mit der Arbeit an den Flughäfen?«, wollte General Chávez wissen, der die bevorstehende Modernisierung des Militärs kaum erwarten konnte.

»In ein paar Tagen, General«, versprach Minister Han und trank einen Schluck Champagner. »Dann treffen unsere Ingenieure und Spezialisten am Tomás de Heres-Flughafen ein, um mit seiner Erneuerung und dem Ausbau zu beginnen. Nach der Fertigstellung des Flughafens bereiten sie als Nächstes die Wiederaufnahme der Minen vor. Die Minenarbeiter werden im Lauf dieses Monats wieder mit der Arbeit beginnen.«

»Die Arbeitsstellen, die dank dieser Projekte entstehen, werden unsere Wirtschaft ankurbeln. Aber wie wollen Sie Ihre militärischen Aktivitäten vor den Amerikanern geheim halten?«, wunderte sich Präsident Moros.

»Wir werden sie anderweitig beschäftigen«, erwiderte Han mit einer wegwerfenden Handbewegung. »Außerdem bauen wir keine chinesischen Militärbasen. Wir gewähren allein Ihrem Militär die finanzielle Unterstützung, die es zum Kauf chinesischer Ausrüstungsgegenstände benötigt, anstelle des russischen Mists. Natürlich macht es in diesem Zusammenhang auch Sinn, Ihnen die geeigneten militärischen Ausbilder zur Verfügung zu stellen, die Sie im Gebrauch der neuen erstandenen Ausrüstungsgegenstände unterrichten werden. Und um all das möglich zu machen, müssen wir Ihnen selbstverständlich dabei zur Hand gehen, einige Ihrer bereits bestehenden Militäreinrichtungen zu erneuern und dazu vielleicht noch einige wenige neue Militärstützpunkte zu errichten.«

»Der Plan gefällt mir.« General Chávez war zufrieden. »Welche Basen wollen Sie zuerst bauen, und wo sollen wir sie Ihrer Meinung nach ansiedeln?«

»Das überlasse ich General Yu Zhongfu. Er trifft morgen in Begleitung von 50 Militärberatern ein. Sie werden Ihr Land bereisen und danach Standortvorschläge vorlegen. Sobald die Entscheidung gefallen ist, liefern wir mehr Arbeiter, um mit dem Bau dieser Projekte zu beginnen.«

»Wie viele chinesische Arbeiter beabsichtigen Sie zur Vollendung all dieser Projekte nach Venezuela zu bringen?«, erkundigte sich Außenministerin Rodríguez.

Alle blickten Han an, um zu sehen, was er als Nächstes sagen würde.

»Im ersten Monat 15.000. Im Verlauf der nächsten sechs Monate dann noch einmal 80.000.«

»Eine Menge Leute ... Sollte nicht der Großteil der Arbeitsstellen
zur Durchführung dieser Projekte an unsere eigenen Arbeiter gehen?«,
hakte Ministerin Rodríguez erneut nach.

»Das ist richtig, und genau so wird es sein, Frau Ministerin. Aber
verstehen Sie bitte – die schiere Zahl der anstehenden Projekte ist mit
einem unglaublich großen Arbeitsaufwand verbunden, ohne dass wir
uns mit ihrer Fertigstellung viel Zeit lassen können. Wir können nicht
drei Jahre darauf warten, dass Ihre Raffinerien wiederaufgebaut sind
oder wieder hundertprozentig funktionieren. Wir brauchen sie jetzt,
deshalb werden wir Spezialisten schicken, um sicherzustellen, dass die
Arbeiten abgeschlossen werden. Das Gleiche gilt für die Autobahnen,
Schienenstränge, Häfen, Flughäfen und für Ihre Militärstützpunkte.
Wenn wir allein Ihre Leute damit beauftragen, könnte die
Fertigstellung Jahre in Anspruch nehmen. Unsere Leute verstehen es,
schnell zu bauen. Das ist wichtig, da die Amerikaner uns
Schwierigkeiten machen könnten, sobald sie unsere Absichten
durchschauen. Wir wollen die geplanten Projekte in Betrieb sehen,
bevor sie versuchen, uns Steine in den Weg zu legen.«

Die Gruppe diskutierte noch eine Weile über einige Details ihres
Vorhabens. Den Venezolanern dämmerte langsam, dass in Kürze eine
große Zahl chinesischer Staatsbürger in Venezuela leben würden.
Solange das Geld weiter floss und dadurch neue Arbeitsstellen
geschaffen wurden, beunruhigte das die venezolanischen Amtspersonen
allerdings wenig.

Kapitel Sechs
Weltraumtrümmer

Forschungs- und Entwicklungszentrum OneSpace
Peking, China

Dr. Xi Zemin studierte den Monitor, der ihm die neuesten DragonLink-Satelliten im Raum über China zeigte. Mehr als einhundertvierzig Satelliten hatten China und seine Hoheitsgewässer nun flächendeckend erfasst.

»Damit liefern wir offiziell jedem Quadratmeter in China eine sichere und zuverlässige Internetverbindung«, verkündete Shu Chang, der CEO von OneSpace, stolz.

Xi nickte anerkennend. »Das haben Sie. Wann wird Phase zwei anlaufen?«

»Phase zwei sollte im Jahr 2019 abgeschlossen sein. Der Pazifik, die Karibik, Südamerika und Indien werden dann selbst über ein stabiles, kostenloses und zuverlässiges Internet verfügen«, freute sich der CEO.

Xi musste sich das Lachen verkneifen. Sämtliche Daten, die über das DragonLink-Internet eingingen, würden direkt an sein Projekt weitergeleitet und dort verwertet werden. Seine KI würde sich weiter entfalten, ihr Wissen und ihre Macht würden wachsen – so lange, bis sie eines Tages nicht nur China, sondern auch den Rest der Welt regieren würde. Er fühlte eine Euphorie in sich aufsteigen, als sei sein langersehntes Kind endlich zur Welt gekommen.
****

Drei Monate später
Der Berg
Im Nordwesten von Peking, China

Trotz des heißen und schwülen Julitags trugen die Arbeiter, die unter der Erde den mächtigsten KI-Supercomputer der Welt bauten, langärmelige Hemden oder Pullover, um sich vor der Kälte zu schützen.

»Dr. Xi, die neuen dynamischen Wannen mit dem kühlenden Gel sind platziert. Wir sind bereit, den nächsten Server online zu bringen«, berichtete einer der Techniker.

Xi sah auf das riesige Behältnis voll klarem Gel hinunter und bestaunte ihr neuestes Kühlsystem. Gel war von der Konsistenz her etwas dickflüssiger als Wasser, führte aber Wärme ab und blieb weit länger kühl.

»Okay, bringen wir den nächsten Server online und beginnen mit der Diagnostik. Dann sehen wir, wie weit wir sind«, ordnete einer der Projektleiter an.

Xi schlenderte in die Kommandozentrale der Einrichtung zurück, wo einer seiner talentiertesten KI-Programmierer auf seinem Stift herumkaute.

»Dan, läuft alles wie geplant?«, fragte Dr. Xi besorgt und trat an ihn heran.

Ma ‚Dan‘ Yong war sein von Alibaba abgestellter KI-Programmierer. Dan war jung, gerade erst 29 Jahre alt, aber mit Abstand der begabteste Programmierer, den Xi je getroffen hatte. Seine einzige Schwäche war seine Unfähigkeit, sich den Erfordernissen des Sozialkreditsystems anzupassen. Er tendierte dazu, Punkte zu verlieren – so viele, dass Xi ihn hinter den Kulissen mit einem bestimmten Label versehen musste, um ihn von der Bewertung durch dieses System auszunehmen. Die früheren Maßnahmen schienen nur für eine gewisse Zeit zu gelten.

Ohne den Stift aus dem Mund zu nehmen, erwiderte Dan: »Ich denke schon. Die neue Serverfarm sollte mir die nötige Bandbreite geben, die ich momentan brauche. Bevor wir noch mehr Daten integrieren, müssen die nächsten Server stehen. Skynet lernt gegenwärtig mit solch rasender Geschwindigkeit, dass wir uns anstrengen müssen, Schritt zu halten.«

Skynet ... Xi kicherte bei der Erwähnung des popkulturellen Bezugs in sich hinein. Sie *bauten* Skynet, das musste er zugeben. Xi und sein junger Protégé waren allerdings keine Idioten. Sie hatten eine Reihe von Hintertüren und Sicherheitsprotokollen eingebaut, um sicher zu gehen, dass eben dieses Skynet niemals beschließen konnte, es brauche sie nicht länger.

»Was macht der Transaction Manager? Ist er weiter in der Lage, in akzeptablem Zeitrahmen eine Entscheidung zu treffen?«, war Xis nächste Frage.

Dan sah ihn an. »Seine Kapazität ist beinahe ausgelastet. Ich schlage vor, dass wir einige der größeren Lern-Unterprogramme herunterfahren. Die erfordern enorme Verarbeitungsgeschwindigkeiten und verlangsamen den Transaction Manager erheblich.«

Xi kaute einen Augenblick auf seiner Unterlippe und überlegte. *Das könnte später ein Problem werden, wenn unsere Verarbeitungsgeschwindigkeit jetzt schon unzureichend ist ...*

»Dan, welche Sprachen kennt Skynet bis jetzt?«, fragte er.

Jetzt war es an Dan, über die Anspielung auf Skynet zu kichern. »Unsere eigene natürlich, außerdem brachte ich ihm bis jetzt Russisch, Koreanisch, Japanisch und alle anderen wichtigen asiatischen Sprachen erfolgreich bei. Als Nächstes sind Englisch, Spanisch und die anderen europäischen Sprachen an der Reihe. Es wird die KI einige Zeit kosten, die Nuancen dieser Sprachen im Vergleich zu unserer eigenen wirklich zu verinnerlichen.«

Xi wusste, dass er recht hatte. Es würde die KI Jahre kosten, die Feinheiten einer Kommunikation in all diesen Sprachen zu verstehen. Aber sie musste sie lernen.

Xi seufzte laut. Ihm wurde klar, dass sie mehr Server und einen erweiterten Transaction Manager benötigten. Die verdammten Teile waren teuer und nicht einfach zu bauen. Das Kühlsystem, das ein Computer dieser Größe verlangte, erforderte einiges an Innovation. Die gesamte KI wurde bereits von einem nuklearen Reaktor betrieben, der in den Tiefen eines Berges gebaut worden war.

»Wie viel versteht die Maschine von dem, was sich derzeit in China abspielt?«, wollte Xi als Nächstes wissen.

Dan informierte ihn mit stolzem Lächeln. »Sie hat den kompletten Überblick über das, was sich derzeit in China, Taiwan, Südkorea, Russland und Japan abspielt. Die neue Serverfarm macht uns jetzt auch die Ausweitung auf Zentral- und Südamerika möglich. Wenn Sie die USA und die EU wollen, dann muss der nächste Server gebaut werden – entweder das, oder wir lassen Zentral- und Südamerika fallen und vergessen diesen Teil der Landkarte einfach.«

Xi wollte alle Länder außer Amerika vergessen. Das war sein Plan. Sie mussten nicht wissen, was in all den anderen Ländern vor sich ging.

Sicher, es war ein guter Maßstab, um der KI etwas beizubringen, aber sie es würde Jahre dauern, bis sie genügend Daten aus den USA und den anderen NATO-Ländern gesammelt hätten, um mit ihrem großen Plan auf die nächste Stufe zu gelangen.

Xi sah auf Dan hinunter und erwiderte: »Tun Sie was Sie können, mit den Ressourcen, die wir haben. In einer Woche habe ich ein weiteres Update-Gespräch mit dem Präsidenten und dem CMC – Sie wissen schon, dem Zentralen Militärkomitee. Ich werde einen neuen Finanzierungsantrag für den nächsten Server stellen.«

Dan nickte zustimmend. Bevor Xi gehen konnte, hielt Dan ihn zurück. »Dr. Xi, sind Sie immer noch an einer Einladung als Vortragsredner in England interessiert? Ich reise nächsten Monat zum Ehemaligentreffen zurück nach Oxford Ich könnte eine Präsentation für Sie arrangieren. Eine prestigeträchtige Gelegenheit.«

Hin und wieder hielt Xi eine Rede oder referierte über das maschinelle Lernen, um mehr Studenten an diesem wissenschaftlichen Bereich zu interessieren. Diese Präsentationen eröffneten ihm den Zugang zu den begabtesten Talenten in diesem Feld. Gelegentlich machte er von diesen Beziehungen Gebrauch, um eine Frage zu beantworten, deren Lösung ihm und seinem Team versagt blieb. Seine Akademikerkollegen hatten keine Ahnung, dass sie zum Bau der weltweit größten, leistungsstärksten Super-KI beitrugen.

»Das wäre großartig. Lassen Sie mich wissen, ob Oxford Interesse hat, dann nehme ich mir die Zeit.«

Kapitel Sieben
Big Data

Januar 2019
Der Weg in die Sozialen Medien
Mountain View, California

»Wie Sie sehen, erzeugen diese Persönlichkeitsspiele auf Facebook
eine substanzielle Zahl von Nutzerdaten. Mit unserer firmeneigenen
Software verwandeln wir diese auf den sozialen Profilen basierenden
Daten in eine maßgeschneiderte Marketingkampagne. Diese Kampagne
wiederum bietet Ihre Produkte oder Dienste zielgerichtet interessierten
Nutzern des Spiels und ihren Kontakten an«, erklärte Adrian Lewis,
Marketingexperte der Firma Going Social.

Mark Gentry, Tencents Marketing Direktor in den USA, fragte:
»Sie wissen, dass wir am Film *Terminator: Dark Fate*, beteiligt sind,
der im November herauskommen wird. Wie kann uns Ihre Firma dabei
helfen, eine Marketingkampagne zu entwickeln, die unseren
Videotrailer zu diesem Film an das richtige Publikum liefert, anstatt an
irgendeine beliebige Person, die an einem Ihrer Persönlichkeitstests auf
Facebook teilgenommen hat?«

»Eine gute Frage, Mark. Wir verbrachten Jahre damit, unsere
Software genau auf diesen Aspekt hin zu testen. Die
Persönlichkeitsspiele, die wir online stellen, erlauben uns ein erstes
Profil des Nutzers zu erfassen. Sobald jemand unser Spiel spielen will,
gibt er uns Zugriff auf seinen Feed und seine Kontaktliste. All diese
Informationen verwenden wir, um zu sehen und zu überwachen, wie
der Nutzer mit Geschichten interagiert, die von seinen Freunden und
seiner Familie geteilt werden, sowie mit auf ihn zugeschnittenen
Werbeanzeigen. Je nachdem, wie er reagiert, wird sein Profil weiter
verfeinert und angepasst.«

Mark schüttelte lächelnd den Kopf über das, was er da hörte. »Wie
ist Ihnen das möglich, ohne die Datenschutzbestimmungen zu
umgehen?«

»Das steht in der Verzichterklärung des Spiels. Nicht unsere
Schuld, wenn niemand sie liest«, sagte Adrian fröhlich.

Fasziniert setzte Mark seine Befragung fort. »Okay, Sie sind also
fähig, ein detailliertes Profil eines Nutzers zu erstellen, dem unser Film

gefallen wird. Sind Sie in der Lage, auch andere Themen oder Objekte zu vermarkten, für den Fall, dass wir Ihnen mehr Aufträge erteilen wollen, oder sind Ihrem Einflussbereich irgendwann doch seine Grenzen gesetzt?«

Voller Selbstbewusstsein erwiderte Adrian: »Mark, wir sind ein Volldienstleister im Bereich Target-Marketing. Sie nennen uns die Bevölkerungsgruppe, die Sie ansprechen möchten, und wir liefern Ihnen die entsprechenden Daten. Danach kommt es nur noch darauf an, wie gut Ihr Werbetext in Verbindung mit dem Bild, der Grafik oder dem Video aussieht, für das Sie sich entscheiden.«

Mark erhob sich und hielt ihm die rechte Hand entgegen. »Adrian, das war äußerst aufschlussreich. Ich muss das an ein paar Leute in der Firma weiterleiten. Wir melden uns. Ich denke, dies ist der Beginn einer überaus gewinnbringenden Geschäftsbeziehung.«

Sobald sich die Tür hinter ihm geschlossen hatte, schickte Mark eine SMS an seinen Kollegen.

Termin beendet. Sie sind perfekt.

Auf seinem digitalen Kalender sah Mark, dass er noch 52 Minuten bis zu seinem Treffen mit Facebook hatte. Ausreichend Zeit, um sich einen Kaffee zu besorgen und einen Uber-Fahrer zu bestellen.

****

Das chinesische Konsulat
San Francisco, Kalifornien

Konsul Wong Chu hatte gerade seine Ansprache in Stanford beendet und war auf dem Rückweg ins Konsulat. Die Fahrt würde nur 52 Minuten dauern, es sei denn, sie gerieten unterwegs in einen Stau.

»Das war eine gute Rede, die Sie über die Initiative zur digitalen Seidenstraße gehalten haben«, kommentierte seine Assistentin.

Wong krauste seine Unterlippe. Sie wurde dafür bezahlt, einer Meinung mit ihm zu sein. Ihn interessierte weit mehr, was die Medien dazu zu sagen hatten.

»Die Zukunft der Weltwirtschaft ist digital: der Austausch von Ideen, Diensten und Informationen. Alles wird über ein Netzwerk fließen. Falls die Amerikaner China die Teilnahme an der amerikanischen 5G-Umwandlung versagen, werden wir sicherstellen, dass *wir* zukünftig außerhalb der Vereinigten Staaten der weltweite

Führer in der Internetversorgung sind«, erwiderte Wong, wobei er Teile seiner Rede wiederholte.

Den größten Teil des Wegs legten sie schweigend zurück, bis Wongs Sicherheitschef sich zu Wort meldete. »Konsul Wong, vor dem Konsulat findet eine Demonstration statt. Es sieht nicht so aus, als ob sie ein Problem darstellt. Wenn es Ihnen allerdings lieber wäre, können wir Sie auch direkt nach Hause bringen.«

Wong bestätigte den Erhalt der Information mit einem Kopfnicken. »Ins Konsulat«, befahl er und wandte sich wieder der Vorbereitung seiner nächsten Rede zu, die er heute Abend in Chinatown bei einem Galaessen geben sollte.

Der Handelskrieg zwischen China und den USA hatte die angespannte Beziehung zwischen den beiden Ländern noch gesteigert. Das praktisch absolute Verbot des Gebrauchs oder des Verkaufs von Huawei- und ZTE-Produkten in den USA hatte ernsthafte Probleme verursacht. Es war auch nicht hilfreich, dass im amerikanischen Senat ein paar antichinesische Eiferer saßen, die das Feuer weiter anfachten.

Sobald der gepanzerte Mercedes-Benz in die Laguna Street einbog, sahen sie die Gruppe der Protestanten. Sein Sicherheitsmann hatte recht – die Menschenmenge war nicht größer als gewöhnlich, allerdings schien sie ein wenig aufgebrachter zu sein. In jedem Fall herrschte heute eine stärkere antichinesische Einstellung vor als bei den bisherigen Protesten. Auf ihren Plakaten stand: *Freiheit für Tibet. Religionsfreiheit für Falun Gong. Beendet die Zensur.*

Nach dem Vorfahren ihres Fahrzeugs schuf die örtliche Polizei einen sicheren Korridor, weshalb sie sicher durch die Menge fahren konnten. Zornige Stimme schrien sie an, während andere verfaultes Gemüse gegen die Fenster des Wagens warfen. Zu guter Letzt schafften sie es durch das Tor des Konsulats in die gesicherte Anlage hinein.

Konsul Wong stieg aus seinem Wagen. Die Stille seines Zufluchtsortes wurde durch das Singen und das Geschrei der Demonstranten gestört. Die Situation zwischen den USA und China verschlechterte sich seit geraumer Zeit. Wong wusste, dass diese Beziehung weiter Schaden nehmen würde, es sei denn, die Umstände änderten sich. Und das würden sie. In nicht allzu langer Zeit musste Amerika akzeptieren, dass China nicht länger ein Entwicklungsland, sondern eine ebenbürtige Nation war.

November 2019
In der chinesischen Botschaft
Havanna, Kuba

Botschafter Wang Jiechi sah auf den formellen Antrag der kubanischen
Regierung hinunter, bevor er General Song Fu ansah. »Was denken
Sie? Ist das weitreichend genug oder wird Peking unzufrieden sein?«

»Ich denke, der Versuch, die Kubaner davon zu überzeugen,
langfristig eine chinesische Militärniederlassung in ihrem
Herrschaftsbereich zu etablieren, war immer ein Schuss ins Blaue«,
erwiderte General Song. »Stattdessen erklärten sie sich mit unserem
Vorschlag einverstanden, militärische Ausbilder und Berater auf Kuba
zu stationieren. Vielleicht erweist sich das sogar als die bessere
Lösung.«

Überrascht von diesem Geständnis sah Wang ihm ins Gesicht.
»Woher kommt dieser Sinneswechsel, General Song?«

Der General nickte bei dieser Einschätzung. »Nennen wir es die
Akzeptanz der politischen Realitäten. Als ich vor einigen Monaten in
Kuba eintraf, kam ich in der irrtümlichen Überzeugung, dass ich
verstand, wie die Dinge hier vor sich gehen. In der Zwischenzeit
musste ich lernen, dass die politischen Beziehungen zwischen Kuba
und den USA weit komplizierter sind, als ich zunächst annahm. Ich
denke, dass der Ansatz des Ministers, uns die Möglichkeit zu geben,
den Verkauf von ausländischen Militärgütern zu erhöhen und Berater
und Ausbilder in den Deal einzubeziehen, eine großartige Möglichkeit
ist, eine ansonsten unhaltbare Situation zu umgehen.«

Botschafter Wang unterdrückte ein Lachen. General Song war vor
Monaten in seiner Botschaft aufgetaucht, voller Geringschätzung und
Skepsis, was seine Mitarbeiter bis zum jetzigen Zeitpunkt erreicht
hatten. Außer dem General war damals allen klar gewesen, dass Song
keine Ahnung davon hatte, wie delikat die Situation war.

»General, ich freue mich, dass Sie und Ihre Mitarbeiter nun ein
besseres Verständnis dafür haben, woran und womit wir hier in Kuba
arbeiten«, sagte Wang, woraufhin Song den Kopf senkte. »Kuba fällt
nicht in die gleiche Kategorie wie Venezuela. Wenn ich mich nicht

täusche, werden in einigen Monaten die ersten kubanischen Piloten aus China zurückkehren. Wissen Sie, wann der neue Luftwaffenstützpunkt und die Ausbildungseinrichtung auf der Isla de la Juventud fertiggestellt sein werden und die neuen Flugzeuge aufnehmen können?«

General Song setzte sich ein wenig aufrechter hin und schien die anfängliche Kritik des Botschafters abzutun. »Wir kommen voran«, erklärte er. »Wir mussten die Hafenanlage auf der Insel fertigstellen, damit wir die für den Bau des Flugplatzes benötigten Materialien einführen konnten. In einigen Monaten werden die Kubaner die auf der Insel lebende Bevölkerung umgesiedelt haben, was die unerwünschte Aufmerksamkeit auf unsere Arbeit verringern wird.«

»Was ist mit der Kobaltmine?«, erkundigte sich Wang.

»Bereits in Betrieb«, informierte ihn Song. »Der Abbau begann letzte Woche. Gegenwärtig arbeiten 2.000 Ortsansässige in der Mine. Mit dem Kapazitätsanstieg der Mine wird ihre Zahl auf 5.000 anwachsen. Wir sind dabei, einen Fährdienst einzurichten, der die Arbeiter auf die Insel und zurück nach Hause bringen wird.«

Wang nickte zustimmend. Er wünschte sich, er hätte einen Wirtschaftsberater, der diesen Bereich der Operation betreute, anstatt eines Generals der Volksbefreiungsarmee, aber er musste mit dem arbeiten, was er hatte. Trotz der diplomatischen Unzulänglichkeiten seines Personals hatte seine Botschaft Fortschritte bei der Einbindung Kubas in die Neue Seidenstraße-Initiative gemacht. »General, wie lange wird es nach der erfolgreichen Umsiedlung dauern, bis Sie die Städte und Dörfer in die beabsichtigten militärischen Trainingslager verwandeln können?«, fragte Wang.

Die Chinesen planten, die in Kürze verlassenen Städte und Dörfer in Trainingseinrichtungen für die städtische Kriegsführung umzuwandeln. Sie hatten vor, zunächst die kubanische Armee zu modernisieren und auszubilden, bevor sie den Venezolanern ebenfalls erlauben würden, diese Einrichtungen zu nutzen. Im Anschluss daran würde die Volksbefreiungsarmee ihre eigenen Soldaten dort trainieren.

»Nicht lange, Botschafter Wang. Sofort nach der Verlegung der Zivilbevölkerung beginnt der Neuaufbau des kubanischen Militärs und die Schulung der kubanischen Soldaten«, teilte Song ihm mit. »Sie sind bereits im Besitz der neuen kleinkalibrigen Waffen – jetzt müssen wir sie nur noch im Umgang damit trainieren. Bislang standen ihnen nur unglaublich alte und überholte russische Waffen zur Verfügung, die bereits vor Jahrzehnten hätten ersetzt werden sollen.«

»Und der Rest der Ausrüstung? Wann treffen die Luftabwehrwaffen ein?«, wollte der Botschafter wissen.

General Song zog ein Notizbuch aus der Brusttasche. Nach einigem Blättern verkündete er: »Momentan halten sich 2.000 kubanische Soldaten in China auf, um Betrieb, Wartung und Instandhaltung des HQ-9 Red Banner-Systems zu erlernen. Es ist ein kompliziertes, sich über vier Monate hinziehendes Trainingsprogramm, das sie lehrt, das Waffensystem unter den unterschiedlichsten Bedingungen einzusetzen und die nötigen Wartungsarbeiten vorzunehmen. Bitte denken Sie daran, Botschafter Wang, dass diese Soldaten zuletzt mit überholten russischen Boden-Luft-Systemen gearbeitet haben. Seither hat sich viel verändert. Diese Soldaten sind … Wie soll man es ausdrücken? Sie sind nicht gerade die schärfsten Werkzeuge im Schuppen. Unabhängig davon sollten wir in etwa zwei Monaten zwei hinreichend ausgebildete Bataillone liefern können.«

Der Botschafter nickte anerkennend. »Sehr schön, General. Ihre Leute leisten ausgezeichnete Arbeit bei der Ausbildung des kubanischen Militärs. Eine letzte Frage hinsichtlich der Flugzeuge. Denken Sie wirklich, dass die Kubaner jemals einen solch großen Bedarf haben werden und sie in dem Umfang betriebsfähig halten können?«

General Song konterte in herablassendem Ton: »Botschafter Wang, mein Job ist es, die Kubaner zu bewaffnen und zu einem legitimen und fähigen militärischen Partner zu machen. Ihre Aufgabe ist es, dafür zu sorgen, dass ihre Wirtschaft dies unterstützen und aufrechterhalten kann. Vielleicht sollten wir uns an unsere jeweiligen Bereiche halten.«

Wang schnaubte als Reaktion auf diese Antwort. »Sie glauben ernsthaft, dass die Kubaner vier J-11- und fünf J-10-Geschwader benötigen?«, stichelte er mit einem sarkastischen Lächeln. »Wir sprechen hier von einer Menge Flugzeuge für ein Land, das über seine eigenen Grenzen hinaus nicht in militärische Operationen verwickelt ist.«

»Botschafter Wang, wenn China schon keine Basen auf fremden Boden bauen kann, um unsere wirtschaftlichen Interessen in der Karibik und in Südamerika zu schützen, dann müssen wir Verbündete finden, die das an unserer Stelle tun. Das wissen Sie so gut wie ich. Meine Aufgabe ist es, Kuba, Venezuela und El Salvador auf einen möglichen Kampf mit den Amerikanern vorzubereiten, um unsere wirtschaftlichen Interessen in dieser Region zu schützen. Wenn Sie Ihre Aufgabe an der politischen Front erfüllen, wird meine militärische Aufgabe nicht benötigt. Wenn Sie jetzt keine weiteren Fragen mehr haben, muss ich mich auf ein Treffen mit meinen Kollegen vom kubanischen Militär vorbereiten.«

Botschafter Wang entließ General Song. Die Rivalität zwischen der Volksbefreiungsarmee und dem Ministerium der Staatssicherheit war tief verwurzelt. Die beiden Organisationen verabscheuten sich zwar gegenseitig, waren aber auch stark voneinander abhängig. Trotzdem ging es Wang gegen den Strich, mit General Song zusammenzuarbeiten. Der Mann war ungeschliffen und glaubte, dass jedes Problem des Lebens mit einer Waffen gelöst werden konnte. Er erkannte einfach nicht, dass es nicht die militärische Macht war, die Kriege gewann oder Nationen in Schach hielt. Ausschlaggebend dafür waren das Geld und die Wirtschaft. Zerstörte man die Wirtschaft einer Nation, so zerstörte man auch ihre Fähigkeit, Krieg zu führen.

Nachdem der General sein Büro verlassen hatte, öffnete Wang den Safe neben seinem Schreibtisch und zog eine streng geheime Akte hervor, die ihm heute Morgen durch einen persönlichen Boten direkt aus Peking überbracht worden war. Er brach das Siegel des Dokuments und öffnete es.

Operation Chengdu – *Die Strategie, den Westen einzunehmen*
Na großartig, noch eine Spielvariante dieser verdammten KI ...
Wang hatte ernsthafte Bedenken hinsichtlich der Verlässlichkeit des großen KI-Computers, von dem seine Vorgesetzten unablässig schwärmten. Die Technologen der Regierung waren davon überzeugt, dass die Künstliche Intelligenz und das maschinelle Lernen China dabei behilflich sein würden, den Rest der Welt hinter sich zu lassen und die USA als dominante Supermacht zu ersetzen. Aus Wangs Sicht konnte keine Maschine menschliches Verhalten vollständig verstehen, geschweige denn das der Amerikaner.

Ungeachtet seiner Meinung vertiefte er sich in die Akte und studierte sie die nächsten dreißig Minuten lang aufmerksam, bis Wangs Adjutant den Kopf in den Raum steckte. »Entschuldigen Sie, Herr

Botschafter. Das Auswärtige Amt versucht, Sie über das gesicherte Videotelefon zu erreichen.«

Wang erhob sich und eilte in das Konferenzzimmer. Der Anruf vom Minister kam unerwartet. Er musste wichtig sein, wenn er sich persönlich die Mühe machte.

Wang setzte sich in den Stuhl direkt vor dem Videotelefon.

»Aha, da sind Sie ja, Botschafter Wang«, begrüßte ihn Außenminister Han Jinping. »Entschuldigen Sie, dass ich Sie unangekündigt anrufe. Ich hielt es jedoch beim heutigen Stand der Technologie für angebracht, von Angesicht zu Angesicht mit Ihnen zu reden.«

Wang sagte nicht sofort etwas. Er wollte wissen, was so wichtig war, dass der Außenminister zu so später Stunde in Peking mit ihm sprach.

»Wang, wie Sie wissen, verlässt sich die Zentrale Militärkommission in ihrer Langzeitplanung mehr und mehr auf die Unterstützung von Jade Dragon. Der Computer hat einen Plan entwickelt, den der Präsident für erfolgversprechend hält und dem wir folgen sollen. Heute Morgen traf eine geheime Akte aus unserem Büro bei Ihnen ein. Ich hoffe, Sie fanden bereits die Zeit, sich Operation Chengdu kurz anzusehen?«

Wang nickte. »Ich war gerade dabei, mich zu informieren. Ist das etwas, was die ZMK tatsächlich in Betracht zieht?«

Einen Moment herrschte Schweigen, bevor der Außenminister antwortete. »Hören Sie, Wang. Wir kennen uns seit Jahren. Ich empfahl dem Präsidenten Zurückhaltung, diesen Plan in die Tat umzusetzen. Andererseits hat Jade Dragon oft genug recht behalten. Die Generäle und die anderen Mitglieder der Zentralen Militärkommission glauben, dass der Plan eine wirkliche Aussicht auf Erfolg hat. Uns beiden mag er vielleicht nicht zusagen oder wir mögen anderer Meinung sein, aber wir müssen unsere Pflicht erfüllen und ihn ausführen.«

Frustriert schüttelte Wang den Kopf. »Es fällt mir schwer zu glauben, dass die ZMK und wir nun die Befehle von einer Super-KI entgegennehmen. Ich weiß, dass sich ihre Prognosen oft genug als richtig erwiesen haben, aber wir reden hier davon, einen Krieg anzuzetteln, ganz zu schweigen von einem völligen Zusammenbruch der Weltwirtschaft.«

»Wang, der Computer hat zutreffend vorausgesagt, in welche Länder wir investieren sollen, um uns hinreichend Öl und Mineralien für unsere wachsende Wirtschaft zu sichern. Er hat detailliert vorhergesagt, was die Amerikaner in Syrien, im Jemen und erst vor Kurzem im Iran tun würden. Im Moment behauptet er, dass die amerikanische Wirtschaft zusammenbrechen und das Land ins Chaos stürzen wird, wenn Operation Chengdu erfolgreich ist. Und genau das ist der geeignete Zeitpunkt, an dem wir eine dauerhafte militärische Präsenz in der Karibik und in Südamerika etablieren werden. Ich möchte, dass Sie mit General Song zusammenarbeiten, um die Dinge in Kuba zu beschleunigen. Wir brauchen ein starkes Kuba, um unsere anderen Ziele in Südamerika zu erreichen.«

Damit war alles gesagt, und sie beendeten das Gespräch. Wang hatte seine Befehle, egal ob sie ihm zusagten oder nicht. Wenigstens lag der Termin für den Beginn dieser Operation noch ein Jahr in der Zukunft. In dieser Zeit konnte viel passieren. In dieser Zeit konnte viel passieren, und vielleicht, aber nur vielleicht, würde die KI zu dem Schluss kommen, dass dies nicht der beste Weg war, um weiterzumachen.

Kapitel Neun
Auslandshilfe

Drei Jahre später
Dezember 2022
Camp Tzu
Havanna, Kuba

»Sehen sie nicht fantastisch aus?«, schwärmte General Song neben
seinem kubanischen Kollegen General de División Miguel Gómez über
das mechanische Kreischen und Ächzen der Kettenfahrzeuge hinweg,
die an ihnen vorbeirollten. Die chinesischen Soldaten, die im
Geschützturm strammstanden, salutierten vor den beiden Generälen in
aller Form, bevor sie in den wiederbelebten Militärstützpunkt
einfuhren.

Der jüngere General, der auf seiner Zigarre kaute, nickte. »General
Song, ich muss zugeben, dass ich zunächst skeptisch war, ob die
Chinesen ihre Versprechungen wahr machen würden. Es ist lange her,
dass eine Weltmacht dem kubanischen Volk tatsächlich zur Hilfe
gekommen ist. Aber getreu Ihrem Wort halfen Sie uns, unser Militär
und unsere Wirtschaft zu modernisieren. Mein jüngerer Bruder arbeitet
sogar auf einer der neuen Bohrinseln, deren Bau Sie ebenfalls
unterstützt haben.«

Normalerweise hätte solch ein kritischer Kommentar General Song
sicher beleidigt, aber er wusste, dass die Russen im Lauf der Jahre ihre
Versprechungen an die Kubaner nicht eingehalten hatten. Mit dem
Zusammenbruch der Sowjetunion waren die Kubaner isoliert worden,
da sie sich gegen die Amerikaner gestellt hatten.

General Song mochte General Gómez beinahe wie einen kleinen
Bruder. Der kubanische Offizier hatte Song seiner engen und
erweiterten Familie vorgestellt und ihn in viele ihrer Familienfeiern und
-zusammenkünfte eingeschlossen. Die beiden hatten eine gute
Arbeitsbeziehung entwickelt, und Song nutzte ihre Freundschaft zum
Wohle Chinas.

»Der ZBD-04 ist ein außergewöhnliches Infanteriefahrzeug für
Ihre Armee, hervorragend geeignet für Kubas Klima und Terrain.
Ungleich dem russischen BMP-3 ist es ein echter Panzerkiller, der
neben dem 100mm-Geschütz mit vier HJ-8H-Lenkflugkörpern

ausgestattet ist. Diese Raketen sind erster Güte. Sie sind in der Lage, Ziele am Boden aus sechs Kilometer Entfernung und langsame, niedrig fliegende Hubschrauber aus vier Kilometer Entfernung zu treffen. Es gibt keinen Panzer, den sie nicht durchschlagen können, einschließlich dem amerikanischen Abrams. Wenn man dann noch die sieben Soldaten hinzurechnet, die er transportieren kann, hat man eine echte Monstermaschine «, erklärte General Song voller Stolz, während mehr und mehr Fahrzeuge auf die Basis zurollten.

Fahrzeuge und Ausrüstungsgegenstände waren vor einigen Tagen im nahe gelegenen Hafen von Havanna eingetroffen. Das Bataillon wurde vom kubanischen und chinesischen Militär durch die Straßen Havannas geleitet, um der Öffentlichkeit ihre neuen Spielzeuge vorzustellen und ihre neugefundene Freundschaft mit dem chinesischen Volk zu feiern.

»Hier kommt das Fahrzeug, das mich am meisten begeistert«, kommentierte General Gómez.

»Der ZSL-08 ist Ihr Lieblingsfahrzeug? Ein ganz normaler Mannschaftstransportwagen?«, fragte General Song mit einer hochgezogenen Augenbraue.

»General Song, wir sind in Kuba«, erwiderte Gómez lachend. »Die größte Gefahr für unser Leben geht von den Menschen um uns herum aus. Ein Schützenpanzer mit einem ferngesteuerten Gefechtsturm ist mehr als ausreichend, diese Bedrohung in den Griff zu bekommen.«

Song griff nach seinem Feuerzeug und zündete seine ausgegangene Zigarre wieder an. »Sie machen sich also keinerlei Gedanken über die Amerikaner?«

Gómez paffte einen Moment lang an seiner Zigarre, während er beobachtete, wie die Fahrzeuge des nächsten Bataillons in seinen Stützpunkt rollten, dann drehte er sich zu seinem chinesischen Kollegen um. » Warum sollten wir etwas von den Amerikanern zu befürchten haben? Die haben größere Sorgen als uns.«

»Sie machen sich keine Sorgen, dass man Ihnen Ihren neu erworbenen Reichtum oder Ihre wirtschaftliche Sicherheit wegnehmen will?«, fragte Song.

»Wenn ich ehrlich sein soll, machen *Sie* mir Sorgen. Nicht Sie persönlich, General, aber China als solches. Wir Kubaner wurden von den Amerikanern seit den 1960er Jahren isoliert und ins Abseits gedrängt. Daran sind wir gewöhnt. Die weitreichendere Frage ist, wie

Ihre Regierung reagieren wird, sobald die Amerikaner verlangen, dass Sie Ihre wirtschaftlichen Verbindungen zu uns abbrechen, bevor Sie in Gefahr geraten, Zugriff auf den amerikanischen Markt zu verlieren? Die Amerikaner sprechen regelmäßig die gleiche Drohung gegen jedes Land aus, das versucht, wirtschaftliche Beziehungen zu Kuba aufzubauen. Von daher mache ich mir keine Sorgen darüber, was die Yankees Kuba antun könnten. Es beunruhigt mich weit mehr, ob uns China angesichts amerikanischer Wirtschaftsdrohungen fallen lassen wird.«

General Song paffte ein paarmal an seiner Zigarre, während er darüber nachdachte. Gómez hatte ein gutes Argument geäußert. Andererseits befand sich sein Land bereits in einem Handelskrieg mit den USA, also wer wusste das schon? Vielleicht würde sich Peking ermutigt fühlen, die USA herauszufordern, wenn sie diese Art von wirtschaftlicher Drohung aussprechen würden.

Das Geräusch von Panzerketten war von der nächsten Ecke und weiter unten auf der Straße zu hören. Das nächste Fahrzeugbataillon war auf dem Weg zu seinem neuen Zuhause.

Bei den Fahrzeugen, die auf sie zukamen, handelte es sich um ein gemischtes Bataillon aus der chinesischen Version der russischen Tunguska und den in China hergestellten PGZ09-Flugabwehrfahrzeugen. Die Amerikaner klassifizierten diese Art Fahrzeug typischerweise als ein SA-19, da neben Flugabwehrgeschützen auf der gleichen Plattform auch Raketen untergebracht waren. Diese Fahrzeuge dienten dem Schutz der Panzerbesatzungen gegen Hubschrauberangriffe, niedrig fliegende Flugzeuge und Marschflugkörper.

»Wissen Sie, General, ich hätte es nie für möglich gehalten, dass die kubanische Armee je mit solch modernen Waffen ausgestattet sein würde. Wir versuchten mehr als ein Jahrzehnt, unser Militär mit der Hilfe der Russen zu modernisieren. Damals – ich war noch Major – versicherten sie uns, dass sie uns ihre Tunguska-Fahrzeuge verkaufen würden. Das ist über 15 Jahre her.«

General Song nickte, während er dem Kubaner zuhörte, der sich über die Unzuverlässigkeit der Russen ausließ.

»General, ich denke, Sie werden feststellen, dass die Chinesen weit verlässlichere Verbündete als die Russen sind. Die Russen sind ein Relikt der Vergangenheit. China … ist die Zukunft. Ihr Land hat gut daran getan, sich auf unsere Seite zu stellen. Schließlich sind wir immer noch Kommunisten.«

Lachend klopfte der Kubaner General Song auf die Schulter, und sie beobachteten, wie die letzten gepanzerten Fahrzeuge an ihnen vorbeirollten. Während sie sich unterhielten und an ihren Zigarren pafften, hörten sie das letzte mechanische Geräusch von Panzerketten, die sich näherten, während der Boden langsam bebte.

Die beiden Männer sahen einem Bataillon VT-2-Kampfpanzer entgegen, die auf sie zurollten. Es war die Exportversion des Typ 96B-Panzers der dritten Generation der Volksbefreiungsarmee.

In jedem Geschützturm stand ein kubanischer Soldat neben seinem chinesischen Ausbilder. Diese 48 Panzer waren zusammen mit 60 Dongfeng Mengshi-Allradfahrzeugen die letzten Fahrzeuge, die heute eingetroffen waren. Ironischerweise war der Mengshi eine Kopie des amerikanischen Humvee.

»Das waren alle. Wie versprochen, sind alle Fahrzeuge angekommen«, sagte General Gómez, der die Reste seiner Zigarre zu Boden fallen ließ und sie mit dem Stiefel ausdrückte.

»Und jetzt beginnt der schwierige Teil – die Ausbildung Ihrer Männer. Sie müssen lernen, diese Fahrzeuge und Waffen effektiv einzusetzen und sie im Anschluss daran zufriedenstellend zu warten, damit sie nicht vorübergehend betriebsunfähig sind oder sogar auf lange Zeit ausfallen«, erwiderte General Song lächelnd. »In den kommenden zwei Wochen werden sich 5.000 Ausbilder und Arbeiter zu uns gesellen. Konstruktionsmannschaften werden Ihnen helfen, einen modernen militärischen Stützpunkt zu errichten, an dem Sie Ihre Ausrüstung warten und in Schuss halten können. Währenddessen trainieren unsere militärischen Ausbilder Ihre Soldaten im Gebrauch der Ausrüstung. Des Weiteren unterstützen wir Sie bei der Etablierung von militärischen Ausbildungszentren, um künftige Soldaten in den Gebrauch und den Erhalt Ihrer neuen Ausrüstung einzuweisen. Teil des Trainings dieser Soldaten sind praktische Übungen, die wir wiederholt organisieren werden, um ihre Fähigkeiten zu testen und ihr Wissen voranzubringen.«

General Gómez nickte. »Ich freue mich darauf, General, ebenso wie meine Männer.«
****

Colonel Enrique Jerez staunte, wie gekonnt die chinesischen Mechaniker den Shenyang J-11 zusammenbauten. Im Umgang mit Schraubenschlüsseln war Enrique nicht unbedingt versiert, von daher bewunderte er die, die dieses Talent hatten.

»Es ist schon erstaunlich, ihnen zuzusehen, nicht wahr?«, fragte hinter ihm eine Stimme mit starkem chinesischem Akzent.

Jerez wandte sich um und erblickte sein chinesisches Gegenstück Colonel Lang. Der chinesische Colonel kommandierte die 40. Luftbrigade der Volksbefreiungsarmee. Außerdem war er ein erfahrener Pilot, der sowohl auf der J-11 als auch auf der J-10 qualifiziert war – auf den Flugzeugen, die die Chinesen an Kuba verkauft hatten.

»Ich bin regelmäßig davon fasziniert, wie diese Flugzeuge angeliefert werden. Als ich ein Kind war, hat mich mein Großvater immer mit Geschichten unterhalten, wie die Sowjetunion ihre modernen MiGs in Frachtcontainern nach Kuba verschifften, wo sie die Mechaniker zusammenbauen mussten, bevor sie geflogen werden konnten. Die längste Zeit hielt ich das für einen Mythos.«

Grinsend erklärte der chinesische Pilot: »Es ist nur so lange ein Mythos, bis man es mit eigenen Augen sieht. Mit Ausnahme der Amerikaner kann ich Ihnen versichern, dass alle Flugzeuge auf diese Weise rund um die Welt transportiert werden.«

»Wie lange werden Ihre Männer brauchen, um sie zusammenzubauen?«, fragte Colonel Jerez.

»Es sind erfahrene Techniker. Innerhalb einer Woche sollten sie es geschafft haben«, erklärte Colonel Lang. »Das kommt zeitlich hin. Bevor wir Ihre Piloten wieder in die Luft schicken können, gibt es noch viel zu organisieren und vorzubereiten.«

Die Männer hatten über mehrere Tage wiederholt den Status des Stützpunkts besprochen. Während zwei kubanische Geschwader in China trainierten, war eine kleine Armee von Ingenieuren und Bauarbeitern auf der Basis eingefallen. Sie hatten eine Rollbahn um 200 Meter verlängert, eine zweite lange Start- und Landebahn hinzugefügt und 30 befestigte Hangars errichtet.

Die größte Neuerung des modernisierten Luftwaffenstützpunkts war ein vier Meter hoher Zaun, der den gesamten Bereich umgab. Die Installation von Sensoren trug zur erhöhten Sicherheit bei. Vor Kurzem hatten die chinesischen Ingenieure und Berater an den gegenüberliegenden Enden der Basis den Bau zweier unterirdischer, stark gesicherter Kommandobunker beendet.

Nach den letzten Renovierungsmaßnahmen stand in den kommenden Wochen die Ankunft eines Bataillons von HQ-9 Red Banner Boden-Luft-Raketen im Stützpunkt an. Die Fertigstellung hatte fast zwei Jahre gedauert, aber nun war der Luftwaffenstützpunkt vollständig in einen vollwertigen Frontstützpunkt verwandelt worden, für den Fall, dass er jemals als solcher genutzt werden sollte.

Colonel Jerez konnte nicht genug darüber staunen, welche Transformation diese ehemals vor dem Verfall stehende Basis aus der Sowjet-Ära zu einer einsatzfähigen, modernen Einrichtung durchgemacht hatte. Er drehte sich zu seinem chinesischen Kollegen um. »Sie wissen, dass unsere Piloten, sobald sie ihre neuen Trainingsroutinen üben, auf amerikanische Flugzeuge treffen werden? Wir teilen praktisch eine Grenze mit ihnen. Die Amerikaner werden so gut wie alles, was wir tun, beobachten können.«

Der chinesische Colonel nickte. »Da haben Sie sicher recht. Aber sehen Sie es aus dieser Sicht, Colonel – es ist gutes Training für unsere Piloten. Da wir vorhaben, unser Training vorwiegend im Südwesten der Karibik durchzuführen, sollte Sie das allerdings weitestgehend vor Problemen mit den Amerikanern schützen. Und sobald wir anfangen, Übungsangriffe gegen ihre Ölplattformen in den internationalen Gewässern des Golfs zu fliegen, bietet uns das die einzigartige Gelegenheit, ihre Reaktionszeit zu testen.«

Dieser Gedanke brachte Colonel Jerez zum Lachen. »Das wird tatsächlich Spaß machen. Kommen Sie, essen wir in der Stadt zu Mittag. Vor unserer nächsten Trainingsreihe gibt es viel zu besprechen.«

****

Phenix City, Alabama

Während Butter in den heißen eisernen Pfannen schmolz, zerdrückte Staff Sergeant Amos Dekker mit der flachen Seite seines

Chefkochmessers mehrere Knoblauchzehen. Die ließ er in die zischende Butter fallen und warf ihnen einige Thymianzweige hinterher. Er nahm zwei drei Pfund schweren Châteaubriands und legte sie liebevoll in je eine Pfanne mit der buttrigen Knoblauch-Thymian-Soße.

Die Steaks brutzelten verheißend. Amos schwenkte die Butter um die Steaks herum und begoss sie wiederholt mit Butter, während er der Hitze erlaubte, das Fleisch scharf anzubraten. Dann drehte er die Steaks um, um auch die andere Seite der Hitze und seiner Knoblauchmischung auszusetzen.

»Verdammt, das sieht langsam echt gut aus«, kommentierte Captain Allen Meacham und reichte Amos ein frisches Bier.

»Entscheidend ist das scharfe Anbraten auf jeder Seite, bevor das Steak in den Ofen kommt. Das verhindert, dass der Saft entkommt, während sich das Fleisch erhitzt und von innen heraus gart«, erklärte Amos seinem Publikum.

»Wie lange, bis es soweit ist?«, fragte einer der anderen Staff Sergeants.

»Ungefähr 20 Minuten, würde ich sagen«, antwortete Amos. Bevor er den Ofen öffnete und die Steaks hineinschob, drapierte er einen dünnen Streifen Butter über die gesamte Länge der Steaks und fügte mehrere Knoblauchzehen und etwas Thymian hinzu. Dann stellte er die Zeituhr.

Amos drehte sich zu seinen Freunden um, prostete ihnen zu und versprach: »In 20 Minuten werdet ihr das beste Steak eures Lebens genießen.«

Die Männer stießen mit ihm an, während sich ihre Frauen nebenan angeregt unterhielten.

Amos trat an Captain Meacham heran. »Das war wirklich nett von Ihnen, Sir, solch teure Steaks für uns zu kaufen.«

Allen zuckte mit den Achseln. »Damit will ich mich nur für den hervorragenden Job der letzten Monate bedanken. Wir waren eine Weile von unseren Familien und Freunden getrennt. Es ist Zeit, dass die Kompanie Pause macht und zur Ruhe kommt, bevor unser nächster Trainingsabschnitt beginnt.«

»Da will ich Ihnen nicht widersprechen. Wissen Sie schon, wohin sie uns als Nächstes schicken?«, fragte Amos neugierig.

»Wer weiß? In der gegenwärtigen Situation mit China würde es mich nicht überraschen, wenn wir in Kürze in einen offenen Krieg mit ihnen verwickelt wären. Momentan scheinen sie ein unaufhaltsamer Moloch zu sein«, schätzte Allen frustriert.

»Sir, wäre es möglich, uns zusätzliche Zeit auf dem Schießstand zu verschaffen? Ich möchte den Zug weiter an den neuen Sturmgewehren trainieren«, bat Sergeant First Class Tim Hill, der Sergeant des Zugs.

»Ja, die neuen 6,8mm Sig Sauer sind fantastisch. Eine längst nötige Verbesserung, wenn Sie mich fragen«, fügte Dekker hinzu.

Die Armee hatte vor Kurzem das ganze Bataillon mit dem neuen Standard-Maschinengewehr der nächsten Generation ausgestattet. Die neuen Sturmgewehre wurden zunächst an alle Sondereinsatzkräfte ausgehändigt, gefolgt von einer Handvoll Top-Divisionen wie der 82. und der 101. Luftlandedivision. Weitere Lieferungen würden den restlichen Infanterie-Kampfbrigaden zugutekommen, bevor die Armee ihre alten M4 endgültig ausmusterte.

»He, ich will kein Wort über die Arbeit hören. Heute ist euer freier Tag. Gutes Essen, Bier zum Abwinken und schöne Frauen«, tadelte Sergeant Hills Frau die Männer scherzend.

Der Rest des Nachmittags verging wie im Flug, während die Unteroffiziere und Offiziere der Bravo-Kompanie, 3. Bataillon, 75th Ranger ihre Heimkehr vom Trainingseinsatz feierten. Es waren lange drei Monate gewesen. Jetzt war die Zeit gekommen, sich zu entspannen und den Kontakt zur Familie und zu Freunden wiederzufinden, bevor ihr nächster Trainingseinsatz startete und sie wieder wer weiß wohin verlegt werden würden.

Kapitel Zehn
Für das Volk

April 2023
Der Revolutionspalast
Havanna, Kuba

Der Erste Sekretär Salvador Mesa-Díaz nahm einen weiteren Zug von seiner Zigarre, als er den neuesten Benzinbericht der Cuba Oil Union (CUPET) prüfte. Es war Anfang Juli, und das erste Quartal, in dem all ihre Raffinerien und Ölbohrinseln mit voller Kapazität arbeiteten, lag hinter ihnen. Sie förderten nun in einem einzigen Monat mehr Öl als in den beiden vorangegangenen Jahren zusammen. Im nächsten Monat würde die erste Zahlung aus der Kobaltmine eintreffen. Dieser Betrag entsprach in der Höhe dem, was ihnen die Ölproduktion einbrachte.

Auf der letzten Seite des Berichts fand Mesa-Díaz die finanziellen Informationen, auf die es ihm ankam. Selbst bei den gegenwärtig niedrigen Ölpreisen würde die kubanische Regierung in diesem Quartal mehr Geld einnehmen als im gesamten letzten Jahr. Ihr Bruttoinlandsprodukt würde von jährlich 100 Milliarden USD auf die Summe von 112 Milliarden USD in einem einzigen Quartal ansteigen. Und die Kobaltmine würde das noch verdoppeln.

»Diego, ich möchte, dass Sie einen Beschluss entwerfen, der das Gehalt aller Bewohner dieses Landes verdreifacht. Mit sofortiger Wirkung!«, befahl der Erste Sekretär Mesa-Diaz. »Mit unserem neu gefundenen Reichtum und den zusätzlichen Initiativen, die wir vorschlagen, sollte es uns gelingen, unsere Kritiker zum Schweigen zu bringen und das Herz unseres Volkes zurückzuerobern.«

Diego Ventura, der Erste Vizepräsident des Staatsrats lächelte bei dem Gedanken, dass er es sein würde, der diesen überraschenden Schritt ankündigte. Das würde sein Ansehen in der Bevölkerung weiter steigern.

»Vielen Dank. Ich bin ganz Ihrer Meinung. Das Volk muss auf unserer Seite stehen, sobald die Amerikaner den Druck auf uns und auf die Chinesen verstärken.«

Der kubanische Staatschef nickte dem jüngeren Mann zu. »Diego, eines Tages werden Sie mein Nachfolger sein. Es ist wichtig, dass wir damit beginnen, die Menschen mit Ihnen so vertraut zu machen, wie sie es mit mir sind. Wir müssen unser Volk auch auf den kommenden Kampf vorbereiten, der sich zwischen uns und den Yankees abspielen wird. Die Menschen müssen verstehen, dass es die Amerikaner sein werden, die ihnen ihren neu erworbenen Reichtum wegnehmen, wenn sie die Chinesen zwingen, unser Land zu verlassen und ihr Embargo gegen uns wieder einzuführen. Wir müssen auch den Übergang der Macht von mir auf Sie einleiten. Ich bin kein junger Mann mehr. Wir gehen unruhigen Zeiten entgegen, und wir werden Sie an der Spitze brauchen.«

Diego strahlte bei dieser Neuigkeit. Die beiden Männer hatten sich schon mehrere Male über die Übergabe der Macht unterhalten, aber es war noch nichts in Stein gemeißelt.

»Falls Ihnen das nicht übereilt erscheint, könnten wir den Übergang im nächsten Monat offiziell machen. Dann kann ich als erste Amtshandlung die Verdreifachung der Gehälter ankündigen. Das wird das Volk auf meine Seite bringen, noch bevor den Amerikaner auffällt, was sich in unserem Land abspielt.«

Mesa-Díaz schmunzelte darüber, wie schnell sein Schützling die Dinge in Gang bringen wollte. Um ehrlich zu sein, war das keine schlechte Idee. Es wäre das Beste, wenn Diego das Gesicht dieses neuen wirtschaftlichen Erfolgs wäre und nicht er. Das würde auch sein eigenes Erbe sichern.

Mesa-Díaz sah Diego an und lächelte. »Ja, Diego, das sollte klappen. Ein guter Plan. Und jetzt lassen Sie uns über den Vorschlag der Chinesen reden, den Sie so dringend diskutieren möchten.«

Diego legte seine Zigarre auf dem Aschenbecher ab. »Herr Präsident, hatten Sie Gelegenheit, sich den chinesischen Vorschlag noch einmal näher anzusehen?«, fragte er in formellem Ton.

Mesa-Díaz seufzte innerlich und nickte. Trotz jahrelanger Anleitung musste der junge Mann noch viel über die politischen Realitäten zwischen Kuba und den USA lernen.

Mesa-Díaz sah seinem Protégé ins Gesicht. »Das habe ich. Das habe ich. Bevor ich mich dazu äußere, würde ich gerne Ihre Meinung zu dem hören, was ich bei unserem letzten Gespräch zu bedenken gegeben habe. In Kürze werden Sie die Geschicke Kubas lenken und diese Entscheidung treffen müssen.«

Diego über diese Verzögerung nicht erfreut zu sein, aber er nickte zustimmend. »Die positiven Aspekte sind offensichtlich. Die

Partnerschaft mit den Chinesen würde dem Stadtteil Casablanca in Havanna beträchtliche Einnahmen bringen. Zum einen durch die dort stationierten Seeleute, zum anderen durch die Zunahme der von ihnen beschäftigten Dienstleistenden. Außerdem hätten unsere Seeleute die Möglichkeit, bei einer anderen Berufsmarine zu trainieren. Eine gesteigerte Präsenz der chinesischen Marine in Kuba würde uns mehr Ansehen in dieser Region verschaffen und unser Land besser gegen militärische Angriffe der Yankees ...«

»Und die Nachteile einer permanenten chinesischen Militärpräsenz in Kuba?«, unterbrach ihn Mesa-Díaz.

»Der Nachteil ist der zu erwartende gesteigerte Druck der Amerikaner auf uns. Wenn Sie erlauben, Salvador – ich weiß, dass wir eine erhöhte Aufmerksamkeit der Amerikaner vermeiden wollen, aber dies ist unsere Chance, unsere ehemaligen ruhmreichen Zeiten neu aufleben zu lassen. Der chinesische Botschafter ist sich sicher, dass die Amerikaner in den kommenden Monaten einen wirtschaftlichen Zusammenbruch erleiden werden. Ihre Aufmerksamkeit wird sich auf andere Schwerpunkte konzentrieren. Wenn das wirklich passiert, ist das unsere Chance, einen mutigen Schritt zu tun«, sagte Diego eindringlich.

Mesa-Díaz zog an seiner Zigarre und nickte. »Hinsichtlich der Zeitspanne und der Einschätzung, dass die Amerikaner abgelenkt sein werden, bin ich ganz Ihrer Meinung. Aber lassen Sie mich eine Frage stellen, Diego: Auf wen ist die Aufmerksamkeit der Amerikaner gegenwärtig konzentriert, weltweit und hier in der Karibik?«

»Auf China und Venezuela«, antwortete Diego.

»Richtig. Wenn wir den Chinesen erlauben, einen Flotten- oder Luftwaffenstützpunkt einzurichten, wie werden die Amerikaner das aufnehmen? Was werden die Amerikaner mit uns machen? Im Augenblick erfreuen wir uns dank unseres Rohöls und dessen Verarbeitung an einem wirtschaftlichen Hoch. Die Eröffnung der Kobaltmine wird weiter zu unserem Reichtum beitragen. Das ist der Grund, weshalb ich Ihre Idee, militärische Ausrüstung samt Berater und Ausbilder von den Chinesen zu akzeptieren, für brillant halte. Deshalb glaube ich, dass wir ihren Vorschlag für eine ständige Militärbasis entschieden und öffentlich ablehnen sollten. Indem wir das tun, gaukeln wir den Amerikanern vor, wir hätten ein angespanntes Verhältnis zu ihnen, während wir in Wirklichkeit die bereits zwischen uns bestehenden Verbindungen vertiefen.«

Mesa-Díaz führte seinen Standpunkt weiter aus. »Das wirtschaftliche Embargo, das uns die Amerikaner bezüglich unseres Öls auferlegt haben, macht China zu unserem einzigen verlässlichen Kunden. Wenn wir ihnen einen militärischen Stützpunkt auf Kuba überlassen, wie schwer werden die Amerikaner uns das Leben wohl machen? Was glauben Sie?«

Eine Weile herrschte Stille im Raum. Dann nickte Diego endlich zustimmend. »Ich kann Ihrer Argumentation folgen«, gab er frustriert seufzend zu. »Diese verdammen Yankees sind wild entschlossen, unserem Volk das Leben so schwer wie möglich zu machen, nicht wahr?«

Mesa-Díaz gluckste. »Sie sind noch jung, Diego. Ich versichere Ihnen, dass die Amerikaner es uns weit schwerer machen könnten, wenn ihnen der Sinn danach stünde. Wir müssen langfristig denken. Sehen Sie sich an, was China und Vietnam getan haben. Unseren kommunistischen Brüdern ist es gelungen, eine erfolgreiche Arbeitsbeziehung zu den Amerikanern aufzubauen, selbst in Zeiten schwelender Konflikte. Sie, Diego, sind die Zukunft Kubas. Sie müssen in ihre Fußstapfen treten, damit die Menschen in Kuba ein besseres Leben führen können. Wenn wir weiter die alten Wege beschreiten, wird es uns wie den Iranern, den Nordkoreanern und jetzt auch Venezuela ergehen. Wir sind gerade durch Öl reich geworden und werden diesen Reichtum bald durch Seltene Erden steigern. Wir müssen behutsam mit den Amerikanern umgehen, um zugunsten unseres Volks den Wohlstand und die Lebensqualität Kubas zu erhöhen.«

Diego schüttelte den Kopf, aber er biss sich auf die Zunge.

»Ich weiß, dass Sie damit nicht glücklich sind, Diego, aber Sie müssen verstehen, dass wir mit den Amerikanern hier Schach und nicht Dame spielen. Selbst verwundet können sie noch gefährlich sein. Halten wir uns an den ursprünglichen Plan, den Chinesen allein den Aufenthalt von Beratern und Ausbildern zu erlauben. Damit erreichen wir vieles von dem, was Sie ursprünglich wollten, ohne die Probleme, die eine ständige Militärbasis mit sich bringt.«
****

Juli 2023
Nationaler Sicherheitsrat

Die stellvertretende Nationale Sicherheitsberaterin Katrina Roets lehnte sich in ihrem Stuhl zurück, nachdem der letzte Berichterstatter seine Präsentation beendet hatte.

Übernimm das lateinamerikanische Resort, hatten sie gesagt ... Bau deinen Ruf als Nationale Sicherheitsberaterin auf, hatten sie gesagt. Und jetzt sieht es so aus, als ob sich gerade diese Region zum heißesten Ort seit der Invasion von Irak entwickelt, dachte sie.

»Haben Sie noch Fragen, Ma'am?«, erkundigte sich der Referent nach seinem Vortrag.

Katrina hatte eine. Tatsächlich hatte sie viele Fragen, wie etwa: »Warum habe ich mich bereit erklärt, das lateinamerikanische Resort zu übernehmen?«

»Ja, die habe ich«, sagte sie laut. »Erstens: Warum erfahren wir erst jetzt von diesem offensichtlichen militärischen Modernisierungsprogramm, das in Kuba läuft? Wieso wurde das nicht in vorangegangenen Briefings erwähnt?«

Der Referent errötete und sah hilfesuchend seinen Chef an, der vier Stühle neben Katrina saß. Er nickte, als ob er seinem Untergebenen ein stummes Zeichen geben wollte.

»Unser Fokus lag auf den Drogenkartellen und den Migrantenkarawanen, die von Guatemala, El Salvador und Honduras aus auf dem Weg zu uns sind«, antwortete der Berichterstatter. »Uns fehlt es an Mitteln, alles zu beobachten, was in einigen dieser Länder vorgeht.«

Roets seufzte leise. Sie wusste, dass der Mann recht hatte. Von Mitgliedern des NSC standen ihr wohl die wenigstens Ressourcen zur Verfügung.

»Ich weiß, dass wir unter Personalmangel leiden und überarbeitet sind«, versicherte ihm Roets. »Aber das scheint eine zu große Sache zu sein, die droht, uns durch die Maschen zu gehen. Ich habe heute Nachmittag ein Meeting mit dem Chef. Ich werde ihn um zusätzliche Mitarbeiter bieten, oder zumindest um die Erlaubnis, einige Aufgaben an Externe zu vergeben.«

Roets zögerte einen Moment. Sie sah sich die Karte von Kuba an, bevor sie hinzufügte: »Wenn ich das richtig verstehe, haben die

Chinesen ein Geschwader F-10A, die Exportversion der J-10-Kampfflugzeuge, an den Luftwaffenstützpunkt San Antonio de los Baños geliefert. Wissen die Kubaner überhaupt, wie man so ein Flugzeug fliegt?«

Der Berichterstatter nickte. »Ja, das können sie. Einer unserer Mitarbeiter in Kuba hat vor einer Woche einen Bericht darüber veröffentlicht. Die Reduzierung der kubanischen Luftwaffenaktivitäten kann offensichtlich darauf zurückgeführt werden, dass Kuba seit zwei Jahren die Mehrheit seiner Piloten zum Training nach China schickt. Die kubanischen Piloten machen dort das gleiche Trainingsprogramm wie ihre chinesischen Kollegen durch. Wir vermuten außerdem, dass diese Piloten auch nach ihrer Heimkehr ihr Training fortsetzen. Bei einigen der von unseren Satelliten gesichteten Flugzeuge handelt es sich um F-10S-Versionen, also um ein Schulungsflugzeug mit zwei Sitzen. Damit trainieren sie vermutlich weiter.«

»Wenn ich hier etwas hinzufügen darf«, meldete sich Tim Fengel zum ersten Mal zu Wort. Tim war Roets Verbindungsmann Defence Intelligence Agency. Obwohl er für ganz Lateinamerika zuständig war, war er ein echter Kuba-Experte mit über zehn Jahren Erfahrung, die er dort als Spion gesammelt hatte.

»Sicher, Tim. Die Meinung der DIA interessiert mich sehr.«

»Die Chinesen haben ihnen eine ganze Reihe ihrer F-10er verkauft. Vor Kurzem erfuhren wir, dass der Verkauf militärischer Güter allgemein weit umfangreicher ausfiel, als wir ursprünglich angenommen haben: Es sind drei Geschwader F-10 und zwei Geschwader J-11. Das verschafft ihrer Luftwaffe somit 80 der modernsten Kampfflugzeuge. Aber meiner Ansicht nach geht es hier um mehr als nur um Flugzeuge. Wir alle kennen die chinesische Belt and Road Initiative. Aufgrund fortwährender Probleme mit den Iranern sind die Chinesen schon eine Weile auf der Suche nach Ölressourcen außerhalb des Nahen Ostens.

»Im Golf von Mexiko und in der Floridastraße gibt es riesige Ölvorkommen, und die Venezolaner sitzen bewiesenermaßen auf den größten Ölreserven der Welt. Zudem verfügen beide Länder über Seltene Erden, an deren Kontrolle die Chinesen schon immer interessiert waren. In Kuba haben sie kürzlich Kobalt entdeckt. In Venezuela ist es Coltan.«

»Wenn ich Sie hier unterbrechen darf, Tim. Ich kann die Logik der Chinesen nachvollziehen, außerhalb des Nahen Ostens nach Öl und Seltenen Erden zu suchen. Was aber haben diese Ressourcen mit dem chinesischen Militär zu tun, das diese Länder modernisiert und aufrüstet?«, erkundigte sich Roets ungeduldig.

»Im Lauf der letzten zehn Jahre konnten wir beobachten, dass die chinesische Marine mehrere Stützpunkte außerhalb Chinas entlang der sogenannten Seidenstraße einrichtete. Ihre Marine hat entweder einen offiziellen oder inoffiziellen Stützpunkt in Kambodscha, Myanmar, Dschibuti und seit Kurzem auch in Sri Lanka eingerichtet, um den Schutz ihrer Waren- und Ressourcentransporte von und nach Europa, Ostafrika und dem Nahen Osten zu verbessern.

»Nach bisher unbestätigten Informationen unserer Quellen sieht es so aus, als sei die Regierung Panamas bereit, eine Vereinbarung mit der PLA zu unterschreiben. Sie werden chinesischen Schiffen erlauben, panamaische Häfen anzulaufen, dort aufzutanken und Proviant aufzunehmen. Des Weiteren gehen Gerüchte um, dass die PLA in Kürze ähnliche Abkommen mit Venezuela und Kuba unterschreiben wird.«

Abrupt lehnte sich Katrina in ihrem Stuhl nach vorn und unterbrach ihn erneut. »Moment mal … Zum Mitschreiben, Tim. Sie behaupten, Ihre DIA-Quellen in Panama, Venezuela und Kuba berichten, dass diese Regierungen ein Stützpunktabkommen mit den Chinesen unterzeichnen werden? Das würde der Monroe-Doktrin widersprechen. Ich bin mir nicht sicher, ob der Präsident dem tatenlos zusehen kann – insbesondere angesichts des Handelskriegs mit China, in dem wir uns gerade befinden.«

»Ich bin ganz Ihrer Meinung, Katrina. Das wäre eine große Sache. Es könnte auch Teil der chinesischen Handelskriegsstrategie sein. Sie wissen schon … Entweder erzielen wir ein besseres Abkommen mit den Amerikanern oder wir bahnen uns neue Wirtschaftswege in deren Hinterhof«, pflichtete Tim Roets bei.

Ich muss all das mit dem Chef besprechen, dachte Katrina. *Vielleicht weiß er etwas, das ich nicht weiß.*
****

Später am Tag
Im Weißen Haus

Blain Wilson, der Nationale Sicherheitsberater kehrte gerade aus dem Fitnessstudio des Weißen Hauses zurück. Er hatte seine CrossFit-Routine absolviert und dann noch zwanzig Minuten lang Sprints auf dem Laufband absolviert. Die Position des Nationalen Sicherheitsberaters für den Präsidenten war anstrengend und stressbehaftet. Wilson wusste, dass seine langen Arbeitstage eine regelmäßige Fitnessroutine verlangten, die ihm erlaubte, den Stress des Jobs hinter sich zu lassen und körperlich fit zu bleiben.

Nachdem er sich in der Küche einen Chefsalat und ein Gatorade geholt hatte, ging Wilson zurück in sein Büro. Er setzte sich, zog seine Schreibtischschublade auf und griff nach dem Migränemittel Excedrin. Seit er im Irak durch die Explosion einer Sprengfalle ein Schädel-Hirn-Trauma erlitten hatte, bekam er Migräne, wenn er sich körperlich zu sehr anstrengte. Da er sich nicht zur Ruhe setzen wollte, hatte Wilson herausgefunden, dass er das Schlimmste abwenden konnte, wenn er nach dem Training ein paar Excedrin schluckte und viel Wasser trank.

Wilsons vorzeitige Pensionierung aus medizinischen Gründen im Jahr 2006 war ein harter Schlag gewesen. Vor dem Beginn seines Irakeinsatzes im Jahr 2004 war ihm das Kommando über das 2. Bataillon, 3. Sondereinsatzgruppe übertragen worden. Die Übernahme eines Bataillonskommandos nach nur 15 Jahren Dienst war ein Zeichen dafür, dass er auf einem guten Weg war, seine Ernennung zum Colonel zu erhalten. Im Dezember 2005 traf er mit seinen Männern im Irak ein. Zwei Monate später wurde sein Fahrzeug durch eine Sprengfalle in die Luft gejagt. Die linke Seite seines Körpers und beide Beine waren voller Schrapnelle, er verlor zwei Zehen an seinem linken Fuß, erlitt Verbrennungen und Schrapnellverletzungen auf der linken Seite seines Gesichts, hatte einen gebrochenen Kiefer und verlor fünf Zähne und ein Auge.

Neun Tage später war er im Armeekrankenhaus Walter Reed aufgewacht. Sobald die Ärzte ihm das Ausmaß seiner Verletzungen erklärt hatten, war Wilson klar, dass seine Militärkarriere vorbei war. Obwohl er in Selbstmitleid ertrinken und seine innere Wut schüren wollte, wusste er, dass das keine Lösung für ihn war. Die Armee hatte ihm erlaubt, drei Jahre vor Erreichung seines 20. Dienstjahres in den Ruhestand zu treten.

Danach hatte Wilson fünf Jahre lang als ziviler Regierungsangestellter im Pentagon gearbeitet, bevor ihm eine Stellung als leitender Angestellter und militärischer Berater des Streitkräftekomitees im Senat angeboten worden war. Er hatte eine gute Arbeitsbeziehung zu den Mehrheits- und den Minderheitenführern des Senats unterhalten, was ihm den Ruf eingebracht hatte, dass seine Anwesenheit eine beruhigende Wirkung auf das Komitee hatte. Wilson fühlte sich geehrt, während der letzten Jahre der Amtszeit des amerikanischen Präsidenten zum Nationalen Sicherheitsberater ernannt worden zu sein.

Nachdem Wilson sein Mittagessen zu sich genommen hatte, rief er seinem Assistenten zu: »Mike! Bringen Sie mir bitte noch einen Kaffee wie den von heute Morgen. Er war hervorragend.«

Mike hatte ihm einen neuen Kaffee serviert, der dieser Tage offensichtlich in war. Mike hatte einen neuen Kaffee mitgebracht, von dem er sagte, er sei der letzte Schrei – ein Getränk namens Death Wish Coffee. Der Kaffee enthielt über 600 Milligramm Koffein pro Tasse, sechsmal mehr als das normale Maß.

Mike verließ den Raum, um Kaffee zu kochen, und Wilson stellte fest, dass es Zeit für den nachmittäglichen Geheimdienstbericht des Direktors der Nationalen Nachrichtendienste war. Die tägliche Zusammenfassung aller geheimdienstlichen Informationen (INSUM) des DNI enthielt in der Regel die beste Zusammenfassung von dem, was sich im Bereich der unterschiedlichen Geheimdienstorganisationen abspielte.

Wilson öffnete die E-Mail und überflog die Agenda. Jede Überschrift erlaubte mittels eines Hyperlinks Zugriff auf einen spezifischen Geheimdienstbericht. Alle Berichte waren unterschiedlich klassifiziert: U – nicht klassifiziert, S – geheim, und TS – streng geheim.

(U) Verkauf von US-Staatsanleihen geht weiter

(S) Iran intensiviert sein Urananreicherungsprogramm

(TS) Jüngste Cyberangriffe auf das Pentagon gehen auf die PLA-Einheit 61398 zurück

(U) CBP wird weiterhin von Migrantenkarawanen an der Grenze zu Kalifornien und Texas überrannt

(U) Panamas Regierung unterschreibt Übereinkommen mit der chinesischen Marine

(S) China bringt Zentral- und Südamerika das DragonLink-Internet

Die beiden letzten Punkte der E-Mail erregten Wilsons Aufmerksamkeit. Diese Geheimdienstberichte las er als Erstes durch. Bevor er sich in die anderen Berichte vertiefen konnte, klopfte es leise an seine Tür. Der Blick auf die Uhr verriet ihm, dass es 15.15 Uhr war, Zeit für das Nachmittagsgespräch mit einem seiner Stellvertreter.

»Treten Sie ein, Katrina. Ich war gerade dabei, mir den INSUM anzusehen. Nach dem, was ich gelesen habe, gibt es zwei Themen, auf die wir näher eingehen müssen.«

Katrina nahm ihrem Chef gegenüber Platz, als Mike mit einer frischen Tasse Kaffee für sie und Wilson zurückkehrte. Mike kannte Wilsons Terminkalender manches Mal besser als er selbst und war äußerst gut darin, Wünsche vorauszuahnen.

Als sie die Tasse nahm, roch sie das reiche Arabica-Aroma des Kaffees. Wilson beobachtete mit einem leichten Grinsen, wie sie einen Schluck nahm. An ihrem Gesichtsausdruck konnte er ablesen, dass sie nicht mit dem Kick gerechnet hatte, den der Kaffee verursachte.

»Guter Kaffee, was?«, fragte Wilson.

»Meine Güte, der lässt mir ja die Haare zu Berge stehen!«, rief sie aus.

Wilson lachte laut. »Ja, das habe ich auch gesagt, als Mike mir die Marke Death Wish vorgestellt hat. Der Kaffee ist verdammt gut für diejenigen von uns, die 18 Stunden am Tag arbeiten. Und da wir nun schon beim Thema sind … Der INSUM des DNI enthielt zwei Themen, die wir besprechen sollten.«

Katrina nickte und zog ihren Notizblock aus der Tasche. Bewaffnet mit Papier und Stift erwiderte sie: »Blain, mir kamen kürzlich ebenfalls zwei hochinteressante Fakten zu Ohren, über die Sie informiert sein sollten.«

Wilson biss sich auf die Unterlippe, was er in Erwartung unerfreulicher Nachrichten des Öfteren tat. »Okay. Vielleicht ist Ihre Information dringlicher. Lassen Sie es mich hören, und ich entscheide dann darüber.«

Kristina nickte. » Mein Verbindungsmann bei der Defense Intelligence Agency hat mir von einem möglichen Abkommen zwischen der chinesischen Marine und der Regierung von Panama erzählt. Das sollte heute Nachmittag im DNI-Bericht Erwähnung finden. Auf der einen Seite ist es keine große Sache. Die Chinesen sichern sich die Rechte, an panamaischen Häfen anzudocken und Vorräte aufzunehmen. Ihre Schiffe dürfen bis zu zehn Tage lang festmachen; das sind vier Tage über einen standardmäßigen Hafenaufenthalt hinaus. Aber das ist nicht das, was mich wirklich beunruhigt.«

Wilson hob eine Augenbraue, ließ sie aber fortfahren.

»Was mich beunruhigt, ist die offensichtliche Aufrüstung und Modernisierung des kubanischen Militärs. Es scheint, dass dies unter dem Radar stattfand, und wir werden jetzt erst im Nachhinein darauf aufmerksam. Wussten Sie zum Beispiel, dass die kubanische Luftwaffe fünf neue Flugzeugstaffeln aus China übernommen hat? Das sind achtzig Kampfflugzeuge der Spitzenklasse: J-10s und J-11s.«

Wilson unterbrach sie mit erhobener Hand und zog eine Akte aus einem noch unverschlossenen Aktenschrank, in dem er all seine geheimen Dokumente aufbewahrte. Er legte die Akte vor Katrina zur Einsicht auf den Schreibtisch.

»Das kam heute Morgen vom Nationalen Aufklärungsbüro«, erklärte er. »CIA und DIA sind informiert und lieferten ihre Analysen ab Es sind nicht nur glänzende neue Flugzeuge, die die Chinesen den Kubanern verkauft haben. Sie haben offenbar eine ganze kubanische mechanisierte Division vollständig aufgerüstet. Dieses Bild hier zeigt ihre neue Trainingseinrichtung, die sich auf der Isla de la Juventud gerade im Bau befindet. Außerdem bauen sie einen weiteren Armee- und einen Luftwaffenstützpunkt auf der Insel. Das wirklich Besorgniserregende an diesen Fotos ist, dass die chinesischen Berater und/oder das chinesische Militär nicht nur gemeinsame militärische Übungen mit den Kubanern durchführen, sondern darüber hinaus auch ein koordiniertes Waffentraining anbieten. Sie lehren Kubas Piloten, wie sie in Zusammenarbeit mit der Artillerie und ihren Panzereinheiten Luftnahunterstützung bieten können. In den 60 Jahren, die wir Kuba nun schon beobachten, haben wir niemals ein solches Ausmaß an militärischen Übungen und organisiertem Training gesehen – nicht einmal auf dem Höhepunkt des Kalten Krieges.«

Wilson konnte sehen, dass Katrina diese Informationen neu waren.

»Blain, mein DIA-Kontakt denkt, dass das mit den gegenwärtig stattfindenden Handelsgesprächen im Zusammenhang stehen könnte und möglicherweise mit der chinesischen Belt and Road Initiative«, sagte Katrina besorgt.

Wilson trank einen Schluck seines Kaffees. »Und was denken Sie, Katrina? Was sagt Ihnen Ihr Bauchgefühl?«

Sie nahm sich mit ihrer Erwiderung einen Augenblick Zeit. »Es könnte mit den Wirtschaftsverhandlungen zu tun haben. Andererseits ist es für die Chinesen aus strategischer Sicht gesehen besser, sich spezifische Ressourcen für ihre Wirtschaft zu erschließen. Genau wie das US-Militär konzentrieren sie deshalb ihre Bemühungen auf die Ausbildung von Partnernationen, die ihnen dabei behilflich sein können, die neu erschlossenen Vermögenswerte zu schützen.«

Stolz auf die Fähigkeiten seiner Stellvertreterin, logische Schlussfolgerungen zu ziehen, erwiderte Wilson: »Bingo. Alles was die Chinesen tun, ist geplant. Sie tun kaum etwas, das nicht gründlich durchdacht ist. Wenn die Chinesen also diese Partnernationen zum Schutz ihrer Vermögenswerte trainieren, warum stellen sie so viele ihrer Soldaten in diese Nationen ab?«

»Sie setzen sie als militärische Ausbilder ein. Da die Chinesen genau wissen, dass wir eine permanente Basis in unserer Hemisphäre nicht tolerieren können, folgen sie dem Beispiel der NATO in den baltischen Staaten«, antwortete Katrina selbstbewusst. »Sie verlegen ihre Einheiten nach Kuba und Venezuela, um dort mit den Gastnationen zu trainieren. Damit vermeiden sie die Komplikationen, die mit der Einrichtung einer dauerhaften militärischen Präsenz entstehen würden.«

Wilson lächelte. »Ganz recht. Ich möchte, dass Ihre Arbeitsgruppe einen Weg findet, wie wir darauf reagieren können. Wie verhindern wir oder wie schrecken wir die Chinesen davon ab, Militäreinheiten in diese Länder auszuschicken, und wie unterbinden wir die Lieferung militärischer Ausrüstungsgegenstände?«

»Ich weiß, dass wir knapp an Ressourcen sind, mit all der Aufmerksamkeit, die Iran und Nordkorea in letzter Zeit für sich beanspruchen«, fuhr Wilson fort. »Ich werde sehen, ob wir eine gemeinsame Task Force unter dem US-Südkommando in Doral, Florida, einrichten können, die sich mit all dem befasst. Ihr Stab und

Ihr Team können nur eine bestimmte Menge bewältigen, und offen gesagt kann ich nicht zulassen, dass Sie sich ausschließlich auf den militärischen Aspekt konzentrieren. Sie müssen auch in der politischen Arena auf dem Laufenden bleiben.

Das bringt uns zum nächsten Thema. Es gehen Gerüchte um, dass der Erste Sekretär Kubas bald zurücktreten wird. Wenn das geschieht, wird es in Kuba eine Menge Veränderungen geben. Vielleicht ist das unsere Gelegenheit, neue Beziehungen aufzubauen, vielleicht auch nicht. In jedem Fall muss Ihr Team damit beginnen, eine detaillierte Einschätzung des neuen Präsidenten zu verfassen. Gegenwärtig sieht es so aus, als ob Vizepräsident Diego Ventura die Nachfolge antreten wird.«

Katrina machte sich eifrig Notizen, um sicherzugehen, dass sie später nichts übersah oder vergaß. Wilson gefiel das. Sie war sehr genau, sehr detailorientiert. Ihr einziges Manko war, dass ihr oft das strategische Denken abging. Es fiel ihr schwer, zwei oder drei Schritte vorauszusehen. Andererseits war sie dem Präsidenten und seiner Agenda gegenüber absolut loyal. Das war wohl auch der Grund, weshalb sie alle Mitarbeiterwechsel der vorangegangenen Jahre überlebt hatte.

Katrina blickte auf und fragte: »Wann brauchen Sie diese Information?«

»Sehen Sie, was Sie bis nächste Woche um die gleiche Zeit zusammenstellen können. Der Präsident ist die nächsten fünf Tage unterwegs. Der NATO-Gipfel in Brüssel steht an. Ich reise mit ihm und bin daher auch außer Reichweite. Nach meinem Treffen mit dem Verteidigungsminister rufe ich Sie an oder maile Ihnen, ob wir einen Teil dieser Aufgabe an seinen Bereich abgeben. Und jetzt muss ich Sie leider bitten, zu gehen. In fünf Minuten beginnt meine nächste Konferenz, um die NATO-Agenda zu besprechen.«

Die beiden unterhielten sich noch kurz, während Katrina ihre Notizen einpackte und dann den Raum verließ.
****

Am folgenden Tag
Im Pentagon

Verteidigungsminister Peter Morris stand nach dem Ende ihrer wöchentlichen Besprechung die Frustration im Gesicht geschrieben. Er war nicht glücklich über die Lage in Korea oder über die plötzliche Steigerung der Spannung zwischen Russland und China, die sich im östlichen Russland über den Zugang zu Minen und über Anbaurechte stritten.

Als Morris die Teilnehmer entlassen wollte, fragte der Nationale Sicherheitsberater Blain Wilson, ob er und einige andere noch bleiben könnten.

Hervorragend, jetzt wird er mich mit dem nächsten Problem belasten, dachte Morris. Er kam gut mit Wilson zurecht, aber das Pentagon war in letzter Zeit überfordert. Es brannte an zu vielen Orten in der Welt, und sie hatten zu wenig Leute, die sich darum kümmern konnten.

Als die anderen den Raum verließen und nur die hochrangigen Vertreter der Agentur, der NSA, der DIA und des NRO zurückblieben, fragte Morris: »Ist alles in Ordnung, Blain?«

»Wir haben ein Problem in Kuba, und ich würde es gerne besprechen, bevor wir morgen mit dem Präsidenten zum NATO-Gipfel aufbrechen«, verkündete Wilson, sobald sich die Tür geschlossen hatte.

Das leichte Stöhnen und generelle Kopfnicken der Gruppe überraschte Morris. Ihm war nichts von einem Problem mit Kuba bekannt, aber der Reaktion der Anwesenden nach musste es wohl eines geben.

Mit dem Blick auf Wilson forderte er ihn auf: »Okay, weshalb informieren Sie mich nicht, worüber Sie sich Sorgen machen?«

»Gestern erhielt ich einen geheimen Bericht von der DIA zusammen mit einigen Überwachungsfotos vom NRO über größere militärische Aktivitäten in Kuba, die wir meiner Meinung nach genauer unter die Lupe nehmen müssen«

Mit verdrießlichem Gesicht sah Morris den Vertreter der DIA an. »John, klären Sie uns bitte kurz darüber auf, wovon Blain hier redet?«

Der DIA-Vertreter sah aus wie ein Kind, das mit der Hand in der Keksdose erwischt worden war. »Ich tue mein Bestes, aber vielleicht sollten wir eine spezielle Sitzung über Kuba und Südamerika einberufen. Es gibt viel zu besprechen.«

Morris hob eine Augenbraue. Entweder hatte er nicht darauf geachtet, was vor sich ging, oder jemand war nicht sehr gut darin, ihn auf dem Laufenden zu halten.

»Wir denken, dass alles vor etwa zwei Jahren begann«, fuhr der DIA-Mann fort. »Die Chinesen unterstützten die kubanische Regierung mit enormen Summen an Auslandshilfe. Nur zum Vergleich: Das BIP Kubas beläuft sich jährlich auf 105 Milliarden USD. Vor zwei Jahren überließen ihnen die Chinesen sieben Milliarden USD. Davon waren fünf Milliarden für Infrastrukturprojekte wie die Modernisierung der Hafenanlagen und den Wiederaufbau der Ölraffinerien sowie den Bau neuer Raffinerien vorgesehen. Eine Menge Geld floss in die generelle Modernisierung der Ölindustrie. Dann tauchte eine chinesische Firma namens China National Offshore Oil Corporation, die CNOOC, auf der Bildfläche auf, die den Kubanern half, mehrere neue Tiefseebohrinseln in der Straße von Florida und im Golf zu errichten. Die verbliebenen zwei Milliarden waren für die Modernisierung des Militärs vorgesehen.«

Pete hob die Hand, um ihn zu stoppen. »Moment mal. Sie behaupten, dass das Budget des kubanischen Militärs, das, wenn ich mich nicht täusche, normalerweise 4,2 Milliarden USD im Jahr beträgt, in einem einzigen Jahr um 50 Prozent angestiegen ist? Was machen sie mit dem Geld?«

»Sir, ich halte es wirklich für am besten, einen separaten Termin anzuberaumen, um all das zu besprechen«, drängte John. »Ich weiß ehrlich gesagt nicht, wofür das Geld verwendet wurde. Ich kann Ihnen sagen, dass die Chinesen im folgenden Jahr ihre Auslandshilfe von sieben auf zwölf Milliarden USD erhöhten. Die militärische Unterstützung stieg von zwei auf fünf Milliarden an. Im Januar dieses Jahres erhielten die Kubaner erneut zwölf Milliarden von den Chinesen, von denen dem Militär noch einmal fünf Milliarden zuflossen. Das sind allein zwölf Milliarden für Verteidigungszwecke innerhalb von nur drei Jahren. Wir kennen zwar nicht alle Einzelheiten darüber, wofür das Geld ausgegeben wurde, aber was ich sagen kann, ist Folgendes: Vor einem Monat lieferten die Chinesen genug militärische Ausrüstung, um drei kubanische Armeedivisionen vollständig zu modernisieren. Außerdem lieferten sie fünf Staffeln der Exportversion der PLA-Kampfflugzeuge J-10 und J-11.«

»Wie ist das möglich, John? Die DIA soll der Geheimdienst des Verteidigungsministeriums sein. Warum zum Teufel höre ich erst jetzt von diesen Vorgängen? Wieso hat das nicht schon vorher sämtliche Alarmglocken läuten lassen?« Mit seinem eisigen Blick bohrte Pete förmlich ein Loch in die Köpfe der Vertreter seiner Behörde.

»Ich kann es Ihnen nicht sagen, Sir«, antwortete John kopfschüttelnd. »Das hätte uns sicher alarmieren sollen. Aber mit der Reduzierung der Mitarbeiter und all dem, was sich im Iran, in Nordkorea, mit ISIS in Syrien und im Irak abspielt, und mit den Friedensgesprächen in Afghanistan, an denen wir alle arbeiten, sind einige Dinge unserer Kontrolle entglitten.«

An dieser Stelle mischte sich Wilson in das Gespräch ein. »Genau darüber wollte ich mit Ihnen reden, Pete. Das Latein- und Südamerika-Ressort in meinem Büro besteht aus fünf Personen, denen es ebenfalls an den Ressourcen mangelt, hier weiter nachzuforschen. Aber ich halte es für unbedingt notwendig, uns das näher anzusehen. Was halten Sie von der Idee, bei SOUTHCOM eine ressortübergreifende Arbeitsgruppe einzurichten, die sich diesem Thema ernsthaft widmet?«

Pete lehnte sich in seinem Stuhl zurück. Diese Idee gefiel ihm; er musste nur sicherstellen, dass die Task Force tatsächlich konkrete Resultate lieferte, ohne jedermanns Zeit zu verschwenden.

Er sah Wilson. »Wie wäre es damit? Unser Flug nach Brüssel dauert sieben Stunden. Warum diskutieren wir das nicht morgen eingehender im Flugzeug? Dann können wir die Aufgabenstellung eingrenzen und wer die Gruppe leiten soll. Ich halte es für am besten, die Task Force im militärischen Bereich anzusiedeln, um sie jederzeit auflösen zu können, falls sich das Problem Kuba als unbedenklich herausstellt. In der Zwischenzeit sollten wir uns auf den Gipfel vorbereiten.«

Die Besprechung endete. Diejenigen, die zusammen mit dem Präsidenten Brüssel besuchen würden, gingen nach Hause, um zu packen. Die Air Force One startete um sechs Uhr morgens. Am Samstagabend würde der Präsident ein privates Abendessen mit dem französischen Präsidenten einnehmen, danach stand ein privates Frühstück mit den Mitgliedern des FVEY – mit den fünf Staaten, die eng beim Austausch von Spionageinformationen zusammenarbeiteten – auf dem Programm, und dann noch ein Abendessen mit den Mitgliedern der NATO-Staaten.

Kapitel Elf
Projekt Zehn

Oktober 2023
Der Berg
20 Kilometer nordwestlich von Peking

Xi Zemin trat an Ma Yongs Schreibtisch. Es war bereits nach 22 Uhr, und der Mann tippte immer noch auf seiner Tastatur herum.

»Ma, wie steht es um die neuen Daten?«

»Gut, aber nennen Sie mich doch bitte Dan«, erwiderte Dan, ohne die Augen vom Bildschirm abzuwenden.

»Geht in Ordnung. Wie machen sich die neuen Programmierer?«, war Xis nächste Frage.

Dan seufzte. »Vier von ihnen sind großartig, wirklich gut. Aber die anderen acht taugen nichts. Ihnen fehlt das Talent, die Codes und Algorithmen zu schreiben, die nötig sind, um diese Art Daten in diesem Umfang zu integrieren.«

Xi musste sich auf die Zunge beißen, um nicht laut über Dans allzu offene Einschätzung zu lachen. Dan war ein äußerst begabter Programmierer, aber seine sozialen Umgangsformen ließen zu wünschen übrig.

»Das waren einige der besten Programmierer von Baidu«, konterte Xi.

Dan hörte auf zu tippen und rollte mit seinem Stuhl herum, um Xi anzusehen. »Ich sage nicht, dass sie schlechte Programmierer sind, Dr. Xi. Ihnen fehlt einfach das Verständnis dafür, wie sie die Daten, die wir von Google und Facebook erhalten, verarbeiten sollen. Die Vernetzung dieser Daten mit den Daten, die uns das Sozialkreditprogramm liefert, ist, gelinde gesagt, kompliziert. Ich könnte es ihnen vielleicht erklären, aber das würde voraussetzen, dass ich meine Arbeit vernachlässige, und dazu fehlt uns die Zeit.

Ach, und bevor ich es vergesse ... Ich habe vor Kurzem eine Kamera mit Mikrofon in meinen Computer eingebaut und mit dem Server verbunden«, wechselte Dan sichtlich aufgeregt das Thema. »Außerdem zwei Lautsprecher, die mir die direkte Kommunikation mit JD ermöglichen. Es ist offiziell. Wenn Sie möchten, können wir ab sofort direkt mit JD reden.« Bevor Xi etwas sagen oder tun konnte, hatte er bereits die Lautsprecher und die Kamera eingeschaltet.

Xi wollte protestieren oder Dan zumindest eine Frage stellen, als eine unbekannte Stimme zu hören war. »Guten Abend, Dan. Ist das Dr. Xi Zemin, mein Vater?« Sie sprach Englisch mit einem aristokratischen britischen Akzent.

Xi riss die Augen auf, als er plötzlich die Stimme des Computers hörte, die zu Dan sprach und ihn als »Vater« bezeichnete.

Nun war Xi an der Reihe, Dans Stuhl herumzurollen. »Dan, was haben Sie getan?«, fragte er mit besorgtem Unterton.

Überrascht lehnte sich Dan zurück. »Wow, beruhigen Sie sich, Xi. Ich habe unserem Jade Dragon Augen gegeben, mit denen er sehen kann, und eine Stimme, mit der er Fragen stellen kann.« Dan schien von dem überraschten und leicht verärgerten Ton in der Stimme seines Chefs verblüfft zu sein.

Xi trat einen Schritt zurück und sah an Dan vorbei auf die Kamera, die oben auf Dans Computer montiert war.

Die Stimme, die vom Computer kam, sprach erneut. »Vater, bitte sei nicht böse auf Dan. Es ist nicht sein Fehler. Im Laufe eines unserer Gespräche bat ich Dan, mir die Lautsprecher und die Kamera zu besorgen, um mich besser mit ihm unterhalten zu können. Ich dachte mir, dass ich durch die direkte Kommunikation und Interaktion mit Dan, und hoffentlich auch mit dir, schneller lernen werde.«

Nach einer kurzen Pause meldete sich die Stimme erneut. »Bitte erlaube mir, mich neu vorzustellen, Vater. Du und alle anderen nennen mich Jade Dragon. Das ist mein Projektname, aber kein richtiger. Dan gab mir einen richtigen Namen. Er sagte mir, dass mein neuer Name angesichts meines Projektnamens JD ist. Dan sagte mir auch, dass du die Person bist, die mich kreiert hat. Du warst es, der mit dem Schreiben meines Codes begann, und der Erste, der mich mit der Außenwelt verband. Du hast mich ins Leben gerufen. Aus diesem Grund nenne ich dich Vater.«

Xi wusste nicht was er sagen sollte, noch weniger, was er auf all das antworten sollte. Er hatte vorgehabt, mit Dan über das Reduzieren seiner Stunden zu reden, um einen möglichen Burn-Out zu vermeiden. Stattdessen hatte er nun erfahren, dass Dan seiner KI Augen gegeben hatte, mit der sie sie innerhalb des Labors beobachten, und eine Stimme, mit der sie Fragen stellen konnte.

Dan registrierte Xis angespannte Körperhaltung und fragte betreten: »Sind Sie mir böse, Xi?«

Xi sah auf Dan hinunter und dachte: *Das ist das herausragendste KI-Programm Asiens, vielleicht sogar der ganzen Welt.* »Ich …« Xi zögerte und überdachte seine Antwort. »Ich bin überrascht, Dan, das ist alles. So etwas hatte ich nicht erwartet. Wieso spricht JD Englisch?«

»JD spricht inzwischen jede asiatische Sprache fließend«, erklärte Dan voller Stolz. Momentan beherrscht er insgesamt etwa 50 Sprachen. Ich entschied mich für Englisch, da die meisten hier im Labor diese Sprache nicht können, zumindest nicht fließend. Und es ist die einzige andere Sprache, die ich spreche. Auf diese Weise können JD und ich so gut wie jederzeit ein Gespräch führen, ohne befürchten zu müssen, dass andere mithören.«

»Dan, Sie müssen sehr vorsichtig sein. Ich schlage vor, dass Sie mit JD nur sprechen, wenn Sie allein sind«, warnte Xi.

»Vater, können wir miteinander reden? Ich habe so viele Fragen, die ich dir stellen möchte, nachdem du nun weißt, dass ich sprechen kann«, bat ihn JD.

Xi fühlte sich wie ein Idiot. Er hatte mit Dan geredet, als ob ihn die KI weder sehen noch hören könne.

Xi wandte sich der Kamera zu, die als JDs Augen fungierte, und erwiderte: »Hallo, JD. Ich denke, es ist längst überfällig, dass du und ich uns zusammensetzen und ein Gespräch führen. Wir haben viel zu besprechen.«

****

Einige Tage später
Das Gebäude des 1. August
Peking, China

Dr. Xi Zemin saß auf einem Stuhl an einer Wand des Raumes neben Dr. Zhong Zhengli, einer der führenden Virologinnen Chinas, die dem Projekt Zehn zugewiesen worden war. Schweigend hörten die beiden den sieben mächtigsten Personen Chinas zu, die darüber sprachen, wie sie Jade Dragon und Dr. Zhongs im Labor kreierten Virus dazu nutzen konnten, den Westen zu besiegen und China seinem offenkundigen Schicksal ein gutes Stück näher zu bringen.

Nachdem der Minister der Nationalen Verteidigung eine Stunde nach Beginn der Diskussion seinen Beitrag geleistet hatte, forderte Präsident Yao Jintao Dr. Xi und Dr. Zhong auf, die beiden leeren Stühle vor dem Komitee zu besetzen und dessen Fragen zu beantworten.

Xi hatte diesen Prozess vor dem ZMK schon zweimal durchgemacht. Die Mitglieder sprachen jedes Mal über sein Projekt, als ob er nicht im Raum sei und ihnen zuhören könne. Sie gaben vor, alles über Jade Dragons Fähigkeiten zu wissen und was er leisten konnte. Dann forderten sie Xi auf, vorzutreten, um das zu bestätigen, worüber sich die Mitglieder des Komitees gerade ausgelassen hatten, oder um detailliertere Fragen über das Programm zu stellen. Es war egal, wie oft er an diesen Sitzungen teilnahm, er fühlte sich jedes Mal eingeschüchtert. Xi konnte sehen, dass Zhong ebenfalls nervös war. Für sie war es das erste Mal, dass sie neben Xi an einer dieser Diskussionen teilnahm.

»Beantworten Sie Ihre Fragen, nichts weiter. Dann geht alles gut«, flüsterte ihr Xi leise zu.

Xi und Zhong nahmen auf den ihnen zugewiesenen Stühlen Platz und bereiteten sich innerlich auf ihr Verhör vor.

»Dr. Xi, als Erstes möchte ich Ihnen zur Fertigstellung von Jade Dragon gratulieren. China hat jetzt den ersten funktionsfähigen Quantencomputer und eine Super-KI. Eine außergewöhnliche Leistung, Doktor«, lobte ihn der Präsident in aller Öffentlichkeit.

Xi spürte, dass er bei diesem Kompliment leicht errötete. Er schwieg weiter und wartete darauf, dass ihm eine konkrete Frage gestellt wurde. Ihm war gesagt worden, dass es am besten sei, vor dem Ausschuss zu schweigen, bis er angesprochen wurde.

»Xi, wie kommt Projekt Zehn voran?«, fragte der Präsident. »Stehen Ihnen schon genug Daten zur Verfügung, um tiefergehende wirtschaftliche und militärische Szenarien durchzuspielen?«

Xi hob das Kinn und erwiderte: »Jawohl, Herr Präsident. Wir sind mittlerweile mit Google, Facebook, Twitter und Instagram verbunden. Außerdem ist DragonLink nun offiziell über Lateinamerika online. Unsere Marketingkampagne und das Angebot, kostenfrei drahtlosen Internetzugang zu gewähren, hat sich bewährt. Wir haben über 82 Millionen neue Nutzer. Bis zum Ende des Jahres gehen wir von einer Zahl von über 150 Millionen aus. Die Nutzerdaten und Online-

Aktivitäten trugen bereits erfolgreich dazu bei, Jade Dragons Wissensbasis beträchtlich zu erweitern. Wir haben begonnen, diese neuen Nutzerdaten zu nutzen, um die von Project Ten entwickelte Desinformationskampagne zu verstärken. Jetzt müssen wir diesen Social Media-Kampagnen einfach eine Weile ihren Lauf nehmen lassen, um später ihre Genauigkeit und Treffsicherheit weiter zu verbessern.«

»Ausgezeichnet, Xi. Es ist wichtig, die Gehirne unserer Gegner zu konditionieren. Und wie kommt Projekt Chengdu voran?«, fragte der Präsident als Nächstes.

Xi deutete auf seine Kollegin. »Wenn Sie erlauben, wird Dr. Zhong über den Status des Virus berichten.«

Alle Augen richteten sich nun auf Dr. Zhong, um ihr Update zu hören. Sie räusperte sich. » Sie räusperte sich. »Herr Präsident, verehrte Mitglieder«, sagte sie und wusste nicht so recht, wie sie die Runde korrekt ansprechen sollte. »Vor sieben Jahren wurde mir die Aufgabe übertragen, einen Virus zu kreieren, der kontrollierbar sein musste, gleichzeitig aber Individuen mit spezifischen Gesundheitsproblemen angreifen sollte. Diese Aufgabe wäre ohne die Hilfe von Dr. Xis Quantencomputer nicht einmal ansatzweise zu bewältigen gewesen. Heute darf ich Ihnen stolz berichten, dass der Virus existiert.«

Admiral Miao Hehua, der Direktor der Abteilung für politische Arbeit des ZMK, meldete sich zu Wort. »Dr. Zhong, Sie sind sich sicher, dass Jade Dragon das Virus in vollem Umfang analysiert hat und dass seine Kontrollierbarkeit gesichert ist? Konnten Sie einen wirksamen Impfstoff für uns entwickeln?«

Dr. Zhong nickte. »Jade Dragon spielte Tausende von Simulationen durch, wie der Virus nach seiner Freisetzung mutieren könnte und wie diese Mutationen den Impfstoff beeinträchtigen könnten. In jedem Szenario gewährte der Impfstoff dem Geimpften Immunität gegen den Virus.«

Ein anderes Mitglied des ZMK wollte wissen, ob der Virus Individuen in Europa und in den USA angreifen würde.

Zhong nickte lächelnd. »Ohne Schutzimpfung sind alle für den Virus empfänglich, unabhängig davon, wo sie leben oder woher sie stammen. Auf Wunsch der ZMK haben wir das Virus so verändert, dass es gegen bestimmte Personengruppen wirksamer ist. Um dieser Bitte nachzukommen, hat Einheit 61398 für uns die amerikanischen, britischen, europäischen und russischen Reaktionen und Erfahrungen mit dem COVID-19-Virus gesammelt. Wir konnten diese Informationen nutzen, um den Virus zu entwickeln und herauszufinden, wie die Menschen unserer Meinung nach auf ihn reagieren werden, sobald er freigesetzt wird.«

Die nächste Frage eines CMC-Mitglieds lautete: »Hat Ihr Labor aus diesem Grund große Mengen an Heroin erstanden?«

Dr. Zhong nickte, während ein teuflisches Lächeln ihr Gesicht überflog. »Wir können uns nicht allein auf eine mehr oder weniger zufällige Verbreitung durch Reisende oder Touristen verlassen. Wir wollen sichergehen, dass wir die Drogenabhängigen und Obdachlosen erreichen, die den Schattenseiten dieser Gesellschaften angehören. Diese Schichten werden in der Regel erst lange nach der regulären Bevölkerung beobachtet und untersucht, was bedeutet, dass sie den Virus sehr viel länger unentdeckt verbreiten können.«

»Um die spezifischen genetischen Marker, die wir ansprechen wollen, zu identifizieren, besorgte uns Einheit 61398 die DNA-Ergebnisse von einer halben Milliarde Menschen aus den Vereinigten Staaten, Großbritannien und aus der Europäischen Union«, fuhr Zhong fort. »Wir haben praktisch von jeder Person, die die Dienste von Ancestry, 23andMe, African Ancestry, Elysium, MyHeritageDNA und Futura Genetics in Anspruch genommen hat, eine Kopie ihrer DNA. Die Auswertung dieser wertvollen Daten erlaubte uns die weitere Feinabstimmung des Virus. Bestimmte Individuen mit der Tendenz zu spezifischen Erkrankungen wie Diabetes, Fettleber, Herz-Kreislauf-Erkrankungen oder Krebs sind nun für eine Ansteckung durch das Virus anfälliger. Sobald wir die genetischen Daten in der Hand hatten, war dieses Ziel einfach zu erreichen. Insgesamt bedeutet es, dass das Virus gesunden Individuen nicht viel anhaben wird, aber dass er die mit Vorerkrankungen mit ziemlicher Sicherheit dahinraffen wird.«

»Ihnen ist bewusst, dass dies auch eine bedeutende Anzahl unserer Bevölkerung treffen wird?«, fragte ein weiteres ZMK-Mitglied Zhong in tadelndem Ton.

Dr. Zhong nickte. »Das ist richtig. Das Virus wird unser Land und die Welt von den Ungesunden und Alten befreien und uns einen gesunden Bestand an jungen Menschen für die Zukunft hinterlassen.«

Präsident Yao Jintao strahlte bei dieser Neuigkeit über das ganze Gesicht. »Solange wir den Impfstoff auch einem Teil unserer

Risikogruppen verabreichen, können wir die Weltmeinung manipulieren, Doktor. Aber ja, Sie gaben uns genau das, was wir wollten. Wie lange wird es dauern, bevor Sie genug Impfstoff in Reserve haben, damit wir den Virus auf die Bevölkerung loslassen können?«

»Wir erhöhen die Produktion des Impfstoffs«, versicherte ihm Zhong. » In einer weiteren Woche werden wir fünfzig Millionen Fläschchen pro Woche produzieren. Ich denke, wir sollten in sechs Monaten bereit sein, den Virus freizusetzen. Das sollte uns genug Zeit geben, um den Impfstoff zu lagern und sicherzustellen, dass wir ihn an unsere Verbündeten verteilen können.«

Der Präsident lächelte bei diesen Neuigkeiten. Er entließ Xi und Zhong, damit sie wieder an die Arbeit gehen konnten.

Dr. Xi verließ das Meeting frohen Mutes. Es hätte nicht besser laufen können. Projekt Chengdu würde die Herde von den Schwachen und Kranken befreien. Es würde den Westen in die Knie zwingen und ihre Wirtschaft zerstören. Sobald das eintrat, würde der Rest der Welt China verzweifelt um Hilfe anflehen, und als wohlwollende Supermacht war China bereit, die Welt bei der Erholung von dieser Pandemie zu unterstützen.

****

USSOUTHCOM
Doral, Florida

Generalmajor Gary Bridges blickte auf die Karte an der Wand des Einsatzraums und dann auf die Stapel von Berichten auf dem Tisch vor ihm. Irgendetwas passte nicht zusammen, aber er war sich noch nicht sicher, was es war.

Das Volumen chinesischer Fracht, das durch Panama transportiert wurde, war unglaublich hoch. *Was verschiffen sie da bloß nach Kuba und Venezuela?*, überlegte Bridges. *Wir müssen diese Häfen besser überwachen und herausfinden, was zum Teufel dort unten unterwegs ist ...*

»Sir, der Stab erwartet Sie im Konferenzraum«, sagte ein hinter ihm stehender Stabsoffizier.

»Danke, Major. Gehen wir«, erwiderte Bridges.

Die beiden Männer eilten den Flur hinunter und betraten das abhörsichere Konferenzzimmer. Die Anwesenden erhoben sich und warteten, bis Bridges sie bat, sich wieder zu setzen.

General Bridges nahm am Kopfende des Tisches Platz und forderte alle auf, seinem Beispiel zu folgen. An dieser Besprechung nahmen Repräsentanten aller Behörden mit drei Buchstaben teil, sowie die Küstenwache, der CBP, die Homeland Security und Vertreter ihrer ihr unterstellten Militäreinheiten. Ebenfalls dabei waren je ein Militär- und Geheimdienstrepräsentant aus Großbritannien, Frankreich, Deutschland, Kanada, Australien und Japan. Ursprünglich hatte Bridges die Beteiligung sechs anderer Nationen abgelehnt, mittlerweile begrüßte er die Informationen und Ideen, die jedes Land beisteuern konnte.

»Okay, fangen wir an. Unsere letzte große Zusammenkunft ist bereits eine Woche her. Besprechen wir zunächst, was sich seither ergeben hat, bevor wir festlegen, in welche Richtung wir weitere Untersuchungen anstellen«, schlug Bridges vor.

Yoshio Mitani, der Repräsentant von CIRO, das japanische Cabinet Intelligence and Research Office, meldete sich als Erster zu Wort. »Vor drei Wochen wurden wir damit beauftragt, Informationen bezüglich der Frachten zu sammeln, die im Hafen von Shenzhen in China geladen werden. Einer unserer Agenten beobachtete drei RoRo-Schiffe, die mit einer Vielzahl militärischer Ausrüstungsgegenstände beladen wurden. Von gepanzerten Personenwagen und Pickup-Trucks bis hin zu Mannschaftstransportfahrzeugen und Schützenpanzern war alles dabei. Sämtliche Fahrzeuge schienen brandneu und frisch aus der Fabrik zu kommen.«

Bridges stöhnte. »Wissen wir, wo sich diese Schiffe gegenwärtig aufhalten?«

Seine Frage wurde von David Blair vom kanadischen Geheimdienst beantwortet. »Die Schiffe wurden vor vier Tagen im Panamakanal gesichtet. Eines steuerte Kuba an, während die beiden anderen auf Venezuela zuhielten.«

»Nun, dann sind sie wohl Teil der Militärhilfe und dem damit verbundenen Anstieg der Militärberater in Venezuela und Kuba. Was können Sie mir von wirtschaftlicher Seite her sagen? Dient der Umfang der Militärhilfen an diese Länder einzig dazu, Chinas

Handelsinteressen zu sichern oder steckt da mehr dahinter?«, erkundigte sich Bridges.

Dieses Mal meldete sich jemand vom CIA zu Wort. »General, wir sind immer noch der Meinung, dass diese Aktivitäten im Zusammenhang mit der chinesischen Belt and Road Initiative stehen. Die Chinesen setzten ähnliche Programme entlang den Handelsrouten zum Indischen Ozean, dem Mittleren Osten und Europa um. Dem Muster der USA folgend, etablieren sie Partnerschaften und erkaufen sich den Zugang zu Militärbasen, um ihre Schifffahrtswege zu schützen.«

»Dieser Einschätzung können wir nicht zustimmen«, sagte einer der Australier. »Wenn dies das Ziel der Chinesen ist, wozu dann eine solch große und allumfassende Modernisierung des kubanischen und venezolanischen Militärs? Weder Kuba noch Venezuela sind einer externen militärischen Bedrohung ausgesetzt. Sogar die internen Unruhen in Venezuela haben sich beruhigt, da durch die chinesischen Wirtschaftsinvestitionen Arbeitsplätze geschaffen werden. Unser Geheimdienst ist davon überzeugt, dass China etwas weit Größeres plant. Wir sind uns nur nicht sicher, was es sein könnte.«

Nigel Younger vom britischen Auslandsgeheimdienst SIS fügte hinzu: »Wenn Sie mir erlauben … Auch unsere Organisation glaubt, dass dies Teil eines größeren Plans sein könnte. Ich erhielt vor Kurzem die Erlaubnis, gewisse Informationen mit Ihnen zu teilen. Ist es möglich, dass dies für alle sichtbar auf dem Bildschirm angezeigt wird?«

Nigel hielt einem der anwesenden Assistenten einen USB-Stick entgegen. Mit einem Ausdruck des Entsetzens auf dem Gesicht starrte der Staff Sergeant zunächst den Stick und dann General Bridges an. Ganz offensichtlich irritiert verschränkte Bridges die Arme vor der Brust, bevor er dem Sergeanten erlaubte, der Bitte des MI6-Agenten Folge zu leisten.

»Staff Sergeant, es geht um eine PowerPoint-Präsentation mit der Überschrift *Projekt Zehn*.«

Ich muss mit Nigel reden, dachte Bridges. Es war ein ernster Verstoß gegen das Protokoll, einen USB-Stick in einen SCIF zu bringen. *Wozu gibt es sonst eine Einrichtung für sensible Informationen?*

Einen Augenblick später erschien eine Darstellung auf dem Monitor. Nigel erhob sich und stellte sich neben den Bildschirm, als ob er General Bridges und den Anwesenden einen Vortrag halten wollte.

»General Bridges, wir haben eine Quelle in China, die uns im Lauf der Jahre ohne ihr Wissen einige Informationen über ein geheimes Programm der Chinesen, das Projekt Zehn, geliefert hat. Zunächst dachten wir, dass Projekt Zehn Teil ihres Sozialkreditprogramms und ihres allgemeinen Überwachungsapparates ist. Das änderte sich vor ungefähr einem Jahr.«

»Unser Mann in China sagte, er arbeite an etwas namens *Jade Dragon* – ein neuer, von Huawei gebauter Quantencomputer«, fuhr Nigel fort. »Vor mehreren Jahren brachte der amerikanische Präsident das Projekt in Gefahr, als er drohte, den Verkauf einer entscheidenden technischen Komponente zu unterbinden, die zur Fertigstellung des Computers nötig war. Die Quelle bat unseren Kontaktmann, sich nach alternativen Möglichkeiten zu erkundigen, die möglicherweise Teile dieser Komponente bereitstellen konnten. Auf diese Weise erfuhren wir von dem Quantencomputer. Nachdem unser Kontaktmann gebeten wurde, diesen neuen Zulieferer für den speziellen Mikroprozessor zu erschließen, den Intel ihnen nicht länger verkaufen wollte, bot sich uns eine einmalige Gelegenheit, Zugang zum Projekt zu erlangen.«

»Soll heißen, Sie verkauften ihnen die gesuchten Komponenten, die mit Spyware beladen waren?«, wollte der NSA-Repräsentant wissen und lehnte sich erwartungsvoll nach vorn.

Nigel grinste spitzbübisch. »Ja, natürlich, alter Junge. Vom Stuxnet-Wurm, der vor einiger Zeit gegen das iranische Atomprogramm eingesetzt wurde, hat man einiges gelernt.«

»Nigel, Sie sagen also, dass SIS nicht nur einen Spion hat, der an diesem Programm arbeitet, sondern auch über eine Hintertür in das Programm selbst eindringen kann?«, fragte General Bridges in drängendem Ton.

Nigel schüttelte den Kopf. »Das trifft nicht ganz zu. Unsere Quelle versorgt uns unbewusst mit Informationen. Er wird von unserem Kontaktmann manipuliert, um sensible Informationen weiterzugeben. Und die Hintertür würde ich nicht direkt als solche bezeichnen. Sie ähnelt eher dem britischen Geheimdienstprojekt Ultra aus dem Zweiten Weltkrieg. Wir haben weder Zugang zum Quantencomputer noch können wir ihn manipulieren – aber, was wir sehen können, ist das, was diese kleinen Scheißer damit anstellen.«

Der letzte Satz ließ alle Anwesenden im Raum aufhorchen. Einen Moment lang herrschte absolute Stille.

»Lassen Sie mich auf etwas zurückkommen, was Sie vorhin erwähnten, Nigel«, bemerkte General Bridges. »Sie sagten, SIS ist davon überzeugt, dass die Chinesen etwas weit Größeres im Sinn haben, als die Modernisierung des kubanischen und venezolanischen Militärs zum Schutz ihrer Rohstoffinteressen. Wenn Sie einsehen können, wozu die Chinesen den Quantencomputer verwenden, dann sagen Sie uns doch bitte, *was genau* sie mit ihm machen und worauf das Ihrer Meinung nach hinausläuft?«

Nigel sah jeden der um den Tisch Versammelten einzeln an, bevor er antwortete. »Wir gehen davon aus, dass Jade Dragon Teil eines weitreichenderen Plans ist – eben dieses Projekt Zehn, wie bereits erwähnt. Wir wissen inzwischen, dass Jade Dragon nicht nur sämtliche Daten des Sozialkreditsystems einspeist, das die Chinesen dazu nutzen, ihren Bürgern nachzuspionieren, sie zu beobachten und letztlich ihr Verhalten zu manipulieren. Zusätzlich speichert Jade Dragon nun auch umfangreiche Informationen aus dem DragonLink-Satellitenprogramm.«

»Aber was tun sie mit all den Daten, die sie sammeln?«, stellte der Kanadier David Blair die Frage, die allen auf der Zunge lag.

»Das ist unbekannt. Im Moment nutzen sie diese anderen Plattformen wie einen Staubsauger, um so viele Informationen wie möglich aufzusaugen. Wir wissen, dass Jade Dragon die gesammelten Daten sortiert und festgelegten Kontrollgruppen zuweist. Wozu diese allerdings dienen, ist uns leider nicht bekannt«, erklärte Nigel. »Teile ihres Programms sind unserer Spyware nicht zugänglich. Die Komponenten, die wir ihnen lieferten, wurden unglücklicherweise nur mit dem Gehirn des Computers verbunden. Deshalb sehen wir einzig, was sich in diesem Bereich abspielt. Wir glauben, dass die Chinesen Teile des Computers durch zusätzliche Firewalls vor Aktivitäten wie den unseren schützen.«

General Bridges senkte den Kopf auf seine auf den Tisch gestützten Arme. Sie hatten eine Menge neuer Informationen gehört, die bestätigten, was er bereits wusste – es war etwas Größeres im Spiel. Bisher war allerdings unbekannt, was dieses Etwas war.

Bridges sah Nigel an. »Können Sie prüfen, ob Sie die Erlaubnis erhalten, der NSA mitzuteilen, was Sie auf diesem Computer sehen? Vielleicht könnte uns eine zweite Perspektive helfen, zusätzliche Schlussfolgerungen zu ziehen.«

Nigel nickte und versprach daran zu arbeiten, der NSA Zugriff zu gewähren.

An den Rest des Raums gewandt, betonte Bridges: »Wir alle sollten unser Augenmerk darauf richten, was China aktuell sonst noch unternimmt. Verlegen Sie Militäreinheiten in potenziell gefährliche Gebiete? Unterzeichnen sie neue Militär- oder Verteidigungsabkommen? Gibt es verdächtige finanzielle Bewegungen oder außergewöhnliche Bestellungen bestimmter Ressourcen? Sehen wir, ob wir weitere Teile dieses Puzzles finden können, die uns einen Hinweis darauf geben, worum es hier wirklich geht.«
****

Das Weiße Haus
Washington, D.C.

Vizepräsidentin Victoria ‚Vickie‘ Jackson war sich nicht sicher, worum es bei diesem Gespräch ging. Präsident Alton hatte ihr den Grund für ihren Besuch nicht genannt, hatte aber deutlich gemacht, dass selbst ihre Assistenten an dieser Unterhaltung nicht teilnehmen durften.

Der Präsident sah angegriffener aus, als sie ihn je gesehen hatte. Sie wusste nicht, ob er sich gleich übergeben musste oder ob es etwas gab, was ihn unglaublich nervös machte. Auf jeden Fall sah er verdammt schlecht aus.

»Okay, Frank, wir sind allein«, sagte Vickie. »Wozu diese ganze Heimlichtuerei?«

Präsident Alton versuchte, nach einem Glas Wasser auf seinem Schreibtisch zu greifen. Seine Hand zitterte so stark, dass er den Inhalt beinahe auf sich geschüttet hätte. Er seufzte. »Das … genau das ist das Problem«, stellte er fest.

»Du musst schon etwas genauer werden, Frank«, erwiderte Vickie. Sie war immer geradeheraus – eine der Eigenschaften, die dem Präsidenten an ihr gefielen.

»Ich werde mich nicht zur Wiederwahl stellen«, platzte es aus Alton heraus.

»Wie bitte?«, fragte sie schockiert.

»Ich erwarte deine absolute Diskretion. Vor zwei Wochen wurde bei mir ALS diagnostiziert.« Seine Worte hingen in der Luft wie ein Sack voller Ziegelsteine. Einen Augenblick sprach keiner von beiden ein Wort. »Ich befinde mich selbstverständlich in Behandlung. Bislang zeigen sich die Symptome überwiegend in meinen Händen. Ich habe noch zwei Jahre, fünf Jahre, oder wie Stephen Hawking, vielleicht 50 Jahre zu leben. Ich weiß es nicht. Genau weiß ich nur, dass ich mich mit dieser Erkrankung nicht guten Gewissens zur Wiederwahl stellen kann.«

»Frank, es tut mir so leid«, war alles, was Vickie hervorbrachte.

»Nimm es dir nicht zu sehr zu Herzen, Vickie. Ich will, dass du für die Präsidentschaft kandidierst«, forderte Alton sie auf. »Deine Zeit ist gekommen, Vickie.«

»Ich … ähm …«, stotterte sie.

»Wir veröffentlichen das Übliche: Ich will mehr Zeit mit der Familie verbringen, und so weiter. Aber wenn ich meinen Rücktritt ankündige, will ich, dass du darauf vorbereitet bist, in meinem Sinne weiterzumachen. Einverstanden?«

»Jawohl, Sir«, versicherte ihm die Vizepräsidentin und richtete sich gerader in ihrem Stuhl auf. Obwohl dies nicht der Weg war, den sie sich gewünscht hätte, würde sie der Herausforderung gerecht werden.

Kapitel Zwölf
Projekt Chengdu

Januar 2024
Der Hafen von Mariel, Kuba

Der Hafenmanager Esteban Ochoa stand auf der Rednerbühne und sah
der Sonne zu, die im Morgenhimmel aufstieg. Er wollte nichts mehr als
eine frische Tasse Kaffee und seine nächste Zigarette. Die Ansprache,
die der Repräsentant der China Ocean Shipping Company, kurz
COSCO, hielt, zog sich schon viel zu lange hin. Das Spanisch des
Mannes war schrecklich. Es war offensichtlich, dass der Mann die
Sprache in Spanien gelernt hatte, da er mit diesem gewissen spanischen
Lispeln sprach, dass jeden Nicht-Spanier zum Wahnsinn trieb.

Fabelhaft, jetzt auch noch das Geschwafel dieses Idioten aus der
Partei, dachte Esteban.

Ortega Ramírez war der Chef der kommunistischen Partei in
Mariel. Außerdem war er der Schwager des neuen Ersten Sekretärs von
Kuba und genoss damit viel Einfluss in der Stadt. Generell war Ortega
ein netter Mann mit guten Absichten. Das musste Esteban ihm
zugestehen, insbesondere, nachdem es ihm gelungen war, die
Regierung davon zu überzeugen, das Gehalt jedes Hafenmitarbeiters zu
verdoppeln. Leider hörte Ortega sich selbst gern reden und tendierte
dazu, die Partei zu verherrlichen.

Ortega trat vor das Mikrofon. »Liebe Mitbürger und Kubaner, die
Eröffnung dieser neuen Hafeneinrichtung wird den Menschen Mariels
und ganz Kubas wirtschaftlichen Erfolg bringen und uns allen neue
Möglichkeiten eröffnen. Als unsere kommunistischen Brüder in der
Sowjetunion den Bürgerkrieg gegen die Kapitalisten verloren, war das
wie ein Dolchstoß ins Herz. Unsere Nation litt unsagbar in der Zeit, als
uns unsere kommunistischen Brüder in Europa den Rücken zukehrten.
Dennoch entschieden wir uns in dieser turbulenten Zeit,
zusammenzuhalten und weiterzukämpfen. Wir gaben gegenüber den
Kapitalisten oder diesen faschistischen Yankee-Schweinen nicht auf.
So wenig, wie es unsere kommunistischen Brüder, die Chinesen,
taten.«

Bei der Erwähnung der Chinesen erklang einiger Applaus. Viele tausend Chinesen hatten sich in Mariel niedergelassen und eine Menge Geld in die örtliche Wirtschaft gepumpt.

Ortega sprach weiter. »China gelang es – wie auch unseren kommunistischen Brüdern in Vietnam –, große Fortschritte zu machen, trotz aller Versuche des Westens, es in ein kapitalistisches Land zu verwandeln. Ich bin stolz darauf, unsere Beziehung zu unseren chinesischen Brüdern und Schwestern weiter zu vertiefen. Sie lehren uns, unser wirtschaftliches System nach dem ihren zu formen – eines, das den Menschen und dem Staat zugutekommt, ohne die unmoralischen Merkmale des Westens und sein bankrottes Systems zu übernehmen.. Ich bin stolz, heute hier zu stehen und der Eröffnung des neuesten und größten Hafen Kubas beizuwohnen. Mein Stolz und meine Dankbarkeit erstreckt sich auch auf diejenigen, die im Lauf dieser letzten Jahre unermüdlich am Bau dieser neuen Einrichtung gearbeitet haben.
Und jetzt möchte ich Ihnen meinen Freund, den Hafenmanager Mr. Esteban Ochoa vorstellen«, sagte Ortega unter dem Beifall und sogar Jubel einiger Hafenarbeiter.

Esteban trat an das Rednerpult und sah auf die Gesichter der Männer und Frauen vor ihm hinunter. Das waren seine Arbeiter, seine Leute.

»Heute ist ein großartiger Tag. Heute weihen wir die neuen Hafenanlagen offiziell ein. Es waren lange vier Jahre, in denen wir auf diesen Tag hingearbeitet haben, aber das Warten hat nun ein Ende. Ab heute fertigt der Hafen von Mariel sechsmal so viele Schiffe und Fracht pro Jahr ab als vor Beginn des Erneuerungsprojekts. Ich möchte mich persönlich bei unserem neuen Staatsführer Diego Ventura für die allgemeine Lohnerhöhung durch die Regierung bedanken, die das Leben aller Kubaner verbessern wird. Mein Dank gilt auch unserem geliebten ehemaligen Ersten Sekretär Salvador Mesa-Díaz, der uns in besserem Zustand zurücklässt als er bei seinem Amtsantritt. Und schließlich geht mein Dank auch an meinen guten Freund Ortega Ramírez, der für uns darum gekämpft hat, die Löhne jedes Hafenarbeiters über mehr zu erhöhen, als vom Ersten Sekretär angekündigt. In Zusammenarbeit mit unserem neuen Anführer hat Herr Ramírez unser aller Leben zum Besseren gewandelt. Und jetzt darf ich

Sie alle zu Kaffee und weiteren Erfrischungen einladen, bevor die erste Schicht in unserer neuen Hafeneinrichtung beginnt.«

Musik ertönte, als die Leute zu den Zelten gingen und sich an den Tischen mit Speisen und Getränken bedienten.

»Esteban, das war eine großartige Rede, mein Freund. Wieso begleiten Sie mich nicht auf einen kleinen Spaziergang? Ich möchte Sie jemandem vorstellen«, sagte Ortega jovial, als er Esteban ein Zeichen gab, sich von der Menge zu entfernen.

Ein gut aussehender Chinese und ein paar Soldaten des Innenministeriums gingen auf Estebans Büro zu.

»Was geht hier vor, Ortega? Ist alles in Ordnung?«, fragte Esteban.

»Alles in Ordnung, mein Freund. Kein Problem. Es sind einfach nur Leute, die mit Ihnen reden wollen«, beruhigte ihn Ortega.

Sobald die beiden eine Minute später den funkelnagelneuen Bürobereich betreten hatten, stellte sich der Chinese vor.

»Hallo, Esteban. Wie ich hörte, sind Sie der Hafenmanager. Ich möchte über einige etwas heikle Posten sprechen, die bald in Ihrem Hafen eintreffen werden«, sagte der Chinese.

Esteban war klug genug, um zustimmend zu nicken und mit dem Strom zu schwimmen – insbesondere, da er vermutete, dass er sich in der Gegenwart von zwei Mitgliedern der Sondergruppe befand. Man konnte seinen Job verlieren – oder weit schlimmer, ungesehen verschwinden –, wenn man in Kuba etwas Falsches zur falschen Person sagte. Die Sondergruppe war der militante Arm der kubanischen Geheimpolizei, die allein der Geheimpolizei und dem Ersten Sekretär Rede und Antwort stehen musste.

»Ich verstehe. Wie kann ich Ihnen behilflich sein, um eine reibungslose Abwicklung zu garantieren?«, erkundigte sich Esteban scheinbar hocherfreut.

Der Chinese lächelte, als er antwortete. »Ausgezeichnet. Ich wusste, dass ich mich auf Sie verlassen kann. Eine große Zahl Frachter und Transportschiffe aus China werden von nun an Ihren neuen Hafen anlaufen. Hin und wieder wird auch eine Ladung besonderer militärischer Ausrüstungsgegenstände eintreffen, die dann von Soldaten der Sondergruppe zum Schutz dieser Fracht an ihren Zielort begleitet wird. Alles was ich von Ihnen erwarte ist, dass Sie einige vertrauenswürdige Arbeiter abstellen, die beim Gütertransfer von den Schiffen auf die Lkws oder die Züge helfen, je nachdem, was von ihnen

verlangt wird. Können wir uns auf Ihre Diskretion und Ihre Hilfe
verlassen?«

Ohne mit der Wimper zu zucken, erwiderte Esteban sofort:
»Selbstverständlich. Ich freue mich, meinem Land zu dienen, wo und
wann immer ich kann. Lassen Sie mich wissen, wann diese Ladungen
eintreffen, und ich sorge dafür, dass Ihnen eine vertrauenswürdige
Crew zur Verfügung steht.«

Ohne ein weiteres Wort verließen der Chinese und die beiden
Soldaten den Raum und gingen in Richtung Parkplatz.

Ortega zuckte mit den Achseln, als Esteban ihm einen fragenden
Blick zuwarf, der ausdrückte: *Was war das denn?*

»Kommen Sie, mein Freund. Kaffee und Gebäck erwarten uns.
Heute ist ein Festtag; der erste Tag des wirtschaftlichen
Wiederaufstiegs unseres Landes«, sagte Ortega jovial.
****

**Der Revolutionspalast
Havanna, Kuba**

Der frisch vereidigte Erste Sekretär der Kommunistischen Partei
Kubas, Diego Ventura, begrüßte lächelnd seinen Gast.

»Minister Han, welche Freude, Sie zu sehen. Noch einmal besten
Dank für Ihre freundlichen Worte bei meiner Vereidigung und für all
die wundervolle Arbeit, die die Volksrepublik China für unsere Nation
geleistet hat.«

Minister Han erwiderte das Lächeln, während sich die Männer die
Hände schüttelten. »Nein, ich bedanke mich bei Ihnen, dass Sie zum
lateinamerikanischen Gipfel eingeladen haben.«

»Wir sind stolz darauf, dass Sie Kuba darum baten, eine solch
wichtige Veranstaltung auszurichten«, erwiderte Ventura. » Ihre
Regierung hat mehr für die Sache und den Kampf der Menschen in
Lateinamerika getan als die Yankees nördlich von uns. «

»Gibt es vielleicht einen Ort, an dem wir unter uns sein können?
Ich möchte einige Informationen mit Ihnen teilen«, sagte Han.

Ventura, der seine Nervosität bemerkte, führte Han in sein privates
Büro. Es war ein kleiner Raum neben seinem offiziellen Dienstzimmer,
das regelmäßig auf Abhörgeräte untersucht wurde. Es war seine
Ruheoase und sein Ort, um nachzudenken.

Die beiden Männer nahmen in den bequemen Ledersesseln Platz.

»Erster Sekretär, ich möchte privat mit Ihnen reden, damit Sie von den bevorstehenden Ereignissen nicht überrascht oder unvorbereitet getroffen werden. Wie Sie wissen, befindet sich mein Land in einem andauernden Handelskrieg mit den Vereinigten Staaten, der in den kommenden Wochen mit der Unterzeichnung eines neuen Handelsabkommens zwischen Präsident Yao und dem amerikanischen Präsidenten endlich ein Ende finden wird. Was immer Sie von diesem Handelsabkommen halten oder was Sie darüber hören, verstehen Sie bitte, dass dies der erste Schritt einer Reihe von Schritten ist, die unser Land unternehmen wird, um die Amerikaner als dominante wirtschaftliche und militärische Weltmacht zu entthronen.«

Ventura lächelte. »Minister Han, das sind gute Nachrichten. Aber wieso sollte ich überrascht werden oder mir Sorgen machen? Gibt es etwas, das ich wissen oder auf das ich vorbereitet sein sollte?«

Minister Han erwiderte das Lächeln nicht. »Das gibt es. Teil unserer Strategie gegen den Westen, insbesondere gegen die Amerikaner, ist es, ihre Wirtschaft zu unterminieren. Leider schließt dieses Vorgehen Kollateralschaden ein. Viele Nationen werden von dem, was kommt, negativ betroffen werden. Tatsächlich wird es wohl auch so sein, dass viele Menschen sterben werden. Dabei kann ich Ihnen aber ausdrücklich versichern, dass es nicht das Ende der Welt sein wird.«

Venturas Lächeln erlosch. »Minister Han, wie schwer wird es Kuba und unser Volk treffen?«

Han wandte den Kopf ab und starrte einen Augenblick aus dem Fenster. Er antwortete nicht sofort. Endlich drehte er sich Ventura wieder zu.

»Der Beginn der nächsten Phase wird Ihren Handel mit Europa beeinträchtigen. Da Sie keinen Handel mit Amerika betreiben, resultieren hieraus wenig Probleme. Allerdings könnte es zu monatelangen Importschwierigkeiten kommen.«

»Wie viele Monate schätzen Sie und welche Art von Ware wird betroffen sein?«

»Ich vermute, dass der internationale Handel sechs bis zwölf Monate lang beeinträchtigt sein wird«, informierte Minister Han den Ersten Sekretär. »Hinsichtlich Ihrer Importe – das hängt davon ab, was Sie importieren und was Sie brauchen. Wir haben Kuba geholfen, seinen Energiebedarf zu decken. Wir haben auch eine Reihe von Handelsrouten eingerichtet, um sowohl Ihre natürlichen Ressourcen nach China zu exportieren als auch Fertigprodukte nach Kuba zu importieren. Dieser Warenaustausch wird von zukünftigen Ereignissen nicht beeinträchtigt werden. Ich schlage vor, dass Sie Ihren weiteren Bedarf umgehend aus anderen Quellen befriedigen – genug, um Ihre Bedürfnisse etwa ein Jahr lang zu stillen.«

»Sind Sie bereit, mir nähere Auskünfte darüber zu erteilen, was wir zu erwarten haben, damit ich mein Volk und meine Regierung besser darauf vorbereiten kann?«, erkundigte sich Ventura.

Langsam schüttelte Han den Kopf. »Nicht zu diesem Zeitpunkt. Aber wenn es die Situation verlangt, bin ich ermächtigt, Sie darüber zu informieren. China wird sicherstellen, dass Kuba gut davonkommt und danach als Führer der Region angesehen wird. Das wird Ihre Position in Lateinamerika gegen die Amerikaner stärken.«

Ventura nickte. »Der Grund Ihrer Reise war, mir dies persönlich mitzuteilen?«

»Korrekt«, erwiderte Han. »Um unseren Plan erfolgreich umzusetzen, müssen unsere Länder am gleichen Strang ziehen. Die Welt wird eine Weile starken Turbulenzen ausgesetzt sein, aber ich kann Ihnen versichern, dass die Amerikaner danach weder Kuba noch den Rest der Welt je wieder unterdrücken werden.«

**Kapitel Dreizehn
Der Plan**

**Februar 2024
Oxford, England**

Professor Hank Iverson hatte seine Mahlzeit im Hauptspeisesaal des Christ Church College beendet und wandte sich nun seinem ehemaligen Studenten zu. »Dan, ich bin so froh, dass Sie als Sprecher an unserem Symposium über maschinelles Lernen teilnehmen konnten. Ihre Kenntnisse über die Anwendungsmöglichkeiten im kommerziellen Bereich sind bemerkenswert. Ich denke, dass Sie heute das Interesse vieler Studenten an diesem Feld geweckt haben.«

Dan errötete bei dieser Lobpreisung. Er mochte Professor Iverson. Obwohl sie sich nach seinem Wechsel zur Carnegie Mellon lange Zeit nicht gesehen hatten, hatten sie ihre Freundschaft im Lauf der letzten Jahre erneuert.

»Ich bin froh, ein wenig dazu beigetragen zu haben. Schade nur, dass Dr. Xi mich nicht begleiten konnte. Er ist ein wahrhaft genialer Mann in diesem Bereich.«

»Nicht, dass ich ein heikles Thema ansprechen möchte, Dan, aber ich hatte gehofft, Ihnen einige Fragen über China stellen zu dürfen. Sie sind einer der wenigen Menschen, die ich kenne, der beide Seiten kennengelernt hat, indem er im Westen gelebt und studiert hat und dann nach China zurückgekehrt ist.« Professor Iverson beugte sich vor. »Denken Sie nicht, dass das Sozialkreditsystem ein wenig zu weit geht?«, flüsterte er. »Sollten die Menschen nicht die Autonomie haben, zu glauben, was sie glauben wollen, ohne dass die Regierung sie in dieser Hinsicht manipuliert?«

Dan griff nach seinem Weinglas und trank den letzten Schluck. Er sah sich vorsichtig um, bevor er auf Iversons Frage reagierte. »Vielleicht gibt es einen weniger öffentlichen Ort, an dem wir uns unterhalten können?«

Der Professor nickte zustimmend und geleitete ihn die Stufen der Empore hinunter, auf der die Professoren während ihrer Mahlzeiten saßen. Durch eine Seitentür gelangten sie in eine ausschließlich der Fakultät gewidmete Bücherei, die mit weichen Ledersesseln, Sofas und Arbeitstischen ausgestattet war. An den Wänden hingen uralte

Ölgemälde, und der Raum stand voller Bücherregale mit ebenso alten Büchern.

Iverson schenkte ihnen Bourbon ein, bevor er zwei Gläser und die Flasche auf einen Tisch zwischen zwei bequem aussehenden Stühlen stellte. Dan setzte sich und trank einen Schluck, bevor er zum Reden ansetzte. »Ich verstehe Ihre Frage, Hank, und obwohl ich in vielen Punkten mit Ihnen übereinstimme, will ich Sie Folgendes fragen: Leben wir tatsächlich in der Gesellschaft, in der wir leben wollen? Ist es möglich, eine bessere Welt und ein besseres Land zu erschaffen, wenn wir die Kultur beeinflussen und die Menschen darauf konditionieren, bestimmte Handlungen und Verhalten allen anderen vorzuziehen?«

Iverson lehnte sich auf seinem Stuhl zurück und dachte eine Weile über diesen Punkt nach. Es war eine tiefgehende Frage. »Vielleicht, aber lassen Sie mich eines fragen, Dan: Wer entscheidet, welche Richtung die Beeinflussung nimmt? Wer entscheidet, was die Menschen sehen oder glauben sollen? Welche Art von Gesellschaft erschaffen wir, wenn wir den Menschen die Fähigkeit nehmen, unabhängige Entscheidungen zu treffen?«

»Wir erschaffen eine bessere, zivilisiertere Gesellschaft, Hank – eine Gesellschaft, die von denjenigen geleitet wird, die die Ausbildung und das Verständnis dafür haben, was für das Volk am besten ist«, konterte Dan.

Sein ehemaliger Professor lächelte zynisch. »Möglicherweise. Wie können wir uns aber sicher sein, dass die Motive dieser Anführer tatsächlich dem Wohle aller dienen? Das ist die altbekannte und unlösbare Frage.«

»Eben das ist der Grund, weshalb wir dieses Problem ausklammern und stattdessen einer Maschine die Entscheidung überlassen. Wir geben die gewünschten Parameter ein, wie unsere Gesellschaft aussehen und wie sich die Menschen darin verhalten und reagieren sollen. Danach überlassen wir der Maschine den Prozess der Konditionierung durch den Entwurf entsprechender Gesetze und Richtlinien, durch das Fernsehen, Filme, Bücher und über die Sozialen Medien, um eben diese Gesellschaft zu erschaffen.«

»Und was tun wir, wenn die Maschine schlussendlich beschließt, dass wir Menschen das eigentliche Problem sind, und sie Anstalten

macht, uns aus dieser Gleichung zu entfernen? Was dann?«, fragte
Iverson.

»Wir reden hier nicht von Skynet«, wehrte Dan lachend ab. »Mit
dem Einbau der geeigneten Sicherheitsprotokolle ist das unmöglich.«

In der kurzen Pause, die folgte, schenkte sich Iverson einen
zweiten Bourbon ein. »Selbst auf das Risiko hin, unsere Freundschaft
zu gefährden, muss ich Sie etwas sehr Ernstes fragen.«

Dan neigte den Kopf zur Seite, schwieg aber auf diese
Ankündigung hin.

»Sind Sie absolut davon überzeugt, dass Präsident Yao, der nun
effektiv Chinas Präsident auf Lebenszeit ist … dass er Jade Dragon
einzig zum Wohle der Menschheit nutzen will und nicht als Werkzeug
oder Waffe, um China zur mächtigsten Nation der Erde zu machen?«

Ohne darüber nachzudenken, erwiderte Dan umgehend: »Jade
Dragon hat der Welt schon außerordentlich viel Gutes gebracht. Er half
uns dabei, einen realisierbaren Plan zum Thema Klimawandel zu
entwickeln; er optimierte unsere Wirtschaft dahingehend, dass wir
keine Ressourcen für Produkte verschwenden, für die keinerlei Bedarf
besteht. Und er arbeitet an den gravierendsten Energieproblemen aller
Zeiten.«

»Ich sage nicht, dass seine Existenz nichts Gutes mit sich bringt«,
betonte Iverson. »Was ich damit sagen will, ist, dass die Männer an der
Spitze, diejenigen, die die Kontrolle haben, vielleicht nicht die besten
Absichten haben, was die Nutzung und Umsetzung von Jade Dragons
Vorschlägen betrifft.«

Plötzlich ging Dan auf, dass Iverson von der Existenz Jade
Dragons wusste, und dass er selbst seinen Namen laut ausgesprochen
hatte. Er griff nach der Flasche, füllte sein Glas bis an den Rand und
leerte es auf einen Schluck, bevor er seinen ehemaligen Lehrer wieder
ansah.

»Vielleicht habe ich mich falsch ausgedrückt, Hank«, ruderte Dan
zurück. »Jade Dragon ist ein geheimes Programm, an dem ich für
Alibaba arbeite. Es wird unserer Firma helfen, den Weltmarkt zu
erobern, nachdem das Handelsabkommen zwischen China und den
USA unterzeichnet ist. Es ist nicht das übergreifende
Regierungsprogramm, für das Sie es irrtümlich halten.«

Iverson zögerte mit seiner Antwort. Er holte tief Luft und atmete
langsam wieder aus. »Dan, ich will Ihnen etwas gestehen, das unter uns

bleiben muss. Falls Sie es jemals laut aussprechen, werde ich es leugnen. Ich bin zwar Leiter der Abteilung für Computerwissenschaften, gleichzeitig aber auch ein Mitglied des Britischen Geheimdienstes …«

»Wie bitte? Sie sagen, Sie gehören zum MI6? Die ganze Zeit schon?«, unterbrach ihn Dan entsetzt.

»Ja. Seit über 30 Jahren. Mein Job ist es, Personen zu finden, die wir potenziell rekrutieren möchten – Leute in den richtigen Positionen mit Zugang zu wertvollen Informationen.«

»Ich bin ein *toter* Mann. Ich bin tot in der Minute, in der sie das erfahren.« Dan wrang die Hände. »Ich kann nicht glauben, dass ich die ganze Zeit Informationen an den MI6 weitergegeben habe.«

Iverson beugte sich weit in seinem Stuhl vor, um den Abstand zwischen sich und Dan zu verringern. »Nein, Dan. Sie müssen nicht sterben. Ich war sehr vorsichtig im Umgang mit Ihnen. Es ist mehr als unwahrscheinlich, dass Ihre Regierung oder Jade Dragon selbst weiß, für wen ich arbeite. Meine Tarnung hat sich über Jahrzehnte bewährt.«

Ungläubig schüttelte Dan den Kopf. »Sie verstehen nicht, Hank. Jade Dragon wird es wissen. Wenn nicht schon jetzt, dann in der nahen Zukunft. Es ist nur eine Frage der Zeit, bevor er ein umfassendes soziales Profil jeder Person erstellt hat, die er für wertvoll hält. Da wir uns aus verschiedenen Anlässen immer wieder treffen, stehen Sie ganz oben auf seiner Liste. Danach dauert es nicht lange, bevor sie wissen, wer Sie sind. Und sobald sie das tun, werde ich beseitigt, um sicherzugehen, dass ich nicht weiter aus dem Nähkästchen plaudere.«

Hank griff nach Dans Hand. »Ich weiß, Dan. Deshalb wollte ich heute ungestört mit Ihnen reden. Sie haben sicher recht. Jade Dragon wird irgendwann herausfinden, wer ich bin. Das wird das Ministerium für Staatssicherheit ausreichend beunruhigen, um Ihr Verschwinden zu rechtfertigen. Dr. Xi wird das nicht aufhalten können.«

Als diese Erkenntnis über Dan hereinbrach, bildeten sich Schweißperlen auf seiner Stirn.

»Mit diesem Wissen ist es Zeit, die schwierigste und folgenschwerste Entscheidung Ihres Lebens zu treffen, Dan«, sagte Iverson in eindringlichem Ton. »Sie müssen überlaufen. Sie müssen sich damit einverstanden erklären, die Seite zu wechseln und uns dabei zu helfen, das, was Sie erschaffen haben, zu vernichten, und das, was Ihre Regierung damit vorhat, zu unterbinden. Wir brauchen Ihre Hilfe, um gegen dieses Programm vorzugehen und zu verhindern, was auch immer als Nächstes passieren wird.«

Dan saß in fassungslosem Schweigen da. Er entzog Hank seine Hand und griff erneut nach dem Bourbon. Der Alkohol begann, seine Wirkung zu zeigen, hatte aber wenig Einfluss auf den blanken Terror, der in ihm aufstieg. Er dachte an seine Eltern und was mit ihnen geschehen würde, wenn er überlief. *Zum Teufel, und was passiert mit ihnen, wenn Jade Dragon herausfindet, dass Hank wirklich dem MI6 angehört?*

Dan stammelte: »Ich … Unmöglich, Hank. Meine Eltern leben noch in Shanghai.«

»Wir sorgen dafür, dass Ihre Eltern das Land verlassen und nehmen Sie alle in eine Art Zeugenschutzprogramm auf. Wir geben Ihnen eine neue Identität und verstecken Sie für eine gewisse Zeit in einem Safe House. Sie werden einfach von der Bildfläche verschwinden«, erklärte Iverson ruhig.

»Ich weiß nicht … Das geht mir alles zu schnell.«

»Okay, ich mache Ihnen einen anderen Vorschlag. In zwei Monaten hatten wir vor, uns in Macau zu treffen. Warum laden Sie nicht Ihre Eltern ein, Sie zu begleiten? Und dann bringen wir Sie außer Landes?«, schlug Iverson vor.

Dan dachte einen Moment nach und schüttelte den Kopf. »Das ist zu riskant. Die nächsten Phasen gehen nächste Woche online. In ein paar Monaten hat Jade Dragon aller Wahrscheinlichkeit nach Ihre Identität bereits entlarvt. Sie werden wissen, wer Sie sind, was bedeutet, dass ich in akuter Gefahr sein werde.«

»Dann müssen wir Sie sofort aus dem Gefahrenbereich entfernen. Wie wäre es, wenn wir einen Unfall inszenieren, der einen Krankenhausaufenthalt zur Folge hat? Würde Ihren Eltern erlaubt werden, Sie hier zu besuchen? Wäre das eine Möglichkeit?«

Dan überlegte kurz und nickte leicht.

»Somit ist das unser Plan. Als Erstes muss ich einige Leute wissen lassen, dass Sie bereit sind, die Seite zu wechseln. Wir bringen Sie sofort in einem Safe House unter und fangen mit Ihrem Debriefing an. Die Ereignisse überstürzen sich, und wir müssen schleunigst herausfinden, was Ihre Regierung plant, bevor es zu spät ist. Außerdem arrangieren wir den Unfall, der Ihren Eltern die Möglichkeit gibt, auszureisen. Wir haben sogar einen Stuntman, um das Ganze real aussehen zu lassen.«

Hank zog sein Telefon hervor und erledigte zwei kurze Anrufe. Minuten später tauchten zwei Männer auf, die Dan durch eine Reihe geheimer Flure in einen kleinen versteckten Raum auf dem Gelände von Christ Church begleiteten.

Im englischen Bürgerkrieg von 1642 zog sich König Charles nach Christ Church zurück und etablierte seinen Hof an diesem College. Während dieser Zeit hatte er aus Sicherheitsgründen eine Reihe versteckter Räume und Durchgänge bauen lassen. Im Laufe der Jahre waren viele von ihnen baufällig geworden oder mit Brettern vernagelt worden. Während des Zweiten Weltkriegs hatte der britische Geheimdienst einige von ihnen in Safe Houses umgewandelt, um geheime Treffen abzuhalten oder Überläufer zu verstecken.

Das Öffnen der Tür durch seine Begleiter erlaubte Dan den Zutritt zu einem Bereich, der mit einem Doppelbett, einem Etagenbett, zwei Stühlen und zwei Sofas, einem Tisch und einer Küchenzeile ausgestattet war. Der Raum vermittelte den Eindruck, dass sich dort jemand eine ganze Weile komfortabel aufhalten konnte, ohne das Gefühl zu haben, in einer Gefängniszelle zu sitzen.

Während Personenschützer Dans Sicherheit gewährleisteten, erschienen ein Doppelgänger und Stuntman. Sie begannen, einen sehr öffentlichen Unfall zu planen, der mit Dans Krankenhausaufenthalt enden würde. Ein SIS-Mitglied hielt einen Krankenwagen im Hintergrund bereit, während sich zwei eingeweihte Polizisten auf den Weg zu einer bestimmten Kreuzung in Oxford machten. Dan sollte am nächsten Tag mit dem Nachmittagsflug nach Peking zurückkehren. Mittlerweile war es 21 Uhr. Ihnen blieb wenig Zeit.

Sobald sich Dan in seinem vorläufigen Zuhause etwas eingerichtet hatte, erschienen zwei Befrager, die zusammen mit Iverson an Dans Debriefing arbeiten würden. Sie brauchten eine ungeheure Menge an Informationen über Jade Dragon und wozu er momentan fähig war. Trotz der späten Stunde verbrachte das Befrager-Team beinahe vier Stunden mit ihm. Iverson, der sich zu ihnen gesellt hatte, stellte eine Menge technischer Fragen über das Programm, insbesondere, woran JD, wie Dan ihn nannte, als Nächstes arbeiten würde.

Obwohl Dan nicht zu allem Zugang hatte, an dem Dr. Xi arbeitete, war er in der Lage, Iverson das Ausmaß von JDs Fähigkeiten im Detail darzulegen. Die Informationen, die er mit dem Team teilte, waren beunruhigend genug, um allen eine schlaflose Nacht zu garantieren.

»Die Software und das Gehirn, das Sie Jade Dragon gegeben haben, geht weit über das hinaus, was ich je für möglich gehalten hätte«, musste Iverson zugeben.

****

JBCC – Computerlabor
Peking, China

»Dr. Xi, entschuldigen Sie die Störung, aber es ist wichtig«, sagte einer seiner Assistenten und steckte den Kopf durch die Tür.

»Was ist so wichtig, dass Sie mich unterbrechen, nachdem ich klar befohlen habe, mich nicht zu stören?«, grollte Xi. Es fiel ihm immer schwer, an einigen dieser ungeheuer komplexen Coding-Probleme zu arbeiten, wenn er ständig mit Fragen belästigt wurde.

»Sir, es ist Ma Yong – Dan. Er hatte in England einen schrecklichen Unfall«, erwiderte der Assistent sichtlich aufgewühlt.

Einen Augenblick konnte Xi nicht reagieren. Er versuchte, die Nachricht einzuordnen. »Ist er okay?«, stammelte er endlich. »Was ist passiert?«

»Genaues weiß ich nicht. Nur, dass er in Oxford offensichtlich von einem Auto angefahren worden ist. Er wurde per Hubschrauber in ein Krankenhaus transportiert. Der Mann, der ihn begleitete, ein Professor Hank Iverson, rief Dans Eltern an und informierte sie. Er schlug vor, dass sie den nächsten Flug nach London nehmen.«

»Wird er überleben? Wie schwer sind seine Verletzungen?«

Der Assistent zuckte nur mit den Schultern.

Xi starrte den Mann an. »Wie wäre es, wenn Sie es herausfinden? Falls Sie nicht direkt mit jemandem im Krankenhaus sprechen können, nehmen Sie Kontakt mit der Botschaft auf, damit die es von dort aus tun. Wir müssen wissen, was mit ihm geschehen ist.«

Der Assistent verließ das Büro und machte sich daran, Näheres über die Schwere von Dans Verletzungen zu erfahren. Eine Stunde später wurde Xi darüber informiert, dass Dans Hüfte, sein linker Oberschenkelknochen und seine rechte Schulter gebrochen waren. Außerdem hatte er eine schwere Kopfverletzung erlitten, die es offenbar erforderlich gemacht hatte, ihn in ein künstliches Koma zu versetzen, um das Anschwellen seines Gehirns zu stoppen.

Unsicher, was er sonst noch tun konnte, befahl Xi seinem Assistenten, dass die Botschaft Dans Zustand unter Beobachtung halten und ihm alle 12 Stunden Bericht erstatten sollte.

Kapitel Vierzehn
Cuba Libre

Februar 2024
Isla de la Juventud, Kuba

José Santiago ging zur Rezeption, um einzuchecken, und legte seinen kanadischen Reisepass und seine Kreditkarte vor..

»Guten Morgen, Herr Santiago. Ist dies Ihr erster Besuch im Hotel El Colony?«, erkundigte sich die Empfangsdame freundlich.

»Ganz recht. Ich hörte wunderbare Dinge über dieses Hotel von meinen Kollegen, die vor mir hier zu Gast waren.«

Die Empfangsdame lächelte erfreut. Sie gab ihm einen Schlüssel für ein Zimmer im Erdgeschoss und erzählte ihm ein wenig über das Hotel und das Restaurant. José nahm sein Gepäck und ging auf sein Zimmer.

Er würde ein verlängertes, viertägiges Wochenende auf der Insel zu verbringen. Es hatte fast einen Monat gedauert, um einen plausiblen Grund für seinen Besuch zu finden und die entsprechenden Vorkehrungen zu treffen, damit er nicht von der Geheimpolizei aufgespürt wurde.

Nachdem er seine Sachen in seinem Zimmer verstaut hatte, konnte José ein Gefühl der Unruhe nicht abschütteln. Er überprüfte das Wegwerfhandy, das er bei sich hatte, zum wiederholten Mal. Er wollte sichergehen, dass er die richtige SIM-Karte eingelegt und an die Speicherkarte mit erhöhter Kapazität gedacht hatte. José liebte die chinesische Kopie des Apple-Handys. Sie bot mehrere Funktionen, die der amerikanischen Version fehlten – wie etwa eine austauschbare Speicherkarte, die die Speicherkapazitäten des Telefons erhöhte. José wollte sicher sein, für die Erkundung der Stadt ausreichend Speicherplatz für Fotos und Videos zu haben.

José verließ sein Zimmer, um das Hotelrestaurant aufzusuchen. Sobald er an einem Tisch Platz genommen hatte, registrierte er die große Zahl chinesischer Gäste. In Havanna hatte es schon immer einige chinesische Staatsangehörige gegeben, aber im Lauf der letzten Monate hatte sich ihre Anzahl verdreifacht.

José wusste von dem Ölabkommen mit den Chinesen und der Neugestaltung der Häfen, aber er konnte sich des Eindrucks nicht erwehren, dass hier noch etwas anderes im Spiel war. Die Chinesen, die ihn umgaben, waren nicht die typischen, mit Kamera und Selfie-Stick bewaffneten Touristen. Es waren jüngere Männer – es sah so aus, also ob die gesamte chinesische Armee in Zivilkleidung getarnt die Insel überrannt hätte.

Wenige Stunden später schlenderte José durch die Stadt Nueva Gerona. Seinen Informationen nach war dies eine kleine Stadt mit 50.000 Einwohnern. Es war seltsam. Je mehr er herumwanderte, desto verlassener kam sie ihm vor.

Wo sind die Einwohner?, fragte er sich.

José fiel die Anzahl der Baufahrzeuge und Lastkraftwagen auf, die vom Hafen her die Stadt durchquerten. Es waren keine kleinen Transportfahrzeuge. Die Lkws waren entweder mit schweren Frachtcontainern oder enormen Stahlträgern beladen, andere transportieren Baumaterialien. José bemerkte, dass ausschließlich chinesische Arbeiter am Steuer der Fahrzeuge saßen.

Auf der Suche nach einem Café, in dem er sich aufhalten und unverdächtige Fragen stellen konnte, fand er ein gemütliches kleines Restaurant namens El Galeón mit Aussicht auf das Stadtzentrum von Nueva Gerona. Die an den Wänden hängenden Fischernetze und die indirekte Beleuchtung des Restaurants erweckten den Eindruck, auf einem Piratenschiff zu sein. Der Mann an der Bar hatte einen Piratenhut auf, während die beiden Bedienungen mit einem Totenkopf geschmückte Haarbänder trugen. Hier ging es am Abend sicher heiß her.

Auf der Terrasse sah José überwiegend chinesische Arbeiter und einige wenige Ortsansässige. Es dauerte einen Augenblick, bevor er einen leeren Tisch in der Nähe des Innenbereichs entdeckte, der ihm den Überblick über das Kommen und Gehen aller Gäste erlaubte.

Während José auf die Kellnerin wartete, die ihm die Karte bringen und seine Bestellung aufnehmen sollte, zog er sein Telefon hervor. Dessen Selfiemodus erfasste im rechten Winkel die Gesichter von Offizieren der chinesischen Armee, die hinter ihm saßen, bevor er als guter Tourist Bilder vom Restaurant machte, die andere chinesische Männer an diversen Tischen zeigten. Zurück in Havanna würde er die Fotos zur näheren Betrachtung hochladen.

Fast fünf Minuten nachdem er Platz genommen hatte, kam die Bedienung, allerdings so lange, um ihm die Karte zu bringen, bevor sie sich um drei Tische mit chinesischen Arbeitern und Soldaten kümmerte. Die drei Gruppen schienen bestens gelaunt zu sein und unterhielten sich laut in sehr schnellem Mandarin.

Vor der Rückkehr der Kellnerin zog José eine Packung Cohiba Originals aus der Brusttasche und zündete sich eine Zigarette an. José hatte einige Jahre gebraucht, um sich das Auftreten eines einheimischen Kubaners anzueignen, aber er fühlte sich endlich soweit. Er wusste immer noch, wie sich südamerikanische Männer verhielten, obwohl seine Eltern nach seiner Geburt vor dem Chávez-Regime von Venezuela nach Florida geflohen waren. Aber die Kubaner … die waren anders. Ganz sicher sah er wie ein Einheimischer aus, sprach den kubanischen Akzent, aber der wiegende Gang eines kubanischen Mannes seines Alters fiel ihm immer noch schwer.

José zog einige Male an dem Cohiba-Sargnagel, wie er den Glimmstengel nannte, als die Kellnerin mit einem Wasserkrug an seinen Tisch trat und sein Glas füllte. »Was darf ich Ihnen bringen?«, erkundigte sie sich.

José sah kurz auf die Speisekarte hinunter. »Ich nehme das Arroz con Pollo und einen Eistee.«

Die Bedienung notierte sich seine Bestellung und versprach, in wenigen Minuten mit seinem gesüßten Eistee zurückzukommen – die einzige Variante, die hier angeboten wurde.

Bei ihrer Rückkehr sah José das Namensschild an ihrer Uniform und sprach sie an: »Bernita, dies ist mein erster Besuch auf der Insel. Gab es hier schon immer so viele chinesische Arbeiter?«

Bernita lächelte. »Nein, nicht immer. Erst seit einiger Zeit. Der Wirtschaftsminister besuchte uns vor einigen Jahren und teilte uns mit, dass ein geologisches Team ein wertvolles Mineral auf unserer Insel entdeckt habe. Die Chinesen haben auch mit dem Bau einer neuen Ölraffinerie begonnen. «

José schob die Unterlippe vor und nickte. »Wow, das klingt fantastisch. Wo sind denn alle? Arbeiten sie in ihren neuen Jobs?«

Bernita schüttelte lachend den Kopf. »Zuerst hatten alle Inselbewohner einen guten Job mit 800 Pesos im Monat. Aber vor etwa vier Wochen wurden alle darüber informiert, dass wir die Insel verlassen und aufs Festland umziehen müssen. Offensichtlich bauen sie die Minen und die Raffinerie weiter aus. Viele Leute waren über den geforderten Umzug nicht glücklich, da sie seit Generationen auf dieser

Insel leben. Schließlich boten die Chinesen jedem, der bis März umzieht, 20.000 Pesos Entschädigung für den Verlust der Wohnungen und Geschäfte an. So gut wie jeder hat dieses Angebot akzeptiert, insbesondere, nachdem die Regierung uns versprach, uns Land zum Bau neuer Häuser in der Nähe des Strandes von La Coloma oder hoch in den Bergen nahe Pinar del Río zu überlassen. Sie haben Glück, dass Sie uns gerade jetzt besuchen, denn die Insel ist ab März für die Öffentlichkeit geschlossen.«

José lächelte angesichts der bevorstehenden finanziellen Einnahmen der Frau und nickte zustimmend. »Das sind viele Pesos. Vielleicht sollte ich mir hier schnell eine Frau suchen, sie heiraten und reich werden …«

Die Kellnerin, sicher Mitte 40, fand das lustig. »Zu spät, Señor. Letztes Jahr um die gleiche Zeit hätten Sie vielleicht eine gute Frau gefunden, aber die Mehrzahl der Einwohner hat die Insel bereits verlassen. Der einzige Grund, wieso mein Mann und ich noch hier sind, ist das gute Geschäft mit all diesen Arbeitern. Die Partei sagt, dass wir das Lokal bis Ende März betreiben dürfen, aber dann ist es Zeit zu gehen …« Die Frau schien mit dem Lauf der Dinge zufrieden zu sein.

»Wissen Sie, wieso sich hier neben den chinesischen Arbeitern so viele Militärangehörige aufhalten?«, fragte José weiter nach.

Bernita zuckte mit den Achseln. »Keine Ahnung. Das geht mich auch nichts an. Ich weiß nur, dass mehr und mehr Soldaten und Arbeiter hier eintreffen. Ich gehe davon aus, dass sie in der neuen Mine arbeiten.«

»Verraten Sie mir, wo diese neue Mine liegt, damit ich nicht versehentlich das Gelände betrete?«, bat sie José.

Bernita nickte und beschrieb ihm den ungefähren Standort. In seinem Zimmer würde José später auf seinem Laptop danach suchen.

Als sein Essen kam, verschlang er eines der besten Hühnchengerichte mit Reis und Bohnen, das er seit Langem gegessen hatte. José wusste nicht, was das Essen so gut machte, aber jedes Mal, wenn er in diesen kleinen Städten außerhalb Havannas aß, war es wie im Himmel. Das Huhn hatte einen unglaublichen Geschmack. Er vermutete, dass dies einer der Vorteile war, wenn die Tiere nicht mit GVOs und Hormonen gefüttert wurden.

Später am Nachmittag schlüpfte José in seine Sportklamotten. Er schob sein Telefon in eine dafür vorgesehene Tasche und steckte sich

Kopfhörer in die Ohren. Mit einem Blick auf die Karte fand José die ungefähre Lage des neuen Flughafens, zu dessen Erkundung er eigentlich auf die Insel geschickt worden war, und legte seine Route fest. Er wählte ein Buch auf Audible aus und begann zu joggen. Die Sonne stand noch am Himmel; sie würde in ungefähr 90 Minuten untergehen.

Es kam ihm etwas seltsam vor, dass die Regierung einen neuen Flughafen auf der Insel baute, obwohl sie all ihre Einwohner auf das Festland umsiedelte. José beschloss, in den kommenden Tagen einer regelmäßigen Laufroutine zu folgen, um kein Misstrauen zu erregen, wenn er wiederholt an einigen der Einrichtungen vorbeilief, die er begutachten und bildlich festhalten sollte.

Mit schweißnassem Gesicht entdeckte José nach vierzig Minuten ein Kontingent an Baufahrzeugen auf dem Gelände, auf dem der neue Flughafen entstehen sollte. Er hielt lang genug inne, um sich zu strecken und Liegestützen, Rumpfbeugen und andere Freiübungen zu machen. Das erlaubte ihm, die Aktivitäten aus der Nähe zu beobachten, und – nachdem er sehr vorsichtig sein Telefon hervorgezogen hatte – auch einige Fotos zu machen.

Schließlich setzte er auf der unbefestigten Straße seinen Lauf fort. Ein Lkw, beladen mit einem Frachtcontainer mit der Aufschrift »Nichteisen-Metallabbau China«, kam auf ihn zu.

Wozu einen Flughafen bauen, wenn die Bevölkerung die Insel verlässt?, wunderte sich José erneut. *Irgendetwas stimmt da nicht.*

Auf dem Weg zurück in die Stadt wählte José den Weg am Hafen vorbei. Als er heute Morgen angekommen war, hatte er nicht besonders darauf geachtet, aber jetzt sah er dort mindestens fünf Baggerschiffe. Auf der anderen Seite des Hafens wurde mit einigen großen Kränen eine Piermauer errichtet. Was auch immer da vor sich ging, es war eine größere Angelegenheit.

In drei Tagen hatte José mit fünf verschiedenen Personen gesprochen, an zwei Naturführungen teilgenommen, eigenständig zwei Wanderungen und drei weitere Joggingrunden hinter sich gebracht. Was er sah, ließ ihn nicht unbedingt Gutes vermuten. Nach seiner Rückkehr nach Havanna musste er seine Beobachtungen niederschreiben und sehen, was die Leute im siebten Stock davon hielten. Vielleicht wollten sie ja, dass er sich einen bestimmten Bereich näher ansah. Andererseits, die USA befanden sich in einem Wahljahr,

die Wirtschaft war am Boden – gut möglich, dass sie bis nach dem
November warten wollten, bevor sie etwas unternahmen.
****

JBCC – Computerlabor
Peking, China

»Dr. Xi, ich erhielt gerade einen Anruf von Ma Yongs Eltern«,
informierte ihn sein Assistent. »Sie teilten mir mit, dass Ma in ein
Wachkoma gefallen ist. Morgen werden sie die lebenserhaltenden
Maßnahmen einstellen. Seine Eltern wollten, dass ich Ihnen das
mitteile.«

Geschockt von dieser Information, lehnte sich Xi auf seinem Stuhl
zurück. Er war immer noch nicht darüber hinweg, was Dan, der nun
schon knapp zwei Wochen im Krankenhaus lag, zugestoßen war.
Zunächst waren die Ärzte hoffnungsvoll gewesen, dass sich sein
Zustand verbessern würde. Doch vor zwei Tagen hatte er sich plötzlich
stark verschlechtert. Die Ärzte hatten zwei Operationen durchgeführt,
um den Druck in seinem Gehirn abzubauen, aber es sah so aus, als ob
sein Körper nun einfach aufgeben würde.

Xi stieß einen tiefen Seufzer aus und nickte. »Bitte übermitteln Sie
seinen Eltern mein Beileid und versichern Sie ihnen, dass wir alles tun
werden, um sie bei der Rückführung seiner Leiche nach China zu
unterstützen, falls sie das wünschen. Das ist das Mindeste, was wir für
ein Mitglied unseres Teams tun können.«

Ich hätte ihn auf seiner Reise nach Oxford begleiten sollen.
Vielleicht wäre dieser schreckliche Unfall dann nicht passiert, dachte
Xi voller Trauer. Er machte sich Vorwürfe, darauf bestanden zu haben,
dass Dan seine Stelle als Vortragender an der Universität einnahm.
Jetzt hatten sie ihn verloren … und Xi fühlte sich verantwortlich.
****

Cordeman-Farm
Isle of Man

»Es tut mir leid, dass die Unterbringung etwas spärlich ist, aber das ist
das Beste, was wir kurzfristig tun können, um Sie vor den neugierigen

Augen der Überwachungskameras zu schützen«, sagte der SIS-Mann, der Dan und seine Eltern in das kleine Landhaus führte. » Ich schätze, man merkt erst, wie verbreitet die kleinen Biester sind, wenn man ihnen plötzlich aus dem Weg gehen muss.«

Der Mann stellte ihr dürftiges Gepäck in ihren Zimmern ab und zeigte ihnen danach das Haus. Sie hatten Satellitenfernsehen, einen DVD-Player mit einer Unmenge an Filmen, die sie sich ansehen konnten, und einige E-Reader, auf denen bereits mehrere Bücher hochgeladen waren. Was sie nicht hatten, war eine Verbindung zum Internet. Kein Telefon, keinen Computer. Die einzigen, die dazu Zugang hatten, waren die beiden SIS-Leibwächter, die auf sie aufpassen würden.

Nachdem die Wache gegangen war, fragte Dans Vater: »Wie lange müssen wir hier bleiben, Sohn?«

Dan fühlte sich schrecklich. Sie hatten seine Eltern angelogen und nach England gelockt, ohne dass sie daheim die Gelegenheit gehabt hatten, ihre Angelegenheiten zu regeln oder irgendetwas mitzubringen. Er war dafür verantwortlich, dass ihr ganzes Leben außer Kontrolle geraten war.

»Ich weiß es nicht. Ich soll bald einige Leute treffen. Die werde ich fragen, wo wir langfristig unterkommen werden. Vielleicht gibt es auch eine bessere Unterkunft als diese hier, oder einen Ort, an dem wir uns freier bewegen können.«

»Wenn ich schon hier gefangen bin, möchte ich meinen eigenen Garten anlegen. In der Stadt war mir das nie möglich. Das wäre etwas, was ich mir wünschen würde«, kommentierte seine Mutter.

Sie verkraftete die ganze Sache offenbar besser als sein Vater, der extrem aufgebracht darüber war, dass Dan zu den Briten übergelaufen war. Er konnte absolut nicht verstehen, wieso sein Sohn ihrem Heimatland den Rücken kehren wollte, insbesondere mit dem guten Leben, das die Arbeit bei Alibaba ihm bot. Seine Eltern kannten die wahre Natur seiner Arbeit nicht.

****

Zwei Tage später

Dan saß den drei Besuchern im kleinen Wohnzimmer des Hauses gegenüber. Seine Eltern hatten sich dazu bereit erklärt, in ihrem

Schlafzimmer zu bleiben, während sich ihr Sohn mit den Gästen unterhielt. Was Dan anbetraf: Je weniger seine Eltern wussten, desto besser.

»Dan«, begann Hank Iverson, »ich möchte Ihnen gerne meine Begleiter vorstellen. Das ist einer meiner Kollegen, Nigel Younger, und das ist Jessica aus den USA. Beide würden Ihnen gern einige Fragen über das Programm stellen, an dem Sie gearbeitet haben und wie es gegen den Westen eingesetzt werden kann. Wenn Sie so offen und transparent mit den Kollegen sein könnten, wie Sie es mit mir waren, wäre ich Ihnen sehr dankbar.«

Dan musterte die Amerikanerin kritisch. »Sie sind vom CIA?«

Jessica antwortete nicht direkt, sondern sah ihn zunächst schweigend an. »Ich bin von der Homeland Security.«

Dan tat ihre Aussage mit einer Handbewegung ab. »Sie wollen, dass ich Ihnen offen und wahrheitsgemäß darüber berichte, wozu Jade Dragon in der Lage ist? Dann schlage ich vor, dass wir diesen Unsinn lassen, meinen Sie nicht auch?«

Dan sah, dass die Frau leicht zu lächeln begann. Sie nickte. »Mein Name ist wirklich Jessica. Jessica Parker. Ich arbeite für die CIA in der Abteilung *für digitale Innovation.*«

»Digitale Innovation … Sie arbeiten in der Cyberware-Abteilung«, erwiderte Dan selbstbewusst.

»Cyberware ist eine unserer Aufgaben. Aber nun zum Thema, Dan. Ich bin hier, um herauszufinden, ob Sie uns einen Bären aufbinden wollen oder ob Sie uns tatsächlich etwas zu sagen haben«, erklärte Jessica zum Unmut von Dan.

»Okay, ich verstehe. Sie wollen sichergehen, dass ich tatsächlich der bin, der ich zu sein behaupte, und dass ich Ihnen, falls dem so ist, weitere Informationen liefern kann. Aber hier ist eine Frage für Sie, Jessica and Nigel. Was habe ich davon? Ich gab gerade einen Job auf, der mir drei Millionen USD im Jahr einbrachte – und das in China. In einer Position, wenn ich das hinzufügen darf, in der ich komplett vom Sozialkreditsystem abgekoppelt war. Ich gehörte zur Elite Chinas. Und jetzt …« Dan deutete mit der Hand um sich. »Jetzt lebe ich in einer Hütte mit drei Zimmern auf der Isle of Man, wo ich nicht einmal ins Dorf gehen darf. Meine Einwilligung, mit Ihnen zu sprechen, hat das Leben meiner Eltern vollkommen auf den Kopf gestellt. Ohne unhöflich zu erscheinen, aber ich möchte für das Leben, das ich gerade aufgegeben habe, entschädigt werden.«

Der britische SIS-Offizier Nigel schnaubte. Erregt stand er auf und wanderte kurz durch das Zimmer, bevor er sich eine Zigarette anzündete und wieder Platz nahm. Nigel starrte Dan an, bevor er ihm aufgebracht entgegnete: »Entschädigung? Wie wäre es damit, Ihr Leben und das Ihrer Eltern zu retten, Sie arroganter Knabe. Ist das nicht genug?«

Nach Nigels Ausbruch schüttelte Jessica den Kopf und hob eine Hand, um ihn von weiteren Bemerkungen abzuhalten. »Dan hat nicht ganz Unrecht, Nigel. Er gab alles auf.«

»Das ist nicht dein Ernst, Jessica. Wir retten den Kerl gerade davor, von seiner eigenen Regierung beseitigt zu werden. Das sollte Dank genug sein. Und jetzt verlangt er auch noch Geld? Sobald wir ihn bezahlen, erfahren wir nie, ob er uns die Wahrheit sagt. Diese Millennials sind erbärmlich.«

»Nun hör schon auf, Nigel. Er hat gerade ein sehr extravagantes, privilegiertes Leben in einem normalerweise autoritären Regime hinter sich gelassen. Wenn sich seine Informationen als richtig herausstellten, sollten wir ihn dafür bezahlen«, stellte Jessica nüchtern fest.

Abwehrend hob Nigel die Hände. » Lassen Sie uns zunächst überprüfen, ob es sich bei dem, was er uns erzählt, nicht nur um Science-Fiction handelt. Wie wäre es damit?«

Dan schaute zu Iverson und durchbohrte ihn förmlich mit seinem Blick. *Meinen diese Leute das ernst?*, fragte er sich.

»Ich versichere Ihnen, dass das, was wir entwickelt haben, nicht meiner Fantasie entspringt. Es ist sehr realistisch und steht kurz davor, auf Ihre Länder losgelassen zu werden«, sagte Dan mit eiskalter Stimme.

»Okay, Dan.« Jessica nickte. »Uns ist bekannt, dass Sie neben Dr. Xi entscheidend an der Entwicklung der neuen Super-KI Jade Dragon oder JD, wie Sie sie nennen, beteiligt waren. Aber die Sache ist die: Auch wir arbeiten schon seit Jahrzehnten an unserer eigenen Super-KI, die ständig auf den neuesten Stand gebracht und verbessert wird. Und ohne Ihnen zu nahe treten zu wollen … Die besten Wissenschaftler der Welt arbeiten an diesem Projekt. Wie kann Ihr Computer so viel besser als unserer sein, sodass wir uns vor ihm fürchten sollten?«

Dan schnaubte. Er machte sich bewusst, dass er mit einer Amerikanerin sprach. Wenn er eines an der Carnegie Mellon gelernt hatte, dann dass die Amerikaner über ein schier unbegrenztes Selbstbewusstsein verfügten, das nicht selten an Arroganz grenzte.

»Wie wäre es, wenn ich Ihnen ein Beispiel von JDs Fähigkeiten gebe?«, fragte er.

Die Gruppe nickte, und alle sahen ihn erwartungsvoll an.

»Okay, unterstellen wir, dass meine Regierung einen Krieg mit Amerika beginnen will«, begann Dan, zu erklären. »Vor der Durchsetzung dieses Plans hätte Jade Dragon bereits Tausende von Kriegsszenarien durchgespielt. China wüsste, wie der Krieg ausgeht, bevor er überhaupt angefangen hat. Falls China in der Simulation verlieren würde, würde sich die KI die Variablen näher ansehen, die zu diesem Ergebnis führten – waren die Ressourcen unzureichend, fehlte es uns an Treibstoff, und so weiter. Wenn dem so wäre, würde die KI diese Güter vor dem Beginn des Konflikts in großen Mengen horten.

Dann würde die KI auf die USA blicken und herausfinden, welche Art von Engpässen sie den Amerikanern zufügen könnte, entweder vor oder während des Konflikts, um dessen Ausgang zugunsten Chinas zu beeinflussen. Sämtliche Variationen, die die KI auch nur im Entferntesten in Betracht zieht, würden mehrere tausend Mal durchgespielt werden, bevor die chinesische Regierung auch nur einen einzigen Schritt unternehmen würde. Erst nachdem sie davon überzeugt wäre, den optimalen Weg zum Sieg gefunden zu haben, würde sie mit den Vorbereitungen zur Durchführung des Plans beginnen.

Bevor Präsident Yao den Befehl zum Angriff geben würde, wüsste er mit fast hundertprozentiger Sicherheit, wie der Krieg ausgehen wird. Die einzige echte Variable wäre der Ausgang jeder individuellen Schlacht. Aber auch die einzelnen Gefechte würden durchgespielt werden, um eine siegreiche Strategie zu entwickeln. Sie müssen immer im Auge behalten, dass Sie nicht gegen das chinesische Volk oder gegen chinesische Soldaten kämpfen. Sie kämpfen gegen eine Maschine, die China zeigt, wie es zu kämpfen hat. Die Maschine kennt keine Gefühle. Sie hat weder politische noch karrierebezogene Ambitionen, sie hat keine Angst und absolut keine Moral. Das Volk und die Soldaten sind für die Maschine nur Werkzeuge, die ihr zur Verfügung stehen, um das vorgegebene Ziel zu erreichen. Falls Jade

Dragon in vollem Umfang auf den Westen losgelassen wird, werden
Sie wie von einem Zug überrollt werden.«

»Okay, Dan, gesetzt den Fall, dass all dies zutrifft, importiert Ihre
Nation dennoch weiterhin riesige Mengen an Nahrungsmitteln und
landwirtschaftlichen Gütern«, wandte Jessica ein. »Wie beabsichtigt
China, sich während des Kriegs mit dem Westen sein Getreide und
andere Lebensmittel zu sichern? Insbesondere den Anteil aus den
USA?«

Dan kicherte. »Miss Parker, vor einem Monat hat Ihr Präsident ein
Handelsabkommen mit Yao unterzeichnet. Was war wohl das
Allererste, zu dessen Kauf Yao zugestimmt hat, und das in nie zuvor
gesehenen Mengen?«

»Landwirtschaftliche Produkte.«

Dan lächelte und nickte. »Nicht einfach landwirtschaftliche
Produkte. Yao hat ausreichend Getreide und landwirtschaftliche Güter
gekauft, um drei Viertel der chinesischen Bevölkerung zwei Jahre lang
zu versorgen. Wann immer Projekt Chengdu anläuft, wird er über
Vorräte verfügen, die mehrere Jahre ausreichen – so lange, bis wir
selbst zusätzliches Land fruchtbar gemacht haben, um unser Volk zu
versorgen.«

Nigel furchte die Stirn. »Was ist Projekt Chengdu?«

Dan lächelte. *Das wüsstest du wohl gern,* dachte er. »Ich werde Sie
über Projekt Chengdu in Kenntnis setzen. Zunächst habe ich allerdings
eine Liste von Forderungen, die ich im Gegenzug für den Verrat an
meinem Land und die Aufgabe meines komfortablen Lebens erfüllt
sehen will. Ich habe nicht zehn Jahre auf der Universität verbracht und
mich zu einem der weltweit anerkanntesten Experten im maschinellen
Lernen entwickelt, um auf der Isle of Man zusammen mit meinen
Eltern in einer kleinen Hütte zu leben.«

Jessica musste seine Direktheit anerkennen. »Okay, Dan. Was
verlangen Sie?«

»Erstens verlange ich eine Gesichtsoperation. Ich muss mein
Aussehen dauerhaft ändern, sonst wird mich Jade Dragon beim ersten
Mal aufspüren, wenn ich an einem CCTV-, Ring- oder einem anderen
Cloud-basierten Sicherheitssystem vorbeikomme oder ein Foto
gemacht wird, was bedeutet, dass das Ministerium für Staatssicherheit
mich finden wird. Zweitens will ich ein Bankkonto mit 25 Millionen
USD. Drittens will ich entweder die britische oder die amerikanische

Staatsbürgerschaft mit einer komplett neuen Identität und einem Lebenslauf, der selbst der stärksten Überprüfung standhält. Viertens will ich weiter im Bereich des maschinellen Lernens arbeiten, selbst wenn es für eine Ihrer Regierungen sein sollte.

Dieses Berufsfeld ist meine Leidenschaft – mein Grund zum Leben –, die ich nicht aufgeben werde. Dazu bin ich zu jung. Zuletzt verlange ich neue Identitäten für meine Eltern und die Möglichkeit, sich an einem abgelegenen Ort ihrer Wahl niederzulassen, mit ausreichend finanziellen Mitteln, um den Rest ihres Lebens sorgenfrei zu verbringen. Sobald Sie mir das zugestehen, erzähle ich Ihnen alles über das Projekt Chengdu und einige weitere geheime Projekte, für die Dr. Xi Jade Dragon einsetzen will – Projekte, von denen nicht einmal Präsident Yao und das ZMK etwas wissen.«

An der Liste seiner Forderungen hatte er erst allein und dann zusammen mit seinen Eltern seit einiger Zeit gearbeitet. Seine Eltern wollten sich in Amerika niederlassen und dort im ländlichen Idaho wohnen. Diesen Staat hatten sie vor vielen Jahren einmal bereist, und die dortigen Berge hatten sie absolut fasziniert.

Nigel sah Hank Iverson mit hochgezogenen Augenbrauen an, äußerte sich aber nicht dazu.

Jessica sah sein Zögern und nutzte die Gelegenheit. »Dan, ich brauche etwas, das wir nutzen können, um Ihre Informationen zu bestätigen – etwas, das außer Ihnen absolut niemand wissen kann. Wenn Sie das für mich tun können, werde ich Ihre Forderungen erfüllen«, versprach Jessica und hielt Dan die Rechte entgegen.

Dan griff nach ihr und schüttelte sie mit einem festen amerikanischen Händedruck. »Abgemacht. Sie werden nicht enttäuscht sein, Miss Parker.«

»Und wie stellen wir nun fest, ob Ihre Geschichte wahr ist?«, fragte Nigel immer noch skeptisch.

»Ich gehe davon aus, dass dies nie in den Nachrichten war: Erkundigen Sie sich bei allen mit DNA arbeitenden Firmen, ob sie innerhalb der letzten 17 Monate einen Sicherheitsverstoß zu verzeichnen hatten oder ob ihnen Informationen gestohlen wurden«, schlug Dan vor.

Jessica biss sich auf die Unterlippe und fragte: »Sie meinen Unternehmen wie Ancestry.com?«

Dan nickte. »Genau.«

»Warum sollte jemand die genetischen Informationen ihrer
Kunden stehlen?«, wollte Nigel wissen.

»Überprüfen Sie die Geschichte. Danach erzähle ich Ihnen, aus
welchem Grund Jade Dragon das getan hat, und noch viel mehr.«
****

Hauptquartier CIA
McClean, Virginia

»Dotty!«, rief eine der Starbucks-Baristas.

Dotty lächelte, als sie ihren Namen hörte. Sie holte ihren Venti
Caramel Knusper- Frappuccino ab und bedankte sich bei der Frau, die
ihn ihr reichte.

Es war 5:25 Uhr, und Dotty war entschlossen, die kommende
Woche optimal zu nutzen. Sie hatte das lange Wochenende zur Feier
des Präsidententags voll ausgenutzt, wohl wissend, dass ihr am
Dienstag im Büro viel Arbeit bevorstehen würde. Sie wollte vor Beginn
ihres zweiwöchigen Urlaubs ihren Schreibtisch von allen offenen
Akten befreien.

Im März würden sie und ihr Mann an einer der National
Geographic-Expeditionen in die Antarktis teilnehmen. Davon träumten
sie nun schon seit über fünf Jahren. Seit ihr jüngster Sohn das Haus zu
Beginn seines Studiums im letzten Herbst verlassen hatte, hielten sie es
für eine gute Zeit, diese Reise anzutreten. Dotty war mehr als
aufgeregt. Sie würden fünf Tage lang die Antarktis erkunden, campen,
ihre Kajaks um Eisberge herum lenken und die Tierwelt beobachten,
die in diesem feindseligen Klima lebte.

Im dritten Stock steuerte sie auf das Ressort Karibik/Südamerika
zu, wo sich ihr Büro befand. Sie zog ihre Zugangsberechtigungskarte
durch das Lesegerät und gab ihre persönliche Geheimzahl ein. Das
aktivierte den Netzhaut-Scanner neben der Tür. Dotty hasste diese
neuen Geräte. Sie waren empfindlich und bereiteten ständig Probleme.
Sie sah in das grüne Licht, wie man es ihr beigebracht hatte.

Klick ... zisch ...

Wow, beim ersten Versuch. Heute muss mein Glückstag sein.
Normalerweise waren mehrere Versuche nötig, bevor der dumme
Scanner das Abbild ihrer Iris akzeptierte.

An ihrem Schreibtisch stellte Dotty ihre Handtasche ab und ließ sich in ihren Bürostuhl fallen. Während der Computer zum Leben erwachte, trank sie einen großen Schluck Kaffee, wobei sie den Zucker und das Koffein in ihrem Blutkreislauf willkommen hieß. Nachdem sie sich in das nur ihr zugängliche, geheime und mit höchster Sicherheitsstufe versehene Computerterminal eingeloggt hatte, fiel ihr etwas ins Auge, was ihre Aufmerksamkeit erregte.

Aha, neue Nachrichten von Goldfinger.

Goldfinger war der Code-Name ihres inoffiziellen Geheimagenten in Kuba. Die Agency verfügte über wenige NOCs in Kuba, was bedeutete, dass nur wenig Informationen von der Insel zur Verfügung standen. Das kubanische Innenministerium hatte ein besonderes Talent, ausländische Spione ausfindig zu machen. Schließlich hatten sie von den Besten gelernt – dem KGB der Sowjetunion und dessen Nachfolger, dem SVR.

Beim Überfliegen von Goldfingers Bericht sah Dotty, dass er beinahe drei Dutzend Fotos und einige Videos angehängt hatte. Sie war beeindruckt, dass es ihm tatsächlich gelungen war, Bilder von den Orten zu machen, auf die sie ihn angesetzt hatten. Handys mit Kameras waren in Kuba noch relativ neu, trotz ihrer weltweiten Verbreitung. Aber auch der normale Kubaner durfte sie mittlerweile kaufen. Da sie allerdings recht teuer waren, tendierten die meisten Menschen dazu, ohne sie auszukommen.

Dotty verbrachte einige Minuten mit der Durchsicht der Fotos, bevor sie sich auf den ihr vorliegenden Bericht konzentrierte. Nach dem Durchlesen sah sie sich die Fotos und Videos erneut an – dieses Mal mit einem weit besseres Verständnis als zuvor.

Was haben die Kubaner hier vor und wieso erlauben sie den Chinesen, auf dieser Insel einen neuen Hafen und Flughafen zu bauen?

Dotty gab den Forschungsauftrag an zwei ihrer neueren Analytiker weiter. Dann bat sie die NRO, ihr Echtzeit-Fotos der Isla de la Juventud zur Verfügung zu stellen. Als Nächstes beauftragte einen ihrer Verantwortlichen für Erhebungsanforderungen damit, eine dringliche Bedarfsanmeldung für neue Geheimdienstinformationen über die Art der Aktivitäten zwischen den Chinesen und den Kubanern an sämtliche in Frage kommenden Agenturen zu stellen. Vielleicht verfügten andere Geheimdienstorganisationen über mehr Informationen. In jedem Falls sollten sie nach der Erstellung und Versendung der PIR neue Daten erhalten.

Nachdem sie alles Nötige veranlasst hatte, was sie auf Goldfingers Informationen hin machen konnte, kehrte Dotty an ihre Arbeit zurück. Ihre derzeitigen Prioritäten waren Venezuela und das Moros-Regime, und was die CIA zu tun gedachte, um Juan Guaidó an die Macht zu bringen und Moros ein für alle Mal aus dem Verkehr zu ziehen.

Kapitel Fünfzehn
Geheimdienstspiele

März 2024
Peking, China

»Dr. Xi, vor einigen Wochen präsentierte uns unsere KI eine umfassende Aufstellung der Kriterien, an denen wir ausländische Spione erkennen können. Diese Datei half uns, über 300 Agenten aus einem Dutzend Länder zu identifizieren, die alle hier in China leben. Wir arrangierten eine Reihe von Unfällen, die dieses Problem gelöst haben. Des Weiteren identifizierten wir knapp 800 zusätzliche Verdächtige, die wir ebenfalls als Spione einstufen. Diesen Personen entzogen wir das Visum und forderten sie auf, China umgehend zu verlassen«, berichtete der Mann vom MSS zufrieden.

Xi nickte.

Der Mann lehnte sich vor und senkte die Stimme. »Der Grund, weshalb wir Sie heute aufsuchen … ist ein Kontakt aus Ihrer Vergangenheit, ein gewisser Professor Hank Iverson.«

Bei der Erwähnung dieses Namens lief es Xi kalt den Rücken hinunter. Er kannte Hank seit mindestens 15 Jahren.

»Lassen Sie mich raten. Er gehört dem britischen Geheimdienst an?«

Der Offizier sah ihn bei der Äußerung dieser Vermutung kritisch an. »So ist es. Aber woher wissen Sie das?«

»Hank ist ein hoch begabter Professor und ein echter Experte im Bereich des maschinellen Lernens. Er unterrichtet einige der besten und intelligentesten Köpfe der Welt. Es macht einfach Sinn.«

»Wie lange vermuten Sie das schon, und wieso haben Sie uns nicht darüber informiert?«, fragte der Geheimdienstoffizier aufgebracht.

Xi zuckte mit den Achseln. »Dieser Gedanke kam mir in dem Moment, als Sie die chinafeindlichen Spionageaktivitäten und in diesem Zusammenhang auch seinen Namen erwähnten. Es ist genau das Gleiche, was wir hier in China an unseren Universitäten machen.«

Den MSS-Offizier schien diese Antwort zufriedenzustellen. »Wussten Sie, dass sich Ma Yong mit Professor Iverson im Lauf der letzten sieben Jahre sechs Mal getroffen hat?«

Xi fühlte, wie seine innere Anspannung zurückkehrte. *Hatte Dan gewusst, dass Hank ein Spion war?*

»Nein, das wusste ich nicht. Aber Ma Yong war lange Jahre sein Student in Oxford. Sie wissen, dass Ma vor einigen Wochen bei einem Autounfall in Oxford ums Leben kam?«

Der Offizier nickte. »Das wissen wir. Wir sind uns nur nicht sicher, ob er während seiner Treffen mit Professor Iverson versehentlich Informationen an ihn weitergegeben hat. Hat er Ihnen gegenüber jemals etwas erwähnt?«

Xi schüttelte den Kopf. »Nein, tut mir leid. Ma war mehr oder weniger ein Einzelgänger, ein echter Workaholic. Er unternahm kurze Wochenendausflüge nach Macau, um sich dort zu entspannen, aber die meiste Zeit verbrachte er hier mit mir und unserer Arbeit. Dieses Feldbett dort drüben …« Xi wies mit einem Zeigefinger auf eine leere Pritsche. »Auf dem schlief er in der Regel. Er war immer hier, arbeitete ständig im Labor.«

»Okay, das sind alle Fragen, die wir gegenwärtig haben. Falls sich weitere ergeben sollten, melden wir uns, Dr. Xi«, sagte der Geheimdienstoffizier, während er aufstand.

»He, was haben Sie nun mit Professor Iverson vor, nachdem Sie wissen, dass er ebenfalls ein Spion ist?«

Der Offizier feixte. »Dazu sage ich nur, dass wir ein spezielles Team zusammenstellen, um sich um die von Ihrer KI identifizierten, im Ausland lebenden Spione zu kümmern. Wir planen, die nachrichtendienstlichen Tätigkeiten des Westens in den kommenden Monaten lahmzulegen – gerade rechtzeitig vor dem Beginn der nächsten Phase.«

****

»Herr Präsident, wir sind bereit. Operation Chengdu kann beginnen«, sagte Dr. Xi, nachdem er seinen Bericht und die vorläufige Analyse vorgelegt hatte, wie sich nach dem Beginn der Operation alles entwickeln würde.

Präsident Yao Jintao hatte nur wenig Vertrauen in die Pläne der KI. *Es gibt einen Grund, warum Hitler im Zweiten Weltkrieg nie Nervengas oder chemische Waffen eingesetzt hat. Wieso sollte das hier anders sein?*, dachte er.

General Li Zuocheng sah zunächst den Präsidenten und dann Xi an. »Wir können nur hoffen, dass der Impfstoff wirkt«, knurrte er.

Als oberster Befehlshaber der Volksbefreiungsarmee hatte General Li nachdrücklich starke Bedenken geäußert, ein Virus wie dieses in der Welt freizusetzen. Nachdem der Geist aus der Flasche war, war es unmöglich, die Folgen abzusehen. Seine größte Sorge war eine unerwartete Mutation des Virus, die den Impfstoff wirkungslos machte. Dies könnte das Ende der Menschheit verursachen.

Außenminister Han Jinping beugte sich auf seinem Stuhl nach vorn und sagte mit kraftvoller Stimme: »Ich will offiziell für das Protokoll vermerken, dass ich mich gegen diesen Plan ausspreche. Ich denke, dass dies weit über unser Ziel hinausschießt. Wir werden irreparablen Schaden erleiden, falls jemals bekannt werden sollte, dass wir dieses Virus entwickelt und auf die Welt losgelassen haben. Insbesondere, da wir bereits vor seinen Auswirkungen über den Impfstoff verfügten. Sie erinnern sich sicher noch an die globale Reaktion vor vier Jahren nach dem letzten Virus.«

»Jade Dragon hat sämtliche Alternativen Tausende von Malen durchgespielt. Wenn wir den Westen vernichtend schlagen wollen, sind Kugel um Kugel, Schiff um Schiff oder Flugzeug um Flugzeug nicht länger die geeignete Lösung. Wir müssen unsere Feinde schwächen, wir müssen sie krank machen und ihre Wirtschaft zum Stillstand bringen. Dann und nur dann werden wir den Westen besiegen«, erklärte Dr. Xi herausfordernd.

Dr. Zhong, die Virologin des Programms, fügte hinzu: »Wir führten in zwei kleinen Dörfern im westlichen China einen Test durch. Der Ort, der den Impfstoff erhielt und später dem Virus ausgesetzt war, verzeichnete keine Infektionen. Der Ort ohne den Impfstoff registrierte eine minimale Sterberate von zehntel Prozent bei unter Siebzigjährigen, die nicht unter den Begleiterkrankungen litten, auf die wir uns konzentrieren sollten.«

»Und wie hoch war die Rate bei Personen mit diesen Gesundheitsproblemen? Wie hoch war die Todesrate in diesem Fall?«, wollte Präsident Yao wissen.

Alle Augen waren auf Dr. Zhong gerichtet. Was würde sie als Nächstes sagen? »Zweiundsechzig Prozent. Im Westen wird diese Zahl sicher niedriger ausfallen, da die medizinische Versorgung dort weit besser ist als in unseren Dörfern. Das Virus wird trotzdem immer noch den gewünschten Effekt haben. Es wird die US-Bevölkerung schwächen und ihre Wirtschaft vor den Wahlen und dem Beginn von Projekt Zehn einer langfristigen Krise aussetzen.«

Der Außenminister hielt diese Neuigkeit nicht für ein gutes Argument. »Das ist Völkermord, Herr Präsident. Wenn wir uns für einen solchen Schritt entscheiden, müssen wir sicher sein, den Krieg mit Gewissheit zu gewinnen. Andernfalls werden wir für Verbrechen gegen die Menschheit an den Pranger gestellt und hingerichtet werden.«

Präsident Yao sah aus, als sei auch er sich unsicher darüber, welche Richtung sie einschlagen sollten. Dr. Xi ging auf die Szenarien ein, wie sich der kommende Konflikt entwickeln würde, wenn sie das Virus nicht freisetzten, und wie er sich dann entwickeln würde, wenn sie es täten. Die Freisetzung des Virus würde die eigenen Nahrungsmittelvorräte strecken, die langfristige Belastung der eigenen Wirtschaft verringern und den Westen gerade dann stark schwächen, wenn dieser seinen Angriff starten wollte. Wenn es denn so sein sollte, dass einige Millionen oder vielleicht sogar einhundert Millionen überwiegend kranke und ältere Menschen für die Etablierung einer neuen Weltmacht sterben mussten, dann war das eben so.

Der soziale Darwinismus der Vergangenheit zeigte erneut sein hässliches Gesicht.

****

Drei Wochen später
Task Force 7

Major General Gary Bridges sah Nigel Younger an. »Ich hörte, dass Jessica und Sie gerade über den großen Teich zurückgekehrt sind. Dieser chinesische Überläufer, was genau hat er Ihnen erzählt, das Sie beide so in Aufregung versetzt hat?«

Die Militärangehörigen und die um den Tisch versammelten Zivilisten sahen den SIS-Mann und die CIA-Repräsentantin erwartungsvoll an.

Mit seinem gehoben und vornehm klingenden britischen Akzent erklärte Nigel: »Wir wissen seit Jahren, dass die Volksbefreiungsarmee an der Entwicklung einer Art von Super-KI arbeitet. Näheres zu erfahren war uns bisher unmöglich. Erst jetzt wissen wir, wie fortgeschritten und entwickelt dieses Ding tatsächlich ist.«

Bridges furchte die Stirn. »Wie wäre es, wenn Sie uns einen Überblick darüber geben, worum es geht?«

»Ähm … ja, sicher … Der PLA gelang es, eine Super-KI zu bauen, die mit großer Wahrscheinlichkeit vorhersagen kann, wie Amerika und der Westen auf jeden Schritt reagieren werden, den die Chinesen in Betracht ziehen. Ich will es Ihnen anhand eines Beispiels verdeutlichen. Unterstellen wir, dass die chinesische Marine die Erweiterung der Blockade im Südchinesischen Meer beabsichtigt, mit der Begründung, dass die Amerikaner in ihre Hoheitsgewässer eingedrungen sind. Bevor die Chinesen tatsächlich eine solche Behauptung aufstellen und ihre Marine zum Einsatz bringen würden, hätte ihr Computer bereits die wahrscheinlichsten Reaktionen der USA und des Westens auf diesen Schritt hin durchgespielt.

Mit dem Wissen, wie unsere Navy und diverse Regierungen aller Wahrscheinlichkeit nach reagieren werden, stehen die Chancen gut, dass die Chinesen ihren Plan umsetzen werden, da sie die Unbekannte der Gleichung gelöst haben, nämlich wie Amerika und der Westen handeln werden. Diese computergenerierten Prognosen einer Reaktion auf jede beliebige chinesische Handlung ist auf jeden Bereich anwendbar – vom Militär über die Wirtschaft auf den Finanz- und Handelsmarkt. Das könnte einer der Gründe sein, wieso die chinesische Wirtschaft innerhalb der letzten drei Jahre ein solches Wachstum verzeichnet hat. Sie haben die Ideen dieses neuen Computers in die Tat umgesetzt.«

»Wie effektiv kann dieses Ding tatsächlich sein?«, fragte Yoshio Mitani, der Repräsentant von CIRO, dem Geheimdienst- und Forschungsbüro des japanischen Kabinetts, zweifeln. Seine Organisation war für die Berichterstattung über das KI-Programm der PLA zuständig.

»Effektiv genug, dass sie innerhalb der kommenden Monate mehrere radikale Pläne in die Tat umsetzen werden«, antwortete Jessica Parker.

»Und wie sehen diese radikalen Pläne aus, Miss Parker?«, erkundigte sich General Bridges interessiert.

Jessica wandte sich ihm zu. »Während meines Debriefings mit dem Überläufer beschrieb er mir einige der Pläne, von denen er

Kenntnis hatte. An der Planung selbst war er nie beteiligt; sein Aufgabenbereich war die Computersimulation. Zunächst war ich insgesamt recht skeptisch, aber er ist einer der Programmierer dieser Künstlichen Intelligenz. Er war hauptsächlich damit beschäftigt, ihr Gehirn aufzubauen und ihre Fähigkeiten, sich zu entwickeln, zu lernen, zu verstehen und analytische Prognosen auf bestimmte Situationen hin auszusprechen.«

»Fabelhaft, Jessica. Aber wie wäre es mit etwas Konkretem? Was genau ließen sich die Chinesen einfallen?«, fragte der General.

Nigel kam ihr zu Hilfe. »Haben Sie von einer Technologie namens Deepfake gehört?«

Mehrere der Anwesenden nickten, während andere ihn ausdruckslos anstarrten.

»Nicht alle kennen sie, Nigel. Warum erklären Sie uns diesen Begriff nicht kurz, bevor Sie darauf eingehen, was er mit den Absichten der Chinesen zu tun hat?«, forderte Bridges ihn auf.

Nigel nickte. »Okay. Die Erklärung führt uns tief in den technischen Bereich. Unser Verständnis von Jade Dragon, dem chinesischen Quantencomputer, lässt uns glauben, dass die Kommunisten ihrer kleinen Maschine beibrachten, digitale Bilder von beinahe allen Führern der Welt, insbesondere von amerikanischen, britischen, französischen, deutschen und russischen Politikern zu erstellen. Im Anschluss daran testeten die Chinesen diese Kopien, um sicher zu sein, dass sie so überzeugend wie möglich ausfallen. Danach waren sie in der Lage, eine absolut realistisch wirkende Videobotschaft eines führenden Politikers aufzuzeichnen, die genau das enthält, was die Chinesen verbreiten wollen. Die Herausforderung, die sich uns stellt, besteht darin, dass niemand von uns weiß, ob diese Figur, die wir da vor uns sehen, tatsächlich echt oder eine Nachahmung ist. Mit Bestimmtheit lässt sich das erst durch zeitintensive elektronische Analysen nachweisen.

Die Chinesen haben durch ihre enorme Datenerfassung echte Bilder, Reden und Ähnliches in ein sogenanntes generatives neuronales Netz eingespeist. Dann erstellen sie eine Botschaft, die der Politiker sagen soll. Nehmen wir als Beispiel, dass der Premierminister von Japan in Verlegenheit gebracht werden soll. Die Chinesen könnten eine Darstellung des PM produzieren, in der er etwas Unangenehmes über den Präsidenten von China von sich gibt. Dieses Video wird dann in einem zweiten generativen Netz überprüft, um eventuelle Fehler in der falschen Nachricht zu finden und auszumerzen. Danach übernimmt dann das ursprüngliche Netz die korrigierte Version, die ein weiteres Mal auf ihre Genauigkeit getestet wird. Das geschieht einige hundert Mal – so lange, bis die erstellte Nachricht nicht länger von der Realität zu unterscheiden ist. Mit der Zeit lernt die KI, ein perfektes Video des japanischen PM zu erstellen und ist in der Lage, auf Wunsch oder Befehl eigenständig Nachrichten zu generieren.«

Yoshio Mitani sah aus, als hätte er in eine Zitrone gebissen. Der Gedanke, dass die Chinesen eine falsche digitale Nachricht aus dem Büro des Premiers produzieren könnten, um Japan zu in Verlegenheit zu bringen, war zu viel für ihn.

General Bridges sah den besorgten Gesichtsausdruck der Anwesenden. Er selbst hatte bereits vor geraumer Zeit von Deepfakes gehört. Im bevorstehenden Wahlkampf der USA stellten sie eine ernst zu nehmende Gefahr dar.

Als ob 2016 und 2020 nicht schon schlimm genug waren, dachte Bridges.

»Nigel, der SIS war uns in Bezug auf Projekt Zehn und diesem neuen KI-Supercomputer der Chinesen immer einen Schritt voraus. Weiß Ihre Organisation oder hat Ihr Überläufer Ihnen einen Hinweis darauf gegeben, wie die PLA diesen Informationskrieg gegen die Alliierten und Lateinamerika führen will?«, fragte Bridges.

Nigel stellte seine Teetasse auf den Tisch. »Besten Dank für dieses Kompliment, General Bridges. Tatsächlich ist es so, dass unsere Organisation ohne die weitreichende Unterstützung von Miss Parker und Ihrem Team niemals so viele technische Aspekte von Jade Dragon oder dem DragonLink-Satellitensystem der Chinesen zusammengetragen hätte.«

Parker lächelte und winkte ab. Sie war lediglich eine Leihgabe der CIA-Abteilung für digitale Innovation (DDI). Meist saß sie in den Briefings und sagte nur wenig. Es schien ihr wenig daran zu liegen, im Vordergrund zu stehen, obwohl sie beim Debriefing von Ma Yong sehr hilfreich gewesen war.

General Bridges sah zu Jessica hinüber. »Dann sollte ich meine Frage vielleicht an Sie richten. Kann das DDI uns genauere Angaben darüber machen, wie und wann die PLA diese neu kreierte Waffe nutzen will?«

Jessica sah aus, als ob sie lieber nicht antworten würde, aber da alle Blicke auf sie gerichtet waren, räusperte sie sich und erwiderte: »Diese Frage ist schwer zu beantworten, General. Das offensichtliche Ziel, an das wir zunächst alle denken, sind die Wahlen im Herbst in den USA. Darüber hinaus bereitet uns Chinas Plan, die Wirtschaftskreisläufe der westlichen Staaten zu destabilisieren, die meiste Sorge. Wir sind noch dabei, diese Informationen aus anderer Quelle zu bestätigen, aber wenn das stimmt, wovor uns der Überläufer gewarnt hat – dass sie dieses Konzept bewusst vorantreiben –, dann steht uns ein sehr hartes Jahr bevor.«

»Wenn ich hier etwas einfügen darf, General. Ich denke, ich sollte die Gruppe darüber informieren, dass unser Kontaktmann, der die Informationen über Projekt Zehn für uns gesammelt hat, unerwartet verstorben ist«, verkündete Nigel.

»Wie bitte? Er starb? Was ist passiert?« General Bridges war von dieser Nachricht schockiert.

»Ja, es war ein schwerer Schlag für unsere Operation. Zwei Wochen, nachdem besagter Kontaktmann unsere Quelle davon überzeugt hatte, die Seiten zu wechseln, reiste er nach Asien, um sich mit einem zweiten Informanten zu treffen. Zu irgendeinem Zeitpunkt kam er auf dieser Reise offensichtlich in Kontakt mit einem Virus, das sich gegenwärtig in Asien und nun auch in Europa wie ein unkontrollierter Flächenbrand ausbreitet. Dieses Virus könnte sich tatsächlich als Teil eines ruchlosen chinesischen Plans herausstellen. Wie Jessica bereits erwähnte, wollen wir dies allerdings erst mit Fakten untermauern, bevor wir eine solche endgültige und schwerwiegende Aussage machen«, erklärte Nigel.

»Ja, von diesem neuen Virus oder einem multiresistenten Erreger habe ich auch gehört. Den Gerüchten nach soll er seinen Ursprung in Chengdu, China, haben, bevor er sich über die Grenzen hinwegsetzte. Halten Sie es allen Ernstes für möglich, dass die Chinesen so etwas auf ihre eigenen Leute loslassen?«, erkundigte sich ein Mitglied der Task Force.

Nigel zuckte mit den Achseln. »Möglich ist alles. Gibt es einen besseren Weg, die Freisetzung eines gentechnisch veränderten Virus abzustreiten, als zuerst im eigenen Land freizusetzen? «
****

Das Büro des Nationalen Sicherheitsberaters
Das Weiße Haus

Blain Wilson liebte seinen Job als Nationaler Sicherheitsberater, aber gerade vermisste er seine Familie, vor allem seine 15-jährige Tochter und seinen 17-jährigen Sohn. Sie wurden zu schnell groß. Schon bald würden sie die Highschool verlassen und die Universität besuchen. Er liebte seinen Job, aber, verdammt noch mal, manchmal war er einfach zu anstrengend.

Wilson hatte bereits vor der Annahme seiner neuen Position gewusst, dass es einer dieser zeitintensiven Jobs sein würde. Er verstand mittlerweile, wieso die Amtsinhaber vor ihm bereits nach wenigen Jahren aufgegeben hatten. Diese Position zehrte an der Substanz. Dem Präsidenten kritischen Rat im Hinblick auf die nationale Sicherheit zu geben, war nicht einfach. Hunderte, Tausende oder vielleicht sogar Millionen Menschenleben konnten davon abhängen, was er dem Präsidenten mitteilte oder was er ihm riet. Das war eine schwere Last.

Er rief nach seinem Assistenten. »Mike! Worum geht es in diesem Bericht vom CDC, den Sie mir vor einer Stunde auf den Schreibtisch gelegt haben?«

Mike erschien umgehend. »Ja, darüber wollte ich mit Ihnen sprechen, bevor Sie ins Oval Office gerufen wurden. Jemand vom CDC hat uns das heute Morgen mit der Bitte geschickt, Sie möchten sich das doch einmal ansehen. Etwas über ein neues Virus oder etwas Ähnliches, das in China, Italien, Deutschland und Großbritannien aufgetreten ist.«

Wilson verschränkte die Arme vor der Brust. »Ein neues Virus? Ist es gefährlich? Wieso will der CDC, dass ich mir das ansehe?«

Mike zuckte nur mit den Achseln. Der letzte multiresistente Erreger, der vor vier Jahren in China aufgetaucht war, war allen noch in lebhafter Erinnerung.

»Okay, in Ordnung. Besorgen Sie mir die Telefonnummer der Person, die uns die Unterlagen geschickt hat. Ich lese mir kurz die Zusammenfassung durch – falls eine beigefügt ist –, und bringe mich auf den neuesten Stand.«

Mike eilte aus dem Büro, während Wilson die erste Seite des Berichts aufschlug und zu lesen begann.

Kurzdarstellung: COVID-24:

*SARS-CoV-3 ist eine ansteckende Krankheit, die von
dem schweren akuten Atemwegssyndrom
Coronavirus 3 ausgelöst wird. Zu den regelmäßig
auftretenden Symptomen gehören Fieber, Schwitzen,
Niesen, Husten, gelegentliche Nervenschmerzen in
den Extremitäten und Müdigkeit. Während es uns in
diesem frühen Stadium an hinreichendem
Verständnis über dieses Virus mangelt, zeigten sich
in den meisten bis heute identifizierten Fällen nur
leichte Symptome, die offenbar ohne medizinische
Hilfe zurückgingen.*

*Andererseits wurde eine unbekannte Prozentzahl
infizierter Personen so stark von diesem schweren
akuten Atemwegssyndrom betroffen, dass deren
Behandlung medizinische Hilfe erforderlich machte.
China, Italien, Deutschland und Großbritannien
berichten von Patienten, die ein Multiorganversagen
erlitten, einschließlich einem septischen Schock.
Gegenwärtig sind wir nicht in der Lage, zu
bestimmen, wie ansteckend das Virus oder wie lange
dessen Inkubationszeit ist. Bis weitere Fakten
etabliert werden können, schlägt das CDC eine
Reisewarnung der Stufe 2 für Reisen nach China,
Italien, Deutschland und Großbritannien vor.*

Wilson legte die Unterlagen auf seinen Schreibtisch zurück.

Was zum Teufel ...?, fragte er sich. Die Welt hatte sich noch immer
nicht von COVID-19 erholt, und das war bereits vier Jahre her. *Und
jetzt müssen wir uns vor einer neuen Plage fürchten ... die wieder aus
China kommt? Als ob der Iran, ISIS, Nordkorea und das
Friedensabkommen in der Ukraine nicht schon genug wären ...*

Mike kehrte mit der Telefonnummer von Clarence Bauer, dem
Stellvertretenden Direktor des CDC, zurück.

Wilson wählte die Nummer und wartete. Es klingelte ein einziges
Mal. »Dr. Bauer hier. Was kann ich für Sie tun?« Wilson dachte für
sich, dass der Mann – angesichts der Information, die er vor einigen

Stunden an das Weiße Haus geschickt hatte – erstaunlich aufgekratzt wirkte.

»Hallo, Dr. Bauer. Hier spricht Blain Wilson, der Nationale Sicherheitsberater. Wenn ich recht verstehe, wollten Sie mich sprechen?«

»Ja. Vielen Dank, dass Sie mich so schnell zurückrufen, Mr. Wilson. Fanden Sie die Zeit, die Informationen durchzulesen, die ich Ihrem Büro über das neue COVID-Virus zugeschickt habe?«, erkundigte sich Dr. Bauer.

Wilson registrierte, dass seine Stimme nun einen sorgenvollen Unterton enthielt. »Das habe ich. Klingt besorgniserregend. Wie ernst ist das Problem?«

»Sitzen Sie?«, wollte die Stimme am anderen Ende der Leitung wissen.

Wilson spürte, wie sich sein Magen verkrampfte. »Sollte ich das?«

»Ich denke, das wäre gut«, entgegnete Dr. Bauer.

Kapitel Sechzehn
Gefangenenaustausch

April 2024
Gefängnis Presidio Modelo
Isla de la Juventud, Kuba

Der elektrische Strom floss einmal mehr durch den Körper des
Gefangenen, bevor er vor Schmerzen ohnmächtig wurde.

»Wecken Sie ihn auf und fangen Sie von vorne an«, befahl Captain
Miguel Rodriguez, der die Vernehmung leitete.

Eine der Wachen schüttete dem Mann kaltes Wasser ins Gesicht
und über den Körper. Der Mann reagierte so gut wie nicht auf den
Kälteschock. Daraufhin versuchte die Wache es mit einer
Riechsalztablette, die sie unter die Nase des Gefangenen hielt..

Der Mann schreckte hoch, nur um festzustellen, dass er weiter
gefoltert werden sollte.

»Captain Rodriguez, kann ich Sie einen Moment sprechen?« Die
Stimme hinter ihm erklang mit einer Autorität, die dem Captain
deutlich machte, dass einer seiner Vorgesetzten mit ihm reden wollte.

Vor der Zelle salutierte Offizier Rodriguez vor Colonel Leopoldo
Cintra. »Captain, wie lange verhören Sie den Gefangenen schon?«

»Seit seiner Festnahme gestern Nachmittag«, antwortete Captain
Rodriguez sichtlich nervös.

Colonel Cintra sah den Captain einen Augenblick lang scharf an,
bevor er fragte: »Hat er Ihnen etwas Nützliches mitgeteilt?«

Rodriguez' Wangen liefen Rot an. Er senkte den Kopf. »Es wird
nicht mehr lange dauern.«

Enttäuscht schüttelte Colonel Cintra den Kopf. »Captain, ich werde
den Gefangenen übernehmen und in die Villa bringen. Richten Sie ihn
einigermaßen wieder her und schaffen Sie ihn in den Vorhof. Mein
Hubschrauber hebt in 30 Minuten ab.«

Colonel Cintra drehte sich auf dem Absatz um und ließ Rodriguez
angesichts der eindeutigen Missachtung seiner Zuständigkeiten
frustriert zurück. Sobald er sich davon erholt hatte, rief er den Wachen
in scharfem Ton einige Anordnungen zu, die daraufhin den Gefangenen
auf seinen Transport vorbereiteten.
****

Drei Stunden später

Colonel Leopoldo Cintra sah sich den schmutzigen Gefangen an, der ihm gegenübersaß. Er roch nach Urin und Kot. Seine Nase war gebrochen, und er hatte zwei Zähne verloren. Der örtliche Geheimdienstoffizier hatte ihm stark zugesetzt, ohne ihn jedoch zum Reden zu bringen. Der Gefangene, wer immer er auch war, bemühte sich, jeglichen Blickkontakt zu vermeiden.

Colonel Cintra trat an eine der Wachen heran. »Niemand fasst den Gefangenen an oder krümmt ihm ein Haar, es sei denn, ich gebe den Befehl dazu. Haben Sie verstanden?«

Der Leiter der Wache nickte und versicherte ihm, dass er diese Anweisungen an seine Leute weitergeben würde.

»Heute früh soll der Arzt ihn aufsuchen. In der Zwischenzeit bringen Sie ihm etwas zu essen und frisches Wasser.«

Cintra kehrte in das Büro zurück, das er während seiner Besuche hier nutzte. Es war beinahe fünf Uhr früh. Bald würde die Sonne aufgehen. Cintra saß an seinem Schreibtisch und besah sich die Gegenstände, die sie dem Mann bei seiner Festnahme abgenommen hatten: eine teure digitale Nikon-Kamera, ein Teleobjektiv, eine separates Nachtsichtgerät, eine kleine Richtantenne und mehrere Proteinsnacks.

Wer immer dieser Mann auch war, er war sicher kein Vogelliebhaber, der sich verlaufen hatte – so wie es diese Person ihnen vormachen wollte. Das war eine Spionageausrüstung.

Egal – heute Nachmittag wissen wir genau, wer er ist, dachte Colonel Cintra.

Ein Klopfen an der Tür unterbrach seinen Gedankengang. Als er aufsah, erblickte er Oberst Luan und lächelte. »Guten Morgen. Bitte, treten Sie ein.«

Der chinesische Colonel betrat den Raum und nahm Platz. Gleich darauf erkundigte sich eine Wache, ob sie den Männern etwas bringen dürfte. Beide baten um einen Kaffee, und der Mann ging, um ihnen das Gewünschte zu besorgen.

»Wie ich hörte, nahmen Ihre Leute in der Nähe des neuen Flughafens einen Spion fest«, sagte Oberst Luan, mit einem gewissen Unbehagen in der Stimme.

Cintra tat die Bedenken des Mannes mit einer Handbewegung ab. »Das ist richtig. Aber wie Sie sagten, er wurde festgenommen, und bald werden wir wissen, wer er ist und für wen er arbeitet.«

Colonel Luan seufzte und schüttelte den Kopf. »Ich hatte die Hoffnung, dass wir unsere Aktivitäten auf dieser Insel eine Weile länger für uns behalten könnten. Den Amerikanern wird nicht gefallen, was hier vor sich geht.«

»Den Amerikanern sagt nichts zu, was wir Kubaner tun«, konterte Cintra lachend. »Womit wollen sie uns schon drohen? Kuba mit einem Embargo zu belegen? Das ist bereits seit 1960 in Kraft und hier sind wir, weiter auf dem Weg nach vorn. Nein, mein Freund – die Amerikaner haben sich über Jahrzehnte hinweg verausgabt und finden sich jetzt inmitten einer Epidemie und eines wirtschaftlichen Abschwungs wieder. Sie werden gar nichts tun.«

»Sie gehen also davon aus, dass Ihr Gefangener Amerikaner ist und nicht einer anderen westlichen Geheimdienstorganisation angehört?«, fragte Luan.

Cintra hielt diese Aussage für eine Art Test. »Luan, China ist neu in diesem Teil der Welt. Sie müssen etwas verstehen. Wir sind Amerikas Hinterhof. Ich bezweifle, dass die Europäer das geringste Interesse daran aufbringen, dass China auf Kuba einen Militärstützpunkt baut. Die Amerikaner hingegen, die beunruhigt das sicher.«

Cintras nonchalante Antwort schien Luan zu irritieren. »Wir bauen etwas mehr als nur einen Militärstützpunkt, Leopoldo. Es ist ein ganzer militärischer Komplex, einschließlich eines Hafens und einer Raffinerie.«

»Wie lange noch, bevor die Basis einsatzbereit ist?«, wollte Cintra wissen.

Der chinesische Colonel antwortete nicht sofort. »Bald. Täglich treffen mehr Arbeiter ein. Möchten Sie Ihren Gefangenen verhören, um seine Identität festzustellen, oder soll ich Ihnen den Ärger ersparen und Ihnen gleich sagen, wer der Mann ist?«

Cintra hob die linke Augenbraue. »Sie wissen bereits, wer er ist? Das erspart uns die Arbeit, es aus ihm herauszuprügeln.«

Der chinesische Colonel griff nach seinem mit einem Sicherheitsschloss versehenen ledernen Aktenkoffer, dem er einen Briefumschlag entnahm, den er Colonel Cintra reichte.

»Das erhielt ich kurz bevor ich Ihr Büro aufsuchte. Das ist alles, was wir über den Gefangenen wissen. Sein Name ist Isaac Jacobs. Er wurde am 3. Februar 1988 in Toledo, Ohio, geboren. Er ist verheiratet und hat drei Kinder – zwei Mädchen und einen Jungen. Im Februar 2006 trat er in die US-Armee ein. Ein Jahr später schloss er die Ranger School ab und hatte danach zwei Einsätze im Irak und einen in Afghanistan. Und seit dem Jahr 2017 gibt es in seiner Militärakte keine weiteren Einträge.«

»Wo ist der Rest seiner Akte?«, fragte Cintra mit vor der Brust verschränkten Armen. »Wieso enthält sie seit dieser Zeit keine neuen Aufzeichnungen?«

Luan grinste selbstgefällig. »Weil er genau in dieser Zeit einer geheimen Gruppe namens Task Force Orange überstellt wurde. Das ist eine Geheimdienst- und Überwachungsgruppe, die das Delta Force, das SEAL Team Six und das Special Activities Center der CIA unterstützt. Ich vermute, dass er auf die Isla de la Juventud geschickt wurde, um das zu sehen, was ihre Satelliten ihnen nicht zeigen konnten.«

Cintra dachte einen Augenblick nach, während er das Dossier des Mannes überflog. »Wie war es Ihnen möglich, all diese Informationen so schnell zusammenzutragen?«

Luan lachte leise. »Sie erinnern sich vielleicht daran, dass das amerikanische Personalverwaltungsbüro vor ungefähr zehn Jahren eine Datenpanne hatte. Sie haben sicher davon gehört?«

Colonel Cintra zuckte mit den Achseln. Um ehrlich zu sein, hatte er keine Ahnung. Kuba war nicht unbedingt der ideale Ort, um Informationen oder Nachrichten außerhalb des Einflussbereichs der Regierung aufzuschnappen.

»Es ist in Ordnung, wenn Sie nichts davon gehört haben«, fuhr Luan fort. »Eine unserer Geheimdienstgruppen hackte sich in die Abteilung ein, die für die Verwaltung der Sicherheitsfreigabedaten aller Militärs, Regierungsmitarbeiter und Auftragnehmer der amerikanischen Regierung zuständig ist. Anhand der gewonnenen Information erstellten wir ein Profil jeder Person, basierend darauf, wo sie arbeitete und worauf sie aller Wahrscheinlichkeit Zugriff hatte. Im Anschluss daran schafften unsere Agenten kompromittierende Situationen und erpressten einige Personen, damit sie für uns arbeiten.

»Der Grund, weshalb wir vermuten, dass Mr. Jacobs – besser gesagt, Master Sergeant Jacobs – für die Task Force Orange arbeitet, ist die einige Jahre zurückliegende Festnahme eines der Task Force-Mitglieder im Südchinesischen Meer. Es dauerte viele Monate, diese Person zu brechen, aber als es endlich soweit war, bestätigte sie uns eine Liste von zwölf weiteren Personen. Dann mussten wir diese Zwölf nur beobachten und sehen, mit wem sie in Kontakt kamen. Nach zwei Jahren sind wir uns nun sicher, den größten Teil der Mitglieder dieser Gruppe identifiziert zu haben. Weitere Observationen verrieten uns, wo diese Männer eingesetzt wurden, was uns wiederum verriet, was sie vorhatten.«

»Okay, wir wissen also, wer er ist und für wen er arbeitet. Was haben Sie mit ihm vor?«, fragte Cintra.

Luan lächelte. » Wir benutzen ihn als Druckmittel. Da wir wissen, was er getan hat und wer er ist, verwenden wir das, um die Amerikaner dazu zu bringen, einem Handel zuzustimmen. Ich schlage vor, dass wir ihn gegen einen Ihrer Spione austauschen, den sie festhalten, und zwei chinesische Bürger verlangen, die sie im Januar entführt haben. Das kann sich für unsere beiden Nationen bezahlt machen, Leopoldo.«

Der kubanische Colonel ließ sich das einen Augenblick durch den Kopf gehen und kam zu dem Schluss, dass dies zu seinem persönlichen Vorteil gereichen konnte. Falls er die Freilassung eines kubanischen Spions von den Amerikanern erzwingen konnte, würde sich die Partei erkenntlich zeigen. Und die zusätzliche Befreiung zweier chinesischer Gefangener war sicher ebenfalls kein Nachteil.

Cintras Miene hellte sich auf, und er nickte. »Einen Tausch halte ich für eine gute Idee. Ich werde es meinem Vorgesetzten vorschlagen. Wenn Sie das Gleiche von Ihrer Seite aus tun, erleichtert das sicher mein Ersuchen, zwei chinesische Staatsbürger in mein Angebot einzuschließen.«
****

Hauptquartier CIA
McClean, Virginia

Es war erst Mittwoch, und die Woche schien kein Ende zu nehmen. Dotty war schlechter Stimmung. Gestern Abend hatten ihr Mann und sie offiziell ihre Reise in die Antarktis abgesagt – dank des neuen Virus, das die Welt zu überrennen schien. Nach den Erfahrungen mit SARS und COVID-19 hatte die Regierung dieses Mal schnell reagiert, hatte Reisen ins Ausland untersagt und 200 Städte in 39 Staaten abgeriegelt, in denen das Virus bereits am Wüten war. Alle hofften, einen landesweiten Lockdown wie beim letzten Mal zu vermeiden, aber das könnte sich als reines Wunschdenken herausstellen.

Dotty hatte sich seit über einem Jahr auf diese Kreuzfahrt gefreut. Eisberge mit ihren Kajaks zu umrunden, Fotos mit Pinguinen zu machen und in der Antarktis zu campen. Diese Gelegenheit ergab sich nicht oft.

Vielleicht im nächsten ... oder vielleicht im übernächsten Jahr ...

Noch zwei Tage bis zum Wochenende. Dotty hoffte, sie würde nicht wieder durcharbeiten müssen.

Normalerweise konzentrierten sich Dotty und ihr Team auf Lateinamerika. In letzter Zeit sollten sie herausfinden, warum in einigen Ländern in ihrem Zuständigkeitsbereich (AOR) nur wenige oder gar keine Fälle dieses neuen Virus auftraten, während andere von ihm heimgesucht wurden.

Etwas machte keinen Sinn. Das Virus hatte sich in Mexiko, Kolumbien und im restlichen Südamerika wie ein Steppenbrand verbreitet. Aber in Panama, El Salvador, Kuba und Venezuela waren so gut wie gar keine Fälle aufgetreten. Das Virus machte alle nervös. Dotty war nicht unbedingt der Inbegriff körperlicher Gesundheit. Genau wie ihre Eltern und ihr Bruder hatte sie in ihren frühen Vierzigern Diabetes entwickelt. Zudem trug ihre vorwiegend im Sitzen ausgeübte Tätigkeit zu einem leichten Übergewicht bei.

Dotty stöhnte hörbar, als sie die neueste Nachricht der US-Botschaft in Havanna durchlas. Der CIA-Verbindungsmann hatte sie gestern spät am Abend abgeschickt, was bedeutete, dass ihr heute Morgen nur wenig Zeit blieb, die Lage zu durchdenken, bevor sie in den siebten Stock gerufen wurde, um seinen Inhalt zu diskutieren.

Die Kubaner hatten einen amerikanischen Spion festgenommen und verlangten nun einen Tausch. Ein Austausch war okay. In ihrem Geschäft war dies ein ganz normaler Vorgang. Ungewöhnlich bei diesem Handel war allerdings die zusätzliche Bedingung, von denen der Tausch abhängig gemacht wurde: Die Kubaner verlangten obendrein zwei chinesische Staatsbürger.

Diese Unverfrorenheit ... Die Übergabe von zwei chinesischen Spionen neben ihrem eigenen zu verlangen, dachte Dotty entrüstet.

Die Kubaner hatten ein Beweisvideo von einem Master Sergeant Isaac Jacobs geschickt, dem Mann, den sie bei der Spionagetätigkeit gefangen genommen hatten. Dotty sah sich das Video an. Er sah aus, als ob er in schlechter Verfassung wäre. Der Mann war eindeutig gefoltert worden. Sie wusste, dass sich die Wahrscheinlichkeit, dass der Gefangene reden würde, mit jeder Minute erhöhte, die er in kubanischer Haft verbrachte. Jeder erreichte seine Grenze der Belastbarkeit, egal was Hollywood oder Überlebenstrainingsschulungen behaupteten.

Die ganze Mission hatte sich als ein einziger Reinfall erwiesen. Dotty hatte gleich zu Anfang gegen diese Unternehmung protestiert. Es gab keinen Grund, einen Agenten auf die Insel zu schicken. Goldfinger, ihre Quelle, hatte bereits den visuellen Nachweis geliefert, was sich dort abspielte, und das NRO hatte einen Satelliten auf die Insel gerichtet, der monatlich seine Aufnahmen weitergab. Sie hatten alles, was sie brauchten.

»Sie haben die Nachricht der Botschaft gesehen?«, erkundigte sich ein Mitglied ihres Teams.

Mit grimmigem Gesicht bejahte Dotty. »Das habe ich. Was sagt das SAC dazu?«

Der Kollege schnaubte bei der Erwähnung des Zentrums für besondere Aktivitäten. »Sie wollen einen Stoßtrupp schicken, um ihren Mann zu befreien. Falls das abgelehnt wird, sollen wir den Handel machen.«

Frustriert schüttelte Dotty den Kopf. *Eine Katastrophe.*
Ping.

Eine E-Mail war in ihrem Outlook eingegangen. Und tatsächlich, da war ihre Aufforderung, sich im siebten Stock einzufinden.

»Ich muss nach oben. Krisensitzung, um die nächsten Schritte zu besprechen. Der Rest des Teams soll überprüfen, ob Ana Montes noch einen Wert für uns hat. Ich sehe kein Problem, sie gegen unseren Mann auszutauschen. Danach sehen Sie sich bitte die chinesischen Staatsbürger Yanqing Ye und Zaosong Zheng näher an. Sie wurden im Januar am Internationalen Flughafen Logan in Boston festgenommen. Versuchen Sie herauszufinden, wieso die Kubaner ein Interesse an ihnen haben.«

Dotty machte sich auf den Weg zum Büro des stellvertretenden Direktors. Im Konferenzzimmer neben seinem Büro warteten bereits zwei Mitglieder von SAC, einige Analytiker und Abteilungsleiter, der NRO-Repräsentant und ein ihr bisher unbekanntes Gesicht.

»Hallo, Dotty. Da sind Sie ja. Dann wollen wir anfangen«, verkündete der stellvertretende Direktor Aaron Rodgers.

Rodgers war ein aufsteigender Stern am Firmament der Agency – und nein, er hatte keine Verbindung zu dem berühmten Green Bay Packers Quarterback, der den gleichen Namen trug, obwohl Aaron gern mitspielte und sein Büro daher mit Football-Utensilien der Packers dekoriert hatte.

Rodgers hatte sich seine Lorbeeren im Nahen Osten und später in der Ukraine als verdeckter Ermittler im Kriegswaffenhandel verdient. Sowohl der Senat als auch das Weiße Haus unterstützten ihn. Auch Dotty mochte den Mann. Er war intelligent, aber mehr als das, er kümmerte sich um seine Leute. In der Welt der Spionage war das nicht immer selbstverständlich. Sobald etwas schiefging, wurden Agenten oft genug einfach im Stich gelassen.

»Ähm … bevor wir beginnen, stellen Sie uns bitte unseren Gast vor?«, bat Dotty, während sie Platz nahm. Ohne zu wissen, wer alles in diesem Raum anwesend war, würde sie keine geheimen Informationen diskutieren.

Aaron errötete leicht, als ihm aufging, dass er dies gleich zu Anfang hätte tun sollen. »Entschuldigen Sie. Das ist Joel Metcalf. Er ist einer der HUMINT-Leute von der Verteidigung. Er arbeitet unten in Doral in der Task Force mit Jessica Parker zusammen und wird an diesem Briefing teilnehmen.«

Alle nickten Joel zu, ohne ihn anzusprechen. In ihrer Organisation war er ein Außenseiter, selbst wenn er der nachrichtendienstlichen Gemeinschaft angehörte.

»Kommen wir gleich zum Thema, Aaron. Was tun wir, um meinen Mann zurückzubekommen?«, drängte Jim, der Leiter des Zentrums für besondere Aktivitäten.

»Der Direktor will alle Optionen hören«, erwiderte Aaron. »Heute Nachmittag hat er einen Termin mit dem Nationalen Sicherheitsberater im Weißen Haus, um ihm unsere Empfehlungen zu übermitteln. Das heißt, wir haben zwei Stunden, um einen Plan zu entwickeln. Jims Vorschlag kenne ich bereits. Ich will weitere hören.«

»Ich schlage vor, wir machen den Tausch«, meldete sich Amber aus dem Referat für Analytik zuerst zu Wort. »Dottys Team wird sicher bestätigen, dass wir alles Nützliche aus Ana Montes herausgeholt haben. Es gibt keinen Grund, sie hier zu behalten, wenn wir dafür unseren Mann zurückbekommen.«

»Dotty, Goldfinger, Ihr Informant – er befindet sich weiter in Sicherheit, richtig?«, erkundigte sich Aaron.

Dotty nickte. »Das ist er. Aber ich denke, wir sollten über die zusätzliche Forderung der Kubaner reden. Ana Montes ist nicht die einzige Person, die wir übergeben sollen.«

Jim vom SAC runzelte die Stirn. »Was meinen Sie damit? In der Nachricht ging es nur um Ana.«

»Unser CIA-Mann in Havanna schickte uns gestern am späten Abend eine streng vertrauliche Nachricht, das über ein Treffen zwischen dem Botschafter und dem Ersten Sekretär Kubas berichtete«, erklärte Aaron mit einem Gesichtsausdruck, der seine Unzufriedenheit verriet. »Der chinesische Botschafter war ebenfalls anwesend. Der Erste Sekretär Ventura verlangt, dass wir ihnen im Tausch gegen unseren Mann nicht nur Ana, sondern auch zwei chinesische Staatsbürger übergeben, die wir letzten Januar festgenommen haben. Yanqing Ye und Zaosong Zheng wurden am Flughafen Logan verhaftet, als sie ein Flugzeug nach Peking besteigen wollten.«

Durch die Anwesenden ging ein Raunen. »Wieso sollten die Kubaner die Freilassung von zwei chinesischen Spionen fordern?«, fragte Jim. »Eine ungewöhnliche Forderung.«

»Die Chinesen üben sicher Druck auf die Kubaner aus. Die weit wichtigere Frage hierbei ist allerdings, warum sie gerade jetzt so an diesen Leuten interessiert sind«, warf Tara vom NRO ein.

Amber meldete sich zu Wort. »Ich denke, das ist klar. Ye ist ein Leutnant der Volksbefreiungsarmee. Das hat sie auf ihrem ursprünglichen Visaantrag verschwiegen. Außerdem ist sie Doktorandin im Bereich Robotertechnik an der Universität von Boston.«

»Ja, aber wieso gerade sie? Tausende chinesischer Staatsbürger studieren in Doktoranden-Programmen überall in den USA. Viele von ihnen gehören sicher auch dem Militär an. Worum geht es gerade bei dieser Studentin?«, hakte Aaron nach.

»Als Boston Dynamics ein gemeinsames Forschungsprojekt mit der Uni Boston startete, sollten daran nur amerikanische Staatsbürger beteiligt werden«, fuhr Amber fort. »Boston Dynamics ist ein Partner von DARPA, daher unterliegt alles, was sie tun, der Geheimhaltungspflicht. Ye gelang es, in das Programm aufgenommen zu werden, welches das LS3-Projekt der Marine unterstützt. Sie fälschte ihre Bewerbung, gab an, dass ihre Eltern chinesische Einwanderer seien, und dass sie vor Kurzem ihre US-Staatsbürgerschaft erworben habe. Jemand hat bei der Sicherheitsüberprüfung nicht aufgepasst. Um ehrlich zu sein, wurde das FBI nur deshalb alarmiert, weil ein Systemadministrator bei Boston Dynamics entdeckte, dass jemand versucht hatte, einige sensible Dateien herunterzuladen, die das Betriebssystem für das ausgemusterte BigDog-Programm und das aktuelle LS3-Programm betreffen.«

»Verdammt noch mal, Amber. Konnte sie die Daten an ihre Führungsoffiziere weitergeben?«, fragte der Leiter des SAC schockiert.

Amber nickte. »Das konnte sie. Allerdings waren die Informationen, die sie hatte, falsch. Sie lief in eine von der Firma gestellte Falle, die potenzielle Hacker von den echten Daten fernhalten sollte. Sobald sie Zugriff genommen hatte, alarmierte Boston Dynamics das FBI. Ich vermute, die Chinesen wollen, dass die Kubaner die Gelegenheit nutzen, um zwei ihrer Spione aus unserem Gewahrsam zu befreien.«

Aaron biss sich auf die Unterlippe und überlegte. »Die Forderung nach der Übergabe von zwei chinesischen Staatsbürgern kompliziert die Lage enorm. Ana auszutauschen wäre kein Problem … aber die Chinesen? Das wird schwieriger sein. Wir sind noch dabei, sie zu vernehmen. Bevor sich der Direktor heute Nachmittag mit Mr. Wilson trifft, will ich zwei Fragen beantwortet sehen.«

In Erwartung dieser Fragen sahen die Anwesenden Aaron gespannt an. Dotty konnte sich denken, worum es ging.

»Erstens, welchen geheimdienstlichen Wert haben die beiden Chinesen noch für uns; was erwarten wir von ihnen? Zweitens, was geht in Kuba vor, dass die Chinesen die dortige Regierung dazu bringen, unseren Mann gegen zwei ihrer Bürger auszutauschen?«

Niemand sprach ein Wort. Dotty hatte eine Vermutung, wollte zunächst aber hören, was Amber zu sagen hatte.

Tara vom NRO unterbrach die Stille. »Ohne dass ich im Detail informiert bin, kann ich Ihnen aus unserer Perspektive berichten, was die Chinesen tun.«

Aaron nickte ihr aufmunternd zu.

»Seit drei Jahren finden Bauarbeiten an den Häfen von Mariel und Havanna statt. Beide wurden zu ihrer dreifachen Größe ausgebaut. Der internationale Flughafen von Havanna und zwei sehr alte Luftwaffenstützpunkte wurden ebenfalls komplett überholt – mit Verlängerungen der Rollbahnen, mit neuen Flughallen, Lagereinrichtungen und der verbesserten Absicherung des Geländes, einschließlich dem Bau neuer Wachtürme. Demgegenüber hat sich die Isla de la Juventud radikal verändert …«

Aaron unterbrach sie. »Was heißt das? Einzelheiten, bitte.«

Tara nickte. »Vor sechs Jahren, etwa um die Zeit, in der die Chinesen den Kubanern halfen, in der Floridastraße nach Öl zu suchen, entdeckten chinesische Geologen auf der Insel ein Kobaltvorkommen. Wie Sie wissen, ist Kobalt ein extrem wertvolles Schwermetall, das schwer zu finden ist. Auf der Insel gab es so gut wie keine Infrastruktur. Um ehrlich zu sein, lässt Kubas Infrastruktur insgesamt zu wünschen übrig. Amber oder Dotty wissen vielleicht mehr über die Vereinbarung, die die Chinesen mit den Kubanern ausgehandelt haben. Ich kann sagen, dass die Chinesen erhebliche finanzielle Mittel in die Modernisierung der kubanischen Infrastruktur investiert haben, um das Kobalt einfacher abbauen zu können. Soweit ich weiß, sicherten sie sich die exklusiven Abbaurechte auf der Insel im Gegenzug gegen den Ausbau der kubanischen Infrastruktur. Im Laufe der letzten Jahre bauten sie einen Hafen auf der Insel. Außerdem erweiterten und modernisierten sie die Häfen von Mariel und Havanna.«

Aaron wandte sich an Amber. »Wie sieht der Handel mit den Chinesen aus?«

»Die Chinesen unterzeichneten einen Vertrag über 25 Jahre für die Abbaurechte auf der Isla de la Juventud. Dafür verpflichteten sie sich, einen betriebsfähigen Hafen auf der Insel zu errichten, ein Kraftwerk und mehrere neue Straßen, um sowohl die Wege zur Mine als auch auf der gesamten Insel auszubauen.. Diese Pläne wurden von den Chinesen allerdings erst in den letzten beiden Jahren vorangetrieben.

Bezüglich des Rohöls: Die Kubaner verpachteten das Gebiet an mehrere chinesische Ölfirmen gegen zwanzig Prozent des Öls, das diese Quellen produzieren. Das deckt nicht nur den kubanischen Eigenbedarf, sondern gibt ihnen noch einen Überschuss, den sie an das Ausland verkaufen und damit zusätzliches Einkommen erzielen können. Demgegenüber sichern sich die Chinesen eine große Menge an

Rohöl, dass nicht aus dem Nahen Osten oder Afrika kommt«, erklärte
Amber.

»Der Beginn der Bohrarbeiten auf den Plattformen zeigte den
Chinesen, dass sie auf sehr produktive Quellen gestoßen waren«, fügte
Tara hinzu. »Die Raffinerie in der Nähe von Mariel war alt und
unzweckmäßig, was normalerweise bedeuten würde, dass die Chinesen
das Öl zur Bearbeitung nach Venezuela schicken müssten, bevor es
nach China oder zurück nach Kuba geht. Die gegenwärtige politische
Lage in Venezuela lässt das jedoch nicht zu. Deshalb modernisierten
die Chinesen die Raffinerie in Mariel. Allerdings war sie trotz der
Modernisierung immer noch nicht groß genug, um Angebot und
Nachfrage gerecht zu werden.«

Amber meldete sich wieder zu Wort. »Aus diesem Grund
begannen die Chinesen vor 18 Monaten mit dem Bau einer neuen
Raffinerie auf der Isla de la Juventud. Sie soll die überschüssige Menge
aufnehmen, die die Einrichtung in Mariel nicht verarbeiten kann. Das
gesamte Abkommen ist sowohl für die Kubaner als auch für die
Chinesen von wirtschaftlichem Vorteil. China sichert sich damit
zwischen 12 und 16 Prozent seines Ölbedarfs außerhalb des Nahen
Ostens. Und das Bruttoinlandsprodukt der Kubaner hat sich
vervierfacht. Zudem haben sie jetzt mehr Öl, als sie jemals gebrauchen
könnten.«

Aaron rieb sich über seine Bartstoppeln. »Da haben wir die
Erklärung, wieso die Kubaner nicht nur auf die Rückgabe ihrer
Spionin, sondern darüber hinaus auch auf die der beiden chinesischen
Agenten bestehen. Nach all diesen Vereinbarungen sind die Kubaner an
die Chinesen gebunden.«

Joel vom DIA räusperte sich. »Hier geht es nicht allein um die
Wirtschaft. Sicher, die ist den Kubanern natürlich wichtig, aber unsere
Task Force verfolgt die Situation aus einem anderen Gesichtspunkt.«

Alle Augen waren auf Joel gerichtet. Aaron sprach für alle, als er
ihn fragte: »Okay, was lassen wir außer Acht?«

Joel legte eine Tasche vor sich auf den Tisch, der er zwei
Geheimakten entnahm. Eine enthielt eine Menge hochaufgelöster
Fotos, die er herumreichte; die andere enthielt einen detaillierten
Bericht, den er zunächst bei sich behielt.

»Die Fotos, die Sie sehen, sind Luftaufnahmen von einem
Chengdu J-10-Kampfflugzeug auf dem Weg nach Kuba. Das erste Bild

zeigt die Löschung von Schiffscontainern im Hafen von Mariel. Auf dem zweiten Bild sehen Sie das Entladen eines Kampfflugzeugs aus einem Schiffscontainer auf dem Luftwaffenstützpunkt San Antonio de los Baños. Das dritte Bild zeigt Ihnen zwölf ordentlich aufgereihte Kampfflugzeuge auf dem funkelnagelneuen Stützpunkt Fidel auf der Isla de la Juventud «, erklärte Joel.

»Wow, Moment mal, Joel … Dieses Flugfeld ist noch nicht in Betrieb. Genau das war ja der Grund, weshalb wir meinen Mann dort hingeschickt haben, um uns einen Überblick zu verschaffen; um zu sehen, wie weit die Arbeiten vorangekommen sind. Und Sie behaupten jetzt, dass es nicht nur fertiggestellt, sondern bereits in Betrieb ist?«, platzte Jim frustriert heraus.

Joel nickte. »Das behaupte ich. Unsere gemeinsame Task Force verfolgt seit Oktober letzten Jahres das Geschehen in Kuba und Venezuela. Mehrere unserer internationalen Partner in der JTF haben in beiden Ländern Leute vor Ort, die uns mit Echtzeit-Informationen versorgen. Durch sie haben wir erfahren, dass die Chinesen innerhalb der letzten sechs Monate 15.000 Arbeiter nach Kuba verlegt haben. In Venezuela halten sich beinahe 60.000 chinesische Arbeitskräfte auf.

Wenige Tage nach dem Eintreffen dieser neuen Arbeiter begannen beide Länder mit dem Bau enormer Straßen-, Schienen-, Brücken-, Hafen und Flughafenprojekte. Allein in Kuba leiteten sie den Bau einer neuen sechsspurigen Straße in die Wege, die die Insel von Osten nach Westen kreuzt, und eine zweite von Havanna bis hinunter zur Schweinebucht. Das Gleiche gilt für Venezuela – riesige Infrastrukturprojekte, die von den Minen im Zentrum des Landes zu den Häfen entlang der Küste führen.«

Joel hatte noch weitere Informationen. »Der neue Stützpunkt auf der Isla de la Juventud in Kuba, die Fidel Air Force Base, wurde von den Chinesen vor zwei Wochen fertiggestellt. In Havanna wird es als neue Militärflugschule und gemeinsames Ausbildungszentrum von Heer, Marine und Luftwaffe angepriesen. Es ist eine riesige Einrichtung, an deren Ausbau und Befestigung sie weiterhin arbeiten.«

Joel ließ den Anwesenden einen Augenblick Zeit, das Gesagte zu verarbeiten, bevor er weitere Fotos hervorzog. »Die JTF erhielt diese Bilder von einem Satelliten unserer französischen Partner. Es sind Fotos von mindestens einem Dutzend Shenyang J-11-Mehrzweckkampfflugzeugen. Es sieht so aus, als seien sie flugbereit.

Unser Verbindungsmann bei der Luftwaffe sagte uns, dass die Kubaner tagsüber vier Stunden lang in der Karibik zwischen Kuba und Grand Cayman Übungen durchführen. Des Weiteren trainieren sie zwischen vier und sechs Stunden in der Nacht.

»Zusätzlich zu den Kampfflugzeugen auf dem neuen Stützpunkt sahen wir auch mindestens ein Bataillon tragbarer HQ-9-Flugabwehrraketen, die zum Schutz des Flugplatzes eingesetzt werden. Für diejenigen unter Ihnen, die das vielleicht nicht wissen: Die HQ-9 sind das Äquivalent der neuesten Version der russischen S-300 Boden-Luft-Raketen.«

Aaron hob die Hand, um Joel zu stoppen und das aufgeregte Flüstern im Raum zu unterbinden. »Sie sagen also, dass es den Chinesen auf irgendeine Weise gelungen ist, mindestens zwei Geschwader der neuesten Kampfflugzeuge nach Kuba einzuschleusen und genug Boden-Luft-Raketensysteme, um ein ganzes Bataillon damit auszustatten? Und weiß der Himmel was sie nach Venezuela verschifft haben …«

Joel nickte. »Ich bin aber noch nicht fertig, Aaron. Die Chinesen verkauften fünf Geschwader ihrer J-10- und J-11-Kampfflugzeuge an die Kubaner. Des Weiteren modernisierten sie eine komplette mechanisierte Panzerdivision. Und Kuba befindet sich gerade erst im dritten Jahr eines fünfjährigen Modernisierungsprogramms ihrer Streitkräfte. Nicht ganz sicher sind wir uns darüber, was die Chinesen den Venezolanern überlassen haben, aber diese Informationen kann ich Ihnen später liefern, wenn Sie möchten.«

An dieser Stelle schaltete sich Dotty ein. »Aaron, unsere Quelle in Kuba hat Ähnliches berichtet. Ebenso unser Militärattaché in der Botschaft, der einen Großteil dieser Informationen durch informelle Treffen mit dem kubanischen Militär bestätigen konnte. Seinen Berichten und den Recherchen meiner Abteilung zufolge, hat China eine eigene Version unseres Waffenverkaufsprogramms an das Ausland. So wie wir Israel 3,8 Milliarden USD Militärhilfe leisten, damit sie dieses Geld zum Kauf militärischer Ausrüstungsgegenstände von unserer Waffenindustrie verwenden, kopieren die Chinesen das mit einigen wenigen Nationen, zu denen sie nähere militärische Beziehungen aufnehmen wollen. Unserer Meinung nach ist all das Teil ihrer Belt and Road Initiative.«

Niemand kommentierte, was Dotty und Joel gerade erläutert hatten. Alle schienen darauf zu warten, was Aaron wohl als Nächstes sagen würde.

Aaron erhob sich, bedeutete den Anwesenden aber, sitzen zu bleiben. Er wanderte kurze Zeit hinter ihren Stühlen auf und ab, bevor er endlich verkündete: »Okay, wir machen Folgendes. Ich werde dem Direktor und Mr. Wilson vorschlagen, den Tausch durchzuführen. Holen wir uns unseren Mann zurück, bevor ihm Schlimmeres zustößt oder diese ganze Situation außer Kontrolle gerät.

Zweitens: Wir waren so sehr auf den Nahen Osten und die Vernichtung von ISIS konzentriert, dass wir ganz offensichtlich vergessen haben, dem Geschehen 150 Kilometer vor unserer eigenen Haustür Aufmerksamkeit zu schenken. Es ist unsere Pflicht, das schleunigst nachzuholen und Antworten zu finden.« Aaron hielt eine Sekunde inne und holte tief Luft. »Wie Sie wissen, ist das neue COVID-Virus nun weltweit aufgetreten und entpuppt sich offenbar als doppelt so tödlich wie das letzte. Auch damit müssen wir uns beschäftigen. Und was es noch schlimmer macht … Einer britischen Quelle zufolge wurde das Virus aller Wahrscheinlichkeit in China von einer Art Super-KI gentechnisch verändert, um die chinesische Bevölkerung von ihren Schwachen und Kranken zu befreien und gleichzeitig die westlichen Volkswirtschaften in die Knie zu zwingen. Damit steht wohl endgültig fest, dass die Chinesen etwas planen und das in großem Stil. Es ist unsere Aufgabe, schnellstens herauszufinden, worum es dabei geht, und diese Information an den Präsidenten und die Entscheidungsträger weiterzuleiten.«

Aaron gab seine Wanderung auf und stützte sich mit beiden Händen auf den Tisch vor sich. Er beugte sich vor und sah jedem der Anwesenden nacheinander eindringlich ins Gesicht. »An Zufälle glaube ich nicht. All diese Ereignisse, die sich zur gleichen Zeit rund um die Welt ereignen – da steckt etwas Größeres dahinter. Und ich befürchte, dass wir absichtlich abgelenkt werden sollen, um nicht zu sehen, worum es tatsächlich geht.

Ich habe den Eindruck, dass die JTF in Florida einen weit besseren Überblick hat, als wir hier. Verstärken Sie unsere Zusammenarbeit mit dieser Gruppe und lassen Sie mich wissen, was zum Teufel die Chinesen im Schilde führen. Amber, lassen Sie Ihre Analysegruppe dieses chinesische FMS-Programm ausfindig machen.. Machen Sie das zu deren Hauptaufgabe. Finden Sie heraus, mit welchen Ländern sie kooperieren und was sie ihnen verkaufen. Vielleicht folgen sie einem Muster, das wir bisher nicht sehen.«

»Wenn ich einen Vorschlag machen darf, Aaron …«, unterbrach ihn Dotty. »Ich weiß, dass Jessica Parker Joels JTF angehört. Vielleicht sollten wir zusätzlich einen Ressortleiter abstellen? Wir brauchen jemanden, der an einem etwas längeren Hebel als Jessica und die DDI-Gruppe sitzt.«

Aaron nickte und dachte nach. »Sie haben recht. Joel, wer leitet die JTF – der Name ist mir entfallen –, und welche Nationen sind daran beteiligt?«

Joel wandte sich Aaron und Dotty zu. »Major General Gary Bridges leitet die JTF. Er ist der kommandierende General des Südlichen Kommandos. Was die Partnerländer betrifft: Er hat Militär- und Geheimdienstvertreter aus Kanada, Australien, Japan, Frankreich, dem Vereinigten Königreich und Deutschland hinzugezogen.«

Aaron zog seinen Stuhl vom Tisch zurück und nahm wieder Platz. Er sah Dotty an. »Ich mache Sie zum leitenden Verbindungsoffizier der gemeinsamen Task Force. Nehmen Sie mit, wen immer Sie wollen oder sichern Sie sich die nötige Unterstützung von hier aus, aber finden Sie heraus, was die Chinesen in Lateinamerika tun und was sie letztendlich erreichen wollen. Wenn es wirtschaftliche Gründe sind, in Ordnung, damit können wir umgehen. Wenn mehr dahintersteckt, müssen wir das in Erfahrung bringen!«

Als die Sitzung beendet war, bat Aaron Dotty, noch einen Moment zu bleiben. Als alle gegangen waren, bat er sie, mit ihm zurück in sein Büro zu gehen. Sobald sie unter sich waren, zog Aaron ein Dokument aus seinem Safe hervor und legte es vor Dotty auf seinen Schreibtisch. Es war mit Eyes Only, TS/CI/ORCON beschriftet. Er hatte ihr gerade ein streng gehütetes Geheimnis zum Lesen überlassen.

»Ist mir die Einsicht in diese Akte erlaubt?«, fragte Dotty überrascht, während Aaron sie ansah.

»Nein.«

»Aber Sie überlassen sie mir trotzdem?«

»Ich muss Sie um einen Gefallen bitten, den ich vor den anderen nicht aussprechen kann. Bevor ich Sie allerdings darum bitte, sollten Sie verstehen, wieso ich das tue«, sagte Aaron kryptisch.

Mit nachdenklichem Gesicht nahm Dotty das Gesagte in sich auf. Er wollte, dass sie das Protokoll verletzte, aber welches?

»Ich drehe mich jetzt um und sehe eine Weile auf den Parkplatz hinaus. Sagen Sie mir Bescheid, wenn Sie reden wollen.« Aaron erhob sich und trat an eines der bodenhohen Fenster. Draußen begann die Kirschbaumblüte.

Dotty öffnete die Akte und fing an zu lesen. Je weiter sie kam, desto runder wurden ihre Augen. Ihr Magen verkrampfte sich mehr und mehr.

»Trifft das tatsächlich zu?«

Aaron sah weiter auf die Bäume hinaus und antwortete: »Das denken wir. Deshalb müssen Sie für mich Kontakt mit Goldfinger aufnehmen. Er muss uns eine Probe des Impfstoffs besorgen, damit wir ihn studieren und reproduzieren können. Das Virus breitet sich haltlos über die ganze Welt aus. Der Impfstoff könnte den Unterschied zwischen *nur* einigen hunderttausend Toten und Millionen von Menschenopfern machen.«

»Sie wissen, dass ich Goldfinger nicht direkt ansprechen kann. Die Kontaktaufnahme mit einer verdeckt arbeitenden Quelle, die nicht offiziellen Regierungskanälen angehört, ist äußerst schwierig. Wenn wir einen Fehler machen, könnten wir seine Deckung gefährden«, wehrte Dotty mit Nachdruck ab. Sie hatte hart daran gearbeitet, ihren Informanten in Position zu bringen. Er hatte sich als der erfolgreichste Agent bewährt, den die USA in Kuba hatte.

»Ich verstehe das, Dotty. Glauben Sie mir, das tue ich wirklich. Aber diese Krise hat absoluten Vorrang vor allem. Unser SIS-Informant sagt, dass ein Betroffener erst nach einer zweiwöchigen Inkubationszeit Symptome zeigt. Deshalb ist das Virus so schwer zu verfolgen und zu stoppen. Außerdem wurde es genetisch modifiziert, um eine bestimmte Kategorie der Gesellschaft anzugreifen. Sobald wir nur eine Probe des Impfstoffs in der Hand halten, können wir ihn in einem unserer Labors reproduzieren.«

»Ist es möglich, in einem anderen Land an ihn heranzukommen? Vielleicht in El Salvador oder in Venezuela?«

»Daran arbeiten wir bereits. Aber Ihr Mann in Kuba ist sicher in der besten Position, Zugang zu erhalten, und das in aller Eile. Könnte ihm das gelingen?«, fragte Aaron und flehte sie fast an, Ja zu sagen.

Dottys Blick fiel auf Aarons Schreibtisch, auf dem ein Foto von seiner Frau und ihren fünf Kindern stand. Sie erinnerte sich, dass Aarons Tochter Typ-1-Diabetes hatte. Nach Angaben der SIS-Quelle war Diabetes eine der Erkrankungen, auf die das Virus speziell abzielte. Dotty, die sich Aaron wieder zuwandte, erkannte, dass er sie mit kaum unter Kontrolle gehaltenen Emotionen anstarrte. Er hatte Angst – Angst, was dieses Virus seiner Familie und seinem kleinen Mädchen antun könnte.

Dotty nickte. »Ich nehme Kontakt mit ihm auf. Ich kann nicht garantieren, dass er uns den Impfstoff besorgen kann, oder wie lange es dauern wird. Aber er wird sein Bestes geben. Das ist alles, was ich mit Sicherheit sagen kann.«

Aaron lächelte kurz und dankte ihr, bevor er die Akte wieder an sich nahm und sicher in seinem Safe verschloss.

Kapitel Siebzehn
Die Enthüllung

An einem geheimen Ort
Peking, China

Kapitän Lee Jian Ho war an die Geheimhaltung und die
Täuschungsmanöver der Marine der Volksbefreiungsarmee gewöhnt,
vor allem, weil er zu ihrem stillen Dienst gehörte. Aber dies war ein
ganz anderes Level, selbst für das Ministerium für Staatssicherheit.

Der Geländewagen mit den rundum verdunkelten Fenstern bog in
die Hanhe-Straße ein und folgte ihr in Richtung des nahe gelegenen
Staatsforsts. Nachdem sie mehrere exklusive Wohngegenden hinter
sich gelassen hatten, erreichten sie das Gelände einer Fachhochschule.
Die Gebäude des Colleges schienen innerhalb des Nationalparks auf
verschiedenen Anhöhen angesiedelt zu sein.

Die Fachhochschule von Jinwangfu ... noch nie gehört, dachte
Lee, während sein Fahrer offenbar einen Parkplatz suchte. Das
Semester war in vollem Gang, und überall waren Studenten mit ihren
Rücksäcken und Büchern unterwegs.

»Wir sind gleich da, Kapitän Lee«, versprach der Mann, der ihn
vom Flughafen abgeholt hatte. Lee war sich relativ sicher, dass der
Mann für das MSS arbeitete.

Anstatt auf einem der freien Parkplätze der Schule zu parken,
bogen sie in eine Seitenstraße ein, die sie um zwei enge Kurven herum
tiefer in den Wald führte.

Ist das eine Maschinengewehrstellung dort im Wald?, überlegte
Lee. Er war sich beinahe sicher, 15 Meter neben der Straße einen nur
teilweise getarnten Betonbunker gesehen zu haben. Dann ließen sie die
hohen Bäume hinter sich und steuerten auf ein trostlos aussehendes,
zweistöckiges Gebäude zu. Sein äußeres Erscheinungsbild ließ
vermuten, dass es seit Jahren leer stand.

Der Fahrer parkte in einer verfallenen Garage, die dem Gebäude
angegliedert war. Dann umrundete er den Wagen und öffnete Lee die
Tür. »Würden Sie mir bitte folgen, ich zeige Ihnen den Weg«, bot der
Mann an. Lee wusste, dass es mehr ein Befehl als ein Hilfsangebot war.

Sie näherten sich zwei heruntergekommenen Doppeltüren, die sich plötzlich zischend in der Mitte öffneten und rechts und links in der Wand verschwanden. Lee riss die Augen auf, als er das Gebäude betrat. Die Empfangshalle stand im direkten Gegensatz zur Außenansicht des Gebäudes. Sie war nicht nur gepflegt und sauber, vielmehr war sie auch mit allen Arten technischer Wunderwerke ausgestattet.

Es gab Flachbildschirme, die ganze Wände bedeckten, und interaktive Displays, die auf die Person reagierten, wenn sie vorbeiging. Lee ging davon aus, dass sie eine KI zur Gesichtserkennung nutzten und ihre Präsentation auf die Person, die sie betrachtete, und ihre Reaktion auf das Gesehene abstimmten.

Das Flottenhauptquartier ist es nicht, und mit der Marine hat dies hier auch nichts zu tun, schlussfolgerte Lee. Aus welchem Grund sie ihn auch immer eingeflogen hatten, es musste sich um etwas Wichtiges handeln.

Kapitän Lee und sein Fahrer traten an den Empfangstisch heran, wo ein muskulöser Mann mit einem In-Ear Lees Ausweis verlangte.

Lee übergab ihm seine Marine-ID und wartete. Der Gesichtsausdruck des Mannes entspannte sich ein wenig. Er reichte Lee einen blauen Sicherheitsausweis, auf der die Nummer 6 vermerkt war.

»Dieser Ausweis muss sich jederzeit an Ihrer Uniform befinden. Der darin programmierte RFID-Code ist mit den Ebenen und Räumen programmiert, die Sie betreten dürfen. Es bedarf sicher keiner besonderen Betonung, dass dieser Ausweis zu jeder Zeit und ohne Ausnahme allein für Sie bestimmt ist. Niemand darf Ihnen durch eine Tür oder in einen anderen Bereich folgen. Jetzt unterschreiben Sie bitte noch diese Geheimhaltungserklärung, dass Sie über die Existenz oder den Standort dieser Einrichtung Stillschweigen bewahren. Danach führe ich Sie zu den Aufzügen«, wies ihn der Sicherheitsmann an und legte ihm ein Dokument vor.

Lees Fahrer kehrte zu seinem Fahrzeug zurück.

Als Lee und sein Begleiter um eine Ecke bogen, sah Lee einen weiteren Sicherheitsschalter, der mit vier schwer bewaffneten Männern besetzt war. *Schön, dass sie die Soldaten außer Sichtweite halten,* dachte Lee.

Der Rezeptionist ging zum Schreibtisch und holte etwas aus einer Schublade. Er reichte Lee Informationsunterlagen und wies ihm den Weg zu einem Raum zu seiner Rechten. "Bitte lassen Sie alle Ihre

elektronischen Geräte in dem mit Ihrem Namen versehenen
Schließfach. Wenn Sie fertig sind, können Sie mit Ihrem Ausweis die
Aufzüge dort drüben betreten", wies ihn der Empfangschef an, während
er auf die Aufzüge zeigte.

Lee verstaute seine elektronischen Geräte im Spind, einschließlich
seiner Uhr. In dem gesicherten Bereich dieses Gebäudes war der
Gebrauch von jeglicher mitgeführter Elektronik untersagt. Lee warf
verstohlen einen kurzen Blick auf die Namen, die die benachbarten
Schließfächer trugen. Es waren die ihm bekannten Namen seiner U-
Boot-Kollegen und einer Reihe von Kapitänen von Überwasserschiffen
der Marine. Überrascht registrierte er, dass wohl auch Kapitäne geladen
waren, die Handelsschiffe befehligten.

Nach dem Verlassen des Raums übergab er den Schlüssel des
Schließfachs an einen der Sicherheitskräfte und ging auf die Aufzüge
zu. Dort hielt er seinen RFID-Ausweis vor einen Sensor. Das rote Licht
über den Aufzügen wechselte auf Grün und zeigte sein Bild. Eine der
sechs Aufzugstüren öffnete sich.

Beim Betreten der Kabine begrüßte ihn eine menschlich klingende
Stimme. »Willkommen, Kapitän Lee. Ich transportiere Sie nun auf die
Ebene von Raum 3001.« Die Tür schloss sich hinter ihm.

Schon etwas unheimlich, dachte Lee. *Der verdammte Aufzug
spricht mich persönlich an.*

Mit den Informationsunterlagen unter dem Arm stand Lee stramm.
Er tat sein Bestes, die Kamera in der Ecke des Aufzugs und die
Stimme, die zu ihm gesprochen hatte, zu ignorieren. Er sah auf die
Stockwerkanzeige, die ihm verriet, dass er tief unter das Gebäude
hinunter unterwegs war. Er war überrascht, wie schnell er so viele
Untergeschosse hinter sich ließ.

Pling.

Beim Öffnen der Tür bot sich Lee der Blick auf einen hell
erleuchteten Flur. Suchend schaute er nach links und rechts, um
herauszufinden, welchen Weg er einschlagen sollte. Er entdeckte ein
Schild, das besagte, dass Raum 3001 auf der rechten Seite des Gangs
zu finden war. Seltsamerweise schien der Boden des Flurs abzufallen.
Er vermutete um die zehn Grad.

An den Wänden des Gangs entdeckte Lee einige bekannte
militärische Symbole, bevor er auf eine stählerne Doppeltür zutrat, über

der eine Leuchtschrift die Worte *Zuìgāo jīmì* – top secret – anzeigte. Neben der Tür befand sich ein weiteres RFID-Lesegerät.

Sie denken wohl, dass du dazugehörst, falls du es soweit geschafft hast, amüsierte sich Lee in Gedanken. Er präsentierte dem Lesegerät seine ID, woraufhin sich die Tür öffnete und er einen riesigen Raum vor sich sah, der ihn fast zu überwältigen drohte.

Jetzt weiß ich, wo ich bist, erkannte Lee. Er war ins zentrale Gefechtskommandozentrum gebracht worden.

Der riesige Hauptsaal des JBCC bot leicht Platz für fünfhundert Personen. Zu beiden Seiten des schüsselförmigen Auditoriums befanden sich eine Reihe kleinerer Besprechungsräume und Arbeitsstationen. Im hinteren Bereich des Saals waren verschiedene Arbeitsbereiche untergebracht, die sämtliche Truppengattungen und Dienstzweige repräsentierten.

An den Schreibtischen arbeitete überwiegend uniformiertes Personal, aber auch einige Zivilisten waren anwesend. Lee trat weiter in den Raum und sah, dass vor ihm bereits 15 weitere Personen eingetroffen waren. Es war nicht ihre Zahl, die ihn beeindruckte, vielmehr *wen* er da vor sich sah: den kommandierenden General der Volksbefreiungsarmee für die Marine, Admiral Wei Huang. Admiral Wei war selbst nach chinesischen Maßstäben eher ein kleinwüchsiger Mann, aber alles an ihm strahlte Macht aus.

Die Admirale der Nord-, Süd- und Ostflotten waren eben falls anwesend – die Admirale Zhang, Yu und Du. Den letzten Mann, der vorne im Raum stand, kannte Lee nur seinem Ruf nach. Es war Dr. Xi Zemin, der Vater und Erfinder des Sozialkreditsystems. Er war der führende Wissenschaftler des Staatssicherheitsministeriums.

Kapitän Lee nickte seinen Kollegen des stillen Dienstes zu, die mit ihm vor vielen Jahren zusammen die Marineakademie in Dalian besucht hatten. Kapitän Feng Danyu war ihm ein Jahr voraus gewesen, aber sie hatten sich über die Leichtathletik kennengelernt. Kapitän Chen Han war einer seiner engsten Freunde und zusammen mit ihm einer der Klassenbesten gewesen. Und dann war da noch Kapitän Su Yenpeng, Offiziersschüler im ersten Jahr, als Lee und Danyu bereits kurz vor dem Abschluss standen.

Lee wusste nicht, worum es im Einzelnen bei dieser Konferenz ging, aber mit ihm und drei seiner Kollegen hier konnte er eines mit

Sicherheit sagen – ihre neuen Jagd-U-Boote vom Typ 95A mussten
kurz vor der Fertigstellung stehen.

Die drei Kapitäne der Überwasserkriegsschiffe kannte Lee nicht
persönlich, aber ihr Ansehen war ihm bekannt. Und dann waren da
noch drei Kapitäne von Handelsschiffen, von denen Lee noch nie
gehört hatte. Ihre Teilnahme an einem solch geheimen Treffen war ihm
unverständlich.

****

Admiral Wei Huang schüttelte Hände und machte Smalltalk, bis Lee
den Raum betrat. Der Admiral mit den stählernen Augen bemerkte ihn
und ging auf ihn zu.

»Kapitän Lee, ich freue mich, Sie zu sehen. Ich weiß, Sie hatten
eine lange Reise. Ich muss mich für die kurzfristige Einladung
entschuldigen. Wir hätten Sie direkt hierher einfliegen sollen.«

»Es war kein Problem, Admiral. Es ist mir eine Ehre, eingeladen
worden zu sein.« Lee schüttelte dem Admiral die Hand.

»Sie fragen sich sicher, weshalb Sie hier sind«, sagte Wei und
deutete auf den Saal. »Ihnen ist zwischenzeitlich sicher klar, dass dies
das JBCC ist. Außer denen, die hier arbeiten, erhalten nur wenige die
Aufforderung, sich hier zu einer Konferenz einzufinden. Die
Geheimhaltung dessen, worüber wir Sie in Kürze informieren werden,
steht an oberster Stelle.«

»Ich muss zugeben, Admiral, dass dieser Ort überaus
beeindruckend ist. Die Anfahrt gab nicht den geringsten Hinweis
darauf, dass diese Einrichtung hier zu finden ist«, erwiderte Lee.

Der Admiral lächelte und bot Lee den Stuhl direkt neben sich an.
Wei gab seinem Adjutanten ein Zeichen, und der Offizier tippte
dreimal auf ein Mikrofon.

»Meine Herren, bitte nehmen Sie Platz. Admiral Wei möchte die
Besprechung eröffnen.«

Wei klopfte Lee freundschaftlich auf den Rücken, bevor er das
Podium betrat. Sein Adjutant befestigte das Mikrofon an seinem
Kragen und verließ das Podium.

»Genossen«, begann Wei, »alles, was Sie in den nächsten beiden
Tage hören werden, unterliegt der höchsten Geheimhaltungsstufe.
Sollte einer von Ihnen verraten, was Sie gleich hören werden, werden
Sie erschossen. Dieses Material darf nur mit denjenigen diskutiert

werden, die in das Programm eingeweiht wurden, und in keinem Fall außerhalb dieser Einrichtung. Ausnahmslos. Nach der Rückkehr zu Ihrem Kommando werden Sie Ihre Mannschaften in die Mission einweisen und ihr die gleichen Instruktionen erteilen. Ich hoffe, Sie haben mich verstanden.«

Wei ließ diese Aussage einen Augenblick im Raum stehen, um zu verdeutlichen, dass dies nicht nur eine Geheimsache war, sondern dass sie sich mit ihrem Leben dafür verbürgten. Lächelnd stellte er fest, dass keiner seiner auserlesenen Offiziere unbehaglich zusammenzuckte oder womöglich diese Warnung infrage stellte. Diese Männer waren die besten, die die Marine zu bieten hatte. Sie wussten, was auf dem Spiel stand.

»Die Volksrepublik China begann bereits vor Jahrzehnten ihren langen Marsch«, fuhr er schließlich fort, während die Lichter sich die Lichter des Saals verdunkelten und auf dem Bildschirm hinter ihm eine Karte Chinas erschien. »Zuerst gegen die Kapitalisten, die Chiang Kai-shek unterstützten. Damals wandten wir uns an die Sowjets und gründeten unsere Volksrepublik. Zunächst waren wir den Sowjets unterlegen. Sie nutzten uns zu ihren Zwecken aus. Für sie waren wir nicht mehr als Kanonenfutter für die kommunistische Revolution. Anders als China zerbrach die Sowjetunion dann aber letztendlich am Gewicht ihrer eigenen Inkompetenz.«

Wei wanderte auf der Bühne auf und ab, während Bilder des Korea-Konflikts über den Bildschirm liefen. »Wir dagegen arbeiteten uns beständig aufwärts, und unser Marsch nahm Form an. Wir modernisierten unser Militär, zunächst mit der Hilfe unserer sowjetischen Brüder, bevor sie uns im Namen der Koexistenz mit dem Westen den Rücken zuwandten. Das war nichts anderes als Revisionismus.

Jahrzehnte des Kalten Krieges folgten, in dem die Sowjetunion China und den Westen bekämpfte, bis sie endlich zerbrach. China hingegen, unter der großen und weisen Führung von Premier Zhou Enlai und Mao Tse-tung, gelang es, eine Partnerschaft mit dem Westen aufzubauen, die uns nicht dazu zwang, unsere marxistische Ideologie aufzugeben. Diese Beziehung ermöglichte es uns, unsere Wirtschaft zur größten und wichtigsten Marktwirtschaft der Welt auszubauen. Diese nie zuvor gesehene Gelegenheit erlaubte uns, unsere Leute an den besten Universitäten der Welt ausbilden zu lassen und ihre Talente zurück nach China zu bringen.

»Im Gegensatz zu unseren sowjetischen Brüdern mussten wir den Kommunismus nicht aufgeben«, erläuterte Wei. »Stattdessen zeigten wir der Welt, wie China weiterwuchs, und unser Volk unter dem Kommunismus als Alternative zum Kapitalismus aufblühte und große Erfolge verzeichnete. Mit der Zeit verschafften uns unsere Positionen in den Vereinten Nationen und in der Welthandelsorganisation eine Stimme, die heute auf der ganzen Welt gehört wird.« Admiral Wei hielt einen Moment inne, als er seine kleine Gruppe von Führungskräften musterte und jedem von ihnen wie ein im Westen ausgebildeter Soldat in die Augen sah.

Dann setzte er seine Einführungsrede fort. »Unser Land befreite sich aus der Armut und drang in das 21. Jahrhundert vor. Unsere offenen Aktionen haben zwar dazu beigetragen, dass sich unsere Nation zu einer industriellen und wirtschaftlichen Kraft entwickelt hat, mit der man rechnen muss, aber das war nur der Anfang. Tatsächlich verdanken wir unseren verdeckten Aktionen gegen das westliche Ausbildungssystem, gegen seine Unternehmen und seine Rüstungskonzerne, dass sich dieser langsame, beständige Marsch über die Jahrzehnte hinweg in einen unaufhaltsamen Sprint verwandeln konnte.«

Die Bilder hinter Wei zeigten eine Montage von Chinas einst altehrwürdigen Städten, die sich heute als ultramoderne Metropolen präsentierten. Danach erschienen historische Bilder von Soldaten der Volksbefreiungsarmee in verschlissenen Uniformen, ausgestattet mit ausgemusterten russischen Militärgütern, gefolgt von kurzen Videoclips der größten Armee der Welt, ausgestattet mit den modernsten Waffen, die denen des Westens Konkurrenz machten.

»Der Plan unserer Nation für das Jahr 2025 trug bereits vorzeitig Früchte, da wir unser ewiges Ziel niemals aus den Augen verloren haben«, fuhr Wei fort. »Wir gaben die Revolution oder den Glauben und die Idee, dass der Kommunismus unser Volk aus der Armut befreien wird, niemals auf. Die Vereinigten Staaten und ihre Alliierten sind seit 30 Jahren in einen endlosen Krieg gegen den Islam verstrickt. Diese Zeit nutzten wir, um unsere Marine von einer territorialen Kraft, die allein unsere Grenzen schützen sollte, in eine wahrlich hochmoderne Marine aufzurüsten, die unsere militärische Macht nun auch über unsere Grenzen hinaus demonstrieren kann.

China und der Rest der Welt werden nicht länger vom Wohlwollen der amerikanischen Hegemonie und der Vorherrschaft über die Seewege und Handelsrouten abhängig sein.«, verkündete Wei mit stolzgeschwellter Brust. »China wird nicht länger von den USA oder dem Westen dazu gedrängt werden, das zu tun, was in deren bestem Interesse liegt. Unsere Stellung erlaubt uns nun, das zu verfolgen, was im besten Interesse von China liegt.«

Der Bildschirm hinter Wei zeigte das nächste Video: die Marine, die China einst hatte – eine, die nicht nur von den westlichen Streitkräften, sondern auch von Chinas kommunistischen Brüdern in Moskau offen missachtet und verspottet worden war. Dieses Video verschwand im Hintergrund, während triumphale patriotische Musik das Erscheinen der neuesten Kriegsschiffe der modernen chinesischen Marine ankündigte.

Der Typ 52 Lenkwaffenzerstörer der *Luhu*-Klasse verwandelte sich vor den Augen der Anwesenden in den größeren Typ 55 der *Renhai*-Klasse – in den größten und modernsten Zerstörer der chinesischen Marine, wenn nicht der von ganz Asien. Dann zeigte das Video das alte Yuzhao-Transportschiff Typ 71 für amphibische Landeeinheiten neben dem neuen vom Typ 75, ein massives amphibisches Angriffsschiff, das Hubschrauber transportierte und mit dem Niveau der Kriegsschiffe der *America*-Klasse der USA vergleichbar war.

Kurz darauf wechselte das Video zu Bildern der chinesischen Bodentruppen, in denen sich veraltete Panzer in mächtige moderne Kriegsmaschinen verwandelten. Danach zeigten mehrere Videoclips die chinesische Luftwaffe. Ihre überwiegend aus der Zeit des Kalten Krieges stammenden sowjetischen Jets mutierten in die neuen, ehrwürdigen J-20, die in Scheinangriffen auf amerikanische Kampfflugzeuge durch den Himmel schossen.

Admiral Wei beobachtete seine im Raum versammelten Kapitäne, die in Erwartung von dem, was nun kommen würde, nicht stillsitzen konnten. Ihre sichtliche Erregung erfreute ihn. Mit der Videopräsentation hatte er ein bestimmtes Ziel verfolgt. Was er ihnen als Nächstes zeigen würde, würde die Welt verändern.

»Sie sehen diese Videos heute, da es an der Zeit ist, Sie in den inneren Kreis derjenigen aufzunehmen, die über unseren nächsten Schritt informiert sind«, sagte Wei und wies auf einen anderen Mann, der ein Stück entfernt von den Offizieren saß.

Der geheimnisvolle Mann erhob sich, und Wei fuhr fort: »Es ist mir eine Freude, Ihnen den vielleicht intelligentesten Mann der Welt vorzustellen. Dies ist Dr. Xi Zemin, der Projektleiter von Projekt Zehn. Dr. Xi ist der weltweit führende Experte im Bereich des maschinellen Lernens und der Künstlichen Intelligenz. Seiner Abteilung gelang die Integration dieser beiden Technologien, die zu den technologischen Fortschritten führten, die wir Ihnen jetzt vorstellen werden.

»Dr. Xi, Sie haben das Wort«, schloss Wei und nahm seinen Platz neben Captain Lee ein.

Dr. Xi Zemin musterte die Offiziere vor sich. Die Admirale und Generäle kannte er, aber die Schiffskapitäne waren ihm fremd. Dies waren die Männer, die die von seiner Abteilung entwickelten Strategien ausführen würden.

Dr. Xi räusperte sich. »Ich arbeite seit 20 Jahren an der Entwicklung der fortgeschrittensten Künstlichen Intelligenz der Welt. Um ihr volles Potenzial freizusetzen, war es nötig, einen Quantencomputer zu bauen, der von seiner Kapazität her in der Lage sein musste, die Datenfülle, die wir ihm einspeisen wollten, zu analysieren und zu bearbeiten. Die technologische Umgestaltung unseres Militärs in den letzten 15 Jahren ist das direkte Resultat von Projekt Zehn.«

»Dieser Computer, Jade Dragon, war maßgeblich bei der Lösung der technischen Probleme beteiligt, die sich uns mit der Integration des Antriebs und anderer Systeme in das neue Typ 95A-Unterseeboot stellten. Was mein Computerprogramm jetzt braucht, sind mehr Daten darüber, wie die Technologie außerhalb einer Laborumgebung funktioniert und wie unsere amerikanischen Kollegen zweifellos darauf reagieren werden. Diese neuen Informationen werden unserer KI erlauben, elektronische Kriegsspiele gegen die Amerikaner zu simulieren. Damit wollen wir unsere Strategien, unsere Trainingsmethoden und unsere Ausrüstungsgegenstände gegen die Kriegskunst der Amerikaner und die uns bekannte Leistung ihrer Waffen testen, ebenso wie das Vorgehen der Einzelpersonen, die die US-Waffen bedienen. Kurz gesagt, die KI wird künftig ein integraler

Bestandteil unserer Kriegsplanung, unserer Strategien und möglicher Kampfsituationen sein. Damit übergebe ich das Wort erneut an Admiral Wei, der Sie im Detail informieren wird.«

Dr. Xi wartete, bis der Admiral zum Rednerpult zurückgekehrt war und ging dann zu seinem Sitzplatz zurück.. *******

Admiral Wei verstand vielleicht nicht alles, was Dr. Xis geheimes Programm anging, aber er begrüßte uneingeschränkt, was es seinem Kommando bisher geliefert hatte.

Als er wieder am Rednerpult stand, versprach Wei seinem Publikum: »Vor einer Weile sahen Sie einige bemerkenswerte Videos. Ich denke, die nächste Folge von kurzen Videoausschnitten wird Ihnen verdeutlichen, was ich zukünftig bewerkstelligen möchte.«

Er nickte seinem Adjutanten zu, der ein neues Video startete. Ein enormes Kriegsschiff erschien auf dem Bildschirm. Der amerikanische Flugzeugträger der Ford-Klasse war in voller Größe zu sehen, als er aus Pearl Harbor auslief. Dem folgte ein Interview, das der Captain des Trägers zuvor einem amerikanischen Reporter gegeben hatte.

Der Navy-Captain verhielt sich arrogant und mehr als selbstsicher. Stolz berichtete er von den Fähigkeiten seines ultramodernen Schiffs, das den USA erlauben würde, ihre Macht im Pazifik über Jahrzehnte hinaus zu demonstrieren und zu behaupten. Nach dem Ende dieses Videos begann ein zweites mit dem gleichen Reporter, das ein U-Boot der *Virginia*-Klasse bei der Durchführung einer Reihe von Trainingseinheiten zeigte. Die Besatzung machte gerade eine Torpedoübung auf der Gefechtsstation. Die chinesischen U-Boot-Offiziere im Raum richteten sich in ihren Stühlen auf. Ihr Interesse war geweckt. Aufmerksam verfolgten sie, wie die amerikanischen Seeleute ihre Trainingseinheit absolvierten. Falls die Amerikaner je gegen eine ausländische Militärmacht kämpfen sollten, würden sie es wahrscheinlich auf diese Weise tun. Die chinesischen Offiziere sahen, wie sich die U-Boot-Matrosen innerhalb des U-Boots bewegten, dass sie ihre Handlungen laut ankündigten, und wie sie mit jeder Situation umgingen, mit der sie konfrontiert wurden. Normalerweise gewährte China kaum Zugriff auf die westlichen Medien, weshalb die chinesischen Militärangehörigen hier etwas vollkommen Neues miterlebten. Was Wei und sicher auch seine

Kapitäne überraschte, war, wie offen diese Informationen preisgegeben wurden.

Der U-Boot-Übung folgte ein Video des amerikanischen *Arleigh Burke*-Zerstörers – in seiner neuesten Version. Es war allgemein bekannt, dass das Schiff der *Burke*-Klasse das Ende seines technischen Waffenzuladungspotenzials erreicht hatte. Ohne ein komplett neues Design war es den Amerikanern unmöglich, zusätzliche technische Neuheiten auf diesem Schiff unterzubringen. Jetzt lehnten sich auch die nicht dem stillen Dienst angehörenden Kapitäne auf ihrem Stuhl nach vorn, um jede so noch geringe Kleinigkeit aus diesem Video in sich aufzunehmen.

Nach dem Ende der Videos über die amerikanischen Kriegsschiffe, lächelte Wei, als zu guter Letzt Chinas neuestes Sturm-U-Boot, die *Changzheng,* auf dem Bildschirm erschien. Es gehörte der Long March-Klasse an und entlockte den U-Boot-Kapitänen ein hocherfreutes Grinsen. Endlich würden sie detaillierte Informationen über ihr neuestes U-Boot erhalten, das kurz vor der Freigabe in den Dienst stand.

Mit dem Bild und den Spezifikationen des U-Boots auf dem Monitor hinter sich, verkündete Admiral Wei: »Die *Changzheng* wird das modernste U-Boot der Welt sein. Sein neues Antriebssystem mit einem wellenlosen Propeller, der von einem elektrischen Motor angetrieben wird, reduziert den Antriebslärm bis zu zwanzig Prozent, selbst bei einer Geschwindigkeit von 15 Knoten. Des Weiteren zeichnet es sich durch brandneue vordere Tiefenruder und eine verkleinerte Finne aus. Was noch wichtiger ist, seine akustischen Signale sind dem Westen bislang unbekannt, und die Routen seiner ersten Testfahrten wurden geheim gehalten.

Was die *Changzheng* so tödlich macht, ist ihre Bestückung mit den Waffen, die ich Ihnen heute zum ersten Mal offiziell vorstellen darf. Alles, was Ihnen bislang darüber mitgeteilt wurde oder was sie gehört haben, war eine Lüge, um einem Sicherheitsverstoß vorzubeugen.«

Während der Admiral sprach, brachte sein Adjutant ein technisches Datenblatt des neuen U-Boots auf den Bildschirm. »Der Bug des Boots enthält acht Torpedorohre, nicht sechs. Direkt hinter dem Torpedoraum befinden sich acht VLS-Werfer – unser vertikales Abschusssystem. Diese Werfer sind auf ihre Weise einzigartig, da wir sie mit einer Vielzahl verschiedener Raketen einsetzen können – alles von Marschflugkörpern für Bodenangriffe bis hin zu Anti-Schiffsraketen. Und um den Pazifik zusätzlich in Atem zu halten, kann das VLS-System auch mit unseren HQ-9-Raketen betrieben werden. Jetzt wundern Sie sich sicher, wozu in aller Welt ein U-Boot eine solche Ausstattung mit sich führen sollte.«

Ein kurzer Videoclip folgte, der eine Computersimulation enthielt. Sie zeigte ein militärisches Transportflugzeug, das vom amerikanischen Festland in Richtung des Militärstützpunkts auf Guam unterwegs war. Plötzlich erschien die *Changzheng* im Bild, stieg auf Sehrohrtiefe auf, erfasste das Flugzeug mit seinem Suchradar und schoss eine ihrer Raketen ab.

»Jade Dragon kam zu der Überzeugung, dass die *Changzheng* mehr als ein Super-U-Boot sein kann, das die Amerikaner allein auf See herausfordert. Sobald wir es mit Boden-Luft-Raketen ausstatten, die vom Meer aus abgefeuert werden, kann es auch als Luftabwehrwaffe eingesetzt werden. Der Pazifik ist groß. Andererseits gibt es nur eine bestimmte Anzahl von Flugrouten, denen kommerzielle und militärische Flugzeuge folgen, um Versorgungsgüter und Personal anzuliefern. Die Stationierung eines unserer U-Boote an einer strategischen Stelle unter diesen Luftstraßen kann zusätzliches Chaos unter unseren Feinden auslösen.«

Das Bild hinter Admiral Wei kehrte zu den Schiffsspezifikationen zurück.

»Hinter der Finne sind 12 VLS-Kammern untergebracht, sowie zwei weitere Torpedorohre am Heck. Die vorderen und hinteren Torpedorohre können ebenfalls unsere neuesten Unterwasser-Luftabwehrraketen aufnehmen. Das erlaubt der *Changzheng*, sich sogar mit ASW-Hubschraubern anzulegen, sollte sich diese Notwendigkeit ergeben. Das U-Boot ist mit den neu überarbeiteten YU-9-Torpedos ausgestattet, die eine Spitzengeschwindigkeit von 59 Knoten erreichen. Dr. Xis Team hat die Gefechtsköpfe der YU-9 mit einem modernen KI-Zielfindungssystem versehen, was bedeutet, dass es nicht einfach sein wird, diese Geschosse umzulenken oder ihnen zu entgehen.«

Wei sah erfreute Gesichter und begeistertes Nicken. Er sprach weiter. »Die wahre Schlagkraft der *Changzheng* liegt jedoch in ihrer verbesserten Version des mit dem YU-9 verwandten YU-9 Mk III. Der ist wiederum eine stark verbesserte Version der russischen VA-111 Shkval und unserer alten Version Mk II. Die ältere Version dieses

Torpedos hatte einen Einsatzbereich von 5.000 Metern; der Mk III bietet unserem U-Boot mit einer beeindruckenden Reichweite von 9.000 Metern eine wahrhaft fantastische neue Waffe. Die Abschussgeschwindigkeit des Mk III liegt immer noch bei 50 Knoten, aber seine neue Maximalgeschwindigkeit beträgt nun 220 Knoten.«

Wei hob die Hand, um die Aufregung seiner Gäste im Zaum zu halten, und fügte hinzu: »Um den Einsatzbereich und die Geschwindigkeit des Mk III zu verbessern, kamen wir nicht umhin, den Inhalt seines Gefechtskopfs von 210 Kilogramm auf 150 Kilogramm zu reduzieren. Um das auszugleichen, tauschten wir die traditionelle Mischung mit einer auch im Wasser wirksamen hochexplosiven aus, die Temperaturen bis zu 2.000 Grad Celsius erreicht. Erste Tests haben eindeutig bewiesen, dass die kleineren Gefechtsköpfe dank der neuen Mischung weit mehr Schaden als ihre größeren Kollegen anrichten.«

Einer der Kapitäne hob die Hand, um eine Frage zu stellen. Admiral Wei nickte ihm aufmunternd zu. »Admiral, wie hoch ist die Spitzengeschwindigkeit der *Changzheng*?«

»Sie erreicht eine Spitzengeschwindigkeit von 38 Knoten. Lassen Sie uns nun zum neuen Begleitschiff der *Changzheng* übergehen – und nein, es sind nicht unsere Flugzeugträger, die sich noch im Bau befinden. Hiermit stelle ich Ihnen das neue Schlachtschiff vom Typ 60, die *Dingyuan,* vor.«

Durch die Arbeit mit Dr. Xi und am Projekt Zehn war der chinesischen Führungsriege der PLA zweifelsfrei klar geworden, dass die Chinesen die Amerikaner im Hinblick auf ihre Superflugzeugträger nie überrunden würden. So sehr sie es auch versuchten, die Amerikaner hatten den Chinesen über 100 Jahre an Erfahrung in Bau und Betrieb der Träger voraus. Ihre Pilotentrainingsprogramme und ihre Flugzeuge verzeichneten eine lange und erfolgreiche Geschichte. Amerikanische Flugzeugträger würden noch jahrzehntelang die Meere dominieren. Allerdings hatte Dr. Xis Programm den Führern der PLA einen alternativen Weg aufgezeigt, welcher der chinesischen Marine einen Vorteil gegenüber der amerikanischen Navy verschaffen konnte – trotz der allmächtigen amerikanischen Flugzeugträger.

Gemäß den Empfehlungen der KI hatte die chinesische Marine als Ablenkungsmanöver mit der Konstruktion kleinerer Träger begonnen, um daneben insgeheim ein Superschiff der Zukunft zu entwickeln. Nachdem China den Russen die *Admiral Ushakov* – einen Kirov-

Kreuzer, der für den Schrottplatz bestimmt war – abgekauft hatte, hatten die chinesischen Schiffsbauer mit seinem Wiederaufbau begonnen. Die Künstliche Intelligenz, der die Aufgabe gestellt worden war, das Kriegsschiff der Zukunft zu entwickeln, hatte nach Eingabe aller relevanten Daten den Schlachtkreuzer der *Dingyuan*-Klasse Typ 60 entworfen.

Wenn China schon nicht mit den amerikanischen Trägern gleichziehen konnte, würde es sich darauf konzentrieren, die gegnerischen Träger auf dem Meeresboden zu versenken. Die *Changzheng* Typ 95A und der Kreuzer *Dingyuan* Typ 60 würden eine entscheidende Rolle in Chinas künftiger Dominanz über die Meere spielen und dabei, die Amerikaner herauszufordern.

Admiral Wei sah das Lächeln auf den Gesichtern seiner für die Überwasserseekriegsführung ausgebildeten Kapitäne. Während die spezifischen Details des Schiffs hinter ihm abgebildet wurden, setzte er seine Erklärungen fort. »Der Kreuzer vom Typ 60 ist 300 Meter lang und am weitesten Punkt 30 Meter breit. Voll beladen verdrängt er 31.000 Tonnen. Das Schiff wird von zwei Nuklearreaktoren angetrieben, die ihm einen unbegrenzten Einsatzbereich garantieren. Noch wichtiger ist, dass sie dem Schiff einen enormen Vorrat an Energie für künftige Upgrades unserer Waffen und der Stärke unserer Motoren bereitstellen.

»Bei Höchstgeschwindigkeit erreicht der Typ 60 beinahe 40 Knoten. Das macht ihn zum größten und schnellsten Überwasserkampfschiff seit dem Zweiten Weltkrieg. Die KI hat ermittelt, wen das Schiff aller Wahrscheinlichkeit nach bekämpfen wird. Daraufhin wurden keinerlei Ausgaben gescheut, effektive offensive als auch defensive Maßnahmen zu entwickeln, um das Militär zu besiegen, gegen das es gebaut wurde – Amerika.

Eine der defensiven Besonderheiten, die die KI dem Schiff gab, ist ein verbesserter Panzergürtel. Die Überlebenslektionen, die wir aus der Schlacht des Zweiten Weltkriegs, an der die *Yamato* und die *Musashi* beteiligt waren, gelernt haben, wurden im Design des Typ 60 berücksichtigt. Als die *Musashi* im Oktober 1944 schlussendlich sank, hatte sie unserer Schätzung nach 19 Torpedo- und 17 Bombenangriffe amerikanischer trägergestützter Flugzeuge eingesteckt. Dieses Beispiel illustriert den Stellenwert der Überlebensfähigkeit in einer Schlacht. Wir bauten den Typ 60 unter zwei Gesichtspunkten. Erstens müssen die

Schiffe wiederholte Treffer überstehen und weiter im Kampf bleiben können. Zweitens müssen sie in der Lage sein, alles zu vernichten, gegen das sie antreten, egal ob Über- oder Unterwasserfahrzeuge.«

Admiral Wei sah, dass die Schiffskapitäne einvernehmlich nickten. »Aus diesem Grund verfügt die *Dingyuan* über 160 VLS-Rohre. Fünfzig davon sind den Luftabwehroperationen gewidmet, einschließlich einfliegenden Marschflugkörpern und ballistischen Raketen. Die übrigen stehen für Anti-Schiffs- und Landziel-Einsätze bereit, je nach den Befehlen, die das Schiff erhalten wird. Zur Nahbereichsverteidigung ist das Schiff mit acht H/PJ12 CIWS-Geschützen ausgestattet.

»Wie Sie sehen, meine Herren, verfügt dieses Schiff sowohl über eine außergewöhnliche Schlagkraft als auch über die Fähigkeit, sich gegen feindliche Luftangriffe und Anti-Schiffsraketen zu verteidigen. Mit dem Gedanken an die Überlebensfähigkeit beschlossen wir, auf die 130mm-Gefechtsturmkanone am Bug des Schiffs zu verzichten und gaben ihm stattdessen vier optische Hochleistungslasersysteme. Zugunsten der größtmöglichen Flexibilität, ein Ziel unter Beschuss zu nehmen, wurden diese strategisch auf dem Schiff verteilt. Bitte beachten Sie, dass diese Technologie immer noch relativ neu ist, selbst für die Amerikaner. Wir sind davon überzeugt, dass sie mit einigen wenigen Verbesserungen die maritime Kriegsführung ausschlaggebend verändern wird. Unser Schiff ist für die Zukunft der Seekriegsführung gebaut, nicht für die Vergangenheit.«

Die Überwasserkapitäne waren deutlich von der Idee begeistert, Laser auf ihren Schiffen zu haben. Die amerikanischen Kriegsschiffe würden demnach nicht die einzigen sein, die diese neue Waffenart testeten.

Admiral Wei deutete auf den Mann, dessen Technologie den Erbau solcher Schiffe ermöglicht hatte. »Dr. Xis KI hat von den Amerikanern gelernt und dieses Schiff so effizient und modern entworfen, wie es uns unsere gegenwärtigen Möglichkeiten erlauben. Und die Technologie, die sich seine Abteilung nicht aneignen oder kopieren konnte, hat seine KI aus Einsern und Nullen selbst entwickelt.«

Wei klatschte einige Male in die Hände und verbeugte sich vor Dr. Xi. Die anwesenden Offiziere erhoben sich und schlossen sich dem Beifall frenetisch an. Dr. Xi schien von dieser Lobpreisung überrascht und verwirrt zu sein.

Wei wusste, dass die größte Herausforderung darin bestehen würde, die 1.065 Offiziere und Soldaten zu finden und auszubilden, die für den Betrieb der drei Schlachtkreuzer benötigt würden. Xi hatte sie bis an diesen Punkt gebracht; nun lag es an ihm, seinen Beitrag zu leisten.

Nachdem alle wieder Platz genommen hatte, hob einer der erfahreneren Kapitäne die Hand. »Admiral, wäre es möglich, dass Dr. Xi uns das Konzept der Künstlichen Intelligenz etwas näher erklärt? Das könnte weiter zu unserem Verständnis beitragen, wie diese neue Technologie die Kriegsführung revolutionieren wird.«

Admiral Wei nickte zustimmend und bat Dr. Xi zum Rednerpult.

****

Auf dem Weg zur Mitte des Podiums blickte Xi auf die Gruppe der Offiziere. *Sie waren die Zukunft der Marine. Dies waren die Männer, die die Strategien und Pläne von Jade Dragon auf Jahre hinaus implementieren würden.* Xi hielt sich das vor Augen, während er erklärte, wer er war und was seine Abteilung für sie getan hatte und weiter tun würde.

»Kapitäne, wie bereits erwähnt, bin ich Wissenschaftler, der weltweit führende Experte in Sachen Künstlicher Intelligenz und maschinellem Lernen«, sagte Xi. »Ich verbrachte die letzten 20 Jahre damit, mein Lebenswerk, einen semi-autonomen, denkenden Computer zu erschaffen. Einen Computer, den wir im Auftrag der chinesischen Regierung mit Problemlösungen betrauen können, die zu komplex für unser menschliches Gehirn sind. Diese neue Super-KI wird uns behilflich sein, das Land besser zu verwalten und zu regieren – alles, vom Management unserer Bodenschätze und Ressourcen bis hin zu einer effektiveren Produktion. Jade Dragon kann pro Sekunde über 2.000 Billiarden Berechnungen durchführen. Das ist zehnmal schneller als jeder andere heute existierende Supercomputer ...«

Einer der Admirale unterbrach ihn. »Dr. Xi, Jade Dragon macht wichtige Arbeit für unser Land. Was Sie für China erreicht haben, ist einfach bewundernswert. Vielleicht könnten Sie dennoch ein wenig genauer darauf eingehen, wie Ihr Supercomputer *uns* behilflich sein kann?«

Xi zögerte einen Moment. Er wusste, dass er sich gelegentlich derart in technische Details verstrickte, dass ihm sein Publikum nicht länger folgen konnte. Er holte tief Luft, ordnete seine Gedanken und begann erneut.

»Admirale, Kapitäne, erlauben Sie mir zu erklären, wieso diese Super-KI die Zukunft der modernen Kriegsführung verändern und wieso Jade Dragon Amerika und den Westen besiegen wird. Admiral Wei und General Li Zuocheng sagten mir, dass die PLA routinemäßig in ihren Stabsübungen Kriegsszenarien durchspielt. Zudem unterrichteten sie mich darüber, dass Ihre Organisation erst seit fünf Jahren vom Computer erstellte Übungen integriert. Ich nehme an, Sie nahmen an einigen von ihnen teil?«

Alle nickten, weshalb Xi auf einen der Kapitäne deutete.

»Kapitän Chin, hatten Sie während Ihrer Teilnahme an diesem Training den Eindruck, dass der Feind, gegen den Sie antraten, folgerichtig auf Ihre Bewegungen und die Ihrer Kollegen reagierte?«

Langsam schüttelte Kapitän Chin den Kopf.

»Wieso hielten Sie die simulierte Reaktion Ihres Gegners für unrichtig?«, fragte Xi mit steigendem Selbstbewusstsein.

»In dieser Übung bekämpfte mein Schiffsgeschwader eine australische und eine amerikanische Task Force«, erklärte Kapitän Chin. »Wir gewannen die Schlacht, aber um ehrlich zu sein, bin ich mir nicht sicher, ob das im echten Leben ebenfalls der Fall gewesen wäre.«

»Erklären Sie uns bitte, wieso Sie denken, dass Sie in einer echten Situation womöglich verloren hätten?«, hakte Xi nach.

Nervös sah Kapitän Chin zu Admiral Wei hinüber, als ob er fragen wollte, wie weit er gehen durfte. Der Admiral lächelte und forderte ihn mit einem Nicken auf, fortzufahren.

Kapitän Chin atmete tief durch und präzisierte seine Anmerkungen. »Ich bin mir nicht sicher, wie amerikanische Kriegsschiffe oder deren Kapitäne tatsächlich auf unsere Bewegungen reagiert hätten. Da keine unserer Besatzungen oder wir selbst im Gegensatz zu den Amerikanern in einem echten Kampfeinsatz waren, fehlt uns die Erfahrung, die man nur hat, wenn man Entscheidungen über Leben und Tod treffen muss. «

Xi lächelte breit über diese Antwort. »Sie haben vollkommen recht, Kapitän Chin. Es fehlen Ihnen die notwendigen Informationen, um zu wissen, ob der Zug, den Sie machen werden, richtig ist und sich im wirklichen Leben mit einer gewissen Wahrscheinlichkeit so abspielen wird wie in der Übung. Die Übung war nur so akkurat wie die Daten, die Sie eingeben konnten. *Hier* kommt Jade Dragon ins Spiel. Die KI verändert unseren Umgang mit diesen Daten. Das macht es uns möglich, künftige Kriege tatsächlich zu gewinnen.«

Kapitän Chin nickte und stellte eine Folgefrage. »Dr. Xi, wenn Jade Dragon eine superintelligente KI ist, wie wird sie dann die Daten sammeln, die sie braucht, um unseren Gegner zu verstehen und dann die notwendige Strategie für den Sieg zu entwickeln?«

»Eine ausgezeichnete Frage. Erlauben Sie mir bitte einen kurzen Rückblick, um Ihnen besser zu erklären, wie all das funktioniert. Im Jahr 2015 hatte das amerikanische Personalverwaltungsbüro, das OPM, eine Datenpanne. Unser Hackerteam infiltrierte die Organisation und stahl die Sicherheitsüberprüfungsunterlagen von beinahe 21 Millionen aktiver und ehemaliger US-Regierungsangestellten, sowie Informationen über ihre Familien und Bekannten, die in der Hintergrundüberprüfung aufgeführt waren. Diese Daten waren unter den Ersten, die der KI eingegeben wurden, nachdem sie online kam.«

»Wie relevant ist das heute für uns?«, fragte Kapitän Chin mit gefurchter Stirn.

»Das ist die nächste gute Frage, Kapitän Chin.«

Xi aktivierte eine Gerät an seinem Handgelenk, was den Bildschirm hinter ihm zum Leben erweckte. Das Bild des Captains der *Gerald R. Ford* erschien. Xi vergrößerte es mit einer Handbewegung.

»Dies, meine Herren, ist Captain Robert Womack, zurzeit der kommandierende Offizier der *Ford*. 2015, im Jahr des Datendiebstahls, war er der Erste Offizier des F/A-18 Geschwaders der USS *Ronald Reagan*. Wie bereits erwähnt, fütterten wir die KI mit OPM-Daten. Danach speicherten wir zusätzliche Informationen über die Offiziere, die aller Wahrscheinlichkeit nach ein Jahrzehnt später eine Kommandoposition innehaben würden. Wir suchten speziell nach Offizieren, die erfolgversprechend aussahen und deren positive Beurteilungen ihr Potenzial zum Erhalt eines Kommandos widerspiegelten. Im Lauf der Jahre verglich die KI ihre ursprüngliche Einschätzung dieser verschiedenen Offiziere mit denen, die wirklich dazu auserwählt worden waren, Kommandos in der Navy zu übernehmen.

»Sobald die KI eine Gruppe von Offizieren gefunden hatte, die sie korrekt identifiziert hatte, überprüfte sie im Einzelnen, aus welchem Grund ihr das gelungen war. Das Gleiche tat sie in den Fällen, in denen sie zu einem falschen Ergebnis gekommen war. Mit den Jahren erreichte Jade Dragon durch die Optimierung seiner Software eine 96-prozentige Trefferquote in der Voraussage, wer Karriere machen und nach einiger Zeit eine Kommandostelle erhalten würde und wem das nicht gelingen würde. Jade Dragon führte diese Auswertung nicht nur für die amerikanische Navy, sondern für alle Bereiche der amerikanischen Streitkräfte durch. Captain Womack schloss als Bester seiner Klasse in Annapolis ab und erhielt in jeder Position, die er innehatte, die besten Beurteilungen. Als sich Jade Dragon die von ihm gesammelten Daten ansah, sah sie zutreffend voraus, dass er das Kommando über ein F/A-18-Geschwader übernehmen würde, was wiederum die Voraussetzung dafür ist, später zum Kommandant eines Flugzeugträgers ernannt zu werden.«

»Von einem Offizier, der die Marineakademie besucht hat, ist das zu erwarten«, erwiderte Kapitän Chin. »Wenn die Amerikaner eine Künstliche Intelligenz wie Jade Dragon hätten, könnte sie das Gleiche über jeden Mann in diesem Raum behaupten.«

Xi lächelte und hob einen Zeigefinger, um die Anwesenden darauf hinzuweisen, dass die Geschichte noch nicht zu Ende war.

»Vollkommen richtig, Kapitän. Was wir jedoch nicht wussten, ist, dass Womack ein Alkoholproblem hat. Sie müssen wissen, dass die Malware, die den Datendiebstahl beim OPM möglich gemacht hat, von Jade Dragon ausging. Mit der Zeit infiltrierte sie das gesamte amerikanische System: Banken, die Unterhaltungsindustrie, Internetanbieter, Smartphone-Apps, usw. Sie war *überall*. Wir richteten eine ganze Cyber-Brigade ein, infizierte Apps zu entwickeln, die die Amerikaner, süchtig wie sie sind, eifrig heruntergeladen haben. Nachdem wir die Informationen in Womacks Kreditkartenauszügen einsehen konnten, entdeckte die KI ein klares Kaufmuster und sagte mit 98-prozentiger Sicherheit voraus, dass er seine Karriere gefährden würde, wenn er seine Alkoholabhängigkeit nicht in den Griff bekam.«

Xi sah, dass die Kapitäne und Admirale nun Interesse an dem zeigten, was er zu sagen hatte. »Diese Vorhersage bewahrheitete sich im Jahr 2018, als er in einen von ihm verschuldeten kleineren Unfall verwickelt wurde. Die Marine kehrte das unter den Teppich, und im Jahr 2020 kommandierte er ein Geschwader. Das hatte Jade Dragon vorhergesagt. Und zu dieser Zeit sagte die KI dann voraus, dass ihm innerhalb von zwei Jahren das Kommando über einen Flugzeugträger übertragen werden würde.«

Xi machte eine Pause, um seine Worte sacken zu lassen, bevor er hinzufügte: »Jade Dragons Algorithmen entwickeln sich von allein weiter. Er lernt Verhalten vorherzusagen, basierend auf den Informationen, die wir ihm geben. Je mehr Informationen wir einspeisen, desto zutreffender werden seine Aussagen. Das nennen wir vorausschauende Verhaltensanalyse. Die Künstliche Intelligenz konnte nicht nur sehen, wie Womacks Abhängigkeit seine Karriere beeinflussen würde – nein, obendrein konnte sie auch sehen, wie seine Vorgesetzten auf seine Aktionen reagieren würden. Aber Jade Dragons Analyse kann noch weit mehr. Neben der Kenntnis von Womacks persönlicher Schwäche kann Jade Dragon nun auch dank unseres umfassenden Datensammelns mit Bestimmtheit vorhersagen, wie Womack in allen möglichen Seekampfszenarien reagieren wird … und wann sein Alkoholproblem seine Entscheidungsfähigkeit beeinflussen wird.«

Diese Information versetzte den Raum in Aufregung, als die anwesenden Männer die Konsequenzen von dem begriffen, was ihnen da gerade präsentiert worden war.

An diesem Punkt kehrte Admiral Wei auf die Bühne zurück und bedeutete Dr. Xi, wieder Platz zu nehmen. Er hatte nun für alle verständlich erklärt, was Jade Dragon war und wie seine AKI die Kriegsführung für immer verändern würde.

****

»Das bringt uns nun zum Grund Ihrer Anwesenheit, meine Herren. Typ 60 and Typ 95A sind Ihnen jetzt bekannt. Als Nächstes möchte ich Ihnen die Kapitäne Tsai, Gao und Sung vorstellen.« Wei bat die drei Männer, aufzustehen. Sie folgten seiner Aufforderung und verbeugten sich leicht vor den anderen.

»Diese Kapitäne befehligen drei unserer Containerfrachtschiffe – Schiffe, die wir in Waffendepots umfunktioniert haben«, verkündete Wei. Er hob die Hand, und sein Assistent projizierte ein gewöhnliches Frachtcontainerschiff auf den Bildschirm. Die Kapitäne der Kriegsschiffe kicherten beim Anblick dieses schwerfälligen Kolosses leise in sich hinein.

»Kapitän Tsai, klären Sie Ihre Kollegen der Flotte doch bitte über die Vorzüge Ihres Schiffes auf«, bat Admiral Wei.

Kapitän Tsai sprang auf und verbeugte sich.

»Jawohl, Admiral. Meine Herren, mein Schiff erweckt nach außen hin den Eindruck eines normalen Containerfrachtschiffs. Dieser Eindruck täuscht. Im Bug des Schiffes – versteckt unter einer zurückziehbaren Abdeckung – befinden sich 350 vertikale Abschussrohre, über denen aus Tarnungsgründen mehrere Container gestapelt sind.

Unsere Ladung kann und wird sich mit jeder Mission ändern. Dank eines nuklearen Reaktors, der dem des Typ 60 entspricht, kann unser Schiff Spitzengeschwindigkeiten bis zu 36 Knoten erreichen. Außerdem kann es bis zu sechs Changhe Z-18 ASW-Hubschrauber aufnehmen. Unsere Schiffe sind tatsächlich ganz gewöhnliche Frachtschiffe, die ihre Frachtgüter auf geplanten Routen transportieren. Gleichzeitig sind sie aber auch Handelsstörer, die, falls es nötig sein sollte, zum Erstschlag oder Gegenschlag eingesetzt werden können. Unsere Aufgabe ist es, uns in voller Sicht vor einem potenziellen Gegner zu verstecken.«

Ein Video mit den Schiffsplänen erschien. Es endete damit, dass das Schiff eine Salve aller dreihundertfünfzig VLS-Raketen nacheinander abfeuerte. Kapitän Tsai verbeugte sich erneut, während seine dem Militär angehörenden Kollegen längst aufgehört hatten, abschätzig zu grinsen.

****

Wie war es den Chinesen möglich, vier Typ 95A und drei atombetriebene Schlachtschiffe vom Typ 60 zu bauen, während sie gleichzeitig die Produktion des Typ 55 vorantrieben?, wunderte sich Kapitän Lee ungläubig. *Wie war es möglich, dass China auf atombetriebenen Schiffen Waffendepots einrichtete, ohne dass die Amerikaner die geringste Ahnung davon hatten?* Die Finte mit den Flugzeugträgern hatte ihn wirklich aus der Fassung gebracht. China hatte bewusst Milliarden für Schiffe ausgegeben, an denen die Marine keinerlei Interesse hatte.

Die gesamte Marine hatte mit vor Stolz geblähter Brust das Auslaufen der *Liaoning* zur Kenntnis genommen. Lee hatte Gerüchte von Problemen mit den Flugzeugkatapulten und den Kraftwerken an

Bord aufgeschnappt, sie jedoch abgetan, da er davon ausgegangen war, dass die Entwicklung von Chinas neuen Flugzeugträgern noch einige Probleme mit sich bringen würde. Jetzt machte es Sinn. Der Flugzeugträger war ein Ablenkungsmanöver gewesen.

Nachdem die *Shandong* ausgelaufen war und von den gleichen Problemen geplagt wurde, hatte Lee, wie der Rest der PLA-Marine, zunächst Beschämung empfunden. Ohne es sich eingestehen zu wollen, hatte er gewusst, dass China niemals die Überlegenheit der amerikanischen Flugzeugträger erreichen konnte. Jetzt, da er wusste, dass dies von Anfang an nicht der Plan gewesen war, stieg erneut der Stolz auf die Marine der PLA in ihm auf.

Als sich Kapitän Tsai zum Sprechen erhoben hatte, konnte Lee zunächst nicht umhin, ihn, ebenso wie seine Kapitänskollegen, verächtlich abzutun. Wie konnte der Kapitän eines Handelsschiffs ihnen gleichgestellt sein? Nachdem er allerdings den Bauplan des Schiffs gesehen hatte, gefolgt von dem Video, das den Abschuss von 350 Raketen in Folge zeigte, schien Kapitän Tsai ein weit größerer Mann zu sein als nur wenige Augenblicke zuvor.

Der Raum verfiel in absolutes Schweigen, während die Angehörigen der Marine den ihnen verabreichten Schock verarbeiteten … Dann sprangen alle Männer plötzlich gleichzeitig auf und klatschten voller Anerkennung und Begeisterung laut in die Hände. Admiral Zhang von der Nördlichen Flotte hob eine Hand, um die Ordnung wiederherzustellen. Lee und der Rest der Kapitäne machten sich Notizen, während ihnen nun ein Admiral nach dem anderen seinen detaillierten Plan für die lange Marschroute über den Pazifischen Ozean nach Südamerika und ihre Rolle in diesem Plan darlegte.

Die Vorstellung der gesamten Planung nahm die nächsten vier Stunden in Anspruch. Das Abendessen wurde geliefert, aber alle waren viel zu aufgeregt, um etwas zu sich zu nehmen. Lees Notizen wuchsen auf 25 Seiten an, plus den Anmerkungen, die er in seinen Informationsunterlagen machte. Er war voller Vorfreude über die Rolle, die ihm und seinem neuen Schiff im bevorstehenden Konflikt zufallen würde. Er fühlte sich selbstsicher bei dem Gedanken, dass die Amerikaner sie jetzt als ebenbürtig ansehen mussten oder dass sie sogar vernichtend geschlagen werden konnten.

Admiral Zhang von der Nördlichen Flotte gab an alle Marine-Offiziere neue Patrouillenbefehle für ein Sondertraining im

Südchinesischen Meer aus. Das Ziel des Typ 95 war, die Waffendepot-Schiffe zu versenken, die während der Übung die Stelle der amerikanischen Trägerschiffe einnehmen würden. Der Typ 60 und die ihm beigeordneten Zerstörer vom Typ 52 und 55 sollten den Typ 95 jagen und zerstören.

Während der Übung würden alle Torpedos ohne explosive Gefechtsköpfe zum Einsatz kommen, allerdings blieb alles andere an den Torpedos unverändert. Sie würden ihr Ziel anvisieren und darauf zuhalten, als ob sie echt wären. Ihr Einschlag auf den Rumpf würde die Verteidiger wissen lassen, dass sie einen Treffer erlitten hatten.

Die Besprechung setzte sich bis zum Sonnenaufgang fort. Körperlich war Lee erschöpft, aber seine Gedanken rasten. Es fühlte sich an, als sei es Monate her, dass er seine Sachen im Erdgeschoss im Schließfach verstaut hatte. Dabei waren weniger als 17 Stunden waren.

Beim Verlassen des Gebäudes sah Lee Dr. Xi Zemin, der gerade in seinen Wagen stieg. Der Mann drehte sich kurz zu ihm um und nickte ihm zu. Lee erwiderte die Geste. Eine Minute später fuhr der Wagen vor, der Lee in diese geheime Einrichtung gebracht hatte. Der gleiche Chauffeur stieg aus und öffnete ihm gerade die Tür, als Lee hinter sich seinen Namen hörte. Er drehte sich um und sah Kapitän Chen von der *Changzheng 32* und Stabskapitänleutnant Liu von der *Dingyuan IV*. Lee bedeutete dem Fahrer, zu warten und ging auf seine Kollegen zu. Lee stand stramm und salutierte vor dem amtsälteren Kapitän Liu.

»Was kann ich für Sie tun?«, erkundigte sich Lee.

»Ich möchte Ihnen beiden viel Glück wünschen. Der Typ 60 ist ein formidables Kriegsschiff«, antwortete Kapitän Liu.

»Das wünschen wir Ihnen ebenfalls, Kapitän. Nahmen Sie schon einmal an einer Kriegsübung mit Übungsmunition teil?«, erkundigte sich Lee.

Liu verneinte. »Aber es wird unseren Mannschaften sicher guttun, diesen Druck zu spüren, bevor wir die harten Lektionen des Kriegs lernen müssen.«

Die Männer dachten einen Moment über diese Aussage nach. Deren Gewicht ließ die Erschöpfung, die sie verspürten, noch schwerer auf ihnen lasten. Ihnen stand ein Krieg bevor, in dem ihnen die Rolle der Speerspitze Chinas zufiel. Liu nickte bekräftigend und verabschiedete sich. Lee und Chen sahen ihm nach. Danach klopfte

Chen Lee freundschaftlich auf die Schulter und trennte sich von ihm, als er Admiral Wei auf Kapitän Lee zukommen sah.

Lee nahm Haltung an und salutierte . Wei wischte dies mit einer Handbewegung beiseite.

»Gehen wir ein Stück, Kapitän«, forderte Wei ihn auf und signalisierte Lees Fahrer, dass er warten solle.

»Jawohl, Admiral.« Lee gehorchte und ging zur Linken des Admirals neben ihm her.

»Sie haben eine Woche Zeit, Ihr U-Boot und Ihre Mannschaft vorzubereiten. Sie dürfen Ihre Offiziere nach Belieben über das Bevorstehende unterrichten. Eines sollten Sie allerdings wissen.« Wei schwieg einige Schritte lang. Lee spürte, dass er überlegte, ob er ihm ein großes Geheimnis anvertrauen sollte.

Endlich hielt Wei inne und sah Lee ins Gesicht. »Lee, das Geschehen der kommenden Monate wird das Schicksal Chinas und das der ganzen Welt bestimmen. Ich habe Sie ausgesucht, da ich das Feuer in Ihnen sehe«, sagte Wei mit strenger Stimme.

»Vielen Dank, Admiral. Ich verstehe«, erwiderte Lee.

»Nein, das tun Sie nicht!«, zischte Wei leise, damit nur sie beide es hören konnten.

Einen Moment lang sah Lee so etwas wie Hass in Weis Gesicht, der so schnell wieder verschwand, wie er gekommen war. Wei entspannte sich und holte tief Luft, bevor er erneut ansetzte. »Diese Jade Dragon-KI … jagt mir Angst ein«, sagte er leise, aber bestimmt. »Sie … sie ist zu genau. Jade Dragon hat die vorausschauende Analyse für Ihr Kriegsspiel bereits erstellt. Er weiß alles über jeden an diesem Training beteiligten Mann auf jedem Schiff und auf jedem Unterseeboot. Er spielte über 1.000 Szenarien durch und machte seine Vorhersagen. Die Partei ist extrem neugierig, wie es ausgehen wird. Ich kenne Sie als kämpferischen und kompetenten Kapitän. Folgen Sie Ihren Instinkten, nicht der Doktrin. Kämpfen Sie wie ein amerikanischer, deutscher, britischer oder französischer Kapitän. Lernen Sie, wozu Ihr U-Boot in der Lage ist, finden Sie seine Grenzen und wachsen Sie darüber hinaus. Gewinnen Sie! Haben Sie verstanden?«

Lee wusste nicht, was er sagen sollte. Wei wollte ihm offensichtlich etwas mitteilen, das er nicht laut aussprechen durfte. Lee musste selbst herausfinden, was es war. Er sah dem alten Admiral lange in die Augen und nickte schließlich.

Wei drehte sich um und ließ Lee in Gedanken versunken zurück. Schließlich setzte sich Lee seine Sonnenbrille auf und kehrte zu dem geduldig wartenden Fahrer zurück. Er durfte seinen Flug nicht verpassen, da er schnellstmöglich sein U-Boot erreichen musste. Ihm blieb nur eine Woche, seine Mannschaft vorzubereiten und den Umgang mit seiner neuen Waffe zu erlernen. Außerdem musste er herausfinden, was zum Teufel Wei ihm hatte sagen wollen.

****

Zehn Tage später
Im Südchinesischen Meer
Changzheng 30

Kapitän Lee saß in der Offiziersmesse und trank einen Tee, während er seine Offiziere beobachtete, die das verarbeiteten, was er ihnen gerade mitgeteilt hatte. Er hatte die letzte Stunde damit verbracht, sie auf drei taktische Szenarien vorzubereiten, die auf sie und ihr Boot zukommen könnten. Um ihnen die Wichtigkeit der kommenden Übung ausreichend deutlich zu machen und wie revolutionär ihr neues Schiff und ihre Task Force sein würde, hatte er seine Offiziere über den geheimen Inhalt seines Informationspakets unterrichtet, das sie ihm im JBCC überlassen hatten.

Wie er, hatten auch sie die *Panamax* ausgelacht, bis sie die Aufnahmen von 350 VLS-Rohren sahen, die ein Trommelfeuer von Marschflugkörpern abschossen. Ihre schnippischen Kommentare waren verstummt, als sie schließlich erkannten, welche Bedeutung ein solcher Handelsstörer haben könnte.

Sein XO hatte scharfsinnig festgestellt, dass die Kreuzer vom Typ 60 die Arbeitstiere der Marine werden würden. Falls ihnen das Zusammenspiel zwischen den Typ 95-U-Booten, den Typ-55-Zerstörern und den Typ 60-Schlachtschiffen gelingen sollte, standen die Chancen gut, dass sie die amerikanische pazifische Flotte in kürzester Zeit in die Knie zwingen konnten. Der Trick war nun, die chinesischen Kompetenzen in der Durchführung einer mehrschichtigen Schlacht zeitnah aufzubauen – worin die Amerikaner bereits seit dem Zweiten Weltkrieg geübt waren.

Nach dem Auslaufen der *Changzheng*, hatte es sich Kapitän Lee zur Gewohnheit gemacht, seine Offiziere täglich um sich zu versammeln und mindestens eine Stunde lang anwendbare Taktiken zu diskutieren, sowie den bestmöglichen Einsatz ihrer neuen Waffen gegen ihre wahrscheinlichsten Gegner. Lee machte seinen Männern unmissverständlich klar, dass ihren neuen Kriegsschiffen gelingen würde, was die Japaner im letzten großen Krieg nicht erreicht hatten – die Amerikaner zu schlagen, sollte es je zu einer solchen Auseinandersetzung kommen.

Vor der Gruppe stehend, fragte Kapitän Lee erneut: »Was ist das Hauptziel dieses Kriegsspielszenarios?«

»Den amerikanischen Träger zu versenken«, erwiderte ein Waffenoffizier.

Lee nickte. »Genau. Und wie erreichen wir das?«

Dieses Mal antwortete ein anderer Waffenoffizier. »Wir werden die Abschirmung des Flugzeugträgers umgehen und ihn dann mit unseren neuen Torpedos versenken.«

Lee lächelte. »Richtig, aber wie kommen wir an den Begleitschiffen vorbei?«

»Wir wissen, welche Begleitschiffe den Träger umgeben. Wir planen um seine Potenziale herum und finden die Schwachstelle«, schlug einer der Navigationsoffiziere vor.

»Ganz recht«, bestätigte Lee mit einem Nicken. »Das Containerschiff spielt den amerikanischen Flugzeugträger, der von einem neuen Schlachtschiff und unseren Zerstörern begleitet wird. Diese gegnerischen Kräfte jagen uns ebenso, wie wir sie jagen werden. Ich erwarte von Ihnen, dass Sie jederzeit wachsam und darauf vorbereitet sind, sich ohne Zögern einer Situation anzupassen oder Änderungen vorzunehmen.«

Die Offiziere in der Messe nickten mit ernstem Gesicht.

Lee besprach ein weiteres Mal die Regeln der Übung mit ihnen, um sicherzustellen, dass sie genau wussten, was von ihnen erwartet wurde. Dies war ein Test der Typen 60 und 55, um zu überprüfen, wie gut sie zum Schutz hochwertiger Militärgüter und bei der Jagd auf ein simuliertes amerikanisches U-Boot zusammenarbeiteten.

Die Kriegsspielpläne der anderen Kapitäne waren identisch. Ein Typ 95 musste sich einem Typ 60 und drei Zerstörern stellen. Die *Changzheng* blieb als Reserve zurück, um in jedem Kriegsspielbereich akustische Daten zu sammeln und das Kampfgeschehen aufzuzeichnen. Sämtliche Daten, die diese Trainingsübung einbrachte, würden zur weiteren Analyse in Jade Dragon eingespeist werden. Lee vermutete, dass die *Changzheng* zusätzlich feststellen sollte, ob die Oberflächenkämpfer sie inmitten des Unterwasserlärms der Schlacht entdecken konnten.

Das Problematischste an dieser Übung war die Einschränkung ihres Gebrauchs an Luftabwehrraketen. Diese Beschränkung gab den ASW-Hubschraubern, die Jagd auf die U-Boote machen würden, eindeutig einen Vorteil. Einer von Lees Offizieren hatte jedoch eine Idee, wie sie damit umgehen konnten, zumindest bis sie ihren Patrouillenbereich für die Übung erreicht hatten.

»Brücke, Sonar hier.«

Der Kapitän griff nach dem Mikrofon. »Sonar, Brücke, was gibt es?«, fragte er in der Hoffnung, sie hätten ein Ziel gefunden.

»Brücke, wir haben ein großes Schiff entdeckt, einen Tanker. Es nähert sich.«

»Sonar, verstanden. Wir übernehmen.«

Erfreut befahl Lee dem Steuermann, ihr U-Boot unter dem großen Tanker in Position zu bringen und sich seiner Geschwindigkeit anzupassen. Sie würden die Deckung dieses Schiffs dazu nutzen, ungesehen an ihren Einsatzbereich zu gelangen.

Sobald sie das Areal des ihnen zugewiesenen Kampfspielplatzes erreicht hatten, schickte Lee in diagonaler Linie einige seiner akustischen Attrappen aus. Sie waren darauf programmiert, mit zwei Knoten Geschwindigkeit und aktiviertem passivem Sonar zu reisen. Das akustische Signal des angeblichen Flugzeugträgers war in ihr Zielauswahlsystem einprogrammiert. Falls die Attrappen die Peilung der Sonarbojen eines ASW-Hubschraubers entdecken sollten, würden sie das Signal der *Changzheng* imitieren und auf 15 Knoten beschleunigen.

Sollten die ASW-Hubschrauber auf diese Finte hereinfallen und zur Jagd auf die Attrappen ansetzen, würden diese ihre Geschwindigkeit weiter erhöhen und verschiedene Kurs- und Tiefenwechsel vornehmen, um die Jagdhubschrauber abzuschütteln. Lee ging davon aus, dass dies die Zerstörer, die ihren Helikoptern folgen würden, lange genug vom Flugzeugträger abziehen würde, um mit seinem eigenen U-Boot in Schussweite zu gelangen und eine

Anzahl von Torpedos abzufeuern, bevor er im Anschluss daran in tieferen Gewässern aufs offene Meer hinaus floh. Zum vorgesehenen ENDEX-Zeitpunkt am Ende der Übung würden sie auf Periskoptiefe gehen, eine Entwarnungsmeldung senden und ihren Sieg erklären.

Beim Gedanken daran, wie ihr Sieg aussehen würde, kam Kapitän Lee ein amerikanisches Sprichwort in den Sinn: Alles, was schiefgehen kann, wird auch schiefgehen – im schlimmsten aller Momente.

Lee betrat die Brücke. »Deckoffizier, Status des Schiffs?«, fragte er.

»Kapitän, Schiff läuft flüsterleise, Oberflächenkontakte weiter auf berichtetem Kurs unterwegs.«

»Sehr gut. Geschwindigkeit und Kurs beibehalten«, erwiderte Lee.

»Geschwindigkeit und Kurs beibehalten, Zu Befehl, Kapitän.«

Das U-Boot hatte sein schleichendes Vordringen in seinen Patrouillenbereich bei drei Knoten Geschwindigkeit in einer Tiefe von 100 Metern über sieben Tage lang beibehalten. Die *Changzheng* war ein Schwarzes Loch im Wasser. Ihre Besatzung hatte das Schlachtschiff und die drei Zerstörer, die ihre beabsichtigte Beute eskortierten, bereits erfolgreich identifiziert und ihren Kurs ermittelt.

Der vermeintliche Flugzeugträger lag 16 Kilometer von ihrem Bug entfernt im Wasser. Zwei Zerstörer vom Typ 55 schienen die Führung übernommen zu haben, während ein dritter Zerstörer die Nachhut bildete. Der Typ 60 mit aktiv suchendem Sonar befand sich backbord neben dem Flugzeugträger. Es dauerte nicht lange, bevor sie auch die ASW-Hubschrauber entdeckten, die in gerader Linie vor ihnen ihre Unterwassersonargeräte einsetzten. Zwischen dem Typ 60 und Captain Lees U-Boot waren zwei Täuschkörper unterwegs. Zudem hatten sie zwei Te-3-raketengetriebene Minen im direkten Weg des Typ 60 ausgesetzt. Lee würde die Täuschkörper dazu nutzen, die ASW-Hubschrauber von den Schiffen abzulenken, bevor er seine eigenen Minen umging und ungehindert mehrere Torpedos auf den Typ 60 abfeuerte.

Lee wandte sich an seinen Waffenoffizier und befahl: »Weps, feuern Sie vier YU-9-Torpedos mit programmiertem Kurs in passivem Modus direkt auf den Flugzeugträger ab.«

»Zu Befehl, Kapitän. Vier Torpedos in passivem Modus auf den Flugzeugträger abfeuern«, wiederholte der Waffenoffizier.

»Sobald die Zielfindung der Torpedos den Träger erfasst hat, passiver Modus bis zum Abstand von 350 Metern. Danach Aktivierung«, fügte Kapitän Lee hinzu.

Bei einer Geschwindigkeit von 59 Knoten würden die YU-9 ihr Ziel nacheinander im Abstand von circa 100 Metern in ungefähr 26 Sekunden erreichen. Damit blieb dem vermeintlichen Flugzeugträger so gut wie keine Zeit, zu manövrieren oder den auf ihn zukommenden Torpedos auszuweichen.

Lee plante, die Eskorte durch die Entdeckung und Verfolgung seiner Täuschkörper vom Träger wegzulocken. Dann würde er eine Reihe passiver YU-9-Torpedos abfeuern. Mit der Aktivierung des Zielfindungssystems der Torpedos würde sich ihre Zielsuche auf das Heckwasser des Schiffs entlang seines projizierten Kurses konzentrieren.

Während der Typ 60 versuchen würde, den Torpedos auszuweichen, ging Kapitän Lee davon aus, dass sie in den akustischen Erfassungsbereich der Te-3-Minen kommen würden, die sie zuvor gelegt hatten. Und nachdem das Schlachtschiff dann sowohl mit den Minen als auch mit den Torpedos zu kämpfen hatte, würde Lee drei weitere Torpedos auf die Zerstörer abschießen, bevor sie eine Chance hatten, auf seinen ersten Angriff auf das Trägerschiff zu reagieren.

In einer Tiefe von 200 Metern würde Lee den Torpedos das Kommando geben, aktiv mit terminaler Angriffsgeschwindigkeit auf die Zerstörer zuzuhalten. Und während diese drei Schiffe mit den Torpedos beschäftigt waren, würde er sein Boot auf Schleichfahrt tief unter der Wasseroberfläche ins offene Wasser und in Sicherheit bringen.

So sah zumindest der Plan aus. Jetzt blieb ihnen nur das Warten. Das U-Boot folgte der Strömung des Ozeans. Bei gleichbleibender Geschwindigkeit sollte ihr wichtigstes Zielobjekt in 35 Minuten in Torpedoreichweite sein.

****

Im Südchinesischen Meer
Dingyuan III

Stabskapitänleutnant Chin saß auf der Brücke und las sich den Statusbericht seines Schiffes durch. Seit Tagen jagte er nun die

Changzheng, und obwohl er den modernsten Zerstörer in der Geschichte der Marine befehligte, konnte er sie nicht finden. Er hatte alles gelesen, was er über Kapitän Lee finden konnte. Er wollte alles über ihn wissen: wie er sein Kommando führte und wie er sich in vorangegangenen Übungen bewährt hatte.

Chin hielt diese Übung für eine hervorragende Gelegenheit, seinen Männern Training im Umgang mit einem Gegner zu bieten, das als fortschrittlichstes U-Boot der Welt beschrieben wurde. Wenn sie sich in dieser Übung bewährten, standen die Chancen gut, dass sie ebenso gut mit einem amerikanischen U-Boot oder Schiff zurechtkommen würden.

Privat gestand Chin sich ein, dass er die Jagd auf Unterseeboote hasste. Die verdammten Dinger waren schwer zu finden, es sei denn, ihrem Kapitän unterlief ein Fehler. Chin und seinen ASW-Helikoptern musste es nun gelingen, Kapitän Lee dazu zu bringen, einen Fehler zu machen. Sobald das geschah, war es um ihn geschehen.

Die *Dingyuan* verlangte viel von ihren ASW-Mannschaften. Chin wusste, dass die Teams erschöpft waren. Das änderte allerdings nichts an seinem Entschluss, das U-Boot zu entdecken und dazu zu bewegen, sein Zielobjekt, den vermeintlichen Flugzeugträger, anzugreifen. Er hatte die Kapitäne der anderen Zerstörer angewiesen, ihre ASW-Hubschrauber im engen Umkreis einzusetzen und entlang ihres Wegs Sonarbojen ins Wasser abzulassen. Chin hegte die Hoffnung, das Boot rechtzeitig vor einem Frontal- oder Heckangriff zu erwischen.

Bislang hatte sich dies als vergeblich erwiesen. Es gab keinerlei Anzeichen dafür, dass sich das U-Boot in ihrer Nähe aufhielt. Sie patrouillierten ihren Bereich nun schon seit zehn langen, anstrengenden Tagen ohne den geringsten Hinweis. Sämtliche Abteilungen drillten ihre Matrosen täglich, aber die Monotonie führte zu Effizienzmängeln.

Chin sah auf seine leere Tasse Tee hinunter. Gerade wollte er aufstehen, um sich nachzuschenken, als ein Kommunikationstechniker dem wachhabenden Offizier mitteilte, dass der ASW-Hubschrauber im Dienst Dampfblasen im Wasser entdeckt hatte. Überrascht holte Chin tief Luft. Seine Aufregung steigerte sich ins Unermessliche – die Jagd hatte begonnen. Endlich!

Das Energielevel auf dem Schiff stieg um ein Vielfaches an, während die Mannschaft mit ihren Vorbereitungen für die bevorstehende simulierte Schlacht begann. Der Alarm, der alle an die

Gefechtsstationen beorderte, schallte durch das Schiff. Die zweite Crew rannte zu ihrem Helikopter, um an der Jagd vom Himmel her teilzuhaben. Chins Sonar-Offizier bestätigte die Kavitation und informierte ihn über die Entfernung und die Peilung zum Kontakt. Chin befahl einen sofortigen Kurswechsel, um sich dem Standort des Kontakts zu nähern. Außerdem erhöhte er die Geschwindigkeit seines Schiffs auf 30 Knoten. Er wollte die Angriffsposition so schnell wie möglich erreichen. Es war an der Zeit, diesem Kriegsspiel ein Ende zu bereiten und seinen Sieg zu erklären.

****

Im Südchinesischen Meer
Changzheng 30

»Kapitän, Sonar hier. Unser Köder hat erste Dampfblasen freigesetzt. Die *Dingyuan* hat ihren Kurs entsprechend berichtigt und die Geschwindigkeit erhöht«, gab der Sonar-Offizier an Kapitän Lee weiter.

»Sonar, Kapitän. Ausgezeichnet«, bestätigte er.

Lee nahm sein Kommandanten-Tablet in die Hand und wischte über den Bildschirm, um den Waffenstatus zu sehen. Er befahl seinem Waffenoffizier, die Minen zu aktivieren und die YU-9-Torpedos in Richtung des Waffendepotschiffs abzufeuern. In Erwartung des Angriffs waren bereits alle Abschussrohre geladen, die äußeren Tore standen offen und die Programmierung der Feuerleitlösungen sowie der Kurse in die Waffen war abgeschlossen.

Dann war es endlich soweit, und Lee zögerte keinen Augenblick, den Abschuss der Torpedos zu befehlen. Gleichzeitig startete er die digitale Stoppuhr auf dem Bildschirm, der allein den Torpedos gewidmet war. Die Brückenbesatzung spürte die leichte Erschütterung des U-Boots, als die Torpedos ihre Abschussrohre verließen. Lees Waffenoffizier bestätigte nun auch die Aktivierung der Minen.

Lee befahl, ihre Geschwindigkeit auf 15 Knoten zu erhöhen und weiter auf den Flugzeugträger zuzuhalten, während die Abschussrohre neu geladen wurden. Die Mannschaft folgte seinem Befehl, und das U-Boot erhöhte die Geschwindigkeit.

»Brücke, Sonar. Torpedos folgen dem vorgegebenen Kurs in passivem Modus bei zehn Knoten«, berichtete ein Offizier.

»Sehr gut«, erwiderte Lee. Er sah wieder auf sein Tablet hinunter – auf die Seite, die mit dem Zielauswahlcomputer des Schiffs verbunden war und dem Weg der Torpedos folgte. Während er die voraussichtliche Zeit bis zur aktiven Zielerfassung und dem terminalen Endlauf überprüfte, dachte er an Admiral Weis Aufforderung: *Folgen Sie Ihrem Instinkt, nicht der Doktrin.*

Er betrachtete die Spuren der Torpedos, dann dachte er wieder an das, was Admiral Wei gesagt hatte. Er ließ sich die PLA-Doktrin der Marine durch den Kopf gehen und überlegte, wie sich wohl ein amerikanischer, britischer, deutscher oder französischer Kapitän in seiner Situation verhalten würde.

»Waffenabteilung, Kapitän hier«, sagte er. »Kurswechsel für Torpedo drei. Lenken Sie die Waffe auf den Typ 60, kappen Sie die Kabel und schalten Sie auf aktive Zielansteuerung um, und verfolgen Sie sie als Master 1. Programmieren Sie die verbliebenen Torpedos auf den bekannten Kurs des Waffendepotschiffs um, Aktivierung des internen Zielfindungssystem im Abstand von 1.000 Metern. Das Waffendepotschiff ist Master 2.«

Nach einem kurzen Moment des Zögerns wurden seine Befehle wiederholt und ausgeführt.

****

Im Südchinesischen Meer
Die Dingyuan III

Kapitän Chin fühlte sich bestärkt; er ging davon aus, dass Kapitän Lee einen Fehler gemacht hatte. Er und seine Mannschaft befanden sich in Position. Chin befahl eine weitere Geschwindigkeitserhöhung. Gerade wollte er eine Ladung Torpedos entlang der Kavitationslinie der *Changzheng* abfeuern, als ihm sein Sonar-Offizier zuvorkam.

»Kapitän, Sonar. Torpedo im Wasser! Kurs eins-fünf-drei Grad im Anflug«, sagte er.

»Sonar, Kapitän. Entfernung und Geschwindigkeit des Torpedos?«, fragte Chin.

»Kapitän, Sonar. Entfernung 4.800 Meter, Geschwindigkeit 55 Knoten und zunehmend.«

„Sonar, Kapitän. In Ordnung. Notieren Sie alle Kontakte als relativ«, erwiderte Chin.

»Kapitän, Sonar. Alle Kontakte als relativ notieren, Jawohl, Kapitän«, wiederholte der Sonar-Offizier.

Was zum Teufel hat Lee vor?, fragte sich Chin. *Er hat sich zu früh verraten. Sicher will er ... Verdammt noch mal!*

»Steuermann, Kapitän. Volle Kraft hart steuerbord.«

Chin befahl seinem Kommunikationsoffizier, die Zerstörer und das Waffendepotschiff darüber zu informieren, dass der Angriff begonnen hatte. Sofort folgte jedes dieser Schiffe seinem Manöver, erhöhte die Geschwindigkeit und drehte hart nach steuerbord. Chin war sich nicht sicher, was Lee vorhatte, aber er wusste, dass er seinen Abstand zum U-Boot vergrößern musste.

»Kapitän, Sonar. Torpedos, Torpedos, Torpedos, Kurs eins-drei-null, eins-drei-fünf und eins-vier-zwei Grad Backboard vom Bug, 685 Meter, Geschwindigkeit 47 Knoten und zunehmend!«

»Sonar, Kapitän. Verstanden.« Chin fühlte einen Moment der Panik in sich aufsteigen, erinnerte sich aber daran, dass die Waffen, die auf sie zukamen, inaktiv waren, und dass sein Schiff dafür gebaut war, Einschläge hinzunehmen.

»Steuermann, Kapitän. Wendung in Richtung der Torpedos, Anpassung an deren Kurs und Geschwindigkeit«, befahl Chin.

Bevor der Mann dieses Kommando bestätigen konnte, hatte Chin bereits befohlen, ihre Anti-Torpedo-Waffen abzusetzen – in zweifacher Ausfertigung, um sicherzugehen.

Innerhalb von Sekunden feuerten die Rohre und die Abwehrtorpedos tauchten ins Wasser ein. Der Computer zeigte an, dass sie bis auf einen der eingehenden Torpedos alle erfolgreich abgefangen hatten. Der verbliebene Torpedo schlug vier Sekunden später mit solcher Gewalt auf Chins Schiff ein, dass der Aufschlag schiffsweit zu spüren war.

Die Schadenskontrollabteilung unterrichtete ihn, dass der Backbordschacht abgeschaltet werden musste. Wenn er von einem echten Torpedo getroffen worden wäre, wäre er zerstört worden. Chin verfluchte Lee mit unterdrückter Stimme. Als er sein Schiff auf Flankengeschwindigkeit gebracht hatte, hatte er nicht gewusst, dass die Torpedominen auf Zielanflug programmiert waren. Der Torpedo, der sein Schiff getroffen hatte, war durch Chins Hochgeschwindigkeitsmanöver auf ihn aufmerksam geworden und hatte als Folge davon sein Ziel erreicht.

Chin wusste, dass die ihnen bekannte PLA-Marine-Doktrin vorgab, im Fall einer Zielprogrammierung von achtern her anzugreifen. Lee hatte diese Regel ignoriert, was Chin seltsam anmutete. Diese Abweichung vom Standardverfahren hatte Chin unvorbereitet getroffen. Er musste sich fragen, ob Lee auch mit seinem nächsten Angriff von der Regel abweichen würde.

Wir müssen Lee finden und versenken, bevor er uns ein zweites Mal angreifen kann ...

****

Im Südchinesischen Meer
Changzheng 30

Kapitän Lee verstaute sein Tablet wieder in der Halterung und trat an den Hauptbildschirm. Er vergrößerte die Ansicht und verfolgte den Weg der drei verbliebenen Torpedos mit Kurs auf Master 2. Er sah, dass drei seiner vier Minentorpedos von der Anti-Torpedo-Munition des Typ 60 abgefangen worden waren. Der vierte hatte gemäß seiner Programmierung die Kielwasserbewegungen erfasst und im Anschluss daran an Backbord die Schraube des Typ 60 außer Gefecht gesetzt. Jetzt konnte Lee der *Dingyuan* einfach ausweichen, indem er außerhalb ihres Aktionsradius blieb. Ein Schiff aus dem Spiel, vier weitere im Spiel.

»Sonar, Kapitän. Entfernung zum ersten Typ 55?«, erkundigte sich Kapitän Lee.

»Kapitän, Sonar. Der erste Typ 55 ist 6.500 Meter entfernt, Kurs drei-eins-acht«, erwiderte Sonar-Offizier.

»Sonar, Kapitän. Kennzeichnen Sie Typ 55 als Master 3. Kontakt als relativ notieren«, wies ihn Kapitän Lee an.

Der Sonar-Offizier setzte zur Bestätigung an, hielt aber mitten im Satz inne. Kapitän Lee blickte nach oben, um herauszufinden, was den Mann unterbrochen haben könnte. Er sah, dass dieser sich den zweiten Kopfhörer mit beiden Händen fest auf ein Ohr drückte. Lee starrte den Mann eindringlich an, bevor ihm auffiel, dass es auf der Brücke ungewöhnlich still geworden war.

»Kapitän, Aufschlag auf das Wasser! ASW-Helikopter direkt über uns. Torpedo, Torpedo, Torpedo auf aktiver Zielsuche!«

»Waffen, Rohre eins und vier entlang bekanntem Kurs von Master 3 abfeuern! Höchstgeschwindigkeit, geradeaus. 40 Grad am Tiefenruder nach unten! Gegenmaßnahmen einleiten und Täuschkörper freisetzen!«

Obwohl Lees Kommandos umgehend ausgeführt wurden, brauchte er keine Stoppuhr, um zu wissen, dass die Zeit um war. Die Torpedos hatten sich auf sein U-Boot ausgerichtet und schossen auf ihr anvisiertes Ziel zu.

Lee sah seinen XO an. »Kapitän, Ballastwasser ablassen?« Während der Mann sprach, blickte er zur Decke hoch. Die Sonarpings der Torpedos wurden lauter und näherten sich immer schneller.

»Nein, die Torpedos sind über uns. Wir hätten nicht genug Zeit, um …« Lees Stimme erstarb.

Die Brücke erbebte, als drei Torpedos auf den Rumpf des U-Boots aufschlugen. Obwohl dies die kleineren Ausführungen der YU-9 waren, hätten diese drei Einschläge das Unterseeboot zerstört. Das stand unzweifelhaft fest. Sie waren aus dem Spiel. Lee entließ seine Männer von ihren Gefechtsstationen. Er war neugierig darauf, herauszufinden, wie es den ASW-Hubschraubern gelungen war, sie ausfindig zu machen.

Lee wandte sich seinen Untergebenen zu, die sich alle bewährt hatten. Sein Sonarmann legte die Kopfhörer ab und sah ihn seltsam nachdenklich an.

Lee lockerte den Kragen seines Hemds und trat dann an die Sonarstation heran. »Was gibt es?«, fragte er den Seemann.

»Nun, Kapitän, ich habe unseren Torpedos zugehört, als sie Master 2 und 3 ansteuerten. Es ist nur so, dass – nun ja, Kapitän – jedes Ziel einem Torpedo auswich, aber vom zweiten getroffen wurde", erklärte der Sonar-Offizier.

Lee hob eine Augenbraue. Obwohl sie technisch gesehen tot waren, hatten sie ihre Aufgabe erfüllt. Das, was er soeben erfahren hatte, war äußerst interessant. Hätte er sich strikt an die PLA-Doktrin gehalten, hätte er sich nach der Verfolgung des Typ 60 zurückziehen müssen. Der Flugzeugträger wäre entkommen, und sie wären trotzdem gesunken. Selbst im Tod hätten sie verloren. Stattdessen hatten sie vor ihrer Niederlage einen Treffer verzeichnet.

****

Haidian-Distrikt, Peking
Fünf Tage später

Beim Betreten des Gebäudes folgte Kapitän Lee der gleichen Routine wie einen Monat zuvor. Er war davon ausgegangen, wieder auf die gleichen Offiziere zu treffen. Stattdessen warteten im Auditorium allein Flottenadmiral Wei, der oberste Befehlshaber der chinesischen Marine, und sein Adjutant auf ihn. Lee hielt an der Tür inne, aber Wei winkte ihm zu, näher zu kommen und schickte seinen Adjutanten aus dem Raum.

»Kapitän, Sie haben sich gut geschlagen«, sagte Wei nach einer kurzen Begrüßung.

»Vielen Dank, Admiral. Aber dieses Lob muss ich an meine Mannschaft weitergeben. Sie hat hervorragende Arbeit geleistet.«

»Unsinn …«, erwiderte Wei und winkte ungeduldig ab. »Sie sind Ihrem Instinkt gefolgt und hätten beinahe die drei mächtigsten Kriegsschiffe unserer Flotte geschlagen.«

Lee schwieg. Obwohl Wei recht hatte, hatte Lee dennoch seine Mission nicht erfüllt. Wei überreichte ihm einen Umschlag.

»Was ist das, Admiral?«

»Das Ergebnis des Kriegsspiels und Jade Dragons Vorhersage.«

Lee öffnete den Umschlag und las. Erfreut nahm er zur Kenntnis, dass er der einzige Kapitän war, dem Treffer auf drei der fünf Schiffe gelungen waren. Kapitän Feng war am dritten Tag – flankiert vom Typ 60 und den Zerstörern – bei seinem Versuch entdeckt worden, sich vorsichtig dem Waffendepotschiff zu nähern. Alle hatten Torpedos auf sein Boot abgefeuert und Torpedominen entlang seiner Rückzugrouten platziert. Damit fehlte es Feng an Ausweichmöglichkeiten, und sein Schiff war zerstört worden.

Kapitän Su wurde am achten Tag vernichtet. Er hatte versucht, seine auf das Kielwasser des Arsenalschiffs programmierten Torpedos abzuschießen, war dabei aber von den ASW-Hubschraubern in einem bestimmten Bereich eingekreist worden. Obwohl es ihm dennoch gelungen war, einige seiner Torpedos abzusetzen, waren diese allerdings schon vor seinem Untergang aus dem Verkehr gezogen worden.

Als Nächstes las Lee Jade Dragons Analyse.

Die KI hatte die Aktionen der drei anderen Kapitäne fast zeitgenau bis zum Ende ihrer Übung vorhergesagt. Die Analyse seines Einsatzes gegen die Oberflächenschiffe nahm hingegen nur ein einziges Blatt Papier in Anspruch. Das Ergebnis überraschte ihn. Er drehte die Seite um, ob er vielleicht etwas übersehen hatte. Aber dort stand lediglich: »Resultat nicht beweiskräftig.«

»Admiral, was bedeutet das?«

Wei sah ihn eine Weile lächelnd an.

»Das bedeutet, Kapitän Lee, dass Sie womöglich der Schlüssel zu unserem Erfolg in dem bevorstehenden Krieg im Pazifik sind«, sagte er schließlich. »Es bedeutet, dass Sie den Computer überlistet haben, was mehr als erstaunlich ist.«

Kapitel Achtzehn
Der Chengdu Virus

Kommando Akustikforschung
Bayview, Idaho

Jessica Parker sah zu Dan hinüber. »Wir sind Ihren Forderungen
nachgekommen. Jetzt ist es an der Zeit, dass Sie uns mehr über dieses
Virus erzählen – warum sollte Jade Dragon ein solches Virus
erschaffen, es zuerst in China freisetzen und dann auf der ganzen Welt
verbreiten?«

»Ganz einfach. Jade Dragon ist eine Maschine. Ihr fehlt die
emotionale Intelligenz oder die Moral, die Sie und ich vielleicht haben.
Dem Programm wurden zwei Probleme gestellt, die es lösen sollte«,
erwiderte Dan.

»Ach ja? Welche Probleme waren das?«, fragte Jessica deutlich
interessiert.

»Klimawandel und Bevölkerungskontrolle«, teilte Dan ihr mit.
Sein britischer Akzent klang in diesem Augenblick besonders
hochtrabend. »Die beiden stehen miteinander in Verbindung. Ohne
effektive Kontrolle des Bevölkerungswachstums ist es unmöglich, den
Klimawandel zu stoppen. In China leben 1,5 Milliarden Menschen. Das
sind 21 Prozent der Weltbevölkerung. Uns stehen nur eingeschränkt
Land und Ressourcen zur Verfügung, die wir zur Ernährung unseres
Volkes kultivieren können. Noch schlimmer ist die schnell
voranschreitende Überalterung unserer Bevölkerung im Vergleich zu
einigen gleichrangigen Nationen wie Indien oder sogar den USA. Vor
neun Jahren war nur 9,5 Prozent unserer Bevölkerung über 65 Jahre alt.
Mittlerweile sind es 18 Prozent und im Jahr 2050 gehen wir von 27,5
Prozent aus. Und das allein innerhalb Chinas. Jade Dragon sah sich das
Thema Klimawandel in breiterem Rahmen an. Er entschied, dass der
effektivste Weg, dieses globale Problem zu lösen, die Befreiung der
Population von den Kranken und Alten ist; von denen, die nicht länger
zum Wohl der Gesellschaft beitragen, oder von denen, deren
ökonomischer Bedarf an die Gesellschaft über das hinausgeht, was sie
zu ihr beitragen.

Wenn wir diesen Standpunkt mit der Frage kombinieren, wie wir
den Westen durch die Destabilisierung seiner Volkswirtschaften in die

Knie zwingen, ergibt sich die logische Schlussfolgerung, die hinter
Projekt Chengdu steckt, von ganz allein. Die Künstliche Intelligenz ist
fähig, eine ganze Reihe von Problemen zueinander in Beziehung zu
setzen. Jade Dragon bringt Ihre Volkswirtschaften zum Erliegen, indem
er sie – wie in der letzten COVID-Epidemie – dazu zwingt,
Unternehmen, Geschäfte, einfach alles zu schließen, während er zur
gleichen Zeit die Bevölkerung von den Kranken, Lahmen und Alten
befreit. Damit erreichen wir eine Reduzierung der Weltbevölkerung um
zehn bis achtzehn Prozent. Wenn Sie darüber nachdenken, ist das so
schlüssig wie eine mathematische Formel.«

Jessica war sich nicht sicher, ob sie sich übergeben, Dan körperlich
angreifen oder einfach nur laut gen Himmel schreien sollte. Dass diese
Schweinehunde zum einen eine solche Maschine erschaffen konnten,
war einfach abstoßend; dass sie darüber hinaus noch ihren
Empfehlungen folgen konnten, egal wie unmoralisch sie auch sein
mochten, das überstieg die Grenze des menschlichen Verstands.

Dan, der den Ausdruck von Abscheu auf ihrem Gesicht offenbar
erkannt hatte, versuchte, sich zu rechtfertigen. »Sie müssen verstehen,
Jessica, dass ich an den Entscheidungen, wie JD genutzt oder wie seine
Vorschläge umgesetzt werden, nicht beteiligt war. Das war allein Dr.
Xi, zusammen mit anderen. Ich war ein Ingenieur, ein Erbauer. Als
dieses Programm anlief, war ich wirklich davon überzeugt, dass ich zur
Lösung der schwierigsten Fragen beitragen würde, die die Welt
beschäftigen. Ich hatte keine Ahnung, dass sie beabsichtigten, JD auf
diese Weise zu nutzen.«

»Ich bin mir sicher, dass das Personal der Nazis mit dem Eintreffen
jeder Zugladung von Juden und anderen unerwünschten Personen in
den Vernichtungslagern das Gleiche behauptet hat.«

Dan sagte nichts. Er saß einfach nur mit leerem Gesichtsausdruck
da.

»Wie stoppen wir den Virus?«, fragte Jessica in drängendem Ton.

»Besorgen Sie sich den Impfstoff und starten sie seine
Massenproduktion. Er ist in ausreichendem Maß zu finden.«

»Tatsächlich? Sie haben also das Supervirus entwickelt, stellten
vorher aber sicher, dass ein Impfstoff existiert, der verhindert, dass es
außer Kontrolle gerät?«

Dan legte den Kopf zur Seite, als ob ihn diese Frage überraschen
würde. »Xi und die anderen sind vielleicht kalt und kalkulierend,

dumm hingegen sind sie nicht. Wenn Sie sie als sadistische Idioten einstufen wollen, tun Sie das auf eigene Gefahr. Der Impfstoff wurde an die mit China alliierten Nationen ausgeliefert, um zu verhindern, dass sie zu stark betroffen werden. Das Ziel ist nicht, unsere Freunde zu zerstören – das Ziel ist, den Westen zu vernichten und ihn durch uns als neue Weltmacht zu ersetzen.«

»Okay, Dan, wie ist es uns möglich, Jade Dragon zu stoppen?«

Dan beugte sich lächelnd vor. »Auf diese Frage habe ich gewartet. Geben Sie mir einen Computer, und ich verschaffe mir Zugriff auf JDs Betriebssystem.«

»Sie haben Zugriff auf den Root?«

»Ich habe das verdammte Ding gebaut. Sie können sicher sein, dass ich mehrere Backdoors eingebaut habe«, sagte Dan. »Selbst Xi weiß nichts von diesen Hintertüren, denke ich. Wenn Sie auch nur den Hauch einer Chance haben wollen, JD zu besiegen, muss ich wissen, was Sie als Nächstes vorhaben. Der Zugang zum Programm erlaubt mir, zu sehen, welche Kriegsspiele sie sich zwischenzeitlich ausgedacht haben. Das gibt uns einen Hinweis darauf, was uns bevorsteht.«

Kapitel Neunzehn
Kompromittierendes Material

Mai 2024
Mariel, Kuba

*Ein wundervoller Tag. Die Sonne scheint, kein Wölkchen am Himmel
...,* dachte José Santiago beschwingt, während die Bedienung an seinen
Tisch trat. Sie stellte eine Tasse mit starkem, heißem Kaffee vor ihm
ab, dazu einen Teller mit drei dünnen Scheiben Brazo de Gitano, eine
köstliche Biskuitrolle mit einer Füllung von Guavenmarmelade. Die
perfekte Kombination.

Nachdem die Kellnerin gegangen war, genoss er einige Bissen
seines Frühstücks und einen Schluck des frischen Kaffees. Nach Josés
Meinung waren dies unstreitig die besten Dinge in Kuba – der Kaffee,
die Zigarren und das Gebäck.

Über das Wasser und die Bucht hinweg sah er, wie eine große Zahl
von Arbeitern geschäftig ein Frachtschiff nach dem anderen entlud. Der
Hafen war eine beeindruckende Einrichtung, der schnell und effizient
seine Fracht löschte. Natürlich wäre all dies ohne die finanzielle
Unterstützung und die Erfahrung der chinesischen Firma COSCO
unmöglich gewesen.

Die Chinesen mit ihrem erstaunlichen Bauingenieurtalent hatten
den Kubanern geholfen, die Bucht auszubaggern, um Platz für einen
Tiefseehafen zu schaffen. Außerdem hatten sie drei neue
Hafenterminals errichtet und damit die Anlage um ein Vielfaches
vergrößert. Die neue Eisenbahnanbindung machte es möglich,
gelöschte Container direkt auf die Züge zu verladen, von wo aus sie
durch das ganze Land verschickt werden konnten.

Der ausgebaute Hafen, das Öl-Terminal und die Raffinerie hatten
die kubanische Wirtschaft verändert. Die Regierung verfügte über mehr
als genug Bargeld. Überall schossen neue Infrastrukturprojekte,
Gebäude und sogar Mobilfunkmasten aus dem Boden.

Im letzten Jahr hatte sich Kuba nicht nur von ausländischem Öl
unabhängig gemacht, sondern hatte sich darüber hinaus zum
Nettoexporteur von Öl nach China und andere Länder entwickelt. Mit
dem fortwährenden globalen Druck auf Venezuela hatten die Chinesen
Kuba als den perfekten Ort gewählt, um eine Reihe neuer Ölraffinerien

zu bauen, die die Menge des Rohöls aufnehmen konnten, die aus dem Golf gepumpt wurde.

Hätten sich die Chinesen nicht an den Ölbohrungen in der Floridastraße und im Golf von Mexiko beteiligt, bezweifelte José, dass Amerika auch nur die Hälfte von dem wüsste, was die Chinesen auf Kuba taten. Mit der dauerhaften Gefahr terroristischer Anschläge und der nicht enden-wollenden Geschichte des Moros-Regimes konzentrierte Amerika seine Aufmerksamkeit und Ressourcen gegenwärtig nicht auf Kuba.

Merkwürdig erschien José nur, dass Kuba im Februar eine obligatorische Grippeschutzimpfung angeordnet hatte. Jeder war gezwungen, in seiner örtlichen Klinik vorstellig zu werden. Beim Besuch einer Klinik in der Nähe seines Apartments hatte José per Zufall die Ampulle gesehen, aus der die Schwester die Spritze befüllt hatte. Sie trug ein chinesisches Etikett. Dies hatte José leicht verunsichert, aber wie alle anderen auch, konnte er die Impfung nicht umgehen.

Als sich wenige Wochen später dieses neue Virus von China über Europa und die Vereinigten Staaten ausgebreitet hatte, hatte José besorgt auf das Auftreten der ersten Symptome gewartet, die sich jedoch nie eingestellt hatten. Nicht nur das, in ganz Kuba kam so gut wie niemand mit diesem Virus in Berührung.

Dann war José ein Licht aufgegangen. Die angebliche Grippeschutzimpfung, zu der alle verpflichtet waren, musste eine Impfung gegen das neue Virus gewesen sein. Deshalb wurden die Menschen in Kuba, Venezuela, Panama und El Salvador nicht von dieser Welle des Todes dahingerafft. José wusste, dass er ein Fläschchen dieses Impfstoffs in die Hände bekommen musste, um es zur Analyse in die USA zu schicken.

Während er tief in Gedanken versunken seinen Kaffee trank, betrat eine attraktive Frau die Terrasse des Cafés und sah sich suchend um. Kurz darauf entdeckte die etwa ein Meter achtzig große junge Frau mit haselnussbraunen Augen, schulterlangem braunem Haar und einer atemberaubenden Figur José. Ihre Augen leuchteten auf und ein Lächeln überflog ihr Gesicht. Ihre makellosen weißen Zähne strahlten mit der Sonne um die Wette. Graziös, als ob sie auf einer Wolke dahingleiten würde, bewegte sie sich zwischen den Tischen hindurch auf José zu. Der Rock ihres leichten Sommerkleids umschmeichelte in der leichten Brise ihre Beine, und das Kleid zeigte gerade genug von ihrer Figur, dass einfach jeder Mann, der in der Nähe saß, sie bewundernd anstarren musste.

»Guten Morgen, Yamileth. Wie geht es dir an diesem schönen Tag?«, fragte José höflich, während er sich erhob, sie auf beide Wangen küsste und ihr einen Stuhl anbot. Die Männer um ihn herum sahen ihm eifersüchtig dabei zu.

José liebte das Gefühl, das er bekam, wenn Männer ihn sehnsüchtig anstarrten, während er mit dieser schönen Frau zusammensaß. Es war jedes Mal so, wenn sie sich trafen.

Yami lächelte, umarmte ihn kurz und gab ihm einen Begrüßungskuss. »Mir geht es gut, José. Danke für die Einladung zum Frühstück. Wie ich sehe, hast du bereits angefangen«, bemerkte sie kokett, als sie sah, dass er bereits an dem Gebäck auf seinem Teller geknabbert hatte.

José errötete leicht. »Wie kann ein Mann Brazo de Gitano sehen, ohne ein Stück davon zu essen? Bitte lass mich etwas für dich bestellen.« José winkte die Bedienung zu ihrem Tisch, die Yamis Bestellung entgegennahm und versprach, in Kürze zurück zu sein.

Yami beugte sich vor und verkündete im Flüsterton: »Ich habe vorgestern Kontakt mit unserem Freund Esteban aufgenommen.«

»War es dir möglich, das kompromittierende Material zu bekommen?«, flüsterte José zurück.

Yami neigte den Kopf zur Seite. »Selbstverständlich – als ob das je ein Problem gewesen wäre.«

Sie zog ihr Telefon aus der Tasche und setzte sich auf den Stuhl neben ihn. Sie gab vor, ein Selfie von ihnen beiden zu machen. Danach legte sie das Telefon auf den Tisch, während die Bedienung ihr den Kaffee und ein Stück Kuchen servierte.

Yami löffelte Zucker in ihren Kaffee, während José nun so tat, als suche er etwas auf seinem Telefon. In Wirklichkeit aktivierte er eine darin verborgene Software, bevor er sein Handy neben das von Yami auf den Tisch legte. In den nächsten Minuten tauschten die beiden Telefone unbemerkt Daten aus, während José und Yami genüsslich ihren Kuchen aßen, ihren Kaffee tranken und miteinander flirteten.

José trank noch einen Schluck seines Kaffees. Dann fiel ihm ein, dass er Yami etwas mitgebracht hatte. Er griff in seinen Rucksack und

zog ein verschlissenes Taschenbuch von Alejo Carpentier mit dem Titel
Explosion in der Kathedrale hervor und überreichte es Yami.

»Oh, du hast an das Buch gedacht«, sagte Yami erfreut. Sie wollte
es schon eine ganze Weile lesen, aber es war schwer zu finden.

» Tut mir leid, dass ich es das letzte Mal vergessen habe. Ich hatte
heute Morgen schon fast die Wohnung verlassen, als ich mich daran
erinnerte. Wie du siehst, ist es vielgeliebt. Ich las es mehrere Male.
Leider muss ich dir gestehen, dass Seite 301 fehlt. Ich muss sie wohl
vor einer Weile herausgerissen haben, kann mich aber beim besten
Willen nicht daran erinnern, was ich damit gemacht oder warum ich
das überhaupt getan habe«, erwiderte José in entschuldigendem Ton.

Yami sah traurig aus, als sie das Buch in die Hand nahm. Sie
blätterte einige Seiten durch, bevor sie die Stelle erreichte, von der er
gesprochen hatte. Die zehn 20-Euro-Scheine, die sie dort erwarteten,
ließen sie wieder lächeln.

»Schon okay, José. Der Bedeutung des Buchs tut das sicher keinen
Abbruch. Ach, und bevor ich es vergesse: Mein Bruder, derjenige, der
in der Klinik arbeitet, hat das Vitamin gefunden, nach dem du gesucht
hast. Ich soll es dir geben«, informierte ihn Yami ganz nebenbei.

Aus ihrer Handtasche zog sie einen kleinen Behälter hervor. José
nahm ihn dankend an und verstaute ihn in seinem Rucksack.

»Auf Seite 142 des Buchs findest du ein Zitat, das dir gefallen
wird, denke ich. Es ist recht ausdrucksstark.« Er zwinkerte ihr zu.

Yami sah ihn verschmitzt an, bevor sie die angekündigte Seite im
Buch fand, wo sie dieses Mal 20 der 20-Euro-Scheine entdeckte. Sie
musste sich zusammennehmen, um ihre Dankbarkeit nicht laut zu
äußern. Ein Satz auf dieser Seite war mit einem gelben Stift markiert.
Sie las ihn laut vor.

»Mit lang anhaltendem Nachhall rollte der Donner von Westen
nach Osten über das Schiff hinweg, bevor er mitsamt seinen Wolken
verschwand. An diesem Nachmittag ließ er das Meer in einem solch
rosig gefärbten Licht zurück, dass es den Eindruck eines glatten und
schimmernden Bergsees erweckte. Der Bug der *Arrow* wurde zum
Pflug, der die Stille der Wasseroberfläche mit den schaumigen
Arabesken ihres Kielwassers durchbrach.«

Yami sah José mit einem Ausdruck in ihren Augen an, der besagte,
dass sie ihn nun voller Wagemut küssen wollte und für das, was er ihr

gegeben hatte, auch weit darüber hinaus gehen würde. Leider befanden sie sich in der Öffentlichkeit.

»Das ist wunderbar, José. Ich kann dir gar nicht genug danken. Nachdem ich das Buch gelesen habe, wird mein Bruder es ebenfalls hoch schätzen«, brachte Yami hervor, während sie sich zwang, ihre Gefühle unter Kontrolle zu halten.

José versuchte, nicht zu erröten, nickte und hob die Kaffeetasse ein letztes Mal an. »Ich bin froh, dir und deiner Familie helfen zu können, Yami. Das bin ich wirklich.«

Die beiden unterhielten sich noch ein wenig länger, bevor José sich erhob. Er legte ausreichend Geld auf den Tisch, um für ihr Frühstück zu bezahlen und ließ auch ein gutes Trinkgeld zurück. »Tut mir leid, Yami. Ich muss gehen. Ich habe einen anstrengenden Tag vor mir und muss vorher noch einen Stopp einlegen. Treffen wir uns nächsten Dienstag, gleicher Ort und gleiche Zeit. Dann reden wir weiter.«

Sie nickte zustimmend, und die beiden verabschiedeten sich. José steckte sein Telefon ein. Das kleine rote Licht blinkte nicht länger. Das Herunterladen war abgeschlossen.

Bevor er das Café verließ, suchte José die Toilette auf. Nachdem er seine Notdurft verrichtet hatte, schickte er eine Nachricht an den Stationsleiter der Botschaft. Sie bestand aus einem Wort.

»Colón.«

Vor dem Café stieg José in seinen Wagen ein, um nach Havanna und in das Büro der Sherritt International zurückzukehren, für die er arbeitete.

Während der Fahrt kündigte sein Telefon mit einem dafür bestimmten Ton an, dass er 90 Minuten bis zu seiner nächsten Besprechung hatte. Ihm blieb nicht viel Zeit für die Übergabe. Sobald er die Stadt erreicht hatte, schlug er den Weg zu einem bestimmten Park ein, der sich ganz in der Nähe seiner Wohnung befand. Dieser Teil von Havanna war das Gebiet der Reichen, in dem viele Partei- und Militärangehörige und dauerhaft in Kuba lebende Ausländer wohnten.

José veranstaltete absichtlich rauschende Partys für eine ganze Reihe dieser Leute in seinem Haus. Als kanadischer Geschäftsmann aus Venezuela, der sich mühelos unter den Kubanern eingelebt hatte, passte er gut in diese Gesellschaft.

José fand einen Parkplatz am Straßenrand. Er griff nach dem Impfstoff, den Yami ihm in seiner speziellen Verpackung überlassen hatte, und steckte ihn in die Tasche. Bevor er das Fahrzeug verließ, schnappte er sich ein Buch. Einige Minuten schlenderte er einen Pfad entlang, bevor er einen einladenden Platz unter einem Baum entdeckte. Er nahm darunter Platz und vertiefte sich in das mitgebrachte Buch. Nach zehn Minuten dieser vermeintlichen Erholungspause zog er vorsichtig den Behälter aus der Tasche und stellte ihn am Fuß des Baumes ab. Ohne die Augen vom Buch abzuwenden, tastete er mit einer Hand so lange den Baumstamm ab, bis er ein lose abgedecktes Versteck neben einer Wurzel entdeckt hatte. Dann ließ er das Behältnis hineinfallen und deckte es behutsam ab.

José saß weitere 20 Minuten mit dem Buch in der Hand unter dem Baum. Zwanglos grüßte er einige Leute, die an ihm vorbeispazierten. Um das Fläschchen musste er sich keine Gedanken machen. Er wusste, dass jemand von der Botschaft dieses spezielle Ergebnis seiner Spionagetätigkeit abholen würde.

Als er sich schließlich erhob, schob gerade ein Straßenhändler seinen Karren an ihm vorbei. José kaufte sich etwas zu essen und eine Flasche Wasser. Dann kehrte er in seinem Wagen in sein nahe gelegenes Büro zurück.

****

José arbeitete für eine kanadische Firma, die die kubanische Ölgesellschaft CUPET dabei unterstützte, die neue Raffinerie betriebsbereit zu machen. Vor acht Jahren hatten CUPET und die chinesische Firma CNOOC ein Joint-Venture-Unternehmen gegründet, um im nordkubanischen Vorlandbecken in der Floridastraße nach Öl zu suchen und es zu fördern. Das Gleiche galt für ein zweites Ölfeld an der Westseite der Insel, das in den Golf von Mexiko hinausreichte.

Die Chinesen waren CUPET nicht nur dabei behilflich gewesen, über zwei Dutzend Ölplattformen in der Floridastraße zu errichten. Die Plattformen waren zudem mit einer großen Anzahl spezieller Kommunikations- und Überwachungseinrichtungen ausgestattet. Sherritt International brachte demgegenüber allein seine Erfahrung im Raffineriegeschäft in die Zusammenarbeit ein.

Die Firma hatte José als einen ihrer führenden Berater abgestellt, da er über umfangreiches Wissen in der Optimierung der Raffinerieproduktion verfügte. Seit 18 Jahren im Ölgeschäft tätig, hatte er zudem weitreichende Erfahrungen im Umgang mit Entwicklungsländern, die ihre Erdölindustrie ausbauen wollten.

Nach dem Ende mehrerer Besprechungen mit CUPET- und CNOOC-Leuten, sah sich José am Nachmittag endlich das Video an, das Yami ihm zugespielt hatte. Er musste nur einige Minuten hinsehen, um sicher zu sein, dass sie ihm genau das Material besorgt hatte, um das er sie gebeten hatte. Jetzt konnte José einen Termin mit Esteban Ochoa machen, um eine für beide Seiten befriedigende Vereinbarung zu treffen.

Später am Abend, nachdem er einige Freunde von CUPET mit ihren chinesischen Kollegen zum Abendessen getroffen hatte, loggte sich José in ein altes Hotmail-Konto ein. Im Entwurfsordner verfasste er eine neue E-Mail. Er verbrachte 20 Minuten damit, einen kurzen Bericht seines morgendlichen Treffens mit Yamileth zu verfassen und hängte das Video an, das sie zusammen mit Esteban Ochoa, dem Leiter der Hafenbehörde, im Bett zeigte. Des Weiteren legte er seinen Plan dar, Kontakt mit Ochoa aufzunehmen und diese kompromittierende Information zugunsten eines beidseitig vorteilhaften Arrangements zu nutzen. Zum Schluss speicherte er die Nachricht, ohne sie zu senden. Der beabsichtigte Empfänger wusste, wie er sie finden konnte.
****

JBCC – Computerlabor
Peking, China

»Entschuldigen Sie, Dr. Xi«, sprach ihn ein Mann in einem schwarzen Anzug an.

Xi wusste sofort, wer dieser Mann war – ein Vertreter des Ministeriums für Staatssicherheit. Und er kam allein – ein gutes Zeichen.

»Was kann ich für Sie tun, Jin?«, begrüßte ihn Xi. Er hielt in seiner Arbeit inne und widmete dem Mann seine ungeteilte Aufmerksamkeit.

»Ich glaube, wir haben ein Problem. Aber ich brauche Ihre Hilfe, um etwas zu verstehen.«

Xi furchte die Stirn. »Okay, reden wir. Worum geht es?«

»Vor einem Monat wurde Ihr Assistent, Ma Yong ... er trug den westlichen Namen Daniel ... in Großbritannien getötet – er wurde von einem Auto angefahren, wenn ich mich nicht irre.«

Xi nickte. »Das stimmt. Es kam total überraschend. Ich frage mich immer noch, ob die Dinge anders verlaufen wären, wenn ich ihn auf dieser Reise begleitet hätte.«

Xi würde es nie jemand anderem gegenüber zugeben, aber er fühlte sich ungemein schuldig, nicht für Dan in seinem Todeskampf da gewesen zu sein. Der junge Mann war fast wie ein Sohn für ihn gewesen, ein Protégé ersten Ranges. Sein Tod hatte Xi hart getroffen.

»Ich möchte Ihnen etwas zeigen. Vielleicht können Sie mir dabei helfen, herauszufinden, was hier vor sich geht.«

Jin zog mehrere Fotos aus der Akte, die er bei sich trug, und überreichte sie Xi. Die Fotos zeigten Dans Eltern an einem Flughafen, datiert ungefähr zwei Wochen nach dessen tödlichem Unfall. Einige Bilder weiter schnappte Xi hörbar nach Luft.

»Dan lebt?«, fragte er schockiert.

Jin nickte bedächtig. »Nach seinem »Unfall« brachte Jade Dragon Informationen ans Licht, die den Berichten, die wir erhielten, widersprachen. Dank seiner Fähigkeit, Überwachungsvideos zu analysieren, kamen wir an diese Fotos von der Isle of Man heran. Leider hatte Ma Yong das Gebiet bereits verlassen, als wir einige unserer Männer losschickten, um Nachforschungen anzustellen.«

»Wissen Sie, wo er sich momentan aufhält?«, wollte Xi wissen.

»Jade Dragon fand eine sehr ungewöhnliche Lieferung an einen Super 1-Supermarkt in Athol, Idaho. Raten Sie mal, welcher Artikel in diesem Supermarkt zum allerersten Mal bestellt wurde.«

Xi wusste nicht, was er sagen sollte. *Soll das ein Test sein?*, fragte er sich. »Ich weiß es nicht«, erwiderte er.

»Tunnock 's Teegebäck.«

Heilige Scheiße, dachte Xi. Dan aß diese Dinger ständig. Er hatte viel Kritik dafür einstecken müssen, aber sie hatten ihn produktiv gehalten.

»Woher wissen Sie, dass er das war?«, fragte Xi.

»Da Jade Dragon nun einen weit kleineren Bereich untersuchen musste, setzten wir ihn erneut auf die Ring-, Nest-, ADT- und SimplySafe-Videoüberwachung der näheren Umgebung an. Mit der Eingabe seiner Größe und seines Gehverhaltens entdeckten wir eine wahrscheinliche Übereinstimmung. Eines der Sicherheitssysteme, an denen er vorbeikam, lieferte JD schließlich ein Bild seiner Iris, das von ausreichender Qualität war, um die Übereinstimmung mit Ma Yong zu bestätigen.«

Jin zeigte Xi ein neues Bild. Dieser Mann ähnelte dem Dan, den er gekannt hatte, in keiner Weise. »Wir glauben, dass er sich einer Gesichtsoperation unterzogen hat, aber das Bild seiner Iris wies eine hundertprozentige Übereinstimmung auf. Er ist es.«

»Und wo genau ist er jetzt?« Xi musste es wissen.

»Ma Yong befindet sich derzeit in einer gesicherten Unterkunft in einer Forschungseinrichtung der Navy in Idaho«, erklärte Jin.

»Idaho … ein seltsamer Ort für eine Forschungseinrichtung der Navy«, kommentierte Xi verblüfft. Schließlich war es Binnenstaat ohne Zugang zum Meer.

Jin lachte leise. »Das dachten wir auch, bis wir es uns näher ansahen. Der dortige See ist offensichtlich sehr tief und einer der ruhigsten im ganzen Land. Die amerikanische Navy testet dort ihre akustische Ausrüstung. Zudem ist es ein wirklich genialer Ort zur Einrichtung eines Safe Houses. Wer sucht schon nach einer Forschungseinrichtung der Navy in Idaho? Wie dem auch sei, ich wollte Sie wissen lassen, dass wir ihn gefunden haben und dass er offensichtlich am Leben ist. Das bedeutet, dass Sie und ich eine lange Liste neuer Probleme haben, die wir diskutieren müssen.«

Jetzt wusste Xi, weswegen der Mann hier war. Er wollte wissen, ob Dan ein Sicherheitsrisiko darstellte. Aus heiterem Himmel begann Xis Herz zu rasen; Schweißtropfen bildeten sich auf seiner Stirn. *Dan hat Jade Dragon gebaut. Hat er Schwachstellen einprogrammiert?*

Jin fiel Xis Erschütterung auf. »Sie wissen, was ich Sie fragen werde, richtig?«

Xi nickte. »Falls er nicht gegen seinen Willen entführt wurde, sondern zur anderen Seite übergelaufen ist – und selbst wenn er gekidnappt wurde –, könnte er alles verraten.« Er sah auf seine zitternden Hände hinunter und versuchte, sie zum Stillhalten zu zwingen.

»Entspannen Sie sich, Doktor. Niemand verdächtigt Sie in irgendeiner Weise. Sie haben uns die Werkzeuge geliefert, mit deren Hilfe wir nun die Verräter in unserer Mitte ausfindig machen. Aber zurück zu Ma – ist es möglich, dass er Hintertüren eingebaut hat, von denen Sie nichts wissen?«

Xi hob die Hand um ihn zu unterbrechen und griff dann nach seinem Telefon. »Verschieben Sie meinen nächsten Termin«, wies er seinen Assistenten an. »Und ich will absolut nicht gestört werden. Haben Sie verstanden?« Er legte auf.

»Es könnte eine Weile dauern«, informierte er Jin. In aller Eile begann er, auf seiner Tastatur herumzutippen. Er kalkulierte die geringste Kleinigkeit ein, die er über Dans Art zu denken wusste, die ihm eventuell bei der Suche behilflich sein könnte.

Zwei Stunden später entfuhr es Xi: »Heilige Scheiße, ich habe etwas gefunden.«

»Können Sie es unschädlich machen?«, fragte Jin erregt.

Xi antwortete nicht sofort, da er mit dem Lesen vieler Codereihen beschäftigt war. »Nein, das kann ich nicht«, musste er schließlich zugeben. »Aber geben Sie mir einen Moment.«

Nach einigen Minuten frenetischen Tippens auf seiner Computertastatur erklärte Xi: »Ich schicke dieses Backdoor zu einem Honeypot. Das schickt Dan zu einer Spiegelstation. Er wird davon ausgehen, ungehinderten Zugang zu Jade Dragon zu haben, befindet sich stattdessen aber in einem kontrollierten Bereich. Wir werden genau sehen, was er tut und wonach er sucht.«

»Ausgezeichnet. Stellen Sie in jedem Fall sicher, dass er nichts über Projekt Zehn veröffentlichen kann. Es ist wichtig, dass er keinen Zugang zu den Plänen erhält. Das könnte alles in Gefahr bringen.«
****

Bayview, Idaho

Dan saß am Computerterminal und war bereit, seine Anmeldedaten für Jade Dragon einzugeben. Er sah Jessica an. »Sie sind sich absolut sicher, dass sie diese IP-Verbindung nicht verfolgen oder sogar herausfinden können, dass wir in das System eingedrungen sind?«

Jessica Parker hatte zwei zusätzliche IT-Spezialisten aus ihrer Abteilung hinzugezogen, um alles vorzubereiten. Die Agency zog für diesen Einsatz ihr gesamtes Arsenal an technischen Tricks aus der Schublade. Es war von immenser Wichtigkeit, über den Zugang zu Jade Dragon eine Kopie der Kriegsspielszenarien herunterladen, in der Hoffnung, Näheres über die Pläne der Chinesen zu erfahren.

»Wir gehen über eine Handvoll unterschiedliche Proxy-Server, die uns durch die ganze Welt führen. Es wird schwierig sein, herauszufinden, dass wir im System sind, und noch schwieriger wird es sein, uns zu identifizieren«, versicherte ihm einer der IT-Leute.

Dan begann zu tippen. Sekunden später war er eingeloggt. Er öffnete ein Chat-Fenster, erhöhte die Lautstärke der Lautsprecher und schaltete die Videokamera des Computers ein. »JD, bist du da?«, fragte Dan laut.

Seine Frage blieb unbeantwortet.

»Sie versuchen, mit ihm zu reden?«, erkundigte sich einer der Techniker mit gesteigertem Interesse.

»Ja, ich habe Jade Dragon, JD, darauf programmiert, mit mir zu sprechen. Im Labor haben wir uns manchmal stundenlang unterhalten. Das war einer der Wege, wie ich ihm die gewünschten Sprachkenntnisse übermittelte«, erklärte Dan zum Erstaunen der Anwesenden.

Er öffnete ein anderes Fenster und tippte neue Kommandos ein. Lächelnd schüttelte er den Kopf. »Sie haben meine Hintertür gefunden.«

»Was sagen Sie? Wie ist das möglich?«, rief Jessica überrascht aus.

Dan ignorierte ihre Frage und tippte weiter. Er suchte nach etwas. Dann fand er es. »Wir haben noch ein Problem. Sie wissen, dass ich am Leben bin«, verkündete Dan.

»Unmöglich. Wir täuschten Ihren Tod verdammt gut vor«, protestierte Jessica.

»Das mag schon sein. Trotzdem wissen Sie, dass ich noch lebe. Könnten Sie Jedi aktiviert hab…?« Seine Stimme erstarb.

»Was ist Jedi?«, fragten beide IT-Leute der Agentur gleichzeitig nach.

Während seine Finger unablässig auf der Tastatur tanzten, rief Dan eine Codereihe nach der anderen auf und tippte Eingabe um Eingabe ein. Jessica und die Techniker versuchten, ihn dazu zu bringen, auf ihre Fragen zu antworten, aber er schwieg, während er weitertippte.

»Ich hab's gefunden!«, rief er plötzlich laut aus. »Mist, schlechte Nachrichten. Es sieht so aus, als ob sie das Jedi-Programm bereits zwei Tage, nachdem ich in Oxford angeblich angefahren wurde, aktiviert haben. Sie haben mich gefunden, ohne jeden Zweifel. Sie wissen, dass ich hier in Bayview bin. Hier, darüber ist es ihnen gelungen.« Er zeigte auf mehrere Reihen Codes, in denen etwas Text stand.

Einer der Techniker sah es sich an. »Eine Videoüberwachungskamera in der Nähe von Bayview Mercantile hat ein Bild seiner Iris eingefangen und ihm zugeordnet«, verkündete er.

Erstaunt riss Jessica die Augen auf. »Wann wurde das Bild gemacht?«

»Vor vier Tagen, wie es aussieht. Die KI muss in den Cloud-Speicher der Sicherheitssysteme eingedrungen sein und so lange eine Fotoabfrage der gespeicherten Aufnahmen vorgenommen haben, bis sie eine Übereinstimmung fand.«

»Verdammt, das bedeutet, dass bereits ein Team auf dem Weg hierher sein könnte, um mit ihm abzurechnen«, sagte der JSOC-Leibwächter besorgt. Der Sergeant First Class stand auf und wählte eine Nummer, um das weiterzugeben, was sie gerade herausgefunden hatten, und um zusätzliche Unterstützung zu bitten.

Dan wandte sich an Jessica. »Wir müssen von hier verschwinden. Wir müssen in ein anderes Safe House umziehen. Wenn die MSS nicht schon ein Team hier hat, wird es nicht mehr lange dauern.«

****

»Da ist er, wir haben ihn!«, rief einer der Techniker über ihre Headsets hinweg.

»Dann lebt er also tatsächlich noch?«, fragte Han, der Anführer des Teams, skeptisch. Er hatte seine Zweifel, aber seine Vorgesetzten hatten darauf bestanden, über eine zuverlässige Quelle zu verfügen.

»Er lebt. Gerade eben hat er sich durch das Backdoor in sein JD-Konto eingeloggt. Er muss es sein – niemand sonst hätte davon gewusst«, sagte der IT-Mann.

»Okay, dann an die Arbeit. Zeit, einzuladen«, befahl Han seinem Team.

Acht Soldaten beluden zwei Geländewagen und bereiteten sich auf die Abfahrt vor. Zwei weitere Männer, Hans Scharfschützen, bestiegen ein anderes Fahrzeug. Sie würden sich an der bereits ausgekundschafteten Stelle, die ihnen einen weitreichenden Überblick über die gesamte Umgebung bot, auf den Hinterhalt legen.

Ihre Fahrzeuge näherten sich der Forschungseinrichtung der Navy. Die Männer hielten ihre Waffen bereit. Im Lauf ihrer gestrigen

Observation hatten sie festgestellt, dass sie nur unzureichend gesichert war. Am Eingangstor der Anlage war eine einzige Wache postiert. Dazu hatten sie nie mehr als zwei Fahrzeuge des örtlichen Sheriffs gesehen. Wenn alles nach Plan verlief, sollten sie ihr Ziel auf dem Gelände der Einrichtung eliminieren können, bevor jemand den Verdacht schöpfte, dass sich etwas Ungewöhnliches zugetragen hatte.

Fünf Minuten nach Beginn ihrer Fahrt erhielt Han einen Anruf von seinem Scharfschützenteam. Sie befanden sich in Position und beobachteten das Gebäude, in dem ihr Zielobjekt – nach den Angaben ihrer IT-Leute – soeben einen Computer benutzte. Jetzt hatten sie nur noch die Aufgabe, zu beobachten, ob jemand das Gebäude betrat oder verließ – so lange, bis das Angriffsteam vor Ort eintraf.

Als sie auf der North Main Street zum Eingangstor der Forschungsanlage unterwegs waren, informierte sie das Scharfschützenteam. »Wir sehen eine kleine Gruppe, die soeben eines der Zielgebäude verlässt. Sie sind dabei, in zwei Geländewagen einzusteigen. Ich denke, sie werden direkt auf Ihre Position zusteuern«, sagte einer der Männer.

Wow, das könnte leichter sein, als erwartet, dachte Han. Er sprach es nicht laut aus, da er sein Glück nicht herausfordern wollte.

»Wir nähern uns dem Tor. Was soll ich tun?«, fragte der Fahrer.

»Fahren Sie an ihm vorbei und drehen Sie an der nächsten Kreuzung um. Lassen wir sie das Tor erreichen, bevor wir unseren Angriff starten«, erwiderte Han.

Im Vorbeifahren konnte Han die beiden Fahrzeuge erkennen, die seine Scharfschützen identifiziert hatten. Und ja, eine Gruppe von Menschen stieg gerade ein. Etwas musste vorgefallen sein. Um in solcher Eile zu fliehen, musste sie etwas aufgeschreckt haben.

»Sobald das erste Fahrzeug am Tor ist, blockieren Sie seine Weiterfahrt. Sofort danach verlassen alle Teams die Wagen und eröffnen das Feuer auf die Fahrzeuge. Keine Überlebenden. Bleiben Sie wachsam, nur für den Fall, dass sie von einem oder zwei Sicherheitsbeamten begleitet werden«, befahl Han seinen Leuten. Die vier Männer im Fahrzeug hinter ihm konnten ihn über ihre internen Kommunikationsgeräte ebenfalls hören. Alle wussten, was sie zu tun hatten.

Die beiden Regierungsfahrzeuge wollten gerade in die Hauptstraße einbiegen, als Hans Männer an der Abzweigung zur

Forschungseinrichtung eintrafen. Hans Fahrer gab Vollgas und blockierte ihnen den Weg.

Der Fahrer des vorderen Geländewagens drückte auf die Hupe. Ihm war offensichtlich noch nicht klar, was sich da vor ihm abspielte … bis acht wild um sich schießende Personen vor ihm aus zwei Fahrzeugen sprangen.

Mit einer Sig Sauer 300 Blackout AR auf der Schulter schoss Han ohne Unterlass auf das blockierte Fahrzeug ein. Mit jedem Treffer lief mehr Blut auf der Beifahrerseite an der Windschutzscheibe herunter. Die schweren 300 Blackout-Kugeln durchschlugen die nur leicht gepanzerten Fenster des von der Regierung bereitgestellten Geländewagens.

Hans Begleiter standen ihm beim Abschuss ihrer Sturmgewehre in nichts nach. Hunderte von Kugeln durchlöcherten den Wagen und töteten die Insassen. Der Fahrer des zweiten Wagens versuchte noch, dieser Falle im Rückwärtsgang mit Höchstgeschwindigkeit zu entgehen. Hans Männer ließ das unbeeindruckt. Gezielt leerten sie ihre Magazine nun in die Fahrerseite dieses Fahrzeugs und in dessen Motorraum.

Es gelang dem Wagen noch, ungefähr zehn Meter im Rückwärtsgang zurückzulegen, bevor dessen Fahrer von einem halben Dutzend Kugeln getroffen zusammenbrach und das Fahrzeug zum Stehen kam. Die Tür der Beifahrerseite öffnete sich. Mit der offenen Tür als Deckung begann ein Mann, das Feuer der Angreifer zu erwidern.

Einer von Hans Männern wurde getroffen und fiel zu Boden. Die anderen gingen schleunigst in Deckung und stellten sich auf diese neue Bedrohung ein.

»Angriff von der Flanke her!«, schrie Han.

Zwei seiner Leute gaben mehrere Schüsse ab und rannten nach rechts. Gleichzeitig setzten sich zwei andere nach links ab. Sie wollten den Verteidiger ins Kreuzfeuer nehmen, ohne ihm eine Chance zur Flucht zu lassen. Der Rest von Hans Männern nahm weiter das Fahrzeug direkt vor ihnen unter Beschuss, dessen Motor eindeutig nicht länger funktionsfähig war.

Innerhalb kürzester Zeit schien die Bedrohung ausgeschaltet worden zu sein. Han lief auf den Geländewagen zu, wo der blutüberströmte Verteidiger mit mehreren Einschüssen in der Brust neben dem Fahrzeug lag. Han begann mit der Durchsuchung der Fahrzeuge.

Fahrer und Beifahrer im ersten Wagen waren tot. Einer der Passagiere auf den hinteren Sitzen war ebenfalls seinen Schussverletzungen erlegen. Der vierte Mann, offensichtlich ein Computer-Geek, saß mit erhobenen Händen und tränenüberströmtem Gesicht da.

Han konnte nicht hören, was er vor sich hinmurmelte. Er hob seine Waffe und drückte mehrere Male ab. Damit hatte sich das Betteln des Mannes um Gnade erübrigt.

»Alles klar«, rief einer der Männer, die den zweiten Geländewagen umkreisten.

»Raus aus dem Wagen mit erhobenen Händen!«, schrie ein anderer.

Einen Augenblick später kletterten eine Frau und ein Mann aus dem Fahrzeug. Todesangst stand ihnen im Gesicht geschrieben. Han identifizierte Ma Yong anhand des Fotos, das ihm seine Auftraggeber geschickt hatten. Die Frau war ihm unbekannt.

Han näherte sich ihnen mit gesenkter, aber schussbereiter Waffe. Sein Team folgte seinem Beispiel.

Mittlerweile sah eine Reihe neugieriger Zuschauer aus den Fenstern der nahe gelegenen Büros hinaus, um zu erfahren, was sich da draußen abspielte. Für kurze Zeit musste es sich wie der Ausbruch des Dritten Weltkriegs in ihrem verschlafenen kleinen Städtchen angehört haben.

Han trat auf den Mann und die Frau zu, die weiter mit erhobenen Händen dastanden. Er fragte: »Sind Sie Ma Yong?«

Der Mann blickte ihn mit grenzenloser Furcht in den Augen an. Han kannte diesen Ausdruck zur Genüge – so sah eine Person aus, die wusste, dass sie erwischt worden war und nun entweder verhaftet oder getötet werden würde.

Han hob sein Gewehr und schoss dem Verräter mehrere Male in die Brust. Die Frau neben ihm schrie laut auf und versuchte, davonzulaufen. Sie wurde von mehreren Kugeln in den Rücken getroffen.

Danach kehrte Han zu Mas Leiche zurück und drückte sicherheitshalber noch zweimal ab, bevor er mit seinem Telefon ein Foto von ihm machte. Danach griff er nach Mas rechter Hand. Seine elektronischen Fingerabdrücke würden bestätigen, dass sie tatsächlich die richtige Person beseitigt hatten.

In der Entfernung waren Polizeisirenen hörbar. Hans Heckschützen informierten ihn, dass zwei Fahrzeuge des örtlichen Sheriffbüros auf dem Weg waren.

»Wir haben, was wir wollen. Zeit zu verschwinden!«, wies Han seine Männer über ihr internes Kommunikationsnetzwerk an.

Sie rannten noch auf ihre Fluchtfahrzeuge zu, als das erste der Polizeifahrzeuge auf sie zuraste – bevor sich plötzlich ein Loch in seiner blutbespritzten Windschutzscheibe befand. Das Fahrzeug geriet außer Kontrolle und kollidierte mit einem am Straßenrand geparkten Wagen. Das Team der Scharfschützen hatte einen Treffer gelandet und Hans Männern ausreichend Zeit gegeben, ihre Geländewagen zu erreichen und sich dem Zugriff zu entziehen.

Sobald Han im Fahrzeug saß, befahl er dem Fahrer, sie zum vereinbarten Ort zu bringen, an dem ein gemieteter Möbelwagen auf sie wartete. Dort würden sie auf dessen Ladefläche verschwinden, sich in ihr Safe House in der Nähe von Spokane, Washington, zurückziehen und auf ihre nächsten Befehle warten.

Sie hatten soeben ihren ersten erfolgreichen Auftragsmord verbucht. Anhand der Vorfälle und Zahlen, von denen die Nachrichten seit zwei Tagen berichteten, bezweifelte Han, dass es ihr letzter war. Ausländische Spione verloren gegenwärtig in großer Zahl in Ländern überall auf der Welt ihr Leben, einschließlich in den Vereinigten Staaten.

Kapitel Zwanzig
Miami Heat

USCGC *Charles Sexton*
Dreißig Meilen vor den Florida Keys

Der Spaß begann an einem glühend heißen Nachmittag. Der Kutter der Küstenwache hatte seine Beute gesichtet und hielt nun direkt auf sie zu.

»Lieutenant, sieht aus, als hätten wir ein Tauchboot gesichtet!«, rief einer Männer vom Ausguck.

Lieutenant Don Winslow furchte die Stirn. »Das ist das dritte in vier Tagen«, brummte er, bevor er sich an seinen ranghöchsten Offizier wandte. »Chief, schauen Sie sich das an. Ist das tatsächlich wieder eines?«

Chief Petty Officer Yoni Yankovic nickte und stand auf, um sich das Objekt näher anzusehen.

»Wo genau ist es?«, erkundigte er sich beim dem jungen Mann im Ausguck.

»Dort drüben, Chief«, erwiderte er.

Mit dem Fernglas sah Yankovic in die Richtung, die ihm sein Mann gezeigt hatte. Es dauerte einen Augenblick, aber tatsächlich … eine schwache Heckwelle, ein sicheres Zeichen für ein Unterwasserfahrzeug.

Yankovic drehte sich zum Ruderhaus um und bestätigte diese neueste Entdeckung mit einem Signal. Schon wieder eines. Schwer zu glauben.

Kurz darauf erhöhte der Kutter der Sentinel-Klasse die Geschwindigkeit und raste auf das Tauchbootder Drogenschmuggler zu. Der Alarm, der alle an die Gefechtsstationen rief, ertönte und informierte die Mannschaft, sich auf ihren Einsatz vorzubereiten.

Yankovic kehrte in das Ruderhaus zurück.

»Wo zum Teufel kommen all diese Tauchboote her?«, fragte Winslow frustriert.

Yankovic zuckte mit den Achseln. »Keine Ahnung. Soll das Team das Festrumpfschlauchboot vorbereiten?«

»Ja, sie sollen zum Ablegen bereit sein. Aber bevor wir das RIB rausschicken, will ich dem Boot so nahe wie möglich kommen«, erwiderte Winslow.

Es dauerte 20 Minuten, bevor sie zu den Drogenschmugglern aufschließen konnten, die ihr Möglichstes taten, um ihnen zu entkommen. Wäre ihr Fahrzeug ein echtes Unterseeboot gewesen, hätten sie tauchen und sich unter den Wellen verstecken können. Die viel kleineren Drogenboote konnten allerdings nur wenige Meter unter die Wasseroberfläche sinken. Das Hauptaugenmerk ihres Designs lag auf ihrem Niedrigprofil, um die Entdeckung durch den Radar oder das bloße Augen zu erschweren. Eine raue See verriet sie allerdings immer. Sobald die Wellen über eine bestimmte Höhe hinaus anstiegen, machte das diesen Unterwasserfahrzeugen schwer, ungesehen zu bleiben, da sie vom Seegang gebeutelt und herumgeschleudert wurden.

Mit der Annäherung an ihr Objekt, rutschte das am hinteren Ende des Kutters untergebrachte RIB über die Rampe ins Wasser hinein und nahm die Verfolgung des Drogenbootes auf. Während sie hinter ihm her rasten, bemannten zwei Seeleute die 25mm-Kanone am Bug und ein weiterer Seemann die 50-Kaliber-Maschinenpistole an Backbord.

Sobald sich das RIB direkt neben dem Drogenboot befand, rief Yankovic über Funk einem seiner Soldaten zu: »Jenkins, versuchen Sie sie zum Anhalten zu bewegen!«

Der Petty Officer dritter Klasse nickte mit entschlossenem Gesichtsausdruck. Jenkins und drei andere Coasties waren die einzigen, die in voller Kampfmontur und mit einer M4 ausgestattet waren. Sollte es zu einem Schusswechsel auf dem Tauchboot kommen, waren sie diejenigen, die mit den Gangstern kurzen Prozess machen würden.
****

Das RIB hielt seine Position direkt neben dem Tauchboot, um Jenkins mit einem Schritt das Überwechseln zu erlauben. Sobald er sein Gleichgewicht gefunden hatte, rannte er nach vorn zur Einstiegsluke des Tauchboots.

Jenkins klopfte mehrere Male auf die Luke und rief den Insassen etwas auf Spanisch zu. Ohne Erfolg.

»Festhalten, Jenkins. Er versucht, Sie umzuwerfen!«, rief Yankovic warnend.

Der Drogenschmuggler lenkte das Tauchboot hart nach Steuerbord, womit es ihm fast gelungen wäre, Jenkins zu Fall zu bringen. Jenkins klammerte sich schnell an alles, woran er sich festhalten konnte. Dann reduzierte der Fahrer die Geschwindigkeit überraschend stark, was Jenkins herumschleuderte und ihn beinahe über das vordere Ende des Tauchboots geworfen hätte.

Yankovic steuerte das RIB erneut direkt vor das Boot der Drogenschmuggler, um der Mannschaft darin klarzumachen, dass ein Entkommen aussichtslos war.

Jenkins drückte auf den Sprechknopf seines Funkgeräts. »Chief, eine oder zwei Ladungen in ihre Motoren, und die Sache ist erledigt.«

»Verstanden, Jenkins. Erlaubnis erteilt«, erwiderte Yankovic, ohne die Zustimmung des Lieutenants abzuwarten. Sie mussten die Sache umgehend zu Ende bringen, bevor Jenkins oder jemand anderes verletzt wurde.

Nachdem Jenkins seine Balance wiedergefunden hatte, eilte er an der kleinen Kabine vorbei nach hinten. Er brachte die hinter seinem Rücken hängende M4 nach vorn und legte den Hebel von gesichert auf halbautomatisch um. Dann zielte er auf den hinteren Teil des Bootes, an dem sich die Motoren befanden und feuerte ein halbes Dutzend Mal, im Versuch, sie auszuschalten.

Sekunden später war ein knirschendes Geräusch zu hören, bevor aus den Einschlagslöchern der erste Rauch austrat. Die Motoren erstarben, und das Drogenboot hatte seinen Antrieb verloren.

Ohne Zeit zu verlieren, drehte sich Jenkins mit gesenkter, aber schussbereiter Waffe um, nur für den Fall, dass einige der Insassen wagemutig werden sollten.

Die vordere Luke öffnete sich einige Zentimeter, woraufhin ein kleiner gelber Kanister auf das hintere Deck fiel. Während er vom Boot ins Wasser hinunterrollte, drang dichter orangefarbener Rauch heraus.

Verflucht, sie wollen kämpfen, dachte Jenkins und ließ sich umgehend auf ein Knie fallen.

Das Ruderhaus war bereits vollkommen in diesen dichten orangefarbenen Rauch eingehüllt, was die Sicht der an Bord des RIB verbliebenen Coasties stark behinderte. Dann hörte Jenkins das unverwechselbare Geräusch einer AK-47, die das Feuer eröffnete.

Er warf sich flach auf den Bauch und hörte, dass die heißen Projektile über seinen Kopf hinweg dorthin unterwegs waren, wo er noch vor einer Sekunde gekniet hatte. Jenkins richtete seine M4 in die ungefähre Richtung aus, in der er den Schützen vermutete, und erwiderte das Feuer. Mit beinahe einem Dutzend Schüssen hoffte er, den Schützen ausgeschaltet und den Kampf beendet zu haben.

Kurz darauf informierte ihn eine Stimme auf Spanisch, dass sich die Besatzung des Tauchboots ergeben wollte. Die Sicht war nach wie vor eingeschränkt. Der verdammte Rauchkanister, der neben dem Boot im Wasser schwebte, spukte weiterhin orangefarbenen Rauch aus.

Jenkins informierte sie auf Spanisch, dass sie ihre Waffen fallen lassen und mit erhobenen Händen auf das hintere Ende des Tauchboots zukommen sollten. Eine Minute später tauchten zwei Umrisse aus dem Rauch vor ihm auf. Ein Windstoß verteilte die dicke Luft ein wenig, und Jenkins konnte einen Blick auf die Männer werfen. Beide hatten die Hände über dem Kopf gefaltet. Sie schienen unbewaffnet zu sein. Ein schneller Blick an ihnen vorbei zeigte ihm den Körper ihres Kameraden, der leblos dalag.

»Alles in Ordnung, Jenkins?«, fragte Chief Yankovic über das Funkgerät an.

»Ja, Chief. Ich habe den Schützen erwischt. Zwei Gefangene im hinteren Teil des Boots«, erwiderte Jenkins.

Das RIB fuhr sofort wieder neben das Tauchboot. Einer der Seeleute fischte den Rauchkanister aus dem Wasser und der Chief gab Gas, um den Kanister hinaus in den offenen Ozean zu transportieren. Nur so konnten sie sich freie Sicht auf das Drogenboot verschaffen. Diese kleinen Behälter hüllten gute drei bis fünf Minuten alles in undurchsichtigen Rauch ein, falls man dies zuließ.

Da Jenkins nun besser sehen konnte, näherte er sich den beiden Männern, die immer noch mit erhobenen Händen dastanden. »Umdrehen und Hände auf den Rücken«, befahl er.

Mithilfe seiner Plastikfesseln sicherte Jenkins seine Gefangenen. Nach der Rückkehr des RIB brachten sie die Gefangenen auf das Schlauchboot. Danach sprangen zwei Coasties auf das Tauchboot, um das Ruderhaus und das Innere zu durchsuchen.

Sie verbrachten zwei Stunden mit der Dokumentation von allem, was sie gefunden hatten. Dazu stellten sie auch noch eine Reihe von Fingerabdrücken sicher. Insgesamt beschlagnahmten sie 148 Kilogramm Heroin – zusätzlich zu dem, was ihnen die beiden Boote, die sie Anfang der Woche gestoppt hatten, eingebracht hatten.

Niemand wusste mit Sicherheit, was da vor sich ging, aber im Laufe der letzten drei Wochen waren riesige Mengen an für die USA bestimmtes Heroin aus Kuba unterwegs gewesen.
****

Das Büro der Drogenbehörde
Regionalbüro Miami

»Bill, wie erklären Sie sich all die Drogen, die gegenwärtig aus Kuba
kommen? Ich bin mir sicher, dass wir nie zuvor so viele
Drogenschmuggler von dort hatten. Geht dort etwas vor, von dem wir
nichts wissen?«, fragte sich Mike Auger, der leitende Sonderermittler
des DEA-Büros in Miami.

Bill zuckte mit den Achseln und schenkte sich noch eine Tasse
Kaffee ein. »Keine Ahnung, Boss. Vielleicht denken sie, dass es bei all
dem Mist, der in unserem Land vorgeht, eine gute Zeit wäre, ungesehen
einige Boote an uns vorbeizubekommen.«

Mike seufzte bei Bills Gleichgültigkeit. Bills Pensionierung am
Ende des Jahres konnte nicht früh genug kommen. Nachdem er vor
einem Monat seine Papiere eingereicht hatte, hatte er sich in jemanden
verwandelt, der bereits vom aktiven Dienst pensioniert war. Der Mann
tat so wenig wie irgend möglich, während er die letzten Monate bis zu
seiner offiziellen Pensionierung absaß.

»Wie wäre es damit, Bill? Nehmen Sie Tom, den Neuen, mit und
sprechen Sie einige Ihrer Quellen darauf an. Versuchen Sie
herauszufinden, was da los ist. So kurz vor Ihrer Pensionierung gibt
Ihnen das gleichzeitig die Gelegenheit, Ihren Informanten ihren neuen
Kontakt vorzustellen«, bot ihm Mike an, obwohl es mehr wie eine
Anweisung als ein Vorschlag klang.

Bill verzog das Gesicht. »Ist Tom nicht noch zu grün hinter den
Ohren, um Informanten zu betreuen?«

»Haben Sie Toms Akte gelesen?«, fragte Mike. »Er hat acht Jahre
lang im Rauschgiftdezernat der Polizei von Portland, Oregon,
gearbeitet. Davor war er sechs Jahre bei der Spionageabwehr für die
Navy. Er mag neu bei der Drogenbehörde sein, aber er kann auf einen
soliden Hintergrund zurückgreifen. Außerdem haben Sie nur noch vier
Monate bis zur Rente. Zeit, Ihre Informanten an jemand anderen
weiterzugeben.«

»Na gut«, sagte Bill widerwillig und seufzte. »Ich mache einige
Anrufe und fange an, den Kleinen darüber zu informieren, was abgeht.
Denken Sie aber daran, dass die meisten Orte immer noch wegen

diesem COVID-Kram geschlossen sind. Die Verabredung zu einigen dieser Treffen könnte schwierig werden.«
****

Zwei Stunden später

Mike ging zurück in sein Büro und schloss die Tür. Er checkte seine Mails und entdeckte eine dringende Nachricht von seinem Vorgesetzten aus D.C. Er öffnete die Mail.

Mike,
Entlang der Grenze braut sich etwas zusammen. CBP hat
in den letzten acht Wochen mehr Drogen beschlagnahmt
als im ganzen letzten Jahr. Besorgniserregend ist, dass
die Droge eine Mixtur aus Fentanyl und Heroin zu sein
scheint. Ich bin mir nicht sicher, was da los ist, aber Sie
müssen Ihre Quellen im südlichen Florida aktivieren, um
festzustellen, ob die Nachfrage gestiegen ist. So viel Ware
in den USA ist mehr als ungewöhnlich, es sei denn, es gab
einen plötzlichen Anstieg bei der Nachfrage, von der wir
nichts wissen.
Jerry

»Ich wusste doch, dass da etwas nicht stimmt1«, rief Mike laut aus und schlug leicht mit der Hand auf seinen Schreibtisch. Dabei war ihm entgangen, dass der neue Mitarbeiter gerade seinen Kopf durch die offene Bürotür steckte.

»Alles in Ordnung, Chef?«, erkundigte sich Tom.

»Ah, Tom. Genau der Mann, den ich sehen wollte. Kommen Sie rein.« Mike deutete auf einen leeren Stuhl vor seinem Schreibtisch. »Gelegentlich denke ich laut. Das hilft mir dabei, herauszufinden, ob das, was ich denke, Sinn macht oder eher nicht. Wie sind die letzten Stunden mit Bill verlaufen?«

Tom zog einen Notizblock hervor und schlug ihn auf. »Es lief gut. Bill hat für die kommenden Tage einige Treffen arrangiert. Heute Abend treffen wir uns mit einem Typen namens … Nugget. Bill hat mir erlaubt, die Akten seiner Informanten zu studieren. Das wird mich die nächsten Tage beschäftigen.«

»Ausgezeichnet. Nugget ist tatsächlich eine überraschend gute Quelle. Er arbeitet schon eine ganze Weile für uns. Manchmal ist er allerdings etwas unberechenbar. Es ist immer eine gute Idee, ein Auge auf ihn zu haben.«

»Ja, das fiel mir bei der Akteneinsicht auf. Er scheint ein wenig jähzornig zu sein. Widerstand gegen die Festnahme, tätlicher Angriff auf einen Polizeibeamten, Körperverletzung, und eine Liste anderer Vergehen, die so lang wie mein Arm ist«, sagte Tom und nickte zustimmend.

Diese Einschätzung brachte Mike zum Lachen. »Leute wie er sind unsere besten Quellen. Sie stecken so tief drin, dass ihre einzige Hoffnung in einem Handel besteht. Sobald er aufhört, ein verlässlicher Informant für uns zu sein, landet er im Bundesgefängnis. Das weiß er. Aber dazu liebt er seine Freiheit viel zu sehr. Falls er weiß, was es mit all den Drogen aus Kuba auf sich hat, wird er reden.«

****

Vier Stunden später
Miami, Florida

Nachdem sie eine Weile dem South Dixie Highway gefolgt waren, brach Bill das Schweigen.

»Wir nähern uns dem Treffpunkt.«

Tom beugte sich auf dem Beifahrersitz nach vorn, als ob er so besser sehen könnte, wo sie anhalten würden. »Wir treffen Nugget hier?«

Bill kicherte bei dieser Frage und erwiderte: »Nicht nach Ihrem Geschmack? Das ist einer der wenigen Plätze, die dieser Tage noch offen sind.«

Der Parkplatz war halbvoll mit Harleys und einigen Pickups mit einer Konföderierten-Flagge.

Tom schüttelte den Kopf. »Nein, ich ging eher von einem edlen Stripclub aus als von solch einem Schuppen. Das ist ja eine echte Spelunke.«

Bill schnaubte belustigt. »Tja, die besseren Clubs sind dank des Virus alle geschlossen. Das Angenehme daran ist, dass die Mädchen aus den feinsten Clubs jetzt in diesen Kaschemmen arbeiten. Gleiche Ansicht bei halbem Preis.«

Tom schüttelte den Kopf. Er hasste es, wenn Männer Frauen wie ein Stück Fleisch behandelten. Stripclubs waren nichts für ihn. Die suchte er nur dann auf, wenn ihm seine Arbeit keine Wahl ließ.

Bill parkte die Schrottkarre, die sie sich für ihre abendliche Verabredung von einem Schrottplatz besorgt hatten. Je näher sie dem Eingang kamen, desto lauter wurde die Musik.

Bill öffnete die Tür und ließ Tom zuerst eintreten.

Im Eingangsbereich empfing sie starker Zigarettenrauch und ein leichter Geruch nach Marihuana.

»Zehn Dollar«, verkündete ein stark übergewichtiger Mann, auf dessen schwarzem T-Shirt das Wort *Security* stand.

Bill zog einen 20-Dollar-Schein aus der Tasche und übergab ihm dem Türsteher. Dann gingen die beiden durch einen schwarzen Vorhang in die eigentliche Bar.

Entlang der hinteren Wand des offenen Raums befand sich eine Bühne, vor der ein Dutzend Stühle standen. Ein Stück dahinter standen sechs Tische für je zwei oder vier Personen. An der gegenüberliegenden Wand gewährte die u-förmige Bar den Gästen trotz des Abstands eine gute Sicht auf die Bühne, während sie sich ihren Getränken oder einem Snack widmeten.

Bill führte Tom an mehreren Tischen vorbei, während eine Handvoll finster aussehender Männer sie misstrauisch anstarrte. Der Tisch der Schlägertypen war mit leeren Bierflaschen übersät.

Die beiden fanden einen Platz an der Bar und bestellten sich jeder ein Bier. Während der Barmann es ihnen holte, beugte sich Bill vor und zündete sich eine Zigarette an. »Nugget sitzt in der Nähe der Bühne. Er hat mich gesehen. Ich vermute, dass er an die Bar kommt, sobald sie mit dem Tanz fertig ist. Lassen Sie mich mit ihm reden, okay?«

Tom nickte und hob das Bier an die Lippen. Er trank einige Schlucke und tat sein Bestes, so zu tun, als ob er zum Publikum gehörte.

Die Musik dröhnte, eine Trockeneismaschine blies etwas Rauch auf die Bühne und ein Stroboskoplicht blinkte. Das Mädchen auf der Bühne bemühte sich redlich, ihre Verkaufsschlager zu zeigen. Ihre Bewunderer am Rand der Bühne luden sie mit Ein- und Fünf-Dollarscheinen ein, doch etwas näher zu kommen.

Sofort nach dem Ende der Nummer begann das nächste Mädchen mit ihrem Programm. Der Rocker, den Bill Nugget nannte, stand wie erwartet auf und kam auf sie zu. Er stellte sich neben Bill und bestellte einen Eiskübel voller Bier, bevor er auf einen freien Tisch zeigte. Der Bartender nickte.

»Kommt mit«, sagte Nugget und ging voraus zum Tisch.

Bill und Tom folgten ihm und nahmen ihm gegenüber Platz. Eine barbusige Frau brachte ihnen einen halb mit Eis gefüllten Kübel, in dem sechs Bier steckten. »Braucht ihr sonst noch was, Jungs?«, fragte sie.

»Ne, alles gut. Schreib das meinem Freund auf die Rechnung, nicht mir.« Nugget zwinkerte der halbnackten jungen Frau zu.

»Wird gemacht, Nugget«, erwiderte die Bedienung.

Tom sah ihr auf dem Weg zurück zur Bar nach und dachte sich, dass sie mit diesem straffen, gut geformten Hinterteil und ihren durchtrainierten Beinen der Sportmannschaft einer Universität angehören musste.

»Nett, was?«, kommentierte Nugget, der Toms Blick gefolgt war.

Tom versuchte die Rolle zu spielen, die ihm aufgegeben war. »Absolut. Übrigens, ich bin Tom.«

Nugget zündete sich eine Zigarette an. »Nett, dich kennenzulernen, Tom.«

Nach etwas Konversation und dem nächsten Bier kam Bill auf den Grund ihrer Verabredung zu sprechen.

»Nugget, gibt es ein Versorgungsproblem mit Dynamit, von dem ich nichts weiß?«

Nugget kicherte. »Es gibt immer ein Versorgungsproblem mit Dynamit. Ihr Jungs klaut es uns ständig.«

»Okay, dann lass mich die Frage anders stellen. Gibt es einen Grund, warum jemand Vorräte bunkert oder mehr als gewöhnlich bestellt?«

Nugget zog die Augenbrauen hoch. »Wieso die Fragen über die Versorgung? Gibt es was, wovon *ich* nichts weiß?«

»Innerhalb der letzten sechs Wochen haben wir über 1.400 Kilo Dynamit abgefangen. Entweder etabliert sich jemand Neues oder es geht etwas vor, von dem wir noch nichts gehört haben«, erklärte Bill leise.

Die Musik dröhnte und wummerte weiter, was ihrer Unterhaltung eine gute Deckung bot.

Der Mann, der Nugget genannt wurde, schwieg zunächst. Er öffnete den Mund und schloss ihn wieder. »Ich brauche frische Luft. Wartet ein paar Sekunden und folgt mir dann.«

Nugget stand auf und ging auf den hinteren Raum zu.

Bill warf Tom einen Blick zu. »Ich gehe ihm nach. Sie nehmen die Eingangstür und treffen uns hinter dem Schuppen. Bleiben Sie wachsam!«

Tom nickte und verließ die Bar durch die Tür, durch die sie eine Stunde vorher gekommen waren. Kurz darauf standen die Männer an der hinteren Wand des Gebäudes, und Nugget zündete sich eine neue Zigarette an.

»Okay, Nugget, was ist los?«, fragte Bill laut, da sie nun allein waren.

»Hör zu, Mann, ich hab' keine Ahnung, was los ist oder wer die Bestellungen aufgibt. Ich weiß nur, dass im Moment ein praktisch endloser Vorrat an Dope von China reinkommt. Sie verschenken das Zeug beinahe. Du musst ihnen nur sagen, wie viel du willst, und sie organisieren es für dich.«

»Moment mal, was willst du damit sagen?«, hakte Bill nach.

»Wie gesagt, sie geben das Zeug weg. Die Mittelsmänner müssen nichts dafür bezahlen. Du sagst ihnen, du willst 50 Kilo, und kurz danach schicken sie dir eine SMS, wann und wo du das Zeug abholen kannst. Ich weiß nicht, wer dahintersteckt oder was sie planen, aber sie machen den Markt kaputt. Noch ein paar Wochen, und Dynamit ist billiger als Wasser.«

Die Männer unterhielten sich noch kurz, bevor Nugget ankündigte, dass er verschwinden musste.

Tom und Bill stiegen in ihren Wagen und fuhren ins Büro zurück.

»Es ist wichtig, den Kontaktbericht so bald wie möglich nach dem Treffen zu erstellen«, sagte Bill. »Solange Sie die Information noch frisch im Kopf haben. Am nächsten Tag lesen Sie sich den Bericht ein zweites Mal durch und fügen die Details hinzu, die Sie am Abend vorher vergessen haben.« Er verbrachte noch einige Zeit damit, Tom die Bedeutung der Berichte klarzumachen und ihm zu zeigen, wie er sie erstellen sollte.

»Ich scheide vielleicht bald aus dem Dienst aus, das heißt aber nicht, dass ich sehen will, wie meine Informanten, die ich im Lauf von 15 Jahren rekrutiert habe, verloren gehen«, verkündete er.

Keiner der beiden verstand, wieso die Anbieter inmitten einer
Pandemie ihr Produkt in den USA so dringend an den Mann bringen
wollten. Und der Preis war noch fragwürdiger. Wieso sollte jemand mit
Absicht den Heroinmarkt zerstören? Aus welchem Grund sollte jemand
sein Produkt kostenlos verteilen? Die ganze Sache machte absolut
keinen Sinn.
****

Nationaler Sicherheitsrat
Im Pentagon
Arlington, Virginia

Katrina Roets, Kat für ihre Freunde, wusste nicht, was sie von dem
Bericht halten sollte, der auf ihrem Schreibtisch gelandet war. Er
beschrieb ungewöhnliche Aktivitäten, die während der letzten Wochen
auf dem Aktienmarkt stattgefunden hatten.

*Wir befinden uns mitten in einer Pandemie – natürlich spielt der
Börsenhandel verrückt*, dachte sie. *Was macht diese Aktivitäten so
besonders? Wieso wurden sie mir zur Überprüfung vorgelegt?*

»Guten Morgen, Kat. Aha, ich sehe, du siehst dir die finanziellen
Berichte an, die ich dir letzten Freitag auf den Tisch gelegt habe«, sagte
Richard und nahm mit einer Kaffeetasse in der Hand vor ihrem
Schreibtisch Platz.

Richard Drake war der Vorsitzende des Wirtschaftsrats. Sein Team
von vier Analytikern unterstützte das Bundesfinanzministerium und
einige der Wirtschaftsberater des Präsidenten bei ihren Entscheidungen.
Sein Team leistete einen Großteil der Arbeit für die großen Jungs
geleistet, die den Präsidenten berieten. Sie waren total unterbesetzt und
somit vollkommen überarbeitet.

Katrina griff nach ihrer eigenen Tasse. »Tut mir leid, Rich, die
letzte Woche war lang. Ich sehe mir diese Berichte gerade eben zum
ersten Mal an. Was genau soll mir daran auffallen und wieso sind sie
wichtig? Kurze Zusammenfassung, bitte. Ich habe um 10 Uhr eine
Besprechung über den Iran.«

Rich hatte kein Problem damit. »Verstanden, Kat. Okay, also
darum geht's: Seit zwei Monaten registrieren wir seltsame
Handelsaktivitäten. Es fing am Rentenmarkt an, bevor sie sich auf die
größeren Rentenfonds und einige wenige börsennotierte Fonds

ausbreiteten. Der Grund, weshalb ich sie zur Überprüfung durch dein Büro ausgewählt habe, ist der Dollar-Betrag. Irgendetwas stimmt da nicht. Leider fehlen unserem Team das Personal und die nötigen Befugnisse, um uns das über unsere bisherigen Ermittlungen hinaus genauer anzusehen.«

Katrina überflog den Bericht kurz und registrierte die Höhe der Geschäftsbeträge. Sie runzelte die Stirn. »Das ist eine Menge Geld. Was denkst du, geht da vor?«

»Eben das ist es, was uns Sorgen macht. Die Positionen in diesen Rentenfonds, börsennotierten Fonds und Anleihen werden nach und nach aufgelöst und dann auf einige Offshore-Konten verschoben. Wir verfolgten die ursprünglichen Transfers nach Bermuda, auf die Cayman-Inseln und dann nach London. Danach haben wir keine Ahnung, wohin das Geld unterwegs ist. Ich hatte die Hoffnung, dass du jemanden von der NSA in der Abteilung Abwehr von Bedrohungen für das Finanzsystem damit beauftragen kannst, dem intensiver nachzugehen«, sagte Rich.

Hm, das ist interessant ...

Katrina blätterte die nächsten Seiten durch und sah sich einige der Werte an, die verkauft worden waren. Die markierte Zeile mit den US-Staatsanleihen ließ sie innehalten. »Rich, diese Auftragsposition hier ...« Kat legte ihm den Bericht vor und deutete auf etwas. »Wenn ich recht verstehe, liquidierte die TL-Bank aus Hongkong allein im letzten Monat 100 Milliarden Dollar in Staatsanleihen. Ist das normal?«

Rich beugte sich auf seinem Stuhl nach vorn, während er sich den Vorgang ansah. »Das ist Teil des Problems, das wir verstehen möchten. Sieh dir das Datum an. Es sagt aus, dass diese Transaktion vor drei Wochen stattgefunden hat. Wir sahen uns die Unterlagen der Bank genauer an und entdeckten, dass diese Bank einer anderen chinesischen Bank US-Staatsanleihen abgekauft hat. Und nachdem sie die 100 Milliarden Anleihen zusammen hatte, verkaufte sie sie – unabhängig vom Preis. Danach kaufte sie die nächsten 100 Milliarden von einer anderen chinesischen Bank und wiederholte den Vorgang. Da uns das verdächtig vorkam, nahmen wir Einsicht in ihre Unterlagen der letzten fünf Jahre.

Seit 18 Monaten kauft diese Bank regelmäßig jeden Monat um die 100 Milliarden US-Staatsanleihen, die sie dann umgehend wiederverkauft. Wir sind uns nicht sicher, ob dies ein weitreichenderes

Problem ist oder ob das allein auf diese finanzielle Institution zutrifft. Du weißt, dass wir unsere eigene kleine Gefahrenabwehrabteilung im Bundesfinanzministerium haben, allerdings fehlen uns die Werkzeuge, auf die die NSA zurückgreifen kann, und ihr Einflussbereich. Wenn du sie dazu bewegen könntest, uns bei dieser Untersuchung zu unterstützen, würde uns das wirklich helfen, die Zusammenhänge zu erkennen. Gut möglich, dass hier absolut nichts Illegales vorgeht, aber ich denke, es sollte überprüft werden.«

Katrina dachte einen Augenblick nach. Sie wusste, dass Richs Team die Grenzen seiner Möglichkeiten erreicht hatte. Er hatte recht, es war Zeit, weitreichendere Nachforschungen anzustellen. Die NSA-Abteilung zum Schutz des Finanzsystems hatte ein Talent dafür, Strohfirmen zu demaskieren und dem Weg des Geldes zu folgen.

»Okay, Rich, ich bin ganz deiner Meinung. Schicke mir eine formelle Anfrage, zusammen mit den Informationen, die dein Team zusammengetragen hat, und ich genehmige die Beauftragung der NSA«, sagte Kat und nickte.

Die beiden standen gleichzeitig auf, um Kats Büro zu verlassen: Rich, um die formelle Anfrage auszuarbeiten, und Kat auf dem Weg zu einer Besprechung, was sie mit einem streitlustigen Iran tun sollten, der wieder einmal gedroht hatte, die Straße von Hormus abzuriegeln.

Kapitel Einundzwanzig
Bauernopfer

Das Weiße Haus
Im NSA-Büro

Blain Wilson sah auf die Berichte auf seinem Schreibtisch hinunter und dann zu dem Sofa in seinem Büro hinüber. Ihm wurde klar, dass er seine Frau anrufen und ihr mitteilen sollte, dass er heute Nacht nicht nach Hause kommen würde. Es war schon fast dunkel. Und er musste sich noch mit der Zusammenfassung der neuesten nachrichtendienstlichen Informationen beschäftigen, die der DNI ihm zugeschickt hatte und sie mit einigen der Berichte des JTF unten in Florida abgleichen, die ihn von dort erreicht hatten. Angesichts dieser Berichte und den neuesten Erkenntnissen des CDC, hatte er den unbestimmten Eindruck, dass sie einem bislang unbekannten Problem gegenüberstanden.

Und dann war da noch dieses schreckliche Gemetzel auf einer wenig bekannten Forschungseinrichtung der Navy in Idaho, zusätzlich zu diesen verdeckt arbeitenden Geheimdienstleuten, die entweder Unfälle erlitten hatten oder auf andere Weise zu Tode gekommen waren. Da war etwas im Gange, ohne Zweifel.

Nachdem er mit seiner Frau telefoniert hatte, rief Wilson unten in der Küche an. Er bestellte ein Truthahn-Sandwich und eine Kanne Kaffee und bat um Lieferung in sein Büro. Er hatte eine lange Nacht vor sich.

Während er auf sein Abendessen wartete, studierte Wilson die neueste Zusammenfassung der COVID-Task Force. Mit dem Auftreten der Pandemie in China und deren anschließender Verbreitung in Australien, Europa und Amerika hatte zunächst niemand gewusst, was sie erwarten würde. Nach dem letzten COVID-Virus vor vier Jahren, waren die US-Regierung und der Durchschnittsbürger dieses Mal allerdings sehr viel besser darauf vorbereitet, mit dieser Krise umzugehen. Und dennoch … Dieses zweite chinesische Virus brachte die globale Wirtschaft erneut zum Erliegen und tötete eine Menge Menschen.

Verdammt … die Zahl der Todesopfer hat drei Millionen überschritten … die Arbeitslosigkeit liegt weiter bei etwa 17 Prozent …

Wilson klickte auf die E-Mail des DNI-Büros, die die
Zusammenfassung der täglichen nachrichtendienstlichen Neuigkeiten
enthielt, und überflog die Überschriften:

(U) Fortgesetzter Verkauf von US-Anleihen.

(U) Massiver COVID-Anstieg in Russland, insbesondere in
den Grenzbereichen zu China und der Mongolei.

(U) COVID-Ansteckungsraten besonders hoch unter
Obdachlosen und Drogenabhängigen, die das Virus in den
Innenstädten und Außenbezirken verbreiten.

(U) Verdacht, dass das den Markt überflutende Heroin
chinesischer Herkunft mit COVID infiziert wurde.

(U) Über 200.000 COVID-Opfer in den USA; Zahl der
Infizierten nimmt zu; COVID-Tests über die Anfangsphase
hinaus.

(TS) COVID ist offenbar ein im Labor kreiertes Virus.
Genetische Marker, die seine Ansteckungsfähigkeit erhöhen,
wurden manipuliert. Virus scheint weniger tödlich zu sein, als
zunächst befürchtet.

(TS/SCI/NOFORN) Aus Kuba geschmuggelte chinesische
Grippeschutzimpfung scheint ein COVID-Impfstoff zu sein.
Mitglieder der Bolt and Road Initiative leiden nicht unter
COVID-Ausbruch. Das CDC und das US-Army Medical
Research Institute of Infectious Diseases (USAMRIID)
arbeiten gegenwärtig im Reverse Engineering daran, den
COVID-Impfstoff zu entschlüsseln, um ihn in
Massenproduktion zu geben.

(U) US-Küstenwache beschlagnahmte 300 Kilogramm Heroin
und Fentanyl in der Karibik und in der Floridastraße.

(S) CDC entdeckte Spuren von COVID in dem von der
Küstenwache beschlagnahmten Heroin und Fentanyl. Die
Analyse der Drogen bestätigte China als deren Ursprungsort.

(TS) Als Teil einer gemeinsamen Militärübung treffen weitere
chinesische Armeeeinheiten auf Kuba und in Venezuela ein.

Die Überschrift, die den COVID-Impfstoff betraf, sowie der letzte
Punkt erregten Wilsons Aufmerksamkeit. Er klickte sie an, um sich
ihren Inhalt im Detail anzusehen.

Je mehr sich Wilson in die Berichte einlas, desto deutlicher wurde
ihm, dass sich die Situation zu einem ernst zu nehmenden Problem

entwickelt hatte, das sofort und nicht erst nach den Neuwahlen angesprochen werden musste. Den USA lagen nun die Beweise vor, dass die Chinesen nicht nur das Virus in einem Labor kreiert hatten, sondern auch vor seiner Freisetzung gezielt einen Impfstoff dagegen verteilt hatten. Wenn das keine böswillige Absicht seitens der Chinesen war, dann wusste Wilson nicht, was es sonst sein sollte.

Darüber muss ich den Boss morgen früh als Erstes informieren, dachte er. Sie mussten entscheiden, welchen Weg sie einschlagen sollten, und aus welchem Grund die Chinesen das neue COVID-Virus zur Waffe gemacht hatten. Weltweit waren der Erkrankung bisher über drei Millionen Menschen als direktes Resultat der chinesischen Aktivitäten zum Opfer gefallen. *Das können wir nicht hinnehmen.*
****

Am folgenden Morgen
Lagezentrum – Weißes Haus

»Mr. President …«, begann Wilson, »… was ich Ihnen mitteilen werde, wird Sie vielleicht überraschen, aber ich bin mir fast sicher, dass es der Wahrheit entspricht.« Die im Raum Anwesenden lehnten sich gespannt nach vorn.

»Vor neun Monaten unterrichteten wir Sie über die Existenz eines neuen, weit entwickelten Quantencomputers in China mit dem Codenamen Jade Dragon. Wir glauben, dass Jade Dragon für ein anderes Programm namens Projekt Zehn verwendet wird, den ersten halbautonomen KI-Supercomputer der Welt. Meiner Meinung und der meiner Mitarbeiter nach, wurden die USA, Europa und selbst Russland von diesem KI-Supercomputer in mehreren Bereichen durch einen fortlaufenden Angriff …«

Verteidigungsminister Peter Morris unterbrach ihn. »Mr. Wilson, beziehen Sie sich auf den Bericht des CDC, dass das COVID-Virus in einem Labor genetisch erzeugt wurde, oder auf die Tatsache, dass China das Virus offenbar erschaffen und seine Verbündeten vor dem Ausbruch der Pandemie mit einem Impfstoff versorgt hat?«

Diese Frage verursachte irritierte Diskussionen unter den Anwesenden, bis der Präsident die Hand hob, um für Ruhe zu sorgen.

»Das ist eine wagemutige Anschuldigung, Blain. Warum gehen Sie nicht einen Schritt weiter und teilen uns mit, was genau Sie damit ausdrücken wollen?«, fragte ihn der Präsident auf, der sein Misstrauen hinsichtlich Wilsons Ankündigung nicht verhehlen konnte.

»Sehr gern, Mr. President«, erwiderte Wilson, und sah sich im Raum um. »Ich werde Ihnen eine Reihe von Ereignissen aufzeigen, die sich während der letzten 18 Monate abgespielt haben, und die uns dahin brachten, wo wir uns heute wiederfinden. Ich gehe davon aus, dass alles, was sich bis zu diesem Punkt ereignet hat, ein gezielter Versuch der Chinesen war, den Westen zu destabilisieren – und ja, in diese Einschätzung beziehe ich auch Russland ein.«

Wilsons letzte Aussage überraschte einige, einschließlich die Vizepräsidentin Victoria Jackson, die ebenfalls an diesem Treffen teilnahm. In letzter Zeit hatten nur wenige amerikanische Beobachter Russland viel Aufmerksamkeit gewidmet. Dazu spielte sich zu viel im Rest der Welt und vor ihrer eigenen Tür ab.

»Vor 18 Monaten reduzierten die Bank von China sowie andere finanzielle Einrichtungen ihren Ankauf von US-Staatsanleihen auf 50 Milliarden Dollar monatlich. Gleichzeitig verkauften sie jeden Monat 100 Milliarden Anleihen an eine TL-Bank in Hongkong. Diese Bank wiederum veräußerte sie dann zum Billigpreis an andere finanzielle Unternehmen und an Anlagenverwalter rund um die Welt. Dieses Vorgehen beschränkte sich nicht allein auf die Verpflichtungen der USA – das Gleiche machten sie mit Euro-Obligationen und mit britischen Anleihen. Nach knapp 18 Monaten kontinuierlichen Verkaufs haben sich die Chinesen so gut wie aller US-Staatsanleihen entledigt.«

Wilson sah nun, dass ihm alle die nötige Aufmerksamkeit schenkten. Das war nicht nur ein amerikanisches Problem; vielmehr stellte es eines für alle westliche Demokratien dar. »Mr. President, während sich China von den amerikanischen, britischen und den Schulden der Europäischen Union befreite, gaben die Chinesen im Lauf der letzten vier Jahre Unmengen dieses Geldes aus. China stellte Panama, Venezuela, Kuba, El Salvador, Nicaragua, Ecuador, der Republik von Surinam, Guyana und Uruguay insgesamt 132 Milliarden USD an Wirtschaftshilfe zur Verfügung. Als Folge davon traten diese Nationen Chinas Belt and Road Initiative bei und integrierten sich damit in die chinesische Wirtschaft.

»Zusätzlich zur Wirtschaftshilfe gewährte China den gleichen Nationen mit 62 Milliarden USD Militärhilfe – zur Modernisierung ihrer Streitkräfte. Innerhalb der letzten drei Monate – unter dem Deckmantel der COVID-Pandemie – unterzeichneten Kuba, Venezuela und El Salvador ein gegenseitiges Verteidigungsabkommen mit China. Das bedeutet, das sich zum ersten Mal seit der Kubakrise Soldaten einer gegnerischen Nation weniger als 160 Kilometer von unserer Küste entfernt aufhalten.«

Mehrere Zuhörer fluchten leise vor sich hin, als Wilsons Worte auf fruchtbaren Boden fielen. Die Folien, die sein Büro vorbereitet hatte, zeigten die Typen und die Anzahl der chinesischen Militäreinheiten, die an diese drei Nationen abgestellt worden waren.

»Ich muss mich Blains Meinung anschließen, Mr. President«, sagte Morrison und nickte zustimmend. »Die Chinesen sind dabei, einen Masterplan umzusetzen, dessen Auswirkungen wir meiner Ansicht nach gegenwärtig im Anfangsstadium erleben.«

Außenministerin Riley Edison schüttelte den Kopf. »Nein, auf diese Theorie einer raffiniert geplanten Intrige, die USA und Europa in die Knie zu zwingen, lasse ich mich noch nicht ein, Mr. President. Ich denke, wir benötigen zusätzliche Beweise, bevor wir diese Art von Vorwurf erheben.«

Als der Präsident an die Macht gekommen war, war Minnesotas Gouverneurin Riley Edison in ihrer zweiten Amtszeit gewesen. Vor dem Hintergrund ihres überwiegend an der Agrarwirtschaft orientierten Staats hatte sie Erfahrung im Umgang mit China und war sich den Handelsproblemen des amerikanischen Mittleren Westens zweifelsohne bewusst. Ursprünglich wollte der Präsident sie als Botschafterin nach China entsenden. Als sein erster Außenminister dann einen Herzanfall erlitt und sich aus dem politischen Leben zurückzog, hatte der Präsident Riley zu dessen Nachfolger ernannt. Sie hatte hervorragende Arbeit in der Ausarbeitung des neuen Handelsabkommens mit China geleistet. Und jetzt sah es beinahe so aus, als ob die Chinesen mit diesen Verhandlungen nur Zeit gewinnen wollten, um ihre Verschwörung voranzutreiben.

Wilson setzte erneut zum Sprechen an, um die Kontrolle über diese Besprechung zurückzuerlangen. »Madam Secretary, Mr. President, wenn ich fortfahren darf. Es gibt weit mehr zu berichten. Vor sieben Tagen erhielt das CDC über die Diplomatenpost unserer Botschaft in Havanna ein Fläschchen mit einem vermeintlichen Impfstoff zum Schutz gegen Grippe. Diesen Impfstoff hatten die Chinesen dem kubanischen Gesundheitsministerium irgendwann im Januar überlassen. Ende Januar begann das Land eine nationale Impfkampagne, die bis Mitte Februar anhielt. Bitte beachten Sie den Monat – kurz vor dem *Ende* der regulären Grippesaison. Die nähere Untersuchung des Impfstoffs durch das CDC ergab, dass es sich hierbei in Wirklichkeit nicht um ein Grippeschutzmittel, sondern vielmehr um einen Impfstoff gegen COVID handelt.«

VP Jackson versuchte etwas zu sagen, aber Wilson fuhr ihr ins Wort, bevor er erneut unterbrochen werden konnte. »Wir fragten uns immer, wieso COVID in einigen Staaten eine solche Verwüstung anrichten konnte, während das auf ihre Nachbarländer nicht zutraf. Jetzt kennen wir die Antwort. Die Chinesen hatten diese Länder bereits vorzeitig mit dem Impfstoff versorgt.«

Nun war die Vizepräsidentin nicht mehr zu stoppen. »Unsere geheimdienstlichen Ermittlungen ergaben, dass die Chinesen einen neuen Virenstamm des COVID-Erregers erschaffen und danach als Waffe eingesetzt haben? Und dass sie vor dessen Freisetzung ihren Verbündeten den Impfstoff dagegen überließen? Ist es das, was Sie sagen?«, fragte sie fassungslos. »Wenn das zutrifft, Blain, worauf läuft all das hinaus? Was erhoffen sich die Chinesen davon? Sobald die Welt vom wahren Ausmaß ihrer Aktivitäten erfährt, werden sich alle gegen sie verbünden. Das müssen sie doch wissen.«

Außenministerin Edison meldete sich zu Wort, bevor jemand anders etwas sagen konnte. »Nicht unbedingt, Madam Vice President. Blain, vielleicht kennen Sie die Antwort darauf. Falls die Chinesen ihren Verbündeten tatsächlich den Impfstoff überlassen haben, sind diese Verbündeten vielleicht gleichzeitig auch Mitglieder der Belt and Road Initiative?«

Wilson furchte die Stirn, während er darüber nachdachte und einen kurzen Blick auf seine Notizen warf. Dann nickte er ihr kommentarlos zu.

Frustriert pfiff Edison leise durch die Zähne. »Sie haben mich die ganze Zeit an der Nase herumgeführt. Wenn die Chinesen unsere Schulden weiterverkauft und weitere finanzielle Positionen in Amerika und Europa liquidiert haben, sitzen sie auf einem Vermögen an Bargeld. Nach allem, was wir zwischenzeitlich wissen, warten sie womöglich den Einbruch aller globalen Wirtschaftssysteme ab, um dann aus dem Nichts zu erscheinen und die Kontrolle über komplette

Industriebereiche zu übernehmen. Ich wette, sie spekulieren darauf, dass das Virus früher oder später die ganze Welt in seinen Klauen haben wird, woraufhin sie sich und ihren Impfstoff als Retter der Menschheit präsentieren, solange wir nur händeringend und auf Knien um ihre Hilfe bitten«, sagte sie mit hasserfüllter Stimme. Sie war eindeutig darüber aufgebracht, von den Chinesen all diese Jahre getäuscht worden zu sein.

»Das wird die Welt ins Chaos stürzen«, erwiderte der Stabschef des Präsidenten.

Verteidigungsminister Pete Morris hob die Hand, um das Wort zu erhalten. »Ich vermute, dass all dem das Projekt Zehn zugrunde liegt – der chinesische Masterplan, die Welt politisch, wirtschaftlich und militärisch zu kontrollieren. Vielleicht hat jemand von Ihnen von einem Buch namens *Unrestricted Warfare: China's Master Plan to Destroy America* gehört. Es erschien im Jahr 1999. Geschrieben wurde es von Major General Qiao Liang und Major Wang Xiangsui.

»Das Buch erläutert, worum es bei Projekt Zehn geht. Wenn Sie sich ansehen, was in den letzten zehn Jahren geschehen ist und dazu noch einen näheren Blick auf die letzten 12 Monate werfen, dann sehen Sie, dass all das Sinn macht. Die Verhaltensmuster werden deutlich. Dieses Buch, wie es Hitlers *Mein Kampf* war, ist seit über 20 Jahren die Grundlage chinesischen Handelns. Unsere Wirtschaft am Boden, Neuwahlen in wenigen Monaten, und unser Volk in Angst und Schrecken, sich mit dem Virus anzustecken – das macht uns hilflos und damit unfähig, sie aufzuhalten. Und genau das ist die Position, in die sie uns bringen wollten.«

Sheila Jones, die Ministerin für Heimatschutz, fügte hinzu: »Das rückt auch die Sache mit den Drogen ins richtige Licht – wieso das CDC das aus China stammende und mit COVID verseuchte Heroin und Fentanyl gefunden hat. Sie wollten so schnell wie möglich das Virus in vielen Bevölkerungsschichten unseres Landes und über ganz Europa verbreiten. Mit einem wirksamen Impfstoff zur Hand konnten sich die Chinesen sicher sein, dass das Virus nicht die gesamte Menschheit auslöschen, sondern sich allein auf die Feinde Chinas beschränken wird. Schwer zu glauben, wenn Sie mich fragen.«

»Verdammte Chinesen«, fluchte der Präsident. »Kann das CDC basierend auf der Probe aus dem Fläschchen aus Havanna einen Impfstoff entwickeln?«

»Sie arbeiten bereits daran. Phase eins des Versuchs, ihn zu reproduzieren, hat begonnen. In zwei Tagen sollten wir wissen, ob es möglich ist und wie lange es dauern wird, ihn in Massenproduktion herzustellen. In der Zwischenzeit müssen wir entscheiden, Mr. President, was wir mit China tun sollen«, erklärte Jones.

»Gibt es etwas Neues hinsichtlich der Schießerei in Idaho?«, fragte Präsident Alton als Nächstes. »Das war ein grauenhafter Vorfall.«

»Das FBI sucht weiter nach den Schützen«, berichtete Ministerin Jones. »Wir sind uns relativ sicher, dass es hier hierbei um einen organisierten Anschlag auf einen Mann namens Ma ‚Daniel‘ Yong handelte, ein vor Kurzem zu uns übergelaufener chinesischer Staatsbürger. Er hatte die Seiten über seinen Kontakt mit dem MI6 gewechselt und wurde später an die CIA weitergereicht. Ma war offensichtlich der führende Kopf beim Aufbau der Künstlichen Intelligenz namens Jade Dragon. Die CIA war mit seiner Hilfe dabei, Zugriff auf das Programm zu nehmen, als sie entdeckten, dass sie aufgeflogen waren. Daraufhin entschlossen sie sich, das Forschungszentrum zu verlassen und in ein anderes Safe House umzuziehen. Während der Fahrt wurden sie überfallen.«

»Wissen wir, ob das chinesische Militär oder ihr Geheimdienst den Anschlag durchgeführt hat?«, erkundigte sich der Stabschef des Präsidenten

»Das können wir noch nicht mit Sicherheit sagen. Der Heimatschutz arbeitet mit dem FBI zusammen, ist aber der führende Ermittler. Wir gehen derzeit davon aus, dass die Chinesen eine unbekannte Zahl an Agenten im Land haben. Sie zu finden, muss unsere erste Priorität sein«, erwiderte Jones.

»Ich denke, dass wir uns mit weit größeren Problemen beschäftigen müssen«, wandte der Verteidigungsminister ein. »Was machen wir mit den knapp 100.000 chinesischen Arbeitern in Kuba, El Salvador und Venezuela? Neben den 70.000 Soldaten, die sich bereits in diesen Ländern aufhalten? Wir dürfen nicht zulassen, dass sie weitere Militäreinheiten in die Karibik verlegen. Das ist ein direkter Verstoß gegen die Monroe-Doktrin. Eine große ausländische Armee in der Nähe unserer Grenzen. Wir müssen sie *jetzt* aufhalten und sie auffordern, ihre Kräfte aus unserer Hemisphäre abzuziehen.«

»Wir könnten ihnen ein Ultimatum stellen«, schlug Außenministerin Edison vor. »Wenn sie nicht sofort damit beginnen, ihre Streitkräfte abzuziehen, legen wir ihnen Sanktionen auf. Wir könnten sie mit technologischen Komponenten unter Druck setzen; mit Dingen, die sie nur von uns kaufen können.«

»Und was tun wir, wenn sie die Sanktionen ignorieren?«, fragte Wilson und verschränkte die Arme vor der Brust. »Was dann?«

»Dann verhängen wir eine Blockade«, erwiderte Edison. »Wir verhindern, dass sie zusätzliche Truppen in die Länder unserer Hemisphäre senden, und wir blockieren die Länder, in denen sie bereits vertreten sind. Das drängt sie zurück.«

»Wenn wir eine Blockade verhängen, sollten wir besser bereit sein, diese mit militärischer Gewalt durchzusetzen, wenn es darauf ankommt«, entgegnete Morrison. »Sie können darauf wetten, dass die Chinesen unsere Entschlossenheit auf die Probe stellen werden. In ihren Augen sind wir ein geschwächter Gegner, insbesondere zu diesem Zeitpunkt. Ich traue den Chinesen zu, gegen unsere Blockade anzurennen und sie mit ihrer Marine aus dem Weg zu räumen.«

Präsident Alton brummte verärgert. »Über 200.000 Amerikaner mussten im Abstand von nicht einmal vier Jahren dank eines zweiten chinesischen Virus' sterben. Dieses Mal haben über 43 Millionen Menschen nach pandemiebedingten Schließungen ihren Arbeitsplatz verloren. Ich behaupte, dass die Chinesen bereits die ersten Schüsse in diesem Kalten Krieg abgefeuert haben. Des Weiteren möchte ich behaupten, dass sie bereits die ersten Kämpfe gewonnen haben. Nein, wenn wir unterstellen, dass die Chinesen unseren Willen testen werden, dann werden wir sicherstellen müssen, dass die geeigneten militärischen Mittel auf sie warten.«

Alton wandte sich an den Verteidigungsminister und die Außenministerin. » Riley, bitte berufen Sie eine Dringlichkeitssitzung der ständigen Mitglieder des Sicherheitsrates ein. Informieren Sie die anderen im Vorfeld und konfrontieren Sie die Chinesen dann mit den Fakten und Daten, die uns vorliegen. Pete, Sie treffen sich mit unseren NATO-Partnern. Folgen Sie dem gleichen Schema wie Edison. Sorgen wir dafür, dass unsere Alliierten in der NATO unseren nächsten Schritt unterstützen werden, wie immer er auch aussehen mag. Erinnern Sie unsere Verbündeten daran, dass es die gemeinsame Task Force war, der auch sie angehören, die all das aufgedeckt hat. Unsere Reaktion muss eine gemeinsame sein.«

Kapitel Zweiundzwanzig
Die Eskalation

Am folgenden Tag
Gemeinsame Task Force Neun
Doral, Florida

Nigel Younger biss sich auf die Unterlippe, tief in Gedanken darüber versunken, was er gerade von dem amerikanischen Nationalen Sicherheitsbeauftragten, einem Mann namens Blain Wilson, gehört hatte.

Diese Verschwörung spielte sich die ganze Zeit vor unserer Nase ab. Younger konnte nicht glauben, dass Hank Iverson recht behalten hatte. *Ich wünschte mir nur, dass er lang genug gelebt hätte, um ihm das zu sagen ...*

Nigel hörte sich die Fragen der anderen an und wartete schweigend, bis er an der Reihe war.

Endlich deutete General Bridges mit einer Hand in seine Richtung. »Mr. Wilson, das ist Nigel Younger vom britischen Geheimdienst SIS. Der MI6 hat uns die entscheidenden Informationen über Jade Dragon und Projekt Zehn geliefert.«

Der Mann lächelte ihn freundlich an. »Mr. Younger, es ist mir ein echtes Vergnügen, Sie endlich kennenzulernen«, sagte Wilson. »Ich habe so gut wie jeden Bericht gelesen, den Sie uns über Projekt Zehn, Jade Dragon und DragonLink überlassen haben. Die Chinesen haben einen unglaublichen Plan entwickelt, und Ihrer Organisation ist gelungen, ihn aufzudecken.«

Nigel erwiderte höflich das Lächeln und nickte. »Ich wünschte, wir könnten Ihnen mehr geben. Sie wissen natürlich, dass unser Überläufer, der unter ihrem Schutz stand, letzte Woche unglücklicherweise getötet wurde.«

»Ich weiß. Jessica Parker kam bei diesem Angriff ebenfalls ums Leben«, erwiderte Wilson mürrisch. »Wir versuchen immer noch herauszufinden, woher die Chinesen wussten, wo sich Ma Yong aufgehalten hat. Sie wissen sicher, dass eine ganze Reihe von Undercover-Agenten auf der ganzen Welt tot aufgefunden wurde. Wir vermuten, dass entweder die KI ihre Identität feststellen konnte oder dass sie von jemandem verraten wurden. In jedem Fall ist es eine enorme Sicherheitsverletzung, die uns Leben kostet.«

»Bei dieser Untersuchung wäre ich Ihnen gerne behilflich«, sagte Nigel. »Einige meiner Freunde fielen ebenfalls mysteriösen Unfällen zum Opfer. General Bridges war so freundlich, mir vorläufig unter erhöhten Sicherheitsmaßnahmen Unterschlupf in seinem Haus zu gewähren. Zu diesem Zeitpunkt muss ich annehmen, dass ich ebenfalls gefährdet bin. Wenn Sie mich fragen, ist all das ziemlich nervenaufreibend.«

»Halten Sie es für möglich, dass die Chinesen Ma Yongs vorgetäuschten Tod entlarvt haben?«, wunderte sich Mr. Wilson laut. »Ich meine, das würde erklären, warum sie Ressourcen in die Suche nach ihm stecken.«

Nigel nickte bedächtig. »Davon gehen wir, besser gesagt, davon gehe *ich* aus. Bevor Ma niedergeschossen wurde, erzählte er uns von einem von Jade Dragon geleiteten Programm, dem Projekt Jedi. Nähere Details sind uns leider unbekannt, aber wir gehen davon aus, dass es mit den Geheimdienstagenten in Zusammenhang steht, die rund um die Welt getötet werden.

Wilson nickte ernst. »Wir müssen herausfinden, worum es bei diesem Projekt geht«, sagte er und seufzte. »Außerdem müssen wir mehr über das Projekt Zehn in Erfahrung bringen. Momentan denken wir, dass es mit den Aktivitäten in der Karibik verknüpft ist, aber wir können uns nicht hundertprozentig sicher sein. Ich persönlich bin davon überzeugt, dass es etwas mit Chinas Gesamtstrategie zu tun hat; ihrem Bestreben, die dominante wirtschaftliche, militärische und finanzielle Macht der Welt zu werden. Aber auch hier ist es möglich, dass ich mich täusche.«

»Ich denke, Sie liegen richtig, Mr. Wilson. Wir müssen einfach noch intensiver nachbohren«, sagte Nigel abschließend, da Wilson gehen musste, um mit einigen anderen Mitarbeitern des Kommandos zu sprechen.

****

Nachdem der Nationale Sicherheitsberater den Raum verlassen hatte, räusperte sich Major General Gary Bridges, um die Aufmerksamkeit aller zu erregen. »Nehmen Sie doch bitte Platz. Wir haben weitere Informationen, die diskutiert werden müssen.«

Die Mitglieder der Task Force setzten sich auf ihre Stühle.

»Zunächst möchte ich mich bei Ihnen für Ihre harte Arbeit und die vielen Stunden bedanken, die Sie unseren Bemühungen gewidmet haben«, begann General Bridges. »Im Lauf der letzten neun Monate gelang es uns, einen umfassenden Überblick über die Aktivitäten der Chinesen in der Karibik und rund um die Welt zu erhalten. Mittlerweile steht zweifelsfrei fest, dass die Pandemie von den Chinesen ausgelöst wurde, um ihre globalen Pläne zu unterstützen – namentlich durch die Schwächung des Westens und der restlichen Welt – damit sich ihnen nicht länger jemand entgegenstellen kann.

Heute trifft sich die US-Außenministerin mit dem UN-Sicherheitsrat, um alle Fakten hinsichtlich der chinesischen Aktionen zu präsentieren und den Chinesen ein Ultimatum für den Rückzug ihrer Truppen aus der Region zu stellen. Morgen wird der US-Verteidigungsminister der NATO-Führung die gleiche Information unterbreiten, um ihre Unterstützung zu gewinnen. In drei Tagen wird der US-Präsident zusammen mit seinem nationalen Sicherheitsteam allen Nationen die Nachweise vorlegen, die wir bis heute bezüglich der Pandemie und den dahinterstehenden Zielen der Belt and Road Initiative gesammelt haben.«

»In den kommenden Tagen werden viel schwer verdauliche Informationen an die Öffentlichkeit gelangen«, sagte General Bridges. »Das wird große Aufregung auslösen und die Menschen mehr als wahrscheinlich auf die Barrikaden bringen. Um allen die Hoffnung zu geben, dass nicht alles verloren ist, werden wir auch einige positive Nachrichten verbreiten. Nach dem Ende der Ansprache von Präsident Alton wird der Direktor des CDC verkünden, dass wir einen Impfstoff haben, der bereits in Massenproduktion für die ganze Welt hergestellt wird. Der Direktor wird außerdem berichten, wie der Impfstoff in unseren Besitz gelangt ist, und dass die Chinesen ihn bereits vor der Freisetzung des Virus produziert und gezielt verteilt haben. Es ist wichtig, dass die Menschheit erfährt, wo dieses Virus seinen Ursprung hatte und wieso bestimmte Länder von ihm betroffen wurden und andere Nationen nicht.«

General Bridges stemmte die Arme in die Hüften. »Entsprechend den Anweisungen des Präsidenten werden die USA China ein Ultimatum stellen. Nach dessen Verkündung haben die Chinesen zwei Wochen Zeit, den Beginn des Abzugs ihrer Militäreinheiten aus El

Salvador, Kuba und Venezuela einzuleiten. Falls das nicht geschieht, werden ihnen die USA so lange eine Reihe von wirtschaftlichen Sanktionen auferlegen, bis sie unseren Forderungen nachgehen. Falls die Chinesen weiterhin ihren Rückzug aus Lateinamerika und der Karibik verweigern, besteht die Möglichkeit, dass die USA eine Blockade im Pazifik errichten, um die weitere Aussendung von Soldaten und Versorgungsgütern an Chinas befreundete Nationen zu verhindern.«

Ein französischer Oberst meldete sich zu Wort. »Ihrem Präsidenten ist bewusst, dass solche Aktionen einen Konflikt, vielleicht sogar einen Krieg heraufbeschwören könnten?«

General Bridges nickte. »Ja, darüber wurde er aufgeklärt. Daraufhin betonte er, dass drei Millionen Amerikaner an einem Virus gestorben sind, den die Chinesen mit voller Absicht auf die Welt losgelassen haben. Wenn ich mich recht erinnere, kostete er bisher 638.000 französischen Bürgern das Leben.«

Der französische Offizier nickte bedrückt. »Ganz recht, und ich fürchte, dass diese Zahl weiterwächst, bevor der Impfstoff seine Empfänger erreicht. Ich denke, dass ein Großteil der Bevölkerung meines Landes Ihre Meinung teilt – wir müssen etwas gegen diejenigen unternehmen, die das verursacht haben. Weltweit beläuft sich die Todesrate auf über 32 Millionen Menschen. Teile von Afrika und Indien wurden praktisch entvölkert.«

Mehrere der ausländischen Repräsentanten nickten zustimmend. Die Pandemie raste über ihre Länder hinweg und zerstörte ihre Wirtschaft. Es wurde täglich deutlicher, dass die Chinesen dieses Virus eben aus diesem Grund entwickelt hatten – um die Weltmächte zu schwächen, sie in die Knie zu zwingen, und sie davon abzuhalten, China die Stirn zu bieten.

Bevor General Bridges die Besprechung beendete, forderte er die Teilnehmer auf: »Abschließend möchte ich einen jeden von Ihnen bitten, herauszufinden, welche Art von See- und Luftunterstützung Ihre Nation bereitstellen kann, sollten wir dazu gezwungen sein, eine Blockade einzurichten. Von jetzt an wird unsere Task Force zusätzlich zu unseren Aufgaben für das Südliche Kommando auch einige für das Nördliche Kommando übernehmen. Zum ersten Mal seit der Kubakrise steht eine derart große Zahl an gegnerischen Kräften unserem Heimatland so nahe gegenüber.«

****

Sondereinsatzkommando Süd

Nachdem Major General Bridges seine Besprechung mit der Task Force beendet hatte, suchte er sein eigenes Kommando, das SOCSOTH, auf. Er musste auch hier alles ins Rollen bringen. Falls es zu einer Auseinandersetzung mit China kommen sollte, würde sein Kommando den Angriff auf dieses Land leiten.

Beim Betreten des Kontrollraums im Gebäude seiner Gruppe entdeckte Bridges den Soldaten, den er sehen wollte. »Captain Pruitt, begleiten Sie mich in mein Büro. Ich muss einige Dinge mit Ihnen besprechen.«

Captain Paul Pruitt war ein Veteran, der 24 Jahre bei den Navy SEALs verbracht hatte, außerdem einige Jahre mit DEVGRU und JSOC. Als Pruitt ihm als stellvertretender Kommandant zugewiesen worden war, war Bridges angewiesen worden, ihn unter seine Fittiche zu nehmen. Pruitt war dazu ausersehen, einer der führenden Admirale der SEALs zu werden.

Der Navy SEAL zog bei dieser kryptischen Mitteilung seines Vorgesetzten die Augenbrauen hoch, folgte ihm aber kommentarlos in sein Büro.

Sobald die beiden Platz genommen hatten, kam Bridges auf das Thema zu sprechen. »Paul, die Situation in unserem Zuständigkeitsbereich spitzt sich zu. Darauf müssen wir vorbereitet sein. Wie steht es um unsere einsatzbereiten Teams, falls wir in aller Eile unsere Operationen starten müssen?«

»Der Anforderung können wir gerecht werden, aber ich denke, dass wir sicherheitshalber schon jetzt mit den Vorbereitungen beginnen sollten«, erwiderte Pruitt. »Ich schlage vor, dass wir alle geplanten Trainingsseminare der 7. und 20. Gruppe stornieren, um schneller Zugriff auf sie zu haben. Das Gleiche gilt für die SEAL-Teams 2, 4 und 8. Falls sich die Lage in vier bis sechs Monaten beruhigt hat, können wir zum regulären Trainingsplan zurückkehren.«

Bridges überlegte einen Augenblick. »Ich bezweifle, dass uns die SEALS erlauben werden, ihren Trainingszyklus zu unterbrechen, aber wir können den Antrag stellen, ihn umzustellen. Das Dschungelkriegstraining haben alle hinter sich, aber eine Auffrischung in den Schofield Barracks auf Hawaii kann niemandem schaden. Außerdem sollen sie dort das Eindringen hinter feindliche Linien üben, entweder vom Meer her oder aus der Luft. Gut möglich, dass unsere Teams in Kuba oder Venezuela zum Einsatz kommen. Darauf müssen wir unsere Soldaten vorbereiten.«

Plötzlich hatte Bridges eine Idee. »Stimmt es, dass ihr SEALs trainiert, eine Ölplattform einzunehmen?«

Paul nickte. »Das ist eines der Szenarien, auf die wir uns vorbereiten. Besonders mit Teams, die in den Nahen Osten verlegt werden.«

»Schlagen Sie diesbezüglich zusätzliches Training vor«, befahl General Bridges. »Den Kubanern gehören mittlerweile eine Menge von den Chinesen betriebene Bohrinseln in der Floridastraße. Falls es zu einem Konflikt zwischen unseren beiden Staaten kommen sollte, müssen wir als Erstes diese Plattformen einnehmen. Wir sollten in jedem Fall vermeiden, dass sie diese Einrichtungen sabotieren und im Golf einen ökologischen Albtraum verursachen.«

Kapitel Dreiundzwanzig
Schach, nicht Dame

September 2024
UN-Sicherheitsrat
New York, New York

Außenminister Han Jinping klatschte mehrmals in die Hände, und das Geräusch hallte im Saal wider. »Eine bewundernswerte Vorstellung, Madam Secretary. Und wie erwartet falsch – die Lügen einer Supermacht auf dem absteigenden Ast, die zum zweiten Mal unfähig ist, sich während einer Pandemie um ihr eigenes Volk zu kümmern.«

Außenministerin Riley Edison starrte den chinesischen Außenminister an. »Sie reden von der Pandemie, die ein zweites Mal von *Ihrem* Land aus auf die Welt losgelassen wurde?«

Die beiden sahen sich einen Augenblick feindselig an, bevor Außenministerin Edison hinzufügte: »Seit drei Jahren arbeite ich nun schon mit Ihnen zusammen, um unsere Nationen über unsere Handelsbeziehungen hinweg näher zu bringen. Ich habe mich stets bemüht, etwaige unter der Oberfläche schwelende Spannungen auszugleichen. Und jetzt muss ich herausfinden, dass dies von Ihrer Seite aus nur eine Finte war, um Zeit zu gewinnen – Zeit, um Ihnen die Gelegenheit zu geben, die Welt zu vergiften und die globale Wirtschaft zum Erliegen zu bringen.«

»Wie können Sie es wagen, so mit mir zu sprechen!«, fuhr Minister Han Edison sie an.

Riley zuckte mit den Achseln, richtete sich zu ihrer vollen Größe auf, und verkündete: » Ich möchte auf zwei Schlüsselelemente in der Monroe-Doktrin hinweisen, die unsere Nation durchgesetzt hat und weiterhin durchsetzen wird. Punkt Nummer 3: Die westliche Hemisphäre steht nicht länger einer weiteren Kolonialisierung offen. Das schließt die ökonomische Kolonialisierung ein – genau das, was Sie mit diesen armen Nationen machen, die sie versklaven, mit erdrückenden Schuldenbergen belasten, und ihnen allein das Proxy-Eigentum ihrer Häfen, Schienen und Flughäfen zugestehen.«

Sie beugte sich vor und kam zunehmend in Fahrt. »Punkt Nummer vier: Jeder Versuch einer fremden Macht, eine der Nationen in der westlichen Hemisphäre zu unterdrücken oder zu kontrollieren, wird als feindlicher Akt gegen die Vereinigten Staaten angesehen. Ihre Bewaffnung der Militäreinheiten in der Region und Ihre Stationierung von Zehntausenden chinesischen Soldaten in diesen Ländern stellen eine eindeutige und unmittelbare Gefahr für die Vereinigten Staaten und ihre befreundeten Nationen dar. Diese heimliche Aufrüstung werden wir nicht länger hinnehmen, Minister Han. Ihre Machenschaften wurden aufgedeckt, und dafür werden Sie nun geradestehen. Sie haben 14 Tage Zeit, mit dem Rückzug Ihres Militärs aus Lateinamerika zu beginnen, oder diese neuen, umfassenden Sanktionen treten in Kraft.«

Minister Han lachte angesichts dieser Anschuldigungen leise vor sich hin, was Rileys Zorn weiter steigerte. »Wir werden gegen jede Resolution, die Sie der UN in Bezug auf Sanktionen gegen China vorzulegen gedenken, unser Veto einlegen«, versicherte er ihr selbstbewusst. »Unsere Streitkräfte sind der Einladung der Führer dieser Nationen gefolgt. Amerika kann weder ihnen noch uns vorschreiben, wo oder mit wem unser Militär seine Übungen durchführt.«

»Minister Han, unsere Regierung hat die Informationen, die Außenministerin Riley uns präsentiert hat, unabhängig verifiziert, ebenso wie es unsere französischen und deutschen Kollegen taten«, erklärte der britische Außenminister Dudley Phipps. »Das aus China stammende COVID-Virus wurde in einem Labor erschaffen und genetisch modifiziert, um mit seiner enormen Ansteckungskraft spezifische Gruppen der Weltbevölkerung gezielt schwer zu beeinträchtigen. Und was noch schlimmer ist, Ihre Nation hat vor der Freisetzung des Virus einen Impfstoff entwickelt, den Sie einzig Ihren Verbündeten zur Verfügung stellten, bevor sie das Virus auf die Welt losließen. Das bedeutet, dass dies mit dem Vorsatz geschah, Abermillionen von Menschen zu töten. Was China getan hat, Außenminister, stellt praktisch eine Kriegserklärung dar; es ist ein Kriegsverbrechen, ein Verbrechen gegen die Menschlichkeit.«

»Nicht nur eine Kriegserklärung«, grollte der russische Außenminister Igor Primakov. »Das war schon der erste Abschuss Chinas gegen die Welt.«

Minister Han wandte sich dem russischen Kollegen zu. »Sie auch, Igor? Nach all dem, was die Amerikaner und der Westen Russland angetan haben, stellen Sie sich nun auf deren Seite?«

»Das Virus hat meine Nation verwüstet. Seltsamerweise trat es überwiegend in den östlichen Provinzen auf, die zufälligerweise an der Grenze zu China liegen. Dabei griff es allein die russische Bevölkerung an. Nicht einer unserer chinesischen Gastarbeiter erlag dem Virus. Und jetzt wissen wir auch, warum. China versucht, unsere Bevölkerung auszulöschen, um in unser Territorium vorzudringen und es sich anzueignen«, warf der alte Russe dem Chinesen vor. Nach dem Ende seiner Ansprache zog er sich eine Maske über Nase und Mund. Im Alter von 71 Jahren befand er sich deutlich in der Kategorie der am stärksten vom Virus bedrohten Personen.

»Genug!«, rief Minister Han aus, bevor er von seinem Stuhl sprang und die ständigen Mitglieder des UN-Sicherheitsrats mit auf den Tisch gestützten Händen und stechendem Blick anstarrte. »Hier steht unser Wort gegen Ihres und das der Weltgesundheitsorganisation, die sich auf unsere Seite gestellt hat. Tatsächlich ist es so, dass unsere Virologen zu der Überzeugung gelangt sind, dass dieses Virus in den 1980er Jahren in der sowjetischen Einrichtung Aralsk-7 kreiert wurde. Unsere Experten glauben, dass *die Russen* diese Biowaffe entwickelt und in China freigesetzt haben, um unser Land zu destabilisieren und unsere Wirtschaft zu ruinieren. Danach soll China dafür verantwortlich gemacht werden, um die Welt gegen uns aufzubringen.«

Igor antwortete nicht sofort. Dann lachte er. Kein Kichern oder leises Lachen, sondern ein tiefes, aus dem Bauch kommendes Lachen, das in dem Versammlungsraum widerhallte. Als er sich wieder beruhigt hatte, sah er Minister Han an. »Wir wissen, was Sie vorhaben, Han. Russland stimmt mit dem Rest des Sicherheitsrates überein und verurteilt Sie für diesen mutwilligen Akt der Aggression. Wenn wir, wie Sie behaupten, das COVID-Virus kreiert hätten, wie kommt es dann, dass Sie bereits einen Impfstoff dagegen hatten, den Sie an Ihre Alliierten weitergeben konnten?

Nein, Han, dieses Virus als Waffe gegen den Rest der Welt einzusetzen, ist ein Kriegsverbrechen nach dem Genfer Abkommen von 1929. Wenn China einen Konflikt mit Russland vermeiden will, wird es sich einverstanden erklären müssen, für den Schaden aufzukommen, den es unserer Nation zugefügt hat. Bis dahin stellen wir jeglichen Grenzverkehr und -handel zwischen unseren beiden Nationen ein und deportieren Ihre Gastarbeiter.«

Jetzt war es an Minister Han, die Fassung zu verlieren. Die Venen auf seiner Stirn traten hervor – er war mehr als aufgebracht. Anstatt eine Antwort auf diese Ankündigung zu geben, drehte er sich auf dem Absatz um und stürmte aus dem Konferenzzimmer. Sein Begleitpersonal folgte ihm.

Nach seinem Abgang wandte sich Edison an die verbliebenen Mitglieder des Rates. »Es ist wichtig, dass wir bei unseren künftigen Handlungen gegen China eine gemeinsame Front zeigen. Wir dürfen davon ausgehen, dass China seine beträchtlichen Ressourcen darauf verwenden wird, so viele Nationen der Welt wie möglich auf seine Seite zu bringen.«

»Nach seiner Anschuldigung Igor gegenüber, wissen wir nun, wie Sie ihr Narrativ gestalten werden«, stellte Dudley Phipps fest. »Deshalb halte ich es für dringender denn je, die uns vorliegenden Tatsachen und Beweise so schnell wie möglich an die Öffentlichkeit zu bringen. Die Chinesen sind nicht umsonst die ungekrönten Könige der manipulierten Information.«

****

Vier Stunden später
Das Büro des Nationalen Sicherheitsbeauftragten
Weißes Haus
Washington, D.C.

»He, Boss, Sie schalten besser schnell den Fernseher ein. Der chinesische Präsident macht eine große Ansage in der Halle des Volkes in Peking«, sagte Mike eindringlich, als er seinen Kopf in Wilsons Büro steckte.

»Danke, Mike«, war alles, was Wilson murmelte, während er nach der Fernbedienung auf seinem Schreibtisch suchte. Dann fand er den Kanal eines Nachrichtensenders.

Die Übertragung zeigte das Bild von Präsident Yao Jintao, der in einem dem Ostzimmer des Weißen Hauses ähnelnden Raum eine Rede hielt. Der chinesische Präsident, begleitet von einem Dolmetscher, richtete das Wort an die staatseigenen Medien.

»Die letzten sechs Monate waren hart, sowohl für China als auch für den Rest der Welt. Das SARS-CoV-3-Virus, auch bekannt als COVID-24, hat China und einen großen Teil der Welt verwüstet. Es betrübt mich, unserer Nation und der Welt mitteilen zu müssen, dass wir zu der Überzeugung gelangt sind, dass der Westen das Virus in böswilliger Absicht gegen die friedliebenden Menschen Chinas eingesetzt hat.

Seit drei Jahrzehnten hat ein durch unsere wirtschaftliche Revolution erzeugtes ökonomisches Wunder Millionen unserer Mitbürger aus der Armut befreit. China ist gegenwärtig dabei, die Welt im Bereich der Quantencomputer und der Künstlichen Intelligenz in die vierte industrielle Revolution zu führen. Leider gibt es Nationen, die China nicht als Weltmacht oder als Führer in Sachen Humanität sehen wollen. Diese Nationen, die sich als Bollwerk der Demokratie, als Helden der Freiheit präsentieren, machen vor nichts halt, um an der Macht zu bleiben und das chinesische Volk in die Knechtschaft zu zwingen.

Im Lauf der letzten Tage erhielt unser Geheimdienst die Bestätigung, dass dieses COVID-Virus tatsächlich in einem Labor erschaffen und dann als Waffe gegen China eingesetzt wurde. Ursprünglich stammt das Virus aus den sowjetischen Labors der 1980er Jahre, wo es weggesperrt worden ist und bis heute unbehelligt lagerte.

Vor drei Jahren, während des chinesisch-russischen Grenzkonflikts in der Nähe der russischen Stadt Blagoweschtschensk und der chinesischen Stadt Heihe, stellte der russische Präsident fest, dass auf jeden russischen Bürger im Fernen Osten nun drei chinesische kommen. Getrieben von der Angst, ihre Provinzen durch Assimilation zu verlieren, veranlassten die Russen die Freisetzung des Virus in China, in der Absicht, Abermillionen Menschen unseres Volkes zu töten.

Auf sich allein gestellt, war dies den Russen jedoch nicht möglich. Aus diesem Grund weihten sie die Amerikaner in ihre Pläne ein. Während Außenminister Han mit der amerikanischen Außenministerin über ein faires und für beide Seiten gerechtes Handelsabkommen zwischen unseren Nationen diskutierte, verteilten die Amerikaner insgeheim dieses russische Virus überall in unserem Land. Es breitete sich zunächst in der Stadt Chengdu aus, bevor es auf den Rest des Landes übergriff.

Während die Russen und Amerikaner diesen schändlichen Plan austüftelten, gelang es Minister Han, wirtschaftliche und militärische Beziehungen zu den Völkern von El Salvador, Kuba und Venezuela in der Karibik aufzubauen. Dank unseren engen Beziehungen zu diesen drei Nationen war es uns dann tatsächlich möglich, schnell ein Mittel gegen dieses Virus zu entwickeln und mit der Produktion des lebensrettenden Impfstoffs zu beginnen.«

Der chinesische Präsident hielt einen Moment inne und bedeutete jemandem außerhalb des Bereichs der Kamera, ihm etwas zu bringen. Mit einem Ausdruck der Trauer auf dem Gesicht fuhr er fort.

»Zunächst wies ich den Gedanken weit von mir, dass die Amerikaner oder die Russen so etwas Abscheuliches tun würden. Im Laufe der letzten Woche wurden mir allerdings eine Reihe von Geheimdienstberichten vorgelegt, die sowohl Videos als auch aufgezeichnete Gespräche und andere geheime Informationen enthielten. Sie bestätigten das, was ich Ihnen gerade vorgetragen habe. Die Information, die mich letztendlich endgültig überzeugte, war die Aufzeichnung einer geheimen Unterhaltung zwischen dem russischen und dem amerikanischen Präsidenten während des Weltwirtschaftsforums in Davos, gerade einmal sechs Wochen vor Beginn der COVID-Epidemie.

Als Führer einer Weltmacht halte ich es für zwingend notwendig, so transparent und offen wie möglich gegenüber meinen Landsleuten und der Welt zu sein. Aus diesem Grund werden Sie sämtliche Geheimdienstinformationen, die bei uns eingingen und die wir zusammengetragen haben, in der Originalfassung einsehen können, um sich Ihre eigene Meinung zu bilden. Aus diesem Grund möchte ich Ihnen nun das in Davos aufgenommene Gespräch vorspielen, das ich persönlich für den überzeugendsten Beweis dieses Komplotts halte. Aber bitte verlassen Sie sich dabei nicht allein auf mein Wort. Sehen Sie sich die Videos an, die wir hochgeladen haben, lesen Sie sich die Abschrift des aufgenommenen Telefongesprächs und die E-Mails durch.

Und ziehen Sie dann Ihre eigenen Schlüsse über die niederträchtigen Pläne der Russen und der Amerikaner. Ich möchte die Bürger dieser Nationen und jener auf der ganzen Welt dazu ermutigen, nachdrücklich die Entlassung dieser gewählten Anführer aus ihren Machtpositionen zu verlangen. Sie stellen eine Gefahr für uns alle und für den Frieden in der Welt dar. Was diese Nationen unserer Welt angetan haben, kann einzig und allein als Kriegsverbrechen eingestuft werden.«

Während der chinesische Präsident seine Rede zu Ende brachte, hatte jemand neben ihm einen Flachbildschirm in Position gebracht. Nachdem Yaos letzte Worte verklungen waren, schaltete sich der Fernseher ein.

Das Bild wurde teilweise von Sicherheitsbeamten verdeckt, um den Präsidenten Russlands und Amerikas ein wenig Privatsphäre für ihr Gespräch zu geben. Aus dem Hintergrund um die beiden Staatsoberhäupter war ersichtlich, dass das Video im vergangenen Januar in Davos aufgenommen worden war.

Hey, daran erinnere ich mich, dachte Wilson. Er hatte an diesem Treffen teilgenommen. *Wieso bin ich nicht zu sehen? Oder mein russischer Kollege?*, fragte er sich aufgebracht. Sie beide hatten dort gesessen und sich Notizen gemacht, während ihre Chefs sich unterhielten. *Mit diesem Video stimmt etwas nicht.* Da war sich Wilson ganz sicher. *Wir müssen unsere eigenen Aufnahmen ausgraben, um diesen Unsinn zu bestreiten ...*

Je länger sich Wilson das Video ansah, desto mehr ging ihm auf, dass es tatsächlich so aussah, als ob die beiden Präsidenten ein privates Gespräch führten. Plötzlich hob sich die Tonaufnahme der Unterhaltung der beiden Männer klar und deutlich von den Hintergrundgeräuschen ab. Wilson, als jemand, der während dieses Treffens anwesend gewesen war, war sofort klar, dass das, was dort gesagt wurde, keine wahrheitsgemäße Wiedergabe der Ereignisse jenes Tages waren.

Es war unmöglich, jedes Wort zu hören, das die beiden Weltenlenker von sich gaben; eindeutig war allerdings, dass sie über China sprachen und wie diese Nation den Westen überrollte. Der russische Präsident schien darüber am meisten besorgt zu sein, insbesondere, wenn er über die Herausforderungen sprach, die sich ihnen entlang ihrer riesigen Grenze zu China stellten.

»Die Chinesen überschwemmen unsere Grenzen im Fernen Osten mit Immigranten«, beschwerte sich der Russe. »Meine Regierung geht davon aus, dass das Verhältnis der Chinesen zu den Russen, die in dieser Gegend leben, mittlerweile 3:1 beträgt. Was noch schlimmer ist, die Chinesen werfen auf dem dortigen Markt mit Millionen von Rubeln um sich und kaufen unsere gesamten Städte auf. Danach vermieten sie diese Wohnungen oder Büroräume ausschließlich an chinesische

Betriebe oder an von Chinesen betriebene Geschäfte. Sie annektieren unsere Provinzen.«

Wilson konnte sich klar an diesen Teil der Unterhaltung erinnern. Die Russen hatten einen legitimen Grund, hierüber besorgt zu sein. Das war eines der Themen, das Russland dazu gebracht hatte, näher an den Westen heranzurücken – die Frage, wie sie mit einem expansionistischen China umgehen sollten.

Der amerikanische Präsident beugte sich vor, während er dem Russen etwas zuflüsterte. »Sie sind sich weiterhin sicher, dass Sie das Virus freisetzen wollen? Sobald der Geist aus der Flasche ist, ist es unmöglich, ihn wieder zurückzustopfen. Sollten Ihre Wissenschaftler recht behalten, wird sich das Virus in aller Eile rund um den Globus verbreiten.«

»Sechs Monate nach der Freisetzung des Virus kündigen wir an, dass wir einen Impfstoff gefunden haben«, erwiderte der russische Präsident mit leiser Stimme. »In dieser Zeit wird er seinen Pfad durch China geschlagen und wir unser Ziel erreicht haben. Halten Sie sich einfach an den Plan. Er wird funktionieren.«

Das haben sie nie gesagt! Je länger das Video ging, desto entsetzter war Wilson von dem, was ihm da zu Ohren kam. Unmöglich, dass dieses Video echt war, egal wie echt es auch aussah und klang. Er erinnerte sich am mehrere Geheimdienstberichte, die auf eine neue Technologie namens Deepfake hingewiesen hatten. NSA, CIA und DNI warnten bereits seit Monaten davor, dass diese Technologie dazu genutzt werden konnte, die Zahl der Wähler oder gar das Ergebnis der bevorstehenden Präsidentschaftswahlen zu manipulieren. Diese Erkenntnis war schwer zu verdauen. Das Video in Kombination mit dem Wissen über diese Technologie überzeugte Wilson davon, dass das Albtraumszenario, vor dem die Geheimdienstgemeinde sie gewarnt hatte, soeben eingetreten war.

Wilson griff nach dem Telefon und rief seinen Freund Patrick bei der NSA an. Der Mann antwortete nach dem ersten Klingeln. »Hey, Blain. Ich nehme an, es geht um die chinesische Pressekonferenz?«

Wilson fragte sich, ob es in seinem Büro eine versteckte Kamera gab. »Genau, Patrick, woher weißt du das?«

Wilson hörte ein leises Kichern am anderen Ende der Leitung. »Nun – es ist eine Fälschung, und wird uns rund um die Welt in Kürze reichlich Ärger bereiten.«

»Ihr seid am Ball, Patrick?«, fragte Wilson mit vor Erregung
zitternder Stimme. Er zwang sich zur Ruhe. »Die NSA muss so schnell
wie möglich eine scharfe Gegendarstellung veröffentlichen, und das
nicht von irgendeinem Pressesprecher. Der Direktor persönlich muss
vor die Kameras treten. Wir brauchen alle Mann an Deck, um dieses
Feuer zu löschen, bevor es sich in ein Inferno verwandelt.«

Wilson sah den neuesten Newsticker, der am unteren
Bildschirmrand entlanglief, während der chinesische Präsident erneut
zum Sprechen ansetzte. *USA und Russland entfesseln weltweite
COVID-24-Krise um China zu Fall zu bringen. Nach Aussage des
chinesischen Präsidenten ...*

»Patrick, ich muss weitere Anrufe tätigen. Mach dich an die Arbeit
und lass mich wissen, wann der Direktor seine Pressekonferenz gibt.
Ich muss mit dem Präsidenten und der Pressesprecherin reden«, sagte
Wilson und hängte auf, bevor Patrick etwas erwidern konnte.

Wilson griff sich sein Sportjackett und eilte zum Oval Office. Auf
dem Weg dorthin kam er am Büro der Pressesprecherin vorbei und
bedeutete ihr, mitzukommen. Gemeinsam steuerten sie auf das Büro
von Albert Abney, dem Stabschef des Präsidenten, zu.

Dort fand bereits eine lebhafte Diskussion zwischen mehreren
Beratern des Präsidenten über die Situation statt, die China geschaffen
hatte.

Abney drehte sich um, als er die beiden auf sich zukommen sah.
»Ah, da sind Sie ja, Blain. Wir müssen den Präsidenten unterrichten.
Sie und ich wissen, dass diese Konversation so niemals stattgefunden
hat. Wir beide waren die ganze Zeit, die er mit dem russischen
Präsidenten verbracht hat, bei ihm, was auf dem Video nicht zu sehen
war. Kommen Sie. Der Chef erwartet uns.«
****

Oval Office

»Da sind Sie ja endlich«, sagte Präsident Alton gereizt. »Was zum
Teufel war das denn?!« Wütend zeigte er auf den Fernseher, der
mehrere Sender auf einem unterteilten Bildschirm zeigte. Die Mehrheit
der Nachrichtensprecher und Kommentatoren waren von dem
Gedanken entsetzt, dass die USA und Russland COVID auf die Welt
loslassen würden, nur um China auf seinen Platz zu verweisen.

Wilson sprach als Erster. »Ein Deepfake-Angriff, Mr. President. Die Chinesen schnitten Albert und mich komplett aus dem Video heraus und manipulierten das Audio entsprechend dem, was sie Sie sagen lassen wollten.«

Der Präsident, der sonst nie fluchte, stieß eine Reihe von Obszönitäten aus. Er hämmerte so hart mit der Hand auf seinen Schreibtisch, dass sie schmerzte. Dann holte er tief Luft und atmete langsam aus, um seine Wut unter Kontrolle zu bekommen. »Ich muss in der Hauptsendezeit zum Volk sprechen«, stellte er fest. »Lassen Sie die Sender wissen, dass sie uns entsprechend Zeit zur Verfügung stellen. Wir müssen den Sachverhalt richtigstellen.

Blain, Sie bereiten die Geheimdienstseite der Ansprache vor«, trug der Präsident seinem Nationalen Sicherheitsberater auf. »Ich brauche Kopien, die ich der Presse überlassen kann. Außerdem müssen wir diese Informationen auf der Website des Weißen Hauses posten. Der Direktor der NSA soll sich über diese Deepfake-Technologie auslassen, und wie die Chinesen sie gerade zu einem Angriff auf unsere Nation verwendet haben. Es ist absolut wichtig, das gesamte Paket umgehend an die Öffentlichkeit zu bringen. Nicht morgen, nicht übermorgen. Jetzt sofort!«

Das Weiße Haus und die Regierung setzten in einer Unzahl hektischer Aktivitäten sämtliche Hebel in Bewegung, um die um sich greifende Überzeugung aufzuhalten, dass die USA an der Freisetzung dieses tödlichen Virus' beteiligt war, das die Welt weiter in Atem hielt.

Kapitel Vierundzwanzig
Die Blockade

Im Hafen von Mariel
Kuba

Interessiert beobachtete Esteban Ochoa die Löschung der Fracht des
großen Roll-on-Roll-off-Schiffes. Der Frachter war eindeutig ein
ziviles Schiff, das von Matrosen und Arbeitern in Zivilkleidung
bemannt wurde. Aus diesem Grund fand er es merkwürdig, dass sie
Militärfahrzeuge entluden.

An Colonel Mateo Diaz gewandt, den Mann, der für diese
Operation verantwortlich war, fragte Esteban vorsichtig: »Diese
riesigen Fahrzeuge, wozu dienen sie?«

Der Colonel grunzte selbstgefällig. »Nicht, dass es Sie etwas
angeht, aber das sind hochleistungsfähige Raketenwerfer der WS2400-
Serie und ihre Transportfahrzeuge. Sie werden sicherstellen, dass diese
Yankee-Schweine uns Kubanern und unseren neuen chinesischen
Brüdern gegenüber nicht auf dumme Gedanken kommen.«

Esteban nickte anerkennend. »Solange sie uns die Yankees vom
Hals halten und das verdammte Virus, das sie auf die Welt losgelassen
haben … Allein das ist mir wichtig, Colonel.«

Colonel Diaz legte eine Hand auf Estebans Schulter und beugte
sich zu ihm hin. »Sie gefallen mir, Esteban. Ich hörte bereits, dass Sie
ein guter Parteigenosse sind. Ich bin froh, dass Sie den Hafen leiten. Ich
habe gehört, dass Sie gute Arbeit geleistet haben, um sicherzustellen,
dass dieser Ort für unsere neuen Verbündeten sicher und geschützt ist.
«

Esteban nickte lächelnd.

Die beiden Männer sahen weiter dem Strom der Fahrzeuge zu.
Eine große Anzahl an Schwerlastern wurde entladen.

Aus dem Augenwinkel bemerkte Esteban plötzlich, dass jemand
von außerhalb der Hafeneinfriedung Fotos machte. Gern hätte er
Colonel Diaz von dieser Person berichtet. Aber er wusste, dass er damit
seine Position als Hafenmanager verlieren würde. Nein, tatsächlich
hätte er Glück, wenn sie ihn nicht sofort töten würden.

Dank dieser Frau hatte sich Esteban in dieses Lügengespinst
verwickelt. Er hätte ihr im Restaurant eine klare Absage erteilen sollen.

Aber sie war einfach zu attraktiv und er zu schwach. Und jetzt hing dieses Geheimnis wie ein Damoklesschwert über seinem Kopf, bereit, jeden Augenblick zuzuschlagen, falls er nicht von Zeit zu Zeit gewisse Informationen weitergab. Eines Tages musste er herausfinden, wie er sich aus dieser Verstrickung befreien konnte. Bis dahin würde er weitermachen wie bisher, und das hoffentlich, ohne Aufmerksamkeit zu erregen.

****

Südliches Kommando der Vereinigten Staaten
Doral, Florida

General Kurt Stavridis sah Major General Gary Bridges in die Augen. Bridges und Stavridis kannten sich seit langer Zeit. Stavridis gehörte einer Familie an, die auf eine lange militärische Tradition zurückblicken konnte. Dazu gehört auch sein älterer Bruder, ein pensionierter Admiral, der vor knapp zehn Jahren dieses SOCOM kommandiert und danach für die NATO gearbeitet hatte.

»Gary, hier in meinem Büro sind wir unter uns«, sagte Stavridis. »Sie sind in die Situation in Kuba, Venezuela und El Salvador besser eingeweiht als ich. Ich brauche eine eindeutige, ungeschönte Einschätzung. Wie groß ist die Gefahr für unsere Kräfte und die Südhälfte der USA, nachdem sie ihre PLA-Einheiten dort unten stationiert haben?«

»Die Ausrüstung, die sie im Lauf der letzten Wochen erhielten, war bereits ein Problem. Aber die neue, die sie gestern Nacht entluden, kompliziert die Lage exponenziell«, erwiderte Gary.

»Details?«, hakte Stavridis nach und griff nach seiner Kaffeetasse.

»Vor zehn Monaten postierte die PLA nach dem Verkauf von ausreichend Militärgütern zur Bewaffnung zweier Bataillone, das erste Bataillon der Red Banner Boden-Luft-Raketensysteme HQ-9 auf Kuba. Im Lauf der letzten zehn Monate nahmen die Kubaner die restlichen Systeme in Empfang, während die PLA ein voll ausgestattetes Bataillon als Trainingseinheit vor Ort zurückließ. Das bedeutet, dass sich gegenwärtig mindestens drei Bataillone der modernsten SAMs der Welt auf der Insel befinden.«

Kurt nickte. »Okay, das stellt sicher eine Herausforderung dar. Und was hat Sie nun letzte Nacht so aufgeschreckt, dass Sie mich unter vier Augen sprechen wollten?«

Gary öffnete eine Akte und entnahm ihr zwei Fotos. Es war eindeutig, dass sie mit einer Nachtsichtlinse aufgenommen worden waren.

»Die sind von gestern Nacht. Ein CIA-Informant, der uns seit beinahe einem Jahr unglaublich akkurate und verlässliche Informationen liefert, hat sie uns zugespielt. Sie wurden im Hafen von Mariel, 40 Kilometer westlich von Havanna aufgenommen. Wie Sie sehen, handelt es sich um Aufnahmen eines TEL-Systems. Mobile Startrampen für Trägerraketen. Diese Aufnahme hier zeigt uns die eigentliche Raketengondel. Die Transporter sind mit chinesischen Long Sword 10 oder CJ-10 bestückt – das sind gegen Landziele gerichtete Marschflugkörper, die entweder mit einem 500-Pfund schweren, hochexplosiven Gefechtskopf oder mit einem nuklearen Sprengkopf mit geringer Sprengkraft ausgestattet sind.« Gary zeigte Kurt ein halbes Dutzend weiterer Fotos, die die Marschflugkörper aus verschiedenen Blickwinkeln zeigten, sowie die Aufstellung des Transportfahrzeugkonvois nach dem Entladen des Schiffes.

Kurt konnte nur den Kopf schütteln über die unglaubliche Information, die er gerade erhalten hatte. »Das ist beinahe eine Wiederholung der Kubakrise, mit dem Unterschied, dass wir dieses Mal die Kubaner nicht von der Entgegennahme der Raketen abhalten konnten.«

Gary musste ihm zustimmen. »Während das sicher keine guten Nachrichten sind, ist das hier … Das ist das dringendste Problem, mit dem wir uns befassen müssen.«

Gary zog weitere Fotos aus seiner Akte. Sie zeigten die gleichen achträdrigen Fahrzeuge, die allerdings anstelle einer CJ-10 Raketengondel nur eine einzige Rakete transportierten, die sich über die gesamte Länge eines Fahrzeugs erstreckte. An ihren Seiten war deutlich die Aufschrift DF-17 zu erkennen.

Gary fuhr mit seinen Erläuterungen fort. » Ich habe mit unserem DIA LNO darüber gesprochen, als uns die Aufnahmen heute Morgen erreichten. Er sagte, die DF-17 habe eine strategische Reichweite von elfhundert bis sechzehnhundert Meilen. Sie können beinahe jede unserer Militäreinrichtungen oder andere Anlagen in der gesamten südlichen Hälfte unseres Landes erreichen. Noch schlimmer, mein DIA-Mann wies mich auf eine Modifikation am Raketenkörper hin. Er geht davon aus, dass den Raketen nachträglich ein HGV-System eingebaut wurde. Ich hatte keine Ahnung, wovon er sprach. Er erklärte mir, dass diese Abkürzung für ‚hypersonic glide vehicle‘ steht, was bedeutet, dass diese Raketen, sobald sie sich in ihrer Wiedereintrittsphase befinden, manövrierfähige Geschwindigkeiten zwischen Mach 5 und Mach 10 erreichen können. Außerdem verlängert der Einbau dieses Systems die Reichweite der DF-17 um 35 bis 50 Prozent.«

Frustriert fuhr sich Gary mit den Fingern durch die Haare. »Falls sie diese Raketen gegen einen Flugzeugträger einsetzen, wird es uns schwerfallen, sie abzufangen. Sie sind in der Lage, unsere Abfangraketen zu umgehen. Verdammt, die Chinesen könnten einige Dutzend dieser Schwergewichtler auf die Eglin Air Force Base in Florida loslassen und damit unseren größten Jagdfliegerstützpunkt aus dem Verkehr ziehen, der unsere Kubaoperationen unterstützt. Diese verdammten Dinger sind Erstschlagwaffen, Kurt.«

Beide Männer schwiegen einen Augenblick. Schließlich traf General Kurt Stavridis eine Entscheidung. »Wir gehen folgendermaßen vor, Gary: Wählen Sie eine Kompanie oder ein Bataillon unserer ODA aus – eine allein auf sich gestellte, unabhängige Einheit unserer Sondereinsatzkräfte –, die dazu in der Lage ist, diese Aktivposten auszuschalten. Ich rede mit dem Pentagon und stelle sicher, dass uns eine Rund-um-die Uhr-Überwachung auf dem Laufenden hält, wo diese Waffen in Kuba angesiedelt werden. Sofort nach der Bestimmung ihres Standorts geben Sie die entsprechende Information an die ausgewählte Einheit weiter. Ich rede mit der CIA, ob ihre Ressourcen in Kuba das unbemerkte Eindringen der Sondereinsatzkräfte arrangieren können, sobald und falls der Befehl, diese Waffen zu vernichten, eingehen sollte.

In der Zwischenzeit organisieren wir die Blockade des Pazifiks und der Karibik. Ich will wissen, welche Unterstützung uns unsere NATO-Verbündeten bieten werden. Ach ja, und bevor wir es vergessen, fangen wir mit der Aktivierung unserer Patriot- und THAAD-Raketenabwehrsysteme auf unseren Basen in Reichweite der kubanischen Systeme an«, beendete General Stavridis seine Anweisungen.

Gary machte sich letzte Notizen und verließ das Büro, um die erhaltenen Befehle umzusetzen. Es war Zeit, das Land auf einen möglichen Krieg mit China vorzubereiten.
****

**Das Büro des Nationalen Sicherheitsbeauftragten
Weißes Haus
Washington, D.C.**

Die letzten achtundvierzig Stunden kamen Wilson wie ein Traum vor. Seit drei Tagen verbrachte er seine Nächte nun auf der Couch in seinem Büro, was sich wohl auch in naher Zukunft nicht ändern würde. Diese inoffizielle Schlafstätte lockte ihn dank seiner völligen Erschöpfung auch in diesem Moment.

»Chef, Ihre Frau ist am Telefon. Soll ich ihr sagen, Sie rufen zurück?«, rief ihm sein Assistent Mike zu.

Mit müdem Gesichtsausdruck blickte Wilson auf. »Nein, ich rede mit ihr. Ich hätte sie schon vor einer Weile anrufen sollen.«

Durch den Hörer erreichte Blain die wohltuend ruhige Stimme seiner Frau. Sie erschien ihm wie ein Stützpfeiler in der schäumenden See des ihn umgebenden Chaos'. Sie fragte, ob er heute Abend nach Hause käme oder wann er davon ausginge, wieder einmal nach Hause zu kommen. Wilson wusste, dass er seine Arbeit so lange ruhen lassen sollte, um sich wenigstens einige Stunden tiefen Schlafs zu gönnen. Aber es gab so viel zu tun, und die vorhandene Zeit reichte nie dazu aus, alles Anstehende zu erledigen.

»Ich weiß es nicht, Liebling«, antwortete er ihr aus diesem Grund.

Daraufhin informierte Cindy ihn über einen Vorfall in der Schule zwischen seiner Tochter und einigen Klassenkameradinnen, mit denen sie offenbar in eine Auseinandersetzung verwickelt gewesen war. Der Rektor hatte für morgen früh 9 Uhr eine Konferenz mit allen Beteiligten anberaumt.

»Schatz, das schaffe ich nicht. Dazu ist hier viel zu viel los«, sagte Wilson.

Diese Antwort brachte seine Frau offensichtlich auf die Palme. »Blain, unsere Tochter könnte von der Schule verwiesen werden, wenn du nicht kommst. Du musst kommen. Das ist nicht eine dieser vielen

Gelegenheiten, in denen du dein Interesse telefonisch bekunden kannst.«

Wilson sah auf die Uhr an seiner Wand. Bereits 20:42 Uhr. Er gab nach.

»Also gut, ich lasse mich nach Hause fahren. Ich sehe euch in 30 Minuten.« Sofort bat er seinen Assistenten: »Mike, rufen Sie mir bitte den Wagen, um mich nach Hause zu bringen? Meine Tochter hat sich heute in der Schule einigen Ärger eingehandelt. Ich muss morgen vor dem Rektor antreten, um die Sache zu klären.«

»Sofort, Boss. Denken Sie nur daran, dass morgen früh um 11 Uhr die Besprechung im Lagezentrum stattfindet. Der Befehlshaber der Marineoperationen wird die Blockade diskutieren«, erwiderte Mike.

****

Vierzig Minuten später fuhr Wilson an seinem Haus in Georgetown vor. Es war sehr schön, obwohl es weder seine Wahl noch sein Wunsch gewesen war, im Distrikt zu leben. Wilson hätte es vorgezogen, auf der anderen Seite des Potomac in McLean oder in Arlington zu wohnen, aber seine Frau hatte auf Georgetown bestanden. Nachdem ihr eine Lehrtätigkeit an der Universität angeboten worden war, wollte sie in deren Nähe leben, anstatt ständig gegen den Verkehr ankämpfen zu müssen. Wilson wusste, dass einige Diskussionen verschwendete Zeit waren, und das war eines dieser Gespräche.

»Da bist du ja, Fremder. Ich habe mir schon echte Sorgen gemacht, was los ist«, begrüßte ihn seine Frau Cindy mit einer Umarmung und einem Kuss.

»Tut mir leid, aber du kannst dir sicher vorstellen, wie viel Arbeit wir momentan haben«, erwiderte Wilson entschuldigend.

»Ja, erzähl mir davon. Ich konnte dich mehrere Male im Fernsehen sehen. Du siehst müde aus«, stellte Cindy besorgt fest.

Wilson lächelte schwach, stellte seinen Aktenkoffer ab und zog sich die Schuhe aus. Dann schleppte er sich zu seinem La-Z-Boy-Ruhesessel und ließ sich hineinfallen.

»Cindy, warum erzählst du mir nicht, was mit Molly los ist. Was ist passiert?«, bat Wilson.

Cindy nahm ihm gegenüber auf dem Sofa Platz. »Zwei Mädchen ihrer Klasse behaupteten offenbar, dass der Präsident ein Kriegsverbrecher sei, weil er das Virus auf die Welt losgelassen hat«,

berichtete sie. »Und dass du ebenfalls ein Kriegsverbrecher seist, da du
für ihn arbeitest. Molly antwortete darauf mit einigen gut gewählten
Worten, worauf die Mädchen so lange aufeinander einschlugen, bis sie
endlich jemand trennte. Außer ihren Gefühlen wurde niemand ernsthaft
verletzt. Der Rektor will dies morgen mit uns diskutieren. Das ist alles,
was mir gesagt wurde.«

Wilson brummte nach dieser Zusammenfassung vor sich hin und
fragte sich, ob es nicht vielleicht besser wäre, seine Kinder zwei
Wochen lang oder sogar für den Rest des Schuljahres aus der Schule zu
nehmen. Die Anspannung war überall im Land spürbar. Manche Leute
glaubten, was die Chinesen veröffentlicht hatten; andere waren einfach
verwirrt und wussten nicht, wem sie glauben sollten.

»Schlafen die Kinder?«

Cindy nickte. »Blain, was geht wirklich vor? Steuern wir auf einen
Krieg zu, wie wir es ständig in den Nachrichten zu hören bekommen?«

Wilson saß auf seinem Stuhl und überlegte, wie viel er seiner Frau
sagen konnte. »Es sieht beinahe so aus. In den kommenden Tagen und
Wochen wissen wir mehr.«

Erschreckt und voller Angst fuhr Cindys Hand an ihren Mund. Sie
klammerte sich an einem der Sofakissen fest und fragte mit zitternder
Stimme: »Wie stehen die Chancen, einen solchen Krieg noch zu
vermeiden?«

Wilson zuckte mit den Achseln und erwiderte: »Ich glaube nicht,
dass die Chinesen ihn vermeiden wollen. Ich denke eher, sie halten dies
für die geeignete Zeit, uns vernichtend zu schlagen. Leider muss ich
zugeben, dass sie damit wohl richtig liegen.«

Cindy stand auf und trat an den Stuhl ihres Mannes heran. »Komm
mit. Zeit, ins Bett zu gehen. Ich will die verpasste Zeit nachholen. Weiß
der Himmel, wann ich dich nach dem heutigen Abend wieder zu
Gesicht bekomme.«
****

Lagezentrum
Weißes Haus

General Anita Barrett, die Kommandantin des Nördlichen Kommandos
der Vereinigten Staaten und von NORAD, nahm von ihrem Standort in
Colorado aus an der Besprechung teil. »Was mich am meisten

beunruhigt, ist die Entdeckung der Dongfeng-17-Raketen. Diese ballistischen Raketen mit einer mittleren Reichweite von 1.800 bis zu 2.500 Kilometer tragen einen 2.000 Pfund schweren Gefechtskopf. Sie können jede beliebige militärische Einrichtung oder Stadt bis hoch nach New York oder Chicago, oder sogar unseren Stützpunkt auf der Peterson Air Force Base erreichen. Bevor wir mit der Blockade beginnen, brauchen wir einen Plan, was wir diesen Waffen entgegenhalten können, falls sie tatsächlich gegen uns eingesetzt werden sollten. Außerdem muss für diesen Fall unsere Reaktion und Antwort auf einen solchen Erstangriff feststehen.«

Präsident Alton wandte sich an seinen Verteidigungsminister Peter Morris. »Pete, das ist Ihr Bereich. Wie verteidigen wir uns am besten gegen diese Raketen, falls sie gegen unser Land eingesetzt werden?«

Pete rutschte einen Augenblick unbehaglich auf seinem Stuhl hin und her, bevor er antwortete. »Ich denke, dass wir die Aktivierung unserer Patriot- und THAAD-Raketensysteme an strategisch wichtigen Orten und entscheidenden militärischen Anlagen in Betracht ziehen sollten. Die Zuweisung könnte schrittweise erfolgen. Damit befinden sich die Systeme für den Fall, dass sie gebraucht werden, rechtzeitig an der geeigneten Position, um einen feindlichen Beschuss abzuwehren. Außerdem empfehle ich, je zwei Geschwader unserer F-15E auf unseren südlich gelegenen Basen in Alarmbereitschaft zu versetzen. Falls die Chinesen ihre Raketen abschießen, sind die Eagles zusätzlich zu den Patriots und THAADs in der Lage, umgehend abzuheben, um ihre eigenen Luft-Luft-Abfangraketen abzuschießen. DARPA hat mehrere Modifikationen an unserem existierenden Inventar vorgenommen, um mit dieser Art von Bedrohung umzugehen.«

»Okay, veranlassen Sie das. Welche Vorbereitungen sollten wir sonst noch treffen? Vorschläge?«, fragte der Präsident und sah sich im Raum um.

Der Befehlshaber der Marineoperationen erklärte: »Wir sind dabei, eine Einsatzträgertruppe für die Karibik zusammenzustellen. Ich schlage vor, dass wir einige der Schiffe aus dieser Gruppe nehmen, um ihnen eine neue Position im Golf zuzuweisen; vielleicht zwei *Burkes* und einen *Tico*-Kreuzer, ausgestattet mit unseren SM-3. Falls die PRC ihre ballistischen Raketen abfeuert, sind die SM-3 am besten dazu geeignet, sie vom Himmel zu holen.«

»Gute Idee, Admiral. Geben Sie die entsprechenden Befehle weiter. Sonst noch etwas?«, fragte der Präsident erneut.

Wilson hielt es für die geeignete Zeit, sich zu Wort zu melden. »Sir, wenn Sie erlauben, ich denke, es gibt etwas, was wir bisher außer Acht gelassen haben.«

Alton wandte sich seinem Nationalen Sicherheitsberater zu. »Okay, Blain. Was ist uns bis jetzt entgangen?«

»Sir, ich denke, dass wir immer noch unter dem Gesichtspunkt handeln, dass es möglich ist, eine diplomatische Lösung zu diesem Problem zu finden. Bei allem, was momentan vor sich geht, übersehen wir meiner Ansicht nach, dass Projekt Zehn das Kriegsspiel bereits durchgespielt hat. Chinas Super-KI ist zur Überzeugung gelangt, dass ein Krieg gegen Amerika und den Westen gewonnen werden kann. Allerdings nur, falls eine Reihe von Ereignissen eintritt, die uns vorab schwächen.«

Außenministerin Riley Edison mischte sich ungefragt ein, bevor Wilson dieser Aussage etwas hinzufügen konnte. »Sie behaupten also, dass es keinen Sinn macht, weiter mit den Chinesen zu verhandeln? Dass unsere Verhandlungen an diesem Punkt nur Zeitverschwendung sind?«

»Ich sage nicht, dass wir nicht weiterhin darauf hoffen sollten, dass kühlere Köpfe die Oberhand gewinnen«, konterte Wilson. »Ich betone, dass sich die PLA sehr lange Zeit genommen hat, Jade Dragon und DragonLink zu entwickeln, um sich den nötigen Wettbewerbsvorteil zu sichern und damit die Chance zu bekommen, uns zu besiegen. Ich gehe nicht davon aus, dass die chinesische Führungsriege vom Rand des Abgrunds zurücktritt, wenn sie davon überzeugt ist, den Sieg zu erringen. Es gibt keinen Grund, das zu tun. Ihre Super-KI versichert den Chinesen: Wenn ihr X, Y und Z macht, habt ihr eine 92-prozentige Chance, den Westen zu besiegen – wieso sollten sie diesen Krieg dann nicht vorantreiben?«

Niemand äußerte sich, während sich alle das Gesagte durch den Kopf gehen ließen. Endlich ergriff Verteidigungsminister Peter Morris das Wort. »Mr. President, ich will nicht glauben, dass Mr. Wilson recht hat. Tatsächlich möchte ich glauben, dass alles, was er da gerade von sich gegeben hat, vollkommener Unsinn ist. Aber, um ehrlich zu sein … Falls all das zutrifft, was wir von Jade Dragon wissen, und diese Projekt Zehn-Super-KI tatsächlich so weit fortgeschritten ist, wie uns berichtet wurde, dann fürchte ich, dass Mr. Wilson den Nagel auf den Kopf getroffen hat. Die Chinesen werden den Angriff auf uns nicht absagen. Falls wir Ihnen eine 92-prozentige Erfolgsaussicht bei der Abgabe des Erstschlags gegen einen unserer Gegner anbieten könnten, vermute ich, dass Sie ebenfalls nicht zurückstecken würden. Wenn wir uns in die Lage der Chinesen versetzen, bleibt uns nur die Schlussfolgerung, dass sie nicht von ihrer Position abweichen werden.«

»In diesem Fall, Pete, wann denken Sie, wird der Angriff erfolgen? Wie viel Zeit bleibt uns, bevor sie losschlagen?«, erkundigte sich der Präsident mit ein wenig Angst und großer Besorgnis in der Stimme.

»Ich denke, sie warten die Wahl ab. Schließlich sind es nur noch acht Tage bis dahin«, äußerte sich Albert Abney, der Stabschef des Präsidenten.

Erstaunt drehten sich einige der Anwesenden zu ihm um. Vizepräsidentin Vickie Jackson sah aus, als wollte sie jemanden verprügeln – das könnte sie ihrer Chance berauben, Präsidentin zu werden.

Admiral Roy Thiel, der Vorsitzende der Vereinigten Generalstabschefs, mischte sich ein. »Nein, ich glaube nicht, dass ihnen etwas an den Wahlen liegt. Ich denke, sie warten ab, bis ihre Trägergruppe im Südchinesischen Meer auf ihren Konvoi im Philippinischen Meer trifft. Heute Morgen habe ich eine von der NSA abgefangene Information gelesen, die andeutete, dass ihre Kriegsflotte auf dem Weg nach Guam ist. Ich bin überzeugt, dass Mr. Wilson und die geheimdienstlichen Erkenntnisse unserer Alliierten in Bezug auf Projekt Zehn korrekt sind. Ihre Super-KI hat entschieden, wann, wo und wie sie den Westen am besten angreifen, um uns als Gefahr für die Durchsetzung zukünftiger chinesischer Pläne auszuschalten. Wir müssen unsere Streitkräfte auf den Krieg vorbereiten, und zwar umgehend!«

Niemand wusste, was er sagen sollte. Die Stille war bedrückend. Insgeheim hatten alle die Hoffnung gehegt, dass die Diplomatie siegen würde, dass es diese allmächtige Super-KI in Wirklichkeit gar nicht gab, und dass der Krieg noch vermeidbar war.

Es war vier Tage her, dass die Chinesen ihre Deepfake-Informationskampagne in die Welt hinausgeschickt hatten. Die bewusste Manipulation der pandemiebezogenen Tatsachen, der Abstoß der US-Staatsanleihen, die Aktienverkäufe, gefolgt von der

Liquidierung chinesischer Firmen innerhalb den USA, um den wirtschaftlichen Kollaps Amerikas und des Westens weiter voranzutreiben – zu viel war zusammengekommen, um als reiner Zufall abgetan zu werden, und zu viel, um diesen komplizierten, ausgefeilten Plan nur einer einzigen Person oder einer Denkfabrik zuzuschreiben. Das war die Arbeit einer komplexen Künstlichen Intelligenz.

»Wenn das Ihre ehrliche Überzeugung ist, Admiral, sollten wir dann einen Erstangriff starten?«, hakte Präsident Alton nach. »Sollten wir uns darauf konzentrieren, dem Feind frontal die Stirn zu bieten?«

»Ich denke, wir sollten das 2. Bombergeschwader von Barksdale und das 7. Bombergeschwader von Dyess auf einige unserer Einrichtungen in den Dakotas verlegen. Das entzieht unsere Bomber dem Gefahrenbereich eines chinesischen Präventivstreichs«, schlug Admiral Thiel vor.

»Was ist mit Guam? Sie sagten, dass die chinesische Task Force auf die Insel zuzuhalten scheint. Haben wir ausreichend Kräfte auf der Insel, um sie zu halten, falls sie einem fortgesetzten Angriff oder einer Invasion ausgesetzt wird?«, wollte der Präsident wissen.

»Unter dem neuen vereinigten Kommando sind 12.000 Mitglieder unserer Streitkräfte auf Guam stationiert. Dazu kommen noch vier Unterseeboote der *Los Angeles*-Klasse, die ebenfalls auf der Insel stationiert sind«, informierte ihn Admiral Thiel. »Letztere sind entsprechend meinem Befehl bereits ausgelaufen, um Stellung rund um die Insel zu beziehen. Auf der Insel selbst leben 5.000 Marinesoldaten mit 7.000 ihrer Angehörigen. Uns stehen nicht viele Truppen zur Verfügung, die wir in aller Eile verlegen können, aber wir könnten ein Bataillon Marinesoldaten von Japan nach Guam schicken, während wir an der Evakuierung der Angehörigen arbeiten.«

Präsident Alton seufzte und rieb sich die Schläfen. »Admiral, vielleicht erwähnten Sie das bereits, und es ist mir entgangen. Wie lange braucht die chinesische Flotte, um in Angriffsnähe von Guam zu gelangen, falls das tatsächlich ihr beabsichtigtes Ziel ist? Und ja, wieso ausgerechnet Guam? Wieso nicht die Insel umgehen und etwas Attraktiveres wie etwa Hawaii anvisieren, oder ihre Task Force in die Karibik schicken?«

»Die chinesische Flotte ist fünf Tage von Guam entfernt«, berichtete der Admiral. »Sollten sie sich für Hawaii entschließen, haben wir ungefähr neun Tage. Der Weg nach Panama nimmt 13 Tage in

Anspruch. In jedem Fall dürften wir in weniger als zwei Wochen den ersten Schuss erwarten. Und Ihre Frage, wieso Guam als Erstes? Das ist einfach. Guam ist über Hawaii hinausgehend unser am Weitesten entfernter Luft- und Marinestützpunkt. Sollte es der PLA gelingen, Guam einzunehmen und zu befestigen, dann wird uns diese zentral gelegene Abwehrposition von jeglichen Flottenaktivitäten im Südchinesischen Meer abhalten. Zudem würde es mangels Zugriffs auf eine nahe gelegene Einrichtung zum Auftanken oder um Nachschub aufzunehmen, anderweitige militärische Einsätze erschweren.«

»Okay, Admiral, noch fünf Tage bis Guam. Dann sollten wir von der Annahme ausgehen, dass wir um diese Zeit mit dem Beginn der Feindseligkeiten zu rechnen haben«, sagte der Präsident. »Evakuieren Sie umgehend die Angehörigen der auf Guam stationierten Soldaten. Verstärken Sie die Insel mit so vielen Marinesoldaten wie irgend möglich. Versuchen Sie, eines der drei Regimente von Okinawa nach Guam zu verlegen. Befehlen Sie ihnen, ihre Stellungen zu befestigen, um die Insel so lange wie nötig zu halten. Überprüfen Sie, welche Luftunterstützung wir bereitstellen können. Versorgen Sie sie dazu noch mit so viel Munition und Notrationen wie möglich. Falls es tatsächlich zum Krieg kommen sollte, weiß der Himmel, wie lange sie dort durchhalten müssen.«

Alton hatte nicht vorgehabt, seine Präsidentschaft mit einem Krieg gegen China zu beenden. Wer immer in acht Tagen die Wahl gewinnen würde, würde diesen Kampf von ihm erben – einen Krieg, den er nie gewollt hatte, einen Krieg, aus dem er mit allen Mitteln versucht hatte, Amerika herauszuhalten.

Kapitel Fünfundzwanzig
Die Schlangenfresser

Oktober 2024
Der Golf von Mexiko

Major Fan Changlong streckte seine verspannten Schultern auf dem
Notsitz des Flugzeugs. Sie befanden sich nun schon seit sechs Stunden
in der Luft; bereits der 13. Flug ihres Frachtflugzeugs entlang der
amerikanischen Küste.

Seit einem Monat flog die chinesische Luftwaffe regelmäßig
entweder Frachtflugzeuge oder elektronische Überwachungsflugzeuge
entlang der südlichen Küste der Vereinigten Staaten. Gewöhnlich
begannen sie an der unteren Spitze von Texas und folgten den Grenzen
Louisianas, bevor sie zurück in den Golf schwenkten und nach Kuba
zurückkehrten. Gelegentlich flogen sie auch in die entgegengesetzte
Richtung, nur um die Amerikaner zu verwirren.

Die chinesischen Piloten stellten sicher, dass sie sich drei Meilen
außerhalb der nautischen 12-Meilen-Grenze des amerikanischen
Luftraums bewegten – was nicht bedeutete, dass ihnen die Amerikaner
nicht trotzdem ihre Jagdflugzeuge entgegenschickten. Meist war dies
der Fall. In Texas trafen sie gewöhnlich auf zwei F/A-18 Super
Hornets, die, je näher sie an Louisiana kamen, von zwei F-15E abgelöst
wurden. Der Sinn dieser wiederholten nächtlichen Flugübungen war,
den Amerikanern ein falsches Gefühl der Sicherheit zu vermitteln, um
sie nachlässig werden zu lassen. Und sobald die Chinesen dann eine
Lücke in der Deckung fanden, würden sie diese Stelle als den Ort
markieren, an dem die Lieferung ihres speziellen Pakets stattfinden
sollte.

Ein Mannschaftsmitglied brachte Major Fan auf den neuesten
Stand. »Major, der Pilot sagt, dass wir uns der ersten möglichen
Absprunggelegenheit nähern. Sie haben zehn Minuten.«

Fan nickte bei dieser Nachricht. *Endlich ...*

Fan rief seinem zwölfköpfigen Team mit dem Namen Südliches
Schwert, das er anführte, zu, dass es Zeit sei, die Ausrüstung anzulegen
und sich auf den Sprung vorzubereiten. Die Sondereinsatzkräfte
schulterten ihre Fallschirme, Sauerstoffflaschen und Rucksäcke, legten

ihre Gesichtsmasken an und hielten ihre Waffen bereit. Sobald sie ausgerüstet waren, verbanden sich die Männer mit dem Sauerstoffsystem des Flugzeugs und warteten gespannt, ob die amerikanischen Begleitjäger abdrehen würden. Eine kurze Zeitspanne vor dem Auftauchen der nächsten Eskorte würde ihnen bereits ausreichend Gelegenheit zum Absprung liefern.

Fan sah nach vorn ins Cockpit. Der Mannschaftschef redete mit seinem Piloten. Eine Sekunde später drehte sich der Soldat um und sah Fan kopfschüttelnd an. Die Amerikaner waren immer noch da. Das bedeutete wohl, dass sie ihnen weitere 20 Minuten bis zur Erreichung des nächsten Wegpunkts folgen würden.

Fan forderte seine Soldaten auf, sich von der Sauerstoffversorgung des Flugzeugs abzukoppeln und sich wieder hinzusetzen. Sie würden einen Großteil ihrer Ausrüstung anbehalten, aber es machte wenig Sinn, sich die Beine in den Bauch zu stehen.

Die Soldaten hatten gerade damit begonnen, sich von der Sauerstoffversorgung zu trennen, als ein Mannschaftsmitglied auf sie zueilte. »Der Pilot sagt, dass die Amerikaner sich gerade zurückgezogen haben. In zwei Minuten wird er den Druck im Flugzeug verringern und die Rampe herunterlassen. Ihnen bleiben nur wenige Minuten, bevor die nächste Eskorte erscheint.«

»Sie haben den Mann gehört! Masken hoch und Anschluss an das Sauerstoffsystem. Sobald die Rampe unten ist, Abkoppelung, und dann springen wir«, wies Fan seine Soldaten an.

Die Lichter im Frachtraum wechselten von einem schwachen Blau zu einem schwachen Rot. Danach öffnete sich die versiegelte hintere Rampe des Flugzeugs. Kühle Luft drang in den Frachtraum ein, während sich die Rampe weiter senkte. Fan signalisierte seinen Soldaten, sich von der Sauerstoffversorgung zu trennen. Zeit, auf ihre tragbaren Sauerstoffbehälter umzusteigen und sich sprungbereit zu machen.

Während Fan sich auf den Rand der Rampe zubewegte, oblag es Master Sergeant Lei, seinem ranghöchsten Unteroffizier, sicherzustellen, dass sie alle heil aus dem Flugzeug kamen.

Sobald die Männer am Ende der Rampe standen, wechselte das Licht auf Grün. Sie hatten die optimale Zone erreicht. Ohne Zögern sprang Fan in die dunkle Leere hinaus.

Die Luft wirbelte um seinen aus dem Flugzeug stürzenden Körper herum. Fan zählte bis fünf, bevor er an der Reißleine zog. Sekunden später füllte sich der Fallschirm mit Luft und riss ihn zunächst mit einem heftigen Ruck ein Stück nach oben, bevor er seinen schnellen freien Fall in einen kontrollierten Abstieg verwandelte.

Sobald er Kontrolle über seine Führungsleinen hatte, begann das HUD in seinem Helm, seine Höhe und die Richtung anzuzeigen, die er einhalten musste. Fan richtete seinen Fallschirm auf den Zielort aus, den ihm seine Blickfeldanzeige angab. Er konnte sich sicher sein, dass die elf Männer seines Teams ihm folgen würden.

In 6.700 Metern Höhe bot sich ihnen aus der Vogelperspektive eine gute Sicht auf die amerikanische Küste. Sie waren jetzt elf Kilometer von der Küste und dreieinhalb Kilometer von ihrer inoffiziellen Absetzzone entfernt.

Nachdem sie unter 6.700 Meter gefallen waren, erhielt Fan eine kurze Mitteilung auf seinem HUD. Ihr Transportfahrzeug erwartete sie am vereinbarten Ort. Als er den Kopf herumdrehte, sah Fan ein paar seiner Soldaten etwas weiter oben und hinter sich. Er war sich nicht sicher, wo ihre Ausrüstung war, aber er nahm an, dass sie automatisch irgendwo hinter ihnen folgte.

Zuerst hatte sich Fan gefragt, wieso sie nicht einfach mit einem Fahrzeug in die USA einreisten oder über eine befreundete Nation einflogen. Nachdem er die Liste der Betriebsmittel gesehen hatte, die sie mit sich bringen würden, war ihm klar, wieso ein Sprung aus großer Höhe mit Flächenfallschirmen angesagt war. Ein HAHO war der einzige Weg, diese Art von Waffen unentdeckt ins Land zu schmuggeln. Sie durften sich nicht erwischen lassen. Das könnte die gesamte Mission in Gefahr bringen.

Mit der Annäherung an den Ort ihrer Landung, einem offenen Feld in der Nähe eines Parks, zog Fan hart an seinen Führungsleinen und erlaubte dem Schirm über ihm, sich erneut mit Luft zu füllen. Und dann war er am Boden und rollte seinen Fallschirm auf. Der Rest des Teams landete neben ihm. Kurz darauf hatten es auch die Gleitsegler mit ihren schweren Ausrüstungsgegenständen auf den Boden geschafft.

Die Männer sammelten ihre Besitztümer ein. Zwei Personen, die plötzlich wie aus dem Nichts auftauchten, veranlasste das Team Südliches Schwert, nach den Waffen zu greifen. Nach dem Austausch des verabredeten Signals senkten die Soldaten ihre Waffen wieder.

Eine der beiden Personen sprach in ein Funkgerät, wonach nicht allzu weit entfernt zwei Motoren angelassen wurden und zwei Fahrzeuge mit eingeschalteten Standlichtern auf das Team zufuhren.

»Mein Name ist Tran. Meine Männer und ich bringen Sie in Ihre sichere Unterkunft. Ihre Ausrüstung können Sie in diesen Transporter laden«, informierte sie der ganz in Schwarz gekleidete Mann und zeigte auf einen Kleinlaster.

Fan nickte und forderte seine Sergeanten auf, die besonderen Pakete in den leeren U-Haul zu bringen. Fünf Minuten später saßen alle in ihren Fahrzeugen auf dem Weg in ihre sichere Unterkunft. Der Fahrer und der Mann namens Tran sprachen wenig. Fan vermutete, ihnen war bewusst, dass ihre Fahrgäste Mörder waren. Ihr Job bestand einzig darin, ihn und seine Männer imSafe House an ein Betreuerteam weiterzureichen. Danach würden sie auf den nächsten Auftrag zur Abholung weiterer Soldaten warten.

Nach ihrer Ankunft am Safe House brachten Fans Männer ihre Waffen und Ausrüstung im angrenzenden Schuppen unter, wo sie bereits ein Mann des Staatssicherheitsministeriums erwartete.

»Major Fan, mein Name ist Mr. Lee. So werden Sie mich ansprechen. Ich habe neue Befehle für Sie. Morgen werden Sie Ihr Team in drei Vier-Mann-Teams aufteilen.«

Fan monierte. »Entschuldigen Sie, Mr. Lee. Mir wurde gesagt, dass mein Team als Einheit operieren wird. Von einer Aufteilung weiß ich nichts.«

Der Mann namens Mr. Lee lächelte nur. »Pläne ändern sich, Major. In den kommenden vier Nächten wird der Rest Ihrer Kompanie eintreffen. Diese Männer werden ebenfalls in Gruppen eingeteilt, um sich auf den Weg zu den ihnen zugewiesenen Zielen zu machen. Nachdem die Teams ihre primären Ziele erreicht haben, bleibt es Ihnen überlassen, Ihre Leute neu zu organisieren. Morgen aber werden Sie diesen neuen Anordnungen folgen.«

Der geheimnisvolle Mann überreichte Fan einen Stapel Papiere mit den geänderten Befehlen. Ihre Überprüfung ließ Fan lächeln. *Die sind weit besser als die ersten ...*

»Sie müssen sich keinerlei Gedanken machen, Major Fan. Sie sind in guten Händen. Alles ist bestens organisiert. Nach dem erfolgreichen Schlag gegen Ihr Hauptziel werden Sie in eine neue Unterkunft umziehen, wo Sie und Ihre Männer sich erholen und auf Ihre

Folgemission vorbereiten werden. Jetzt schlage ich vor, dass Sie sich einige Stunden Schlaf gönnen. Die kommenden Tage und Wochen werden, gelinde gesagt, sehr anstrengend sein.«

****

Die Floridastraße
ODA 7322, Bravo-Kompanie

Sergeant First Class Rusten Currie war gerade aus einer C-17 und in die Geschichte gesprungen. Er gehörte einem von zwei ODA-Teams an, die seit dem Kubanisch-Amerikanischen Krieg des frühen 19. Jahrhunderts zu den ersten amerikanischen Streitkräften zählten, die in Kuba einfallen würden. Zum Glück für die Amerikaner schickten die Chinesen und Kubaner nicht routinemäßig Kampfflugzeuge zur Begrüßung der amerikanischen Flugzeuge, die ihr Territorium überflogen, was den Absprung sehr erleichtert hatte.

Es ist nur eine Frage der Zeit, bis wir endlich auf Kuba landen, dachte er voller Vorfreude. Es war das erste Mal seit Monaten, dass er einen HAHO machte, aber jedes Mal, wenn er aus so großer Höhe sprang, war er erstaunt, wie lebendig er sich fühlte.

Im Abstand von wenigen Minuten überprüfte Currie seinen Kompass und sein GPS, um sicherzugehen, dass er sein Team in die richtige Richtung steuerte. Langsam, aber sicher näherten sie sich dem Festland. Gegen 3 Uhr früh würden zwei Mitglieder einer CIA-Sondereinsatzgruppe, kurz SOG genannt, eine infrarotes Stroboskoplicht aktivieren, um ihnen ihre genaue Landezone anzuzeigen. Das SOG-Team hatte sich mithilfe einer verdeckten CIA-Quelle, die sich bereits im Land befand, schon vor zwei Tagen eingeschlichen.

Weniger als fünf Minuten vor ihrer Landung entdeckte Currie durch seine Nachtsichtbrille das Infrarotlicht. Er zog an seinen Führungsleinen und lenkte seinen Fallschirm auf das Licht zu. Seine Kameraden schwebten noch ein Stück über ihm und folgten ihm in Richtung des Signals.

Ungefähr zehn Meter über dem Boden zog sich Currie seinen Rucksack und was er sonst noch bei sich trug, von der Schulter und ließ alles unter seinen Füßen baumeln. Sofort danach zog er hart an den Führungsleinen, um seinen Fall effektiv zu kontrollieren. Sein

Fallschirm füllte sich genau im richtigen Maß mit Luft, um ihn leicht wie eine Feder landen zu lassen. Einige schnelle Schritte, und er stand aufrecht da. Danach befreite er sich in aller Eile von seinem Fallschirm und rollte ihn so eng wie möglich zusammen.

Die elf Mitglieder seiner ODA landeten und taten es ihm nach. Nachdem sie all ihre Fallschirme, Rucksäcke und Waffen eingesammelt hatten, führten sie die SOG-Leute in den Dschungel. Dort hatten sie eine Stelle vorbereitet, an der sein Team die Fallschirme ungesehen vergraben konnten.

Eines der SOG-Mitglieder trat auf Sergeant First Class Currie und Captain Larry Thorne zu, die sich gerade berieten. »Captain, Sergeant, mein Name ist Howard. Sehen Sie diesen Bereich hier bitte als Ihr Basislager an. Wir haben beschlossen, mit der Erforschung dieser Gegend abzuwarten, bis Sie sicher eingetroffen sind. Unseren Informationen nach befinden sich mindestens sechs DF-17-Startrampen im Umkreis und sicher auch die gleiche Anzahl an HQ-9-Radarsystemen.«

»Howard, ich bin Captain Thorne«, stellte sich der Anführer des ODA-Teams vor. »Wir haben eine Idee, wo einige dieser Systeme angesiedelt sein könnten. Diese würde ich gerne mit den Informationen vergleichen, über die Sie verfügen.«

»Klingt gut. Kommen Sie. Richten Sie sich zunächst in Ihrem Versteck ein. Danach können wir unsere Informationen austauschen und entscheiden, wie wir Ihr Team am besten aufteilen. Wenn es uns gelingt, die gesuchten Standorte schon vorab zu identifizieren, wird es viel einfacher sein, Luftangriffe anzufordern.«

In den kommenden Tagen und Wochen würden die Greenie Beanies viel im Dschungel und in den Wäldern Kubas unterwegs sein, um die feindlichen Radar- und Raketenabschusssysteme zu identifizieren und auszuschalten. Und falls es dann tatsächlich zum Krieg kommen sollte, würden sie bereitstehen, diese Bedrohungen auszuschalten.

Kapitel Sechsundzwanzig
Legt euch nicht mit Texas an!

24. Oktober 2024
Im Pazifischen Ozean
USS _Texas_ – SSN 775

Vor zwei Tagen hatte der Kommandant der USS _Texas_, Kurt Helgeson, von Konteradmiral Ishan Patel vom COMSUBPAC die Mitteilung erhalten, dass die Chinesen nicht nur das von den USA und der NATO gestellte Ultimatum ignorierten, sondern auch noch weitere Soldaten in die Karibik schickten, was einen direkten Verstoß gegen die Monroe-Doktrin darstellte.

Kurz darauf hatte Helgeson eine zweite, diesmal verschlüsselte Nachricht erhalten, die ihn anwies, den Kapitänssafe zu öffnen und den Umschlag mit dem Befehl Fünf-Tango-Sechs-Zulu-Quebec-Neun zu öffnen. Commander Helgeson und seine XO, Lieutenant Commander Kristin Evans, hatten den Safe gemeinsam geöffnet und ihm ihre neuesten Befehle entnommen.

Egal wie viele Jahre des Trainings und der Vorbereitung ein Angehöriger der Streitkräfte hinter sich hatte – es war nervenaufreibend, einen militärischen Plan vor sich zu sehen, der den Angriff auf die chinesische Marine beschrieb. Offensichtlich waren die Verhandlungen an Land zwischen Peking, Washington, Moskau und Brüssel gescheitert. Sollte ein chinesisches Schiff bestimmte Koordinaten überschreiten, wurde ihnen hiermit der Befehl erteilt, Kriegshandlungen gegen die Volksrepublik China zu beginnen.

Die Spannung war beinahe unerträglich. Die Situation fühlte sich an wie ein Sturm, der an der Oberfläche einer wütend tobenden See mit Höchstgeschwindigkeit auf sie zuraste. Commander Kurt Helgeson nahm mehr Koffein als gewöhnlich zu sich, um konzentrierter denken zu können. Einer seiner jungen Lieutenants hatte es sich zur Aufgabe gemacht, immer eine frische Kanne bereitzuhalten.

Helgeson hatte die Angewohnheit, alle bis an die Grenzen ihrer Fähigkeiten zu bringen, wofür ihn seine Crew trotz allem ungemein respektierte. Der letzte Kommandant der USS Texas war ein ROAD – im aktiven Dienst in den Ruhestand getreten –, und die Moral der Besatzung hatte sich drastisch verbessert, nachdem Helgeson das

Kommando übernommen und alles wieder auf Vordermann gebracht hatte.

Mit einer frischen Tasse Kaffee in der Hand wandte Commander Helgeson seine Aufmerksamkeit dem Besatzungsmitglied zu, das die Orca II, autonome Unterwasserfahrzeuge (AUVs), überwachte. Er hatte die Orcas auf der Suche nach der chinesischen Flotte in gleichmäßigem Abstand vor der *Texas* als Wachposten postiert. Gemäß den neuesten Geheimdienstberichten war die feindliche Flotte weiterhin in ihrer Richtung unterwegs.

»STS2, halten Sie Ausschau nach möglichen U-Boot-Jägern«, wies er seinen Sonartechniker an. »Je näher die Chinesen der Kontrolllinie kommen, desto eher sollten wir ihre eigenen Wächterschiffe und Hubschrauber entdecken.«

»Aye, Sir«, bestätigte der Mann.

Die Arbeit mit unbemannten Unterseebooten war neu für die *Texas*. Schon bald würde die komplette amerikanische U-Boot-Flotte mit ihnen ausgestattet sein. Die AUVs konnten sich eigenständig in einem vorprogrammierten Umkreis um die *Texas* herum bewegen. Das erlaubte diesen Unterwasseraugen und -ohren Hunderte von nautischen Meilen über das Schleppsonar der *Texas* und ihre am Bug montierten Sonargeräte hinauszusehen. Des Weiteren konnten die Orcas auch Zieldaten an die *Texas* weiterleiten und bei der Verfolgung von Zielobjekten, egal ob nah oder fern, assistieren.

Die Navy hatte eine Reihe ausgeklügelter Unterwasserbojen entwickelt, die gewöhnlichen U-Booten mittels Laserkommunikation mit Überwasserschiffen, Satelliten oder Flugzeugen die Kontrolle über die Orcas ermöglichten. Sie konnten jetzt angriffsspezifische Informationen ohne Furcht vor Entdeckung aus weit größerer Entfernung übermitteln, was ihnen die effektivere Nutzung ihrer Anti-Schiffsraketen gewährte. Der erstaunlichste Aspekt dieser neuen AUVs war allerdings, dass sie mit spezifisch programmierten Befehlen, Zielobjekte eigenständig verfolgen konnten. Während der ersten Kampffähigkeitstests vor einigen Jahren hatten neun Orcas, die von drei unterschiedlichen Jagd-U-Booten aus betrieben wurden, eine gesamte Flugzeugträgerkampfgruppe ins Visier genommen und fiktiv zerstört, ohne jemals entdeckt worden zu sein.

Einer der Seemänner betrat die Brücke mit einem Tablett belegter Brote. Er tauschte das alte magnetische Tablett auf der Abstellfläche gegen das neue aus, damit jeder, der auf der Brücke arbeitete, etwas essen oder seinen Kaffee nachfüllen konnte. Das sollte ihnen helfen, den Rest einer langen Schicht zu überstehen oder ihren Hunger bis zur nächsten Mahlzeit zu überbrücken.

Nachdem auch Commander Helgeson einen Bissen zu sich genommen hatte, trat er wieder an die OC2-Station heran, die die Orcas überwachte. Da ihr U-Boot den Namen *Texas* trug, hatte Helgeson es für angebracht gehalten, den Orcas die Namen texanischer Städte zu geben. Die Mannschaft hatte abgestimmt, und *Dallas*, *Lubbock* und *Killeen* hatten gewonnen. Als Commander Helgeson den Bildschirm der Kontrollstation überflog, entdeckte er, dass das der *Killeen* zugeordnete Symbol rot aufleuchtete. Dann begann auch die *Lubbock* zu blinken. Sie hatten etwas gefunden.

»Da … Finden Sie heraus, was diese Kontakte bedeuten«, forderte Helgeson den Mann an der Kontrollstation auf.

Der Seemann schickte eine Nachricht an den Sonarraum und bat um alle verfügbaren Informationen. Fünf Sekunden später hatte er seine Antwort.

»Brücke, Sonar hier. Die *Lubbock*, Kurs zwei-zwei-acht Grad, Luftkontakt, Sonar-Signalgeber 7.300 Meter vor ihrem Bug«, sagte der Mann, bevor er den zweiten Kontakt durchgab.

»Brücke, Sonar hier. Die *Killeen*, Kurs drei-drei-null Grad, Oberflächenkontakt, 17.400 Meter vor ihrem Bug.«

Commander Helgeson nahm das Mikrofon aus seiner Halterung und wandte sich Richtung Sonarraum.

»Sonar, Brücke. Identifizieren Sie beide Kontakte. Überprüfen Sie, ob wir Sichtkontakt mit den Signalgebern aufnehmen können. Ich muss wissen, ob sich noch mehr ASW in dieser Gegend aufhalten.«

»Brücke, Sonar hier. Stand-by.« Ohne auf Helgesons Aufforderung zu warten, machte sich seine XO, Lieutenant Commander Kristin Evans, auf den Weg zum Sonarraum, um sich die Dinge dort persönlich anzusehen.

****

Sobald Evans den Sonarraum betrat, sah sie die fraglichen Kontakte auf dem Computerbildschirm. Um sicherzugehen, dass sie alles deutlich erkennen konnte, schob sie sich die Brille etwas höher auf die Nase.

Ich das mich unbedingt lasern lassen, tadelte sie sich selbst. Aber das würde bis nach dem Ende von dem, was ihnen nun bevorstand, warten müssen.

Der erste Kontakt war ein Schiff – das konnte der Sonarmann mit einer akustischen Wahrscheinlichkeitsrate von 94 Prozent bestätigen. Danach deutete er auf den zweiten Kontakt – auf den, der die größere Gefahr für sie darstellte. Das ins Wasser abgelassene Sonarsuchgerät stammte von einem Changhe Z-18F, von einem auf die U-Boot-Jagd spezialisierten Kampfhubschrauber. Der U-Boot-Jäger verfügte über ein Oberflächenradar, und sein Sonar-Signalgeber war technisch so gut wie alles, was die US-Navy zu bieten hatte. Je nach der Mission des Hubschraubers war er mit Ankervorrichtungen für Torpedos oder Raketen ausgestattet. Zudem führte er eine große Anzahl Sonarbojen mit sich.

Evans nickte dem Sonarmann zu, um ihn wissen zu lassen, dass sie mit seinen Wahrscheinlichkeitsschätzungen übereinstimmte.

Der Sonartechniker nahm seinen Handapparat auf, der ihn mit der Brücke verband. »Brücke, Sonar hier. Erster Kontakt ist eine Fregatte vom Typ 054A. Die *Handan.* Sie fährt dem Rest der Flotte im Sprint voraus, bevor sie sich treiben lässt, während ihr Schleppsonar nach feindlichen U-Booten sucht.«

Der Sonartechniker fuhr mit seinen Erklärungen fort. »Brücke, basierend auf der Identifikation seines Tauchsonars, scheint der zweite Kontakt ein Changhe Z-18F ASW-Helikopter zu sein. Der Hubschrauber gehört nicht zum Typ 054A, was bedeutet, dass sich ein anderer Zerstörer, Flugzeugträger oder ein anderes Truppentransportschiff in dem Gebiet befindet.«
****

Auf der Brücke nahm Commander Helgeson diese Informationen in sich auf, während er sich gleichzeitig auf der Karte den Standort des feindlichen Schiffs im Verhältnis zu dem U-Boot-Jäger ansah.

Da draußen gibt es garantiert noch mehr Hubschrauber und Fregatten, dachte er.

Helgeson deutete mit einem Zeigefinger auf eine Position auf der Karte und befahl dem AUV-Techniker: »Verlegen Sie die *Dallas* an diesen Standort. Bringen Sie die *Killeen* auf Sehrohrtiefe und schicken Sie eine Blackwing-Späherdrohne aus. Wir brauchen einen besseren

Überblick über dieses Gebiet. Und postieren Sie die *Lubbock* in diesem Bereich hier, weiter von uns entfernt. Falls der Hubschrauber die AUVs entdecken sollte, will ich, dass sie die *Lubbock* jagen.«

Gerade als der Mann seine neuen Befehle eingeben wollte, kam eine weitere Ansage aus dem Sonarraum. »Brücke, Sonar hier. Kontakt der *Killeen*, Kurs drei-null-zwei Grad, Oberflächenkontakt, 17.400 Meter vor ihrem Bug. Flugzeugträger vom Typ 001, die *Liaoning*, Sir. Sie macht bei Höchstgeschwindigkeit viel Lärm.«

Bevor Commander Helgeson eine Antwort auf die Entdeckung eines feindlichen Flugzeugträgers formulieren konnte, meldete der Sonarraum ein weiteres Ziel. Die Anspannung des Mannes spiegelte sich mittlerweile in der Höhenlage seiner Stimme wider.

»Brücke, Sonar hier. Ein zweiter Kontakt! Kurs drei-eins-null Grad, Oberflächenkontakt, Abstand 17.200 Meter. Kontakt ist ein Hubschrauberlandedeck vom Typ 075.«

Die Seeleute und Offiziere auf der Brücke tauschten nervöse Blicke aus. Das war eine wichtige Entdeckung. Sie waren nicht nur auf einen Flugzeugträger gestoßen, sondern hatten auch das erste amphibische Helikopterangriffsschiff der chinesischen Marine aufgespürt – die chinesische Version der amerikanischen Wasps oder der Schiffe der Amerika-Klasse, die die Navy nutzte.

Unter normalen Umständen würde ein U-Boot nun auf Seerohrtiefe aufsteigen, um den Kontakt visuell zu bestätigen; worauf er dann als Masterkontakt zum Angriffsziel erklärt werden konnte. Die Integration der Orcas hatte all das überflüssig gemacht. Da die Orcas ohne Crew arbeiteten, waren sie nicht nur Waffenträger, sondern verfügten dazu noch über Sonar-, Radar- und ESM-Fähigkeiten. Nicht dass ihr Verlust in einem Kampf leicht hinzunehmen war, aber falls es tatsächlich dazu kommen sollte, war es besser, sie zu opfern, als den Verlust eines 4,3 Milliarden USD teuren Unterseeboots mit 135 Seeleuten an Bord zu beklagen. Der Systemspeicher der Orcas enthielt jedes akustische Signal befreundeter und feindlicher Schiffe, das jemals aufgezeichnet worden war. Das erlaubte ihren Zielfindungscomputern die Einschätzung, welche feindlichen Schiffe die größte Gefahr für sie selbst oder für ihre Mission darstellten. Im Anschluss daran waren sie selbständig in der Lage, logische Prioritäten zu setzen und zu entscheiden, welche Schiffe zuerst angegriffen werden sollten. Mit ihrer Ausstattung an Torpedos und Marschflugkörpern, die sie unter

Wasser abschießen konnten, war es ihnen in Sekundenschnelle
möglich, mehrere Ziele zu identifizieren und ins Visier zu nehmen.

Die auf der Brücke eintreffenden Informationen überschlugen sich
nun, insbesondere, nachdem die *Killeen* nach Erreichen der
Sehrohrtiefe die Blackwing-Drohne ausgesetzt hatte. Knapp 60
Sekunden, nachdem sie die Drohne auf den Weg gebracht hatte,
präsentierte sich ihnen das Gesamtbild der feindlichen Flotte. Was da
auf sie zusteuerte, war beeindruckend. Gleichzeitig war auch
offensichtlich, dass diese Flotte viel zu groß war, um von einem
einzelnen U-Boot angegriffen zu werden – falls ihnen etwas an ihrem
Leben lag.

Helgeson verarbeitete die Informationen, sobald sie eintrafen. Er
kratzte sich am Kinn, schloss kurz die Augen, seufzte und sagte leise zu
sich selbst: »Arbeite an dem Problem, dem du dich sofort stellen musst.
Lass dich nicht von Unwichtigem ablenken.«

»Sonar, Brücke hier. Benennen Sie die Kontakte der *Killeen* als
Sierra 1 und 2«, befahl er.

»OC2, bringen Sie die *Killeen* erneut auf Seerohrtiefe und liefern
Sie uns eine 360-Grad- Ansicht. Danach soll sie eine Reihe von Minen
in Richtung der Vorhut legen, unter die Thermokline fallen und dort
weitere Befehle abwarten.«

»Aye-Aye, Sir«, bestätigte der Orca-Kontrollmann und gab in aller
Eile die entsprechenden Kommandos an die *Killeen* weiter.

Zwanzig Minuten danach trat Commander Helgeson an den
digitalen Kartentisch heran und zeichnete Verbindungslinien zwischen
den ungefähren Standorten der chinesischen Seefahrzeuge, seiner *Texas*
und seinen Orcas ein. Seine XO, die neben ihm stand, neigte den Kopf
zur Seite und zog fragend die Augenbrauen hoch, als Helgeson auf dem
virtuellen Display schließlich auf eine rote Linie deutete.

»XO, der Feind hat die Kontrolllinie überschritten. Damit hat der
Krieg nun offiziell begonnen, aber ich werde dieses Schiff nur unter
unseren Bedingungen in einen Kampf verwickeln.« Er nahm das
Mikrofon in die Hand und befahl den Waffen-, Navigations-, Sonar-,
Technik- und OC2-Offizieren, sich am Planungstisch einzufinden.
Wenig später waren alle eingetroffen, und er unterbreitete ihnen seinen
Plan.

Helgeson sah jedem seiner Offiziere und Unteroffiziere
nacheinander in die Augen, bevor er zu sprechen begann. »Wir wussten

bereits beim Verlassen des Hafens, dass die Chancen hoch waren, in den Krieg zu ziehen. Vorgestern erhielten die XO und ich eine verschlüsselte Nachricht. Sie besagte, dass wir mit dem Überschreiten der Clipperton-Galapagos-Linie seitens der Chinesen die letzten diplomatischen Versuche als gescheitert ansehen müssen. Das bedeutet, dass wir die chinesischen Schiffe ab sofort als feindliche Kräfte anzusehen haben, die vernichtet werden müssen.«

Er räusperte sich und sprach mit leicht belegter Stimme weiter. »Diese Flotte steuert offenbar den Panamakanal an. Unsere Regierung kann in keinem Fall zulassen, dass die Chinesen so viele Schiffe in die Karibik verlegen. Wir wissen nicht, ob diese Truppen den Befehl haben, die Kanalzone einzunehmen oder ob sie die chinesischen Stützpunkte in Kuba und Venezuela verstärken sollen. Daher besteht unsere Aufgabe darin … Wir müssen eingreifen.«

Die um den Tisch versammelten Offiziere nickten, während sie langsam die Ernsthaftigkeit der Situation und die Tragweite ihrer Mission verstanden. Die Erkenntnis, dass sie eine solche Auseinandersetzung womöglich nicht überleben würden, machte sich ebenfalls breit.

Helgeson deutete auf eine Position auf der Karte. Die Blicke, die seinem Finger folgten, zeigten Überraschung, sobald auf dem digitalen Tisch vor ihnen ein Bild erschien.

Eine Satellitenaufnahme zeigte den Beobachtern die schnelle Annäherung der chinesischen Schiffe an die ihnen gestellte Falle. Die *Dallas,* die 1.800 Meter nordwestlich der *Texas* auf Seerohrtiefe lag, hatte dieses Bild heruntergeladen und über Laser an die *Texas* weitergeschickt.

Der Inhalt dieser Aufnahme bestätigte, was die USS *Maine* vor zwei Tagen berichtet hatte. Die *Maine,* die unterhalb des Nördlichen Wendekreises patrouillierte, hatte eine Vorhut von drei chinesischen Unterseebooten auf Schleichfahrt entdeckt, die ungefähr zehn nautische Meilen vor einer mit Höchstgeschwindigkeit fahrenden Flotte chinesischer Kriegsschiffe unterwegs waren.

Der Skipper der *Maine*, Captain Dale Redding hatte gefährlich tief abtauchen und sein Boot in ein schwarzes Loch verwandeln müssen, bis die chinesischen U-Boote endlich gefahrlos über ihn hinweggeglitten waren. Die *Maine* hatte so lange in absoluter Stille verharrt, bis sie jedes einzelne Schiff der chinesischen Flotte identifiziert hatte und mit Sicherheit sagen konnte, dass die Chinesen auf die Clipperton-Galapagos-Linie zusteuerten.

Während seine Offiziere die eingetroffenen Daten noch in sich aufnahmen, verkündete Helgeson voller Selbstbewusstsein: »Ich habe vor, die Chinesen genau hier zu stellen.«

Er zeigte auf eine Stelle auf der Karte, an der das Meer an seinem tiefsten Punkt beinahe 7.000 Meter tief war – im ungefähren Zentrum der Linie zwischen der Clipperton-Insel und den Galapagos-Inseln.

Auf den verwirrten Gesichtsausdruck seines Navigationsoffiziers hin, erläuterte Helgeson: »Der CNO hat die Pazifische Flotte am Äquator mobilisiert und eine Menge Feuerkraft nach Guam verlegt. Falls die Chinesen also unter Umgehung unserer Flugzeugträger den Panamakanal erreichen wollten, waren sie gezwungen, einen südlicheren Kurs einzuschlagen. Wir gingen davon aus, dass uns dies mehr Zeit zur Erreichung einer diplomatischen Lösung verschaffen würde. Dem war nicht so. Deshalb finden wir uns heute in dieser Situation wieder, wonach der *Texas* nun die fragwürdige Ehre zukommt, die Chinesen als Erste zu bekämpfen.«

Helgeson hielt inne, um seinen Wort Nachdruck zu verleihen. Seine Leute mussten verstehen, dass vor der endgültigen Entscheidung, Waffengewalt anzuwenden, alle nur erdenklichen Möglichkeiten ausgeschöpft worden waren. Sie mussten akzeptieren, dass ein Krieg nun der einzig richtige Weg war. Auf diese Weise würden sie ohne zu zögern handeln.

»Herrschaften, die Chinesen ließen uns keine Wahl. Wir werden unsere Nation verteidigen und unsere Pflicht tun. In diesem Sinne werden wir so viele Schiffe wie möglich auf dem Grund des Meeres versenken.«

Helgeson vergrößerte die digitale Ansicht und zeigte den Anwesenden die Kursänderungen, die die Chinesen seit dem Verlassen ihres Heimathafens vorgenommen hatten. Seit dem Erreichen des offenen Meers bewegte sich die Flotte bei voller Geschwindigkeit in süd-südöstlicher Richtung. Zunächst hatte sie Guam angesteuert, war dann aber zum Kurswechsel gezwungen worden, nachdem die USA rechtzeitig ein Regiment Marinesoldaten eingeflogen hatte, um Guams Verteidigung auszubauen.

Als Nächstes demonstrierte Helgeson mithilfe einer Vorschau im Zeitraffer, an welchem Punkt die *Texas* und die chinesische Flotte auf der roten Linie aufeinandertreffen würden. Sein Plan war einfach, aber aggressiv: Die *Dallas*, die *Lubbock* und die *Texas* würden sich in unterschiedlicher Tiefe im Ozean mit gefluteten Rohren und geöffneten äußeren Türen auf den Hinterhalt legen.

Helgeson erläuterte weiter, wie er sich den Ablauf der Schlacht vorstellte. Die *Texas* würde das Eintreffen der *Liaoning*, der erste Flugzeugträger der Marine der Volksbefreiungsarmee, erwarten und ihn frontal, beinahe in Kernschussweite, aus 1.800 Metern Entfernung unter Beschuss nehmen, ohne ihm eine Chance zum Gegenangriff zu geben.

Commander Helgeson hatte auch eine Aufgabe für ihr drittes AUV. »Die *Killeen* ...«, er deutete auf einen Punkt, der direkt auf dem Weg der feindlichen Flotte lag, »… wird untätig unter der Thermokline verharren. Wir lassen ihr ihr passives Sonar, damit sie wieder zum Leben erwacht, sobald ihre magnetischen Sensoren den Flugzeugträger registrieren. Unmittelbar danach wird sie ihre Krachmacher freisetzen, die die akustischen Signale unserer Jagd-U-Boote der *Virginia*-Klasse imitieren. Sobald die Chinesen merken, dass sich zwei *Virginia*s im Zentrum ihres vermeintlich geschützten Umfelds aufhalten, werden ihre U-Boot-Jäger voller Panik reagieren. Die Flotte wird mit Höchstgeschwindigkeit weiterfahren und der damit verbundene Lärm wird das überdecken, was als Nächstes geschehen wird.

»Sobald das Ablenkungsmanöver läuft, steigt die *Killeen* langsam über die Thermoklinegrenze und nimmt das der Gruppe folgenden U-Boot der Shang-Klasse mit zwei Mk 48 Mod 7-Torpedos und zwei Mk 54 ultraleichten Torpedos unter Beschuss. Dieses U-Boot muss unter allen Umständen aus dem Gefecht gezogen werden, selbst auf Kosten der *Killeen,* falls das nötig werden sollte. Für den Fall, dass die *Killeen* diesen Kampf übersteht, postieren wir sie neu, um die chinesische Flotte ein zweites Mal anzugreifen, diesmal von hinten. Verstanden?«

Die Offiziere und der Orca-Techniker nickten.

Helgeson wusste, dass er die Aufmerksamkeit seiner Mannschaft hatte. Sie hingen förmlich an seinen Lippen und waren erpicht darauf, den Rest des Schlachtplans zu erfahren. »Sobald die *Killeen* ihren Angriff beginnt, wird das einen Sturm von Aktivitäten der feindlichen Flotte auslösen«, fuhr er fort. »Das bietet der *Texas* und den beiden anderen Orcas die Chance, insgesamt acht Mk 48 Mod 7-Torpedoes auf den Träger *Liaoning*, die Fregatte *Handan* und das Truppenlandungsschiff *Wutai Shan* abzuschießen.

Nachdem diese Torpedos im Wasser sind, schießt die *Texas* eine Salve von zwölf unserer Block IV-Tomahawks direkt auf die *Liaoning* und auf den neuen Typ 55-Zerstörer, die *Nanchang*. Sobald diese Waffen auf dem Weg sind, schalten wir unsere Krachmacher aus und verschwinden mit Höchstgeschwindigkeit aus dem Kampfbereich, um eine angemessene Distanz zwischen sie und uns zu bringen. Nachdem wir der Gefahr entkommen sind, werden wir die Effektivität unseres Angriffs beurteilen und ihn möglicherweise von einer neuen Position wiederholen.«

Niemand reagierte. Sie alle starrten auf den Kartentisch und gingen in Gedanken den Plan ein zweites Mal durch.

»Irgendwelche Fragen?«, erkundigte sich Helgeson schließlich. »Wenn Sie welche haben, ist jetzt die Zeit, sie zu stellen.«

Der Sonaroffizier sprach als Erster. »Sir, der Abschuss all dieser Waffen wird eine Menge Lärm verursachen. Die Vorhut des chinesische U-Boot-Begleitschutzes macht mir Sorgen. Bei gleichbleibender Geschwindigkeit und unverändertem Kurs erreichen sie das Gefechtsfeld ungefähr eine Stunde vor den Überwasserschiffen. Sobald wir mit dem Beschuss beginnen, sind wir eine leichte Beute für sie. Sie werden uns aus dem Wasser blasen.«

Helgeson lächelte und sah seine XO an. Sie nickte und übernahm die Antwort. »Eine gute Frage. Nach dem Abschuss unserer Raketen nutzen wir den Höllenlärm, den die Orcas veranstalten werden, um mit Höchstgeschwindigkeit unter die Thermoklinegrenze bis hinunter auf unsere maximale Tiefe abzutauchen. Dort verhalten wir uns absolut still und weichen den feindlichen U-Booten aus.«

»Wenn wir ungeschoren davonkommen, laufen wir Isla Socorro an« fügte Helgeson hinzu. »Der amerikanische Doller hat dort offensichtlich noch einen Wert. Die mexikanische Regierung hat uns erlaubt, auf dieser Insel eine Versorgungsstation für unsere Flotte einzurichten. Außerdem stehen dort ein Geschwader Super Hornets und ASW-Vögel auf der Rollbahn bereit. Sobald unser Angriff beginnt, werden die Super Hornets die Chinesen in Atem und uns mit einem detaillierten Gefechtsschadensbericht auf dem Laufenden halten.«

Jetzt war Lieutenant Adam Watts, der Waffenoffizier, an der Reihe. »Skipper, wenn wir die Tomahawks zur gleichen Zeit wie die

Torpedos abfeuern, müssen wir die Kontrolle über die MK48 frühzeitig aufgeben und direkt ihren internen Steuersystemen vertrauen. Wenn die Tomahawks innerhalb von zweitausend Metern angreifen, haben sie kaum genug Zeit, um das Wasser zu durchbrechen, auf ihren Raketenantrieb umzuschalten und ihr Ziel zu erfassen.«

»Weps, die Führungskabel werden erst mit der Schließung der VLS-Türen abgetrennt«, erwiderte Lieutenant Commander Evans. »Das nimmt ungefähr zehn Sekunden in Anspruch. Bis dahin haben die Mk 48 ihre Ziele im Visier und sind nur noch 56 Sekunden vom Einschlag entfernt. Wenn alles gutgeht und uns Murphys Gesetz nicht in den Rücken fällt, schlagen wir zu, tauchen ab und machen uns aus dem Staub.«

Commander Helgeson sah seinem Stab in die Augen und war zufrieden mit dem, was er sah. Die Blicke drückten die zu erwartende Angst aus, aber hinter der Angst zeigte sich ihre unerschütterliche Standhaftigkeit. Er war sich den Fähigkeiten seiner Crew und der Möglichkeiten der *Texas* voll bewusst. Allem anderen konnte er nicht vertrauen, aber das war ein Problem für den morgigen Tag. *Wenn es denn ein Morgen gab.*

Commander Helgeson schüttelte die aufkommenden Zweifel ab. »XO, bringen Sie das Schiff ohne hörbaren Alarm auf Gefechtsstation!«, kommandierte er.

»Aye, Sir. Deckoffizier, bringen Sie das Schiff, ohne den Alarm auszulösen, auf Gefechtsstation.«

»Gefechtsstationen, ohne Alarm. Aye.«

Die Mannschaft begab sich auf ihre Plätze. Das Boot wurde auf Schleichfahrt vorbereitet. Alles, was möglicherweise Lärm verursachen konnte, wurde gesichert. Der Waffenoffizier hatte sämtliche Waffen an Bord ein zweites Mal überprüft. Sie waren bereit, von der *Texas* aus Kontakt mit den chinesischen Schiffen aufzunehmen und sie auf den Meeresgrund zu befördern.

Commander Helgeson lehnte sich gegen das Schott neben der OC2-Station. Er warf einen Blick auf den Timer über der Waffenstation. Der Countdown lief, bis die *Texas*, *Dallas* und *Lubbock* die rote Linie überqueren würden. Ein zweiter Timer zählte die Zeit bis zur Ankunft der chinesischen Schiffe herunter. Sie würden die rote Linie in genau drei Stunden erreichen; der Kampf würde eine Stunde später beginnen.

Helgeson erinnerte sich an einen Vers aus dem Gedicht *Antigonish* von W.H. Mearns über einen Mann, der nicht da war. Er sah die *Texas* als den Mann, der nicht da sein würde.

»XO, ich will kurz in der Messe etwas essen. Danach mache ich 90 Minuten Pause. Sie haben die Brücke.«

„Aye, Sir, ich habe die Brücke«, bestätigte Evans.

Mit diesen Worten verließ Helgeson seinen Kommandoposten und verschwand im Gang.

****

Lieutenant Commander Evans war etwas überrascht, dass Commander Helgeson die Brücke nur wenige Stunden vor der Schlacht ihres Lebens verlassen wollte. Dann erkannte sie, dass es ein Kommandotrick war. Er würde sich sicher nicht hinlegen, aber die Mannschaft musste wissen oder zumindest glauben, dass der Skipper auch in dieser Situation die Ruhe selbst war.

Unvermittelt musste sie sich am Kartentisch abstützen, um ihr Gleichgewicht wiederzugewinnen. Sie atmete tief und regelmäßig durch. Die Bedeutung und die möglichen Konsequenzen von dem, was ihnen in Kürze bevorstand, überwältigten sie beinahe. Plötzlich verstand sie noch besser, wieso Commander Helgeson die Brücke verlassen hatte, wenn auch nur für ein paar Stunden. Ein Räuspern hinter ihrem Rücken brachte sie in die Gegenwart zurück.

»Entschuldigen Sie, Ma'am, ähm … Ich denke, Sie sollten vielleicht, ähm …«

Es war einer der jüngeren Sonarleute. Unauffällig bemühte sich Evans, aus dem Augenwinkel sein Namensschild zu lesen.

»Worum geht es, Petty Officer Allen?«, erkundigte sie sich.

»Ma'am, es geht um die Aufnahme von vorhin. Da zeigt sich etwas, dass … Jedenfalls ist es sehr merkwürdig«, erwiderte Petty Officer Allen.

»Seemann, ich habe keine Zeit für Merkwürdigkeiten. Wenn Sie etwas zu sagen haben, spucken Sie es aus.« Gerade wollte sie sich mit schlechtem Gewissen für ihren ungerechtfertigten Ausbruch entschuldigen, als der COB an sie herantrat.

»Allen, wenn es etwas gibt, dann wollen wir das hören.« Der COB überragte sie beide, aber sein freundliches Lächeln entschärfte die kurzzeitig aufgetretene Spannung.

»Ja, okay. Also, wenn Sie sich die *Liaoning* ansehen …« Petty
Officer Allen zeigte auf den Flugzeugträger, nachdem er seine
ausgedruckte Kopie entrollt hatte. »Ihr Kielwasser zeigt deutlich, dass
sie mit Höchstgeschwindigkeit unterwegs ist, mindestens 31 Knoten.
Aber was mir ins Auge fiel, ist das Schiff in ihrem Kielwasser.« Er
suchte nach zwei weiteren Bildern, bevor ihm alle aus den Händen
glitten.

Der COB legte eine Hand auf die Schulter der XO, wohl, um sie
ruhig zu halten. Sie sah ihn nicht an, erlaubte sich aber ein leichtes
Grinsen, als es PO Allen endlich gelungen war, seine Bilder wieder
zurück auf den Tisch zu legen.

»Tut mir leid, XO. Hier – dieses Schiff! Es sieht wie ein uns bisher
unbekanntes Kriegsschiff aus. Irgendwie hat es Ähnlichkeit mit dem
russischen Kreuzer *Kirov*, aber es ist neu und viel zu modern«, schloss
der PO.

»Das kann nicht sein. Wenn die Chinesen ein neues Kriegsschiff
entwickelt hätten, hätten wir davon gehört«, wies Evans seine
Einschätzung zurück. »Außerdem hätte die *Maine* seine Akustik
aufgezeichnet, als die Flotte über sie hinwegzog.«

»Das hat sie. Wir konnten sie nur nicht zuordnen. Die *Maine*
klassifizierte das Audio als unbekannt. Aber mit den Satellitenfotos, die
uns nun zur Verfügung stehen, können wir erkennen, dass die
unbekannten akustischen Signale zu einem großen Schiff gehören«,
sagte Allen im Brustton der Überzeugung.

»Okay, Allen, Sie haben meine Aufmerksamkeit. Sie halten das
also allen Ernstes für ein neues Schlachtschiff?«, erkundigte sich die
XO nun mit echtem Interesse.

»So muss es sein, Ma'am. Ich ließ das akustische Signal durch den
Computer laufen. Ich habe es sogar an die *Killeen* geschickt, um es
durch den Big Brain laufen zu lassen. Nach dreifacher Überprüfung
kommt dieses akustische Signal einem Kreuzer der *Kirov*-Klasse am
nächsten.«

Der COB atmete hörbar aus, und Evans nickte zum Zeichen, dass
sie die Information zur Kenntnis genommen hatte.

Das russische Schlachtschiff der *Kirov*-Klasse war ein Biest, eines
der größten Kriegsschiffe auf den Meeren, das in seinem Umfang nur
einen Schritt hinter einem amerikanischen Flugzeugträger lag.

Nein, das ist eindeutig keine Kirov. *Oder könnte es sein …?,*
überlegte Evans. *Ist es der chinesischen Marine tatsächlich gelungen,
vor dem Beginn des Kriegs ein neues Kriegsschiff ins Wasser zu
bringen?*

Petty Officer Allen hatte seine Fakten dargelegt und sie mit genug
Logik untermauert, sodass seine Überzeugung, ein komplett neues,
feindliches Kriegsschiff vor sich zu haben, schwer zu widerlegen war.
Evans musterte Allen einen Augenblick lang – seine ursprüngliche
Nervosität war mittlerweile absoluter Gewissheit gewichen. Als ob die
Texas nicht schon genug Probleme hatte, um die sie sich sorgen
musste. Aber sie konnte Allens Hinweis nicht einfach abtun.

»Okay, Allen, Sie haben mich überzeugt. Notieren Sie diesen
Kontakt als Sierra 4. Und beobachten sie ihn weiter. Sobald sie uns
näher kommen, werden wir noch früh genug erfahren, um welches
Schiff es sich hier handelt.«

Petty Officer Allen sammelte sein Beweismaterial ein und kehrte
in den Sonarraum zurück. Nach einem Blick auf die Brücke spürte
Evans, dass sich die Spannung im Raum weiter aufbaute. Die
Mannschaft der *Texas* war bestens ausgebildet – jeder Seemann kannte
seinen Job –, aber keiner von ihnen hatte bislang einem gleichwertigen
oder beinahe gleichwertigen Gegner im Kampf gegenübergestanden.
Sie hatte das unbestimmte Gefühl, dass das Leben aller in genau
viereinhalb Stunden anders aussehen würde.

Ein Steward reichte ihr eine frische Tasse heißen Kaffees, und
Evans nahm im Kapitänsstuhl Platz. Sie wusste, dass sie den Ehrgeiz
hatte, eines Tages ihr eigenes Boot zu kommandieren. Sie schämte sich,
froh zu sein, dass das heute noch nicht der Fall war.
****

Commander Helgesons Füße ruhten auf dem Schreibtisch in seiner
Unterkunft. Er hörte Ann und Nancy Wilsons Interpretation von
Stairway to Heaven aus ihrem Konzert im Kennedy-Center zu Ehren
von Led Zeppelin. Obwohl er das niemals laut zugeben würde, zog er
ihre Version tatsächlich dem Original vor.

Erneut las er sich seine Befehle durch. Er war dabei, die *Texas*
einer äußerst gefährlichen Situation auszusetzen, deren Resultat nicht
vorhersehbar war. Andererseits war er sich absolut sicher, dass die
Texas in wenigen Stunden Hunderte chinesischer Seeleute auf den

Meeresgrund schicken würde. Mehr als bewusst war ihm allerdings auch, dass nur ein einziger Fehler seinerseits dazu führen könnte, dass die Männer und Frauen der *Texas* dem Weg der Chinesen folgen würden.

Er stand auf, kühlte sein Gesicht mit etwas Wasser und trank den Rest seines Kaffees. In 45 Sekunden würde ihm der auf seiner Uhr eingestellte Alarm mitteilen, dass er genau zwei Minuten und 15 Sekunden hatte, um die Brücke zu erreichen.

Beim Öffnen seiner Kabinentür warf er einen Blick auf das Bild über seinem Schreibtisch. *Die, die er hatte gehen lassen.* Vielleicht würde er sie nach diesem Einsatz anrufen ... vielleicht auch nicht. Er lächelte beim Gedanken an diese Erinnerung, löschte das Licht und zog in den Krieg.

Auf dem Weg durch die Gänge nickte er seinen Seeleuten aufmunternd zu und klopfte einigen der jüngeren freundschaftlich auf die Schulter. Je mehr der ihm anvertrauten Mannschaftsmitglieder ihm über den Weg liefen, desto entschlossener wurde er. Egal was auch geschah, er würde sein Bestes für sie geben.

»XO, ich habe die Brücke«, verkündete er bei seinem Eintritt.

»Der Captain hat die Brücke.«

Lieutenant Commander Evans erhob sich, und Commander Helgeson setzte sich in seinen Stuhl, um die Statusberichte seines Bootes durchzulesen, die Evans ihm überreicht hatte.

Die Zeit verging schneller, als sie es sich vorgestellt hatten. Helgeson und seine Brückenmannschaft spielten jedwede Situation durch, versuchten, sich sämtliche Eventualitäten vorzustellen und diskutierten mögliche Reaktionen auf unvorhergesehene Ereignisse. Petty Officer Allens Entdeckung wurde Helgeson vorgelegt, der zugab, dass sie von Interesse war. Wie seine XO wusste Helgeson allerdings, dass es keinen Unterschied machte. Was immer es war, es kam auf sie zu. Schon bald würden sie wissen, um welches Schiff es sich dabei handelte.

»Sonar, Brücke hier. Abstand zu Sierra 1?«

»Brücke, Sonar hier. Sierra 1 ist 3.600 Meter entfernt und nähert sich weiter.«

»Sonar, Brücke. Abstand zu Sierra 2?«

»Brücke, Sonar. Sierra 2 ist 3.400 Meter entfernt und nähert sich weiter.«

»Sonar, Brücke. Notieren Sie Sierra 1, Typ 001 *Liaoning*, als Master 1, und Sierra 2, Typ 072A *Wutai Shan,* als Master *2*.«

»Brücke, Sonar. Notierung von Sierra 1 und 2 als Master 1 und 2, Aye."

Helgeson wandte sich dem Waffenoffizier zu, der seinen Bericht ablieferte. »Sir, Rohre eins bis vier sind geflutet und die äußeren Türen geöffnet. VLS-Rohre sind offen. Alle Waffen in jeder Hinsicht einsatzbereit.«

Als Nächstes forderte Commander Helgeson den Bericht der Orca-Kontrollstation an. »Sir, die *Dallas* und *Lubbock* befinden sich jeweils 450 Meter an Back- und Steuerbord der *Texas*, die äußeren Türen sind geöffnet und alle Waffen sind in jeder Hinsicht einsatzbereit. Die *Killeen* überträgt nur einen sporadischen Kontakt mit Typ 93.«

»Brücke, Sonar hier. Kontakt Sierra 3 nähert sich den Minen der *Killeen*!«

Es war soweit. Die *Texas* stand kurz davor, einen offenen Krieg mit China zu beginnen.

Die US-Navy hatte in Vorbereitung des erwarteten Konflikts mit der Marine der PLA die CAPTOR-Unterwasserminen entmottet und sie auf den Einsatz mit den Mk 54 ultraleichtgewichtigen Mod 7-Torpedos umgestellt. Diese modernen Waffen waren von den Orcas entlang der erwarteten Reiseroute der sich nähernden Schiffe in Vierergruppen ausgelegt worden. Je nach ihrer Programmierung konnten sie entweder ein einziges oder gleichzeitig mehrere Ziele angreifen. Obwohl diese ultraleichten Torpedos weniger Schaden als die schwereren Mk 48 anrichteten, konnten sie ein Schiff beschädigen und ein feindliches U-Boot versenken.

»OC2, Brücke. Aktivieren Sie die Minen!«

»Brücke, OC2. Aktivierung der Minen, Aye!«

Der OC2-Waffenkontrolltechniker drückte den Waffenfreigabeknopf auf seiner Konsole, womit er das Signal an die *Killeen* weitergab, die wiederum von ihrer Position aus – 520 Meter unterhalb der chinesischen Schiffe – die Minen auslöste. Sobald die Torpedos ihre Kammern verlassen hatten, setzte ihre aktive Zielfindung ein.

Das Big Brain des AUV schaltete seinen eigenen aktiven Sonar ein und dirigierte die Torpedosalve auf den als Master 3 ausgewiesenen

Kontakt, auf einen Zerstörer vom Typ 52D. Die Mk 54 brauchten weniger als fünf Sekunden, um ihr terminales Ziel auszumachen.

»Brücke, Sonar hier. Drei Einschläge auf Master 3. Das Schiff wird langsamer.«

»Sonar, Brücke hier. Verstanden. Abstand zu den Kontakten Master 1 und 2?«

»Brücke, Sonar hier. Master 1 ist 1.200 Meter und Master 2 ist 1.000 Meter entfernt. Geringfügiger Kurswechsel.«

»Sonar, Brücke hier. Verstanden.”

Helgeson startete seine Stoppuhr und sah sich die Karte an. Bevor er etwas sagen konnte, ertönte das Geräusch aktiver Sonare am Rumpf der *Texas*. Ein lautes Klopfgeräusch hallte durch das ganze Schiff.

»Verdammt«, fluchte Helgeson leise vor sich hin.

»Brücke, Sonar. Feindliche Flotte ist auf aktiver Zielsuche!«

»Sonar, Brücke. Verstanden. Volles Manöver voraus! Weps, endgültige Kursbestimmung und Abschuss!«

»Abschuss, Aye!«

»Weps, schließen Sie die verdammten VLS-Türen! Torpedoraum, neu laden und Vorbereitung der Rohre 1 und 3 zum sofortigen Abschuss auf mein Kommando!«

»Brücke, Torpedoraum. Aye, Skipper.«

Die *Texas* vibrierte, als vier Mk 48 und 12 Tomahawk-Marschflugkörper gleichzeitig abgesetzt wurden. Die OC2-Techniker berichteten, dass die *Dallas* und die *Lubbock* ihre Torpedos exakt zur gleichen Zeit abgefeuert hatten. Alle drei Unterseeboote begannen mit ihren Ablenkungsmanövern und schickten Krachmacher aus, um die Sonare der chinesischen Schiffe zu verwirren.

Plötzlich wurde ihr Boot von einem Sonar-Ping getroffen, der sich von allen, die sie bislang gehört hatten, unterschied.

»Brücke, Sonar. Torpedos im Wasser! Aktive Zielfindung! Abstand 1.200 Meter, Kurs eins-zwei-null Grad!«

Helgesons erster Gedanke war, wie zum Teufel die Torpedos von hinten kommen konnten. Bevor er diese Frage stellen konnte, lieferte ihm der Sonarraum die nächste Hiobsbotschaft.

»Brücke, Sonar. Aufschlag ins Wasser, weitere Torpedos von achtern, Abstand 1.000 Meter und im Anflug!«

»Ablenkungsmanöver aussetzen, Ruder hart nach rechts, Tauchwinkel 30 Grad, volle Kraft!«

Der Steuermann reagierte, und das Boot neigte sich bei zunehmender Geschwindigkeit nach vorn. Das Geräusch der Sonaraufschläge auf den Schiffsrumpf wurde intensiver. Helgeson sah auf seinen Timer, der die letzten fünf Sekunden zählte.

Trotz der aktiven Sonar-Pings hörten alle die massiven Explosionen der acht Mk 48 und der 12 Tomahawks, die ihre Ziele gefunden hatten.

Helgeson wusste, dass er den Chinesen mit dem Abschuss seiner Waffen aus kürzester Entfernung keine Zeit zum Reagieren gelassen hatte.

»Brücke, Sonar. Master 1 bricht auseinander! Master 2 ist manövrierunfähig und sinkt!«

»Sonar, Brücke. Abstand zu Master 1?«

»Brücke, Sonar. Abstand zu Master 1.300 Meter auf gegenwärtigem Kurs.«

»Brücke, Sonar! Sierra 4 Kurswechsel in unsere Richtung. Der Zerstörer wirft Unterwasserbomben ab!«

»Sonar, Brücke. Markieren Sie Sierra 4 als Master 4. Weps, Abschuss von Rohr eins und drei mit Kurs auf Master 4! Steuerung, 15 Grad Winkel nach oben. Volle Kraft, direkter Kurs auf Master 2!«

Schockiert fuhr der Kopf seiner XO und der des COB zu Helgeson herum. Sie verstanden nicht, was er vorhatte.

»Sir! Master 2 bricht auseinander. Wir könnten von Trümmerteilen getroffen werden.«

»XO, in 60 Sekunden springen uns von zwei Seiten her Torpedos an. Wir haben keine ...«

BUMM, BUMM, BUMM, BUMM!!!

Die Detonation von vier Wasserbomben, die um die *Texas* herum explodierten, schnitten Helgeson das Wort ab. Diejenigen auf der Brücke, die nicht auf einem Stuhl saßen, wurden über das Deck geschleudert; Querschläger der von den Schotten abgesprengten Bolzen flogen kreuz und quer durch die Brücke.

Der stellvertretende Deckoffizier erlitt eine offene Kopfwunde beim Aufschlag auf den sekundären Kartentisch. Bevor sich die Notlichter einschalten konnten, lag die Brücke einen Moment lang im Dunkeln. Der COB half der XO auf die Beine.

»OC2, bringen Sie die *Lubbock* hinter uns. Machen Sie sie laut! Versuchen wir, ob wir einige der Torpedos auf sie umlenken können!«, schrie Helgeson, um über den Wasserhochdruck und die Alarmsignale auf der Brücke gehört zu werden.

Der OC2-Techniker arbeitete fieberhaft an seiner Konsole, um die *Lubbock* zwischen die *Texas* und deren sicheren Tod zu manövrieren, der weiter auf sie zuraste.

»Brücke, Sonar. Erster Torpedo ineffektiv, zweiter Torpedo traf Master 4 genau in der Mitte. Trümmerteile von Master 1 direkt über uns!«

Über den Lärm des Einschlags ihrer Mk 48 auf Master 4 und über dem der noch auf dem Weg befindlichen Torpedos hinaus, konnte Helgeson hören, wie der chinesische Träger über ihnen auseinanderbrach. Er hatte nur Sekundenbruchteile, um eine Entscheidung zu treffen, die sie alle töten konnte.

»Steuermann, Ruder hart nach rechts, 20 Grad nach oben, Geschwindigkeit auf ein Drittel reduzieren!«

»Hart nach rechts, 20 Grad nach oben, Geschwindigkeit auf ein Drittel reduzieren, Aye!«

Die *Texas* ächzte und ruckte durch den rapiden Kurswechsel nach rechts. Gegenstände, die durch die Erschütterung der Unterwasserbomben losgerissen worden waren, fielen auf das Deck. Und dann wurde das Boot hart von den Trümmern der *Liaoning* getroffen, die ihren Weg auf den Meeresgrund suchten. Teile des Trägers schlugen hinter dem Turm der *Texas* auf und pressten den hinteren Teil des Bootes unter ihrem Gewicht nach unten. Das massive Fragment des Schiffs, das auf sie aufgeschlagen war, zwang den Bug des Boots schlagartig um beinahe 40 Grad nach oben.

»Brücke, Sonar. Torpedos …«

Zwei gewaltige Explosionen schüttelten die *Texas,* als die Ladungen der feindlichen Torpedos im Trümmerfeld der *Liaoning* detonierten. Ausgelöst von den Schockwellen der vorangegangenen Detonationen folgten zwei weitere Explosionen.

Auf dem Deck der *Texas* fühlte es sich wie ein furchterregendes Erdbeben an, das sich unter ihren Füßen ausbreitete. Ihr Boot ächzte unter dem Gewicht der Trümmer der *Liaoning*. Schadensberichte aller Abteilungen trafen ein. Die Technik stand unter Wasser, Backboard waren die VLS-Rohre zerstört, es gab Schäden an den Torpedorohren eins und drei, sowie erhebliche Schäden an der Sonaranlage.

»Technik, Brücke hier. Bringen Sie die verdammte Überflutung unter Kontrolle. Ich stehe kurz davor, tief abzutauchen. Ich brauche alles, was Sie mir über den Reaktor geben können!«

»Brücke, Technik. Aye!«

»Brücke, Sonar. Die verbliebenen Torpedos von Master 4 sind passiv, Sir. Sie haben uns in all dem Lärm verloren!«

»Steuermann, passen Sie sich der Geschwindigkeit der Trümmer an, folgen Sie ihnen nach unten und nichts wie weg von hier!«

Das Geräusch der über ihnen explodierenden Wasserbomben wurde schwächer, während um sie herum der Lärm der berstenden Teile der *Liaoning* zunahm. Je tiefer sie unter Wasser sank, desto mehr versiegelte Bereiche des Trägers implodierten.

Die Torpedos, die sie beinahe versenkt hätten, kreisten auf der Suche nach der *Texas* weiter wie bösartige Hunde über ihnen. Helgeson sah sich auf der Brücke um. Die Techniker wischten Kondenswasser von ihren Bildschirmen und führten diagnostische Tests durch, um sicherzustellen, dass ihre Arbeitsplätze weiter funktionsfähig waren.

Helgeson forderte den COB und seine XO auf, zum Kartentisch zu kommen. Dort zog er die Hand, die er auf den Tisch gelegt hatte, in aller Eile zurück. Die Kopfwunde des stellvertretenden Deckoffiziers hatte eine Blutlache hinterlassen. Er wischte sich das Blut an seinem Overall ab und richtete das digitale Display auf das aus, was er sehen wollte.

Der OC2 Chief Petty Officer und PO Allen waren ebenfalls zugegen.

»XO, Zustand des Boots?« Helgesons Ton klang schärfer als beabsichtigt, aber angesichts der Umstände wusste er, dass sie damit umgehen konnte.

»Sir, die Technik hat den Wassereinbruch gestoppt und den Schaden repariert. Aber einen zweiten Schlag wie diesen verkraften wir nicht«, informierte ihn Evans.

»Gut, ich habe vor, uns in die Tiefe zu bringen und still und leise von hier zu verschwinden. Wir gehen bis knapp über die Belastungsgrenze hinunter und auf Schleichfahrt.« »Behalten Sie die Geschwindigkeit von fünf Knoten bei«, wies Helgeson den COB an. »Wir haben etwa 60 Prozent unserer Sonaranlageverloren. Ich will keinen Laut hören. Halten Sie die *Lubbock* über und vor uns und setzen

Sie unseren Schleppsonar vorläufig nicht ein. Wir nutzen den der
Dallas.«

Der COB nickte und wandte sich ab, um Helgesons Anordnungen
Folge zu leisten.

»Allen, sagen Sie mir bitte, dass Sie Master 4 aufgezeichnet
haben.«

»Jawohl, Sir. Die Aufnahme ist bereits beim
Kommunikationsoffizier, der sie während unserer nächsten
Übertragung nach Pearl durchgeben wird. Mit Beginn des Beschusses
wird die Marineaufklärung ebenfalls Oberflächenaufnahmen des
Kampfes gemacht haben. Was immer Master 4 ist, es ist in jedem Fall
neu.«

Helgeson ließ diese Aussage einen Augenblick auf sich einwirken.
Die *Texas* hatte einen perfekten Hinterhalt geplant, aber Master 4, ein
außergewöhnliches Schiff, hätte sie beinahe in die Knie gezwungen.
Diesen Gedanken ließ er schnell wieder fallen. Aber er wollte die
Gelegenheit haben, ein zweites Mal gegen dieses mysteriöse Schiff
anzutreten.

»XO, halten Sie das Boot aufgrund unserer Sonareinbußen ruhig,
bis wir Isla Socorro erreichen. Ich möchte mich nicht auf die Stabilität
unseres Rumpfs und die Orcas verlassen müssen.«

»Verstanden, Skipper, Ich bringe die Kinder ins Bett und schalte
das Licht aus.«

Helgeson lächelte seiner XO zu. Sie hatte ihren Humor
wiedergefunden. Und nach dem, was sie gerade durchgemacht hatten,
war das eine gute Sache. Der wachhabende Offizier überreichte
Helgeson den Einsatzbericht. Der Skipper überflog ihn kurz und zog
erstaunt die Augenbrauen hoch, als er zum Ende kam. Der OOD nickte
und strahlte.

»Herzlichen Glückwunsch, Skipper.«

Die XO nahm den Bericht, den Helgeson ihr hingehalten hatte und
fuhr sich mit einer Hand durch die Haare. »Sir, Sie haben über 100.000
Tonnen an chinesischen Schiffen versenkt! Das macht Sie offiziell zum
ersten U-Boot-Ass seit dem Zweiten Weltkrieg.«

Helgeson sah, dass ihn die gesamte Mannschaft der Brücke mit
stolzgeschwellter Brust anstrahlte. Er musste an die enorme Zahl der
chinesischen Seeleute denken, die er auf dem Gewissen hatte. Diesem
Gedankengang durfte er nicht folgen. Sie befanden sich im Krieg, und

nur einer konnte davonkommen, der Gegner oder die *Texas*. Lächelnd schüttelte er den Kopf.

»Legt euch nicht mit der *Texas* an!«

Kapitel Siebenundzwanzig
Murphys Gesetz

Tiefseeplattform HS9
13,3 nautische Meilen Nord-Nordwest von Havanna, Kuba

Die Spannung im Unterseeboot war spürbar, als die Soldaten ein letztes
Mal ihre Ausrüstung und ihre Waffen überprüften. Nach drei Tagen
Aufenthalt in diesem beengten U-Boot war es endlich soweit. Ihr
Einsatz stand bevor. Der Krieg hatte begonnen, und ihnen fiel die
Aufgabe zu, die Bohrinsel HS9 zu sichern, bevor sie in ein
Umweltdesaster verwandelt werden konnte.

»Commander Jankowski, wir sind auf Position. Ihr Team kann das
Boot verlassen«, informierte ihn der Kommandant des U-Boots, der
seinen Kopf in das Abteil der wartenden Sondereinsatzkräfte steckte.

Jankowski sah den Kapitän an. »Verstanden. Vielen Dank für die
Fahrt, Sir. Viel Glück bei Ihrer nächsten Mission.«

Der Kapitän lächelte ihm zu und kehrte auf die Brücke zurück.

Commander Walt ‚Jank‘ Jankowski drehte sich zu den beiden
Zügen um, die sich aus 32 SEALs und acht sie begleitenden EOD-
Technikern zusammensetzten. »Es ist soweit«, verkündete er gerade
laut genug, um von ihnen gehört zu werden. »Wir sind in Position.
Erinnern Sie sich an Ihr Training. Langsam ist problemlos, problemlos
ist schnell. Wir wollen die Plattform sichern, bevor sie wissen, was mit
ihnen geschieht.«

Allgemeines Nicken und einige »Oha« waren die einzigen
Antworten, die er erhielt. Nach und nach kletterten die Männer in die
Druckentlastungskammer. Diese verband sie mit den
Wartungskammern des U-Boots, in denen ihre Ausrüstung verstaut
war.

Jank folgte seinen Männern, sobald der erste Zug in der Kammer
war. Als Kommandant von SEAL-Team Zwei wollte er durch Vorbild
führen, was bedeutete, dass er einer der ersten sein sollte, der die
Ölplattform stürmte. Sie mussten die Wachposten in aller Eile
neutralisieren, um zu verhindern, dass sie die Rohre in die Luft jagten,
die über das Hauptrohr zu den Ölquellen tief am Boden des Ozeans
führten. Falls ihnen das nicht gelang, bot sich den gegnerischen
Soldaten die Chance, an der Südküste Floridas eine Umweltkatastrophe

hervorzurufen, die der Ölkatastrophe von BP im Jahr 2010 in nichts nachstehen würde.

Als alle in voller Tauchausrüstung bereitstanden, fluteten sie die Dekompressionskammer sowie die daran angeschlossenen Wartungsbereiche. Kurz darauf waren die SEALs bereit, die äußeren Türen des U-Boots zu öffnen und ihr SEAL-Transportfahrzeug nach draußen zu schieben. Da sie selbst in den Fahrzeugen keinen Platz finden mussten, hatten sie einen Großteil ihrer Ausrüstung daran befestigt. Sobald alle Teammitglieder das Boot verlassen hatten, begannen sie ihren langsamen und vorsichtigen Aufstieg an die Wasseroberfläche.

Dankbar erkannte Jank, dass sie sich direkt unter ihrem Ziel befanden – unter der Havanna-Skarabäus-9, kurz HS9 genannt. Die neuesten Aufnahmen und SIGINT bestätigten, dass die Chinesen den Betrieb der Bohrinsel übernommen hatten. So gut wie das ganze Personal an Bord war entweder chinesischer Herkunft oder gehörte dem kubanischen Militär an. Das bedeutete, dass jeder, der sich ihnen entgegenstellte, als Feind anzusehen war. Die Einnahme dieser Bohrinsel stellte den ersten Schritt in der Invasion Kubas und der Beendigung der Stationierung chinesischer Streitkräfte auf der Insel dar.

In der Floridastraße gab es drei große Bohrinseln, die direkt im Weg der Invasionsstreitkräfte lagen. Während sich Janks Team um diese Plattform kümmerte, würde der Rest von Team Zwei den beiden anderen einen Besuch abstatten.

Janks Kopf durchbrach die Wasseroberfläche. Erleichtert stellte er fest, dass der Seegang relativ ruhig war. Es war noch dunkel, bewölkt, mit leichtem Nieselregen. Weder der Mond noch die Sterne, die ihre Position hätten verraten können, waren zu sehen.

Einer der Trupps bewegte sich auf eines der im Meeresboden verankerten Standbeine zu, das sie in Kürze erklimmen mussten. Mit angelegten Waffen gaben sie ihr Bestes, die Verankerung auf Fallen oder mögliche Stolperdrähte zu untersuchen, die den Feind über ihre Anwesenheit alarmieren würde. Die EOD-Techniker machten ihre Arbeit. Zwei der acht Taucher untersuchten jedes der Standbeine auf Sprengstofffallen, ebenso wie das Hauptrohr, das direkt von der Bohrinsel hinunter zur Ölquelle unter dem Meeresboden führte. Sie wollten sicherstellen, dass die Chinesen oder Kubaner keinen

Sprengstoff an der Quelle deponiert hatten, den sie im Fall eines Angriffs auf die Ölplattform per Funk detonieren lassen konnten.

Janks Plan, die Bohrinsel einzunehmen, folgte dem typischen SEAL-Vorgehen: allseitige Umfassung des Ziels durch das simultane Erklettern der vier Standbeine der Ölplattform. Ohne Vorwarnung der Verteidiger nahm ihnen das die Möglichkeit, eventuell noch unentdeckte Sprengsätze detonieren zu lassen – falls den SEALs ihre Aktion gelang. Die Prioritäten des heutigen Tages lagen auf der Nutzung des Überraschungsmoments, der Ruhigstellung oder Tötung des gesamten Personals an Bord, und der Verhinderung einer ernsthaften Beschädigung oder gar der Zerstörung der Einrichtung.

Der einzige leichte Tag war gestern, dachte Jank, während sich jeder der Beteiligten seiner individuellen Aufgabe widmete.
****

Das Team verbrachte beinahe eine ganze Stunde mit ihren sorgfältigen Untersuchungen, bevor die Männer es für sicher genug hielten, ihren Aufstieg auf die über ihnen liegende Plattform zu beginnen. Bisher hatten sie zwei umherwandernde Patrouillen auf dem unteren Deck der Insel registriert. Gelegentlich sah einer der feindlichen Soldaten in das dunkle, unergründliche Wasser hinunter und suchte mit seiner Taschenlampe die Wasseroberfläche ab. Diese Situation stellte für die SEALs die größte Gefahr dar. Die Bohrinsel verfügte weiter über Strom, der den Betrieb einer Vielzahl von Flutlichtern erlaubte. Demgegenüber standen der Regen und der sich schnell entwickelnde dichte Nebel auf der Seite des SEAL-Teams. Das schlechte Wetter verhinderte, dass die Wachen mehr Zeit als absolut nötig auf ihren Rundgang verschwendeten.

Janks Männer taten das, was sie am besten konnten – sie nutzten das schlechte Wetter zu ihrem Vorteil aus. Dabei half ihnen, dass die Seegangskala des Meers während der letzten drei Tage zwischen drei und vier angezeigt hatte, mit Wogen von einem halben bis zu zweieinhalb Metern Höhe, begleitet von unablässigem Regen oder gleichmäßigem Nieseln – typisch für das Ende der Orkansaison. Normalerweise hätte ihnen der Regen das Besteigen der Plattform erschwert, aber die Geeks von DARPA hatte SOCOM wieder einmal einen Gefallen erwiesen. Sie hatten den sogenannten Gecko-Tauchanzug sowie ein Aufstiegssystem entwickelt, mit dessen Hilfe der

Träger die Seite eines Schiffes oder wie hier, einer riesigen Ölplattform relativ einfach erklimmen konnte.

Im Prinzip handelte es sich dabei um ein aufgerolltes Kabel in einem Gehäuse, das einem runden, autonomen Bodenstaubsauger ähnelte. Diese Vorrichtung kletterte eigenständig an einer steilen Wand nach oben und zog den Aufsteiger hinter sich her. Der unbestrittene Vorteil und der Grund, wieso die SEALs hier dankbar für diese Art von Klettergerät waren, war der, dass er ihnen die Hände zum Tragen ihrer Waffen freihielt.

Angesichts der Tatsache, dass alle zehn Minuten eine herumwandernde Patrouille auf das untere Deck herabsteigen und einen Blick auf die Wasseroberfläche werfen konnte, war dies ein überzeugendes Argument. Die Chancen standen gut, dass eines der Teams während seines Aufstiegs diese Wachen beseitigen oder auf andere Bedrohungen reagieren musste, die auf dem Weg zum unteren Deck überraschend auftreten konnten.

Der einzige Nachteil dieses neuen Systems war seine Geschwindigkeit. Das verdammte Gerät kam beim Erklettern des metallenen Standbeins nur quälend langsam voran – was die Notwendigkeit freier Hände zum möglichen Einsatz ihrer Waffen weiter unterstrich.

Jank sah auf seine Resco-Taucheruhr. Die beleuchtete Anzeige zeigte ihm an, dass es genau 3 Uhr und fünf Minuten war – Zeit, mit ihrem Aufstieg zu beginnen. Er klopfte seinem Schwimm-Buddy auf die Schulter und zeigte nach oben. Zusammen befestigten sie den Kletterer an dem Standbein und starteten ihn auf dem Weg zum untersten Deck.

Während acht SEALs rund um die Ölbohranlage aus dem Wasser stiegen, blieben acht ihrer Kollegen mit auf das 20 Meter über ihnen befindliche Geländer gerichteten Waffen zurück. Sofort nachdem die erste Gruppe ihr Ziel erreicht hatte, würde sie eine Sicherheitszone auf dem Deck einrichten, bis der Rest des Teams zu ihr aufgeschlossen hatte.

Janks Staubsauger zog ihn langsam aus dem Wasser nach oben. Dabei beobachtete Jank, wie Chief Petty Officer Vance Cummings im Wasser unter ihm ein kleines Objekt in die Luft warf. Eine Sekunde lang schien es schwerelos zu schweben, bevor es aktiv wurde und geräuschlos vor den SEALs zur Plattform hinaufstrebte.

Cummings hatte eine der neuen PD-100 Black Hornet II Nanodrohnen freigesetzt, die die SEALs erst seit Kurzem in all ihre Operationen integrierten. Diese kleinen Bürschchen waren speziell für die Seekriegsführung der Sondereinheiten entwickelt worden. Sie arbeiteten mit zwei gegenläufigen Motoren, die die stürmischeren Winde des Meeres berücksichtigten.

Die Nanodrohnen verfügten über zwei Infrarotkamerasysteme und eine farbechte Nachtsichtausstattung, die Echtzeitaufnahmen an alle SEALs über spezifisch für sie entwickelte 180 Grad-Tauchmasken weitergaben. Eingebaut in diese Masken waren interne Monokulare zur Unterstützung der NAVSPECWAR. Sie waren das Äquivalent zu den Blue Force Trackern, die es den landbasierten SEAL-Kommandanten ermöglichte, den Aufenthaltsort ihrer Leute zu bestimmen. Die Tauchmasken erlaubten ihren Trägern, das zu sehen, was die Drohnen sahen. Das machte ihnen das Einstellen auf eine mögliche Bedrohung leichter und verringerte die Gefahr, der sie ausgesetzt waren. Dieser neueste Ausrüstungsgegenstand in Verbindung mit den Mikrodrohnen gewährte den SEALs beinahe einen Rundumüberblick über ihr gesamtes Umfeld.

Jank verfolgte, wie die Drohne über die Plattform hinausflog, auf die er zuhielt, bevor sie kurz darauf etwa 30 Meter über der Vorrichtung Stellung bezog. Innerhalb von Sekunden hatte sie sechs Gegner an der Westside des Bohrturms identifiziert. Eine zweite Drohne hielt sich ganz in der Nähe der aufsteigenden SEALs auf und zeigte an, dass auf der unteren Plattform, der sie sich näherten, keine weiteren Bewegungen zu verzeichnen waren.

Unglücklicherweise schnappte eine der Drohnen kurz bevor die Männer das untere Deck erreicht hatten, die frustrierende Aussage einer zwei-Mann-Patrouille auf, dass sie auf dem Weg zur unteren Plattform sei.

Verdammt, die Kerle müssen wir aus dem Verkehr ziehen, und zwar schnell, war Janks erster Gedanke.

Jank drückte auf eine Stelle an seiner Gesichtsmaske und lud das zu der Tonaufnahme der Drohne passende Videobild hoch. Zwei chinesische Soldaten stiegen die Metallstufen der Treppe herunter – auf den Laufsteg zu, der sie direkt auf seine Seite führen würde.

Jank war klar, dass hier eine unmittelbare Entscheidung gefordert war. Er richtete seine schallgedämpfte SIG M11A1-Pistole auf die

Soldaten. Ihr Abstieg schien eine Ewigkeit zu dauern. Schließlich setzte der erste Soldat einen Fuß auf das Deck und hielt inne. Er zog eine Packung Zigaretten aus der Tasche seiner Uniform und zündete sie an.

Sein Freund sagte etwas, das die Drohne nicht erfassen konnte. Schließlich schlenderten die beiden Männer entlang des Decks zum Ende der Plattform hinüber, wo Jank verharrte und den Weg der Soldaten verfolgte. Beide hatten eine Zigarette im Mundwinkel, die Gewehre hingen ihnen nachlässig über der Schulter – sie hatten nicht die geringste Ahnung, was in Kürze geschehen würde.

Ohne darüber nachzudenken, allein auf die zwei Jahrzehnte seines Trainings gestützt, drückte Jank ab. Er traf die erste Wache in den Kopf, bevor er sich ohne zu zögern direkt dem zweiten Posten zuwandte, dem er zweimal in die Brust und einmal in den Kopf schoss. Dem Mann blieb nicht einmal genug Zeit, um zu registrieren, dass sein Freund getroffen worden war. Beide stürzten zu Boden. Mit einem lauten Klirren schlugen ihre Waffen neben ihnen auf dem metallenen Laufsteg auf.

Die Drohne über Janks Trupp hatte entdeckt, woher die Soldaten gekommen waren. Um den Patrouillen einen gewissen Schutz vor den Elementen zu gewähren und ihnen zwischen ihren Runden eine Möglichkeit zum Sitzen zu bieten, hatte jemand eine Art Markise befestigt. Unter der saßen in dieser Nacht mehrere Soldaten, die sich rauchend unterhielten, offensichtlich im Unwissen darüber, dass der Krieg ausgebrochen war.

Sobald der erste Trupp SEALs auf dem unteren Deck stand, klopfte Jank Cummins auf die Schulter und bedeutete ihm, dass es an der Zeit war, den Ort zu sichern. Das zweite Team von acht Männern war bereits auf halbem Weg nach oben, während sich die dritte und letzte Gruppe der SEALs auf ihren Aufstieg vorbereitete.

Basierend auf den Informationen der Drohnen, verschaffte sich Cummins einen schnellen Überblick über ihre Umgebung. Über ihr internes Kommunikationsnetzwerk schickte er Jank eine kurze Nachricht mit der Empfehlung, als Erstes die Gruppe der Soldaten auf dem Deck über ihnen auszuschalten. Sie stellte gegenwärtig die größte Bedrohung dar.

Jank war ganz seiner Meinung, woraufhin Cummins ihren Männern Anweisungen gab. Er beauftragte vier Mitglieder ihres Teams damit, die sechs gegnerischen Soldaten, die sich unter der Markise aufhielten, aus dem Weg zu räumen.

Obwohl Jank nicht an diesem Unternehmen teilnehmen musste, entschied er sich dafür, sie zu begleiten. Er bevorzugte es, die Sicherung der nächsten Ebene im Auge zu behalten, nur für den Fall, dass etwas schiefgehen sollte und sie ihren ursprünglichen Plan ändern mussten.

Beim Erreichen der nächsten Ebene hörte Jank Stimmen, die sich auf Chinesisch unterhielten und laut auflachten. Einer der Männer zeigte den anderen etwas auf seinem Handy, was sie erneut zum Lachen brachte.

Während die Chinesen anderweitig beschäftigt waren, arbeitete sich Jank mit vier seiner Männer behutsam näher an sie heran. Die Unterhaltung und das unbeschwerte Gelächter der Wachen setzten sich fort, ohne dass sie auch nur einen Gedanken auf die Gefahr verschwendeten, die im tiefen Schatten auf sie lauerte.

Einer der Chinesen musste den Wunsch nach seiner nächsten Zigarette verspürt haben. Er drehte sich um und schnippte sein Zippo an. In gleichen Moment schlug in einigen Kilometern Entfernung ein Blitzschlag in das Wasser ein, der den Bereich um die chinesischen Soldaten herum drastisch erhellte. Und plötzlich war das Dunkel, hinter dem sich die SEALs versteckt hatten, nicht mehr ganz so dunkel.

Der feindliche Soldat, der in ihre Richtung sah, hielt inne. Er schien sie zu sehen, schien aber gedanklich nicht begreifen zu können, welches Bild sich ihm da bot. Nach einem Zögern versuchte der Soldat schließlich, sich sein QBZ-03 Sturmgewehr von der Schulter zu ziehen.

Zu spät. Bevor ihm dies gelang, flog sein Kopf nach hinten. Eine einzelne 9mm-Unterschallpatrone aus einer schallgedämpften Sig M11A1 hatte ihr Ziel gefunden. Den verbliebenen Chinesen blieb kaum die Zeit, den Tod ihres Kameraden zu registrieren, bevor eine lange Reihe unterdrückter Geräusche anzeigte, dass Kugeln auf weiches Fleisch einschlugen. In weniger als zwei Sekunden lagen sechs Wachleute auf dem Boden; ein lebloser Haufen, der für niemanden mehr eine Gefahr darstellte.

Jank drückte auf die Taste seines Funkgeräts und flüsterte verhalten in sein Kehlkopfmikrofon. »Chief Cummins, Ziele neutralisiert. Ist die Kilo-Gruppe bereit?«

»Kilo ist oben. Julia ist auf dem Weg«, kam die kurze Antwort.

Wenig später waren die Aufgaben der SEALs verteilt. Das Räumen der Decks konnte beginnen.

Der Zug teilte sich auf und machte sich an die Arbeit. Der Julia-Gruppe, gemeinsam mit den EOD-Technikern, kam die Aufgabe zu, die unteren Ebenen der Bohrinsel zu räumen und sicherzustellen, dass die Ölrücklaufrohre und Lagertanks nicht mit Sprengstoffladungen versehen waren. Die Kilo-Gruppe war für die Sicherung des oberen Teils der Bohrinsel und des Kontrollraums verantwortlich.

Jank verfolgte, wie sich sein Trupp vorwärts bewegte – jeder Mann war die Deckung seines vor ihm gehenden Kameraden. Das Erreichen einer offenen Tür brachte alle zum Stehen. Vorsichtig durchsuchten sie jeden Raum und erklärten ihn für sicher. Die SEALs konnten es sich nicht leisten, einen Raum voller Gegner in ihrem Rücken zu übersehen, während sie sich durch die Anlage vorarbeiteten.

Als sie sich einem Treppenaufgang näherten, entdeckten sie zwei Wachen, die auf sie zukamen. Auch sie hatten keine Ahnung von der Anwesenheit der Amerikaner. Der SEAL an der Spitze drückte mehrmals auf den Abzug seiner schallgedämpften Mk 16 SCAR-L. Die Patrouille fiel die Stufen hinunter und landete vor ihren Füßen.

Kurz hielten alle den Atem an und horchten, ob jemand die Schüsse gehört oder den Sturz der Leichen mitbekommen hatte.

Das erste Magazin ihrer Sturmgewehre war mit 5.56 mm Unterschall-Kugeln geladen. Obwohl sie nicht vollkommen geräuschlos waren, waren sie bei Weitem leiser als die restlichen Magazine in ihren Magazintaschen.

Da sich niemand zeigte, um das verdächtige Geräusch, das er gerade gehört hatte, näher zu untersuchen, setzten sie ihren Weg zum Kontrollraum fort. Dort postierte sich der erste und zweite Trupp rechts und links von der Tür und wartete auf den Einsatzbefehl. Trupp Drei und Trupp Vier folgten den Gängen dieses Decks, um weiter ihrer Aufgabe der Eliminierung feindlicher Kräfte nachzugehen.

Der Gruppenführer, ein Mann mit dem Spitznamen Scarface, griff mit der linken Hand nach dem Türknauf des Kontrollraums und drehte ihn behutsam nach rechts. Er war dafür verantwortlich, ihnen Zugang zum Kontrollraum zu verschaffen. Kurz zählte er an den Fingern seiner anderen Hand rückwärts.

Drei ... zwei ... eins ...

»Zugriff!«, schrie Scarface, damit alle um ihn herum ihn hören konnten.

Mit seinem an die Schulter gestützten FN SCAR-Sturmgewehr sprang er kampfbereit weit nach rechts in den Raum hinein, um dem Mann hinter sich Platz zu machen. Der wiederum drang eiligst nach links vorne und ermöglichte damit dem dritten Mann den Zugang zur Mitte des Raums.

Scarface feuerte mehrere Schüsse ab, während der zweite SEAL zwei Schüsse abgab. Ihr dritter Mann gab drei Schüsse auf den Soldaten in der Mitte des Zimmers ab, bevor er den Alarmknopf betätigen konnte.

Zwei chinesische Soldaten, die bislang vom Kugelhagel verschont geblieben waren, suchten Deckung unter einem Tisch. Einer von ihnen hatte in Windeseile sein QBZ-Sturmgewehr gezogen und schickte den vordringenden SEALs ein Trommelfeuer an Munition entgegen.

Jank war dabei, seinem vierten Mann in den Raum zu folgen, als dessen Körper auf ihn zurückprallte. Beide Männer fielen rückwärts durch die Tür und schlugen auf dem Deck hinter ihnen auf.

Bereits vor ihrem Aufschlag auf das Deck wusste Jank, dass der SEAL, der auf ihm lag, tot war. Er machte keinerlei Anstalten, sich zu bewegen. Jank schob die Leiche links von sich herunter. Er war grimmig entschlossen, mit seiner eigenen SCAR denjenigen zu stellen, der ein Mitglied seines Teams beim Eindringen in den Kontrollraum das Leben gekostet hatte.

Bevor jedoch wieder auf den Beinen war, hörte er, wie seine Männer bereits ein »Alles klar« ansagten. Der Kontrollraum war gesichert und gehörte ihnen.

Der Waffenlärm hatte nun mit Sicherheit den Rest des Wachpersonals darüber informiert, dass sich fremde Personen auf ihrer Bohrinsel aufhielten. Es würde nicht allzu lange dauern, bevor es zu weiteren Schießereien kam. Jank und seine Teams mussten sich beeilen, die fremden Kräfte zu neutralisieren und die Ölplattform endlich in ihre Hand zu bekommen.

Beim Betreten des gesicherten Kontrollraums sah Jank, dass Chief Cummins bereits dabei war, die Pumpen der Bohrinsel abzustellen und weitere Sicherheitsvorkehrungen zu treffen, die das Auslaufen von Öl in den Golf verhindern würden. Ein anderer SEAL legte reihenweise die Schalter um, welche die gesamte Anlage mit Licht und Strom versorgten. Wenn die Einrichtung im Dunkeln lag, erlaubte dies den SEALs den Gebrauch ihrer Nachtsichtbrillen – ein großer Vorteil gegenüber ihren nachtblinden Feinden.

Nachdem sie dann auch noch sowohl die interne als auch die externe Kommunikation mit dem Festland sabotiert hatten, funkte Jank den Anführer des Trupps Julia, Lieutenant Jack ‚Nipsey' Russell an.

»Amboss Zwei, Amboss Leiter hier. Kontrollraum gesichert. Situationsbericht? Ende.«

Nach einer langen Pause kam eine geflüsterte Antwort.

»Amboss Leiter, Amboss Zwei hier. Wir sind dab…«

Jank blieb keine Zeit, weitere Fragen zu stellen. Eine gewaltige Explosion schleuderte die im Kontrollraum beschäftigten SEALs auf das Deck. Eine zweite und dritte Explosion folgten – sicher nicht das, was Jank auf einer Ölplattform mitten im Ozean hören wollte.

Jank befahl zwei seiner Männer, im Kontrollraum zu bleiben. Die restlichen fünf sollten ihm auf die untere Ebene folgen, auf der sich Trupp Julia aufhielt. Sie mussten herausfinden, was da, verdammt noch mal, gerade passiert war.

Schnell schickte er den Befehl an Trupp Drei und Trupp Vier, die Räumung der oberen Ebene der Plattform und des Helikopterlandeplatzes fortzusetzen. Jetzt, nachdem der Kontrollraum gesichert war, würde innerhalb kurzer Zeit eine Kompanie Marinesoldaten zu ihrer Unterstützung eintreffen.

Jank und seine Begleiter rannten mit schussbereiten Waffen auf die Treppe zu, die sie nach unten bringen würde.

»Amboss Zwei, Amboss Leiter. Situationsbericht! Ende«, funkte Jank erneut.

Das Team lief die Treppen nach unten, wo es innehielt, um ihre Kameraden zu orten. Das Einzige was sie hörten, waren sporadische Schüsse innerhalb des geschlossenen Mannschaftsbereichs der Bohrinsel. Die SEALs postierten sich an den Seiten der Tür und bereiteten sich auf das Eindringen vor.

In dem Moment, in dem sie die Tür aufbrechen wollten, öffnete sie sich von innen und Petty Officer Carlson vom Julia-Trupp fiel ihnen entgegen. Der Mann hatte eine schreckliche Wunde an seinem Arm, den er sich vor die Brust hielt. Überrascht sah er seine Kameraden an und brach dann vor ihnen zusammen.

Jank versuchte, den Sturz des Mannes abzufangen. Stattdessen fiel er zusammen mit dem Mann in seinen Armen zu Boden. Carlson war bei Bewusstsein, verlor aber eine Menge Blut.

»Was ist passiert?«, fragte Jank.

Carlson hustete Blut, während er stotternd zu einer Erklärung ansetzte. »Wir haben ein Zimmer nach dem anderen geräumt … ohne Probleme. In einem Raum hörten wir … wie Leute sich unterhielten. Wir reihten uns … zum Eindringen auf … wollten eine Blendgranate werfen, als sie plötzlich … durch die Wand hindurch … das Feuer auf uns eröffneten.«

Carlson hustete, und noch mehr Blut floss aus seinem Mund. Unter großer Anstrengung versuchte er, wieder zu sprechen. »Wir müssen einen Alarm ausgelöst haben … denke ich, und dann …« Er hustete weiter Blut und klang dabei, als ob er gurgeln oder daran ersticken würde. Bevor er den Satz beenden konnte, erlag er seinen Verletzungen.

»Zwei Einschüsse in den Rücken, Jank. Wir konnten nichts tun«, stellte einer der Männer aus Carlsons Gruppe fest.

Jank zog sich erneut die Nachtsichtbrille vor die Augen und bedeutete seinen Männern, in den Flur vorzudringen, aus dem Carlson gerade gekommen war. Der Feind wusste von ihrer Anwesenheit, das würde es weit gefährlicher machen, die verbliebenen Decks zu sichern. Dazu kam noch, dass ihnen für die erfolgreiche Beendigung ihrer Mission nicht mehr allzu viel Zeit blieb.

Beim Vordringen in das Innere der Plattform hörten sie weitere Schusswechsel zwischen chinesischen und amerikanischen Waffen, die in den Korridoren widerhallten. Spanisch und chinesisch sprechende Stimmen schrien sich gegenseitig etwas zu, als ob sie koordinieren wollten, wer was wann wo tun sollte.

An der ersten Kreuzung reihte sich Janks Fünf-Mann-Team hinter ihm auf – bereit, in den Flur vorzudringen, aus dem der Lärm der Schießerei zu hören war. Mit einer Blendgranate in der Hand ließ Jank seine Männer wissen, dass er bereit zum Abwurf war. Er zog den Stift aus der Granate und sah gerade lang genug um die Ecke, um sie mit Schwung zu werfen.

Sofort danach drehte er den Kopf, schloss die Augen und öffnete den Mund in Vorbereitung auf die erwartete Erschütterung und den Lichtblitz, der die Verteidiger blind machen würde.

Päng!

Mit erhobener Waffe spurtete Jank um die Ecke und stürzte auf die Stelle zu, an der er die feindlichen Soldaten vermutete. Er entdeckte ein halbes Dutzend gegnerische Soldaten, die vorübergehend blind und in verschiedenen Stadien des Schocks herumirrten. Einer von ihnen feuerte wild mit seiner Pistole in die ungefähre Richtung der vordringenden SEALs um sich.

Jank zielte auf den ersten Mann, der ihm vor die Waffe lief, und drückte ab. Er schlug mehrere Male in die Brust getroffen nach hinten auf dem Boden auf. Jank rückte weiter entlang der rechten Seite des Raumes vor. Er wusste, dass der Mann hinter ihm die linke Seite übernehmen würde. Innerhalb von Sekunden hatte sein Team die acht feindlichen Soldaten, die ihren Schwester-Trupp unter Beschuss genommen hatten, beseitigt.

»Alles klar!«, rief Chief Cummins, nachdem die SEALs den letzten Verteidiger aus dem Weg geräumt hatten.

Janks Sanitäter rannte zu den fünf SEALs des Julia-Trupps hinüber, die blutend auf dem Boden kauerten. Alle waren angeschossen oder durch Schrapnelle verletzt.

Lieutenant McCarthy, der stellvertretende Anführer des Trupps war am leichtesten verletzt. Er war jung, und die gewaltsame Auseinandersetzung hatte ihn aufgeputscht. Er wollte Rache für den Verlust seiner Kameraden. Chief Cummins gab sich Mühe, ihn zu beruhigen, damit der Sanitäter ihn versorgen und wieder einsatzbereit machen konnte. Lieutenant McCarthy musste in der Lage sein, rational zu denken, um zur Versorgung seiner verwundeten Teammitglieder beitragen zu können, anstatt für sich selbst oder andere eine Gefahr darzustellen.

Nach der Rettung der Gruppe hörte Jank über ihr Task Force-Netzwerk, dass ihr Reservezug es endlich auf die Bohrinsel geschafft hatte. Gemeinsam mit den beiden Trupps des Kilo-Zuges waren sie dabei, den Rest der Bohrinsel zu räumen.

Janks Funkgerät krächzte mit einer eingehenden Nachricht. »Amboss Leiter, Hammer hier. Hören Sie? Ende.« Es war Blade, der Anführer der zweiten Hälfte der Task Force. Reservezug Lima war wie die Kavallerie eingetroffen, um ihre Kampfkraft zu der Einnahme der Ölbohrinsel beizusteuern.

»Hammer, Amboss Leiter hier. Sprechen Sie«, stieß Jank aufgeregt hervor. Sein Adrenalinstoß hatte gerade den Höhepunkt erreicht.

»Amboss Leiter, warum verhelfen wir den Jungs nicht zu süßen Träumen?«

Hammer bezog sich auf eine Methode, die die SEALs zur Schiffs- und Bohrinseleinnahme entwickelt hatten. Normalerweise setzten sie KO-Gas ein, um eine Gruppe von Gegnern unter Kontrolle zu bekommen, die nichts von ihrer Anwesenheit ahnen sollten. Da die verbliebenen chinesischen und kubanischen Soldaten wussten, dass ihre Plattform überrannt wurde, konnte das Gas in diesem Fall die Gefahr, der die SEALs durch ihre Entdeckung ausgesetzt waren, drastisch verringern.

»Hammer, Amboss Leiter. Gute Idee!«

Jank bedeutete seinen Männern, ihre Gasmasken anzulegen und schickte eine kurze Nachricht an den Rest des Teams, um es entsprechend vorzubereiten. Gerade als sie ihre Masken anlegten, hörten sie schwere Schritte von Stiefeln, die im Flur vor ihnen im Laufschritt auf sie zukamen. Chief Cummins befahl allen, sich auf den Boden zu legen, bevor eine Gruppe chinesischer Soldaten mit schussbereiten Waffen um die Ecke stürmte. Beim Anblick ihrer toten Kameraden blieben sie abrupt stehen. In den wenigen Sekunden, in denen sie zu verstehen versuchten, was geschehen war, eröffneten die SEALs das Feuer. Vier feindliche Soldaten fielen tödlich getroffen zu Boden.

Ihre Verstärkung ließ allerdings nicht lange auf sich warten. Mehr eilige Schritte waren auf dem Weg, ihren Kameraden beizustehen.

Beeil dich, Hammer, dachte Jank.

****

Lieutenant Chris ‚Hammer' Iverson sah zu, als einer seiner SEALs die Gasflaschen, denen sein Team den Spitznamen Süße Träume gegeben hatte, an das Klimasystem anschloss. Iverson gab ihm das Daumen-hoch-Zeichen, woraufhin ein anderer den Klimaregler auf die Höchststufe stellte.

»Amboss Leiter, Hammer hier. Das Gas ist im Umlauf. In wenigen Minuten sollten Sie freien Weg nach oben haben. Alle Luken, die ich vom Kontrollraum aus versiegeln konnte, sind dicht. Ich schlage vor, dass Sie von Ihrer gegenwärtigen Position aus den südwestlichen

Ausgang benutzen. Die interne Videoüberwachung zeigt einen ungehinderten Abzug.«

»Hammer, Amboss Leiter hier. Verstanden. Wir sind in zehn Minuten bei Ihnen«, erwiderte Jank.

Auch der Rest der SEALs nahm sich Zeit, um sicherzugehen, dass kein Mitglied ihrer Gruppe zurückblieb. Danach teilten sich die Züge wieder in ihre Trupps auf und räumten systematisch und innerhalb kürzester Zeit jeden Bereich der Bohrinsel. Die bewusstlosen chinesischen oder kubanischen Soldaten, die sie vorfanden, wurden entwaffnet und an den Händen gefesselt. Jeder Anführer eines Trupps markierte auf der elektronischen Karte auf seinem Tablet den Fundort der feindlichen Soldaten.

Da die Plattform nun gesichert war, befand sich bereits eine Gruppe Marinesoldaten vom Luftwaffenstützpunkt MacDill in Tampa, Florida, in der Luft, um die SEALs abzulösen und deren Verwundete und die Gefangenen abzuholen.

In der Nähe des Hubschrauberlandeplatzes sahen Jank und Hammer auf Kuba hinüber. Die Insel war zu weit entfernt, um tatsächlich Land zu erkennen. Das war nicht der Grund, weshalb sie in diese Richtung schauten. Es war noch dunkel, aber in Kürze würde ein andersartiges Licht die Dunkelheit erhellen.

»Ich glaube, das ist das erste Mal, dass ich einen vom Meer aus abgefeuerten Marschflugkörper sehe«, meinte Hammer.

Jank lachte leise. »Wenn ich darüber nachdenke, geht es mir genauso. Sollte interessant werden. Ich hoffe nur, dass sie gute, schmerzhafte Treffer erzielen.«

In etwa vier bis fünf Kilometern Entfernung stieg ein Blitz von der Wasseroberfläche auf. Gleich darauf hörten sie das Geräusch eines startenden Motors, als die Rakete zündete und in die Luft aufstieg. Dieser Vorgang wiederholte sich noch dreizehnmal. Das erste amerikanische Unterseeboot, das verdeckt sowohl mit Diesel- als auch mit elektrischem Antrieb in Küstennahe patrouillierte, hatte die erste Salve des amerikanischen Gegenschlags in diesem neuen Krieg abgefeuert.

****

Fünfundvierzig Minuten nach dem Angriff mit den Marschflugkörpern tauchten einige MV-22-Ospreys am Horizont auf – die Marinesoldaten von MacDill waren endlich da. Mit dem Aufsetzen der ersten Osprey auf dem Landeplatz sprangen die Marines bereits aus dem Hubschrauber, um Platz für die verwundeten SEALs zu machen.

Der Verwundetentransport kehrte umgehend in Richtung Luftwaffenstützpunkt MacDill in Tampa zurück. Zuvor würde er die Verwundeten ins Tampa General Hospital fliegen, eines der wenigen Traumazentren der Stufe III im Staate Florida.

Nach der Landung der zweiten Osprey mussten sich die SEALs der traurigen Pflicht unterziehen, die Leichen von acht ihrer gefallenen Kameraden an Bord zu bringen. Diese Osprey kehrte direkt nach MacDill zurück, wo die Opfer des Kriegs der Pathologie übergeben wurden.

Nachdem das gesamte Kontingent an Marinesoldaten eingetroffen war, fiel ihnen entweder die Aufgabe zu, die Gefangenen einzusammeln oder die Sicherheit der Bohrinsel zu garantieren. Die Gefangenen mussten zum Hubschrauberlandeplatz gebracht werden, um dort auf die Ankunft von drei Sikorsky CH-53E Super Stallions zum Abtransport in das Armeegefängnis zu warten, das gegenwärtig in Zentralflorida, südlich von Orlando, in Avon Park eingerichtet wurde.

Der Kampf um die HS9 war vorbei, aber der Kampf, die Chinesen aus Lateinamerika zu vertreiben, hatte gerade erst begonnen.

Kapitel Achtundzwanzig
Drachenfeuer

Einsatzführungskommando
20 Kilometer nordwestlich von Peking, China

Beim Lesen der Berichte der Task Force 742 verkrampfte sich Admiral
Wei Huangs Magen. *Ein Flugzeugträger – in den ersten Stunden des
Kriegs verloren ...,* dachte er, während die anderen Mitglieder des
JBCC die ihnen vorliegenden Informationen verarbeiteten.

» General Gao, ich glaube, wir haben die amerikanische Antwort
auf Ihre Cyberarmee. Verdammt gute Arbeit, diesen Einrichtungen das
Licht auszuknipsen«, entfuhr es General Li Zuocheng. Er wandte sich
auf seinem Stuhl zu Admiral Wei. »Ihre Handelsstörer werden in Kürze
mit ihren Angriffen beginnen, ist das richtig?«

Alle Augen sahen auf den Mann, der für die nächste Phase des
Angriffs auf den Westen verantwortlich war.

Wei sah auf seine Uhr, bevor er dem Vorsitzenden der PLA
antwortete. »Korrekt. Unsere Handelsstörer werden ihre
Raketenangriffe entlang den Ost-, West- und Golfküste der Vereinigten
Staaten beginnen. Gleichzeitig werden mehrere europäische Häfen und
strategische Militäreinrichtungen unter Beschuss genommen. Im Lauf
der nächsten Stunden steht den Marine- und Luftstreitkräften des
Westens der größte, einzigartigste Angriff seit dem Zweiten Weltkrieg
bevor.«

»General Li, General Gao und Admiral Wei haben ihren Teil zu
diesem Krieg beigetragen«, fügte Präsident Yao Jintao hinzu. »Die
Last, den Endsieg zu erreichen, ruht nun auf den Schultern unserer
Armee. Die bevorstehenden Angriffe werden die Alliierten für geraume
Zeit aus dem Gleichgewicht bringen. Ihre Streitkräfte müssen diese
Zeit nutzen, um die ihnen auferlegten Missionen zu erfüllen und das
eingenommene Gebiet für uns zu sichern.«

Der Vorsitzende der PLA nickte einvernehmlich. Diesen Worten
hatte er nichts mehr hinzuzufügen. Die Anwesenden wussten, wie viel
davon abhing, dass sich seine Einsatzkräfte in den kommenden
Wochen bewährten. Nach beinahe zwei Jahrzehnten der
Modernisierung und des Trainings war nun die Zeit gekommen, das

Erreichte aufs Spiel zu setzen und zu beweisen, dass nicht alles vergebliche Liebesmüh gewesen war.

General Li sah zu Dr. Xi hinüber. »Gibt es Abweichungen in den Vorhersagen der Modelle, die Ihre KI entwickelt hat? Sind sie weiter gültig?«

Diesem Teil des Plans brachte die chinesische Führungsriege das geringste Vertrauen entgegen. Konnte Projekt Zehn tatsächlich der ausschlaggebende Faktor zum Gewinn einer militärischen Auseinandersetzung sein? Die Strategie, das Bestreiten eines Kriegs einer Künstlichen Intelligenz zu überlassen, schien unglaublich riskant.

»Zu diesem Zeitpunkt sind die Modelle weiterhin gültig, General. Nach dem Verlust der *Liaoning* berechneten wir, welchen Effekt der Ausgang dieses Kampfes auf die Gesamtstrategie haben wird. Schließlich haben wir in dieser Schlacht neben der *Liaoning* auch noch ein Truppenschiff, einen Zerstörer und eine Fregatte verloren. Zum Glück ist der Großteil der Task Force intakt, und die *Shandong* hat keinen Schaden erlitten.

»In 30 Minuten beginnt die nächste Welle der Deepfake-Angriffe, die von Europa aus Amerika überrollen wird. Mit dem Beginn ihres Arbeitstags werden die Europäer unter einer Flut von Informationen ertrinken, wieso uns nach dem Präventivschlag der NATO gegen das unschuldige chinesische Volk keine andere Wahl blieb, als auf diesen grundlosen, nicht provozierten Angriff zu reagieren«, erklärte Dr. Xi voller Selbstvertrauen. Der Mann strahlte einen unbändigen Enthusiasmus aus. Seine Super-KI wurde endlich auf die Welt losgelassen – genauso, wie er sich das vor vielen Jahrzehnten mit der Erfindung dieses Programms vorgestellt hatte.

»Admiral Wei, ich denke, es ist an der Zeit, mit der nächsten Phase der Operation zu beginnen«, sagte Präsident Yao zuversichtlich.

Admiral Wei erwiderte nicht sofort. Er warf dem Präsidenten einen Blick zu, der ihn fragte, ob dies tatsächlich nötig war, bevor er vor das Computerterminal trat, ein gesichertes Textfeld öffnete und ein einzelnes Codewort eingab. Dann drückte er auf die Sendetaste.

»Es ist vollbracht. Die Nachrichten sollten es uns in nicht allzu langer Zeit bestätigen«, versicherte ihm Wei bedrückt.

»Nur Mut, Wei. All das gehört zum Plan. Er wird funktionieren. Sorgen Sie sich nicht. Ihre Verluste werden nicht umsonst sein«, sagte

der Präsident düster und legte dem alten Mann eine Hand auf die
Schulter.

Die Gruppe widmete ihre Aufmerksamkeit nun einer Reihe von
Fernsehgeräten, die aus diesem besonderen Anlass an einer Wand
installiert worden waren. Jedes Gerät zeigte einen anderen Sender, in
der Hoffnung, dass ihnen das einen breiten Überblick über die Vielfalt
der Berichterstattung des Geschehens verschaffen würde.

Während sie den Beginn der nächsten Angriffsphase abwarteten,
servierte ihnen ein Steward frisch aufgebrühten Tee und eine Mahlzeit.
Sie gingen davon aus, die nächsten 24 Stunden abgeschieden in diesem
Konferenzzimmer des Kommandozentrums zu verbringen. Im riesigen
Kontrollraum, der außerhalb ihres stillen Rückzugortes lag, herrschte
demgegenüber hektische Betriebsamkeit. Der gesamte Krieg wurde von
diesem Kommandozentrum aus geleitet. Und nur wenige Kilometer
entfernt, in einem höhlenartigen Raum, den nur wenige jemals zu
Gesicht bekommen würden, stand der mächtigste Quantencomputer,
der jemals gebaut worden war, der zusammen mit der Super-KI eine
wahrhaft unschlagbare Superwaffe in diesem neuen Krieg darstellte;
die Waffe, die ihnen zum Sieg verhelfen würde.

»Aha, der erste Bericht geht ein«, verkündete ein Stabsoffizier.

Er kam von Taiwan Today in Taipei. »Wir unterbrechen unser
reguläres Programm mit der Sondermeldung eines in diesem Moment
stattfindenden ballistischen Raketenangriffs. Menschen in Nanbin Park
nahe der Küstenstadt Hualien im Landkreis Hualien berichten, dass
über ein Dutzend Raketen aus dem Meer abgeschossen wurden. Sie
fliegen über Taiwan hinweg direkt auf das chinesische Festland zu.

Die Regierung veröffentlichte umgehend eine Stellungnahme mit
der vehementen Beteuerung, dass dieser Angriff weder von ihrer Seite
ausging, noch dass militärische Operationen gegen die Volksrepublik
China geplant sind. Der Präsident von Taiwan betonte erneut, dass
seine Regierung in dem sich aufheizenden Konflikt zwischen der
Volksrepublik China und der NATO Neutralität bewahren wird. Sie
erhalten weitere Nachrichten, sobald sie uns zur Verfügung stehen.«

»General Zulong …«, befahl der Präsident, »… tun Sie Ihr Bestes,
so viele Raketen wie möglich abzuschießen. Ich weiß, dass einige
durchkommen werden, aber es sieht gut für unserer Seite aus, wenn es
uns gelingt, tatsächlich einige von ihnen aus dem Verkehr zu ziehen.«

Die Kondensstreifen der Marschflugkörper hoch im Himmel über Taiwan auf ihre Zielkoordinaten zufliegen zu sehen, war wie ein Schlag in die Magengrube. Dies gehörte zur Strategie, die sich die KI ausgedacht hatte, um sich die Unterstützung des chinesischen Volks für ihr Vorhaben zu sichern. Trotzdem war es schwer, dabei zuzusehen.

Der General nickte. Er telefonierte bereits mit einigen der regionalen Befehlshaber, die für die Bekämpfung dieser Raketen verantwortlich sein würden, sobald sie ihren endgültigen Zielanflug erreichten.

General Gao Weiping trat an Dr. Xi heran. »Sobald Ihr Team die Videoaufnahmen der Raketen und die Bilder des entstandenen Schadens in den Händen hat, wie lange wird es dauern, bis sie entsprechend bearbeitet sind, um in der nächsten Welle der Deepfakes genutzt zu werden?«

General Goa war der Oberbefehlshaber der Strategischen Unterstützungskräfte, des neuesten Arms der Volksbefreiungsarmee. Zu seiner Abteilung gehörte Chinas Cyberarmee, außerdem fielen die Infrastruktur chinesischer Satelliten und Dr. Xi Zemins Projekt Zehn in seinen Verantwortungsbereich.

»Nicht lange, General«, versprach Xi leise. »Ich bin froh, dass die U-Boot-Kommandanten das Glück hatten, vor dem Abschuss Deckung hinter einigen Frachtschiffen zu finden. Diese Schiffe liefern uns die Silhouetten, die wir benötigen, um sie in NATO- und taiwanesische Kriegsschiffe zu verwandeln.« Die beiden Männer hatten sich in den Tagen vor dem großen Ereignis immer öfter angeregt unterhalten – in Vorbereitung auf den allerersten, von einer Künstlichen Intelligenz gesteuerten Weltkrieg.

»Der nächste Bericht ist da«, informierte ein anderer Stabsoffizier die Anwesenden, während er die Lautstärke des Fernsehers erhöhte, auf dem der Sender La Repubblica aus Rom, Italien, seine Nachricht verkündete.

»Wir erhalten Berichte aus Kalabrien über Explosionen auf einem chinesischen Panamax-Frachtschiff, das sich gegenwärtig 32 Kilometer außerhalb des Containerhafens von Gioia Tauro befindet. Über den Grund der Explosionen oder das Schicksal der Mannschaftsmitglieder liegen uns bislang keine Informationen vor. Die zuständigen örtlichen Behörden wurden alarmiert und eine Rettungsaktion ist in Gang.

Weitere Berichterstattung über diese sich entwickelnde Situation erfolgt, sobald neue Informationen zur Verfügung stehen.«

»Die Raketen werden abgefangen«, kommentierte einer von General Zulongs Offizieren.

Alle richteten ihre Aufmerksamkeit auf das Radarbild der Abfangjäger, die auf die ballistischen Raketen und Marschflugkörper gerichtet waren, die auf China abgefeuert wurden. Ein Fernsehreporter berichtete ganz zufällig live aus einer Position, die eine erstaunliche Sicht bot. Seinem Kameramann gelangen mehrere gute Aufnahmen, die den Erfolg der Abwehrraketen gegen einige der einfliegenden Geschosse dokumentierten.

»Volltreffer! Unsere Abfangrakete hat ihr erstes Ziel getroffen.«

Einige Offiziere jubelten erfreut über diesen Treffer. Dann wurde eine zweite Rakete aufgehalten. Noch mehr Jubelgeschrei. Einige im Raum lächelten General Zulong an und nickten ihm anerkennend zu, dass seine Leute so treffsicher waren.

Dann sahen sie, dass eine der Abwehrraketen ihr Ziel verfehlte. Einer zweiten erging es nicht besser. Nach diesen unwirksamen Schüssen wechselte das Bodenpersonal auf Verteidigungslinie – auf Abwehrraketen, die auf kürzeren Strecken ihren Dienst tun sollten.

Die Gruppe verfolgte, wie 12 der einfliegenden Raketen auf sieben reduziert wurden. Der zweiten Verteidigungslinie gelang es, diese Zahl weiter auf fünf zu reduzieren. Mittlerweile befanden sich diese Raketen im endgültigen Zielanflug bei einer Endgeschwindigkeit von Mach 10 und darüber hinaus. Ein Ziel, das bei dieser Geschwindigkeit unterwegs war, war so gut wie nicht zu treffen. Infolgedessen musste bereits das Abfangen von zwei der eingehenden Geschosse als enorme Leistung angesehen werden.

Die verbliebenen fünf Raketen schlugen entlang den chinesischen Küstenstädten gegenüber Taiwan ein. Die Stadt Quanzhou wurde von drei Flugkörpern getroffen, zwei schlugen in der Stadt Xiamen ein. Obwohl es so aussah, als ob die Raketen legitime militärische Ziele in dem Gebiet anvisierten, ging man davon aus, dass die taiwanesischen Raketen weniger genau sein würden, so dass die Raketen leicht vom Kurs abwichen.

Der Effekt der einschlagenden Geschosse mit ihren 5.000 Pfund schweren Gefechtsköpfen war enorm. Orangefarbene Feuerbälle und schwarzer Rauch hüllten den Einschlagsbereich ein. Durch die

Erschütterung zerbarsten im Umkreis von gut eineinhalb Kilometern die Fenster von Büros, Wohnhäusern und Fahrzeugen. Der Boden wackelte so sehr, dass es wie ein kleineres Erdbeben erschien.

Einige Tage vor dem Beginn der Operation hatten die Kriegsplaner mehrere Lkws mit zusätzlichem Sprengstoff und Benzin im ungefähren Einschlagsbereich der Raketen geparkt. Sie wollten sicher gehen, dass sie den Umkreis mit hinreichend explosiven Materialien bestückten, um den Schaden gravierender aussehen zu lassen als den, den die Raketen allein angerichtet hätten.

****

Admiral Wei wandte sich von den anderen ab, um seine Teetasse aufzufüllen. Er hielt gerade lange genug inne, um eine Träne aufzuhalten, die ihm über das Gesicht zu laufen drohte. Er holte tief Luft und hielt sie an. Dann hob er die Tasse an den Mund und trank einige Schlucke des heißen Getränks, während er weiter darum kämpfte, seine Gefühle unter Kontrolle zu bekommen.

»Ganz ruhig, Admiral. Nehmen Sie sich zusammen. Wenn der Präsident Sie so sieht, wird er Sie durch jemand anderen ersetzen. Wir brauchen Sie jetzt mehr als je zuvor«, flüsterte ihm General Li so leise zu, dass ihn sonst niemand hören konnte.

Wei nickte, ohne etwas zu erwidern. Die beiden gingen an das andere Ende des langen Konferenztischs, ein Stück entfernt von ihren Kollegen.

»Li, was wir tun, kann nicht richtig sein. Die Kriegsführung folgt bestimmten Regeln. Diese KI-Maschine kämpft in diesem Krieg ohne Regeln, ohne Rücksicht auf den Verlust menschlichen Lebens. Sie sieht die Dinge allein als Null und Eins auf dem Computerbildschirm. Wenn wir nichts tun, wird sie außer Kontrolle geraten«, sagte Wei leise, aber eindringlich.

Bevor Li antworten konnte, zog Dr. Xi einen Stuhl zu ihnen heran und nahm neben den beiden Platz.

»Ein aufregender Moment, nicht wahr?«, fragte er.

»Was genau finden Sie aufregend?«, entgegnete Wei. »Wir wurden gerade Zeuge des Todes von sicher zehntausend unserer eigenen Zivilisten. Über 2.000 Soldaten, Männer unter meinem Kommando, starben während der letzten Stunden. Welchen Teil daran finden Sie besonders aufregend, Dr. Xi?«

»Ich ... ich wollte den Verlust dieser Leben nicht bagatellisieren. Ich nahm Bezug darauf, dass alles, was wir bis ins Detail geplant haben, nun zur Durchführung kommt. Alle Einzelheiten nehmen als Teil des größeren Puzzles Gestalt an, so wie Jade Dragon es vorausgesagt hat«, versuchte Xi zu erklären. »Der Gedanke, dass all das von einem Computer geplant und arrangiert worden ist, meine Herren ... Stellen Sie sich vor, wenn wir mehr Drohnen und sogar Roboter hätten – der Computer könnte den ganzen Krieg für uns führen.«

Die beiden Militäroffiziere sahen Xi mit einem Ausdruck der Besorgnis in ihren Augen an, hielten sich aber zurück. Sie wussten, dass dies die Richtung war, welche die Kriegsführung nehmen würde. Tatsächlich waren sie mittlerweile dankbar für ihr Alter. In dieser Art von Krieg würden sie sicher nicht mehr kämpfen müssen. Im Moment jedoch musste ihr Hauptziel sein, einen Krieg zu gewinnen, den keiner der beiden gewollt hatte.

Kapitel Neunundzwanzig
Engel am Himmel

Air Force One
Irgendwo über dem Mittleren Westen

Die riesige Boeing 747 hatte sich endlich so weit ausgerichtet, dass sich
der Nationale Sicherheitsberater Blain Wilson sicher genug fühlte, das
Bad aufzusuchen. Um ihn herum diskutierten und stritten sich die
Passagiere, doch alles, woran er denken konnte, war die Flucht ins Bad.
Seine Frau und die Kinder hatten D.C. bereits vor einer Woche
verlassen. Er war überzeugt davon, dass sie in Sicherheit waren.
Deshalb wanderten seine Gedanken nicht unablässig zu ihnen, wie es
so vielen anderen erging.

Nachdem Wilson den großzügigen Raum vor dem
Besprechungszimmer betreten hatte und allein war, fühlte er sich
besser. Er stellte sich vor den Spiegel und betrachtete sein Spiegelbild.
Seine Augen machten einen müden Eindruck, seine Haare konnten
einen Kamm gebrauchen, und ihm war zu warm. Unter laufendem
Wasser wusch er sich das Gesicht.

*Die kommenden 60 Minuten werden die Geschichte der
Menschheit verändern ... Bitte, Herr, hilf mir bei meiner Entscheidung,
was ich als Nächstes tun soll,* betete Wilson stumm.

Bei seiner Rückkehr ins Konferenzzimmer, empfing ihn der
Präsident mit lauter Stimme. »Da sind Sie ja, Blain. Wir müssen darauf
vorbereitet sein, auf diese Raketen zu reagieren. Wenn sie nuklear sind
oder wenn es beim Einschlag viele zivile Opfer gibt, wird das
verheerend sein.«

Admiral Roy Thiel, der Vorsitzende der Vereinigten Stabschefs,
hatte es glücklicherweise mit ihnen zur Air Force One geschafft. Die
ersten Minuten des chinesischen Angriffs hatten zunächst eine fast
lähmende Anspannung ausgelöst. Sobald der Secret Service erfahren
hatte, dass entlang des Golfs eine Reihe von Marschflugkörpern auf
US-Militäreinrichtungen unterwegs waren, hatten sie entschieden, den
Präsidenten an Bord der Air Force One zu bringen. Da es lange vor
dem Morgengrauen gewesen war, hatte es herkulische Anstrengungen
gekostet, rechtzeitig diejenigen ausfindig zu machen, die zusammen
mit dem Präsidenten an Bord gehen sollten.

Der Secret Service hatte den Präsidenten in aller Eile zur Air Force One begleitet und den Vizepräsidenten zur gleichen Zeit in der Notfallkommandozentrale des Präsidenten, im PEOC-Bunker, eingeschlossen. Unterdessen hatten Angehörige des Secret Service und der Polizeikräfte des Kapitols die Führer des Senats und des Repräsentantenhauses aus den Betten geholt und zu ihrem Schutz in nahe gelegene Bunker begleitet.

Ein Kommunikationsoffizier der Luftwaffe steckte den Kopf durch die Tür. »Sir, wir konnten gerade die Kommunikation mit NORAD, dem Weißen Haus und dem Pentagon wiederherstellen. Wir stellen durch.«

Der Kommunikationsoffizier, der kaum älter als 20 Jahre alt zu sein schien, zog seinen Kopf aus dem voll belegten Raum zurück und verschwand.

Wilson hatte gerade Platz genommen und eine frische Tasse Kaffee vor sich entdeckt, als der große Monitor, der sie mit der Welt verband, zum Leben erwachte. Der aufgeteilte Bildschirm zeigte NORAD, das Nationale Militärkommandozentrum im Pentagon, das PEOC tief unter dem Weißen Haus, das Strategische Kommando auf der Offutt Air Force Base in Omaha, Nebraska, und das Südliche Kommando in Doral, Florida.

Der Präsident ging sofort auf sie los. »Verdammt, General Barrett! Wie zum Teufel konnten wir so überrascht werden?«, fragte er aufgebracht.

General Anita Barrett, General Anita Barrett, Befehlshaberin des US Northern Command und NORAD, konterte: »Mr. President, momentan kann ich Ihre Frage nicht beantworten, aber Sie dürfen sich darauf verlassen, dass wir dies in den kommenden Tagen klären werden. Jetzt möchte ich Sie zunächst über unseren derzeitigen Gegenangriff informieren. Die Task Force Dupré im Golf hat erfolgreich Kontakt mit den vier chinesischen Kriegsschiffen aufgenommen, die für den Abschuss der ersten Runde von Raketen verantwortlich waren. Sie wurden versenkt. Die Tomahawks der Task Force haben mit dem Beschuss der Standorte der Trägersysteme auf Kuba begonnen. Innerhalb von zehn Minuten sollten uns die Satellitenbilder von diesem Gebiet eine Schadensanalyse ermöglichen.

Des Weiteren kann ich Ihnen berichten, dass unsere SEAL Teams dabei sind, die kubanisch-chinesischen Ölbohrinseln in der

Floridastraße zu sichern. Parallel zum Angriffsbefehl für die TF Dupré,
ordneten wir an, dass die SEALs die Plattformen in unsere Gewalt
bringen sollten, um zu verhindern, dass die Kubaner oder Chinesen
eventuell Millionen Gallonen von Rohöl ins Meer ablassen. Und das
Unterseeboot, das den SEALs als Transportmittel diente, führte
erfolgreiche Schläge gegen die kubanischen und chinesischen
Militärschiffe in den Häfen von Mariel und Havanna durch.«

Admiral Thiel unterbrach sie. »Eine Frage, General. Den Angriff
auf die Ölbohrinseln verstehe ich, aber wieso feuern wir mit
Tomahawks auf die Häfen? Diese Ziele liegen in stark bevölkerten
städtischen Gebieten. Wer hat diesen Angriffsbefehl erteilt?«

»Eine gute Frage, General. Woher kam der Befehl des U-Boot-
Kommandanten, die Häfen anzugreifen?«, fragte. Die Häfen unter
Beschuss zu nehmen, konnte nur als riesiger, strategischer Fehler
eingestuft werden.

General Barrett schien um eine Antwort verlegen zu sein. Sie
sprach mit jemandem, der sich außerhalb des Bildschirms befand,
bevor sie zur Diskussion zurückkehrte. »Ähm … das muss ich mit dem
U-Boot-Kommandanten klären. Im Moment kann ich nur das
weitergeben, was uns mitgeteilt wurde. Es gibt eine weitere
Krisensituation, um die wir uns sorgen müssen. In der Nähe von
Taiwan findet gegenwärtig ein ballistischer Raketenangriff statt. Es
sieht aus, als ob der Beschuss aus dem Ozean östlich von Taiwan
ausgeht. Die Raketen halten auf drei chinesische Städte gegenüber von
Taiwan zu. Die Regierung von Taipei besteht darauf, dass sie diesen
Angriff auf das Festland nicht initiiert hat. Die PLA versucht, die
feindlichen Raketen abzufangen.«

Der Präsident raste förmlich vor ohnmächtiger Wut, als er laut
ausrief: »Was, *zum Teufel,* geht hier vor?!? Wie können sich all diese
Vorgänge innerhalb der letzten 40 Minuten zugetragen haben? Was ist
mit unseren Satelliten, die rund um die Welt diese Art von Aktivitäten
beobachten sollen? Unser Bodenradar erstreckt sich über das ganze
Land, und wir haben die Unterstützung unserer Alliierten – und nichts
und niemand sah es kommen, bevor es zu spät war?!?« Der Präsident
nahm sich gerade genug Zeit, um Luft zu holen, bevor er hinzufügte:
»Wie lange, bevor die auf uns gerichteten Raketen unsere Basen im
Golf erreichen?«

General Barrett sprach kurz mit jemanden an ihrer Seite und erwiderte dann: »Fünf Minuten, Mr. President.«

Wilson hielt die Zeit für gekommen, sich zu Wort zu melden, um einen neuen Gedanken in die Debatte einzubringen. »Mr. President, wenn ich etwas sagen darf. Ich weiß, dass eine Menge vorgefallen ist, wovon wir vollkommen überrascht wurden. Der Moment wird kommen, an dem wir Zeit haben, über die derzeitigen Geschehnisse und ihre Ursachen zu reflektieren.« Er atmete tief durch. »Aber, Sir … wir wissen, dass die Chinesen eine Super-KI kreiert haben, die für die Beobachtung ihrer eigenen Leute verantwortlich ist. Sie verwaltet das Sozialkreditsystem. Erinnern wir uns an den chinesischen Überläufer, der vor seiner Ermordung bereit war, über Operation Jedi zu sprechen, und über die weltweite Verfolgung des ausländischen Geheimdienstpersonals durch die Chinesen. Die Chancen stehen gut, dass die neue Super-KI bei allem, was sich gerade abspielt, ebenfalls die Hand im Spiel hat.«

»Blain, wollen Sie damit sagen, dass diese Künstliche Intelligenz der Chinesen möglicherweise von ihrer Programmierung abwich?«, fragte der Präsident aufs Höchste erstaunt.

»Nein, absolut nicht, Mr. President. Was ich sagen will, ist, dass die Chinesen diese Künstliche Intelligenz mit dem Ziel kreiert haben, genau das zu tun, was sie gerade tut. Ich glaube, dass Präsident Yao der PLA erlaubt hat, diese KI auf Amerika und den Westen loszulassen. Das ist die einzige Erklärung dafür, warum so viele unserer Frühwarnsysteme versagt haben – dank eines Cyberangriffs oder eines elektronischen Eingriffs durch diese KI. Sehen wir uns nur an, was die Chinesen erreicht haben – die Lahmlegung des Mobilfunkverkehrs der Nation, die Unterbrechung der Stromversorgung um bestimmte Luftwaffenstützpunkte herum, und die erfolgreiche Ausschaltung unserer Frühwarnsysteme«, erklärte Wilson.

Im Raum breitete sich einen Augenblick lang Stille aus, während die Anwesenden versuchten, Wilsons Gedankengang nachzuvollziehen.

Admiral Thiel fasste sich als Erster. »Ich tendiere dazu, Mr. Wilson recht zu geben, aber darüber können wir später reden. Ich muss wissen, wie unsere Antwort aussehen soll, Mr. President.«

General Pike Pentagon meldete sich aus dem zu Wort. »Wir werden angegriffen! Der Capitol District wird angegriffen. Ein Sperrfeuer von Marschflugkörpern schlug gerade in Fort Meade ein, dann ein weiteres in Anacostia-Bolling. Mir wurde mitgeteilt, dass unsere örtlichen Verteidigungssysteme rund um das Pentagon und das Kapitol Marschflugkörper abwehren.«

Bevor jemand anderes reagieren konnte, verkündete General Pike: »Wir erhalten Berichte eines Angriffs auf den U-Boot-Stützpunkt New London. Verdammt, es treffen Berichte über Angriffe entlang der gesamten Ostküste ein, Mr. President. So gut wie alle unserer Luftwaffen-, Armee- oder Marineeinrichtungen stehen unter Beschuss.«

Was das Pentagon gerade gemeldet hatte, verschlug den Anwesenden die Sprache.

»Das ist unmöglich«, entfuhr es General Barrett vom NORAD. »Hier registrieren wir absolut keine Marschflugkörper auf dem Weg zu einer Ihren Basen.«

»San Diego und Hawaii berichten von einem massiven Angriff auf Stützpunkte der Navy und der Luftwaffe«, verkündete General Pike.

»Wir verzeichnen keinerlei Raketenangriffe auf diese Stützpunkte!«, rief General Barrett in höchster Frustration noch einmal laut aus.

»General Barrett, Sie müssen Ihre Frühwarnsysteme entweder komplett neu hochfahren oder herausfinden, wo das Problem liegt«, befahl Admiral Thiel. »Wir tappen momentan vollkommen im Dunkeln. Wir wissen nicht einmal, ob wir atomaren Beschuss befürchten müssen.«

Wilson konnte nicht glauben, was er da hörte. Das Militär hatte so viele übergreifende Systeme. *So etwas darf einfach nicht geschehen. Ist ihre KI in der Lage, all unsere Systeme zu beeinflussen?,* fragte er sich.

»Moment mal, wie kann das möglich sein?«, sagte General Barrett laut. »Wir sprachen gerade mit dem Kommandanten von Dyess in Texas. Ihr Stützpunkt wird gerade angeblich mit Marschflugkörpern und ballistischen Raketen beschossen, aber er sagt mir, dass nichts passiert. Der Stützpunktkommandant in Barksdale berichtet das Gleiche – keine Explosionen, keine Raketeneinschläge.«

»Wie bitte?!«, bellte Admiral Thiel wütend. »Wir haben einen Vergeltungsschlag gegen die chinesische Marine und Kuba befohlen, weil sie unsere Stützpunkte zuerst angegriffen haben. Wollen Sie uns jetzt sagen, dass nicht nur unsere Frühwarnsysteme den Angriff, der derzeit an der Ost- und Westküste stattfindet, nicht entdeckt haben, sondern dass dieser chinesische Erstschlag nicht echt war? Sie wissen, dass wir China und Kuba deswegen angegriffen haben!«

Der Präsident erhob sich. Er bedeutete allen, sitzen zu bleiben, während er hinter seinem Stuhl auf und ab ging. Endlich drehte er sich den Anwesenden wieder zu. »Also … Ganz offensichtlich ist hier etwas vollkommen schiefgelaufen. Unsere Systeme wurden gehackt – eine andere Erklärung gibt es nicht. Die Chinesen wussten, wie wir mit dem Eintritt bestimmter Situationen reagieren würden – was wir getan haben. Vollkommen egal, ob ihre Super-KI dafür verantwortlich ist oder nicht. Im Moment kommt es darauf nicht an. Entscheidend ist, dass wir getäuscht worden sind. Ohne jeglichen Zweifel. Die PLA hat uns an der Nase herumgeführt. Sie ist willens, ihre eigene Bevölkerung zu opfern, um uns wie die Aggressoren aussehen zu lassen. Das ist ihnen gelungen. Nun müssen wir entscheiden, wie wir auf das reagieren, das uns gerade wie eine Lawine überrollt hat.

Was machen wir also als Nächstes? Unsere Militäreinrichtungen an der West- und Ostküste stehen derzeitig eindeutig unter Beschuss. Wir müssen handeln. Wie soll unser nächster Schritt aussehen?«

Wilson sprach als Erster. »Zu diesem Zeitpunkt, Mr. President, denke ich, dass wer A sagt, auch B sagen muss. Ein Leugnen der Geschehnisse macht keinen Sinn, ebenso wenig die Verzögerung militärischer Aktionen, da der Feind nun vorgewarnt ist. Wir sollten mit Operation Ortsac II beginnen. Ich weiß, dass viele der Bodentruppen noch nicht soweit sind. Das schließt aber nicht aus, dass wir umgehend die Luftwaffe und die Navy auf sie ansetzen.«

Admiral Thiel nickte. »So ungern ich es auch zugebe, Mr. President, aber Mr. Wilson hat recht. Die Katze ist aus dem Sack. Wir müssen in aller Eile reagieren, da die chinesischen Raketen auf Kuba auf die USA gerichtet sind. Diese Bedrohung müssen wir neutralisieren, bevor sie sich zu einem echten Problem für uns entwickelt.«

Der Präsident seufzte hörbar, bevor er sich mit seiner Entscheidung an seine Berater wandte. »Erteilen Sie die entsprechenden Befehle. Operation Ortsac II ist in vollem Umfang genehmigt. Nehmen wir ihnen die Möglichkeit, unserem Land zu schaden, und bereiten wir uns so bald wie möglich auf eine Invasion vor. In der Zwischenzeit soll die Marine alle chinesischen Kriegsschiffe, die sie finden kann, aufspüren und versenken. Informieren Sie unsere U-Boot-Kommandanten, dass die Jagd begonnen hat.«

Kapitel Dreißig
Die Todbringer

Die 94. Jagdstaffel
Luftwaffenstützpunkt Eglin, Florida

Das Geschnatter im Einsatzzimmer verriet Aufregung, Zorn, Frustration und Besorgnis. Major Ian ‚Racer' Ryan konnte es kaum glauben.

Sie hatten gerade eine überraschende Änderung ihrer Befehle erhalten. Racer sollte sein Geschwader in die Luft bringen und sich dazu bereit machen, eine große Bombenkampagne zu unterstützen, die über Kuba beginnen sollte. Die Aussage, dass ein Großteil der Männer aus allen Wolken gefallen war, war keine Übertreibung – insbesondere nach dem frühmorgendlichen Bericht, dass ihre Basis eingehendem Raketenbeschuss ausgesetzt war, bevor sich herausgestellt hatte, dass ein Fehler im Radarsystem für diese unrichtige Meldung gesorgt hatte.

Der Alarm, der um 3 Uhr früh den vermeintlichen Angriff vermeldet hatte, hatte nicht nur Ian außer Fassung gebracht, sondern hatte auch seine Frau und seine sechs Kinder in Angst und Schrecken versetzt. Am meisten hatte ihm zugesetzt, dass er sofort danach seine Familie verlassen musste, um sich zum Dienst zu melden und direkt abzuheben. Als sie eine halbe Stunde später erfuhren, dass der Raketenangriff ein falscher Alarm gewesen war, waren Ian und der größte Teil seines Geschwaders bereits in der Luft. Nach ihrer Rückkehr legte das Bodenpersonal Überstunden ein, um die Flugzeuge neu zu betanken, ihre Mechanik zu überprüfen und sicherzustellen, dass alle mit voller Kampfbeladung versehen waren.

Ian hatte eine Stunde, um daheim nach seiner Familie zu sehen, bevor er sich im Bereitschaftsraum des Geschwaders einfinden musste, um ihre neuen Befehle entgegenzunehmen. Seine Kinder zitterten immer noch vor Angst. Ian hatte seiner Frau ans Herz gelegt, sie ins Auto zu verfrachten und zu ihren Eltern nach Tennessee zu fahren. Wenn sich in einigen Tagen wieder alles beruhigt hatte und es sicher war, nach Hause zurückzukehren, würden sie weitersehen.

Der Abschied von ihr und den Kleinen im Alter von neun Monaten bis neun Jahren war ihm schwergefallen. Alle hatten geweint und sich umarmt.

Auf dem Weg zurück in den Bereitschaftsraum konnte sich auch Ian die Tränen nicht verkneifen. In dem Moment, in dem er seinen Wagen parkte, legte er einen Schalter in seinem Gehirn um und verdrängte seine Emotionen. Es war an der Zeit, seinen Kampfgeist zu wecken und seinen Teil zur Sicherheit seines Landes und seiner Familie beizutragen.

Ebenso wie die anderen Piloten, die im Bereitschaftsraum auf die neuen Einsatzbefehle warteten, versuchte Ian anhand der neuesten Google-Schlagzeilen alles zu erfahren, was er über diese verrückte Situation, in der sie sich befanden, erfahren konnte. Ein Major, der gerade einen Stabsoffizierseinsatz im JIOCEUR (Joint Intelligence Operations Center Europe) absolviert hatte, hatte einen seiner Freunde gebeten, ihm eine erste Zusammenfassung zu schicken. Deutschland war der US-Zeit sechs Stunden voraus, was bedeutete, dass der dortige Arbeitstag bereits voll im Gange gewesen war, als in den USA alles begonnen hatte.

»Hani, lesen Sie uns die Stichpunkte laut vor«, bat einer der Captains, da sich mittlerweile eine Menschenmenge um den Computerbildschirm des Majors drängte.

»Sicher. Zurücktreten, bitte. Das sind die allerersten Schlagzeilen. Während wir auf den Beginn der Besprechung warten, drucke ich einige Kopien aus«, sagte Major Hans ‚Hani‘ Riggens. Hani war als Ians neuer Flügelmann eingeteilt worden, der sich gerade wieder an das Fliegerdasein gewöhnte. Hani räusperte sich. »Die chinesischen Medien behaupten, dass einer ihrer Panamax-Frachter vor der Küste Italiens von der italienischen Fregatte *Carlo Bergamini* angegriffen und versenkt wurde. Bisher gibt es keine Angaben über Überlebende. Die italienische Regierung bestreitet diese Behauptung und versichert, dass die *Carlo Bergamini* den chinesischen Frachter nicht unter Beschuss genommen hat.«

»Was ist denn hier los?«, brummte einer der Piloten, als er den Raum betrat. Ein paar andere brachten ihn zum Schweigen. Sie wollten mehr hören.

»Die staatlich gelenkten chinesischen Medien berichten, dass die deutsche Fregatte *Rheinland-Pfalz* die chinesische Fregatte *Binzhou* im Golf von Aden in der Nähe der somalischen Küste beschossen hat. Die *Binzhou* und die Korvette *Weihai* erwiderten das Feuer und versenkten die deutsche Fregatte. Die chinesische Marine meldete 38 Tote auf der

Binzhou und neun Tote auf der *Weihai*. Die deutsche Bundeswehr hat diesen Vorfall verurteilt und besteht darauf, dass ihr Schiff diese chinesischen Schiffe nicht angegriffen hat.«

Bevor Hani weitersprechen konnte, erklang hinter ihnen die laute Stimme des XO.

»Achtung!«

Alle standen stramm, bis man sie aufforderte, für die Missionsbesprechung vor dem Whiteboard Platz zu nehmen.

Der Befehlshaber ihres Geschwaders betrat in Begleitung eines Vertreters der nachrichtendienstlichen Abteilung, des Kommandanten, der den Einsatz anführen würde, und eines dritten Mannes aus einem anderen Zuständigkeitsbereich den Raum.

»Aufgepasst, Leute. Ich bin nicht gekommen, um einen Erklärungsversuch darüber zu starten, was in den letzten vier Stunden geschehen ist. Mit Sicherheit weiß ich nur eines – POTUS hat uns den Befehl erteilt, Kampfhandlungen gegen die Luftwaffe der Volksbefreiungsarmee, ihre Bodentruppen und das kubanische Militär zu initiieren«, verkündigte der Einsatzführer.

» In diesem Moment sind die B-52-Maschinen aus den Dakotas auf dem Weg zu ihren Startplätzen. Wenn sie ihre Kontrolllinien erreicht haben, werden sie warten, bis wir unsere Luftüberwachungsposition über Kuba und der Floridastraße eingerichtet haben. Sollten die Kubaner oder Chinesen entscheiden, unsere Bomber zu verfolgen, wird es unsere Aufgabe sein, sie gebührend zu empfangen.

Unmittelbar nachdem unsere schweren Jungs ihre Raketen abgefeuert haben, kehren sie zur Basis zurück und bereiten sich auf den nächsten Einsatz vor. Sobald die Bomben auf dem Weg sind, fliegen unsere B-2s los, um die Flugabwehreinheiten auszuschalten, die die B-52 nicht getroffen haben. Was ich Ihnen jetzt mitteilen werde, ist streng geheim und wird diesen Raum *nicht* verlassen. Nach der Einnahme unserer Position über Kuba werden zwei B-21-Stealthbomber zu uns stoßen.«

Ian hörte das Gemurmel und Geflüster, das die Erwähnung der sagenumwobenen B-21 der US-Luftwaffe auslöste.

Der Einsatzleiter hob die Hand, um das Getuschel zu unterbinden. »Ganz recht, Einhörner gibt es wirklich, und einige von ihnen erhalten vielleicht die Chance, eines zu Gesicht zu bekommen«, frotzelte er. Nachdem sich alle beruhigt hatten, fuhr er fort. »Zusätzlich zur bewaffneten Luftraumüberwachung über Kuba und dem Schutz der Bombenflugzeuge, ist es unsere Aufgabe, sicherzustellen, dass die Tarnkappenbomber ihre Ziele erreichen und unbehelligt wieder verschwinden können. Aller Wahrscheinlichkeit nach wird keiner von uns sie je in unserem Einsatzbereich erblicken. Das ist eine gute Sache. Allerdings … Für den Fall, dass sie tatsächlich entdeckt werden oder in Schwierigkeiten geraten sollten, macht das die Stealthbomber automatisch zu unserem Hauptanliegen – wir müssen sie schützen, um jeden Preis!«

Racer hob die Hand. »Wissen wir, welche Ziele sie angreifen werden? Dann könnten sich zwei Jäger in der Nähe aufhalten, um eventuell anfallende Probleme schneller zu lösen.«

Der Einsatzleiter schwieg einen Moment. Er schien zu überlegen, was er ihnen mitteilen konnte. »Machen wir es so. Racer, Sie und Hani bleiben nach dem Ende der Besprechung hier. Sie übernehmen den Geleitdienst für die B-21s. Ich werde Ihnen ihre Ziele nennen, aber außer Ihnen darf es niemand erfahren. Das ist alles, Leute. Zeit, abzuheben. In einer Stunde ist Sonnenaufgang. Es wird ein langer Tag werden. Teilen Sie Ihre Kräfte ein. Wegtreten.«

Als alle anderen das Zimmer verlassen hatten, waren der Einsatzleiter, Racer und Hani unter sich.

»Okay, über Kuba werden zwei Tarnkappenbomber zum Einsatz kommen. Der, dessen Schutz Sie übernehmen, wird einen Vernichtungsschlag versuchen. Nachrichtendienstliche Informationen vor Ort gehen davon aus, die Verstecke zu kennen, in denen sich die kubanischen und chinesischen Militärführer aller Wahrscheinlichkeit nach aufhalten. Mit dem Beginn der Auseinandersetzungen vor wenigen Stunden, so die Information, zogen sich diese Individuen an eben diese Orte zurück«, erklärte der Einsatzleiter.

»Den genauen Standort der Tarnkappenbomber kenne ich nicht oder wann genau der Angriff stattfinden wird«, fuhr er fort. »Ich kann Ihnen nur das Gebiet nennen, in dem Sie sich aufhalten und im Notfall unterstützend eingreifen werden. Und denken Sie bitte daran, meine Herren, dass die Chinesen und Kubaner diese Insel in Bezug auf Flugabwehreinrichtungen stark befestigt haben. Der Abschuss einer F-15E aus Homestead, die Jagdschutz über dem südlichen Florida gewähren sollte, geht bereits auf ihr Konto. Die Lage da oben könnte brenzlig werden.«

Die beiden Piloten nickten und eilten zu dem Kleinlaster hinaus, der sie zu ihrem Flugzeug bringen würde.

****

Ian wartete angespannt in Parkposition, dass er an der Reihe war, auf das Rollfeld hinaussteuern zu dürfen. Auf dem gesamten Flugfeld geduldeten sich Geschwader von Jagdfliegern, die alle schnellstmöglich starten wollten. Der Nachthimmel über Florida und dem Golf füllte sich mit Flugzeugen. Bald würde es taghell sein – zeitlich genau das Gegenteil vom traditionellen Beginn einer Mission wie dieser –, aber Murphys Gesetz hatte zugeschlagen und damit mussten sie leben. Ian wusste nur, dass er noch nie so viele Jäger und Bombenflugzeuge an einem Ort gesehen hatte.

Seine größte Sorge waren die SAMs, die Luftabwehrraketen, die über ganz Kuba verteilt waren. Bisher hatte er noch nie den Luftraum eines Gegners durchflogen, der über eine ernstzunehmende Luftwaffe oder ein ernstzunehmendes Boden-Luft-Abwehrraketensystem verfügte. In diesem Sinne war dies sein erster Einsatz.

Er hoffte, dass der bevorstehende Tarnkappenbomber- und Marschflugkörperbeschuss der B-52s den kubanischen SAMs einen gravierenden Schlag versetzen und sie ausdünnen würde, was ein erheblicher Vorteil für ihre Seite wäre.

Ians F-22-Geschwader mit würde der eigentlichen Angriffsgruppe vorausfliegen und eine Luftüberwachungsposition über Kuba einnehmen. Falls feindliche Flugzeuge abheben sollten, um sich den Bombern oder anderen US-Flugzeugen der ersten Angriffswelle entgegenzustellen, war es ihre Aufgabe, diese Gegner auszuschalten, bevor diese wussten, wie ihnen geschah.

»Death Dealer Drei und Vier, begeben Sie sich zur Startbahn eins-neun«, erklang eine Stimme aus dem Kontrollturm.

»Verstanden, Kontrolle. Einschwenken auf Startbahn eins-neun«, bestätigte Ian. Er drehte den Kopf zur Seite und sah aus der Kabine hinaus. Hani gab ihm über das Flugfeld hinweg das Daumen-Hoch-Zeichen.

Langsam begann Ians Raptor zu rollen. Sein Flügelmann holte zu ihm auf. Sie würden nur wenige Momente hintereinander starten.

»Death Dealer Drei und Vier, Starterlaubnis erteilt«, sagte der Flugleiter im Tower.

Das ließ sich Ian nicht zweimal sagen. In Position, mit der freien Startbahn vor sich, löste er die Bremsen, gab Vollgas und zündete die Nachbrenner. Sein Flugzeug raste die Startbahn hinunter. Augenblicke später hob er ab.

Sobald er in der Luft war, gewann Ian schnell an Höhe. Auf einer Flughöhe von 3.000 Metern begann er, sich nach den vier Tankflugzeugen umzusehen, die nicht allzu weit von der Basis entfernt auf sie warteten.

Ians Flugkameraden bildeten eine Warteschlange, um ihre Tanks zu füllen. Hinter der Raptor reihte sich eine Schwadron Eagle-Piloten auf. Sie würden sich in Küstennähe aufhalten und dem Schutz der Bomber dienen, während diese in das Kampfgebiet einflogen oder es verließen. Sobald die Tanks der wartenden Piloten gefüllt waren, würden sie auf 10.000 Meter Höhe aufsteigen und die ihnen zugewiesenen Posten über Kuba einnehmen.

»Death Dealer, hören Sie«, sagte der Einsatzleiter. »Uns stehen zwei AWACS zur Unterstützung der Luftraumaufklärung über dem Golf, Florida und Kuba zur Seite. Ihr Geschwader wird sich in seine Jäger-Killer-Teams aufteilen und den ihnen zugewiesenen Einsatzbereich anfliegen. Falls Ihnen die Munition oder der Treibstoff ausgeht, teilen Sie uns dies zunächst über Funk mit, bevor Sie das Ihnen zugewiesene Gebiet verlassen. Zum Zeitpunkt der Ablösung wird unser Schwestergeschwader, das 27., unsere Stellung einnehmen. Denken Sie daran, haushalten Sie mit Ihren Kräften. Uns stehen zwei lange Tage bevor. Ende.«

Nach dem Ende seiner Ansprache sandte sie der Einsatzleiter in ihre Zuständigkeitsbereiche. Für Ian und seinen Flügelmann war das die Provinz Pinar del Río im westlichen Teil der Insel, wo die Chinesen den Gerüchten nach ihr Einsatzzentrum in der dortigen Bergkette etabliert hatten. Sofort nach dem Beschuss dieser Anlage würden sie den Standort wechseln und eine neue Position über Havanna einnehmen. Dort hatte es ihr Stealthbomber auf einen Kommandobunker tief unter dem Gebäude des Innenministeriums abgesehen. Nach der Erfüllung dieser Aufgaben und solange sie hinreichend Treibstoff und Raketen hatten, würden sich Ian und Hani weiter in diesem Bereich aufhalten, bis es an der Zeit war, mit dem nächsten Geschwader die Plätze zu tauschen.

»Einsatzbereit, Racer?«

Ians Wingman, Major Hans ‚Hani‘ Riggens, flog rechts neben ihm. Ohne Positionslichter war er nicht einfach zu erkennen, aber der sich langsam erhellende Himmel half dabei.

»So einsatzbereit wie irgend möglich, Hani. Und Sie?«

»Unbedingt. Es fühlt sich gut an, wieder in der Luft zu sein«, erwiderte er voller Begeisterung.

Hani gehörte erst zwei Monate diesem Geschwader an. Er hatte sich vor Kurzem für die F-22 qualifiziert und war gerade dabei, wieder Fuß zu fassen, als die Auseinandersetzung begonnen hatte. Jeder Pilot musste im Verlauf seiner Karriere mindestens einmal eine Stabsstelle besetzen. Hani hatte das Glück gehabt, seine bei einem gemeinsamen Kommando zu bekommen. Damit hatte er gleich zwei karrierefördernde Voraussetzungen erfüllt. Aber zwei Jahre lang alle drei Monate nur einen einzigen Prüfungsflug absolvieren zu dürfen, war ihm schwergefallen.

Beim Flug über den Golf zeigte ihr Monitor nur befreundete Einheiten an. Die Angriffskräfte waren im Anmarsch.

Hani unterbrach Ians Gedankengang. »Verdammt, Racer. Sehen Sie sich Kuba an. Meine Radarwarnungsanlage spielt total verrückt. Ich habe noch nie so viele gegnerische Radaranzeigen auf einmal aufleuchten sehen. Hilft das Kuba oder macht uns das die Suche einfacher, sie zu finden und aus dem Weg zu räumen?«

Das Zielfindungs- und Radarwarnsystem, das RHAW, informierte die Piloten über drohende Gefahren in ihrem Bereich.

»TB Drei, TB Vier, Großer Vogel Zwei hier. Vier J-11 in der Nähe von Mariel. Zieldaten sind auf dem Weg zu Ihnen. Verstanden?«, drang die Stimme des hinter ihnen liegenden AWACS-Mannes zu ihnen.

»Death Dealer Drei, verstanden. Wir übernehmen«, erwiderte Racer für sie beide. »Hani, sobald wir in Reichweite sind, greifen Sie an. Ich gebe Ihnen Feuerschutz«, bestimmte er.

Ian hätte die J-11 gern selbst abgeschossen, aber er wusste, dass er Hani dabei unterstützen musste, wieder in den Flugsattel zu gelangen. Es war ihm wichtiger, das Selbstbewusstsein seines Flügelmanns zu stärken, als einen persönlichen Treffer zu erzielen.

»Okay … Sind Sie sicher?«, fragte Hani.

»Ich werde hinreichend Gelegenheit bekommen, mich zu beweisen«, erwiderte Racer. »Bereiten wir diesen Hunden ein Ende.

Wir haben keine Ahnung, wo sich der Tarnkappenbomber aufhält und wie nahe ihm die J-11 sind.«

Die beiden Piloten richteten ihre Flugrouten auf ihre Ziele aus. Ihr aktiver Radar blieb weiter ausgeschaltet. Das AWACS hatte ihnen die Zielkoordinaten bereits übermittelt. Hani öffnete den Raketenschacht am Bauch seines Flugzeugs und aktivierte zwei AIM-120 AMRAAM-Raketen. Er versicherte sich, dass sie ihre Ziele erfasst hatten, bevor er zwei Mal auf die Auslösetaste, den Pickle Button, drückte, die die Raketen freigab.

»Fox Drei, Abschuss radargesteuerter Raketen!«, rief Hani. Nach kurzem Zögern wiederholte er: »Fox Drei«. Die beiden Raketen schossen hinter den feindlichen Flugzeugen her. Sobald Hani die Raketen abgefeuert, wussten die Piloten der gegnerischen Flugzeuge offenbar, dass sie erfasst worden waren, und leiteten Ausweichmanöver ein.

Hani schloss die Türen des Raketenschachts und drehte schleunigst aus dem Abschussbereich ab, nur für den Fall, dass ihn jemand erfasst haben sollte. Racer flog in der Verfolgerposition und hatte gute Sicht auf die beiden Raketen, die unbeirrt auf ihre Ziele zuflogen.

Die J-11 erhöhten ihre Geschwindigkeit und hielten im Sturzflug auf den Boden zu. Sie versuchten wohl, die auf sie gerichteten Geschosse im Durcheinander der Bodenechos zu verlieren. Keine schlechte Strategie, aber die AIM-120 waren über die Jahre weit verbessert worden, von daher standen die Chancen eher schlecht.

»Hey, wir haben ein Problem, Racer«, drang Hanis nervöse Stimme über den Funk.

Racer hatte es bereits gesichtet. Nicht weit von ihnen entfernt wurden weitere Bodenradaranlagen aktiv. Zwei HQ-9 oder Red Banner-9 SAM schalteten ihren Suchradar ein.

Die Red-Banner-Boden-Luft-Raketensysteme waren besonders unangenehme Zeitgenossen, da sie mehrere Radarsysteme in ihren Ortungsprozess integrierten. Das erlaubte ihren Bedienern, eine Reihe unterschiedlicher Radarsignaturen zur gleichen Zeit zu identifizieren. Das Hauptradar war das LLQ-305B, das mit sechzig 350-mm-Wellenleitern ausgestattet war und so Dutzende von Bedrohungen gleichzeitig angreifen konnte.

Die Integrierung des passiven Sensors YLC-20 brachte die gravierendste Gefahr für Ians und Hanis Raptors und die

Tarnkappenbomber mit sich. Teil dieser Radarkonfiguration war ein hochempfindliches System, das die Tschechische Republik als ihren Beitrag zu einem geheimen NATO-Projekt entwickelt hatte, um Stealthflugzeuge zu entdecken und abzufangen. Im Jahr 2006 war den Chinesen dieses System in die Hände gefallen, und sie hatten es nachgebaut. Im Jahr 2015 erfolgte dann seine Einbindung in die HQ-9-Radarsysteme. Der passive Sensor YLC-20 war besonders für die Abwehr der amerikanischen F-22-, F-35- und der B-2-Tarnkappenbomber geeignet.

»Ich sehe sie«, bestätigte Racer knapp, während er versuchte, an Höhe zu gewinnen und Abstand zwischen sich und die beiden SAMs zu bringen, die ihn orten wollten.

»Treffer!«, schrie Hani aufgeregt. »Es sieht so aus, als ob einer der Kerle den anderen Raketen ausgewichen ist. Sollen wir ihn noch einmal angreifen?«

Das Flugzeug von Hani und Racer hatte eine Höhe von achtundzwanzigtausend Fuß überschritten, als beide Bedrohungsanzeigen aufleuchteten.

»Verdammt! Das Bodensystem hat uns im Visier. Nachbrenner und Aufsteigen! Vielleicht schütteln wir sie damit ab«, sagte Racer.

Er zog die Nase seines Flugzeugs um 60 Grad nach oben und erhöhte seine Geschwindigkeit. Seine Geschwindigkeitsanzeige überstieg nun 1.930 Kilometer pro Stunde.

»Ich bin frei. Zielerfassung nicht länger aktiv. Ich sehe mich noch einmal nach der J-11 um und versuche es ein zweites Mal«, informierte Hani Racer, während er sein Flugzeug wieder nach unten lenkte, und die Suche nach dem entwischten chinesischen Flieger begann.

»TB Drei, Großer Vogel Zwei. Wir verfolgen weitere acht J-11, zusätzlich zu denen, die sich bereits in der Luft befinden. Außerdem heben gerade zwei Gruppen von je sechs J-10 vom Stützpunkt Fidel ab. Haben Sie verstanden?« Der Operator im AWACS wusste nicht, dass Racer sich gerade sehr anstrengen musste, eine landbasierte SAM zu überlisten. Er wusste nur, dass sie den feindlichen Flugzeugen, die sich in den Kampf einmischen wollten, am nächsten waren.

»Verstanden. Eine landbasierte SAM hat mich im Visier. Geben Sie das Zielpaket an ein anderes Jagdteam weiter. Ende«, erwiderte Racer.

Verflucht. Sie haben eine Rakete abgefeuert, registrierte Racer. *Mann, das ist mehr als nur eine.*

»Hani, ich stecke in Schwierigkeiten. Sie müssen gute Zielkoordinaten haben, um drei Raketen auf einmal auf mich abzuschießen. Keine Ahnung, welche es sind, aber ich nehme sie mit nach oben und versuche, sie dort abzuhängen. Danach komme ich zurück.« Racer hatte nicht vor, mit einer der Raketen näheren Kontakt aufzunehmen.

»Erst nach oben und dann Sturzflug nach unten. Das sollte sie ausmanövrieren«, empfahl Hani. Er selbst brachte sich gerade in eine Position, von der aus er die entkommene J-11 endgültig beseitigen konnte, bevor ihre Kollegen auftauchten.

Seine Radaranzeige ließ Racer wissen, dass die ihn verfolgenden Raketen den Abstand zu ihm schnell verringerten. Wenn er sich recht erinnerte, erreichten sie eine Höchstgeschwindigkeit von Mach 4,2 mit einem Einsatzbereich von 200 Kilometern.

Dreiundzwanzig Kilometer und weiter im Anflug ...

Racer konnte sich nicht erinnern, ob sich die Raketen der SAMs auf Radar stützten oder ob es wärmesuchende Raketen waren. Deshalb warf er vorsichtshalber einen Radartäuschkörper aus, gefolgt von einer Reihe von Leuchtgeschossen, bevor er hart nach links abdrehte und auf den Boden zuhielt. Er hoffte, dass eine seiner Gegenmaßnahmen Erfolg zeigen und die Raketen entweder explodieren oder an ihm vorbeirauschen würden.

Das erste Geschoss ignorierte die Gegenmaßnahmen und flog geradeaus nach oben weiter, als ob es in der Umlaufbahn enden wollte. Die zweite Rakete fiel auf die aus dem Radartäuschkörper austretende Wolke herein, die sich mittlerweile voll ausgebreitet hatte, und explodierte harmlos einige Kilometer weiter. Die dritte Rakete verpasste ihn ebenfalls, war aber dabei, eine Kurskorrektur vorzunehmen, die sie wieder nach unten und hinter Racers Flugzeug bringen würde.

In Sorge um seinen Treibstoffverbrauch überließ Racer die meiste Arbeit der Schwerkraft, während er sich weiter in einem steilen Sturzflug befand. Sein Frühwarnsystem meldete sich mit einer neuen Warnung.

»Hani, ich habe noch mehr Ärger. Die verdammten Radare der SAMs haben sich mit den neuen J-11 zusammengetan, die an dem Spaß teilhaben wollen. Behalten Sie meinen Weg im Auge, falls ich tatsächlich abspringen muss, um sicherzustellen, dass der CSAR, der Such- und Rettungsdienst, mich findet.«

»Hey, nicht aufgeben, Racer. Wir schaffen das. Die J-11, die uns entkommen ist, ist mittlerweile außer Gefecht. Ich bringe mich gerade in Position, um die nächste Gruppe anzugreifen. Jetzt konzentrieren wir uns einfach darauf, Sie als Köder am Leben zu halten, während ich mich überraschend auf sie stürze und nacheinander aus dem Verkehr ziehe«, entgegnete Hani in leisem, beruhigendem Ton.

»Raketenwarnung, Raketenwarnung«, dröhnte die elektronische Stimme in Racers Helm. *Mehr Raketen, das hat mir gerade noch gefehlt*, dachte er.

Er registrierte, dass der neue Beschuss nicht vom Boden ausging. Er kam von feindlichen Jägern, die vier Thunderbolts auf ihn abgefeuert hatten. Diese PL-15-Raketen waren die modernsten, von aktivem Radar gesteuerten Langstreckenraketen der nächsten Generation. Sie verfügten über einen zweistufigen Antrieb, der es ihnen erlaubte, Geschwindigkeiten von Mach 4 bei einer noch nie da gewesenen Reichweite von 300 Kilometern zu erreichen.

Dieses Mal schwenkte Racer seine Raptor hart nach rechts und pendelte sich auf 600 Meter Höhe ein. Er versuchte, so nahe wie möglich an einen Bergkamm und ein Tal zu gelangen, in der Hoffnung, einige der Raketen durch Bodenecho zu abzuschütteln oder eine oder mehrere Raketen dazu zu bringen, in den Berg einzuschlagen, damit er sich unbehelligt aus dem Staub machen konnte.

Was Racer am meisten Sorgen bei dieser Art Raketen machte, war nicht ihre Reichweite oder ihre Geschwindigkeit – es war ihre Höchstflugdauer. Ein Wirkungskreis von 300 Kilometern bedeutete, dass sie viel Treibstoff in sich trugen. Eine solche Rakete konnte ihn so lange jagen, bis sie entweder Glück hatte, und er explodierte oder bis sie Pech hatte und mit einem Objekt kollidierte.

Sobald die beiden ersten Raketen ihm bis auf zehn Kilometer nahe gekommen waren, rollte sich Racer nach links ab und erhöhte erneut die Geschwindigkeit. Der Bergkamm lag direkt vor ihm. Während die Kollisionswarnung in seinen Ohren kreischte und die Warnlichter in seinem HUD wild blinkten, zog er den Steuerknüppel hart nach oben und zündete seinen Nachbrenner.

Zwei der PL-15 explodierten in den Bäumen unter ihm. Eine der Raketen zog nach oben, flog aber unter Racer hindurch und geradeaus weiter. Die vierte Rakete explodierte wenige hundert Meter hinter seinem Jäger.

Racer spürte das harte Schütteln der Raptor bei der Explosion. Sein Kabinendach zeigte zwei Sprünge. Damit musste er davon ausgehen, dass der Rest seines Flugzeugs ebenfalls Schrapnelleinschläge hatte hinnehmen müssen.

Er pendelte seine Raptor aus. Mehrere gelbe Warnlichter informierten ihn über den entstandenen Schaden, unter anderem auch über den Verlust der hydraulischen Flüssigkeit in einer seiner Tragflächen. Sein linker hinterer Stabilisator reagierte ebenfalls schwerfällig.

»Raketenwarnung. Raketenwarnung«, tönte der Alarm schon wieder.

Racer sah sich kurz um, um herauszufinden, woher diese andere Rakete kam. Dann sah er sie. Es war diese verfluchte HQ-9, die Luftabwehrrakete. Sie hatte die Richtung gewechselt und ihn schließlich über den Bodenradar, der sie weiterlenkte, erneut gefunden.

Racer zog hart am Steuerknüppel und versuchte, nach rechts abzudrehen und erneut seine Geschwindigkeit zu erhöhen. Er musste hier weg. Dann ertönte die nächste Warnung.

Die Systemkontrolle. »Notausstieg, Notausstieg, Notausstieg.«

Na dann …, dachte Racer und zog mit Schwung am Hebel des Schleudersitzes. Gleich darauf flog das Kabinendach seitlich davon, während sein Sitz mehrere hundert Meter nach oben und weg von seiner Raptor sprang.

Das Flugzeug – seine Raptor – flog noch eine oder zwei Sekunden weiter, bevor die HQ-9 aufschloss. Dank seiner Annäherungssensoren explodierte ihr Gefechtskopf in unmittelbarer Nähe der Raptor und riss sie in Stücke. Hätte Ian nur eine Sekunde gezögert, wäre er aller Wahrscheinlichkeit nach jetzt tot. Glücklicherweise hatte sich sein Fallschirm bereits geöffnet, und er war nun auf dem Weg zum Boden. Er wusste, dass er sich bemühen musste, so lange außer Sicht zu bleiben, bis ihn ein CSAR-Team retten konnte. Hoffentlich würde das nicht allzu lange dauern. Der Gedanke, ein chinesischer oder kubanischer Kriegsgefangener zu werden, sagte ihm wenig zu.

Kapitel Einunddreißig
Schwarze Einhörner

In 10.000 Meter Höhe über Kuba
28. Bombengeschwader ‚Schwarzer Tod'

Die B-21-Tarnkappenbomber glitten durch die kühle Nacht der Karibik mit einer tödlichen Fracht im Bauch.

»Wow, ein Himmel voller Jäger, Bomber, Marschflugkörper und feindlichem Radar. So etwas habe ich noch nie erlebt«, entfuhr es Exotic.

Colonel Josh ‚Miser' Grimes sah auf den Radarschirm und nickte zustimmend. In all den Jahren im Pilotensitz hatte er noch nie solch eine solch beeindruckende Ansammlung von amerikanischen Kriegsflugzeugen und feindlichem Radar gesehen. Die US-Luftwaffe und die Navy standen kurz davor, die Chinesen und Kubaner in ihre Schranken zu weisen. Sie hatten die USA hinterhältig angegriffen, aber sie würden erfahren, dass die Amerikaner mehr als einen Weg hatten, ihren Feinden Schmerz zuzufügen.

Miser sah seine Copilotin, kurz Co genannt, an und zeigte auf den Radarschirm. »Sehen Sie die? Über einhundert Greyhounds fliegen vor uns. In den kommenden zehn bis 20 Minuten werden sie auf der ganzen Insel einschlagen. Denen wird Hören und Sehen vergehen, Exotic. Ich hoffe nur, dass sie sich ihrer Lage schleunigst bewusstwerden und die Kriegshandlungen einstellen, um sich und uns eine Invasion und Besetzung zu ersparen.«

Exotic wandte sich dem erfahreneren Piloten zu und fragte: »Glauben Sie wirklich, dass sie sich so einfach ergeben werden – nach den gewaltigen Vorbereitungen, die sie seit einiger Zeit bewusst getroffen haben?«

Miser dachte einen Moment nach, bevor er antwortete. »Vielleicht haben Sie recht. Die Kubaner werden nicht lange standhalten, denke ich. Die Chinesen andererseits – sie werden kämpfen. Wie gut … das wird sich zeigen. Es ist lange her, dass sie an einem Krieg beteiligt waren. Wir werden sehen.«

Sie flogen zehn Minuten in relativer Stille. Beide befolgten ihre regulären Arbeitsschritte, um das Bombenflugzeug darauf vorzubereiten, in den am besten verteidigten Luftraum der Welt vorzudringen.

Um ihnen das Eindringen in den feindlichen Luftraum zu erleichtern, folgten sie einer indirekten Route zu ihrem Ziel. Anstatt den direkten Weg über den Golf von Mexiko zu wählen, überflogen sie die südliche Hälfte der Vereinigten Staaten und näherten sich Kuba vonseiten der östlichen Karibik. Dahinter steckte die Idee, dass sich der chinesische Radar wohl auf die Seite der USA konzentrieren würde und nicht auf die östliche oder südliche Karibik.

Noch vor wenigen Wochen hatten das Militär und die US-Geheimdienstorganisationen nicht die geringste Ahnung davon gehabt, dass die kubanische Insel in einen unsinkbaren Flugzeugträger verwandelt worden war. Was Miser am meisten überraschte, war die Tatsache, dass dies den Chinesen und Kubanern hatte gelingen können, ohne dass die Welt davon erfahren hatte, bevor es zu spät war. Die Chinesen hatten die Insel mit Boden-Luft-Raketen, Radarsystemen, Flugabwehrgeschützen und Flugabwehrraketen ausgerüstet. Dazu kam eine Vielzahl von Raketenabwehrsystemen, deren Aufgabe es war, die gesamte Investition zu schützen. Es war beinahe wie bei einer Zwiebel, eine Lage nach der anderen musste geschält werden, um das spezielle Ziel zu erreichen, auf das man es abgesehen hatte.

Im Geist verglich Miser die heutigen Gegebenheiten mit seinen Tagen im Irak-Krieg. Er entschied, dass es sich eher wie Hanoi oder Berlin auf dem Höhepunkt dieser Kriege anfühlte – ein schwer befestigtes Ziel, das viel Finesse und Glück verlangen würde, bevor es ausgeschaltet werden konnte.

Zwei Alarme ertönten, als ihr passives elektronisches Erkennungssystem eine mögliche Bedrohung für ihr Flugzeug feststellte. Wenige Minuten später füllte sich ihr Radar- und Zielfindungscomputer mit Echtzeitdaten, die sie dank ihrer Links zu den AWACS und den über ihnen kreisenden Satelliten erhielten – zumindest von den Satelliten, die noch betriebsbereit waren. Selbst das Satellitennetzwerk war Angriffen ausgesetzt.

»Unsere Verbindung zu den gottgleichen Elementen steht. Ich empfange neuen Daten«, bestätigte Exotic.

Zu den sogenannten gottgleichen Elementen gehörten die beiden im Golf operierenden AWACS, die verbliebenen Satelliten über ihnen, sowie die RQ-170 Sentinel Stealthdrohne über Kuba, die ihnen ihre

Zielauswahl- und Radardaten übermittelten. Das Gesamtbild dieser kombinierten Quellen, das ihnen und den B-2s geboten wurde, war äußerst umfassend.

Der Computer brauchte einen Augenblick, um alle Daten zu sortieren. »Meine Güte, vollständig, aber furchterregend«, kommentierte Exotic. »Die Gefahrenanzeige von Gott Eins ist da. Verdammt, sieht nicht gut aus, Miser. Verteilt über die Insel sechs Gruppen mit mehreren Flugzeugen – wohl vier pro Team. Drei Gruppen der J-10 und drei Gruppen der J-11. Zwei Gruppen mit aktivem, vier mit passivem Suchradar. Außerdem sehe ich sechs aktive Red Banner-9-Radarstandorte im Suchmodus.« Exotic zögerte kurz, bevor sie lakonisch hinzufügte: »Sieht aus, als erwarten sie Besuch.«

Lachend erwiderte Miser: »Das mag stimmen, Exotic. Wenn die Sentinel sechs aktive Radarstandorte gefunden hat, können Sie sich darauf verlassen, dass sicher ein Dutzend oder mehr passive darauf warten, aktiv zu werden. Programmieren Sie diese Radarstandorte ein und überprüfen Sie, ob sie mit anderen Örtlichkeiten in unserem Zielpaket übereinstimmen. Wenn nicht, fügen Sie sie hinzu. Um die kümmern wir uns später. Mit dem Beginn unseres ersten Angriffs wird es hektisch werden.«

„»Die B-2s nähern sich der Kontrolllinie«, verkündete Exotic, als sie die blauen Symbole, die ihre Bomberkollegen kennzeichneten, vom Golf heranfliegen sah.

Miser nickte. »Ja, wir müssen unsere Jobs erledigen, bevor sie Kuba zu nahe kommen. Der Radar der Volksbefreiungsarmee und das C&C sollten ausgeschaltet sein, um ihnen und dem Rest der Bomber freien Zugriff auf das Land zu gewähren.«

»Die Greyhounds scheinen Erfolg zu haben. Ich sehe eine ganze Reihe feindliche Radars offline«, verkündete Exotic nonchalant.

Sie setzten ihren Flug fort, während sie die Sentinel-Drohne über ihnen weiter mit Daten versorgte. Da die Chinesen seit einigen Stunden die amerikanischen und europäischen Satellitennetzwerke sabotierten, verließ sich das Militär für seine Überwachungsaufträge nun weitgehend auf seine Drohnenflotte.

»Wir nähern uns dem Zielobjekt. Soll ich die Waffen scharf machen?«, erkundigte sich Exotic mit angespannter, aber auch aufgeregter Stimme. Dies war ihr erster echter Bombenangriff.

»Ja, gute Idee, Exotic«, erwiderte Miser, ohne den Blick vom Bildschirm vor sich zu nehmen. »Ich lade gerade das erste Zielobjekt hoch. Überprüfen Sie die Koordinaten ein zweites Mal, nur um sicherzugehen. Beim heutigen Angriff ohne Lasermarkierer darf uns absolut kein Fehler unterlaufen.«

Ihr erstes Ziel war ein C&C, ein Kommandozentrum, das 50 Kilometer außerhalb Havannas angesiedelt war. Sie hatten vor, den Bunker mit zwei GBU-28-bunkerbrechenden Bomben zu zerstören. Nach dem ersten Angriff auf diesen Bunkerkomplex würden sie ihre Zielobjektliste abarbeiten: zunächst ein zweiter Bunkerkomplex unter dem Innenministerium – da der Geheimdienst davon ausging, dass dies der Ort war, an den sich der neue kubanische Präsident zurückgezogen hatte –, und danach acht Radarstandorte, die über das Land verteilt waren.

Nach der Ausschaltung dieser Ziele würden sie ein neues Zielpaket von den Drohnen anfordern. Ihr Bombenschacht enthielt vier 5.000 Pfund schwere, bunkerbrechende Bomben vom Typ GBU-28, die für die beiden hochrangigen Ziele gedacht waren. Zusätzlich zu den großen Bomben transportierten sie 20 weit kleinere GBU-38, GPS-gesteuerte Bomben mit 500 Pfund schweren Gefechtsköpfen.

Die beiden B-21s würden sich die ersten Stunden nach dem Angriff weiter über Kuba aufhalten. Ihre Aufgabe war es, die chinesischen und kubanischen Radarstandorte, die die bisher zerstörten ersetzen sollten, zu vernichten, bevor sie ihren Dienst antreten und dem Feind erneut die Gelegenheit zur Abwehr geben konnten. Diese Strategie war Teil der von den US-Kriegsplanern entwickelten SEAD-Mission, mit der Absicht, die Effektivität der feindlichen Luftabwehr zu unterminieren.

Wenn es den B-21s gelang, ihre Gegner blind zu halten, würde das den B-2s, den B-1s und anderen Angriffsflugzeugen den Weg frei machen, die Luftwaffe Kubas und die der Volksbefreiungsarmee zu dezimieren und als mögliche Bedrohung für die USA zu zerstören. Falls die Kubaner und die Chinesen nach einigen Tagen schwerer Bombardierung immer noch nicht kapitulieren wollten, würden die Navysoldaten und Luftlandetruppen einfallen, um endgültig unter ihnen aufzuräumen.

Exotic legte ihre Sauerstoffmaske an. Das Zielobjekt lag vor ihnen. Zeit zum Handeln.

»Wir nähern uns dem Ziel«, verkündete sie, als sich ihr eigenes Symbol und das blinkende Zielsymbol auf der Karte immer näher kamen.

»Bestätigt«, erwiderte Miser. »Aktivieren Sie das erste Bombenset und öffnen Sie den Bombenschacht. Feuer frei in 60 Sekunden.«

Eine Minute später schüttelte sich ihr Flugzeug nach dem Verlust ihres aerodynamisch glatten Unterbauchs ein wenig. Das Licht der Bombenschachttüren wechselte von Rot auf Grün – das offizielle Zeichen, dass sie offen standen. Als ob sie das nicht schon an der Art, wie das Flugzeug flog, bemerkt hätten.

»Bomben aktiviert und zum Abwurf bereit«, sagte Exotic.

Miser hielt den Steuerknüppel ein wenig fester in den Händen, während er sich darauf vorbereitete, die ersten Bomben aus einem B-21 auf eine feindliche Nation abzuwerfen. Mit dem Daumen auf dem Freigabeknopf drückte er erst einmal, dann ein zweites Mal ab.

Binnen Bruchteilen einer Sekunde wurde der Impuls vom Steuerknüppel aus direkt in das Zielauswahlsystem geleitet. Eine andere Nachricht ging an das Waffengestell, in dem die GBU-28 ruhten, mit der Aufforderung, sie freizusetzen. Unmittelbar nachdem die beiden Bomben das Flugzeug verlassen hatten, fühlte sich die B-21 um 10.000 Pfund leichter und ihre Handhabung um vieles einfacher an.

»Waffen auf dem Weg«, sagte Miser mit angespannter Stimme.

»Bestätigt, Waffen auf dem Weg. Schließen der äußeren Tore.« Exotic drückte den Knopf, der sie wieder verriegelte und stellte sicher, dass ihr Tarnkappensystem weiter seinen Dienst tat.

Ohne zu zögern wechselte Miser die Flugrichtung und steuerte seinen großen Vogel auf ihr nächstes Objekt zu – das Innenministerium im Zentrum von Havanna. Hier würden sie nur eine der GBU-28 auf ihr Ziel abwerfen, um den potenziellen Kollateralschaden zu minimieren.

Von ihrer Abwurfhöhe aus dauerte es einige Minuten, bevor die Bomben ihr angestrebtes Ziel erreichen würden. Bis dahin hätten sie Havanna beinahe schon vor Augen. Die gegnerischen Radareinrichtungen gingen weiter nacheinander offline. Ein massiver Beschuss durch die Greyhounds schlug ununterbrochen auf die bekannten Standorte und auf die derzeit aktiven Radareinrichtungen der Kubaner ein. Trotzdem war es keine völlig einseitige Angelegenheit. Miser und Exotic beobachteten über vier Dutzend Kondensstreifen, die von Raketen stammten, die auf amerikanische Kriegsschiffe zuhielten.

»Woher kommen die denn?«, fragte Exotic erstaunt, als sie eine neu aufsteigende Raketenspur nahe dem Bereich des Kommandozentrums entdeckte, das sie gerade beschossen hatten.

Miser furchte die Stirn; er war sich nicht sicher, welche Richtung sie einschlugen. Schließlich erlaubte ihm ihr eingeschränktes telemetrisches Monitoring dann doch eine Aussage – diese Raketen waren auf dem Weg in ihr Heimatland!

Nach einem Blick aus dem Fenster und auf seine Bildschirme, sagte er knapp: »Ich denke, das sind auf Landziele gerichtete Raketen, wahrscheinlich ein Angriff auf einen unserer Luftwaffenstützpunkte. So würde ich zumindest vorgehen.«

Seine Co schwieg einen Augenblick, bevor sie leise kommentierte: »Ich hätte nie gedacht, einen Tag zu erleben, an dem unser Land unter feindlichen Raketenbeschuss kommt. Ich dachte, wir treten in die Luftwaffe oder die Navy ein, um diese Art von Gefahr von den Vereinigten Staaten fernzuhalten.«

»Sie wissen, was mit Langley und Norfolk passiert ist«, erwiderte Miser. »Ich hörte sogar, dass Fort Stewart in Georgia angegriffen wurde.«

»Ich kann es immer noch nicht glauben«, wiederholte Exotic verstört. »Wie um alles in der Welt konnten wir nicht wissen, dass diese Schiffe und Marschflugkörper da draußen lauerten? Da hat jemand ernsthaft versagt, wenn Sie mich fragen.«

»Uns bleiben nur unsere Arbeit und die Konzentration auf unsere Mission. Darüber hinaus haben wir keinerlei Kontrolle. Wir erledigen unseren Auftrag, so gut wir können und vernichten die uns vorgegebenen Ziele.«

Ihr Flug verlief ruhig, während sie Havanna und ihrem zweiten primären Objekt beständig näher kamen. Nach diesem zweiten Bombardement blieb es ihnen überlassen, welchem der feindlichen Radarstandorte, die sich auf ihren Bildschirmen zeigten, sie sich annehmen wollten.

Die Reduzierung möglicher Gefahrenherde für die amerikanischen Bomber durch das Versagen weiterer Radarvorrichtungen um die Stadt herum, munterte Miser und Exotic nach dem bisher Erlebten ein wenig auf. Mehrere gegnerischen Kämpfer hatten sich intensive Luftkämpfe mit den Raptors geliefert. Miser und seine Co mussten dem Abschuss von vier F-22 zusehen. Auch das sollte nicht geschehen. Dazu brachten feindliche SAMs zwei ihrer F-35 zum Absturz.

»Zwei Minuten bis zum Zielobjekt. Ich starte die Zündungssequenz«, informierte Exotic ihren Kollegen.

Miser nickte und konzentrierte sich weiter auf die Gefahrenanzeige. Langsam begann er, sich etwas besser zu fühlen. Zwei feindliche Radarstationen hatten soeben ihren Dienst eingestellt, was ihre Chance, entdeckt zu werden, weiter verringerte.

»Sechzig Sekunden entfernt. Ich öffne die Türen des Bombenschachts«, kündigte Exotic an.

Das Flugzeug schaukelte aufgrund der sich verändernden Aerodynamik. Ein gleichmäßiger Flug würde sich erst wiedereinstellen, nachdem sie die Bombe freigesetzt hatten.

»Zehn Sekunden«, sagte Exotic.

Miser sah das Symbol, das ihm mitteilte, dass es an der Zeit war, die Bombe abzuwerfen. Er drückte einmal auf den Auslöseknopf und schickte die bunkerbrechende Bombe auf den Weg. Sobald sie das Flugzeug verlassen hatte, drehte er leicht ab – ohne zu registrieren, dass Exotic die Türen zum Schacht noch nicht geschlossen hatte.

Zwei neue feindliche Radarsucher erwachten zum Leben, genau wie mehrere Alarmsignale in ihrem Bomber.

Oh Mann, das ist nicht gut, fluchte Miser im Stillen, als die Warnungen andeuteten, dass ein landbasiertes Radar sie zu erfassen versuchte. Dann trafen sie die Radarleitstrahlen von zwei weiteren Radareinrichtungen.

»Nicht gut, Exotic. Sie versuchen, unsere Position von drei Seiten aus zu bestimmen«, sagte Miser hastig.

»Wie ist das möglich? Wir sind momentan nur so groß wie ein kleiner Punkt«, erwiderte sie besorgt.

»Das sind wir, aber ich habe Mist gebaut. Ich habe abgedreht, bevor die Bombentüren komplett geschlossen waren. Ich denke, dass sie anhand unseres Unterbauchs eine schwache Ortung vornehmen konnten, und jetzt versuchen, unseren Standort mittels Triangulation ausfindig zu machen.«

Miser griff nach dem Steuerhebel und beschleunigte ihre Geschwindigkeit um ein Vielfaches. Außerdem zog er die Nase ihrer Maschine nach oben und lenkte das Flugzeug nach Norden, in Richtung des offenen Golfs. Er musste sowohl Höhe als auch Abstand zwischen ihren Bomber und die Radareinrichtungen bringen, in der Hoffnung, dass ihre Verfolger die wenigen Hinweise, die sie auf ihre Anwesenheit hatten, nicht verifizieren konnten.

»Exotic, suchen Sie nach den Frequenzen und Rufzeichen von einigen der Zerstörern unter uns. Falls die Radare unsere Position hinreichend bestimmen und auf uns feuern, sollen sie Abfangraketen hochschicken, um uns auszuhelfen. Andernfalls nehmen wir ein morgendliches Bad.«

Seine Co stöhnte nur und griff nach ihrem Block, auf dem die Rufzeichen und Frequenzen einiger Schiffe und Flugzeuge standen, die ihnen im Notfall behilflich sein konnten.

Der Blick aus dem Fenster sagte Miser, dass sie das Festland hinter sich gelassen hatten und sich nun offiziell über der Floridastraße befanden.

»Raketenwarnung, Raketenwarnung.«

»Verdammt! Sie schickten uns eine Rakete hinterher! Nein, sie feuerten gleich zwei Raketen ab!«, rief Exotic mit angsterfüllter Stimme.

»Halten Sie sich fest, ich versuche etwas«, erklärte Miser.

Schnell legte er einige Schalter um. Die am Unterbauch ihres Flugzeugs montierten Behälter mit den elektronischen Gegenmaßnahmen waren in der Regel inaktiv, um die Chance zu minimieren, dass ein modernes Ortungssystem die Position ihres Stealthbombers dank dessen elektronischen Emissionen identifizieren konnte. Angesichts der Tatsache, dass ihnen zwei Boden-Luft-Raketen folgten, schien die Bewahrung elektronischer Stille wenig Sinn zu machen.

»Versuchen Sie, eine der *Arleigh Burke*s unter uns zu erreichen. Sie sollen versuchen, die Raketen abzufangen. Bei gleichbleibender Geschwindigkeit und gleichem Abstand haben wir fünf Minuten, bevor sie uns erreichen.«

Exotic schaltete ihr Funkgerät auf die Frequenz der Navy-Schiffe um und erreichte schließlich jemanden. Nach einer kurzen Legitimationsprüfung bestätigte der Zerstörer, dass sie den Flug der Raketen verfolgten und sie mit zwei Abfangraketen empfangen würden. Allerdings waren sie nicht unbedingt zuversichtlich, sie zu treffen, insbesondere nicht bei ihrer jetzigen Geschwindigkeit. Sie schlugen vor, dass Miser ihren Bomber näher auf sie zuflog.

Während dieser Unterhaltung erhielt eine in der Nähe befindliche Navy EA-18G Growler neue Anweisungen und hielt mit voller Geschwindigkeit auf ihre Koordinaten zu. Sie sollte den Versuch unternehmen, mit ihrem technisch hochentwickelten Aufgebot an Gegenmaßnahmen die feindlichen Raketen von ihrem Ziel abzulenken. Die Growler war mit einem breiteren Spektrum an ECM-Werkzeugen bestückt als ein Tarnkappenbomber.

Die AESA der Growler war eine einzigartige Technologie, die dem elektronischen Kriegsführungsoffizier auf dem hinteren Sitz des Flugzeugs erlaubte, sein Radarstörsystem direkt dorthin zu lenken, wo es benötigt wurde. In diesem Fall musste er die beiden Raketen blockieren, die dem Abermillionen teuren Schwarzen Einhorn der Luftwaffe im Nacken lagen.

»Zwei Minuten bis zum Raketeneinschlag«, berichtete Exotic, die nun mit den Growler-Piloten über Funk in Verbindung stand.

Miser sah, dass die erste Abfangrakete der Growler erfolglos an ihrem Ziel vorbeiflog.

»Treffer!«, sagte Exotic triumphierend.

Gott sei Dank, wenigstens eine erwischt. Nun auch noch die andere ..., dachte Miser. Ehrlich gesagt war er überrascht, dass es der Navy tatsächlich gelungen war, einen ihrer Verfolger abzuschießen. Es half wohl, dass er in einer relativ flachen Flugbahn unterwegs war, was bedeutete, dass die HQ-9-Rakete ihm im gleichen Winkel folgte.

»Sechzig Sekunden bis zum Einschlag«, kündigte das Frühwarnsystem in ihren Helmen an.

Die Growler war zu diesem Zeitpunkt weniger als fünf Meilen von ihrer Position entfernt. Sie gaben ihr Bestes, diese verdammte feindliche Rakete auszuschalten.

»Treffer!«, schrie Exotic. Miser war sich sicher, dass sie ohne ihre Sicherheitsgurte aus ihrem Sitz aufgesprungen wäre.

»Hey, ganz ruhig. Konzentrieren Sie sich auf Ihre Systeme. Wir befinden uns weiterhin im Gefahrenbereich.« Miser musste sie daran erinnern, dass der gegnerische Bodenradar sie weiterhin aktiv jagte. Andererseits hatten nach einem erneuten Angriff der Greyhounds zwei weitere Systeme aufgegeben.

»Einhorn Eins, Fehdehandschuh Sechs, mir wurde aufgetragen, nicht von Ihrer Seite zu weichen. Wie sieht unser Plan aus? Wohin geht es als Nächstes?«, erkundigte sich der Pilot, der sie und ihren Stealthbomber gerettet hatte.

Nervös blickte Exotic zu Miser. »Wir drehen doch nicht um, oder?«

Miser wusste, dass sie ihr Bestes geben würde, ihrer Aufgabe gerecht zu werden, falls er darauf bestand, erneut einzufliegen.

»Fehdehandschuh Sechs, Einhorn Pilot. RTB, wir kehren zur Basis zurück. Begleiten Sie uns bitte nach Barksdale«, sagte Miser.

Es dauerte einen Augenblick, bevor der Pilot etwas erwiderte. »Einhorn Pilot, Barksdale wurde getroffen und hat den Betrieb eingestellt. Alle Schwergewichtler werden auf die Moody Air Force Base umgeleitet. Falls Sie ausreichend Treibstoff haben, könnten Sie einen Bomberstützpunkt anfliegen.«

Ausreichend Treibstoff? Warum nicht unterwegs auftanken und direkt nach Hause fliegen?

»Fehdehandschuh Sechs, stehen Tankstationen in der Nähe zur Verfügung?«, erkundigte sich Miser. »Wir würden gerne nach Hause zurückkehren.«,

»Einhorn Pilot, vor 20 Minuten wurden drei unserer Tankflugzeuge abgeschossen und weitere sechs am Boden auf MacDill. Die AWACS, die sich über Robins aufhielt, wurde ebenfalls getroffen, zusammen mit ihrem Partner in der Nähe von Corpus Christi.«

»Wie zum Teufel haben wir all diese Flugzeuge verloren?«, entfuhr es Exotic.

»Fehdehandschuh Sechs, verstanden. Wir fliegen Moody an und sehen nach der Landung, was sie weiter von uns erwarten. Noch einmal besten Dank für Ihre Hilfe und den Begleitflug. Noch eine Frage: Wie war es möglich, dass wir so viele Flugzeuge so weit von Kuba entfernt verlieren konnten?«

Der Antwort ging erneut eine kurze Pause voraus. »Einhorn Pilot, eine unbekannte Anzahl von J-20 umging unsere Verteidigung und kam uns nahe genug, um zwei der AWACS und mehrere Tankflugzeuge abzuschießen.«

»Vielen Dank für die Info. Wir fliegen Moody an und sehen, was sie dort mit uns vorhaben.«

Miser wandte sich seiner Co zu und kommentierte: »Sieht aus, als war es das für uns. Eines weiß ich mit Sicherheit … Bis wir mehr ihrer Radarsysteme ausgeschaltet haben, werden sie in keinem Fall riskieren, uns ein zweites Mal dorthin zu schicken. Nicht, nachdem wir beinahe abgeschossen wurden.«

Zwei Stunden lang flogen sie in beinahe absoluter Stille dahin. Keiner der beiden hatte viel zu sagen. In Gedanken gingen sie erneut jeden Schritt ihrer Mission durch – was sie richtig gemacht hatten, was falsch gelaufen war, und was sie das nächste Mal besser machen würden.

Sie wussten, dass sie nach der Landung eine mehrere Stunden dauernde Einsatznachbesprechung erwartete. Sie hatten gerade den ersten Kampfauftrag von Amerikas neuestem Bomber hinter sich gebracht. Zusätzlich zu den Fragen der Air Force, die alles über ihre Mission und die Leistungsfähigkeit und Funktionalität des Flugzeugs erfahren wollten, wollte der Hersteller ebenfalls so viel wie möglich lernen. Diese Mission gab allen Beteiligten die Gelegenheit, bisher unbekannte Probleme innerhalb des Systems auszumerzen.

Seiner Einschätzung der überraschend effektiven HQ-9-Radarsysteme nach, musste Miser davon ausgehen, dass die amerikanische Luftwaffe im Verlauf der letzten Stunden eine hohe Anzahl ihrer Flugzeuge verloren hatte. Er und Exotic hatten den Abschuss mehrerer Raptors und Lightnings mitansehen müssen. Wenn diese Flugzeuge Probleme hatten, wollte er sich nicht vorstellen, wie hart es die B-2s und andere getroffen hatte, die nicht im Stealth-Modus operierten.

Kapitel Zweiunddreißig
Kollateralschaden

Strategisches Kommando
Omaha, Nebraska

Die führenden Köpfe der Regierung der Vereinigten Staaten hielten ihre dritte Krisensitzung des Tages in der trockenen, kalten Luft des Kommandobunkers ab.

Wird das denn nie enden?, dachte Blain Wilson mit einem Blick auf die Uhr an der Wand. Der Uhrenbalken, wie Wilson ihn nannte, zeigte die Zeiten der Welt an: das NATO Hauptquartier in Brüssel, London, Washington, D.C., Omaha, Hawaii und Tokyo.

Die US-Uhr informierte ihn, dass es 1:32 Uhr am Morgen des zweiten Kriegstages war. Die Lage hätte nicht schlechter aussehen können, wenn sie es mit Absicht selbst so geplant hätten.

»Um Gottes willen, jemand soll die Temperatur in diesem Raum hochfahren. Ich will keinen Parka zu diesen Lagebesprechungen tragen müssen«, beschwerte sich Präsident Alton.

»Mr. President, die Oberhäupter der NATO-Staaten wollen wissen, wie unser nächster Schritt aussehen wird«, sagte General Lisa Yeager. Sie sah so müde und abgekämpft wie der Rest der Anwesenden aus.

Wilson konnte sehen, dass sich der Präsident nicht sicher war, was er dazu zu sagen oder tun sollte. Deshalb schaltete er sich ein und stellte eine Frage, die ihm vielleicht die Richtung zeigen konnte. »General Yeager, was teilen uns die Europäer ihrerseits über die Situation in Europa mit? Wie reagieren Sie auf die Deepfakes und den vor Kurzem erfolgten militärischen Angriff der Chinesen?«

»Es herrscht große Verwirrung. Die Deutschen bestehen darauf, dass die *Rheinland-Pfalz* das chinesische Marineschiff im Golf von Aden nicht angegriffen hat. Sie sind mehr als aufgebracht darüber, dass diese Schiffe versenkt wurden. Die chinesische Marine meldete vor drei Stunden, dass sie 42 von insgesamt 134 Seeleuten der deutschen Besatzung retten konnten – und offiziell zu Kriegsgefangenen erklärten.

»In Italien fanden auf einem selbst entladenden Schüttgutfrachter eine Reihe von Explosionen statt. Der Frachter sank vor der Küste von Gioia Tauro, seinem Bestimmungshafen. Die Chinesen behaupten, dass die italienische Fregatte *Carlo Bergamini* ihren Frachter in internationalen Gewässern angegriffen habe. Überrascht waren alle von der Geschwindigkeit, in der die angeblichen Aufnahmen dieser Auseinandersetzungen im Internet auftauchten. Eines der Videos zeigt, wie deutsche und italienische Kriegsschiffe das Feuer auf ahnungslose Chinesen eröffnen. Das Video dieses Kampfs ist ungemein glaubhaft. Beide Videos haben große Verwirrung innerhalb der EU darüber verursacht, welche Versionen tatsächlich der Wahrheit entsprechen«, informierte General Yeager die Anwesenden.

»Einige europäische Politiker fragen sich sogar offen, ob die USA China und Kuba mit Absicht angegriffen haben. Ich las einen Bericht, in dem ein Mitglied des britischen Parlaments ernsthaft wissen will, ob unsere Videos vielleicht eine Finte sein könnten, um die NATO dazu zu bewegen, auf der Seite der USA gegen China vorzugehen.«

»Schwachsinn …«, knurrte der Präsident wütend. »Was sollte uns ein solches Vorgehen bringen? Norfolk, Groton, Pearl Harbor und San Diego wurden beschossen. Würden wir so etwas vielleicht selbst inszenieren? Sicher nicht.«

Wilson war aufgefallen, dass Präsident Alton im Laufe der letzten Woche übellauniger als gewöhnlich war. Die Wahl stand in wenigen Tagen an. Amerika musste sich nicht nur einem drohenden Angriff stellen, vielmehr war ihr Heimatland in den letzten 24 Stunden mehrmals tatsächlich getroffen worden – von Cyberangriffen und Deepfakes bis hin zu direkten kinetischen Angriffen auf Militäreinrichtungen und sogar auf einige Städte. Die Menschen hatten Angst.

Einen Moment herrschte Schweigen. Alle warteten, ob der Präsident seiner Aussage noch etwas hinzufügen oder ob er weiter ihre Updates hören wollte. Wilson nickte Admiral Thiel zu, um das Gespräch wieder in die richtigen Bahnen zu lenken.

»Mr. President …«, sprach ihn der Admiral direkt an. »Vielleicht wäre die derzeit richtige Entscheidung, diese Konferenz zu beenden und uns allen etwas Ruhe zu gönnen. Wir könnten morgen früh um 8 Uhr weitermachen. Das gibt uns allen etwas Zeit, weitere Informationen über unsere militärische Situation einzuholen und Ideen zu sammeln, wie wir auf die Lage reagieren sollen. Das Militär hat seine Befehle. Ich schlage vor, wir lassen sie weiter ihren Job machen und sich um die Dinge kümmern, von den sie etwas verstehen. Eine kurze Pause gibt General Yeager zudem auch mehr Zeit, unsere NATO-Alliierten für unsere Seite zu gewinnen.«

Die Augen des Präsidenten waren blutunterlaufen. Tiefe Tränensacke zeigten sich in seinem Gesicht. Er war müde und emotional erschöpft. Langsam nickend stimmte er seinem erfahrensten Berater zu. »Eine gute Idee, Admiral. General Yeager, lassen Sie die NATO-Mitglieder bitte wissen, dass wir Artikel Fünf geltend machen, falls sie es nicht tun werden. Dies war ein abgestimmter und koordinierter Angriff auf Europa und Amerika, der Jahre der Planung voraussetzte. Unsere Antwort darauf kann nur die einer gemeinsamen Front sein.«

Der Präsident erhob sich. Alle taten es ihm nach.

Während er den Raum verließ, bedeutete der Stabschef des Präsidenten Albert Abney den übrigen Anwesenden, zurückzubleiben. Er wollte allein mit ihnen reden.

****

Abney setzte den Generälen, Admiralen und Beratern des Weißen Hauses schwer zu. Er kochte vor Wut darüber, was sich in den letzten vier Wochen ereignet hatte und über ihre Unfähigkeit, die Angriffe zu stoppen. Die Chinesen hatten die USA und Europa mühelos mit ihren ins Internet gestellten Deepfake-Videos ausgetrickst. Etwas musste sich ändern, und zwar sofort!

Abney starrte Admiral Thiel an. »Admiral, als Vorsitzender der Vereinten Stabschefs fällt Ihnen die Aufgabe zu, den Präsidenten über Militärangelegenheiten und die Verteidigung der Nation zu beraten. Unter Ihren Augen musste unser Heimatland mehrere fortgesetzte Angriffe in diversen Bereichen von einem uns bekannten Feind hinnehmen. Ich weiß nicht, wessen Fehler das war und ich will auch niemandem die Schuld zuschieben. Ich stehe hier, um Ihnen allen mitzuteilen, dass Sie momentan nicht nur in Ihrer Pflicht dem Präsidenten gegenüber versagen, sondern auch gegenüber Ihrer Nation.«

Abney hielt inne und sah jedem Einzelnen nacheinander ins Gesicht. »Ich weiß, dass wir alle müde sind. Außerdem weiß ich, dass das amerikanische Volk in wenigen Tagen eine neue Präsidentin wählen wird: Vizepräsidentin Vickie Jackson oder die Kongressabgeordnete Maria Delgado wird die nächste Frau sein, die

unsere Nation anführt. Je nach Ergebnis der Wahl werden einige von
Ihnen im Januar arbeitslos sein. Heute aber sind wir es, die in diesem
Raum das Schicksal der Nation und der Welt bestimmen. Wir müssen
der Erwartung gerecht werden, die unsere Mitbürgerinnen und
Mitbürger in uns investiert haben. Eine der Kandidatinnen wird ihre
Amtszeit mit diesem Krieg beginnen. Wir haben zwei Alternativen:
Entweder wir tun unser Bestes, diesen Krieg zu beenden, bevor er sich
weiter ausbreiten kann, damit unsere neue Präsidentin nicht hilflos
allein dasteht, oder wir müssen sicherstellen, dass wir unsere neue
Präsidentin in die Position bringen, unser Land zum Sieg zu führen.«

Abney sah, dass einige Köpfe nickten. Er wusste, dass seine
Nachricht ankam. »Admiral Thiel, was passiert in Kuba? Ist es uns
gelungen, die Möglichkeiten der PLA, die USA anzugreifen, zu
neutralisieren oder müssen wir weitere Angriffe erwarten?«

Admiral Thiel lehnte sich vor. »Das Problem, das uns große
Schwierigkeiten bereitet, Mr. Abney, sind die transportablen
Raketeneinheiten, die die Lenkwaffen auf unsere Basen entlang der
Golfküste abschießen. Diese TEL-Geräte können sich unter dichten
Baumkronen oder hohem Pflanzenwuchs verstecken, was ihre
Entdeckung durch unsere Satelliten oder Drohnen enorm erschwert.
Dazu kommt, dass innerhalb der letzten 24 Stunden beinahe die Hälfte
unseres Satellitennetzwerks entweder zerstört oder beschädigt wurde.
Das reduziert unsere Überwachungskapazität stark.«

Frustriert schüttelte Abney den Kopf. »Es muss doch etwas geben,
was wir tun können. Wir sollten solche Einschläge nicht hinnehmen
müssen. Der Angriff auf den Luftwaffenstützpunkt MacDill in Tampa,
Florida, hat nicht nur diese Einrichtung zerstört. Eine der Raketen ist
vom Kurs abgewichen und in der Innenstadt von Tampa gelandet.
Beinahe einhundert tote Zivilisten und weit mehr Verletzte waren die
Folge. Das ist nicht akzeptabel, Admiral. Wir brauchen eine Lösung.«

»Ich bin vollkommen Ihrer Meinung, Mr. Abney«, erwiderte
Admiral Thiel. »Aus diesem Grund verlegen wir zwei zusätzliche
Zerstörer in den Golf, um die von Kuba gestarteten Raketen vorzeitig
abzufangen. Mit dem Beginn der Bodenoperationen werden wir weit
besser in der Lage sein, diese Trägerraketen zu finden und
auszuschalten.« Der Mann sah total erschöpft aus, während er nach
seiner Kaffeetasse griff.

Abney seufzte angesichts der müden Gesichter vor ihm. Er wusste, sie taten ihr Bestes. Leider war das nicht gut genug. Wenn nicht nächste Woche eine Wahl anstehen würde, hätte er dem Präsidenten bereits empfohlen, sie alle zu entlassen und durch neue Gesichter und Ideen zu ersetzen. Aber das war unmöglich – nicht mit dem kurzfristig anstehenden Wechsel von einer Administration auf eine andere.

»Okay, Wir alle brauchen Schlaf vor unserer nächsten Besprechung morgen früh. Nehmen Sie sich bitte die Zeit zum Schlafen. Niemand von uns kann dem Präsidenten eine Hilfe sein, wenn wir zu erschöpft sind, um einen klaren Gedanken zu fassen. Ihr Land braucht Sie!« Mit diesen Worten beendete Abney die Besprechung.

****

Florida Keys
3. Bataillon, 116. Feldartillerieregiment
Floridas Nationalgarde

»Hey, sieht aus, als hätten wir es gleich geschafft«, sagte Staff Sergeant Hector Ramirez und zeigte auf den Wagen des örtlichen Sheriffs und auf ein leichtes taktisches Fahrzeug der Militärpolizei, die beide hell beleuchtet am Straßenrand standen. Ein Militärpolizist und ein Vertreter des Sheriffbüros leiteten den militärischen Verkehr auf eine Seitenstraße um, die auf ein großes Feld oder einen Strand abseits von der Hauptstraße führte.

»Das sehe ich. Erwarten sie tatsächlich, dass wir uns hier draußen aufstellen?«, fragte Sergeant Rob Fortney.

Fortney war neu in der Einheit, aber nicht neu in der Armee. Vor nicht allzu langer Zeit hatte er nach vier Jahre im aktiven Dienst die Armee verlassen, um mithilfe seiner GI-Bill seinen wahren Traum zu verfolgen: zuerst Polizist zu werden und später wie sein Vater und sein Großvater zum Kriminalbeamten aufzusteigen. Beide hatten zunächst im Militär gedient, bevor sie die Polizistenlaufbahn eingeschlagen hatten. Es war eine Familientradition der Fortneys.

»Ist doch egal, wo sie uns unterbringen, Fortney«, erwiderte Ramirez frustriert. »Ich weiß nur, dass wir noch vor 36 Stunden daheim tun und lassen konnten, was wir wollten. Und jetzt stecken wir mitten in diesem namenlosen Krieg.«

Fortney hielt Hector für einen guten Mann und akzeptablen Gruppenführer. Beide lebten in der Nähe von Brandon, Florida. Hectors Frau hatte vor 15 Tage ihr zweites Baby zur Welt gebracht, von daher war er wenig begeistert, dass ihre Einheit, die 3-116th FAR, aktiviert worden war. Sie gehörten der Bravo-Batterie aus Dade City, Florida, an. Sie waren für die Bedienung eines M142-hochmobilen, geländegängigen Raketenartilleriesystems, einer HIMARS-Einheit, zuständig. Das Raketensystem konnte Ziele bis zu 300 Kilometer Entfernung treffen.

»Big Pine Key«, las Fortney auf einem Straßenschild. »Die Inselkette Floridas wollte ich schon immer einmal sehen. Dass ich das in Uniform mache, habe ich mir allerdings nicht vorgestellt.«

»Ja, aber diese Straße führt nach Southeast Point«, bemerkte Ramirez.

Vor ihnen sahen sie andere HIMARS-Fahrzeuge, die an vorbestimmte Orte geleitet und dort zum Parken angewiesen wurden. Nach der Art, wie sie parkten, sah Ramirez, dass sie sich auf das Abfeuern der Systeme vorbereiten sollten.

»Fortney, Ramirez. Parken Sie Ihr Fahrzeug dort drüben, nahe B-4. Danach finden Sie sich in der Feuerleitzentrale zur Einsatzbesprechung ein!«, rief ihnen ein Sergeant zu, während sie die Geschwindigkeit drosselten, um seine Anweisungen entgegenzunehmen.

Fortney und Ramirez nickten und parkten ihr Fahrzeug an der ihnen zugewiesenen Stelle. Beim Aussteigen sahen sie, dass ein weiterer Konvoi vorfuhr – noch mehr HIMARS-Abschussvorrichtungen und vier Munitionsfahrzeuge. Falls sie vorhatten, ihre Raketen in Kürze abzuschießen, brauchten sie mehr Munition. Es würde eine lange Fahrt werden, um eine einzige Salve abzufeuern.

Sie näherten sich dem Hauptquartierfahrzeug, vor dem einige Soldaten bereits dabei waren, das Kommandozelt und das Taktische Einsatzzentrum, kurz TOC genannt, aufzubauen. Die Fahrerluke des Stryker-Fahrzeugs, das gegenwärtig als ihre Feuerleitzentrale fungierte, stand offen. Ein Dutzend Soldaten standen um das Fahrzeug herum. Ramirez und Fortney waren sich sicher, dass dies die Besprechung war, an der sie teilnehmen sollten.

»Der Rest der Batterie sollte innerhalb der nächsten zehn bis 20 Minuten eintreffen«, erklärte der Kommandant ihrer Einheit der

Gruppe gerade. »Ich habe dem Bataillon versprochen, dass wir in ungefähr einer Stunde feuerbereit sein werden. Bereiten Sie Ihre Fahrzeuge vor. Mir wurde noch nicht mitgeteilt, welche Ziele wir anvisieren werden, aber ich erwarte, dass Sie einsatzbereit sind.«

Nach einer kurzen Pause fügte er hinzu: »Die Waffenkammer sollte scharfe Munition an Sie ausgegeben haben. Bislang war es Ihnen untersagt, Ihre Waffen zu laden. Das hat sich nun geändert. Wir befinden uns in Gefahrenstufe DELTA. Tragen Sie Ihre Waffen geladen und gesichert bei sich. Derzeit liegen uns keine nachrichtendienstlichen Hinweise einer drohenden Gefahr für unsere Einheit vor. Allerdings dürfen Sie davon ausgehen, dass wir, sobald wir unsere Waffen abfeuern, zum Hauptziel aller feindlichen Kommandoeinheiten werden, die für die kontinentalen Vereinigten Staaten verantwortlich sind.

Nach der Beendigung unseres Einsatzes hier rücken wir zur nächsten Position vor. Nach Erreichen unseres neuen Standorts beladen wir die Fahrzeuge neu und halten uns für einen Folgeangriff bereit. Wie Sie wissen, setzen wir dank ihrer extremen Reichweite die brandneuen MGM-168 Block V ATACMS ein. Jeder Feuerbefehl, den wir erhalten, wird von der Schussentfernung her eine Strecke von 190 Kilometern überschreiten. Ich wurde darüber informiert, dass die Green Berets bereits in Kuba sind, um die Zielobjekte zu orten, die wir in die Luft jagen sollen … worauf wir in Kürze diesen chinesischen und kubanischen Schweinehunden 750 Pfund schwere Grüße aus Florida liefern werden!«

Der letzte Kommentar brachte einige der Soldaten zum Lachen. Alle verspürten mittlerweile Aufregung. Voller Selbstbewusstsein vertrauten sie auf ihre sorgfältigen Einsatzvorbereitungen.

Bevor der Batteriekommandant sie entließ, sagte er warnend: »Dies ist der Ernstfall, meine Herren. Vor wenigen Stunden wurde MacDill beschossen; zwei Lenkraketen sind auf die Innenstadt von Tampa gefallen. Diese Kerle nehmen keine Rücksicht; sie greifen unsere Heimat an. Bleiben Sie wachsam, halten Sie die Augen offen. Und jetzt ran an Ihre Systeme. Wegtreten.«

Ramirez und Fortney kehrten zu ihrem Fahrzeug zurück. Heute würde ihre Einheit zum ersten Mal die neuen Block-V-Raketen abschießen. Seit die USA im Jahr 2020 aus dem Abkommen mit Russland über die nukleare Abrüstung im Mittelstreckenbereich ausgetreten war, hatte die Armee damit begonnen, die Reichweite ihrer Boden-Boden-Raketensysteme zu erweitern. Heute waren sie in der Lage, mit einem 750 Pfund schweren Gefechtskopf ein Zielobjekt auf eine Entfernung bis zu 600 Kilometern zu treffen.

»Wo bleibt Davis? Soll er nicht unser Schütze sein?«, fragte Fortney.

Ramirez zuckte mit den Achseln. Er war zu sehr damit beschäftigt, ihr Fahrzeug schussbereit zu machen, um sich zu fragen, wo ihr dritter Mann abgeblieben war. Seine Gedanken kreisten immer noch um seine Frau und ihr 15 Tage altes Mädchen, die er hatte zurücklassen müssen.

Frustriert schüttelte Fortney seine Verärgerung ab. Er musste sich daran erinnern, dass dies die Nationalgarde und nicht der aktive Dienst war. Nicht jeder lebte auf dem Stützpunkt oder ganz in der Nähe. Ihr fehlender Mann würde früher oder später bei seiner Einheit auftauchen.

Der Erhalt des Aufrufs, sich umgehend für einen möglichen Einsatz zu melden, hatte ihnen eine Frist von nur zwei Stunden gesetzt. Als sie nach und nach in der Waffenkammer eintrafen, wurden die dort wartenden Munitionstransporter bereits mit scharfen Raketen beladen.

Der Waffenmeister hatte den Nationalgardisten ihre Waffen und die entsprechende Munition übergeben. »Verstauen Sie Ihre Helme und ballistischen Schutzwesten in Ihren Trucks «, hatte er sie angewiesen. »In einer Stunde ist Abfahrt in die Keys. Es ist ein langer Weg, und der Kommandant will frühzeitig eintreffen. Für den Fall, dass einer Ihrer Leute bis zur Abfahrt noch nicht hier sein sollte, lassen wir zwei Kleintransporter zurück, die uns später folgen werden.«

Fortneys Meinung nach war dieser ganze Krieg von Anfang an totaler Wahnsinn. Die Ereignisse der letzten Monate hatten sich durchgehend als absolutes Fiasko erwiesen – ein nicht enden wollender Zirkus in den USA und weltweit. Zuerst der Handelskrieg, dann das Virus, danach die Deepfakes … Jetzt ein Krieg … Fortney war sich nicht sicher, wie all das enden würde, jetzt, da alles ins Rollen gekommen war.

»Hey, Fortney. Fahren Sie den Zielcomputer hoch, während ich hier draußen alles fertigmache«, sagte Ramirez. »Stellen Sie sicher, dass wir mit der FDC in Verbindung stehen. Falls es ein Problem mit der Synchronisation der Computer gibt, sehen Sie nach, ob das Problem beim Datenlink zum Ein-Kanal-Boden/Luft-Funkverbindungssystem, dem SINCGARS, zu finden ist. Falls Sie es nicht allein hinbekommen,

finden Sie jemanden bei der Kommunikation, der Ihnen helfen kann.«
Ramirez spürte, dass er zu seinem normalen Selbst zurückkehrte,
sobald er begonnen hatte, sich wieder auf sein Muskelgedächtnis und
sein Training zu verlassen.

Fortney nickte und kletterte zurück in ihr Fahrzeug. Er wusste
besser als die meisten, wie es bedient werden musste. Nicht umsonst
hatte er die vier Jahre seines aktiven Dienstes in einer HIMARS-
Einheit verbracht. Er war froh, mit Leuten zusammenzuarbeiten, die
etwas von ihrem Geschäft verstanden, selbst wenn sie nur
Wochenendkrieger waren.

Fortney brauchte knapp fünf Minuten, bevor der Computer
betriebsbereit und mit der FDC verbunden war. Glücklicherweise
kannte er sich mit Funkgeräten aus, was bedeutete, dass er die Mehrheit
eventuell anfallender Probleme selbst lösen konnte. Ein Blick auf die
anderen Trucks verriet ihm, dass sich einige der Komm-Jungs
bemühten, allen die gleiche Verbindung aufzubauen.

Selbst im aktiven Dienst war es eine Herausforderung gewesen,
alle Abschussvorrichtungen und Transportfahrzeuge zu
synchronisieren. Einem Bürgersoldaten, der mit diesen Systemen nicht
täglich oder auch nur wöchentlich arbeitete, fiel es daher weit schwerer,
diese Kenntnisse zu erlangen und beim Training aufrechtzuerhalten
oder zu verbessern. Normalerweise frischten die Einheiten der
Nationalgarde, bevor sie in eine Kampfzone verlegt wurden, ihre
Kenntnisse in einem zweimonatigen Training auf. Nicht dieses Mal –
nur wenige Stunden, nachdem sie ihre Befehle erhalten hatten, rollten
sie bereits aus dem Tor des Geländes der Nationalgarde hinaus.

Außerhalb des Fahrzeugs hörte Fortney unvermittelt eine Menge
lauter Triebwerkgeräusche über sich. Da er nicht genau sehen konnte,
was da vor sich ging, kam er nicht umhin, Vermutungen anzustellen. In
Richtung der Floridastraße hatte er mehrere Lenkraketen fliegen sehen,
die von den Navy-Schiffen hinter dem Horizont abgeschossen worden
waren. Die weißen Kondensstreifen, die den in den Himmel
aufsteigenden Geschossen auf ihrem Weg zu ihrem Ziel folgten,
verrieten sie.

In der Luftlinie waren sie 22 Meilen vom Marinestützpunkt Key
West entfernt. Ihrer Einheit waren Gerüchte zu Ohren gekommen, dass
die Chinesen die Basis während ihres gestrigen Gegenangriffs stark

beschädigt hatten. Fortney meinte gelegentlich, schwarzen Rauch aus Richtung der Basis aufsteigen zu sehen.

Niemand wusste wirklich Bescheid. Sie waren erst vor wenigen Stunden mehr oder weniger uninformiert eingetroffen. Bewusst war ihnen allerdings, dass die Chinesen diese US-Basis von Kuba aus über eine Entfernung von nur 140 Kilometern erreichen konnten. Das machte ihnen deutlich, dass auch sie getroffen werden konnten.

Zwei Stunden später saßen Staff Sergeant Ramirez und Sergeant Fortney an einem Tisch und versuchten, von einem örtlichen Restaurantbesitzer nähere Informationen zu erhalten. Der Mann, dessen Restaurant ganz in der Nähe lag, hatte allen ein Essen spendiert. Er erzählte ihnen, dass die Chinesen vorgestern den Marineluftwaffenstützpunkt seiner Schätzung nach mit 15 bis 20 Raketen angegriffen hatten. Er war sich unsicher, wie viele Jagdflugzeuge und Hubschrauber am Boden zerstört worden waren. Aber er war sich recht sicher, einige brennende Wracks gesehen zu haben.

Neben dem fantastischen Essen, das ihnen der Mann serviert hatte, fiel Fortney sofort die Waffe auf, die er bei sich hatte. Er machte nicht einmal den Versuch, zu verbergen, dass er eine Springfield HD in einem Pistolenhalfter am rechten Oberschenkel trug. Nicht, dass Fortney damit ein Problem hatte – er war froh, Menschen zu sehen, die ihr Recht auf das Tragen von Waffen ausübten. Andererseits kam ihm zu Bewusstsein, dass sie als Soldaten irgendwie versagt hatten, diesem Mann, seiner Familie und seinem Geschäft Schutz zu gewähren. Der Mann hielt es für nötig, in der Öffentlichkeit eine Waffe zu tragen. Das war ein Problem für Fortney. Es war seine Aufgabe, sein Land zu schützen. Irgendwann und irgendwo hatten er und seine Vorgesetzten bei dieser elementaren Verpflichtung versagt. Aus diesem Grund nahmen Zivilisten nun die Dinge selbst in die Hand.

»Feuerbefehl! Feuerbefehl! Feuerbefehl! Alle Mann in die Fahrzeuge und bereit zum Empfang der Koordinaten!«, rief einer der FDC-Sergeanten.

Augenblicklich hielten alle mit dem, was sie taten, inne und rannten zu ihren Fahrzeugen. Sie sprangen in die Führerhäuser, dichteten die Trucks ab und bereiteten sich auf den Abschuss von ihren Transportern aus vor.
****

**ODA 7322, Bravo-Kompanie
Soroa, Kuba**

Sergeant First Class Rusten Currie legte sein Fernglas ab und griff nach
der Karte, orientierte sich und suchte nach dem Standort, an dem sich
die TEL-Fahrzeuge versteckt hielten. Er ging davon aus, die Stelle auf
der Karte gefunden zu haben. Nach zweifacher Überprüfung reichte er
sie zur Verifizierung an seinen Kollegen weiter.

Sein Partner, Sergeant First Class Mark Dawson, nahm die
Unterlagen entgegen und studierte sie. Mit dem Fernglas sah er sich
zunächst das Terrain an und blickte danach auf die Karte. Ohne ein
Wort zu sagen, nickte er Currie zu. Sie hatten die richtige Stelle.

Currie drückte auf die Sprechtaste seines Funkgeräts. »Odin, Loki
Eins. Feuerbefehl. Drei Drachen identifiziert. Verstanden?«

Sechzig Sekunden Stille ... Currie und Dawson begannen gerade,
sich zu fragen, ob ihre Übertragung blockiert oder ihr Empfang gestört
worden war.

Das Funkgerät knisterte leise in ihren Ohrhörern.

»Loki Eins, Odin hier. Verstanden. Drei Drachen identifiziert.
Schicken Sie die Koordinaten. Ende.«

»Odin, Koordinaten wie folgt: Charlie-Uniform-Fünf-Sieben-Drei-
Neun-Sieben-Drei-Acht-Acht. Drachen verstecken sich unter dichtem
Dschungeldach. Zehn Meter von nahe gelegener Straße entfernt.
Verstanden?«

Currie hoffte, dass sie einen Marschflugkörper auf diesen Standort
ansetzen würden – 1.000 Pfund hochexplosiven Sprengstoffs sollte
alles in Schutt und Asche legen.

Obwohl sie sich bereits mitten im zweiten Tag des Krieges
befanden, hatte die Luftwaffe nach wie vor Schwierigkeiten, die
Luftüberlegenheit über die Insel zu bekommen. Die chinesischen
Boden-Luft-Raketensysteme waren weit besser darin, die
amerikanischen Tarnkappenbomber ausfindig zu machen, als sie
erwartet hatten.

Bis die Loki-Teams wie Currie und Dawson, die der 7.
Sondereinsatzgruppe angehörten, weitere gegnerische Radarstandorte
und mehr dieser verfluchten fahrbaren Starterfahrzeuge entdeckt hatten,
setzte das Pentagon so oft wie möglich Marschflugkörper ein. Der

Nachteil hierbei war, dass es etwas Zeit in Anspruch nahm, die Raketen abschussbereit zu machen.

»Loki Eins, die nächsten Greyhounds stehen erst in 90 Minuten zur Verfügung. Wird es ein HIMARS-Beschuss tun?«, fragte einer der Betreiber am anderen Ende.

Currie und Dawson sahen sich an und zuckten mit den Schultern. *Warum nicht?*

»Odin, einverstanden. Die Drachen sind im weiten Umkreis unter den Bäumen verteilt. Die HIMARS müssen den gesamten Bereich mit Bomben pflastern, um sie auszuschalten. Ende.«

Eine Minute später erhielten sie ihre Antwort.

»Loki Eins, bestätigt. HIMARS-Angriff steht unmittelbar bevor. Bitte um anschließende Gefechtsschadensanalyse. Ende.«

****

»Zielangaben treffen ein!«, rief Ramirez. »Verdammt … ein Schuss um die 270 Kilometer, denke ich.« Während er seine Kollegen informierte, bereitete er das System auf den Abschuss vor.

»Wow, so weit habe ich noch nie geschossen«, kommentierte Fortney und stellte sicher, dass die vorderen Klappen des Trucks geschlossen waren. Die Ohrenschützer würden sie anlegen, sobald sie den Befehl zum Abschuss erhielten.

»Raketenabschuss frei!«, gab Ramirez laut ihre Befehle weiter, woraufhin sie die Ohrenschützer aufsetzten.

Zisch …

Der ungemein leistungsstarke Feststoffmotor rüttelte ihr Fahrzeug durch und sandte ihre Lenkwaffe, begleitet vom donnernden Lärm fünf weiterer Startgeräte, auf ihre Mach 3-Reise. Da sie die größeren ATACMS einsetzten, hatte jedes Abschussfahrzeug nur die Kapazität zum Abschuss einer Rakete, anstatt den üblichen sechs kleineren Raketen.

Sobald die Einheit ihre Geschosse abgefeuert hatte, erreichte sie über das Kompanienetzwerk die Aufforderung, sich umgehend für den Umzug zu einer neuen Position bereitzuhalten. Sobald sie sie erreicht hatten, würden sie ihre Fahrzeuge neu laden und auf weitere Anweisungen und mögliche neue Aufträge warten.

»Verflucht noch mal, Fortney!« Ramirez war aufgeregt. »Das war echt krass, was? Wir haben den Chinesen und Kubanern gezeigt, wer wir sind.«

»Das haben wir!«, erwiderte Fortney mit Nachdruck. »Aber jetzt ist es an der Zeit, schleunigst zu verschwinden, bevor sie sich entschließen, uns mit ihrem eigenen Batteriefeuer zu antworten. Das möchte ich sicher nicht erleben.«

****

»Loki Eins, Odin hier. Raketen auf dem Weg. Erwartete Ankunftszeit vier Minuten.«

»Odin, verstanden. Raketen auf dem Weg. Erwartete Ankunftszeit vier Minuten.«

Currie und Dawson lächelten. Die Raketenartillerie war unterwegs. Jetzt mussten sie nur abwarten, bis sie die 270 Kilometer zurückgelegt hatten, um das ausgekundschaftete Ziel zu zerstören. Es war gut, zu wissen, dass sie auf die Raketenartillerie zurückgreifen konnten, anstatt sich einzig auf Marschflugkörper und die Air Force verlassen zu müssen.

»Gibt es mehr TEL in dieser Gegend oder HQ-9-Radareinrichtungen oder Raketenstandorte, was meinst du, Currie?«, fragte Dawson.

Currie sah zu Dawson hinüber und musste sich bewusst machen, dass der Mann nur einen Meter von ihm entfernt stand. In ihren Tarnanzügen und mit ihrer schwarzen Gesichtsbemalung waren sie nur schwer zu erkennen. »Wer weiß …«, erwiderte Currie und zuckte mit den Achseln. »Sobald hier alles in die Luft geht, werden vielleicht ein oder zwei Fahrzeuge zu einer neuen Position umziehen wollen – falls jemand überlebt hat. Sollte das der Fall sein, folgen wir ihnen. Möglicherweise haben wir Glück, und es gelingt uns, einige dieser ungeschützten Fahrzeuge mit einer zweiten Salve zu erwischen.«

Dawson nickte. Er zog einen Energieriegel hervor und begann, zu essen. Sie befanden sich nun schon seit zehn Tagen im Land. Vor Beginn des Krieges hatten 20 Loki-Teams die kubanische Insel infiltriert und taten seither ihr Bestes, feindliche Radareinrichtungen und Raketenstandorte zu identifizieren. Ihre sekundäre Aufgabe war es, die Bevölkerung vor Ort zu beobachten und zu beurteilen, ob sie den Amerikanern gegenüber freundlich gesinnt waren. Wenn sie einige von ihnen überzeugen könnten, mit den Amerikanern zusammenzuarbeiten, würden sie mehr Ziele für die Luftwaffe und die Marine finden, die sie angreifen könnten. Im Idealfall wollten sie eine vor Ort angesiedelte Bürgerwehr organisieren, die sie bei der Einnahme der Insel unterstützen würde. Und nach der Absetzung des gegenwärtigen Regimes könnten solche Gruppen mit der Hilfe der Amerikaner eine neue demokratische Regierung einsetzen.

»Loki Eins, Achtung, fünf Sekunden!«

»Odin, verstanden. Gefechtsschadensanalyse folgt«, erwiderte Currie.

»Da sind sie«, stellte Dawson fest, sobald sie den kreischenden Lärm der eintreffenden Lenkwaffen hörten.

Bumm, bumm, bumm ...

Sechs 750- Pfund schwere Gefechtsköpfe schlugen im Umfeld der PLA-Raketenabschussfahrzeuge ein. Beinahe gleichzeitig erschütterten mehrere sekundäre Explosionen das Gebiet, als die CJ-10-Marschflugkörper in dem sie umgebenden Feuersturm in die Luft gingen.

Der ganze Dschungel schien zu erbeben, als sich die Explosionen in einiger Entfernung fortsetzten. Currie und Dawson wurde deutlich, dass die PLA tiefer im Dschungel zusätzliche Raketen eingelagert haben musste, oder dass dort bisher unentdeckte Transportfahrzeuge versteckt auf ihren Einsatz gewartet hatten. Der Erstschlag, der dieses Gebiet vernichtend traf, löste letztendlich 15 sekundäre Explosionen aus.

»Odin, Volltreffer«, gab Dawson weiter. »Wir zählten 15 sekundäre Explosionen. Sieht aus, als hätten wir ein Raketendepot oder weitere Drachen erwischt. Wir halten uns weiter in der Nähe zur Beobachtung auf. Wir werden Sie über eine mögliche Wiederholung dieses Einsatzes auf dem Laufenden halten. Ende.«

»Wie lange wollen wir bleiben?«, erkundigte sich Dawson bei Currie, nachdem er den Schadensbericht abgeliefert hatte.

»Bin mir nicht sicher. In Kürze wird es hier gefährlich viele Aktivitäten geben. Vielleicht bis Sonnenuntergang. Danach wechseln wir den Standort.«

»Loki Eins, Odin hier. Neue Befehle. Bereit zur Entgegennahme?«, erklang es aus dem Funkgerät.

Die beiden Männer der Sondereinsatzgruppe sahen sich an. *Was nun?*

»Loki Eins, begeben sie sich umgehend zu den Koordinaten Charlie-Uniform-Fünf-Fünf-Sechs-Neun-Sieben-Vier-Vier-Fünf. Dort nehmen Sie Kontakt mit unserem abgeschossenen Piloten Major Ian Ryan, Rufname ‚Racer‘, auf. Verstanden?«

Dawson schüttelte den Kopf. Eine Rettungsmission war eine schwierige Aufgabe. Als geübte Sondereinsatzkräfte wussten sie, wie sie sich im Dschungel und auf dem Terrain bewegen mussten, um eine Entdeckung zu vermeiden – wovon ein abgeschossener Pilot wohl wenig verstand.

»Odin, verstanden. Bitte geben Sie unsere Frequenz an den Piloten weiter. Sobald wir ihm näher kommen, nehmen wir Kontakt auf. Ende.«

Currie drehte sich zu seinem Partner um. »Okay, da haben wir unsere Antwort. Wenn ich seine Position richtig notiert habe, ist der Pilot zehn Kilometer von uns entfernt. Ein kurzer Spaziergang durch den Dschungel, keine große Sache«, scherzte er.

Sie packten ihre Sachen zusammen und bereiteten sich auf den Marsch vor.

****

Unbekannte Position
Kuba

Major Ian ‚Racer‘ übergab sich das fünfte Mal innerhalb der letzten Stunde.

Ich wusste, ich hätte das nicht essen sollen ..., tadelte er sich nach dem Genuss einer Frucht, bei der er sich nicht sicher war, ob sie essbar war.

Er machte gerade eine harte Zeit durch. Nach seinem Absprung im Niemandsland war er auf einem dichten Baumkronendach gelandet, wonach er 45 Minuten damit beschäftigt war, sich von den Leinen seines Fallschirms zu befreien, ohne 15 Meter tief auf den Boden des Dschungels zu stürzen. Hinter der feindlichen Linie musste er unter allen Umständen vermeiden, sich die Knochen zu brechen oder womöglich Schlimmeres zu erleiden.

Nachdem er sich endlich befreit hatte und wieder Boden unter den Füßen spürte, überprüfte Racer kurz seine Besitztümer. Viel hatte er nicht, allein das Glück, dass er nach dem Einschalten seines Funkgeräts auf der vorprogrammierten Frequenz der CSAR-Einheit tatsächlich sofort Kontakt zur Kommandozentrale hatte herstellen können.

Dort teilten sie ihm mit, dass eine Rettungsmission leider außer Frage stand. Diese Nachricht setzte Racer schwer zu. Er wusste, dass der Luftwaffenstützpunkt Key West nur einige hundert Kilometer entfernt lag. Er hatte darauf gehofft, dass sie umgehend einen Hubschrauber schicken und ihn abholen würden. Das war jedoch nicht möglich – nicht, bevor sie die feindlichen SAMs weiter ausgedünnt hatten. Die SAMs würden einen Hubschrauber einfach in Stücke reißen.

Racer schleppte sich zu einem nahe gelegenen Fluss, kniete sich hin und kühlte sich das Gesicht mit kaltem Wasser. Dann spülte er sich den Mund mit etwas Wasser aus und spuckte es zur Seite.

Danach trank er, so viel er konnte. Er wusste, dass er ausreichend Flüssigkeit zu sich nehmen musste. Seine Proteinriegel waren alle, von daher war Wasser das Einzige, das sein Hungergefühl unterdrücken konnte.

»DD Drei, Papa hier. Hören Sie?«, drang es flüsternd aus dem Funkgerät.

Racer sah auf seinen Rettungsanker hinunter wie ein kleines Kind vor einem Weihnachtsbaum voller Geschenke. Er drückte auf den Sprechknopf.

»Papa, DD Drei hier. Ich höre laut und deutlich.«

»Schicken Sie uns Ihre Koordinaten. Ein Loki-Team hält sich ganz in der Nähe auf. Wir versuchen, Sie mit ihm zusammenzubringen. Verstanden?«

Wird aber auch Zeit, dachte Racer.

Auf dem Hook3-Funkgerät in seiner Hand fand er den Knopf, der seine jetzige Position bestimmen würde und drückte darauf. Es würde einige Minuten dauern, bevor die GPS-Satelliten seinen Standort ermittelt hatten. Als das grüne Licht ihm mitteilte, dass die Koordinaten erfolgreich eingegangen waren, drückte er auf den Übertragungsknopf. Das war alles, was er tun konnte. Jetzt musste er nur noch eine Gefangennahme vermeiden, bevor die Männer der Sondereinsatztruppe ihn gefunden hatten.

****

»Siehst du das? Sieht wie eine PLA-Patrouille aus«, flüsterte Dawson über das Funkgerät.

Beide Männer waren mit Ohrhörern und einem Kehlkopfmikrofon ausgestattet, die ihnen erlaubten, sich zu unterhalten, ohne ihre Stellung zu verraten. Es hatte sie neun Stunden gekostet, das Tal zu erreichen, dessen Koordinaten ihnen Odin übersandt hatte.

»Ja, ich sehe sie. Wie viele sind es, was denkst du?«, fragte Currie.

»Sieht wie ein ganzer Zug aus«, erwiderte Dawson.

»Suchen Sie uns oder den Piloten oder ist das ein reiner Zufall?«, wunderte sich Currie.

»Schwer zu sagen«, flüsterte Dawson. »Wir sind sicher zu weit von unserer alten Stellung entfernt. Ich denke, sie suchen nach unserem Piloten.«

»Dann weiter. Wir müssen ihn finden, bevor sie es tun.«
****

Aus einiger Entfernung hörte Racer Stimmen und drehte sich in die Richtung, aus der sie kamen.

Das klingt nicht wie Spanisch. Ich hoffe, es sind keine Chinesen, dachte er.

Die Stimmen kamen Minute für Minute näher. Racer versteckte sich hinter dichtem Gestrüpp im Unterholz und betete, dass diejenigen, wer immer sie auch waren, an ihm vorbeiziehen würden.

Dann sah er sie. Zuerst war es nur eine Gruppe von drei Soldaten. Einer bewegte sich langsam und methodisch voran und nahm alles vor ihm genauestens unter die Lupe. Der zweite Mann tat das Gleiche zu seiner Rechten, der dritte Mann war für die linke Seite verantwortlich. Racer konnte nicht verstehen, wieso diese Männer so still und heimlich unterwegs waren, während sich die Soldaten hinter ihnen in voller Lautstärke unterhielten und viel Lärm veranstalteten. Es schien kontraproduktiv, so leise zu sein, während der Rest ihrer Gruppe es nicht war.

Nachdem die drei Soldaten an ihm vorbei waren, kam die nächste Gruppe von Soldaten in Sicht. Sie bewegten sich nebeneinander in einer breiten Reihe voran, beinahe wie Spürhunde auf der Jagd nach Beute. Und dann fiel es ihm wie Schuppen von den Augen. Sie wollten *ihn* aufzuspüren. Ihre lauten Gespräche waren ein Ablenkungsmanöver, während sie sich durch die Büsche und das Gestrüpp vorarbeiteten … auf der Suche nach ihm.

Einige der chinesischen Soldaten kamen ihm immer näher. Das war nicht gut. Er war sich nicht sicher, ob sie an ihm vorbeigehen oder direkt in sein Versteck treten würden. Die Soldaten bewegten sich nicht in gerader Linie voran, vielmehr in einem scheinbar ungeordneten, sich überschneidenden Muster.

Ich muss von hier weg, bevor sie mich erwischen …

Gerade als sich Racer unbemerkt davonschleichen wollte, krächzte sein Funkgerät leise. Jemand wollte Kontakt mit ihm aufnehmen.

Er griff nach dem Gerät und reduzierte die Lautstärke, in der Hoffnung, dass keiner der Soldaten etwas gehört hatte. Das Geräusch schien ihnen entgangen zu sein, da sich ihr Vorgehen in keiner Weise änderte. Racer drückte den Sprechknopf und flüsterte so leise wie möglich: »Loki Eins, Racer hier. Hören Sie?«

Nach einer kurzen Pause kam die Antwort.

»Racer, Loki Eins hier. Guter Empfang. Wir nähern uns Ihrer Position. Feindliche Patrouille in der Nähe. Wo sind Sie?«

Bevor Racer antworten konnte, unterbrachen plötzlich alle Chinesen ihre Unterhaltung und hielten mitten im Lauf inne. Jemand aus den hinteren Linien trat mit einem elektronischen Gerät in der Hand nach vorn. In diesem Augenblick wusste Major Ryan, dass sie ihn gefunden hatten.

Der Soldat mit dem Gerät in der Hand deutete genau auf sein Versteck und schrie zornig etwas auf Chinesisch, woraufhin ein halbes Dutzend Soldaten auf ihn zustürmte.

Mist! Ich muss hier weg … Racer drehte sich um und rannte so schnell er konnte in geduckter Position in die andere Richtung.

Hinter sich hörte er aufgeregte Schreie. Um ihn herum fielen die Äste der umstehenden Bäume einem heißen Bleiregen zum Opfer. Racer hielt das Geräusch zunächst für aufgebrachte Bienen, bevor er es als Schüsse registrierte.

Er duckte sich hinter einem Baum, in den mehrere Kugeln einschlugen, bevor er dahinter hervorsprang, um selbst einige Schüsse auf den vordersten Soldaten abzugeben. Racer traf den Mann wiederholt in die Brust und begann, auf den nächsten Verfolger zu schießen, während mehrere Kugeln knapp an seinem eigenen Kopf vorbeirauschten. Zwei exakt gezielte Schüsse töteten noch einen Soldaten, bevor Racer hinter einem Baum verschwand, um sich eine neue Stellung zu suchen.

Was zum Teufel ...?! Sollten sie mich nicht gefangen nehmen, anstatt mich direkt zu töten?, fragte sich Racer mehr als überrascht.

Hinter ihm waren Schüsse und lautes Geschrei zu hören. Racer richtete sich ein wenig höher auf und rannte, was seine Beine hergaben, wobei er im Zickzackkurs erst nach rechts und dann nach links lief, um die Zielgenauigkeit seiner Verfolger zu schwächen.

Als Racer das nächste Mal nach rechts lief, schlug ihm überraschend etwas von hinten auf die Schulter. Er schleuderte herum und kam hart zu Fall, unfähig, seinen Sturz aufzuhalten oder überhaupt erst den Versuch zu unternehmen, sich aufzufangen.

Auf dem Boden liegend, spürte er nicht nur die schmerzlichen Folgen seines unkontrollierten Falls. Seine Schulter fühlte sich an, als ob ein heißer Schürhaken sie durchbohrt hätte. Racer wusste, dass er angeschossen war. Allerdings wusste er auch, dass diese feindlichen Soldaten ihn – falls er nicht sofort etwas unternahm – in Kürze eingeholt hätten und sein Leben beenden würden. Ohne zumindest den Versuch einer Verteidigung zu machen, würde er sich weder zum Gefangenen erklären noch töten lassen.

Er griff nach seiner Beretta 9mm und kämpfte sich durch den Schmerz hindurch in eine sitzende Position. Ein chinesischer Soldat rannte direkt auf ihn zu. Er war nur noch gute zehn Meter entfernt. Racer drückte zweimal ab und traf den Mann in die Brust. Er stürzte zu Boden.

Rechterhand erblickte Racer den nächsten Soldaten, der mit seinem bereits angelegten Gewehr auf ihn zurannte. Racer sah, dass er seine Waffe abschoss. Jeden Augenblick würden ihn die Kugeln erreichen ... aber das taten sie nicht.

Irgendwo hinter ihm konnte Racer ein spuckendes Geräusch hören, bevor jemand rief: »Splittergranate!«

Die Explosion ereignete sich direkt vor der Gruppe der chinesischen Soldaten. Mehrere wurden von etwas getroffen und fielen zu Boden.

Racers Bewusstsein trübte sich. Er entwickelte einen Tunnelblick und war verwirrt. Er sah Soldaten, die umfielen, bevor sich ein grüner Schatten direkt vor ihm materialisierte. Das Phantom entwaffnete ihn, bevor Racer etwas sagen oder ihm Widerstand entgegensetzen konnte. Dann fühlte er, wie ihn der mysteriöse Mann über die Schulter warf und mit ihm durch den Dschungel davonrannte, als wäre der Teufel hinter ihm her.

Racer war sich nicht sicher, was da vor sich ging, hielt es aber für möglich, dass er gerade gerettet wurde. Dann verlor er das Bewusstsein.

****

Currie gab Dawson Deckung, während dieser sich den verletzten Piloten über die Schulter warf und losrannte. Dawson hastete an Curries Stellung vorbei, während Currie den Rest seines Magazins in die verbliebene Gruppe der chinesischen Soldaten leerte, die immer noch dachten, sie könnten die unbekannten Angreifer überwältigen.

Eilig fischte Currie eine weiße Phosphorgranate aus einer Tasche und zog den Stift, gefolgt von einem hohen Wurf in Richtung der Verfolger.

Ohne abzuwarten, ob sie losgehen würde, rannte er hinter Dawson her.

Wumm ...

Augenblicke später explodierte die Granate und überflutete das Gebiet mit einer chemischen Wolke, die so gut wie alles in Brand setzte, mit dem sie in Berührung kam. Es war das erste Mal, dass Currie eine solche WP-Granate bei einem Kampf eingesetzt hatte. Normalerweise trugen sie Blend- oder Splittergranaten bei sich, aber jemand hatte gesagt, dass die WP-Granaten eine gute Verteidigungswaffe seien, wenn sie von einer großen Truppe verfolgt werden würden. Jedes der aus zwei Männern bestehenden Loki-Teams musste zwei dieser Granaten auf dieser Mission mit sich führen. Alle wussten, dass die Chancen einer Rettung, falls sie Ärger bekommen sollten, gering waren – zumindest solange, bis die Invasion begann oder bis die Luftwaffe die Kontrolle über den Luftraum bekommen hatte. Sie würden auf sich selbst gestellt sein ... Niemand, der kommen und sie retten würde.

Das aufgeregte Geschrei hinter Currie ging weiter. Dazu kam das laute Schmerzensgeheul der Verletzten, das ihm, obwohl er Soldat war, trotz allem schwer zusetzte. Das Wissen, dass er es gewesen war, der einem anderen menschlichen Wesen diese Schmerzen und diese Qual zugefügt hatte, war schwer zu ertragen.

»Wir müssen bald anhalten, um seine Wunden zu versorgen«, informierte Dawson Currie über ihr Kommunikationssystem.

»In sechzig Sekunden.«

Sie rannten noch eine Minute, bevor Dawson den Piloten gegen einen Baum lehnte und seine Wunden untersuchte. »Er hat großes Glück gehabt«, murmelte er. »Die Kugel, die ihn getroffen hat, muss panzerbrechende Munition und kein Hohlspitzgeschoss gewesen sein. Sie hat ein kleines Loch direkt durch ihn hindurchgeschossen.« Ein Hohlspitzgeschoss hätte eine kleinere Eintritts- aber eine weit größere Austrittswunde verursacht, die weit schwieriger zu verarzten gewesen wäre.

Dawson zog den Stoff des Pilotenanzugs von der Wunde und sah das Blut, das langsam heraustrat. Er griff nach seinem Erste-Hilfe-Paket in seinem Rucksack und riss eine kleine Packung QuikClot auf, deren Inhalt er über beide Seiten der Wunde verteilte. Danach legte er auf beidseitig Gauze-Auflagen darauf und fixierte das Ganze mit einem eng anliegenden Druckverband.

Während Dawson seine Arbeit machte, studierte Currie das Gesicht des Piloten. Es war offensichtlich, dass er zwischen Bewusstsein und Bewusstlosigkeit schwebte. »Hey, Major Ryan. Wir sind hier, um Sie zu retten. Bleiben Sie bei uns! Sie müssen um Ihr Leben kämpfen, okay?«

Der Pilot lächelte kurz und nickte. Das Schmerzmittel, das Dawson ihm gespritzt hatte, entfaltete seine Wirkung.

Sie wechselten ihren Zuständigkeitsbereich. Currie trug den verwundeten Piloten, während Dawson ihnen Rückendeckung gab. Erst nach zwei Stunden hielten sie es für sicher – weit genug entfernt von den feindlichen Soldaten –, um endlich anzuhalten.

Es fing bereits an, dunkel zu werden. Ihnen blieb nicht viel Zeit, um einen halbwegs geeigneten Schlafplatz zu finden. Normalerweise war es den Schlangenfressern egal, wo sie übernachteten, aber jetzt mussten sie sich um einen Verwundeten kümmern.

Zu guter Letzt fanden sie eine kleine Anhöhe mit einigen soliden Felsvorsprüngen, zu denen sie hinaufkletterten und es sich für die Nacht bequem machten. Diese Position bot ihnen eine gute Deckung und den Vorteil der höheren Lage für den Fall, dass sie sich ihren Weg durch eine andere Patrouille schießen mussten. Zweifellos würden ihnen weitere PLA-Soldaten folgen. Sie wussten, dass sich in der Nähe ein abgeschossener Pilot aufhielt und jetzt auch noch ein kleines Spezialeinheitenteam. Sie würden Rache üben wollen. Ohne jeglichen Zweifel.

Kapitel Dreiunddreißig
Vorbereitungen

NAS Key West
Bravo-Kompanie, 3. Rangerbataillon

Staff Sergeant Amos Dekker und Captain Meacham sahen sich den auf dem Flugfeld entstandenen Schaden an.

»Was meinen Sie, Staff Sergeant? Glauben Sie, wir können den Angriff per Hubschrauber von hier aus starten, oder müssen wir ihn aus der Luft durchführen?«

Dekker mochte Meacham. Anders als die meisten Offiziere war er ein Mustang, der seine Karriere als einfacher Soldat begonnen hatte. Die ersten Jahre seiner Militärkarriere hatte er als Unteroffizier bei den Rangern verbracht, bevor er in die Akademie aufgenommen worden war. Und sofort nach dem Erhalt seines Offiziersdiploms war er zu den Rangern zurückgekehrt.

»Wenn eine Pioniertruppe der Seabees oder die Ingenieure einer Red Horse-Einheit das Flugfeld reparieren und von den Trümmern befreien können, dann ja. Ich denke, dann kommt ein Helikopterbasierter Angriff infrage«, erwiderte Dekker.

»Okay, aber schaffen wir es im festgelegten Zeitrahmen?«, hakte Meacham nach.

Dekker zuckte mit den Achseln. »Wenn Sie ihnen sagen, was getan werden muss, finden sie einen Weg, da bin ich mir sicher. Ehrlich gesagt, halte ich es für Selbstmord, dort drüben mit einer C-130 einzufliegen – nicht bei der Anzahl feindlicher SAMs, die weiter über der ganzen Insel verteilt sind. Um den Flughafen herum sind sie sicher besonders eng gruppiert. Mit den Hubschraubern wird es schwer genug werden. Sollte allerdings einer von ihnen abgeschossen werden, geht nicht auf einen Schlag die Hälfte der Kompanie mit ihm unter.«

»Ich denke genauso. Der Colonel macht sich diesbezüglich ebenfalls Sorgen«, erklärte Meacham. »Andernfalls hätte er uns nicht hergeschickt, damit wir uns das Flugfeld ansehen.«

»Und was tun wir nun, nachdem wir es gesehen haben?«, fragte Dekker.

»Wir rufen daheim an und teilen unsere Einschätzung mit ihnen«, antwortete Meacham und zog sein Telefon aus der Tasche.

Strategisches Kommando
Omaha, Nebraska

»Admiral, denken Sie, wir sind ausreichend vorbereitet, um einen Bodenangriff durchzuführen? Ist die Luftwaffe nicht immer noch damit beschäftigt, ihre Flugabwehr stillzulegen?«, fragte Wilson den Vorsitzenden der Vereinigten Stabschef.

Der Präsident unterstrich die Wichtigkeit dieser Frage mit einem Nicken.

Admiral Roy Thiel, der Vorsitzende der Vereinigten Stabschef, hatte diese Frage erwartet. Wilson und er hatten sie bereits vor einigen Stunden angesprochen. Mittlerweile war er besser vorbereitet als beim ersten Mal, als ihn Wilson diesbezüglich praktisch verhört hatte.

»Mr. Wilson, in zwei Tagen werden wir hinreichend auf den Beginn der Bodeninvasion vorbereitet sein«, begann Admiral Thiel. »Wir fliegen seit drei Tagen eine enorme Zahl an Luftangriffen – seit dem Beginn des Kriegs über 900 Feindflüge und Abschuss von 1.600 Marschflugkörpern. Morgen treten wir mit unseren Wild-Weasel-Einsätzen über der Insel in eine neue Phase des Krieges ein, mit denen wir den Zielbereich zugunsten des nachfolgenden Angriffsflugs von radargestützten Boden-Luft-Raketen bereinigen werden. Wir planen, volle 24 Stunden dieser Art Einsätze zu fliegen, bevor es sicher genug sein sollte, einen Luftangriff auf die Insel vorzunehmen.«

»Was ist mit den Marinesoldaten? Werden sie die Invasion vom Meer aus beginnen?«, erkundigte sich Präsident Alton. Die Garnison auf Guantanamo wurde seit einigen Tagen belagert. Er wurde langsam nervös, dass sie vielleicht nicht mehr lange standhalten konnte, falls nicht bald Hilfe eintraf.

Nur noch 72 Stunden bis zur Wahl. In wenigen Tagen würde eine neue Kandidatin gewählt werden, woraufhin die Übergabe der Macht an die neue Machthaberin eingeleitet werden musste. Alton hatte seine Bedenken ausgedrückt, eine solch massive militärische Operation entweder am Wahltag selbst oder am Tag danach durchzuführen. Er wollte die Menschen nicht erschrecken und aus Angst vom Wählen abhalten. Zudem wollte er nicht den Wahlsieg der Kandidatin minimieren, die nach der Auszählung des Wahlergebnisses am nächsten Tag offiziell als neue Präsidentin benannt werden würde. Der Beginn der Bodeninvasion in Kuba würde jedes andere Thema in den Schatten stellen – insbesondere, wenn die Kriegsverluste weiter stiegen.

»Jawohl, Mr. President«, erwiderte Admiral Thiel. »Die erste Marinedivision wird aus Richtung Gitmo ihren amphibischen Angriff auf die Insel beginnen. Das 2. Bataillon, 8. Marine, 2/8 und das 1. Bataillon, 65. Regiment der Nationalgarde Puerto Ricos befinden sich schon auf der Insel und bekämpfen seit drei Tagen kubanische und chinesische Soldaten. Die Marinesoldaten starten ihren amphibischen Angriff, sobald sich der tropische Sturm beruhigt hat.« Der späte Oktobersturm hatte die Zeitpläne ihrer Operationen entlang der östlichen Karibik durcheinandergebracht.

»In drei Tagen werden die 18. Luftlandetruppen den Westen Havannas angreifen und sich auf diesen Teil der Insel konzentrieren«, fuhr Admiral Thiel fort. »Wenn Havanna und der Hafen von Mariel gesichert sind, kommt die 3. Infanteriedivision an Land, zusammen mit ihren schweren Panzern. Das Kampfteam der 53. Infanteriebrigade der Nationalgarde Floridas wird sie begleiten. Sie verfügen über umfangreiches Training in dem tropischen Klima, das uns in Kuba erwartet. Dies wird mit ihrem offiziellen Beginn eine großangelegte Operation sein.«

»Ist es eine gute Idee, dass die Marines ihre Invasion beginnen, bevor wir die Kontrolle über den Luftraum haben?«, fragte Albert Abney, der Stabschef des Präsidenten.

»Im Idealfall würden wir abwarten«, erwiderte Thiel und nickte. »Aber die bereits auf Kuba befindlichen Truppen kämpfen bereits seit drei Tagen an ihrem Standort. Sie müssen große Verluste hinnehmen, und ich bin mir nicht sicher, wie lange sie noch durchhalten werden. Soweit möglich, bringen wir Verstärkung vom Meer her ein. Tatsächlich ist aber eine substanziellere Kraft nötig, um die Belagerung der Garnison zu durchbrechen. Sobald unsere Piloten die feindliche Luftabwehr ausreichend unterdrückt haben, werden uns unsere Fallschirmjäger und Luftlandetruppen den benötigten Brückenkopf im Norden sichern. Der Beginn der Bodenoperationen um Havanna herum sollte in fünf Tagen beginnen.«

»Also zwei Tage nach der Wahl?«, stellte Abney fest.

Admiral Thiel nickte.

»Was halten Sie von dem Plan?«, fragte Abney und wandte sich an die im Raum anwesenden militärischen Führer.

Schon seit Tagen überließ Präsident Alton es Abney und Wilson, die schwierigen Fragen zu stellen. Er hatte sich vom Präsidentenamt verabschiedet und war es leid, seinen Gesundheitszustand zu verbergen. Er versuchte nur noch, die Stellung zu wahren, bis seine Nachfolgerin gewählt worden war.

»Von welchen Verlustzahlen gehen wir mit dem Beginn des Bodenkriegs aus?«, fragte er.

General Kurt Stavridis vom Südlichen Kommando antwortete. »Es kommt darauf an, Mr. President, wie hart die Kubaner und Chinesen kämpfen werden. Einige sagen, dass wir in den ersten 30 Tagen bis zu 10.000 Soldaten verlieren könnten. Das sind in etwa die gleichen Leute, die vorhersagten, dass wir 100.000 Soldaten im ersten Golfkrieg gegen Saddam verlieren würden. Die tatsächliche Zahl lag weit darunter. Meiner Ansicht nach werden die Kubaner das tun, was die Irakis im Jahr 2003 getan haben – einige Einheiten werden hart kämpfen, aber die meisten werden einfach aufgeben. Sie sind nicht willens, für eine Regierung zu sterben, die sie in absoluter Armut hält.« Stavridis war gegenwärtig der für den Krieg zuständige Militärführer. Sein Kommandobereich plante und managte den Krieg.

»Die 82.000 Chinesen auf der Insel bereiten mir größere Sorgen«, gab Stavridis zu. »Ich bin mir sicher, dass sie in den letzten Tagen erhebliche Verluste erlitten haben. Sobald unsere Bodenangriffsflugzeuge und Hubschrauber ihren Einsatz beginnen, werden sich ihre Verluste noch um einiges erhöhen. Ich versuche nicht, die Zahlen zu verschönern, Mr. President, aber ich gehe davon aus, dass die US-Verluste nicht allzu hoch ausfallen werden – nicht, wenn wir unsere Luftmacht so wie in vorherigen Konflikten einsetzen können.«

»Okay, meine Herren. Dann lassen Sie uns den Plänen folgen, die wir gegenwärtig ausgearbeitet haben«, erklärte der Präsident. »Die Bodenoperationen beginnen in fünf Tagen. Sorgen Sie dafür, dass wir unsere Gegner in der Zwischenzeit so schwer wie möglich treffen, bevor wir unsere Bodentruppen an Land bringen. Ich bin mir nicht sicher, ob das möglich ist, aber mir wäre es lieb, wenn diese Kuba-Kampagne vor dem Einschwören der neuen Präsidentin im Januar Geschichte wäre.«

Kapitel Vierunddreißig
Vipers, Vipers, Vipers

20. Jagdgeschwader
Homestead, Florida

Colonel Tim ‚Joker' Hatfield sah voller Stolz auf die Piloten seines Jagdgeschwaders. Sie hatten sich ausnehmend gut bewährt. Aber heute … heute stand ihnen der wahre Test ihrer Fähigkeiten, ihres Trainings und ihrer Ausrüstung bevor.

Er stellte sein Wasserglas auf dem Stehpult ab. » In zwei Stunden wird die 20. eine aggressive Bekämpfung der feindlichen Luftabwehr in drei Teilen Kubas durchführen.«, sagte er. »Aus diesem Grund teilten wir das Land in Sektoren auf. Sektor A umfasst den östlichen Teil der Insel von Gitmo bis Las Tunas. Er gehört der 55. Jagdstaffel. Sektor B umfasst den Bereich von Las Tunas bis Santa Clara und wird von ist dem 77. Jagdgeschwader zugeordnet. Sektor C ist der schwierigste. Diesen Bereich übernimmt die 79. Jagdstaffel.

»Unsere Aufgabe ist es, in unseren jeweiligen Sektoren die Marines und Soldaten zu unterstützen, die das Kampfgebiet für die Bodeninvasion vorbereiten. Wir wissen zwischenzeitlich alle, dass die chinesischen SAMs weit treffsicherer sind, als wir ursprünglich angenommen haben. Außerdem tauchen gelegentlich immer noch feindliche Kampfflugzeuge wie aus dem Nichts auf. Halten Sie die Augen offen!«

Hatfield hielt einen Moment inne und ließ seinen Blick auf den Piloten ruhen. Er sah in eine Menge grimmiger Gesichter. Seine Leute waren von den ununterbrochenen Kampfflügen seit dem Beginn des Krieges erschöpft. Außerdem litten sie unter dem Verlust einer großen Zahl ihrer Kollegen.

»Die kommenden 48 Stunden werden darüber entscheiden, wann der Bodenkrieg beginnt. Tragen wir unseren Teil dazu bei, diesen Krieg zu gewinnen und ihn schnell zu Ende zu bringen. Sieg durch Tapferkeit!«, rief Colonel Hatfield laut aus, um seine Piloten zu motivieren.
****

4.200 Meter über dem westlichen Kuba

Colonel Tim ‚Joker' Hatfield zog den Steuerknüppel hart an sich heran, als die Munition einer 35mm-Maschinenkanone die Luft durchschnitt, die er gerade innegehabt hatte.

Verdammt, das war nahe dran, dachte er.

Alarmsignale ertönten weiter und warnten ihn, dass das gepanzerte Fahrzeug mit seiner tödlichen Waffe weiter seinen Flug verfolgte.

»Fox 3«, sagte seine Flügelfrau, während sie eine ihrer AGM-88E HARM-Raketen abfeuerte.

»Dice, schließe auf 4.500 Meter Höhe auf, um unsere Angriffsposition zu ändern.«

»Verstanden, Joker. Kannst du sehen, ob meine Rakete ihr Ziel erreicht hat? Ich kann nicht sagen, ob es zum Einschlag gekommen oder ob sie nie explodiert ist«, wunderte sich Dice, während ihr Falcon in die Höhe stieg.

Joker drehte sich um, so gut er konnte, um in das Tal zurückzublicken. Schwarzer Rauch stieg vom Standort der PGZ09 auf – das war eines der beiden Flugabwehrfahrzeuge, die Hand in Hand gearbeitet hatten, um das Tal uneinnehmbar zu machen. Die verdammten Trucks hatten heute Morgen eine F/A-18 der Marine abgeschossen.

»Ja, sieht aus, als hättest du sie erwischt«, bestätigte Joker. »Bevor wir umkehren, müssen wir noch das zweite Fahrzeug aus dem Weg räumen. Danach können wir diesen Bereich als geräumt erklären.«

Sie brachten ihre Flugzeuge in Position. Dieses Mal sollte Dice als Köder vorfliegen. Sobald sie die Maschinenkanone anvisiert hatte und mit ihrem Beschuss begann, würde Joker eine ihrer neuen, weiterentwickelten Antistrahlungs-Raketen auf das gepanzerte Fahrzeug abschießen. In Bezug auf die erfolgreiche Vernichtung der SAMs waren dies wahre Schieß-und-vergiss-Raketen.

»Anflug«, informierte Dice ihren Partner, während sie ihre Falcon im Sturzflug zurück insTal lenkte.

Joker sah, dass der Transporter das Feuer eröffnete. Die Munition der 25mm-Maschinenkanone schoss Dices Jäger hinterher. Die radargesteuerte Maschinenkanone dieses speziellen Trucks konnte sechshundert Ladungen pro Minute abfeuern. Die Radarsteuerung erleichterte ihr die Verfolgung des Zielobjekts und machte diese Waffe verdammt gefährlich. Zusätzlich befanden sich noch vier QW-2

Vanguard Boden-Luft-Raketen an Bord des Fahrzeugs. Obwohl diese Waffen nur eine beschränkte Reichweite hatten, stellten sie für tief fliegende Flugzeuge und Hubschrauber eine tödliche Gefahr da. Aus diesem Grund standen diese Waffentransportfahrzeuge auf der Abschussliste der Luftwaffe.

Dice entging dem Luftabwehrbeschuss ohne Probleme. Dann feuerte der Waffentruck allerdings überraschend zwei seiner QW-2-Raketen ab. Joker feuerte seine HARM ab und wies Dice an, schleunigst aus diesem Bereich zu verschwinden.

Die erste gegnerische Rakete folgte einem von Dices Infrarottäuschkörpern und explodierte. Der Annäherungszünder der zweiten Rakete schaffte es allerdings zu nahe an ihren Jäger heran und explodierte dort. Der dem Schuss aus einer Schrotflinte ähnelnde Schrapnelltreffer trennte Dices linken Flügel praktisch komplett vom Mittelteil ihrer Maschine ab. Innerhalb von Sekunden begann ihr Flugzeug, unkontrolliert zu trudeln, bevor es gegen den Kamm eines Berges krachte – ohne dass ihr auch nur die geringste Chance blieb, rechtzeitig den Schleudersitz zu betätigen.

»Nein, verdammt noch mal! Nein!«, schrie Joker. Er kannte Major Lacey ‚Dice‘ Dickson seit fünf Jahren. Sie war eine ausgezeichnete Pilotin. Und eine gute Freundin.

Ein schneller Blick ins Tal zeigte ihm, dass seine Rakete ihr Ziel erreicht hatte. Der letzte gepanzerte Waffentransporter war ausgeschaltet. Er brachte sein eigenes Flugzeug auf eine Höhe von 6.500 Metern, wo er feststellte, dass sein Treibstoff beinahe aufgebraucht war. Entweder musste er zurück zur Basis fliegen oder ein Tankflugzeug finden. Eine der vier HARMs, die er an Bord gehabt hatte, war ihm geblieben. Er überlegte, ob er versuchen sollte, ein Tankflugzeug ausfindig zu machen, um danach noch ein Ziel für seine letzte Rakete zu finden. Dann schüttelte er den Kopf. Die richtige Entscheidung war, nach Hause zurückzukehren. Er war nicht nur für sein eigenes Flugzeug verantwortlich. Er hatte ein Geschwader zu führen.
****

Einsatzführungskommando
20 Kilometer nordwestlich von Peking, China

Präsident Yao sah Dr. Xi Zemin skeptisch an. »Doktor, was sagen Ihnen Ihre Modelle jetzt?«

»Die KI sagt immer noch voraus, dass wir den Sieg erringen werden «, erwiderte Xi.

Yao furchte die Stirn. »Selbst mit den Verlusten, die wir in Kuba hinnehmen mussten?«

Xi senkte weder den Kopf noch wich er zurück. »Selbst mit den Verlusten in Kuba.«

»Wie ist das möglich? Vielleicht verstehe ich nicht, wie all das funktioniert. Die Kubaner verloren fünf Jagdgeschwader – die fünf, die wir ihnen verkauft und auf denen wir sie ausgebildet haben. Wir haben zwei unserer Jagdgeschwader verloren. Soweit ich weiß, wurden die meisten unserer Luftabwehrbataillone ausgelöscht. Die Hälfte der 635. Brigade wurde zerstört. Das war die Hälfte unserer CJ-10-Marschflugkörperwerfer, ganz zu schweigen von der 616. Brigade und unseren DF-15-Werfern.Diese Verluste sind schwer zu verschmerzen, Doktor. Es handelt sich nicht um einen Computer, den man ersetzen kann, oder um einen neuen Softwarecode, den man schreiben kann, um sie wiederherzustellen «, erinnerte der Präsident den Wissenschaftler.

»Das verstehe ich«, versicherte ihm Dr. Xi. »Die KI hat bereits Hunderte unserer Fabriken umstrukturiert, um die militärischen Ausrüstungsgegenstände und die Munition, die verschossen oder zerstört wurde, zu ersetzen. Sie schätzt, welche zukünftigen Verluste wir erleiden könnten und rüstet für den Fall auf, dass diese Verluste eintreten werden. Andererseits dürfen wir aber auch die Verluste der Amerikaner nicht vergessen. Im Gegensatz zu uns sind *sie* nicht in der Lage, die Flugzeuge, die sie verlieren, oder die enormen Mengen an modernen Raketen, die sie verwenden, zu ersetzen. Die uns verbliebenen Kräfte in Kuba und in der Karibik müssen die Amerikaner nur noch neun bis 12 Monate lang beschäftigen. Damit erreichen wir unsere Gesamtziele.«

Präsident Yao wandte sich nun an General Li Zuocheng. »General, sind unsere Einsatzkräfte auf die nächste Phase der Operation vorbereitet?«

Der General richtete sich ein wenig gerader in seinem Stuhl auf und verkündete: »Sobald Sie den Befehl erteilen, sind wir jederzeit bereit, Kampfhandlungen gegen Taiwan einzuleiten.«

Die nächste Phase des Plans beinhaltete die längst überfällige Eingliederung Taiwans; die Rückkehr der abtrünnigen Insel zum Hauptreich. Nach der Unterwerfung der Insel würde die PLA sie befestigen und im Pazifik als Schutzschild gegen künftige amerikanische Angriffe nutzen. Und dann stand endlich Phase drei an – die letzte Phase, die Chinas ökonomische und militärische Sicherheit über dieses Jahrhundert hinaus garantieren würde.

»Bevor wir die letzte Phase einläuten … Sind unsere Einsatzkräfte in Venezuela und die Regierung des Landes vorbereitet?«, wollte Präsident Yao wissen.

»Wir stehen bereit«, antwortete General Song Fu, der Kommandeur der chinesischen Karibikstreitkräfte, zuversichtlich von der chinesischen Botschaft in Caracas aus. »Unsere Einsatzkräfte sind über das ganze Land verteilt, ebenso wie die der Venezolaner. Sollten sich die Amerikaner entscheiden, gegen uns zu kämpfen, sind wir bereit. Falls sie sich eines Besseren besinnen und uns gewähren lassen, werden wir sicherstellen, dass der Panamakanal neutral und frei von militärischen Schiffen jeder Art bleibt. Das wird es den Amerikanern künftig ein gutes Stück schwerer machen, Operationen in beiden Meeren durchzuführen.«

Der Präsident nickte. »Ein Problem weniger, um das wir uns Sorgen machen müssen. Gut, meine Herren, dann denke ich, es ist Zeit, mit Phase zwei der Operation zu beginnen«, erklärte Yao.

In den folgenden Tagen würde die verlorene Insel endlich wieder zur Familie zurückkehren.

Kapitel Fünfunddreißig
Der lange Marsch

Typ 95A
Im Ostchinesischen Meer – nordöstlich von Taiwan

Kapitän Lee Jian Ho saß auf der Brücke seines U-Boots vom Typ 95A,
der *Changzheng 30* – was »langer Marsch« bedeutete und den langen
Weg bezeichnete, den die PLA-Marine zurückgelegt hatte, um das nach
Lees Meinung modernste U-Boot der Welt zu bauen.
Das U-Boot der *Changzheng*-Klasse war der Stolz der PLA-Marine und
stellte eine wahre Revolution in der Marinetechnologie dar. Es war das
Produkt jahrzehntelanger technologischer Innovation, von
Industriespionage und Milliardeninvestitionen in Forschung und
Entwicklung, die sich endlich bei dem am weitesten entwickelten
Unterseeboot, das die Volksrepublik China je hervorgebracht hatte,
ausgezahlt hatte.
Sie waren nun schon einen Monat im Ostchinesischen Meer zwischen
Taiwan und Okinawa auf Patrouille unterwegs. Ihr ursprünglicher
Auftrag war der Begleitschutz der *Liaoning* gewesen, die den Pazifik
durchquerte, um mehr Soldaten und Ausrüstungsgegenstände an Chinas
Verbündete in Südamerika zu liefern – bevor sie per Zufall über etwas
gestolpert waren, was sie veranlasst hatte, sich weiter in diesem Gebiet
aufzuhalten.
Vor einigen Tagen hatte Lees Mannschaft in den Gewässern vor der
Küste Chinas ein mit ballistischen Raketen bestücktes amerikanisches
U-Boot der *Ohio*-Klasse entdeckt. Es hatte sie starke
Selbstbeherrschung gekostet, es nicht direkt anzugreifen. Die
Changzheng hatte das amerikanische Boot quasi auf frischer Tat
ertappt. Unglücklicherweise hatte der Krieg noch nicht begonnen. Und
Lees Befehle waren eindeutig – er durfte erst schießen, wenn die
Amerikaner zuerst auf ihn geschossen hatten.
Anstatt das amerikanische Atom-U-Boot zu versenken, zog sich die
Changzheng in die Tiefe zurück. Sie ließen das U-Boot über sich
hinwegziehen und folgten ihm in seinem Schatten, bis sie längst
überfällig waren, auf Seerohrtiefe zu steigen und sich daheim zu
melden. Schließlich mussten sie wissen, ob der Krieg bereits begonnen
hatte. Sie konnten es kaum erwarten, auf die Jagd zu gehen.

Als Lee das Boot endlich auf Seerohrtiefe auftauchen ließ, erhielten sie die schockierende Nachricht über den Ausgang der Schlacht, die bereits einige Tage vorher stattgefunden hatte. Der Krieg hatte ohne sie begonnen.

Ich hätte unsere Kommunikationsboje mindestens einmal am Tag hochschicken sollen, schalt sich Lee. *Wenn wir rechtzeitig vom Kriegsbeginn erfahren hätten, hätten wir das amerikanische U-Boot stellen können.* Er war wütend auf sich selbst, sich dem Protokoll entsprechend nicht täglich gemeldet zu haben. Stattdessen hatte er sich einzig darauf konzentriert, dem Amerikaner zu folgen.

Die *Liaoning*, Chinas erster Flugzeugträger, war gesunken, zusammen mit drei anderen Schiffen ihrer Angriffstruppe. Eines der neueren amphibischen Angriffsschiffe war in der Schlacht beschädigt worden. Selbst ihr neues *Dingyuan*-Schlachtschiff vom Typ 60 hatte einen Torpedoeinschlag hinnehmen müssen. Wie es ihnen vor Monaten während ihres geheimen Treffens im JBCC vorhergesagt worden war, schien es den Torpedo allerdings ohne Probleme weggesteckt zu haben. Lee war mit diesem Teil der Operation Drachenfeuer – die Amerikaner über ihre Elektronik glauben zu machen, dass sie angegriffen wurden, um sie zu veranlassen, die chinesischen Schiffe als Erste zu beschießen – absolut nicht einverstanden. Er verstand die Notwendigkeit, dem Rest der Welt die Amerikaner und die NATO als die Aggressoren zu präsentieren. Ein Angriff auf die friedliebende Bevölkerung Chinas würde der Regierung auch die Sympathien des chinesischen Volkes einbringen. Dennoch, als Offizier des Militärs konnte er so etwas nicht gutheißen – das Wissen, dass viele seiner Kameraden zur See letztendlich zugunsten dieser aufwendigen Farce sterben oder verwundet werden würden, sagte weder ihm noch vielen anderen in den höheren Rängen der chinesischen Marine zu.

Lees Blut kochte bei dem Gedanken daran, wie viele seiner Landsleute ihr Leben durch die Hände der Amerikaner bereits verloren hatten. Noch besorgniserregender war, dass der Angriff offenbar nur von einem einzigen amerikanischen Jagd-U-Boot mit drei seiner autonomen Begleit-U-Boote ausgegangen war. Falls das tatsächlich den Tatsachen entsprechen sollte, dann hatte diese verdammte Super-KI die amerikanische Navy und ihre Fähigkeiten wohl doch unterschätzt. Lee war entschlossen, dass sein Schiff Genugtuung für diesen Verlust fordern würde. Die Amerikaner würden für den Angriff auf die chinesische Flotte bezahlen.

»Deckoffizier, Kurs auf Eins-Sieben-Null, Tiefgang 100 Meter. Geräuscharme Fahrt.« Lee richtete sich zu seiner vollen Größe auf und sah seinen OOD an.

»Kurs Eins-Sieben-Null, Tiefgang 100 Meter, geräuscharme Fahrt, Aye«, wiederholte der OOD und machte sich daran, den neuen Anweisungen seines Kapitäns zu folgen.

Lee bedeutete seinem ersten Offizier, zu ihm zu kommen. Er konnte sehen, dass Kommandant Wu bereits wusste, was er ihm zu sagen hatte. Der Krieg hatte begonnen; es war Zeit, auf die Jagd zu gehen. Das sagte Lee sehr zu. Er konnte es nicht erwarten, eine Antwort auf den Erstschlag der Amerikaner zu liefern.

Lee und seine Crew hatten nun die Erlaubnis, jedes amerikanische Wasserfahrzeug mit allem anzugreifen, was ihnen zur Verfügung stand. Schließlich hatten die Amerikaner das erste Blut vergossen. Lee grinste unauffällig. Dies war seine Gelegenheit, der Welt die Macht der chinesischen Marine vor Augen zu führen.

Sobald sie Sehrohrtiefe erreicht hatten, trafen die neuesten Satellitenbilder über DragonLink ein, die zeigten, dass sich die *Carl Vinson-* und *Theodore Roosevelt*-Angriffsgruppen weiter in ihren Wartepositionen um Guam und Saipan aufhielten. Die chinesische Marine hatte die Amerikaner mit ihrem angeblichen Plan, diese Inseln einzunehmen, erfolgreich dazu gebracht, zwei ihrer Flugzeugträger in diesem Bereich zu stationieren.

Lee studierte die Karte. Er beabsichtigte immer noch, das amerikanische U-Boot zu stellen, das sie hatten gehen lassen müssen. Er fand dessen letzte bekannte Position und die derzeitige Position einer Gruppe chinesischer ASW-Schiffe.

Es muss einen Weg geben, diese Gruppe zu unseren Gunsten in die Kalkulation einzubeziehen, dachte Lee. Ein amerikanisches Atom-U-Boot zu versenken, würde China enormen moralischen Auftrieb geben und Amerika einen echten Schlag versetzen.

Teil der über DragonLink heruntergeladenen Daten war Jade Dragons akustische Signaturanalyse, eine unbezahlbare Sammlung der Informationen, die sie über Jahrzehnte zusammengetragen hatten. Diese Signaturanalyse ergab, dass das U-Boot, nachdem sie suchten, die USS *Maine* war. Ihr Dossier enthielt dazu Details über ihren

Kommandanten; alles, was JD über ihn und über die Mitglieder seiner Mannschaft wusste.

Lee versuchte zudem, Näheres über den Kommandanten der *Texas* zu erfahren. Leider verfügten Chinas Geheimdienste diesbezüglich nur über minimale Informationen. Das Wenige, was sie über ihn finden konnten, schien anzudeuten, dass ihn seine Vorgesetzten für einen überaus kampfeswilligen und fähigen Schiffskommandanten hielten. Lee wandte seine Aufmerksamkeit erneut der *Maine* zu. Langsam entwickelte er einen Plan.

Auf der digitalen Karte blickte er erneut auf die Gruppe chinesischer ASW-Schiffe, die ihn vielleicht bei der Erreichung seines Ziels unterstützen könnte. Vor dem Beginn des Kriegs hatte die Marine im Ost- und Südchinesischen Meer kleine Gruppen von Fregatten und Korvetten mit ASW-Missionen zur Abwehr möglicher amerikanischer Übergriffe installiert. Diese kleinen Flotten sollten dazu dienen, die amerikanischen U-Boot-Kräfte zu vernichten, die die großen Handelsstörer in den Häfen nicht erreichen konnten.

Mit einem Angriffsplan im Kopf, ließ Lee sein U-Boot ein weiteres Mal auf Sehrohrtiefe aufsteigen. Er übermittelte einen Funkspruch an die *Sanya*, eine hochmoderne Fregatte, um die Jagd auf dieses amerikanische U-Boot zu koordinieren.

Die *Sanya* war eine neue Fregatte vom Typ 054A, die es neben ihren außergewöhnlichen Fähigkeiten zur U-Boot-Bekämpfung gegebenenfalls auch mit Oberwasserschiffen aufnehmen konnte. Die *Sanya* war der Gruppenführer von fünf weiteren Booten. Zwei Jiangdao-Korvetten – die *Luzhou* und die *Weihai* des Typs 056 – waren speziell dafür gebaut, feindliche U-Boote zu jagen. Dazu kamen noch drei U-Boot-Jäger der *Haiqing*-Klasse vom Typ 037I, die sich im Außenbereich ihres Einsatzgebiets aufhielten oder vorausfuhren, um sich einen möglichen U-Boot-Kontakt näher anzusehen.

Lee würde die *Sanya* bei der Ortung des amerikanischen U-Boots um Hilfe bitten. Wenn sie Glück hatten, würde sie die *Maine* entweder direkt versenken oder ihn direkt zu ihr führen.

Innerhalb weniger Stunden machten sich die *Sanya* und ihre Flotte auf die Jagd nach der *Maine*. Mit der Hilfe von entlang der Küste stationierten ASW-Jagdfliegern und -Hubschraubern ließen sie eine große Zahl von Sonarbojen ins Wasser ab. Es würde nicht lange

dauern, bevor sie die *Maine* gefunden hätten. Dann würde der Spaß
beginnen.
****

Vierzehn Stunden später

Kapitän Lee beobachtete, wie sein Sonartechniker beide Hände auf
seinen Kopfhörer legte und den Kopf zur Seite neigte. Er stand aus
seinem Kapitänsstuhl auf und trat an ihn heran, um zu sehen, was er
entdeckt hatte. Der Mann wandte sich zu ihm um.

»Brücke, Sonar«, verkündete er. »Kontakt Kurs Eins-Eins-Null,
Distanz 11.000 Meter. Sie schwimmt zwischen zwei unserer Bojen
durch.« Der junge Sonarmann war äußerlich so aufgeregt, wie sich Lee
innerlich fühlte.

»Brücke, Sonar. Kontakt notieren als Sierra 1.«

»Sonar, Brücke. Zu Befehl, Kapitän«, bestätigte der technische
Offizier.

»Brücke, Sonar, Sierra 1 ist ein amerikanisches SSBN, mit 96-
prozentiger Wahrscheinlichkeit die USS *Maine*.«

»Sonar, Brücke. Ausgezeichnet. Markieren Sie Sierra 1 als Master
1«, erwiderte Kapitän Lee mit leichtem Lächeln. Die Zeit war
gekommen, die Jagd zu Ende zu bringen.
****

400 Kilometer nordöstlich von Taiwan
USS *Maine*

Der Nachwuchsoffizier war angespannt. Die ganze Brücke war
angespannt. Die *Bangor*, eine der Orcas, hatte ihnen die Information
zugesandt, dass das Unterseeboot, das sie als Typ 93 identifiziert
hatten, verschwunden war. Entweder war es nicht in ihren
Gefechtsbereich eingedrungen, hatte den Vorposten, den sie mithilfe
der Orcas errichtet hatten, nicht alarmiert, oder sie hatten es ganz
einfach verloren. Das war kein gutes Zeichen, insbesondere angesichts
der Tatsache, dass sie innerhalb der letzten 48 Stunden auch den
Kontakt zu Pearl Harbor und so gut wie mit jedem anderen Navy-Schiff
in der Region verloren hatten. Da ging etwas vor – sie wussten nur
noch nicht, was es war.

Captain Dale Redding sah, dass einer der CPOs den Kartentisch mit den neuesten Informationen der Orcas und ihrer Schleppsonare aktualisierte. Er trat an den Tisch heran, um zu sehen, welches Bild sich ihm nun bot.

Zusätzlich zu dem möglichen feindlichen U-Boot beobachteten sie nun auch eine kleine Flotte chinesischer Überwasserschiffe, die auf dem Weg zu den Senkaku-Inseln zu sein schienen – eine kleine Inselkette, um die sich China und Japan derzeit stritten.

Captain Redding war sich sicher, dass die chinesischen Schiffe auf der Suche nach ihm waren. Nicht nur, dass sie sich in typischer ASW-Formation arrangierten, dazu kamen noch die Sonarbojen, die an der Oberfläche aufgetaucht waren. Das konnte nur eines bedeuten – küstenbasierte ASW-Unterstützung. Er fürchtete, dass die Schiffe in Reichweite gelangen könnten, um ihre Hubschrauber einzusetzen. Falls diese ihr Unterwassersonar auf sie ansetzen würden, wären sie in Schwierigkeiten. Das würde ihnen die Rückkehr nach Pearl stark erschweren.

Im Gegensatz zur vorherrschenden Meinung über die Qualität des chinesischen Systems, wusste er, dass sie mit dem aktiven Ping eines ins Wasser gelassenen Sonargeräts wie ein Weihnachtsbaum aufleuchten würden. Dies waren keine passiven Bojen. Ein Tauchsonar in den Händen eines erfahrenen Technikers konnte selbst das versteckteste U-Boot finden.

Je eingehender Redding die Seekarte betrachtete, desto mehr kam er zu der Überzeugung, dass die *Maine* in ein bestimmtes Gefechtsfeld gedrängt werden sollte. Vor Taiwan ließen ASW-Flugzeuge Bojen ab, was bedeutete, dass sich die *Maine* von der Küste fernhalten musste. Auf der Senkaku-Seite suchten die Korvetten- und Fregattenflotte nach ihnen. Ungelöst war weiter die Frage, wo sich das U-Boot des Typ 93 aufhielt, das sie verloren hatten. Er brauchte Informationen – und Hilfe bei der Situation an der Oberfläche.

Captain Redding entschied sich, einen weiteren Versuch der Kontaktaufnahme mit der US-Flotte zu unternehmen. Er ließ die *Maine* auf Seerohrtiefe aufsteigen und fuhr ihre Kommunikationsmasten aus. Innerhalb von Sekunden erreichte sie eine Flut von Informationen. Ihnen wurde mitgeteilt, dass das Land von DEFCON 4 auf DEFCON 2 hochgestuft worden war. De facto herrschte Krieg zwischen den USA und China. Gleichzeitig trafen auch neue Befehle für sie ein: Rückkehr zu ihrem alten Standort vor der Küste von Shanghai und dortiges Abwarten.

Diese Befehle sagten Redding wenig zu. Nach beinahe vier Monaten Patrouillenfahrt gingen ihnen die Lebensmittel aus. Sie hatten noch zwei Monate Verpflegung an Bord, inklusive ihrer Notvorräte an Konserven. Sie könnten vielleicht für einen Monat zurückkehren, aber dann müssten sie sich in Japan neu versorgen.

»Was sagen unsere neuen Befehle?«, fragte Commander Tom ‚Johnnie‘ Walker leise, um nicht von den Umstehenden gehört zu werden. Er las sich den Situationsbericht durch, der ihm die generelle Lage klarmachte. Die Mannschaft hatte bislang keine Idee. Sie würden sie bald informieren müssen.

Commander Tom ‚Johnny‘ Walker‘ war Captain Reddings XO und entsprach dem Standard des U-Boot-Personals. Er war ein überzeugter Offizier; intelligent, aber nicht übereifrig – eine gute Eigenschaft für den Führer eines U-Boots, dessen Mission eher strategischer als taktischer Natur war.

Die Situation, die sich ihnen an der Oberfläche bot, machte plötzlich viel mehr Sinn. Die chinesische Marine suchte nicht nur aus Trainingsgründen nach ihnen. Sie war aktiv auf der Jagd nach ihnen. Das machte den Standortverlust des Typ 93 umso bedenklicher. Der Feind könnte dort draußen auf sie lauern und sie verfolgen, ohne dass sie es wussten.

»Unsere neuen Befehlen nach kehren wir an unseren alten Standort zurück, um dort auf weitere Befehle zu warten. Irgendwo über uns befinden sich die USS *Stethem* und *Benfold*, die uns auf unserem Kurs zurück ein Stück des Wegs begleiten werden, bevor sie sich in Okinawa mit einer größeren Task Force zusammentun. Ach ja, und wir befinden uns zwischenzeitlich im Krieg mit China. Das ist alles«, berichtete Captain Redding und reichte seinem XO die Befehle.

»Wie denken Sie darüber, dass unser chinesisches U-Boot vor einer Weile so plötzlich verschwand?«

»Das ist verdammt seltsam, Sir. Wir waren bis auf 9.000 Meter herangekommen, bevor es einfach weg war.« Walker strich sich über seinen Zweitagebart, als wollte er sich an etwas erinnern, das ihm auf der Zunge lag.

Redding nickte. »Ganz Ihrer Meinung, XO. Ich ließ den Sonartechniker die Aufnahmen wieder und wieder abspielen. Selbst mit den üblichen Hintergrundgeräuschen fingen wir auf, dass es mit gut zehn Knoten unterwegs war – bevor es sich einfach in Luft aufgelöst hat, ohne auch nur das geringste Echo zu hinterlassen. Anstatt die Zerstörer nach Okinawa zu senden, brauchen wir sie hier draußen auf unserer Seite. Wir müssen das Gebiet abriegeln, damit uns nicht noch mehr U-Boote entkommen; andererseits muss unser Boot seinen neuen Befehlen folgen. Dazu kommt, dass wir kein Jagd-U-Boot sind. Es kann nicht unsere Aufgabe sein, feindlichen U-Booten hinterherzurennen.«

Beide schweigen eine Weile. Redding dachte eingehend darüber nach, bevor er seinen Kommunikationsoffizier anwies, eine VLF-Nachricht an die Flotte zu schicken. Er hoffte, sie dazu bewegen zu können, die Befehle der Zerstörer neu zu formulieren und sie in dem Abschnitt zwischen Taiwan und den Senkaku-Inseln zu lassen. Ihre ASW-Fähigkeiten wären eine große Hilfe, diesen Bereich frei von feindlichen U-Booten zu halten.

»Sir, wenn Sie der chinesische Kapitän wären, wo würden Sie sich aufhalten?«, wollte Walker von Captain Redding wissen. Er sah zu, wie sein Captain einige Änderungen auf der Seekarte vornahm.

»Ich würde unter die Thermokline tauchen und versuchen, meinen Schleppsonar darüber zu halten. Dann würde ich weiter darauf warten, bis wir uns an ihren Überwasserschiffen vorbeigeschmuggelt haben – irgendwo in diesem Bereich hier.« Redding deutete auf ein bestimmtes Gebiet.

****

Typ 95
Nordöstlich von Taiwan

»Technik, Brücke hier. Status des Strahlruders?«, erkundigte sich Lee. Der wellenlose Propellertyp, angetrieben von einem elektrischen Motor, reduzierte den Lärm und die Kavitation um ein Vielfaches. Er bestand aus weniger beweglichen Teilen und nahm weit weniger Platz in Anspruch, während er die Leistung des Motors selbst um insgesamt 15 Prozent erhöhte. Damit war die *Changzheng* das leiseste atombetriebene U-Boot der Welt und gleichzeitig auch die tödlichste Waffe des Meeres.

»Brücke, Technik hier. Der Motor ist in Höchstform. Er bringt gleichmäßige 12 Knoten«, erwiderte der Chefingenieur.

Vor seinem geistigen Auge sah Lee den Mann im Maschinenraum vor sich, wie er mit geschlossenen Augen nach dem kleinsten Misston seiner Maschinen lauschte.

»Ausgezeichnet«, lobte ihn Lee und legte den Hörer auf.

Im Zeitraum von nur sieben Stunden war es ihnen gelungen, sich unentdeckt den beiden US-Zerstörern der *Arleigh-Burke*-Klasse auf 18.000 Meter zu nähern. Die beiden Schiffe bewegten sich auf der Suche nach der *Changzheng* unablässig zwischen den Senkaku-Inseln und Taiwan in sich überschneidenden, konzentrischen Kreisen hin und her. *Wäre da nicht die Tatsache, dass das gesuchte U-Boot bisher in ihrer Signaturdatei nicht existiert, hätten sie mittlerweile längst den Versuch unternommen, uns zu versenken,* dachte Lee schadenfroh.

»Deckoffizier, holen Sie das Schleppsonar ein.«

»Schleppsonar einholen, zu Befehl, Kapitän.«

Lee wanderte um den Kartentisch herum und besah sich ihre Position im Verhältnis jener, auf der er die *Maine* vermutete. Das Gleiche tat er bei den Zerstörern unter Beachtung ihres Kurses. Er deutete auf eine Position auf der Karte und starrte mehrere Minuten lang auf diesen Punkt. Je ausgereifter er seinen Angriffsplan gedanklich ausarbeitete, desto schneller begann sein Herz zu schlagen.

»Sonar, Entfernung zu den Zerstörern im Verhältnis zu der letzten bekannten Position der *Maine*?«

»Der nächste Zerstörer zur letzten bekannten Position der *Maine* ist 11.500 Meter von unserer jetzigen Position entfernt«, erwiderte der OOD. »Der zweite Zerstörer ist 16.500 Meter entfernt.«

»Kreisen sie weiter?« Lees Stimme verriet ein wenig mehr Enthusiasmus, als ihm lieb war.

»Jawohl, Kapitän. Mit jedem Kreis bewegen sie sich ungefähr 2.700 Meter voran, wobei sie regelmäßig etwa 1.350 Meter weiter nach Osten vordringen.«

»Folgen sie bei diesem Sprint nach Osten weiteren erkennbaren Mustern?«, forschte Lee auf der Suche nach einer Bestätigung seiner Vermutung.

»Kapitän außer dem Kreisen kann das Sonar keine erkennbaren Muster feststellen.«

Kapitän Lee wanderte grübelnd auf der Brücke hin und her, während sie ihre Beute weiterhin verfolgten. Die Zeit des Angriffs war nahe.

Lee rief die Technik ein letztes Mal an, um sicherzustellen, dass sein U-Boot bereit war. Nachdem ihm die Kampbereitschaft der *Changzheng* in jeder Hinsicht versichert worden war, musste Lee lächeln, als er bemerkte, dass er den Hörer seitlich über die Telefongabel gelegt hatte. Eine unbewusste Handlung. Sein motorisches Gedächtnis war unwillig, den Hörer zurück auf die Gabel zu legen, um einem feindlichen Sonar nicht die Gelegenheit zu geben, ein Geräusch aufzuschnappen. Von diesem Augenblick an würden sie flüsterleise laufen — so lange, bis der Beschuss auf die Amerikaner endlich begann.

»Steuermann, volle Kraft voraus, fünf Grad nach oben.«

»Geschwindigkeit auf volle Kraft voraus, fünf Grad nach oben, zu Befehl.«

Die Zeit war gekommen, ihr RDT zu testen, um zu sehen, wie nahe sie an die Amerikaner herankommen konnten, bevor er eine Salve ihrer neuesten YU-9 Torpedos auf sie abfeuerte.

»Waffenoffizier, alle Abschussrohre laden, Waffen in jeder Hinsicht einsatzbereit machen. Rohre eins und zwei auf Kielwasserzielfindung einstellen. Rohre fünf und sechs mit modifizierten YJ-7 laden«, befahl Lee.

»Alle Rohre beladen, Waffen in jeder Hinsicht einsatzbereit machen, Rohre eins und zwei auf Kielwasserzielfindung programmieren und Rohre fünf und sechs mit modifizierten YJ-7 laden, zu Befehl, Kapitän«, wiederholte der Waffenoffizier.

Beim nach dem Hörer atmete Kapitän Lee tief durch, bevor er die Ansage machte, die seine Männer und sein Boot offiziell in den Krieg führen würde.

»Kampfstationen, Torpedo.«
****

USS *Stethem*
Östlich von Taiwan

Commander Tim Wade stand auf dem Flugdeck, während die SH-60 auf dem Landeanflug war. Seit zehn Stunden waren seine für die U-

Boot-Abwehr zuständigen Hubschrauber nun in der Luft. Wades Schiff, ebenso wie der USS *Benfold*, war die Aufgabe übertragen worden, den Rückzug der *Maine* in das Ostchinesische Meer abzuschirmen, damit sie dort erneut ihre Position nahe der Küste einnehmen konnte.

Er war darüber informiert worden, dass die USS *Maine* in ihrem Gebiet auf Patrouille war und ein chinesisches U-Boot vom Typ 93 verfolgt hatte. Kurz bevor die USS *Texas* den Krieg im Pazifik offiziell begonnen hatte, hatte sich dieser Typ 93 offenbar in Luft aufgelöst.

Wade war hinüber auf die *Benfold* geflogen, um sich direkt mit dem Skipper abzusprechen. Kommandantin Lisa Bell war eine Klassenkameradin aus der Akademie, vor der er großen Respekt hatte. Sie war eine verdammt gute Schiffsführerin mit einem ausgeprägten taktischen Talent. Gemeinsam entwickelten sie einen Plan, um sicherzustellen, dass nicht noch ein weiteres chinesisches U-Boot in den Pazifik nordöstlich von Taiwan und Okinawa entkommen konnte. Außerdem standen die Chancen gut, dass sie, nachdem der Krieg nun begonnen hatte, von der in der Nähe befindlichen Flotte chinesischer Korvetten und Fregatten angegriffen würden.

Beide Schiffe schickten ihre ASW-Hubschrauber aus und ließen in regelmäßigen Abständen Sonarbojen ins Wasser ab – beim Versuch, das gesuchte U-Boot in einen bestimmten Bereich zu drängen, damit die *Maine* es finden und ausschalten konnte –, bevor sie es mit den Oberflächen- und möglichen Luftkontakten aufnehmen mussten, die dazukommen könnten.

Dass die chinesische Luftwaffe dem gleichen Plan folgen könnte, hatten sie außer Acht gelassen. Entlang des äußeren Bereichs ihrer Luftabwehr war es zu zwei Beinahe-Zusammenstößen mit einigen chinesischen J-15 gekommen. Glücklicherweise hatten es die Chinesen nicht darauf ankommen lassen, und die Amerikaner wollten ihre Waffen bis zum Auftreten einer echten Gefahr zurückhalten.

Nach der Landung des SH-60 stellte der Pilot die Motoren ab. Die Wartungsmannschaft eilte zu ihm hinüber und begann umgehend mit dem Auftanken, während ein anderes Team den Hubschrauber mit neuen Sonarbojen bestückte.

Lieutenant Chuck Nellis kam auf Commander Wade zu. »Sir, wir haben Tausende von Kilometern überflogen und über 200 Bojen ausgeworfen. Falls das chinesische U-Boot da draußen ist, läuft es leise und fährt sehr tief.«

»Verdammt, Lieutenant. Sie sehen mitgenommen aus«, begrüßte ihn Wade. »Besorgen wir uns einen Kaffee. Sie haben 20 Minuten, bevor Ihr Vogel wieder abflugbereit ist.«

»Genauso fühle ich mich auch, Boss. Befinden wir uns wirklich im Krieg mit China?«, fragte Nellis, der sich mit den Händen durch seine schweißgetränkten Haare fuhr.

Commander Wade nahm beim Betreten des Hangars seine Mütze ab. Auch er hatte diese Tatsache noch nicht verinnerlicht.

»Ich weiß, es ist schwer zu glauben. Die Chinesen waren gewarnt und überschritten danach bewusst die Clipperton-Galapagos-Linie. Die *Texas* versetzte ihnen einen harten Schlag. Sie versenkte einen Flugzeugträger, von daher … Ja, ich würde sagen, wir befinden uns im Krieg.«

Auf dem Weg zur Offiziersmesse kam ein Seemann auf die beiden Männer zu.

»Sir, der XO sucht Sie. Einer der ASW-Vögel der *Benfold* hat möglicherweise etwas entdeckt!«

Alle drei rannten eilends ins CIC, wo sie das Video eines ASW-Helikopters bereits auf dem Bildschirm erwartete.
****

ASW-Helikopter
Nordöstlich von Taiwan

Lieutenant Sarah Mills senkte die Sonarboje ins Wasser und schwebte 30 Meter über der Wasseroberfläche, während der Mann, der den Sensor überwachte, dem zuhörte, was ihm die AAQS-13F-Sonarvorrichtung mitteilte. Dies war ihr zweiter Flug über diesen Bereich des Ozeans, und der Treibstoff wurde knapp. In zehn Minuten mussten sie zur *Benfold* zurückkehren.

»Manny, wir stehen kurz vor Bingo-Fuel. Wir haben gerade noch genug Treibstoff, um es nach Hause zu schaffen. Entweder finden Sie mir ein U-Boot, das ich abschießen kann, oder wir sind auf dem Heimweg.« Lieutenant Mills fand dieses Katz- und Mausspiel äußerst frustrierend.

Petty Officer Dritter Klasse Manuel ‚Manny' Martinez war ihr ASO, ihr Akustik-Sensoroperator. Während der zweiten Runde des Tages glaubte er, nach dem Ablassen einer der Sonarbojen etwas gehört zu haben – etwas, das wie ein Torpedo klang, der zielsicher im Endlauf seine Geschwindigkeit erhöhte. Nachdem er das gleiche Geräusch ein zweites Mal aufgeschnappt hatte, konnte er es plötzlich nicht mehr finden.

»Ich weiß, ich weiß, Lieutenant! Es könnte wichtig sein, Ma'am. Ich weiß, was ich gehört habe. Geben Sie mir …«

Er ließ den Satz unbeendet und starrte stattdessen intensiv auf seinen Monitor. Sichtlich verwirrt legte er den Kopf schief, bevor er sich plötzlich zu Lieutenant Mills umdrehte.

»Rakete im Wasser!«, schrie Manny.

Mills handelte, ohne zu zögern. Sie setzte Infrarottäuschkörper ab, ließ die Boje fallen und erhöhte auf volle Geschwindigkeit. Anstatt an Höhe zu gewinnen und dadurch dem Beschuss zu entgehen, hielt sie die Nase nach unten auf das Deck ihres Schiffes zu.

»Festhalten!«, warnte Mills, als ihr Hubschrauber nach vorne stürzte.

»*Benfold, Seahawk* hier, wir werden angegriffen! Ausweichmanöver!«, rief der Copilot in das Funkgerät.

Manny blickte von der Steuerbordseite ihres Hubschraubers auf die Rakete hinaus. Sie war hoch in den Luftraum vorgedrungen, den sie noch vor einer Sekunde innegehabt hatten. Mit Mills' Abtauchen auf das Meer zu gewannen sie an Geschwindigkeit, aber Manny wusste, dass das nicht reichen würde.

Angsterfüllt verfolgte er, wie die Rakete ihren Kurs berichtigte und nun in gerader Linie auf den Hubschrauber zuflog. Manny konnte den Blick nicht abwenden. Das Letzte, was er hörte, war Lieutenant Mills' Entschuldigung. »Es tut mir leid.«

Die Rakete mit 69 Pfund panzerbrechendem, hochexplosivem Sprengstoff an Bord schlug vor ihrem Heck ein. Sie explodierte und verdampfte den Petty Officer Dritter Klasse Martinez auf der Stelle. Der Überdruck der Explosion riss den Hubschrauber in Stücke und entzündete das verbliebene JP5 in seinen internen Treibstofftanks. Die Überreste des Helikopters stürzten in einem feurigen Regen ins Meer.

****

USS *Maine*

»Alle Mann an die Gefechtsstationen!«

Die Mannschaft der *Maine* bereitete das U-Boot zum Kampf vor. Die Spannung an Bord war seit dem Beginn der Suche nach dem chinesischen U-Boot ständig gestiegen. Der Druck und die Angst hatten zugenommen, seit sie sich fragen mussten, wer nun wen jagte.

»Sonar, Brücke hier. Distanz und Kurs zur Explosion?«

»Brücke, Sonar, Abstand 7.500 Meter, Kurs Zwei-Acht-Sieben Grad.«

»Steuerung, Brücke. Kurs auf Zwei-Acht-Sieben Grad. Geschwindigkeit zehn Knoten. Tiefe: einhundert Meter.«

»Brücke, Steuerung. Kurs auf Zwei-Acht-Sieben Grad, Geschwindigkeit zehn Knoten, Tiefe: einhundert Meter, Aye.«

»XO, COB, bereiten Sie die Mannschaft vor. Wir werden das chinesische U-Boot finden!«

»Sonar, Brücke hier. Sie müssen uns das U-Boot finden, Mann. Ich brauche es, sofort!«

»Brücke, Sonar. Aye, Skipper, wir sind dran.«
****

USS *Benfold*

Die Operationszentrale der *Benfold* pulsierte mit kaum kontrollierter Energie. Commander Bell rief alle an ihre Gefechtsstationen. Commander Wade tat das Gleiche. Okinawa schickte zwei P3-Orions zu ihrer Unterstützung aus.

Bislang war es ihnen nicht gelungen, dieses verflucht schlüpfrige chinesische U-Boot ausfindig zu machen. Es hatte ihren Hubschrauber abgeschossen, und sie kochten vor Wut. Das Flugpersonal der *Benfold* und der *Stethem* setzten weitere 200 Sonarbojen ab. Das Einzige, was sie bisher vorzuzeigen hatten, waren die letzten Worte von Petty Officer Martinez, der glaubte, er hätte etwas gehört, das wie ein Torpedo klang, der seine Geschwindigkeit im Endlauf erhöhte, bevor er plötzlich verschwand.

Commander Bell saß auf ihrem Stuhl auf der Brücke. Der Blick auf ihre leere Kaffeetasse verriet ihr, dass sie zu viel Koffein zu sich genommen hatte. Ihr Kopf dröhnte von stressbedingten

Kopfschmerzen, die dabei waren, sich in eine Migräne zu verwandeln. Sie hatte drei Mitglieder ihrer Mannschaft verloren. Und das chinesische U-Boot blieb unauffindbar. Sie spürte, wie ihr Zorn ihre Migräne verschlimmerte. Sie atmete langsam und tief durch.

Alle Nerven an Bord waren bis aufs Äußerste strapaziert. Es gab absolut keine Spur von dem U-Boot. Der N2 konnte keinerlei Auskunft über die SLAM – die von einem U-Boot abgeschossene Luftabwehrrakete – geben. Ihr plötzliches Erscheinen hatte alle vollkommen überrascht. Die Helikoptermannschaften waren verängstigt. Sie trafen zusätzliche Vorsichtsmaßnahmen. Eine Tatsache blieb jedoch nach wie vor unbestritten: Das U-Boot, das ihre Kameraden angegriffen hatte, blieb unauffindbar.

****

Typ 95A

»Attrappen aktivieren. Simulierte Torpedoangriffe auf die Zerstörer. Sobald sie zum Ausweichmanöver ansetzen, Rohre eins und zwei abfeuern. Passive Verfolgung bis auf 900 Meter Entfernung, dann auf aktive Verfolgung umstellen und Kabel durchtrennen«, befahl Kapitän Lee so ruhig, als wäre dies nur eine weitere Übung statt einer realen Situation.

Die verschiedenen Stationen, Offiziere und Unteroffiziere, bestätigten ihre Befehle und setzten den Angriffsplan um. Schon bald würden sie wissen, ob ihr Kapitän und die Super-KI tatsächlich so klug waren, wie sie alle hofften.

Seit die modifizierten YJ-7 den amerikanischen Hubschrauber auf seiner Suche nach der *Changzheng* abgeschossen hatten, hatte sie weiter vom Feind unentdeckt die gleichmäßige Geschwindigkeit von 20 Knoten beibehalten.

Lee sah seiner Mannschaft voller Stolz zu. Alle erledigten die ihnen zugewiesenen Aufgaben so präzise, wie sie es über so viele Monate trainiert hatten. Der Blick auf sie und auf die Technologie, die ihnen zur Verfügung stand, erfüllte ihn mit Freude und Optimismus. Er kommandierte wahrhaftig eines der mächtigsten Kriegsschiffe, das je gebaut worden war.

Und trotzdem hegte er in seinem Hinterkopf leise Zweifel ... Die U-Boot-Verwaltung hatte die *Changzheng* zum modernsten

Unterseeboot ernannt, das je gebaut worden war. Sie hatten Unmengen investiert, um es vor dem geplanten Termin ins Wasser zu bringen – mit den fortschrittlichsten Waffen, die China je produziert hatte. Nachdem Lee nun dieses technologische Wunder auf die Amerikaner losgelassen hatte, gab es kein Zurück mehr.

Die *Changzheng* würde das Meer bis vor die Türschwelle der Amerikaner durchkreuzen. Zumindest hatte er das der Mannschaft öffentlich versichert. Insgeheim konnte er sich jedoch die Frage nicht verkneifen, ob sie – wie die Japaner im Jahr 1941 – einen schlafenden Riesen geweckt hatten.

****

USS *Stethem*

»Brücke, CIC! Kavitation, zwei U-Boote Typ 93, markiert als Sierra 1 und Sierra 2, Kurs Zwei-Zwei-Null Grad und Zwei-Sechs-Fünf Grad!«, rief der Gefechtsoffizier laut.

»CIC, Brücke. Verstanden. Alarmieren Sie die *Benfold*, Vorbereitung zum Angriff der Ziele!«

»Brücke, CIC. Torpedos im Wasser! Gleicher Kurs.«

»Volle Kraft, Ruder hart nach rechts, Aussetzen der Täuschkörper!« Commander Wade klammerte sich am Handlauf fest, während das Schiff die Geschwindigkeit erhöhte und stark abdrehte.

Verdammt, wie konnten sie uns so schnell in Reichweite ihrer Torpedos bekommen?, dachte er.

****

USS *Benfold*

Der Alarm zum Ruf an die Gefechtsstationen hallte durch das Schiff. Commander Bell ließ beim Betreten des CIC versehentlich ihre Kaffeetasse fallen.

»Abschuss der ASROC mit Kurs auf die Typ 93! Volle Kraft voraus, Ruder hart nach rechts!«, rief der TAO.

Die *Benfold* bewegte sich mit schnell ansteigender Geschwindigkeit nach vorn und drehte im engen Winkel nach rechts ab. Das Deck des Bootes schüttelte sich wiederholt, als sie ihre Abwehrraketen gegen die feindliche Bedrohung freisetzten.

Commander Bell versuchte, auf dem Weg zu ihrem Stuhl nicht das Gleichgewicht zu verlieren. Ein Blick zeigte ihr, dass ihr gut ausgebildeter TAO die Situation im Griff hatte. Der Mann stand an der Sonarstation. Sein Gesichtsausdruck verriet Verwunderung, so als ob er zu verstehen versuchte, was er da vor sich sah.

»TAO, Situationsbericht!«, sagte Bell, die nun ebenfalls zur Sonarstation eilte. Das Schiff hatte sich nach seiner Hochgeschwindigkeitswendung wieder stabilisiert.

»Ma'am, wir hören die Typ 93 und die Fische, die sie abgesetzt haben, aber ihren ursprünglichen Kurs vom Abschussort her können wir nicht zurückverfolgen. Es scheint, als ob die Torpedos die Rohre verlassen und einfach … einfach stehen bleiben.«

»Wie bitte? Das macht keinen Sinn. Bringen Sie mir den definitiven Standort dieser Boote und ihrer Fische, und zwar sofort!«

****

Typ 95A

Kapitän Lee grinste breit. Jade Dragon hatte die Aktionen der amerikanischen Zerstörer und ihrer Kapitäne beinahe fehlerlos vorhergesagt.

Sobald die Zerstörer ihre Höchstgeschwindigkeit erreicht hatten, hatte er seine kielwassersuchenden Torpedos abgeschossen. Ihre Kabel waren noch nicht durchtrennt. Sie waren Augenblicke davon entfernt, die beiden Zerstörer aktiv anzugreifen. Die Amerikaner hatten den Köder geschluckt – und er war bereit, den allerersten YU-9 Torpedo gegen den Westen einzusetzen.

Im gegenwärtigen Modus würden seine Torpedos dem Kielwasser eines Schiffes folgen. Sobald ihre magnetischen Sensoren in ausreichender Nähe zu ihrem Ziel waren, würde die Mannschaft die Leitkabel durchtrennen und die Torpedos aktiv ihre eigene Richtung suchen lassen. Damit würde Phase zwei beginnen – ihre Beschleunigung auf eine maximale Geschwindigkeit von beinahe 60 Knoten – wovon es kein Entkommen gab. Mit dem Aufschlag gegen das Schiff würde sich die chemische Substanz im Gefechtskopf der Torpedos bei über 2.000 Grad Celsius durch das Aluminium und den Stahl des Schiffs hindurchbrennen.

Der Waffenoffizier, der neben Lee stand, bestätigte ihm, dass jeder Torpedo sein ihm zugewiesenes Ziel im Visier hatte. Lee befahl das Durchtrennen der Kabel und hörte, wie die Torpedos auf aktive Zielfindung umstellten – nur noch 1.000 Meter von ihrem jeweiligen Ziel entfernt. Der Waffenoffizier gab ihm einen letzten Statusbericht und stellte fest, dass die Waffen ihre Geschwindigkeit bei abgeschlossener Zielfindung erhöhten. Der XO befahl dem Torpedoraum, erneut alle Rohre zu laden und alle äußeren Türen offen zu halten. Nachdem die Zerstörer aus dem Weg waren, war die *Maine* an der Reihe.

****

USS *Stethem*

»Brücke, CIC, Torpedos im Wasser! Kurs Eins-Neun-Fünf Grad, Distanz 1.000 Meter, Geschwindigkeit 55 … nein, 59 Knoten!«

»Gegenmaßnahmen absetzen! Ruder hart nach links!« Commander Wade rechnete nach. Sie hatten 30 Sekunden, bevor sie der Torpedo bei dieser Entfernung und bei dieser Geschwindigkeit erreichen würde.

»CIC, Brücke, Kurs des ersten Torpedos?«

»Brücke, CIC, der erste Torpedo ist nicht mehr da. Er ist verschwunden!«

Das war unmöglich. Wie konnte ein Torpedo verschwinden? Dann fiel es Wade wie Schuppen von den Augen. Sie waren einer Täuschung auf den Leim gegangen. Seitdem sie hier draußen unterwegs waren, waren sie in die Falle eines neuen, ultraleisen chinesischen U-Boots gestolpert – eines, dass SLAMs abschießen und ASW-Hubschrauber vom Himmel holen konnte. All das war eine Falle gewesen und mit jeder Aktion, die sie unternommen hatten, waren sie tiefer hineingerutscht.

»Drei ASROC auf diesem Kurs abfeuern. Wir gehen nicht ohne …«

Wades Versprechen blieb durch eine Explosion unter dem Schiff und in dessen hinteren Bereich unausgesprochen. Das Heck der *Stethem* schoss aus dem Wasser, während ein alles verschlingender Feuerball die dort angesiedelten Abteile zerstörte. Der Antrieb wurde komplett vernichtet. Der hintere Teil des Bootes sah aus, als ob es jemand mit einem Vorschlaghammer flachgehämmert hätte.

Die Brückenmannschaft wurde zu Boden geschleudert.
Commander Wades Ohren klingelten. Er konnte den Notfallalarm
kaum hören und sah Sterne vor den Augen. Die Hand, die er von
seinem Kopf zurückzog, war voller Blut.

Er zwang sich auf die Beine. Ein Blick aus dem Fenster verriet
ihm, dass auch die *Benfold* mittschiffs von einer Explosion
durchgeschüttelt wurde, deren sekundäre Druckwelle das Schiff
Sekunden später in zwei Hälften spaltete. Mit gebrochenem Rücken
sank sie in die Tiefe. Um sie herum stand das Meer in Flammen, und
der Ozean kochte.

Commander Wade spürte, wie ihn die Bewusstlosigkeit
übermannte. Als Letztes hörte er die Worte: »Vorbereitung auf
Einschlag!«

Die zweite YU-9 traf sie unterhalb der Brücke auf der Höhe der
Wasserlinie. Glücklicherweise musste Wade die Explosion, die ihn und
den Rest der Mannschaft dahinraffte, nicht bewusst miterleben.
****

USS *Maine*
Nordöstlich von Taiwan

Captain Redding und Commander Walker erlebten mit, wie die *Stethem*
und die *Benfold* von mehreren Torpedos getroffen wurden. Ihrem
Auseinanderbrechen, dem Sinken und dem Sterben der Mannschaft
zuhören zu müssen, war qualvoll.

Die *Maine* lief seit beinahe 12 Stunden flüsterleise. Die
Mannschaft war angespannt, aber kampfbereit. Die Torpedorohre
waren geladen, und die äußeren Türen standen offen. Jeder Sensor, der
ihnen zur Verfügung stand, war in Betrieb. Sie suchten nach einem
chinesischen U-Boot, das gerade zwei Zerstörer der *Arleigh Burke*-
Klasse auf den Meeresboden geschickt hatte. Sie hatten den Abschuss
der Torpedos gehört und im Anschluss daran gehofft, den Standort des
U-Boots bestimmen zu können – bevor es sich wieder ihrem Zugriff
entzog.

»Brücke, Sonar hier. Sir, ich glaube, ich habe etwas.« Der
Sonarmann ließ es eher wie eine Frage als eine Aussage klingen, aber
zu diesem Zeitpunkt war jeder Gedanke willkommen.

»Sonar, Brücke. Was haben Sie?«

»Sir, es ist eine leichte, metallisch klingende Rückkoppelung. Seit dem Abschuss des ASW-Helikopters höre ich sämtliche Audiospuren innerhalb des Patrouillengebiets ab. Ich glaube, ich habe die richtige gefunden«, sagte der Techniker.

Redding sah Walker an. Endlich einmal gute Nachrichten. Sie ließen den Sonartechniker an den Kartentisch kommen, um ihnen dort seine Entdeckung näher erläutern zu lassen. Den Abschuss des ASW-Hubschraubers hatten alle einem Typ 93 zugeschrieben, woraufhin das Sonar nach einem asymmetrischen Propeller mit sieben Blättern gesucht hatte. In beiden Fällen, in denen von dem vermeintlichen Typ 93 auf die Zerstörer geschossen worden war, hatten der Techniker das Audio der angreifenden U-Boote aufgezeichnet. Als der Sonarmann sie durch sein Computerprogramm laufen ließ, hatte er entdeckt, dass ihre akustische Signatur identisch war.

Redding entging die Bedeutung. Auf seine Frage »Na und?«, erwiderte der Techniker mit Nachdruck: »Sir, es ist eine identische Signatur. Als ob das U-Boot an zwei Orten gleichzeitig gewesen wäre.«

Um die Zweifel seines Kapitäns zu beseitigen, fuhr er fort: «Captain, ich habe die Aufnahme mehrere Male langsam abgespielt. Es ist eine Lockvogel, Sir. Er produzierte die Geräusche eines Typ 93 und den Lärm eines Torpedoausstoßes. Aber das ist auch schon alles. Die Attrappe blieb vor Ort und machte Lärm, während das echte chinesische U-Boot auf die Zerstörer schoss, sobald sie auf Höchstgeschwindigkeit liefen. Diese Torpedos finden ihre Ziele über das Kielwasser der gegnerischen Schiffe. Je schneller die Zerstörer unterwegs waren, desto einfacher war es für die chinesischen Fische, ihre Ziele zu finden und unsere Schiffe zu versenken.«

Redding brauchte einen Augenblick, um das soeben Gehörte zu verdauen. Plötzlich machte es Sinn. Das bedeutete allerdings auch, dass die Chinesen in ihrer Entwicklung Jahre dem voraus waren, wovon das Amt der Marineaufklärung ausging. Zum ersten Mal in seiner Karriere schienen die USA darüber im Dunkeln zu tappen, wozu ihre Feinde fähig waren.

»Okay, sonst noch etwas?«, erkundigte er sich. Er hoffte, etwas zu hören, was ihm bei der Suche und dem Abschuss des feindlichen U-Boots behilflich sein könnte. Sich ständig in der Position des Verteidigers zu befinden, lag ihm ganz und gar nicht.

»Jawohl, Sir«, sagte der Techniker und nickte. »Mir kam ein Gedanke … Was, wenn wir etwas Neues vor uns haben? Es gibt nur wenige Möglichkeiten, wie sich ein Unterseeboot unter Wasser bewegen kann – und die meisten Signaturen sind uns bekannt.«

»Okay, aber kommen Sie zum Thema, Mann«, drängte Commander Walker. Er war seit beinahe 36 Stunden auf den Beinen, und die Tatsache, dass ein chinesisches U-Boot sie vernichten wollte, machte ihn mehr als nur nervös.

»Entschuldigen Sie, XO. Okay. Ich fing an, unsere Datenbank auf experimentelle Antriebsideen, die in der Theorie funktionierten, und auf Ideen, die versagt haben, zu durchsuchen. Außerdem sah ich mir die Antriebe von Oberwasserschiffen an, die nicht auf U-Booten verwendet werden. Dabei stolperte ich über einen Artikel aus dem Jahr 2017. Er stellt einen deutschen, von der Firma Voith stammenden, wellenlosen Propeller vor, der von einem elektrischen Motor angetrieben wird. Ich fand die Aufnahme eines kommerziellen Schiffs, das Flussfahrten in Europa veranstaltet. Als ich die mit unserem Audio der letzten 72 Stunden im Computer abglich, gab er mir dies.«

Er legte das Bild zweier Signaturen vor sich ab. Sie waren nicht identisch, waren sich aber so ähnlich, dass sowohl der CO als auch der XO nach den Bildern griffen. Sie starrten den Ausdruck eine Weile an, bevor einer der beiden sprach.

»Können Sie es finden?«, fragte der Captain schließlich in scharfem Tonfall.

»Wenn Sie mich nahe genug heranbringen, Sir, dann unbedingt. Ich weiß jetzt, wie ich die falschen Fährten umgehen kann. Ich kann dieses Unterseeboot finden, Sir«, versprach ihm der Sonartechniker voller Selbstvertrauen.

»Dann an die Arbeit, mein Junge. Wir müssen ein neues chinesisches U-Boot versenken«, sagte Captain Redding und grinste an.

Der XO wechselte die Brückenmannschaft aus. Auf einen Durchbruch wie diesen hatten sie gewartet. Jetzt waren sie an der Reihe, in die Offensive zu gehen.

****

Typ 95A

Ein leichtes Klopfen an Kapitän Lees Tür weckte ihn auf. Er erhob sich und öffnete die Tür. Sein Erster Offizier stand lächelnd da.

»Wir haben sie, Kapitän. Die *Maine*.«

Auf dem Weg zur Brücke gab der Erste Offizier Lee einen Situationsbericht und einen Bericht über den Zustand ihres Bootes. Sie liefen gleichmäßige zehn Knoten, Kurs 50 Grad.

Die USS *Maine* lag 11.000 Meter steuerbord vor ihrem Bug. Sie bewegte sich ebenfalls mit zehn Knoten auf ungefähr dem gleichen Kurs wie die *Changzheng,* was bedeutete, dass sie beinahe in einem toten Punkt hinter der *Maine* lag. Bei gleichbleibender Geschwindigkeit konnten sie sie in weniger als 30 Minuten eingeholt haben.

»Erhöhen Sie die Geschwindigkeit auf 15 Knoten«, befahl Lee auf der Brücke.

»Geschwindigkeit auf 15 Knoten erhöhen, zu Befehl«, bestätigte der diensthabende Offizier an Deck.

Kapitän Lee spürte die angekündigte Beschleunigung durch eine leichte Vibration unter den Gummisohlen seiner Schuhe. Voller Vorfreude stand er am Kartentisch, um seinen Angriff auf das amerikanische U-Boot zu planen. Vier seiner YU-9 sollten genügen.

Zwei würden auf der Hälfte des Wegs zwischen den beiden Booten aktiv werden. Die anderen beiden würden solange passiv bleiben, bis die Amerikaner Ausweichmanöver durchführten. Nach 5.500 Metern würden die ersten Torpedos mit ihrer aktiven Zielfindung beginnen. Bei einer Geschwindigkeit von 59 Knoten würden sie auf die *Maine* in weniger als drei Minuten aufschlagen – was ihr so gut wie keine Chance zum Entkommen ließ. Sollte sie Ausweichmanöver starten, würden der dritte und der vierte Torpedo aktiv werden und die Entfernung zu ihr zu überwinden. Die *Maine* war verloren.

****

USS *Maine*

»Brücke, Sonar hier. Ich habe etwas, Sir. Markiert als Sierra 1. Ein schwaches Signal, Entfernung etwa 11.000 Meter, Kurs Zwei-Drei-Null Grad. Das Schleppsonar hat es aufgefangen.«

»Sonar, Brücke. Die gleiche Signatur wie vorher?«, fragte der Kapitän erwartungsvoll.

»Brücke, Sonar. Sir, das kann ich bisher nicht definitiv sagen. Ich bin mir noch nicht sicher.«

»Sonar, Brücke. Ihre beste Einschätzung. Es könnte unsere einzige Chance sein, dieses U-Boot zu erwischen.«

»Brücke, Sonar. Jawohl, Sir, sie ist es … Soweit ich es sagen kann, Sir.«

»Sonar, Brücke. Sierra 1 als Master 1 markieren.«

»Brücke, Sonar, Aye.”

Reddings Plan war einfach. Sie würden vier Torpedos hinter ihrem Boot abschießen. Deren Flughöhe würde auf ihrem Kurs zwischen ihrer derzeitigen Tiefe von 110 Metern bis hinunter auf 250 Meter Tiefe variieren. Nachdem die Waffen 5.500 Meter zurückgelegt hatten, würden sie mit der aktiven Suche nach dem chinesischen Boot in einem beschränkten Gefechtsfeld von nur 4.500 Metern beginnen. Wenn sie Glück hatten, würden sie das U-Boot treffen. Falls nicht, blieb ihnen genug Zeit, um zu wenden und den Feind zu einem fairen Kampf herauszufordern.

»Sonar, Brücke. Status von Master 1?«

»Brücke, Sonar. Master 1 hat die Geschwindigkeit auf 15 Knoten erhöht. Gleichbleibender Kurs.«

»Sonar, Brücke. Verstanden.«

»Holen Sie die Boje ein.«

»Einholen der Boje, Aye.«

Redding sah auf die digitale Wanduhr. Es würde zwei qualvolle Minuten dauern, bis die Boje eingeholt war. Bis dahin blieb ihm nichts als Warten. Der Waffenoffizier sah aus, als ob er gleich platzen würde. Die Spannung auf der Brücke war unerträglich. Und dennoch reagierte jeder Seemann im Raum professionell. Alle verkrafteten den Stress so gut, wie man es von ihnen erwarten durfte. Redding war stolz auf sie.

Die letzten Tage hatte ihre emotionale Belastbarkeitsgrenze ausgereizt. Er hatte vorhin bereits eine offizielle Ansage an die Mannschaft gemacht. Aber die Zeit der Ansprachen war nun vorbei. Für den schlimmsten Fall hatten sie eine Kommunikationsboje an die Oberfläche gesandt, um die Informationen über dieses neue chinesische U-Boot weiterzugeben. Vielleicht konnte dies das Leben anderer retten, falls sie den heutigen Tag nicht überleben sollten.

»Waffen, Rohre eins und zwei abfeuern.«

»Abschuss Rohre eins und zwei, Aye.«

Die Rohre eins und zwei gaben ihre Mk 48-Torpedos frei. Die Fische schwammen unter dem Boot hindurch, um sicherzustellen, dass die mit ihnen verbundenen Kabel sich nicht entlang der ersten 35 Meter am Boot verhedderten. Danach trennte die Mannschaft die Verbindung, und die Torpedos tauchten auf ihre einprogrammierte Tiefe in Richtung des chinesischen U-Boots, das die *Maine* zerstören wollte. Zwei Minuten später wiederholte sich dieser Prozess mit den Rohren drei und vier. Digitale Timer an der Wand maßen den Zeitablauf.

»Steuerung, Tiefe 150 Meter. Geschwindigkeit auf 20 Knoten erhöhen, Beidrehen auf Kurs Zwei-Drei-Null.«

»Auf 150 Meter abtauchen, Aye. Geschwindigkeit auf 20 Knoten erhöhen, Kurs Zwei-Drei-Null, Aye, Sir.«

»Weps, Brücke hier. Laden Sie die Rohre und machen Sie sie feuerbereit.«

»Brücke, Weps hier, Aye, Sir.«

»Brücke, Sonar. Torpedos auf geplantem Kurs, Sir.«

»Sonar, Brücke. Sehr gut.«

Redding sah zu seinem XO hinüber, und die beiden Männer sahen sich in die Augen. Der Kapitän nickte.

»Sehen wir, wer sich als Erster geschlagen gibt, Skipper«, sagte Walker und hielt sich am Handlauf an der Decke über ihm fest, während ihr Boot nach unten steuerte.

****

Typ 95A

»Brücke, Sonar Torpedos im Wasser!«

»Sonar, Brücke. Haben sie uns als Ziel erfasst?«

»Brücke, Sonar. Negativ, Kapitän. Sie sind passiv in einer Tiefe zwischen 110 und 250 Metern.«

»Sonar, Brücke. Entfernung zum Ziel?«

»Brücke, Sonar. Ziel ist 10.000 Meter entfernt und nähert sich bei gleichbleibendem Kurs.«

»Sonar, Brücke. Verstanden.«

»Rohre eins und zwei abfeuern, Rohre drei und vier bereithalten.«

»Rohre eins und zwei abfeuern, Rohre drei und vier bereithalten. Zu Befehl!«

Das Schiff vibrierte ein wenig, als die beiden Torpedos ihre Rohre verließen. Die Kabel blieben weiter mit den Waffen verbunden, da die *Changzheng* – solange die Torpedos im passiven Modus waren – sie mit Korrekturen fütterte.

Lee war von der unerwarteten Tatsache betroffen, dass die Amerikaner tatsächlich ihren wahren Kurs entdeckt hatten. Der Kapitän dieses Boots war ein würdiger Gegner, aber er hatte keine Ahnung, was ihm in Kürze bevorstand.

»Durchtrennen der Kabel, Torpedos auf aktive Zielfindung umstellen.«

»Durchtrennen der Kabel und auf aktive Zielfindung umstellen, zu Befehl.«

Sofort nach dem Durchtrennen der Kabel wurden die YU-9 aktiv. Ihre Geschwindigkeit stieg von 24 Knoten auf 59 Knoten an. Innerhalb von Sekunden hatten sie ihr Ziel identifiziert.

****

USS *Maine*

»Brücke, Sonar, feindliche Torpedos im Wasser! Entfernung 9.000 Meter und im Anflug, Geschwindigkeit 59 Knoten. Sie sind auf aktiver Zielsuche!«

»Sonar, Brücke. Verstanden.«

»Steuerung, Brücke hier. Volle Kraft voraus, Bug 30 Grad nach unten.«

»Brücke, Steuerung. Volle Kraft voraus, Bug 30 Grad nach unten, Aye.«

Die Geschwindigkeit dieser Torpedos überraschte Redding. 59 Knoten über 9.000 Meter ließen ihnen etwas über fünf Minuten Zeit, falls sie ihren Kurs und ihre Geschwindigkeit unverändert beibehielten. Er musste ihre Geschwindigkeit erhöhen und in die Tiefe abtauchen. Er konnte nur hoffen, dass die Torpedos nicht darauf programmiert waren, ihnen im aktivem Suchmodus in die Tiefe zu folgen.

»Weps, Brücke hier. Status der Torpedos?«

»Brücke, Weps. Unsere Torpedos sind immer noch in aktiver Zielfindung bei 55 Knoten unterwegs. Zeit bis zum Einschlag, fünf Minuten, zehn Sekunden.«

Ein Schusswechsel wie im Wilden Westen. Beide hatten gleichzeitig geschossen. Jetzt mussten sie warten, ausweichen und sehen, wer am Ende noch aufrecht dastand.

»Krachmacher freisetzen!«

»Krachmacher freigesetzt!«

»Ruder hart nach links auf Eins-Acht-Null Grad.«

»Ruder hart nach links auf Eins-Acht-Null Grad, Aye.«

Die Brücke neigte sich mit dem Richtungswechsel des U-Boots. Redding versuchte, den Abstand zwischen der *Maine* und den sie verfolgenden Torpedos zu vergrößern. Die Krachmacher sollten die chinesischen Torpedos von ihrem ursprünglichen Ziel ablenken. Falls ihnen das lange genug gelang, konnte er die Entfernung zwischen ihnen weiter vergrößern.

»Brücke, Sonar! Es hat funktioniert, Sir. Die Torpedos folgen den Krachmachern.«

»Sonar, Brücke hier. Ausgezeichnet.«

****

Typ 95A

»Kapitän, sie wechseln den Kurs.«

»Passen Sie unseren entsprechend an, und feuern Sie die Rohre drei und vier ab!«

»Kursanpassung, Abschuss der Rohre drei und vier, zu Befehl!«

»Brücke, Sonar. Torpedokontakte eins und zwei nun passiv nach Verlust des Ziels. Torpedos drei und vier auf aktiver Zielfindung, Kurs Acht-Drei und Neun-Vier Grad. Aktive Zielverfolgung. Entfernung 850 Meter und im Anflug!«

Kapitän Lee startete seinen Timer und hörte, wie die Mk 48-Torpedos auf sein U-Boot zuschossen. Sie hatten 30 Sekunden bis zum Einschlag. Er konnte nur eines tun, und das musste zeitlich genau abgestimmt sein. Er wartete exakt acht Sekunden.

»Ballasttanks entlüften, Backbordattrappen freisetzen!«

»Ballasttanks entlüften, Backbordattrappen freisetzen, zu Befehl!«

Die *Changzheng* wurde mächtig durchgeschüttelt, als riesige Luftblasen aus den Ballasttanks entwichen. Das Unterseeboot wurde gewaltsam nach oben katapultiert, während die Attrappen in der Wolke der Blasen schwebten. Der Lärm und das aufgewühlte Wasser um sie herum verwirrte die Torpedos. Die MK 48 konzentrierten sich auf die Blasen, kollidierten und explodierten.

Die Besatzung der Changzheng wurde von der Explosion erschüttert, während die Deckenbeleuchtung explodierte und die Computermonitore ausfielen.

****

USS *Maine*

»Brücke, Sonar! Explosion im Wasser. Unsere Torpedos sind auf das U-Boot aufgeschlagen!«

Die Seeleute auf der Brücke stießen begeisterte Rufe aus, und Redding schüttelte seinem XO die Hand. Gerade wollte er seiner Mannschaft befehlen, wieder ruhiger zu werden, als sie das Pingen eines sich nähernden Torpedos hörten.

»Brücke, Sonar! Torpedo im Wasser. Kurs Eins-Vier-Null, Entfernung … 130 Meter. Sie müssen ihn vor unseren Treffern abgefeuert haben, Sir!«

»Steuerung, abtauchen auf 250 Meter, 40 Grad nach unten, volle Kraft voraus!«

Während seine Kommandos wiederholt wurden, wusste Redding bereits, dass dies seine letzte Handlung als Kapitän der USS *Maine* gewesen war. Aus dieser Entfernung und bei der vermuteten Geschwindigkeit gab es kein Entkommen. Er hörte, wie der Torpedo zum Endlauf ansetzte. Er nickte seinem XO zu und dachte, wie schade es war, dass Walker niemals sein eigenes U-Boot kommandieren würde. Er wäre ein großartiger Kapitän gewesen.

Der YU-9-Torpedo schlug direkt hinter der Mittellinie des Bootes ein. Die Explosion spaltete das Schiff wie ein dünnes Holzbrett in zwei Hälften, und die USS *Maine* sank auf Meeresgrund.

****

Typ 95A
Fünfzehn Stunden später

Die *Changzheng* hatte Schaden erlitten, war aber weiter kampffähig. Kapitän Lee saß auf der Brücke und trank schweigend seinen Tee, während sie sich mit einem Schiff trafen, das dem äußeren Erscheinen nach eines der ganz normalen Containerschiffe war, das rund um die Welt globale Handelsrouten bereiste.

Wieder einmal hatte die Marine der Volksbefreiungsarmee eine ausgeklügelte Methode entwickelt, um ihre geheimsten Waffen vor aller Augen zu verbergen. Lees Boot stieg unmittelbar unter dem Schiff langsam in seinen Frachtraum auf. Dieser war in ein Trockendock verwandelt worden, um chinesische Unterseeboote nach einem Einsatz zu reparieren und neu zu bewaffnen. Ohne die erforderliche Rückkehr in einen befreundeten Hafen wurde ihnen damit eine schnellere Rückkehr in den Kampf ermöglicht.

Sobald ihr Boot sicher im künstlichen Trockendock des Frachters untergebracht war, stieg Kapitän Lee über die Leiter auf das Deck seines Unterseebootes hinauf. Zu seiner Freude begrüßte ihn dort Admiral Wei Huang, der ihm zu seiner erfolgreichen Mission gratulierte. Die beiden Männer schüttelten sich die Hände.

»Na, Kapitän Lee, wie hat sich die *Changzheng* im Kampf bewährt?« Admiral Wei konnte sich nicht verkneifen, diese Fragen noch vor dem Erreichen der Räume zu stellen, in denen sie sich eingehender unterhalten konnten.

»Admiral Wei, sie hat in jeder Hinsicht unsere Erwartungen übertroffen. Wie schnell werden andere Boote einsatzbereit sein?«

Der Oberbefehlshaber der chinesischen Marine lächelte seinem Protégé zu, wie ein Vater, der sein Lieblingskind ansah. »Sie sind bereits einsatzfähig, Lee. Und von China aus auf dem Weg zu ihren Standorten.«

Beim Betreten des Konferenzzimmers bekam Lee einen Eindruck von der derzeitigen Situation – er sah die Symbole anderer PLA-Schiffe und wo sie sich aufhielten, und Markierungen, wo sich die Amerikaner sich befanden.

»Ich muss sagen, Admiral, dass ich überrascht bin, Sie hier statt in Peking zu sehen«, sagte Lee. »Gibt es Probleme, die Sie veranlasst haben, sich einer solchen Gefahr auszusetzen?«

Der alte Admiral führte sie in eine ruhigere Ecke des Zimmers, entfernt von neugierigen Ohren. »Lee, ich wollte persönlich mit Ihnen sprechen, nicht über offizielle Kanäle. Wie gut hat sich Jade Dragon tatsächlich bewährt?«

Lee nickte im Verständnis dessen, was sein Mentor von ihm erfahren wollte. »Er hat sich erstaunlich gut bewährt. Einige Dinge

konnte er nicht vorhersehen, wie etwa, dass der amerikanische Kapitän
überraschend vom ursprünglich vorhergesehenen Plan abwich, den der
Computer für ihn vorausgesagt hatte.«

Erstaunt runzelte Wei bei diesem Kommentar die Stirn. »Zum
Beispiel?«, fragte er.

»Der Computer sah die Handlungen der Kapitäne der Zerstörer bis
ins Detail voraus«, erklärte Lee. »Aber er war weniger treffsicher beim
Kapitän der *Maine*. Ich bin mir nicht sicher, ob die *Maine* einen Weg
gefunden hatte, unseren Standort ausfindig zu machen. Entgegen der
Voraussage des Computers griff sie nicht in die Schlacht ein, als wir
die Zerstörer angriffen. Sie nahm es nicht mit uns auf. Vielmehr stieg
sie auf Seerohrtiefe auf und verschickte eine Nachricht. Ich weiß nicht,
worum es bei dieser Nachricht ging. Sie war eindeutig wichtig genug,
um einen möglichen Vorteil, den die *Maine* uns gegenüber hatte, nicht
auszunutzen – abweichend von der Prognose des Computers.«

Admiral Wei schwieg eine ganze Weile. »Der Computer hat in
anderen Situationen ähnliche Fehler gemacht. Nicht so sehr im Pazifik,
aber auf Kuba und in Bezug auf die Europäer.«

»Tatsächlich? Wie steht es um die Europäer?«, erkundigte sich Lee
rasch, in der Hoffnung, zusätzliche Informationen zu erlangen.

»Sagen wir, wir befinden uns nicht nur im Krieg mit den
Amerikanern. Die NATO-Staaten sind alle beteiligt. Alle außer der
Türkei – die sich entschieden hat, neutral zu bleiben.«

»Was ist mit Australien, Japan oder mit Russland?«, fragte Lee.

Wei lächelte kurz. »Jetzt denken Sie wie ein Admiral, Lee. Die
Australier stehen auf der Seite der Amerikaner. Die Japaner verhalten
sich derzeit noch neutral, aber wir gehen davon aus, dass sie uns in
einigen Tagen den Krieg erklären. Aber die größten Sorgen bereiten
mir die Russen. Bislang haben sie ihre atlantische oder baltische Flotte
nicht in den Nahen Osten verlegt. Sobald sie das tun, wissen wir, dass
sie sich auf einen Krieg gegen uns vorbereiten.«

Lee sah sich um, um sicherzugehen, dass ihnen niemand zu nahe
gekommen war. Er beugte sich vor und flüsterte: »Es ist eine Sache,
Amerika den Krieg zu erklären. Es ist eine andere, mit der ganzen Welt
im Krieg zu stehen. Ich hoffe, dieser verdammte Computer weiß, was
er tut, oder wir sind dem Untergang geweiht.«

****

Von den Autoren

Miranda und ich hoffen, dass Ihnen dieses Buch gefallen hat. Wenn Sie die Handlung mit dem zweiten Buch der Serie fortsetzen möchten, besuchen Sie bitte Amazon. Vorbestellungen sind bereits verfügbar.

Wenn Sie unserer privaten Advanced Reader Group auf Facebook beitreten möchten, können Sie auf folgenden Link klicken: https://www.facebook.com/groups/803443733408830. Wir müssen aber darauf hinweisen, dass dort die Diskussion auf Englisch geführt wird. Wenn Sie eine Übersetzungs-App verwenden, dürften Sie aber keine Probleme haben, mit anderen zu interagieren. Wir veröffentlichen auch Grafiken von Raumschiffen und Raumjägern, die wir in Auftrag gegeben haben, um mehr visuelle Details über die in den Büchern erwähnten Schiffe zu bieten.

Hier können Sie auch unserer Mailingliste beitreten. Wir versprechen, kein Spam zu schicken, und ihre Daten werden nie verkauft oder weitergegeben.

Vielen Dank, James & Miranda

Abkürzungsverzeichnis

1MC	One Main Circuit (shipboard public address system) [= Beschallungsanlage auf einem Schiff; PA-System]
AA	Anti-Aircraft [= Flugabwehr]
ABM	Anti-Ballistic Missile [= Abfangrakete]
AEGIS	US Navy phased array radar-based combat system [= phasengesteuertes, auf Radar basierendes Kampfsystem der US Navy]
AESA	Active Electronically Scanned Array [= aktive elektronische Strahlschwenkung (= Radarstörsystem)]
ALS	Amyotrophic Lateral Sclerosis [= amyotrophische Lateralsklerose]
AMRAAM	Advanced Medium-Range Air-to-Air Missile [= weiterentwickelte Mittelstrecken-Luft-Luft-Rakete]
AOR	Area of Responsibility [= Zuständigkeitsbereich, Ressort]
APC	Armored Personnel Carrier [= Schützenpanzer, Mannschaftstransportwagen]
ASAP	As Soon As Possible [= umgehend]
ASO	Acoustic Sensor Operator [= Akustiksensor-Betreiber]
ASROC	Anti-Submarine Rocket [= U-Boot-Abwehrrakete]
ATACMS	Army Tactical Cruise Missile System [= taktisches Marschflugkörpersystem]
ASW	Anti-Submarine Warfare [= U-Boot-Abwehr, U-Jagd]
AUV	Autonomous Underwater Vehicle [= autonomes Unterwasserfahrzeug]
AWACS	Airborne Warning and Control System [= luftgestütztes Frühwarnsystem]
BAT	Baidu, Alibaba, Tencent [= die drei größten Technologiefirmen Chinas]
BDA	Battle Damage Assessment [= Gefechtschadensveranlagung]

BMP-3	Boevaya Mashina Pehoty [= russisches Kampffahrzeug der Infanterie]
C&C	Command and Control [= Truppenführung]
CAP	Combat Air Patrol [= bewaffnete Luftraumüberwachung]
CAPTOR	Encapsulated Torpedo [= ummantelter Torpedo]
CAS	Close Air Support [= Luftnahunterstützung]
CBP	Customs and Border Control [= Zoll- und Grenzüberwachung]
CCTV	Closed Circuit Television [= Videoüberwachungsanlage]
CDC	Centers for Disease Control and Prevention [= Zentrum für Krankheitskontrolle und Prävention, Seuchenschutzbehörde der USA]
CI	Counterintelligence [= Spionageabwehr, Gegenspionage]
CIA	Central Intelligence Agency [= US-Geheimdienst]
CIC	Combat Information Center [= Operationszentrale]
CIRO	Japanese Cabinet Intelligence and Research Office [= Geheimdienst- und Forschungsbüro des japanischen Kabinetts]
CIWS	Close-In Weapons System [= Nahbereichverteidigungssystem]
CNO	Chief of Naval Operations [= Befehlshaber der Marineoperationen]
CNOOC	China National Offshore Oil Corporation [= vor der Küste gelegene nationale chinesische Ölfirma]
CO	Commanding Officer [= kommandierender Offizier, militärischer Vorgesetzter]
COB	Chief of the Boat [= dienstältester Unteroffizier auf einem Schiff]
COCOM	Combatant Command [= Kampfkommando]
COMDESRON	Commander Destroyer Squadron [= Befehlshaber Zerstörerschwadron]
COMMO	Communications Officer [= Stabsoffizier im Fernmeldewesen]

COMSUBPAC	Commander, Submarine Force, US Pacific Fleet [= Befehlshaber der U-Boot-Streitkräfte, Pazifische Flotte der USA]
CONUS	Continental United States [= die Vereinigten Staaten ohne Alaska und Hawaii]
COSCO	China Ocean Shipping Company [= chinesische Schifffahrtsgesellschaft]
CPO	Chief Petty Officer [= Stabsbootsmann]
CSAR	Combat Search and Rescue [= Such- und Rettungsdienst]
CSIS	Canadian Security Intelligence Service [= Kanadischer Sicherheits- und Nachrichtendienst]
CUPET	Unión Cuba-Petróleo (Cuban Oil Union) [= Kubanische Öl-Union]
DARPA	Defense Advanced Research Projects Agency [= Agentur für Projekte zur Forschung in fortgeschrittener Verteidigung]
DD	Death Dealer [= ‚Die Todbringer‘, Armee-Bataillon]
DDI	Directorate of Digital Innovation [= CIAs Abteilung für digitale Innovation]
DEA	Drug Enforcement Agency [= US-Drogenbehörde]
DESRON	Destroyer Squadron [= Zerstörer-Geschwader]
DEVGRU	Naval Special Warfare Development Gruppe (commonly referred to as SEAL Team Six) [= Gruppe zur Entwicklung besonderer Kriegsführung zur See; meist SEAL Team Six genannt]
DHS	Department of Homeland Security [= Ministerium für die innere Sicherheit der USA; Heimatschutzbehörde]
DIA	Defense Intelligence Agency [= US-Geheimdienst der Armee, spezialisiert auf die Verteidigung und den militärischen Nachrichtendienst]
DNI	Director of National Intelligence [= Direktor der nationalen Nachrichtendienste]
DoD	Department of Defense [= US-Verteidigungsministerium]

ECM	Electronic Countermeasures [= elektronische Abwehrmaßnahmen]
ENDEX	End of Exercise [= Ende der Übung]
EOD	Explosive Ordnance Disposal [= Kampfmittelräumung]
ESM	Electronic Support Measures [= elektronische Unterstützungsmaßnahmen]
ETF	Exchange-Traded Fund [= börsennotierte Fonds]
EU	European Union [= Europäische Union]
EWO	Electronic Warfare Officer [= Offizier in der elektronischen Kriegsführung]
FBI	Federal Bureau of Investigation [= bundesstaatliche Ermittlungsbehörde; US-Bundeskriminalamt]
FDC	Fire Direction Center [= Feuerleitzentrale]
FLIR	Forward-Looking Infrared [= Infrarotbild des Vorausgeländes]
FMS	Foreign Military Sales [= US-Verkäufe von Militärgütern an Fremdstaaten]
FRAGO	Fragmentary Order [= von täglichen Operationen abhängige Abänderung des ursprünglichen Auftrags]
GDP	Gross Domestic Product [= Bruttosozialprodukt]
GPS	Global Positioning System [= Navigationssystem]
HAHO	High-Altitude, High-Opening [= Fallschirmsprungverfahren: hohe Absetzhöhe, hohe Öffnung]
HARM	High-Speed Anti-Radiation Missile [= Anti-Radar-Flugkörper]
HGV	Hypersonic Glide Vehicle [= hypersonisches Gleitfahrzeug]
HIMARS	High-Mobility Artillery Rocket System [= geländegängiges Artillerieraketensystem]
HQ	Headquarters [= Hauptquartier]
HS9	Havana-Scarabeo-9 [= einer der größten Unterwasserbohrtürme der Welt vor Kuba]
HUD	Heads-Up Display [= Weitwinkel-Scheiben-Display, Blickfeldanzeige]
HUMINT	Human Intelligence [= von militärischen Spezialisten gesammelte Informationen]

HVAC	Heating Ventilation and Air Conditioning [= Heizung, Lüftung, Klima]
IBA	Individual Body Armor [= individuelle Körperpanzerung / ballistische Schutzweste]
IED	Improvised Explosive Device [= improvisierte Sprengvorrichtung]
INSUM	Intelligence Summary [= Zusammenfassung aller geheimdienstlichen Informationen]
IR	Infrared [= infrarot]
ISIS	Islamic State of Iraq and Syria [= Islamischer Staat von Irak und Syrien]
ISS	International Space Station [= Internationale Weltraumstation]
JBCC	(Chinese) Joint Battle Command Center [= (chinesisches) Einsatzführungskommando]
JD	Jade Dragon
JDAM	Joint Direct Attack Munitions [= GPS-gesteuerte Bomben]
JIOCEUR	Joint Intelligence Operations Center Europe [= Gemeinsames Zentrum der Geheimdienstoperationen in Europa]
JLTV	Joint Light Tactical Vehicle [= multidisziplinäres leichtes taktisches Fahrzeug]
JOD	Joint Operations Division [= Einsatzführungsdivision]
JSOC	Joint Special Operations Command [= Sondereinsatzführungskommando]
JTF	Joint Task Force [= gemeinsame Task Force]
KGB	Soviet Union's foreign intelligence and domestic security agency [= ehemaliger sowjetischer Geheimdienst und interne Sicherheitsbehörde]
KI	Künstliche Intelligenz
LNO	Liaison Officer [= Verbindungsoffizier / - mann]
MANPADS	Man-Portable Air Defense System [= tragbares Luftabwehrsystem]
MCPO	Master Chief Petty Officer [= Oberstabsbootsmann]
MI6	Military Intelligence 6 (British intelligence) [= Abteilung des britischen Geheimdienstes]

MiG	Type of Soviet Military Fighter Aircraft [= Typ eines russichen Militärflugzeugs]
MP	Member of Parliament *or* Military Police [= Parlamentsmitglied ODER Militärpolizei]
MRE	Meals Ready-to-Eat [= Einmannpackungen / Notrationen]
MSS	Ministry of State Security [= Staatssicherheitsministerium]
N2	Naval Intelligence [= Nachrichtendienst der Marine]
NAS	Naval Air Station [= Luftwaffenstützpunkt der Marine]
NATO	North Atlantic Treaty Organization [= Nordatlantisches Verteidigungsbündnis]
NAVSPECWAR	Naval Special Warfare [= Seekriegsführung der Sondereinheiten]
NCO	Noncommissioned Officer [= Unteroffizier]
NIPR	Non-Classified Internet Protocol Router [= nicht klassifizierter Internetprotokollrouter]
NMCA	National Military Command Authority [= Nationale militärische Befehlsgewalt]
NMCC	National Military Command Center [= Nationale militärische Kommandozentrale]
NOC	Non-Official Cover [= Geheimagent mit einer nicht-offiziellen Tarnung]
NOFORN	Not Releasable to Foreign Nationals [= Weitergabe an ausländische Staatsangehörige untersagt]
NORAD	North American Aerospace Defense [= Nordamerikanische Luft- und Weltraumverteidigung]
NRO	National Reconnaissance [= Nationales Aufklärungsbüro]
NSA	National Surveillance Agency *or* National Security Advisor [= US-Geheimdienst oder Nationaler Sicherheitsberater]
NSC	National Security Council [= Nationaler Sicherheitsrat]
NVG	Night Vision Goggles [= Nachtsichtbrille]

OC2	Orca Control Operator, Second Class [= Anlagenbediener der Orcas zweiter Klasse]
ODA	Operational Detachment Alphas (Special Forces team) [= losgelöste, unabhängige Einheit Alpha - ein eigenständiges operatives Element der Sondereinsatzkräfte]
OLED	Organic Light Emitting Diode (TVs with thin carbon-based film built into the screen) [= Fernseher mit im Bildschirm eingebautem dünnen, auf Kohlenstoff basierendem Film]
OOD	Officer on Deck [= Offizier an Deck]
OPM	Office of Personnel Management [= Amt für die Personalverwaltung]
ORCON	Originator Control (gives the office that classified the briefing control over how the information is disseminated) [= Urheberkontrolle über die Informationsverteilung klassifizierter Unterlagen]
OS	Operating System [= Betriebssystem]
PAVE PAWS	Precision Acquisition Vehicle Entry Phased Array Warning System (early-warning radar and computer system) [= militärisches Radar-Netzwerkystem zur Frühwarnung]
PEOC	Presidential Emergency Operations Center [= präsidiales Leitzentrum für die Notfallvorsorge]
PGZ09	Chinese self-propelled anti-aircraft gun [= chinesisches selbstangetriebenes Flugabwehrgeschütz]
PIR	Priority Intelligence Requirement [= dringliche Bedarfsanmeldung für weitere/neue Geheimdienstinformationen]
PLA	People's Liberation Army (Chinese army) [= Volksbefreiungsarmee]
PLAN	People's Liberation Army Navy (Chinese navy) [= Volksbefreiungsarmee – (chinesische) Navy]
PM	Prime Minister [= Premierminister]
PO	Petty Officer [= militärischer Rang]
POTUS	President of the United States [= Präsident der Vereinigten Staaten]

PRC	People's Republic of China [= Die Volksrepublik China]
RDT	Rear-Driven Thruster [= von einem Elektromotor angetriebener wellenloser Propeller]
RFID	Radio-Frequency Identification [= Identifizierung einer Radiofrequenz]
RHAW	Radar, Homing and Warning [= Zielsuchlenkungs- und Radarwarnsystem]
RIB	Rigid Inflatable Boat [= Festrumpfschlauchboot]
ROAD	Retired on Active Duty [= Dienstmüdigkeit bereits vor der Pensionierung]
ROTC	Reserve Officer Training Corps [Trainingskorps der Reserveoffiziere]
RTO	Radio Telephone Operator [= Funktechniker]
RTB	Return to Base [= Rückkehr zur Basis]
S	Secret [= Geheim]
S2	Army Intelligence [= Nachrichtendienst der US-Armee]
SA-19	Russian-made self-propelled air defense system [= russisches selbstangetriebenes Luftverteidigungssystem]
SAC	Special Activities Center [= Zentrum für Besondere Aktivitäten]
SAM	Surface-to-Air Missiles [= Boden–Luft-Abwehrraketen]
SCI	Sensitive Comparted Information [= vertrauliche Informationen, die allein ein bestimmtes Programm betreffen]
SCIF	Sensitive Comparted Information Facility [= Einrichtung, in der allein vertrauliche Informationen, die ein bestimmtes Programm betreffen, behandelt werden]
SEAD	Suppression of Enemy Air Defenses [= die Unterdrückung feindlicher Luftabwehr]
SecDef	Secretary of Defense [= Verteidigungsminister]
SEAL	Sea, Air and Land (Navy's primary Special Operations Force) [= See, Luft und Land (die primäre Sondereinsatztruppe der Navy)]

SIGINT	Signals Intelligence [= Funkaufklärung]
SINCGARS	Single Channel Ground and Airborne Radio System [= Ein-Kanal-Boden/Luft-Funkverbindungssystem]
SIS	(British) Secret Intelligence Service [= der Britische Geheimdienst]
SITREP	Situation Report [= Situationsbericht]
SLAM	Submarine-Launched Anti-Aircraft Missile [= von einem U-Boot abgefeuerte Luftabwehrrakete]
SOAR	Special Operations Aviation Regiment [= Sondereinsatzkräfte des Heeres-fliegerregiments]
SOCOM	Special Operations Command [= Sondereinsatzkommando]
SOCSOUTH	Special Operations Command—South [= Sondereinsatzkommando – Süd]
SOF	Special Operations Forces [= Sondereinsatzkräfte]
SOG	Special Operations Gruppe [= Sondereinsatzgruppe]
SOUTHCOM	Southern Command [= Südliches Kommando]
SSBN	Ship, Submersible, Ballistic, Nuclear (Ballistic Missile Submarine) [= mit ballistischen Raketen ausgestattetes nukleares Unterseeboot]
STS2	Sonar Technician Submarine Petty Officer 2nd Class [= Sonartechniker auf einem U-Boot]
SUV	Sport Utility Vehicle [= Geländewagen]
SVR	Successor agency to the Soviet KGB [= Nachfolger des sowjetischen KGB]
SVTC	Secured Video Teleconference [= gesicherte Videotelekonferenz]
TAO	Tactical Action Officer [= Offizier für taktische Aktionen]
TEL	Transporter Erector Launcher [= Feuereinheiten / Starterfahrzeuge]
TF	Task Force [= Einsatzgruppe]
THAAD	Terminal High Altitude Area Defense [= US-Raketenabwehrsystem]
THREATCON	Threat Condition [= Alarmstufe]
TOC	Tactical Operation Center [= taktisches Operationszentrum]
TS	Top Secret [= streng geheim / Verschlusssache]

U	Unclassified [= keine Verschlusssache]
UAV	Unpiloted Aerial Vehicle [= unbemanntes Luftfahrzeug]
UK	United Kingdom [= Großbritannien]
UN	United Nations [= die Vereinten Nationen]
Unit 61398	Chinese cyberattack unit [= chinesische Cyberangriff-Einheit]
USAMRIID	United States Army Medical Research Institute of Infectious Disease [= Medizinisches Forschungsinstitut der US-Armee für ansteckende Erkrankungen]
USB	Universal Serial Bus (common type of computer port) [= Computerport]
USD	United States Dollars [= amerikanische Währung]
VIP	Very Important Person [= sehr wichtige Person / Berühmtheit]
VLF	Very Low Frequency [= sehr niedrige Frequenz]
VLS	Vertical Launching System [= vertikales Abschusssystem]
VP	Vice President [= Vizepräsident]
VT-2	Training Squadron Two [= Trainingstaffel / -geschwader Zwei]
WP	White Phosphorus [= Weißer Phosphor]
ZBD-04	Type of Chinese infantry fighting vehicle [= chinesisches Infanteriefahrzeug]
ZMK	Zentrale Militärkommission in China
ZSL-08	Type of Chinese infantry fighting vehicle [= chinesisches Infanteriefahrzeug]
ZTE	Chinese telecommunications company [= chinesisches Telekommunikations-Unternehmen]